栗山千香子・上原かおり
［編］

中国語現代文学案内

中国、台湾、香港ほか

ひつじ書房

はじめに

本書は、中国語で創作する作家とその作品についてのガイドブックです。

中国語の文学作品は中国、台湾、香港、東南アジアの一部ほか世界各地で書かれており、また地域をまたいで活動する作家も少なくなく、近年は発表や出版の形態も多様化しています。そのような背景のもと、研究者の間でも、「中国文学」「台湾文学」「香港文学」「東南アジアの華語文学」といった地域別文学だけでは捉えきれない状況を把握するために、広く世界的な視野に立って「中国語文学」を見ていこうという考え方が示されています。もとより読者にとっては、作品が魅力的かどうかが重要なのであり、そのような作品を書いた作家の考え方や生き方に興味が湧くのであって、地域は二の次かもしれません。

しかしこれまで、地域別ではなく、中国語で書かれた「中国語文学」にはどのような作家がいてどのような作品があるのか、それをまとめて知ることができる本はありませんでした。それなら作りましょうか、ということで企画が立ち上がり出来上がったのが本書です。

本書の構成はつぎの通りです。

（1）中国現代文学／台湾現代文学概観（1970年代末から現在までの中国と台湾の文学を概説）
（2）作家ファイル（99人の代表的な中国語作家の解説と、代表作の一節の翻訳紹介）
（3）コラム（香港文学、映画、演劇、詩に関する論説）
（4）邦訳作品リスト（作家ファイル収録の99人の作家の日本語翻訳作品のリスト）
（5）人名索引（概観、作家ファイル、コラムで紹介した作家・映画監督等の索引）

なかでも「作家ファイル」と「邦訳作品リスト」を充実させることに注力しました。信頼できるミニ文学辞典として活用していただけるよう、それぞれの作家ファイルは、各作家の研究や翻訳に携わっている専門家が執筆しました。作家や作品の解説に加え、作風を少しでも感じてほしいとの思いから、代表作の一節を日本語に訳して紹介しています。「作家ファイル」の解説と代表作の一節を読んで、実際に作品を読んでみようかな、ほかにはどんな作品があるのかなと思ったら、「邦訳作品リスト」で作品を探してみてください。

「概観」では、中国と台湾の現代文学の歴史的背景、文学潮流、近年の動向等を概説しました。作家ファイルが99の点だとすれば、それらの点の位置や、作家ファイルに未収録の作家も含めた点と点のつながりが見えるでしょう。「コラム」は、香港という都市の記憶を描くアンソロジーの紹介、文学の隣接領域である映画の案内、詩と演劇の世界へ誘うエッセイです。ここには中国語現代文学を広い視野を持ちつつ深く味わうためのヒントがあります。

本書が出来るまでには、予想を大きく超える時間がかかりました。ようやく本格的に動き出したところでコロナ感染が広がり作業が停滞ということもありましたが、おもな理由は、中国語現代文学を丸ごと紹介するという試みが、編者の想像していた以上に複雑で困難なものだったことにあります。たとえば作家名をどのように表記するかという問題一つとっても、漢字にせよローマ字にせよ表記法が複数あり、さらに、作家の出身地、民族、アイデンティティー等の要因によって、いずれを使用するかは作家によって異なり、また、複数のパターンを使用している作家や英語名表記を主としている作家もいて、統一は不可能です。それでも一冊の本にまとめる以上、読者が混乱しないような表記の方法を考えなければなりません。ほかにもさまざまな問題にぶつかり、そのつど頭を悩ませました。

本書は、多くの方々のご協力があって出来たものです。佐藤普美子さん、松浦恆雄さん、加藤三由紀さんには、作家ファイルに収める作家のリストアップの段階からご助言いただきました。編者二人がカバーしきれない台湾文学については、三木直大さんに、作家のリストアップのほか、執筆者の紹介、作家への連絡など多方面で助けていただきました。作家ファイル執筆の方々には、本文のほか邦訳作品データの収集や作家への連絡のご協力などご負担のかかるお願いをしました。執筆者が収集したデータに基づき邦訳作品リストを整理・作成するにあたっては、大久保洋子さんと明田川聡士さんにご協力いただきました。連絡をとるのが難しい作家については、中国作家協会、台湾文訊雑誌社のサポートを得ました。写真の提供と代表作の一節の翻訳紹介を承諾してくださった作家や著作権者のご厚意は言うまでもありません。そのほかお名前は記しませんが、ご協力いただいたすべての方々に、心よりお礼申し上げます。

そして、厳しい出版状況の中、本書の企画を進めてくださったひつじ書房の松本功編集長、複雑・煩雑な作業にあたってくださった森脇尊志副編集長、組版・装丁をご担当くださったデザイナーの奥定泰之さんに感謝いたします。

このようなガイドブックがあったらよいなという編者二人の思いに共感してくださった方々の支えがあって出来上がった本書が、少しでも多くの方の目に留まり、中国語現代文学への扉を開いてくださること、中国語現代文学に興味を持ってくださり、できれば実際に作品を読んでくださることを心より願っています。

2024年2月

栗山千香子

コラム

中国文学・台湾文学概観

凡例

◉ 1970 年代末から現在までの中国と台湾の文学を概説する。

◉作品を取りあげる際に、作品名の日本語訳を「　」『　』、原題を〈　〉《　》で表記した。基本的に日本語訳を付すが、訳題が不要な場合や雑誌名には付さない。既訳のある作品は、作品名にアスタリスクを付す。

◉本文中の作家名の表記は、(a)日本で通常漢字で表記される作家名は漢字、(b)日本で通常カタカナで表記される作家名はカタカナ（漢字）またはカタカナのみ、(c)日本で漢字でもカタカナでも表記される作家は漢字（カタカナ）または漢字にカタカナのルビで表記した。

◉本書の「作家ファイル」で取りあげている作家はゴチックで示した。

中国文学概観

一九七〇年代末から九〇年代

栗山千香子

◉一九七〇年代末から八〇年代前半

中国文学史では通常、一九七〇年代末から八〇年代前半の文学を新時期文学という。「新時期」とは、すなわち文化大革命（文革）という一〇年の災禍が終わって新たな時代に入ったことの確認の語であり、新時期文学は、文革が人々の生活や心に残した傷を描くことから始まった。傷を告発する「傷痕文学」、歴史の分析や内省へと向かう「反思文学」、さらに人間性や愛情の回復をテーマとする小説が多く書かれ、新時期文学のおもな流れをつくった。反響の大きかった作品に、劉心武「クラス担任〈班主任〉*」、盧新華〈傷痕〉*、**鄭義**〈楓〉*、魯彦周〈天雲山伝記〉*、沙葉新「もし僕が本物だったら〈假如我是真的〉」（演劇脚本）、茹志鵑「つなぎ違えた物語〈剪輯錯了的故事〉*」、張潔「愛、この忘れがたきもの〈愛、是不能忘記的〉*」、張弦「愛情に忘れられた片隅〈被愛情遺忘的角落〉*」、諶容「人、中年に到るや〈人到中年〉*」、古華〈芙蓉鎮〉*、戴厚英『ああ、人間よ！《人啊，人！》*』、馮驥才「ああ！〈啊！〉*」、宗璞「弦上の夢〈弦上的夢〉*」、遇羅錦「ある冬の童話〈一個冬天的童話〉*」等がある。

書き手は当初、すぐに作品に着手できた作家、編集者等（多くは三〇年代から四〇年代生まれ）が中心だったが、まもなく、文革中に知識青年（知青）として農山村に下郷、または辺地の兵役についていた若者たち（多くは五〇年代生まれ）が、その体験あるいは都市に戻ってからの苦境や焦慮を書きはじめた。おもな作品に、阿城「子供たちの王様〈孩子王〉*」、**史鉄生**「わが遥かなる清平湾〈我的遥遠的清平湾〉*」、**王安憶**「終着駅〈本次列車終点〉*」、**張抗抗**〈夏〉*、**鉄凝**「赤い服の少女〈没有紐扣的紅襯衫〉*」、梁暁声「不思議な大地—北大荒〈這是一片神奇的土地〉*」、張承志〈黒駿馬〉*等がある。

詩の分野では、七八年末に**北島**らが創刊した民間文学雑誌《今天》が重要な舞台となった。文革中、大学進学の道を絶たれ農村や工場で肉体労働に従事していた彼らは、出口の見えない状況下の憂苦を詩的言語として昇華させる方法を探っていた。文革終結直後に《今天》に掲載されたそれらの詩は多くの文学青年の心を捉え、ことに**北島**〈回答〉*は《今天》を手にできない地方の若者たちにも広く伝わった。しかし、この「新詩潮」が高まりつつあった八〇年九月、《今天》は非公認刊行物であることを理由に停刊を命じられる。さらに八三年にかけて、守旧派の詩人や批評家から「理解できない朦朧とした詩」として批判を受け、擁護する研究者（謝冕、孫紹振、徐敬亜ら）との間で「朦朧詩」論争に発展するも、結局は政治的圧力により徐敬亜が自己批判文を提出して収束するという一幕があった。しかし彼らの詩は、このような圧力と論争によって、かえってその存在が内外に広く知られることになった。朦朧派とされた詩人に、**北島**、芒克、舒婷、顧城、多多、食指、江河、楊煉、厳力、王小妮らがいる。

この時期には、五〇年代および文革中に批判を受けて筆を折らざるを得なかった作家や詩人の復帰もみられた。彼らが長い沈黙を経て再び筆をとり世に出した作品は、この時期の文学に厚みを加えている。おもな作家と作品に、**王蒙**〈蝴蝶〉*、汪曾祺〈受戒〉*、陸文夫〈美食家〉*、**高暁声**「李順大の家造り〈李順大造屋〉*」、張賢亮「霊魂と肉体〈霊与肉〉*」、李国文「冬の中の春〈冬天裏的春天〉」、劉賓雁「人と妖の間〈人妖之間〉*」〔ルポルタージュ〕、巴金《随想録》*〔散文集〕、**楊絳**《幹校六記》*〔散文集〕等、詩人に鄭敏、牛漢、蔡其矯、邵燕祥、流沙河、艾青、公劉、穆旦、そして九〇年代になってから評価が高まった昌耀がいる。

◉一九八〇年代後半

八〇年代半ばになると、文学の「方法」に関心の重点が移る。文革終結から数年経ち、「傷痕」や「反思」がすでに人々の心を動かすテーマではなくなったという社会の変化もあるが、このころ西欧の現代文学作品と文学理論、哲学、美学が大量に翻訳紹介されたことが大きい。その結果、作家にとっても批評家にとっても、方法の探究、とりわけ「モダニズム」が重要なキーワードとなった。実際にはそれ以前から、たとえば汪曾祺は西欧モダニズムの影響を受けつつ独自の文体を作り上げ、**王蒙**は「意識の流れ」を採用し、**北島**は詩語の象徴性を追究し、**高行健**は不条理劇を書いていた。また、**史鉄生**、**王安憶**、**鄭義**、**韓少功**、**李鋭**ら「知青」作家も、内外の文学作品や批評に学びながらそれぞれの文学世界を深めつつあった。そのような作家の創作に衰えはなかったが、八〇年代はじめに形成した文学観と方法を超えられない作家の創作は減退していくことになる。

八〇年代半ばから後半にかけて、新しい生活様式や文化を身につけ、西欧の文学と理論にも通じた若い作家たち〔多くは五〇年代後半から六〇年代生まれ〕が、「新批評」「新小説」「反小説」等の影響を受けた実験的な作品を発表し、「先鋒小説」〔前衛小説〕と呼ばれて注目された。代表的な作品に、馬原「ガンディスの誘惑〈岡底斯的誘惑〉*」、**蘇童**「一九三四年の逃亡〈一九三四年的逃亡〉*」、**余華**〈四月三日事件〉*、**格非**「迷い舟〈迷舟〉*」、洪峰「葬送〈奔喪〉」、孫甘露「配達人のメッセージ〈信使之函〉」、葉兆言「五月の黄昏〈五月的黄昏〉」等がある。

同じころ、李陀、**韓少功**、**鄭義**、阿城、鄭万隆、李杭育らが、文学は民族の歴史や文化の土壌に根付いていなければならないとして、文学の「尋根《シュンゲン》」〔ルーツを尋ねる〕を提唱し、「尋根文学」が一つの潮流となった。代表的な作品に、**韓少功**〈爸爸爸《パーパーパー》〉*、**鄭義**「遠い村〈遠村〉*」、阿城《遍地風流》、鄭万隆《異郷異聞》、李杭育〈沙竈遺風〉、**賈平凹**《浮躁》*、**王安憶**〈小鮑荘〉*、**李鋭**《厚土》*、**莫言**「赤いコーリャン〈紅高梁*〉」、扎西達娃《ザシダワ》「チベット、皮紐の結び目につながれた魂〈西蔵―系在皮縄扣上的魂*〉」等がある。この主張が多くの作家や批評家の支持を得た背景の一つに、八二年にコロンビアの作家ガルシア＝マルケスがノーベル文学賞を受賞し、『百年の孤独』が中国でも翻訳されてベストセラーとなったことがある。中国文学は西欧のモダニズムを理解し実践した（西欧の文学に追いついた）が、このあと独創性のある文学として世界に認められる（西欧の文学を超える）ためには何が必要か、という問いに対する一つの答えがここにあると受けとめられたのだ。なお、「尋根文学」の一部はガルシア＝マルケスの手法でもある魔術的リアリズムと親和性があり、二〇一二年にノーベル文学賞を受賞した**莫言**の作品にはその特徴が見られる。

「先鋒小説」と「尋根文学」からやや遅れて、現代社会の庶民の生活と人間関係をリアリズムの手法で描く作品にスポットがあてられ、「新写実小説」と称されてもう一つの潮流をなした。代表的な作品に、**劉震雲**「鶏の毛いっぱい〈一地鶏毛*〉」、**池莉**「生きていくのは〈煩悩人生*〉」、方方〈風景*〉等がある。劉恒「ショクリョウノヤローメ〈狗日的糧食*〉」も「新写実」の代表とされることが多いが、苛酷な自然や歴史の中の人間の生存状況が描かれたこの作品には、「尋根」の要素もある。

このころ、批評家や文学雑誌も巻き込んだ（あるいは彼らが積極的にカテゴライズに参与した）「先鋒」「尋根」「新写実」の大きな流れの横で、特定地域の市井生活や伝統文化、風俗を平淡かつ情趣豊かに描く作品が静かな流れをつくり、一定の読者を有していた。主な作家と描かれた地域に、汪曾祺〔江蘇高郵〕、陸文夫〔蘇州〕、馮驥才〔天津〕、鄧友梅〔北京〕、劉心武〔北京〕、陳建功〔北京〕等がある。

詩の分野では、八〇年代半ばから後半にかけて、方法の探究と題材の個人化が並行して進行した。八四年から八六年の間に全国各地に多くの詩人グループが誕生し、それぞれ同人誌を発行して自らの文学的主張と作品を発表した。この現象は「ポスト新詩潮」とも称され、若き詩人たちから生まれた（おそらくは最後の）詩的高揚期として記憶されている。彼らは「第三代」詩人と呼ばれ、朦朧詩の影響を受けて詩を書くようになった世代（多くは五〇年代後半から六〇年代生まれ）だが、朦朧詩のような啓蒙精神や象徴性の強い表現を否定した。それぞれの主張や詩風はさまざまだが、概して個々の生活や感覚を質実な言葉で語ることを重視する傾向があった。代表的な詩人に**于堅**、**西川**、**韓東**、**孫文波**、陳東東、王家新、欧陽江河、張棗、臧棣、周倫佑、李亜偉らがいる。朦朧詩は北方（北京）が中心だったが、「第三代」詩は南京、上海、四川、雲南など南方各地を拠点とする詩人が多い。また、男性ディスクールにはない新たな詩境を開いたと評された**翟永明**をはじめ海男、陸憶敏、伊蕾、唐亜平など女性詩人にも注目が集まった。

◉一九九〇年代

八〇年代は文学が文化の中心であり、文学こそが心と生活を豊かにすると信じられた時代だったが、九〇年代に入ると文学は急速にその地位を失い、周縁へと追いやられることになる。民主化運動を武力で制圧した八九年の六四事件のあと、中国は国際社会から政治的、経済的な制裁を受けた。しかしそれも一時的なものでしかなく、中国経済はたちまち息を吹き返す。ことに九三年に市場経済政策が全面的に展開されると経済成長が加速し、経済のみならず中国社会全体に構造的な変化が現れる。六四事件直後、多くの文学者や知識人は無力感を味わい沈黙したが、新たな方向を見定める間もなく訪れたこの社会の大転換（市場経済化）を前に、あらためてそれぞれの選択を迫られることになった。

社会の変化を敏感に察知し、読者に読まれる作品を独自のルートにのせて世に出したのが**王朔**である。公認のルートを経ない手法とエリート文化人や知識人を茶化すような作風に、当時の文壇は冷ややかな反応を示したが、作品は人気を博してテレビドラマ化され、一躍ベストセラー作家となった。九〇年代前半に集中的に発表された作品のうち、文革を題材にした《動物凶猛》（映画化されたときに題名は《陽光燦爛的日子》、邦題は『太陽の少年』）は評価が高い。九〇年代以降、作家協会に所属しない作家や個人でプロデュースをする出版人が現れ、文学の生産・流通・消費に多様なルートが生まれたが、**王朔**はその先駆けと言えよう。その後、メディアと文学の連携が盛んにおこなわれるようになり、多くの「美女作家」や「学園作家」が誕生した。また、映画やテレビドラマの脚本・脚色に力を入れる作家も目立つようになった。

八〇年代に追求されたモダニズムはもう新鮮な話題ではなくなり、代わって重要な指標となったのが、読者を惹きつけるストーリー性に富む長編小説を書くことだった。中でも中華民族の歴史、あるいは歴史を背景にした村落や家族の物語が多く書かれた。注目されたものに、**余華**『活きる《活着》*』、**王安憶**《長恨歌》*、**陳忠実**《白鹿原》*、**李鋭**『旧跡《旧址》*』、**莫言**《豊乳肥臀》*、**賈平凹**《廃都》*、**劉震雲**《温故一九四二》*、**葉広芩**『貴門胤裔《采桑子》*』、張煒『九月の寓話《九月寓言》*』、張承志《心霊史》等がある。これら集団の記憶の物語に対して、一人の女性の精神的身体的成長を綴る林白『ひとりの戦争《一個人的戦争》*』、陳染『プライベートライフ《私人生活》*』も話題になった。

（八〇年代から活動していたが）九〇年代になってから注目された作家に、**閻連科**と**阿来**がいる。**閻連科**は河南省の山間の農民たちの貧困生活を描く『日光は年月と共に流れ《日光流年》』や、解放軍の非人道的な体質を告発する《夏日落《シアリールオ》》等の作品を発表し、一部の作品が発行禁止処分を受けるという話題性もあって海外からも注目された。**阿来**は中国語で創作するチベット族の作家である。チベット高原と四川盆地の境界に暮らすチベット族の変遷を描く《塵埃落定》*等、チベットの伝承や習俗という新奇な題材と魔術的リアリズムの手法が読者を惹きつけた。ともに、二〇〇〇年以降も精力的に執筆をおこなっている。

市場とは距離を置いたところに創作の場所を確保しようとする作家もいた。**史鉄生**は人間という孤独な魂についての哲学的思索をつづけ、長編小説《務虚筆記》を書いた。**韓少功**の興味は文体の探求へと向かい、実験的な小説《馬橋詞典》を発表した（この作品は「尋根」を深めたものと評価されたが、セルビアの作家ミロラド・パヴィチの「ハザール事典」の模倣ではないかとの指摘も出て訴訟になった）。**王小波**は既成の文学や文化の枠組からどれだけ自由な存在でありうるかを体現した作家として、一部の読者の熱い支持を得た。**残雪**は超リアリズムの手法で独特な世界を描き、中国国内よりも海外で高い評価を得た。このほか、**蒋韻**、**劉慶邦**、張平、陳丹燕、徐小斌、裘山山、范小青など、独自の領域を有する作家は堅実な創作を続けている。

九〇年代は作品の内容も方法も個別化と多様化がすすみ、八〇年代のようなグループや潮流は生まれにくかった。批評家やメディアによって「新状態小説」「新歴史小説」「プライベート創作」などの語が用いられることもあったが、たいていは性別あるいは世代によって、「女性創作」とか「新生代」「晩生代」（新世代）などとおおまかに分類され語られることが多かった。注目された若手作家に、林白、陳染、衛慧、**厳歌玲**、**虹影**、**遅子建**、**金仁順**、**徐坤**、**葛水平**（以上は女性作家）、**畢飛宇**、**朱文**、**韓東**、李馮、述平、魯羊、邱華棟、麦家、李洱（以上は男性作家）等がいる。

詩は八〇年代後半にはすでに「個人化」の傾向が現れていたが、九〇年代にはその特徴がさらに強まる。同時に、小説以上に文化の周縁へと追いやられてしまった状況を前にして、詩とは何か、歴史や現実に対して詩は何ができるのか等、詩の本質を問う評論も多く書かれた。八〇年代はじめに朦朧詩人と呼ばれた**北島**、多多、楊煉、八〇年代半ばに女性詩の隆盛を印象づけた**翟永明**、第三代詩人として登場した**于堅**、**西川**、**孫文波**、陳東東、王家新、欧陽江河、臧棣らは、いずれも新たな境地を開拓している。また、周瓚、藍藍ら次世代の女性詩人の活躍も目立った。他方、八〇年代末から九〇年代にかけて、海子、駱一禾、戈麦、顧城など将来を期待された詩人の死が相次ぎ、詩歌界に衝撃を与えたが、西川は大学の同窓でもあった海子、駱一禾の遺稿の整理にあたった。

総じて九〇年代は市場経済と大衆文化の広がりの中で、いわゆる「純文学」「厳粛文学」が周縁化し、読者と市場の要求に応えようとするものはメディアと連携しつつエンターテインメント性を強める傾向が加速した。そして、このような傾向は二〇〇〇年代以降ますます顕著になっており、インターネットの普及につれて、さらに新たな事象も現れている。それらについては、次項からの中国文学概観**【一九九〇年代以降】**をご覧いただきたい。

中国文学概観
――一九九〇年代以降

上原かおり

九〇年代、市場経済が本格化するなか出版社の独立採算制が普遍化すると、出版社はベストセラーの創出を意識するようになった。**金庸**の武侠小説や**瓊瑤**の言情小説《ラブロマンス》などが正式に出版されたほか、いわゆる「純文学」「厳粛文学」のベテラン作家たちに大衆の好みを意識した通俗的な小説の執筆を求める企画が現れた。成功例として注目を集めたものに春風文芸出版社による「布老虎叢書《シリーズ》」があり、参加した主な作家・作品に、**王蒙**《暗殺―3322》、**張抗抗**《情愛画廊》、**賈平凹**《土門》、**鉄凝**《天雨之城》『大浴女―水浴する女たち《大浴女》*』、葉兆言《走進夜晩》がある。いずれの作品も売れ行きは好調であったが、若者の退廃的な生活や価値観を描いた衛慧『上海ベイビー《上海宝貝》*』が発禁処分（〇〇）を受け、本叢書は中断した。

独立採算制は雑誌にも新たな変化をもたらした。文学界にとりわけ大きな影響を及ぼしたのは青少年を想定読者とする《萌芽》の取り組みだった。《萌芽》は九〇年代末、減少し続ける読者を取り戻すために、読者の共感をよぶ作家と文章の発掘を行うことと、大学入試に向けた機械的な教育に危機感をいだく世論に応えて、中等教育における国語・文学教育に効果をあげることを目指し、北京大学をはじめとする全国重点大学七校と共同で、三十歳以下の青少年を対象とする作文コンクール「新概念作文大賽」を設立した。「新概念」には、創造性のある思惟（「新しい思惟」）、使い古された言葉ではない自分の言葉（「新しい表現」）、真摯に生活に注意をはらい感受する（「真の体験」）という意味が込められた。本コンクールに入賞して作家デビューを果たした者に韓寒、郭敬明、**張悦然**がいる。韓寒は、受験苦と恋愛を高校生の眼差しでとらえ痛烈に中国社会を批判した『上海ビート《三重門》*』が、郭敬明は抒情豊かな筆致で悲しいファンタジーの物語を綴った《幻城》が、**張悦然**は純粋な心で外界をとらえた「黒猫は眠らない〈黒猫不睡〉*」が若者の共感を呼び、ベストセラー作家になってゆく。同コンクールに入賞した者で、時を経て存在感を増し、現在も弛まず創作を続けている作家に、ＳＦやファンタジー、思弁的な創作により現実世界を描く**郝景芳**（代表作に「折りたたみ北京〈北京折畳〉*」）、若者が現実と向き合い心の成長をとげるさまを淡白な筆致で描く七堇年（代表作に『おさななじみ《平生歓》』）がいる。初期の「新概念作文大賽」を経てデビューした作家たちは八〇年代生まれであったことから「八〇後《バーリンホウ》」作家と呼ばれた。彼らの「青春文学」によって若者が再び文学に関心を持つようになり、出版業界が活性化し、「八〇後」は流行語にもなった。〇〇年代にデビューした「八〇後」作家たちは、編集業へ、映像業へとマルチに活動するため、息の長い作家は少ない。その中で作家として創作しつづけ、世代を超えて支持されている者に**笛安**がおり、代表作に、どこかの地方都市に居そうな、個性豊かな若者の生活と愛憎を描いた「龍城三部作」がある。

二〇〇〇年代はネット文学が発展した。九五年、清華大学で、学外からのアクセスが可能なインターネット掲示板〈水木清華BBS〉が開設され、文学関連フォーラムが設置された。当初は台湾のネット小説が転載される傾向があったが、その後〈聊斎鬼話〉フォーラムが活発になり、中国の書き手によるオリジナル作品が増加した。他大学でもインターネット掲示板が開設され、全般的に詩歌の発表が活発に行われた。民間でも規模の大きな文学サイト〈榕樹下文学網站〉（九七）、〈起点中文網〉（〇二）などが開設され、多くの書き手が発表の場を求めて集まった。前者はベテラン作家を審査員に招いた文学賞を開催しマスメディアの注目を集めた。初期の〈榕樹下〉で注目されて作家となった者に、安妮宝貝《アニー・ベイビー》（代表作に、都市の若者の淡白な日常生活、その奥に秘められた愛への渇望を登場人物の古傷をあぶり出しながら描いた《彼岸花》。なお、安妮宝貝は二〇一四年にペンネームを慶山に変更した）、寧財神（代表作に、古装コメディドラマ《武林外伝》シナリオ）、**蔡駿**（代表作に、寒村をモチーフに謎と恐怖の物語が展開する『荒村のアパート《荒村公寓》』）、今何在（代表作に、《西遊記》の二次創作《悟空伝》）、慕容雪村（代表作に、七〇年代生まれの成都の若者たちの仕事・恋愛・結婚などを描いた群像劇『成都よ、今夜は私を忘れてください《成都，今夜請将我遺忘》』）、木子美（代表作に、性愛日記やライフスタイルを自ら選択する意識を力強く表現した《遺情書》）、燕塁生（代表作に、架空の戦争を描いた《天行健》）、滄月（代表作に、勇み肌の美女とミステリアスな青年を主人公とする恋愛武侠小説《聴雪楼》）などがいる。一方、〈起点〉には特に魔法やファンタジー、武侠や軍事を題材とする作品の書き手が集まった。〈起点〉から巣立った作家や活動拠点とする作家に、蕭鼎（代表作に、平凡な少年が武術の修行にいざなわれ、その成長過程を描いた仙侠ファンタジー《誅仙》）、**天下霸唱**（代表作に、墓荒らしの冒険を描いた《鬼吹灯》）、南派三叔（代表作に、墓荒らしの冒険を描いた《盗墓筆記》）、**江南**（代表作に、中国独自のシェアード・ワールドから生まれたファンタジー《九州・縹渺録》）、唐家三少（代表作に、主人公が武魂の修練を積み悪と戦う《闘羅大陸》）、血紅（代表作に、無辜の罪により道教のとある一派を破門された主人公の、海外での流浪を描いた《昇龍道》）などがいる。

ネット文学が発展するにつれ、すでに人気のあった武侠や言情などのジャンルに加えて、東洋の神話や伝説・中国の仙侠の世界観などをモチーフとするファンタジー「玄幻」（または「仙侠」）、西洋風のファンタジー「奇幻」などのジャンルが意識されて発展、融合し、さらに盗掘を題材とする「盗墓」、他のジャンルと自在に接続する「穿越《タイムトラベル》」なども生まれた。ネット上で人気を集めた作品が紙媒体で出版されてベストセラーとなるケースが相次ぎ、当初こうしたルートで作家となったのはジャンル特有の趣を探究した「七〇後《チーリンホウ》」が多かった。

詩歌においては、〇〇年代に、趙麗華が素朴なユーモアを交えた話し言葉で庶民の感覚・感情を簡潔に表現する詩をネット上に発表し、それらの詩が趙麗華を詐称する何者かにより偽作も混ぜて収集転載されたことから、詩壇に議論を引き起こした。その作風は「口水《よだれ》詩」と批判されつつも模倣者が次々に現れ、「梨花体」（梨花《リーホア》の発音は麗華《リーホア》に近い）と呼ばれた。二〇一〇年代になると、片田舎の地方紙に詩を発表していた主婦の余秀華が自身のブログに詩を発表し、SNSによって拡散して反響を呼んだ。余とその詩は芸術性と身体性・身分をめぐって詩壇およびネット上に論争を巻き起こし、結果として大衆が再び詩に注目するきっかけとなった。

ジャンル小説でありながら、ネット上よりもむしろ雑誌によって発展したものに「科幻」（SF）がある。SF専門誌主催のSF文学賞が八〇年代から継続して開催され、読者と作家を育てていたため、ネット文学が興隆した頃にはすでに一定の著名作家を有していた。代表的な作家に**劉慈欣**（代表作に『三体《三体*》』）、王晋康（代表作に「七重のSHELL〈七重外壳*〉」「養蜂家〈養蜂人*〉」）、**韓松**（代表作に《紅色海洋》）、何夕（代表作に〈六道衆生〉）、**陳楸帆**（代表作に『荒潮《荒潮*》』）、宝樹（代表作に『時間の廃墟《時間之墟》』）などがいる。

また、ジャンル小説は、アニメ、テレビドラマ、ゲームなどの映像産業との結びつきを深めており、巨大なIP（知的財産）を生み出す作家の力量も求められる時代になってきた。

二〇〇〇年代はエンターテインメントとの結びつきが強い小説が発展し注目された一方で、八〇年代から急増し、中国史上未曾有の流動人口として中国社会全体の地殻変動を起こしたとも言われる大量の出稼ぎ労働者（民工）をめぐる諸問題が顕著になった時代でもあり、民工への関心を背景に、民工が自らの体験と見知をもとに創作した「打工文学」が、伝統的な文壇の視野に入るようになった。特に、八〇年代、九〇年代を通じてすでに一定の書き手と良作が生まれていた深圳市は「打工文学」の発生地として注目を集めた。代表的な作家・詩人に王十月（代表作に「国家の発注書〈国家訂単〉」）がいる。深圳に限らず、広東省の工業地帯には多くの民工作家がおり、中でも東莞市で働く鄭小瓊（代表作に詩集《女工記》）の詩が注目されている。

改革開放政策の下、独立採算制は文学界にとって一つの試練ではあったが、文学は比較的自由に発展したといえる。ネット文学が隆盛し、ジャンル小説が探究され、草の根の書き手の創作が活発になる一方で、いわゆる「純文学」「厳粛文学」でも、**王蒙**、**莫言**、**賈平凹**、**閻連科**、**王安憶**、**劉震雲**、**余華**、**蘇童**、**格非**、**畢飛宇**などのベテラン作家たちが引き続き精力的に創作に取り組んでいたほか、愛着のある題材・空間を見つめ、独自の物語世界を作り上げて次第に注目を集めるようになった作家に**徐則臣**、**陳応松**がいる。**徐則臣**には、成功を求めて北京にやって来た者たちとよそ者にとっての北京を描く作品群と、故郷に似た架空の川辺の街を舞台とする作品群がある。**陳応松**は、自然豊かな神農架の変化とそこに生きる人々のはかなくも力強い生きざまを描く物語を多く創作している。また、中国では執筆文字数が作家の評価につながり、長編小説を創作する力量を磨く傾向があったのに対し、蒋一談は簡潔で素朴な言葉と卓絶した物語構造により余韻の残る短編小説の創作に力を入れている。

中国の文壇が生き残りをかけてそれぞれに試行錯誤の策を講じていた二〇〇〇年、フランスに亡命した**高行健**がノーベル文学賞を受賞した。中国政府は不快感を露わにしたが、中国の現代文学の成果を世界に知らしめる出来事でもあった。そして二〇一〇年代、中国の作家・作品が相次いで世界的な文学賞を受賞した。二〇一二年に**莫言**がノーベル文学賞を受賞し、二〇一四年に**閻連科**がフランツ・カフカ賞を受賞、二〇一五年に**劉慈欣**がヒューゴー賞（長編小説部門）を、二〇一六年には**郝景芳**がヒューゴー賞（中編小説部門）を受賞し、同じく二〇一六年、**曹文軒**が国際アンデルセン賞を受賞した。これらの作家・作品はいずれも中国社会、文化、歴史、そして人間性を鋭い眼差しで洞察している。

今後、中国文学はどうなってゆくのか？　今日、中国文学はモザイク状に発展しているが、その一方で、文学、いや、文芸全般を管理しようとする当局の欲求は高まっている。二〇一四年、習近平国家出席は「文芸工作者」（文芸関係者）を集めて講話を行い、その内容が《人民日報》を通して大々的に公開された。習近平の文芸講話は文芸工作者たちに「中国夢」（中華民族の偉大な復興）のために優秀な作品を創出することを求めている。優秀な作品とは、人民の生活を源泉とし、人民にプラスエネルギーを与え、知恵を啓発できる作品である。かつ、作品は「人民が正しい歴史観、民族観、国家観、文化観を樹立し堅持するよう導き、中国人としての気骨と自信を増強しなければならない」。そのような「優秀な作品の創作を文芸工作のかなめにする必要があり、より多くの同時代中国の価値概念を伝播し、中華文化精神を体現し、中国人の審美の追求を反映させることに努めねばならない」と述べている。こうした国家主席から発せられる講話は著名な作家であればあるほど避けては通れず、エンターテインメント作家も例外ではない。それぞれの作家がこのような課題とどう向き合い、折り合いをつけ、表現してゆくのか、その行方は予想がつかない。

台湾文学概観

三木直大

中国の「開放改革」の時代のはじまる一九八〇年前後を横軸にしたとき、台湾の文学では二つの大きな作品が書かれている。**李喬**の『寒夜《寒夜》』*と**白先勇**の『孽子《孽子》』*〔罪の子〕である。『寒夜』は、苗栗の客家人の一家を主人公に清朝末期から植民地統治期、農民運動、台湾人の太平洋戦争と日本の敗戦までを描く三部作である。そして『孽子』は国民党軍の退役将校の父と台湾人の母親の間に生まれた青年を主人公に、父親の母親への暴力、主人公の父親への反抗、弟の死、母親の家出と病死、そして主人公が同性愛者になることなど、台北を舞台にして家族の物語を描いていく。『寒夜三部曲』は郷土（派）文学の代表作、『孽子』は台湾の現代派文学（戦後モダニズム文学）の代表作とされるが、多様な登場人物とその多言語の会話体で語られる『寒夜』にはフォークナーの「意識の流れ」の技法が用いられるし、『孽子』は主人公の青年が台北を自分がいまを生きる場所としてもがくリアリズムの物語ともいえる。この戦後台湾の現代文学を代表する二つの作品の登場は、台湾が八七年の戒厳令解除に向かって大きく変化していく転換点の時代を象徴している。

こうした作品を準備したもののひとつに、七〇年代後半期からの中華民国台湾化路線がある。七〇年代前半期はアメリカの中国承認や国連脱退、それに追随した日本の正式な国交断絶など政治の激動のなかで、台湾国民政府による専制政治と文化統制の強化がなされる。だが、それだけではたちゆかない政治環境のなかで、蒋介石の後を継いだ蒋経国は大陸侵攻ではなく、いまいる台湾が中華民国なのだとする大きな路線変更をおこなう。検閲制度を伴う文化統制下で、それが結果的に文学に台湾を書くことの幅を大きく広げさせることになる。そうした時代環境のなかで登場してくるのが尉天驄、**陳映真**、**黄春明**、**李喬**、王禎和、**鄭清文**、王拓といった作家たちであり、彼らの作品は専制政治に抑圧されたり経済発展のなかで翻弄され取り残されていく台湾の人々をしばしば題材としたことから、「郷土文学」と呼ばれるようになる。

一九三〇年代の台湾に生まれた彼らが、作家として出発するのは五〇年代後半期から六〇年代にかけてだが、中国から移住してきた白先勇たち同年代の作家たちの出発も同時期である。一九六〇年には**白先勇**をはじめ王文興、陳若曦ら台湾大学外文系の学生たちを中心に、雑誌《現代文学》が発刊される。《現代文学》は国民政府の文化統制下で表現の自由を制約されたなかで、同時代の欧米文学の積極的な紹介や翻訳をおこなった。それは植民地期の台湾に生まれた本省人作家たちの作品にもおおきな影響を与えた。**陳映真**をはじめ《現代文学》に作品を発表した作家もいるし、台湾大学外文系のつながりで詩人の杜國清が《現代文学》の初期からのメンバーであり、彼の紹介で台湾本土派戦後詩の代表的詩人である陳千武も執筆している。またカミュ『異邦人』など実存主義文学の積極的な紹介をおこなった文化雑誌《文星》の役割も見落とせない。これらの雑誌は台湾の戦後文学の展開のうえで、おおきな役割を果たした。

その前史となる五〇年代は、台湾に移転した蔣介石の国民政府が朝鮮戦争とその後の冷戦体制下で、過酷な恐怖政治をおこなった時代であり、反共をスローガンにした官製の文学運動を別にすれば、台湾の文学が沈滞した時代である。しかしそのなかで、上海からやってきた詩人の紀弦が一九五六年に**林亨泰**たち若い世代の台湾人詩人たちとおこし、一〇年続いた「現代派運動」は、専制政治下で出自の異なった詩人たちが共同しておこなった文学運動として、戦後台湾の中国語詩の再生に大きな役割を果たした。鄭愁予、商禽、周夢蝶、余光中、錦連、葉笛など、この運動には数多くの詩人たちが参加していった。そして紀弦が発刊した詩誌《現代詩》は休刊や再刊を経て**夏宇**や**鴻鴻**らに引き継がれていき、**洛夫**と瘂弦と張默によって刊行された《創世紀》は現在も続いている。また日本生まれで北京から台湾にもどった林海音が《城南旧事》*（六〇）に収録される作品を書き継ぎながら、日刊紙《聯合報》の文芸欄や雑誌《文星》の編集者として台湾人作家たちの創作を支援していったのもこの時代であり、六一年には**鍾肇政**の『永遠のルピナス―魯冰花《魯冰花》*』が《聯合報》に連載されている。

そして六〇年代になると、《自由中国》や《文星》など外省人リベラリストの拠点でもあった民主的文化雑誌への弾圧と停刊のいっぽうで、《現代文学》の創刊にはじまり、六四年には陳千武や林亨泰たち本省人詩人が中心の詩誌《笠》と、同じく本省人作家たちの作品発表の拠点となる《台湾文芸》の呉濁流による創刊があった。呉濁流は植民地期台湾知識人の自画像ともいえる『アジアの孤児』（四五）で著名な作家だが、七〇年代前半期に二二八事件を描いた『無花果』（七〇）や恐怖政治の時代を描いた『台湾連翹』（七三）を発表している。いずれも原著は日本語による創作である。また**陳映真**や**黄春明**らの若い世代の作家たちも六六年に《文学季刊》を発刊し、こうした流れは七〇年代の「郷土文学」への潮流となっていく。都市部を中心にした台湾の経済成長を背景にして、**瓊瑶**作品が大衆文学としてベストセラー化していくのもこの時代である。

七〇年代は、構図的には本省人系の郷土派の作家たちが一方にいて、《現代文学》を拠点とする外省人系の現代派の作家たちがもう一方にいるという文壇地図のなかで、戦後台湾の文学が展開していった時代である。**白先勇**の台北人シリーズや、父子の対立と父親の失踪をストーリーに家父長的な家族の解体を描く王文興の《家変》（七三）が発表され、**張系国**が活発にサイエンスフィクションの創作を続けるのもこの時期である。**白先勇**の紐育客（ニューヨーカー）シリーズは、於梨華の作品と並んでアメリカ華人文学として位置付けることもできるし、**張系国**の『バナナボート《香蕉船》*』（七六）など四〇年代生まれのより若い世代の、留学生としてアメリカに移住した作家による作品発表が多くなるのも、七〇年代である。また夫とともに中国に滞在していて遭遇した文革を描いた陳若曦の「尹縣長〈尹縣長〉*」（七四）なども発表されている。詩ではセディク族の「抗日事件」（一九三〇）を題材とした向陽の長編詩「霧社〈霧社〉*」（七九）が書かれている。七〇年代には中国での文化大革命を横目に見ながらの「郷土文学」とは何かをめぐる論戦がおこる。しかし、《文学季刊》の流れに位置する雑誌《文季》には郷土文学の現代派的実験ともいえる七等生の「沙河エレジー〈沙河悲歌〉」（七五）などの作品が発表され、また《文学季刊》には『デイゴ燃ゆ〈浮遊群落〉*』（七五）の劉大任も加わっていることには注意しておきたい。**鍾肇政**は六〇年代の「濁流三部曲」に引き続き、植民地期台湾人の家族史を描く「台湾人三部曲」を発表するいっぽうで、安部公房の『砂の女』や『燃えつきた地図』などの翻訳を行っている。植民地期日本語教育を受けた世代の作家や詩人たちが、日本の戦後文学の翻訳と紹介を精力的に展開していた。

一九七九年の世界人権デーには高雄で民主化運動の拠点となった雑誌《美麗島》への言論弾圧事件がおこるが、それを契機とするように八七年の戒厳令解除に向けて、八〇年代の台湾社会は民主化の実現に向けて大きく動いていくことになる。そうした八〇年代民主化運動の時代を代表する文化雑誌に、七〇年代の《夏潮》を継承するようにして**陳映真**が創刊した《人間》がある。この雑誌は台湾の階層問題や公害問題をはじめ台湾社会が抱える様々な問題を特集形式で可視化させていった。またこの雑誌は写真を多用することによって、白色恐怖下で犠牲となった鍾浩東を描く藍博洲『幌馬車の歌〈幌馬車之歌〉*』（九一）などのドキュメンタリー文学の新形式を生み出した。植民地期の日本語文学が台湾の文学として再発見されていくのもこの時期である。

一九八二年には、女性主義運動の雑誌《婦女新地》が創刊される。マイノリティとしての女性という視点からジェンダーの問題を取り上げながら、この雑誌は今日に至る台湾の女性運動をささえる民間団体である婦女新知基金会に発展していく。そうした女性運動を背景のひとつにして、男性中心主義の社会を問う文学が登場する。その代表的作品とも言えるのが、**李昂**の『夫殺し《殺夫》*』（八二）である。また張大春や朱天心など外省人二世による「軍人村」を舞台にした作品の発表もある。外省人二世の作家たちが自分たちが生まれ育った場所を書こうとすることは、おおきな社会の変化のなかで台湾が彼らにとってのいまを生きる場所として再構築されることにほかならない。龍応台が《野火集》（八五）に収録される社会批評、文化批評を新聞連載し、台湾の環境汚染を告発したのもこの頃である。四川省生まれでモンゴル人の女性詩人・席慕蓉もブームのように読まれた。

戒厳令解除後の九〇年代は多元化の時代とされる。その背景には総統直接選挙の実施運動、新たな台湾像の想像と憲法改正問題、国民党と民進党の政治対立、市民社会の構想と第三極の出現などなど、戦後冷戦体制の変容後の文化再編を含めた政治的状況がある。《人間》のあとを継承するように社会理論的アプローチからは《當代》、文化理論的アプローチからは《島嶼邊縁》といった雑誌が、その誌上で原住民、ジェンダー、セクシュアルマイノリティ、ナショナリズムなどをめぐって多様な論説を展開し、「新台湾人論説」を主流にして展開する台湾社会の深層にある問題を取り上げていった。

　九〇年代の多元化は、文学の題材や手法を多様化させていく。それは八〇年代に生まれた様々な文学的課題が、実質をもった作品として達成されていくことでもある。そのなかには、**李昂**『迷いの園《迷園》』*（九一）や朱天心『古都《古都》』*（九七）など植民地の歴史記憶を背景にした作品の発表がある。**蘇偉貞**『沈黙の島《沈默之島》』*（九四）は女性に身体化された歴史記憶を描き出すが、平路の宋慶齡の生と死を題材とした『天の涯までも《行道天涯》』*（九五）やテレサ・テンの死を描く『何日君再来《何日君再來》』*（〇二）もある。台湾の歴史事件を題材とした長編小説の登場も九〇年代の特徴であり、二二八事件における生と死を多声体の手法で描く**李喬**《埋冤一九四七埋冤》（九五）、霧社事件を背景とした舞鶴《餘生》（〇〇）などがある。詩では身体をテーマ化した**許悔之**の『鹿の哀しみ《有鹿哀愁》』*（〇〇）がある。

　その文化の多元化を制度の問題として可視化したのは八〇年代からの「台湾文学の正名運動」である。それを代表する著作が**葉石濤**の《台湾文学史綱》（八七）の出版である。これは台湾ではじめて台湾文学史と銘打った書物である。台湾の文学は制度的に中国の文学の一部分に位置付けられていた。大学には組織的に中国文学系しかなく、台湾文学の研究はそのなかでおこなわれていた。だが九〇年代になると台湾文学の名前を冠したイベントや出版物が登場するようになる。そして植民地期の日本語文学も台湾文学として研究されるようになる。二〇〇二年に成功大学に台湾文学系が設置されるのを皮切りに、続々と台湾文学系が設立され、二〇〇三年には台南に国立の台湾文学館が設置される。八〇年代の文学作品にはひとつの作品のなかに、中国語だけでなく閩南語や客家語、そして先住民の言語というように複数の言語が使用されるようになるが、漢字ではなくローマ字化された閩南語や客家語による文学創作の実験もはじまる。いわば「族群」という台湾独特の政治的アイデンティティの差異の表面化が、その多元性を生み出したともいえる。

　それをいちばん象徴しているのは、台湾社会のなかのマイノリティへの視線であり、セクシュアルマイノリティの文学と先住民の文学、そしてマレーシア華人文学である。それらの文学は民族主義の範疇を打ち破るようにして、どのように未来の台湾社会を想像するかという問題とも不可分なものである。セクシュアルマイノリティの文学は**紀大偉**によって大部の《同志文学史―台湾的発明》（一七）が出版されるほど厚みのある世界になっていて、植民地期から二〇〇〇年代にいたる台湾文学を総覧する陳芳明『台湾新文学史《台湾新文学史》*』（一一）もおおきく頁を割いている。九〇年代になると曹麗娟《童女之舞》、邱妙津『ある鰐の手記《鱷魚手記》*』（九四）、**朱天文**『荒人手記《荒人手記》*』（九四）など同性愛を題材とした長編作品が続々と発表されるようになる。『膜《膜》*』（九六）の**紀大偉**、『橋のうえの子供たち《橋上的孩子》*』（〇四）の陳雪、『フーガ　黒い太陽《黑太陽賦格》*』（一三）の洪凌などが執筆を開始するのもこの頃からである。詩人には『無明の涙《無明之涙》』（一一）の陳克華や**鯨向海**などがいる。

台湾の「原住民族文学」は、九〇年代に共通語としての中国語を使用することで開始される先住民族作家による文学のことで、『永遠の山地《永遠的部落》*』（九〇）や『都市残酷《城市残酷》*』（一三）のワリス・ノカン、**リカラッ・アウー**、唯一の海洋民族であるタオ族出身の**シャマン・ラポガン**ら、そして二〇〇〇年代になると『タマラカウ物語《大巴六九部落之大正年間》*上・下』（〇七、一〇）の**パタイ**が登場する。反原発活動家でもある**シャマン・ラポガン**の海を舞台にした作品は環境文学として読むこともできるが、環境文学も九〇年代以降の大きな特徴である。劉克襄の旅行文学や廖鴻基の海洋文学はその代表的なものだし、呉明益のエッセイ集《迷蝶誌》（〇〇）はネイチャーライティングの実験作となっていて、人間と自然との対立や対話をテーマとする『複眼人《複眼人》』（一一）や『雨の島《苦雨之地》*』（一九）へと展開していく。

マレーシア華人文学は、起源は漢人の東南アジア諸地域への移住とともにあるが、アメリカや台湾における華語語系文学概念（サイノフォン）の成立とも接続しながら、**黄錦樹**や**李永平**、ボルネオの熱帯雨林を舞台にした『象の群れ《群象》』（九八）の張貴興らによって、華人の歴史記憶やアイデンティティの越境を題材として、多様な作品が生み出されている。さらに近年は、台湾への東南アジアからの移民労働者や出稼ぎ労働者の増加を背景に、移民工文学という新しいジャンルを加えている。

二〇〇〇年代になって登場してくる作品、たとえば「マジックリアリズム」と称される文体で台湾の被植民地史を描く『鬼殺し《殺鬼》』（〇九）など**甘耀明**の作品は、「郷土文学」や「現代派文学」といったカテゴリーを過去のものにしていったといってもよいだろう。そうした作品には台湾人女性の戦後家族史を描く**阮慶岳**の《林秀子一家》（〇四）、日本植民地期の描きなおしやそのポストコロニアルな悲劇的連続性をテーマとした郭強生『惑郷の人《惑郷之人》*』（一二）や**王聡威**『浜線の女《濱線女兒》』（〇八）、呉明益の台湾少年工に題材をとった『眠りの航路《睡眠的航線》*』（〇七）や、盗まれた自転車の話を縦軸に台湾人の海南島やビルマの戦線、戦時中の台北円山動物園の動物処分の悲劇などを登場させていく『自転車泥棒《單車失竊記*》』（一五）、戦後の白色テロと外省人を題材とした**胡淑雯**『太陽の血は黒い《太陽的血是黒的*》』（一一）や駱以軍の《西夏旅館》（〇八）などがある。若い世代では高雄を舞台に二二八事件以降の三代にわたり家族史を描く徐嘉澤『次の夜明けに《下一個天亮*》』（一二）もある。

そして今日の台湾文学は、さらにその文学のシーンを細密化・細分化させている。それは台湾の現在の課題とみあったものだが、消費される文学としてどのように新しい作品ジャンルや意匠を開拓していくかという模索とも不可分である。**伊格言**『グラウンド・ゼロ《零地點 Ground Zero*》』（一三）は、**宋澤萊**《廢墟台湾》（八五）に次ぐ原発災害と台湾の滅亡をテーマとした近未来小説である。高翊峰《二〇六九》（一九）も原発を背景に、東アジアの政治地図のなかの台湾の近未来をオーウェルの『一九四八』ならぬデストピアとして描きだす。大江健三郎をはじめ村上春樹や宮部みゆきなど日本の同時代文学が精力的に翻訳され、その影響を受けた作家も誕生している。《妖怪台湾》（一七）でルーツ探しのジャンルとして台湾に妖怪ブームをつくりだし、宮部みゆきの影響の色濃い《幻之港》（一四）などの作品がある何敬堯もそうしたひとりである。台湾の土着的世界を背景にした張渝歌『ブラック・ノイズ《荒聞*》』（一八）のような新世代のサスペンス・ホラーも登場している。

さらに近年の新しい動向としては牡丹社事件を題材とした**パタイ**『暗礁《暗礁*》』（一五）やローバー号事件を題材とした陳耀昌『フォルモサに咲く花《傀儡花*》』（一六）のように、日本植民地期以前に歴史を遡上して、原住民族を中心に世界史のなかの台湾を描く文学が登場していることに着目しておきたい。

社会的弱者への視線もひろがりをみせており、李玟萱『私がホームレスだったころ《無家者*》』（一六）、性的虐待やDVを背景とする林奕含『房思琪（ファン・スーチー）の初恋の楽園《房思琪的初戀樂園*》』（一七）などもある。インターネットを利用した作品発表も多くなっていて、九把刀『あの頃、君を追いかけた《那些年，我們一起追的女孩*》』（〇六）や台湾の土着的世界を描く楊富閔の《花甲男孩》（一〇）など人気作となり、テレビドラマ化や映画化されることも多い。コミックだが、白色テロの受難者・蔡焜霖の自伝に基づく游珮芸脚色・周美信作画『台湾の少年《來自清水的孩子*》』全四巻（二〇～二一）も挙げておきたい。

また台湾出身や台湾籍作家の日本語文学作品は被植民地期の日本語文学からはじまり、戦後期の邱永漢や陳舜臣を経て、現在の温又柔や東山彰良、李琴峰に連なる系譜があることにも、「台湾文学」を考えるのなら注意しておく必要があるだろう。

作家ファイル

凡例

◉編者が厳選した99人の現代中国語作家の解説と、代表作の一節の翻訳を掲載する。

◉見出し語の作家名は漢字表記（日本語常用漢字を基本とし、執筆者の判断で適宜旧字体も使用）を基本とし、音読みの五十音順に配列した。日本でカタカナで表記されることが多い作家は、カタカナで表記した。

◉作家名のローマ字表記はピンインを基本とするが、ウェード式、原住民語ローマ字、英語ほか適切なものを執筆者が選択した。

◉作品を取り上げる際に、作品名の日本語訳を「　」『　』、原題を〈　〉《　》で表記した。基本的に日本語訳を付すが、訳題が不要な場合や雑誌名には付さない。既訳のある作品は、作品名にアスタリスクを付す。

◉本文中の作家名の表記は、(a)日本で通常漢字で表記される作家名は漢字、(b)日本で通常カタカナで表記される作家名はカタカナ（漢字）またはカタカナのみ、(c)日本で漢字でもカタカナでも表記される作家は漢字（カタカナ）または漢字にカタカナのルビで表記した。

阿来

A Lai

あらい／一九五九―　／中国・四川省馬爾康《バルカム》県生まれ

略歴

作家。チベット族。四川省北西部アバ・チベット族チャン族自治州馬爾康《バルカム》県に生まれる。馬爾康師範学院で学んだ後、地元で教員をしながら詩作を始め、八〇年代後半から小説も書き始める。一九八九年に初の小説集《旧年的血跡》を出すが、その後しばらくは地方史や民間伝承の研究をしていた。九八年、代表作となる『塵埃落定《塵埃落定》*』を出版、その前年には成都に移ってSF雑誌《科幻世界》の編集者となり、後に経営者としての手腕も見せる。二〇〇〇年『塵埃落定』が茅盾文学賞を受賞したことで一気に注目を集めるようになった。〇六年から創作に専念。最近は映像表現にも活動範囲を広げている。【おもな作品】先の二作のほか、『空山《空山》*』（〇五、〇七、〇九）、《月光下的銀匠》（九九）、《蘑菇《きのこ》圏》（一六）など。詩集《梭磨《ソモ》河》（八二）、散文《大地的階梯》（〇〇）もある。【邦訳】*を付した作品のほかに、「松茸」「アクトンパ」「魚」。

解説

阿来は、四川省北西部のアバ・チベット族チャン族自治州の南にある馬爾康県馬塘村に生まれた。四川盆地とチベット高原の間に位置する急峻な山岳地帯で、州の東北部には有名な九塞溝やパンダの生息地が広がっている。この地にはギャロンと呼ばれるチベット族の一支族のほかに、チャン族、回族、漢族などが暮らしており、阿来も回族の父とチベット族の母との間に生まれた。幼いころより漢語とチベット語を日常語として使い、完全なバイリンガルだが、創作には一貫して漢語を使っている。彼は学生時代から手に取れるあらゆる本を貪り読み、文学方面では外国文学と中国古典文学が特に好きだったという。漢語の磨き抜かれた表現力や創造性の高さが彼に漢語を選ばせているようだが、作品の場面によってはチベット語で考えてから漢語に翻訳するとも言っている。ともかく彼の魅力的な文体は、鍛えられた漢語力に加えチベット語の情感で漢語の多様性を切り開いているところにあるのかもしれない。

一方、作品の題材の多くは、阿来がギャロン文化圏と呼ぶ東カム（アバ地方とゴンゼ地方）から取っている。彼が自らの故郷と考えるこの地域は、チベットの都ラサから見れば言葉も風俗も異なる僻地で、地理的には多様な民族と、歴史的には中国の各王朝と常にかかわらざるを得なかった辺境地帯である。

代表作『塵埃落定』は、阿来の故郷に二〇世紀前半まで残っていた「土司」と呼ばれる辺境諸侯たちの最後の半世紀を描いたものだ。彼が郷土史研究で得た成果とアクトンパという広く知られた巧智譚の主人公をヒントに一気に書き上げた小説だが、当時チベットの近代史に触れることを懸念した多くの出版社が出版を渋り、発表が四年も延びた作品である。もう一つの代表作『空山』は、ジル村というごく普通の集落がたどった一九五〇年から九九年までの五十年を、年代ごとに六つの物語にして綴ったものである。《格薩爾《ケサル》王》はゴンゼ地方が源流とされるチベットの有名な英雄叙事詩のストーリーに、今も現役で物語を語り継ぐ語り部の人生を合せ鏡のように配して語られている。《瞻対》はノンフィクションだが、二百年ものあいだ康巴《カムパ》（ゴンゼ地方）で抵抗を続けた康巴人の姿を活き活きと写している。近年発表された中編三篇も、この地の産物である冬虫夏草、マツタケ、泯江ヒノキをめぐる時世と人情の移ろいを描いたものだ。

阿来の小説には、伝統が途絶えたり、自然が失われたり、人情が変わったりと、時代とともに急速に変化する地域のようすが、風刺を含みつつも淡々と描かれることが多い。変化は消失や滅びではなく、必然であり融化だと阿来は言う。その中で人間はどう生きるのかを彼は書きたいのだろう。

（土屋肇枝）

『塵埃落定』より

兄は今年もケシを植えた方がいいと主張したが、父は良いとも悪いとも言わず、問いかけるような眼差しを僕に向けた。いつからだろう、何かあると父が僕の考えを聞くようになったのは。僕はこっそり隣のタナに「何を植えたらいい？」と耳打ちした。

「ケシよ」彼女もそう言った。

それを聞いた兄が、「まだ何でも侍女の言いなりになるほどのバカじゃないだろう？」と皮肉るので僕は言い返した。「じゃあ、兄さんの言ったことはなんでタナの言ったことと同じなのさ」

いつのころからか、兄は以前ほど僕を可愛がってくれなくなった。このときも兄はきつい口調で言った。「うすのろ、おまえの下女が俺の言い分をまねたんだ」

まねたと言われ僕はカッとなり、大声で父に言った。「麦だ、全部麦を植えるんだ」僕は兄に分からせたかった。この世のだれもかれもが兄の意見に追従するわけではないんだと。

ところが思いがけず父がこう言った。

「わしもそれがいいと思う」

于堅

Yu Jian

う・けん／一九五四―　／中国・雲南省昆明市生まれ

略歴

詩人。故郷の風土と言葉を愛し、雲南省昆明で創作を続けることにこだわりを持つ。一六歳から九年ほど工場に勤め、文革終結後に雲南大学中国文学科に入学、一九八四年に卒業。七〇年ごろから詩作を始め、八五年に韓東らと詩誌《他們》を創刊。詩人や芸術家として名を成すことを夢見る青年たちの日常を活写した「尚義街六番地〈尚義街六号〉」＊（八六）で広くその名を知られるようになる。平明な日常語で綴られた詩から実験的な詩、典故を駆使した詩まで作風は多様。評論や散文作品も多い。魯迅文学賞（詩歌部門）、華語文学伝媒大賞（詩人賞）、台湾《聯合報》詩歌賞、朱自清散文賞等を受賞。映画制作も手がけ、『翡翠駅《碧色車站》』（〇三、アムステルダム国際ドキュメンタリー映画祭銀狼賞受賞、山形国際ドキュメンタリー映画祭参加）、《故郷》（一〇）などの作品がある。雲南師範大学文学院で教鞭もとる。【おもな作品】『滇池《ディエンチー》を哀しむ《哀滇池》』『0身上書《0檔案》』《飛行》等。【邦訳】＊を付した作品のほか「紀念堂参観」「故宮参観」「一羽のカラスへの命名」等。

解説

八〇年代半ば以降の中国詩をリードした「第三代」詩人たちは、総じて日常の題材や語彙を積極的に詩の中に取り入れる傾向があるが、于堅の出世作「尚義街六番地」には、その特徴がよくあらわれている。淡々として、かつユーモラスな語りの中に、詩人や芸術家として名を成すことを夢見る青年たちのリアルな日常と感情が伝わってくる。「血走ったその二つの目を前にして／俺たちの言葉は朦朧となるほかない／一編の流行の詩のように」という一節からは、「朦朧詩」への敬意とともに、彼らとは違う新しい時代の詩の言葉を生み出そうとしているという自負が感じられる。

「紀念堂参観」では、解放前の皇帝の宮殿も、革命の英雄の霊堂も、改革開放がもたらした資本主義の飲み物も同じ平面に並べられて語られる。「紀念堂は昔の皇宮の向かいにある／何万もの大理石が／ひとつの巨大な陰影を持ち上げている／……／厳かに眠っている／偉大に眠っている／真面目に眠っている／彼の足の裏をくすぐってみたくなった／そうしたらたちまち起き上がり／くくっと笑い涙を流すだろうか／立ち止まらないで！さっさと歩いて！／兵士が脇から命令する／みんな急に少し怖くなる／彼が突然立ち上がって／巨大な手を揮うのではないかと／立ち止まらないで！　さっさと歩いて！／前の扉から入り／後ろの扉から出てきた／偉大な人を一目見た／わずか三分間／人々は急に疲れを感じ／次々とコカコーラを買いに走った」

　于堅の名は、このような口語詩や『0身上書』のような実験的な詩とともに広がり、〝生活流〟詩人、あるいは前衛詩人との評価が定着した。于堅はその後、『詩経』や唐詩、孔子や老子の境地への憧憬をうかがわせる詩や評論も書いており、ときに文語的な表現も用いているが、そのような面が注目されることはあまりなかった。しかし于堅自身が「尚義街六番地」は杜甫の「飲中八仙歌」の影響を受けて書いたものだと語ったとき、この詩と于堅に対する認識をあらたにした者も少なくなかったはずだ。于堅はむしろ中国古典詩の継承者であることに自覚的なのではないか、そう思って初期から近年までの作品を読み直すと、なるほど彼の詩や評論や散文が脈絡をなしてつながり、于堅という詩人の像が厚みをもって立ち現れてくる。

　于堅はまた、近年のある対談でつぎのように語っている。「(私の詩の言葉は)表面的にはいわゆる口語だが、実は中にたくさんの奥深い仕掛けがある。広い読書経験がなければ、私が使っている中古資料には気づかないだろう。たとえば《飛行》にはたくさんの中古資料が使われているが、私はその跡を露にしないよう処理している。その中には英国の古詩からとったものもあり、これはパウンドやエリオットの詩の手法から学んだ。しかし、私の書いたものはそのような知識がなくてもわかるものであってほしいと思う」

　親しみやすさの裏には古今東西の文学的教養が隠されているようだ。軽く触れるもよし、典故を推し量りながら味わうもよし、于堅の詩の楽しみ方は読者次第である。

（栗山千香子）

「尚義街六番地」より

尚義街六番地／フランス風の黄色い家／老呉《ラオウー》のズボンが二階に干してある／おーいと呼べば　股の下から眼鏡をかけた頭がにゅっと出る／隣の共同便所には／毎朝長い列ができる／俺たちはたいてい夕暮れにお出ましだ／煙草の箱をあけ口をあけ／明かりをつける／壁に于堅《ユィジエン》の絵が打ちつけてある／だが多くの人はそう思わない／彼らはゴッホしか知らないから／……／天気の悪い日がときどきあり／暮らしの中でついてないことはよくあったから／俺たちは費嘉《フェイ・ジア》の近作を貶し／朱小羊《ジュー・シャオヤン》を大師と称えた／その後この羊は財布を手に／ぼそぼそと　気前のいい言葉を並べた／八つの口はすぐさま大喜びで立ち上がった／それは知恵の時代／たくさんの会話をもし録音していたなら／一冊の名著ができただろう……

伊格言

えごやん／一九七七―　／台湾・台南市生まれ

Egoyan Zheng

Photo by 黃崇凱

略歴

作家、詩人。本名は鄭千慈。国立台湾大学心理学科、台北医学大学医学科中退、淡江大学中国文学研究科修士。ペンネームの伊格言《エゴヤン》はアルメニア系カナダ人の映画監督であるアトム・エゴヤンから取ったとされる。短編小説集『大甕の住人〈甕中人〉』（〇三）では、ドイツのライプツィヒ、フランクフルトで開催されたブックフェアの選書に選ばれ、新世代作家の一人として注目を集めた。人類とクローンが対立する二三世紀の社会を描いたSF長編小説『夢喰い〈噬夢人〉』（一〇）では台湾文学長編小説金典賞を受賞、福島第一原発事故に触発されて執筆した長編小説『グラウンド・ゼロ　台湾第四原発事故〈零地點〉*』（一三）では呉濁流長編小説賞及び華文SF星空長編小説賞をダブル受賞するなど、名実ともに現代台湾のSF小説を牽引する。現在は国立台北芸術大学で講師を勤めながら、文学評論などを含めた幅広い執筆活動を続けている。

解説

伊格言を抜きに現代台湾におけるSF小説は語れない。SF小説の創作と並行して詩集や文芸評論を出すなど、デビュー以来幅広い創作活動を行ってきた伊格言だが、科学的知識に裏打ちされたその精緻な作品世界の背景には、作家でありながら心理学や医学を学んだといった異色の経歴がある。

心理学や科学的知識をふんだんに用いた伊格言作品の中で最もその本領が発揮されているのが、長編小説『夢喰い』である。二三世紀、人類とクローンが共存関係にある未来世界を描いた同作品において、人類連邦政府は彼らを人類と厳密に区分することで自らの優位性を確保しようとするが、それによって人類は「クローン解放組織」との間に血で血を洗う対立を生み出していく。物語はクローンでありながら人類連邦政府の幹部として働く主人公Kの視点から描かれているが、こうした未来世界を描くにあたって、伊格言は偽の科学的知識を註釈として大量にテクスト内部に挿入することで、虚構の未来にある種の客観性とリアリティをもたせている。二九条、物語全編のおよそ十分の一に及ぶ未知の科学技術に関する注釈は、未来における歴史人物や科学知識、哲学や文学など、それ自体が一個の物語を成している。

同作品において伊格言が人類とクローンの違いを詳細に分析しているように、SF小説とは極端な世界、極端な仮説を立てることによって、人間とは何かといった人文科学における基本命題を考察するものである。しかし、こうしたSF的未来世界は必ずしも遠い未来の話などではなく、「中中」、「華華」と呼ばれるクローン猿が中国の科学チームによって作り出され、AI産業が現実のものとして意識されつつある現在、そうした極端な仮説はすでに我々の現実と密接に結びついている。

例えば、虚構が現実を侵食する（あるいは現実が虚構を侵食する）伊格言の作品の一つに、福島第一原発事故後に描かれた長編小説『グラウンド・ゼロ　台湾第四原発事故』がある。二〇一三年に発表された同作品では、二〇一五年に原発事故が起きて廃墟となった「未来」の台湾の混乱した様子が描かれ、そこでは馬英九《マーインジウ》台湾総統（当時）や台湾電力など、数多くの実在の人物や団体が登場している。原発事故といった極端な命題（しかしそれすらもすでに現実に起こっている）を設定することで、伊格言はそうした虚構の物語を、原発政策を是としていた当時の台湾社会にリンクさせ、読者を含めた現実世界を自らのテクストの参与者として描き出したのだった。

伊格言の描くSF小説には真偽を問わず無数の科学的知識が所狭しと踊っているが、それらは常に我々の現実と結びつき、あまつさえそれらを侵食していく。その作品に戦慄を感じる読者は、あるいはその影を自身の日常の中に見て取っているのかも知れない。（倉本知明）

――『グラウンド・ゼロ　台湾第四原発事故』より

「今回の原発事故は台湾がこうむった痛みの記憶なのです」賀陳端方《ホーチェンドゥアンファン》は突然、まるで話題を避けるように話の矛先を変えてしまった。「しかし、それはすでに起こってしまったことで、この事実を変えることは出来ません。少なくとも、宜蘭《イーラン》、基隆《キールン》、台北、新北《シンペイ》など、北台湾の立入禁止区域を設定したことによって、我々は国民の生命及び安全を一定程度護ることが出来たと考えております。しかも私個人が思うに、現在重要であるのは責任の追及に時間を費やすことではなく、一刻も早く原発事故が国家に与えた損害を食い止め、台湾の社会秩序を以前のように回復させることだと考えております」

閻連科

えん・れんか／一九五八―／中国・河南省嵩県生まれ

Yan Lianke

略歴

作家。中国河南省嵩県田湖鎮の貧しい農家に生まれる。一九七八年中国人民解放軍に入隊し文学創作学習班に参加、八〇年代に文学界で注目を集めるようになる。九四年中国人民解放軍第二砲兵隊に配属され北京に移住する。二〇〇五年『愉楽〈受活＊〉』（〇四）が原因で軍隊から追放された。〇八年中国人民大学の教授に就任し現在に到る。一六年香港科学技術大学の客員教授に就任。国内では老舎文学賞をはじめ数々の賞を受賞している。海外では、一三・一六年に国際ブッカー賞の最終候補に選ばれ、一四年にはフランツ・カフカ賞を受賞。【おもな作品】先の一作のほか『日光は年月と共に流れ〈日光流年〉』（九八）、『年月日〈年月日＊〉』（九七）、『硬きこと水のごとし〈硬堅如水＊〉』（〇一）、『丁庄の夢〈丁庄夢＊〉』（〇六）、『四書〈四書〉』（一一）、『炸裂志〈炸裂志＊〉』（一三）等。『日熄』〈日熄〉（一五）【邦訳】＊を付した作品のほか『人民に奉仕する』（〇五）、『黒い豚の毛、白い豚の毛　自選短篇集』（一九）等。

解説

閻連科には常に発禁作家・物議を醸す作家というレッテルがつきまとう。初めて発禁処分となったのは『夏日落《シアリールオ》〈夏日落〉』（九二）。自殺した気弱な兵士・夏日落の物語で、軍の暗黒面を描いたとして発禁処分となった。次は軍の上官の妻と下級兵士の不倫を描いた『人民に奉仕する』で、二人が性的快感を高めるために毛沢東に関連する品物を次々破壊していく描写が批判の対象となり、雑誌は回収され、閻連科との接触禁止命令も出るなど様々な厳しい処分が下された。三年飢饉を描いた『四書』は大陸では出版できず台湾での出版となった。実際に起こって社会問題となったエイズ村を題材にして描いた『丁庄の夢』は発禁処分にこそならなかったが、販売差し止めになった。異能を持った身障者のサーカス団を作り、それで儲けたお金でレーニンの遺体を買い取り、村興しをしようとする『愉楽』は、反革命、反人類、反体制、反国家など、あらゆる「反」ではじまる言葉で酷評され、この作品が原因で閻連科は軍隊を追われることになった。『硬きこと水のごとし』は文革時代の政治スローガンや革命歌の歌詞、革命模範劇の科白など革命言語を駆使した作品で、革命運動に邁進する一組の男女の若者の愛と性を赤裸々に描き、革命的かつ猥褻な作品だとして物議を醸した。

しかしこれら問題作も、すでに合計すると一千万字を越える彼の膨大な作品群の中のほんの一部であり、作品の質と発禁処分とは関係がなく、いずれも世界的に高い評価を受けており、国内の文学界での評価は高く、数々の文学賞を獲得している。彼は常に中国の農村の厳しい現実を愛情を込めて描き、また貧しい農村出身の兵士の等身大の人間像を浮かび上がらせ、また様々な手法を駆使して改革開放以降の経済発展によってゆがんでしまった中国社会の現実を描き出している。自ら「神実主義」という創作方法を生み出し、その手法を用いた『炸裂志』は、ひとつの村が大都会に変化していく様を、地誌という形式を用いて描いているが、その地誌の執筆を依頼されたのは閻連科自身という設定になっている。

彼の文学の魅力は、人の想像を超越した奇抜なストーリー、読者の五感に訴えかけてくる独特な描写、一途な愛を描き出すロマンチシズム、善人も悪人も強者も弱者も包み込む人類愛的な温かさ、人間として守るべき尊厳、そして自分の生まれた農村への郷土愛などが挙げられるだろう。彼の作品はかなり悲惨な内容のものが多いが、読み終わった後にはなぜか温もりや爽快感を感じる。それは彼の作品の中に詰まっているこれらの魅力のためだろう。

閻連科は小説だけでなく、自分の父親とおじたちの人生を描いた『父を想う』では散文作家としても認められた。彼は古今東西の様々な文学作品に精通しており、文学理論についても造詣を深め、『小説発見〈発現小説〉』（一一）など文芸批評・文学理論についての著書もある。日本をたびたび訪れ、作家や評論家・研究者だけでなく、読者とも積極的に交流を図っている。

（谷川毅）

『愉楽』より

日はついに西山に沈み、受活村を染めていた赤も薄れていった。何か演じて見せたくても、演じられなくなってしまった。外の村の人々も、驚き感心しきりといった様子で家へと帰っていった。村の中央の、受活祭のために大鍋の料理を作っていた村人たちもやって来て、戻って食事じゃ、白菜と肉の煮物にお米のスープじゃ、と叫んだ。このとき、県長の心にあった最初ははっきりしなかったが何か芽生えていたものが、一瞬のうちに、はっきりと鮮明になり、メリメリと音を立てながら大きくなり、天を衝き金のなる大木になったのだった。

受活村で絶技団を結成し、世界の四方八方に出向いて公演するのだ。その入場料はレーニンの遺体を買うための巨額の資金を集めるのにうってつけだった。

王安憶

おう・あんおく／一九五四―／中国・江蘇省南京市生まれ

Wang Anyi

略歴

作家。母は作家茹志鵑（一九二五―九八）、父は劇作家の王嘯平（一九一九―二〇〇三）。小学校を卒業する年に文化大革命が始まり、中学卒業後は知識青年として安徽省に下放した。一九七二年には江蘇省の文芸工作団に移り、七八年より《児童時代》の編集を務めながら、上海を拠点に小説を書き始めた。当初は「雨さらさらと〈雨、沙沙沙〉*」（八〇）や「終着駅〈本次列車終点〉*」（八一）等、農村から都市に移り住んだ「知識青年」世代の心象を細やかに描いて、全国的な賞を得た。その後さまざまに作風を変化させながら、今日に至るまで旺盛な創作意欲で作品を発表しつづけている。現在、中国作家協会副主席と上海市作家協会主席を務めている。【おもな作品】先の二作のほか「おじさんの物語〈叔叔的故事〉*」（九〇）、『長恨歌《長恨歌》』（九五）、「ヘアサロン情話〈髪廊情話〉」（〇三）、『啓蒙時代《啓蒙時代》』（〇七）、『匿名《匿名》』（一六）等。【邦訳】＊を付した作品のほか「妙妙」、『富萍』等。

解説

王安憶の原風景は、かつて上海に無数に広がっていた弄堂《ロンタン》（路地）の風景の中にある。租界時代に建設された弄堂は、中華人民共和国後も往時の面影を留めていた。中でも、王安憶の小説に最もよく書かれるのは、政治の時代をよそに生きる少女や保姆（家政婦）である。

代表作『長恨歌』には、一九四〇年代から八〇年代を生きた上海女性の一生が描かれている。背景には、急速な経済発展で変貌する都市上海の姿があった。当時の上海では、近代化の流れに逆らうように、「オールド上海（旧租界時代の上海）」ブームが生まれていた。『長恨歌』には安易なブームに対する批判意識が読み取れるが、それでも作品はブームに乗って一世を風靡した。

やがて王安憶の視線は、都市上海に流入する農村出身者にも向けられるようになった。『富萍』には一九六〇年代の上海を舞台に、農村の少女が上海に根を下ろすまでが、ユートピア的に描かれている。「ヘアサロン情話」は、地方出身の主人が営む街の片隅の美容院を舞台に、上海庶民の日常風景を切り取っている。

文革後にデビューした王安憶は、当初

農村から都市に帰って来た知識青年世代の思いを綴り、読者を得た。その後、安徽の農村を舞台に書いた『小鮑荘《小鮑荘》』（八五）や、性を問題化した『小城の恋《小城之恋》』（八六）などが大きな話題を呼んだ。

　順風満帆に見えた文学人生に転機が訪れたのは一九八九年のことだ。「六四天安門事件」直後の王安憶は、強い衝撃を受け一年ほど筆を擱いた。休筆後初の小説「おじさんの物語」には、上の世代の知識人への深い失望と尊敬とが複雑に交錯した感情が綴られ、自らの文学人生に対しても厳しい内省の目が向けられた。その後も作風は変化したが、そのとき浮上した共産主義中国の精神遺産をいかに受け継ぐかという問題は残った。それは、時に知識人だった両親へのコンプレックスとしても現れ、『啓蒙時代』等の小説にも受け継がれている。

　王安憶の家族は上海の文芸一家として知られる。一九九八年には作家の母茹志鵑が、二〇〇三年にはシンガポール出身の劇作家の父王嘯平が相次いで亡くなり、王安憶の編集によって両親の逸文が発表された。特に無名に近かった王嘯平は、近年「華語語系文学」の中で再評価が進む。

　また王安憶は文筆以外にも、二〇〇三年より復旦大学教授も務めているほか、一七年にはハーバード大学に滞在し、精力的な講演活動を展開した。海外での評価も高く、一七年にはオクラホマ大学主催のニューマン華語文学賞を受賞している。

（松村志乃）

『長恨歌』より

　それは一九五七年のことだった。外の世界では、大きな事件がおきようとしていたが、このストーブの周りの小さな世界とはなんの関係もなかった。この小さな世界は世界の片隅、隙間にあり、忘れられていたが安全だった。窓の外では雪がちらつき、家の中にはストーブの火があった。なんて美しい夜なのだろう！

　彼らはあれこれ知恵を出しあって、このストーブの上で何をしようか、いろいろ考え出した。鱈の干物を焼こう、餅を焼こう、鍋をかけて羊肉のしゃぶしゃぶをしよう、麺も入れよう。彼らは午前中にはやって来て、ストーブのそばに座り、おしゃべりをしたり、食べものをつまんだりした。それは昼食からおやつ、夕食へとつづいた。雪の日の太陽は、あろうがなかろうが同じこと。まるで時がなくなったかのように、この時間はいつまでもつづくのだった。窓の外が真っ暗になると、彼らはようやく家に帰るため、のろのろと立ち上がった。このとき外は零度を下まわり、霜が降りていた。彼らは身震いをし、足を滑らせながら、まだ半分夢の中にいるかのようだった。

王安祈

おう・あんき／一九五五―／台湾・台北市生まれ（浙江籍）

Wang Anqi

略歴

劇作家、演劇研究者。四、五歳頃から母に連れられ大量の京劇を見る。一九八五年、国立台湾大学中国文学系博士課程修了、文学博士を取得。八五年より国立清華大学中国文学系及び同研究所で教鞭を取る。博士課程在学中より京劇の脚本を執筆する。〇二年、国立国光劇団の芸術総監督に就任。一〇年より国立台湾大学戯劇学系及び同研究所特聘教授。【おもな作品】脚本集に《国劇新編》（九二）、《曲話戯作》（九三）、《絳唇珠袖両寂寞》（〇八）、《水袖・画魂・臙脂》（一三）など。研究書に《台湾京劇五十年》（〇二）、《為京劇表演体系発声》（〇五）、《性別、政治与京劇表演文化》（一一）、《録影留声名伶争鋒》（一六）など。

解説

台湾の京劇は、一八九一年、堂会戯（私的な祝宴などでの上演）に呼ばれた上海の劇団による上演が最初だとされる。日本統治期に入ってからも、主に上海の京劇団による台湾公演が継続していた。四九年国民党政権が台湾に移ってからは、国民党の軍中劇団が伝統演目中心の京劇を盛んに上演したが、次第に人気は衰え、数多くあった軍中劇団は、九五年、国立国光劇団一つに再編された。一方、台湾が高度経済成長を遂げる七〇年代後半から、現代的な京劇の在り方を模索する民営の京劇団が現れる。これらの劇団に一貫して脚本を提供し、京劇の構造改革を推進して来た中心的人物が王安祈であった。彼女は、伝統演劇におけるストーリーの高潮と演技の高潮とが乖離する通弊を指摘し、真の意味でのドラマを京劇の舞台に回復し、京劇を現代演劇として再生させようとした。こうした改革の先には、京劇という形態に拘らない新しい演劇の創造が意識されていた。

二一世紀に入ってからの王安祈の新編劇には、その傾向が顕著である。例えば、伝統演目〈御碑亭〉を改編した〈王有道休妻〉（〇四）では、夫（王有道）の留守に里帰りした妻が帰途雨に遭い、御碑亭で若い男と一夜を過ごすことになる。若い男から身を守ろうとする妻を貞淑な女性を演じる青衣役の役者が、また男の視線に胸騒ぎを覚える妻を色っぽさを出す花旦役の役者が、二人同時に演じる。しかも御碑亭を大道具にせず、擬人化して客観的に出来事を叙述する語り手にした。〈青塚前的対話〉（〇六）では、蔡文姫が故国への帰途、王昭君の墓前を通ると王昭君の霊が現れ、二人は、歴代の文人たちによって築き上げられてきた自らのイメージを覆す本音の対話をし、最後にはののしり合ったりもするのだが、実はそれらは全て漁師の妻の見た夢だったという夢幻能の如き体裁の京劇になっている。

女性の老生（中年男性役）の第一人者であった孟小冬の一生を臨終前の時点から振り返る〈孟小冬〉（一〇）では、劇中劇で京劇をうたう以外は全て台北市国楽団団長鍾耀光の作曲した新曲を歌う。〈孟小冬〉は、鍾団長の提案した京劇歌唱劇の試みでもあった。

以下に引用するのは、張愛玲の原作に基づく、趙雪君との共編〈金鎖記〉（〇六）。全五幕のうちの第二幕の出だし。自らの思惑により身障者である姜家の次男に嫁いだ曹七巧（以下七巧と略）が密かに思いを寄せる三男の婚礼の日。七巧は婚礼に出席せず、自室でその進行を聞きながら、三男との婚礼を夢見る。第二幕の舞台は、A区：七巧の部屋とB区：三男の部屋に分かれ、過去と現在、空想と現実が同時に舞台上で交錯する。

（松浦恆雄）

「金鎖記」より

A区（七巧の部屋）（薄暗いライトの中、七巧が登場。薄暗い部屋をゆっくり歩き回る。ベットの端に腰かけたり、身を起こしたり。壁の鏡が風で揺れる）七巧：（南梆子のメロディで歌う）嫁ぐ日、鏡に向かえば、さわさわと風、鏡揺れ、影ゆらぎ、散る光。ふと気付けば、姜家の屋敷、瀟洒な構え、ゆらめくカーテン、漢方薬局に似た、暗く淀んだ空気の中へ。（兄嫁登場。七巧の回想）兄嫁：いい知らせを持ってきたわよ。姜家から仲人が来て、〔次男の〕妾じゃなく、正式の奥様らしいわよ。七巧：姜家ね……午後、叔母を通して、向かいの漢方薬局の劉さんからも、縁談話が舞い込んだのよ。（七巧はまた鏡の前へ行く）（このとき三男と三男の嫁が舞台の左右から別々に登場。三男の嫁は紅絹で頭をすっぽり覆っている。二人は七巧と二等辺三角形になるよう舞台袖に立つ〔二人はB区にいる設定〕）（以下の歌の最初の二句は鏡に向かって歌うが、三句目からは、赤いハンカチをそっと頭に載せて座り、自分が今宵の花嫁であるかのように振る舞う。舞台には、赤い布で頭を覆った二人の花嫁がいる）七巧：（歌う）朱塗りの門と、柴の戸の、影が重なり、心の奥を掻き乱す。手ずから、鏡の歪みを直し、紅絹を戴く、鏡の中は、赤く輝く、花嫁御寮。本当は、鏡のように曇りなく、明々白々、半分は運命だけど、もう半分は自分の播いた種。顧みれば思い暗澹。男の声：一つ、天地を拝み、二つ、両親を拝み、三つ、夫婦相拝み合う……（三男夫婦が婚礼を執り行う）（七巧はひとりで三男との婚礼を空想している）〔 〕は引用者注。

王朔

おう・さく／一九五八―　／中国・江蘇省南京市生まれ

Wang Shuo

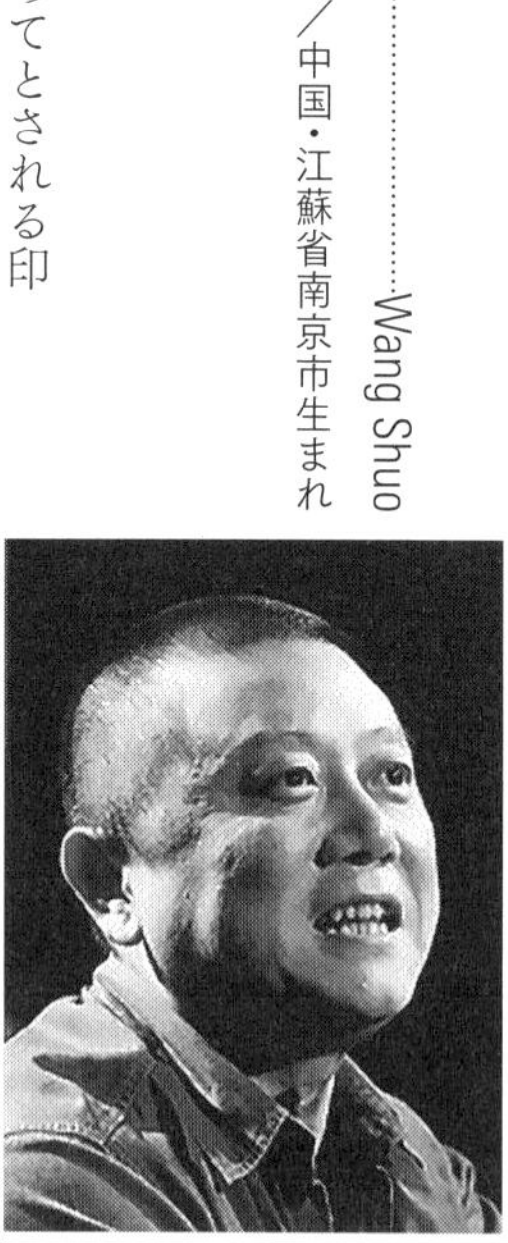

略歴

作家。南京に生まれるが、生後すぐ家族とともに北京に移り住む。一九七六年高校卒業後、海軍に入隊し、衛生兵となる。文化大革命終結後は、部隊の倉庫勤務となり、その間「期待〈等待〉」（七八）を《解放軍文芸》に発表。解放軍文芸社や医薬品会社勤務を経て、自営業に転身。転職後の自身の社会経験を活かして「スチュワーデス〈空中小姐〉」（八四）を《当代》に発表し、好評を博し注目され始める。その後、立て続けに作品を発表し、八八年には「アウトローな請負屋〈頑主*〉」（八七）など小説四作品が映画化され、中国映画界で「王朔年」と呼ばれる。九〇年頃からはテレビドラマの企画・制作にも乗り出す。九四年には華芸出版社から『王朔文集』四巻を出版。王朔には文化大革命後初めてとされる印税が支払われた。【おもな作品】〈頑主*〉（八七）、〈動物凶猛〉（九一）、「父親は俺だ〈我是你爸爸〉」（九一）、「思い切り楽しむだけ〈過把癮就死〉」（九二）等。【邦訳】『北京無頼』（〈頑主〉〈一点正経没有〉所収）。

解説

王朔の小説の魅力は、軽妙で時に風刺の効いた登場人物たちのやりとりと、当時としては破天荒なストーリーにある。北京の「軍大院」と呼ばれた解放軍関係者の集合住宅に育ち、多感な少年時代を文化大革命下の首都で過ごし、改革開放の時代になるといち早く自営業に転じた経験が、作品の中にちりばめられている。大人が留守がちで自由気ままに遊び回った少年時代の出来事や、改革開放の時代になり急速に変化する社会や人間関係などを、いまそこで仲間たちと交わしていたような言葉で綴っていくスタイルが、一部の人たちのアレルギーを引き起こしながら大きな注目を集めることになった。

アウトローな若者を主人公とする作品のみならず、王朔自身の過激な発言もしばしば批判を引き起こしたが、そうした批判も自分自身への注目を集めるための有効な手段になり得ることを王朔は熟知しており、とりわけ九〇年代以降は自身の作品や関係する映像作品の宣伝として、様々な媒体で過激なアピールをすることもあった。その意味では、おとなしく小説を書いているだけの作家ではなく、辣腕プロデューサーとしての才能もあったと言えよう。作家としての活動に、いち早くインターネットを採り入れた作家でもある。

　また、地の文よりも会話を中心に展開される王朔の叙述スタイルは、もともと脚本にも近い体裁で、テレビドラマ化や映画化するのに都合の良い側面があり、堅苦しい文学創作を目指しているわけではなかった王朔が積極的にテレビや映画の世界と関わっていくようになったのも、自然な流れと言える。ドラマや映画のシナリオも積極的に手がけ、姜文、馮小剛、張元といった名だたる映画監督が、王朔から大きな影響を受けているのは特記に値する。その反面、会話に含まれる風刺や諧謔には、文化大革命期の特殊な言い回しや中国の独特な文化背景を理解していないと意味が分からない部分も多く、それがネックとなり、中国で大きな注目を集めた作家にしては日本語に訳された作品数は多くない。

　代表作である「動物凶猛」は王朔の自伝的な小説で、軽妙なやりとりだけではなく、ややセンチメンタルに少年時代を振り返る作品になっている。文化大革命期の北京を、そこに暮らす少年少女にとっては、何かにつけ干渉してくるうっとうしい大人のいない自由な世界として描いている。文化大革命を悲惨な政治運動として告発するような作品が多い中で、異色の作品とも言えよう。なお、本作は姜文監督によって『太陽の少年〈陽光燦爛的日子〉』として映画化され、自身もカメオ出演している。


（吉川龍生）

「動物凶猛」より

　私は田舎から出て来た人たちが羨ましい。そうした人たちの記憶の中にはいつも思い出の尽きることのない故郷《ふるさと》があり、そこが実際は貧しくさびれ何の風情もない僻地だったとしても、その気にさえなれば、自分が完全に忘れ去ってしまっていた何かが、よく知りもしない故郷にいまだに残されているのだと存分に思いを巡らし、自分を許し慰めることができるのだ。私は幼くして生まれ故郷を離れ、この大都会にやって来て、それ以来この街を離れたことはなく、ここを故郷だと思っている。この都市ではすべてがめまぐるしく変化している——家屋や街並み、人々の身なりや話題など、今では完全に様子が変わり、斬新で、私たちの感覚ではとてもおしゃれな都市になった。

　跡形もなく、すべてがきれいさっぱり失われてしまったのだ。

王小波

おう・しょうは／一九五二—一九九七／中国・北京市生まれ

Wang Xiaobo

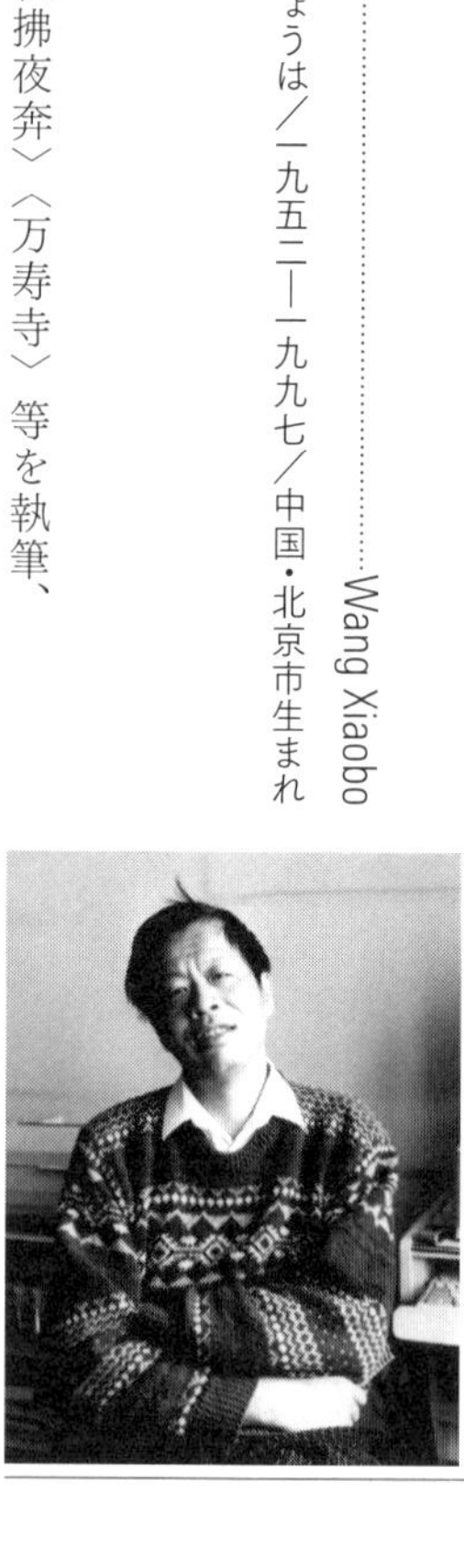

略歴

作家、評論家。父親は論理学教授、母親は教育関係の幹部。五人兄弟の次男。一七歳より雲南省、山東省等に下放、一九七五年北京に戻り工場労働者として働いた後七八年、中国人民大学に入学。八四年より四年間米国ペンシルバニア大学留学、帰国後人民大学分校の講師となる。一九七〇年代より小説を書き始めるが、大学時代以降十年間は短編二編以外は発表せず。米国留学時に代表作「黄金時代〈黄金時代*〉」（九一）及び〈唐人秘伝故事〉（八九）を執筆。何度も修正を施した「黄金時代」が一九九一年台湾《聯合報》中編小説賞を獲得、のち大学講師の職を辞し作家業に専念、〈未来世界〉（九五）その他のディストピア小説、〈唐人秘伝故事〉を全く新たに書き直した長編小説〈紅拂夜奔〉〈万寿寺〉等を執筆、同時に同性愛をテーマとした映画『インペリアル・パレス《東宮西宮》』（アルゼンチン映画祭最優秀脚本賞）の脚本および多数の批評を発表。一九九七年四月心臓発作により急逝。【邦訳】『黄金時代』（「黄金時代」を含む短篇集）

解説

紆余曲折を経て出版された代表作「黄金時代」は、雲南に下放したときの原体験を核に、高潔な人間像のみを正しいとする体制の定めた価値観を信じるインテリの女医が、すれた下放青年との肉体的な交わりを通して愛に気づくさまを語り手の視線から描く物語。自然な情愛を否定する社会規範に従属し、タブーを破る言語表現の前にうろたえる人々の愚劣さが、第一人称の語り手と第三人称の登場人物の語りの使い分け、文革が終結した「今」と過去の回想を交錯させる構成等、小説作法を駆使し綿密に組み立てた言語によって見事にあぶりだされている。「黄金時代」は、一九七九年《外国文芸》M・トゥルニエ特集号掲載の「若い娘と死」や、尊敬する王道乾による訳デュラス『愛人』等を読んで衝撃を受け一旦は放棄した小説書きを、十年のブランクを経て再開した後の一つの成果とも言える。

　小説書きは徹底して理性的な作業であるべき、との認識を王小波は明確に持つ。父の蔵書から下放地に持ち出し熟読したオウィディウス『転身物語』が語る四つの時代区分を自分の著作集の各タイトルに転用し、《黄金時代》では文化大革命時期の辱められた性愛を描き、《白銀時代》では未来の世界から「今」と過去を回想する。《青銅時代》では、敬意を表する魯迅が《中国小説史略》で挙げる唐代伝奇を換骨奪胎し、荒唐無稽な空想世界に現実を反映させる。そしてパソコンに残されていた草稿《黒鉄時代》では大学時代に影響を受けたという『一九八四年』、『われら』、『すばらしい新世界』を彷彿させるディストピアの世界が繰り広げられる。

　王は想像の世界のルールで知的に遊ぶことを最重要視する。その語りの密度の濃さは時に息苦しさすら感じさせるが、小説について語った小説、所謂メタ小説の手法を徹底して実践したテクストは、死後二十数年を経た今日でも、ゲーム感覚を楽しむ中国の若手の読者層に強く支持されている。そこでは混沌とした現実世界の事象が冷静に捉えられ、タブーお構いなしに想像の可能性が極限まで広げられている。出版社に出版を躊躇させたサディズム・マゾヒズムをテーマとするいくつかの物語世界では、肉体の快楽に重点を置く煽情性は封殺され、施虐・受虐の共犯関係を具体的な行為の書き込みでイメージ化してその恣意性や、主体客体が容易に変換する可能性を示唆し、確固たる構造を持つかに見える現実の権力構造への疑問を提示する。生物学でのデッサンの如く正確且つ誇張され拡大された緻密な描写は可笑しみを醸し出し、自他ともに認めるブラックユーモアの世界が展開される。

　好きな作家の一人にイタロ・カルヴィーノを挙げた王小波は、執筆原則を「挙重若軽、帯軽若重（重いものを軽々と、軽いものを重々しく慎重に）」の語句で形容し、現代中国文学の卓越した詩人・翻訳者の穆旦を師と仰いで吸収した現代中国語特有のリズムや息遣いを大切にしながら、予定調和的に真実が想定される従来の「リアリズム」を飛び越えた「真実」を追求し続けた。死後に公刊された全集に、五感を全開して虚構世界を構築する言葉の匠の創作の軌跡と成果が示されている。

（櫻庭ゆみ子）

「白銀時代」より

　大学二年の時、熱力学の授業で壇上から教師が言った。「未来の世界は銀である」。俺は最前列に座り、左手で机に頬杖をついて外を眺めていた。その日空は薄暗く、空気は水気をたっぷり含んでいた。窓の外の山の斜面に、白松の大木が一本生え、根元一面に黄色い葉を散らしている。乾いて割れた松ぼっくりの間で二匹のリスが戯れ、交尾をする。リスの背は黄金の縞模様。教室の中は大変暗く、山の斜面は一面に青白い光線で覆われている。跳ね回っていたリスが、いきなりぴたりと動きを止めた。今にも雨が降りそうで降らない。教室に三本の蛍光灯が灯っているが一本はいつもちかちかしている。この瞬きの間を縫って見えるのが過去に生じたことである。

王聡威

Wang TsungWei

おう・そうい／一九七二―／台湾・高雄市生まれ

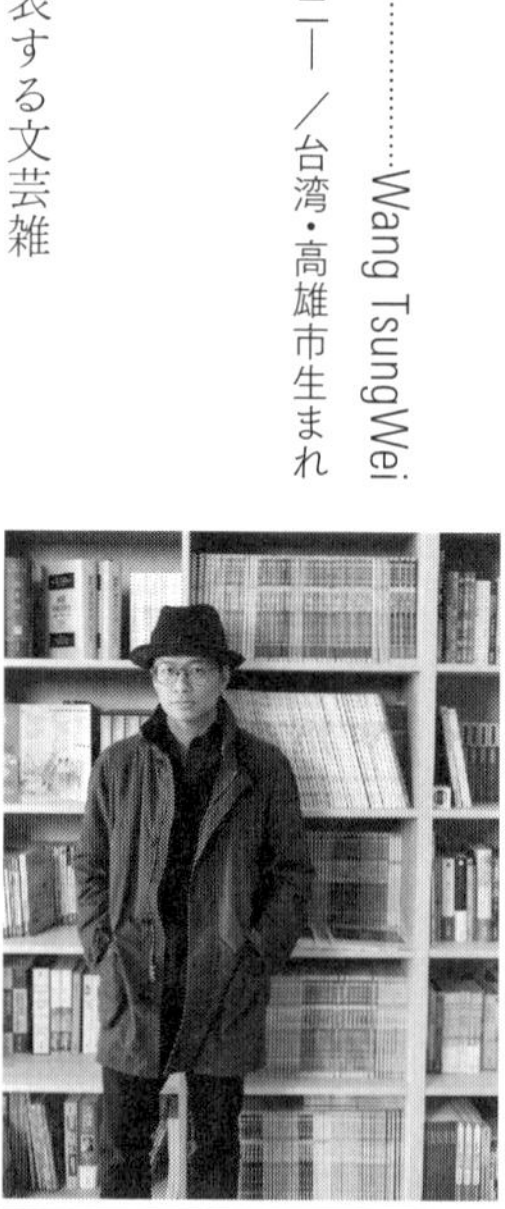

Photo by Hedy Chang

略歴

作家、詩人、雑誌編集者。台湾大学哲学科、同大学芸術史研究所卒業。デビュー当初は台湾の郷土をポストモダン的な手法で描く新郷土文学作家として注目された。植民地時代から光復初期における激動の時代を舞台にした長編小説『浜線の女―ハマセン恋物語《浜線女児―哈瑪星思恋起》』（〇八）では、巫永福文学賞と台湾文学金典賞を受賞、フランクフルトブックフェアの選書にも選ばれた。デビュー当初は郷土と前衛を結びつけた作品を次々と発表していたが、長編小説『女教師《師身》』（一二）や『ここにいる《生之静物》*』（一六）では、現実に起こった社会事件をモチーフに都市生活における孤独をテーマに描き、創作の幅を広げていった。作家業以外にも雑誌編集者としても活躍、台湾を代表する文芸雑誌《聯合文学》の総編集長の任に就き、その体験を描いたエッセイ『編集者たる者《編輯様》』（一四）など出版している。

解説

台湾の六年級（民国六〇年代、西暦一九七〇年代生まれ）の作家にはマルチな才能を持った者が多い。《美麗佳人》、《明報周刊》といった流行雑誌で編集の仕事に携わった後、台湾を代表する文芸誌《聯合文学》で総編集長を務める王聡威も、そうした才能を持つ作家の一人だ。王聡威の総編集長就任後、『聯合文学』は台湾の優秀な出版関係者に与えられる「金鼎賞」で雑誌大賞（一六）と美術デザイン賞（一七）を相次いで受賞、それまでお固いイメージだった文芸誌の誌面を一変させ、多くの若い読者を獲得することに成功した。

こうした編集者としての経験から紡ぎ出される数々の言葉は洒脱かつユーモラスで、エッセイなどで描かれるその素顔は親しみ深く、どこかおどけてさえみえる。しかし、作家の性格とその作風が一致しないのは得てして不思議なところでもある。王聡威の小説はどこか息苦しく、読む者に重々しい印象を与えるが、その作風は大きく二つの支流に分かれている。

第一の支流は、台湾の土地に深く根ざした歴史作品群で、台湾の歴史やアイデンティティの問題に強く関わった新郷土文学と呼ばれる分野に属している。六年級の作家たちは先輩作家たちのように直接的に「郷土」を描くのではなく、ポストモダンやマジックリアリズムといった手法を用いて急速に変貌していく「郷土」を再構成するといった特徴を持っているが、光復前後の故郷高雄の歴史を描いた短編小説集《複島》（〇八）や長編小説『浜線の女―ハマセン恋物語』などは、まさにこうしたジャンルに属している。

一方、そうした台湾固有の郷土を前提とせず、匿名の都市生活における孤独をテーマとしているのが、王聡威作品における第二の支流である。それは台湾といった土地の特殊性に根ざすものであると同時に、国境を越えた表情《かお》のない都市に暮らすあらゆる人々の身に起こり得る喜悲劇である。こうした都市生活における孤独を描く際、王聡威はしばしば現実に起こった事件や出来事をモチーフに、それをテクストの中で再構成するといった手法を採ってきた。台湾で実際に起こった中年女性教師と男子中学生のスキャンダルにインスピレーションを受けた長編小説『女教師』に、「母子遺体事件」（一三年に大阪のマンションの一室で若い母子が餓死した事件）をモチーフに描かれた長編小説『ここにいる』など、王聡威は前衛的な手法でもって、孤独な都市生活において愛を乞い、もがき苦しむ人々の姿を描き出してきた。例えば『ここにいる』において、王聡威はSNSの発信文のような短い文章をいくつも組み合わせ、作品全体を異なる個人のつぶやきの組み合わせのような構造にすることで、現代人が抱える孤独を多角的に描き出している。

固有性と匿名性、二つの相反する支流がぶつかり合うその激流の中に、王聡威の描く文学の特質を垣間見ることができる。どちらの支流に飛び込むにしろ、読者はそこから現代台湾社会の潮流を読み解くことができるはずだ。（倉本知明）

『ここにいる』より

そうなってくると、この都市の冷淡さってやつがむしろ二人たちにとってある種の優遇にさえ思えてきた。だけど、そうした優遇は一貫して必要なわけで、あったりなかったりするような代物じゃダメで、じゃないと彼らだってきっとその優遇を受け入れられないに違いなかった。ペットみたいに呼べばいつでも来るってもんじゃなくて、それは二人にとって双方が確実に遵守すべき契約みたいなものだったんだ。だって、人間ってやつはときに脆くて、感傷的になっちゃうだろ。他人の助けが必要だったり、誰かに自分の話を聞いてもらいたがったり、あるいは恋愛してみたり、他人の包み込んでくれるような優しいまなざしが必要だったりさ。でもそれって実はものすごく危険なことなんだ。

王蒙

Wang Meng

おう・もう／一九三四―／中国・北京市生まれ

略歴

作家、詩人、評論家。一四歳で中国共産党入党。人民共和国成立後、北京にて共産主義青年団の基層幹部として働く。一九五六年、「組織部に新しくやって来た若者〈組織部新来的青年人〉」で注目を集めるも後に「右派分子」とされる。六三年、新疆に移住し人民公社にて生産大隊副隊長を務める。「夜の眼〈夜的眼*〉」（七九）、「蝴蝶〈蝴蝶*〉」（八〇）など、「新時期」文学の主要な担い手として活躍。文化部部長、中共中央委員、全国政治協商会議常務委員、中国作家協会名誉副主席などを歴任。全国優秀短篇小説賞（七八、七九、八〇）、中篇小説賞（第一回、第二回）などに加え、『こちらの風景《這辺風景》』にて茅盾文学賞（二〇一五）を受賞。**【おもな作品】**《青春万歳》（七九）、「相見る時は難く〈相見時難〉」（八二）、「応報《むくい》〈活動変人形*〉」（八五）、「堅い粥〈堅硬的稀粥*〉」（八九）、「恋愛の季節〈恋愛的季節*〉」（九二）、『こちらの風景《這辺風景》』（一三）など。

解説

父の代に北京に移り住む。父は北京大学の教員で、母は小学校の教員。正規の教育は高級中学までである。二十歳で北京市内で共産主義青年団の地区組織幹部になるのと前後して小説を創作、発表し始めた。王蒙の生涯は、中華人民共和国の文学、社会、政治が歩んだ歴史そのものであると言ってもよい。自身が認めているように、ソビエト・ロシア文学の影響を強く受けた世代である。デビュー当初の作品の特徴としては、革命への理想、無私の献身、理性への崇拝が挙げられる。「組織部に新しく来た青年」（五六）では、共産党基層幹部の官僚主義的気風や、有夫の女性への思慕を描き、大きな反響を得た。そこからは率直な眼差しで現実の社会に発生している問題を見つめ、解決に向けての方策を真摯に思考する姿勢が垣間見られる。「青春万歳」（五六年に一部発表。単行本としての刊行は七九年）は、王蒙が一九歳の時に書き始めた長編小説である。五〇年代初頭、北京の女子高校生たちが、経済的な困窮や思想面での問題、人間関係や恋愛など日常生活の中で様々な出来事にぶつかりながら、ともに助け合い成長してゆく姿をみずみずしく描く物語である。その後、反右派闘争が始まると「右派」と認定され、数篇の短篇や散文を除いては約二〇年間にわたって作品を発表することができなくなった。ただ、新疆ウイグル自治区に移住したことで新たな視野を獲得することになる。ウイグル族作家の作品の翻訳や紹介もしている。

文化大革命収束後、北京に戻る。「ボルシェヴィキの敬礼〈布礼〉」「夜の眼」（七九）、「春の声〈春之声〉」「凧の尾〈風箏飄帯〉」「蝴蝶」（八〇）では、「意識の流れ」手法を取り入れた短篇を次々に発表し、従来のリアリズム文体への懐疑、作家による精神面での内省の発見は、その後に続く作家たちの創作に新たな道を拓くことになった。自伝的要素も含む「応報」（八五）は、息子の目から見た両親の家庭内紛争を通して中国人の精神的な痼疾を批判的に描いた好篇である。「恋愛の季節」（九二）に始まる「季節」四部作は、五〇年代初期から文化大革命収束までの時代を、若きボルシェヴィキたちが歴史の荒波に飲み込まれながらも生き抜く姿を描く大河小説である。『こちらの風景』（一三）では、第九回茅盾文学賞を受賞している。新疆の農村で起きた食料盗難事件を契機に、ウイグルの人々と社会を活写したこの作品は、七八年に書き上げた後、八一年「イリの風情〈伊犁風情〉」などとして雑誌に部分的に発表されたあと行方知れずになっていたものを、編集者によって発見され、作家が改めて手を加えたものである。小説以外にも、散文、詩、ルポルタージュ、文学理論研究、『紅楼夢』研究、李商隠研究などの著作がある。

（和田知久）

「蝴蝶」より

北京ジープは田舎路を疾駆する。ガタゴトと揺れは止まらず、コクピットは蒸し暑いせいで、本当にうとうととしてしまいそうだ。エンジンの唸りは時に低く、時に高く、永遠に止むことのない呻き声のようだ。これは苦痛な、涙を湛えた呻き声なのか。これは幸福な、満ち足りた呻き声なのか。人はうれしくても呻き声をあげるだろう。一九五六年、もうすぐ四歳になる冬冬《トントン》を氷菓子屋に連れていき、大きなアイスクリームを食べさせた時のように。いい香りのする甘くて上等な、そしてすっきり冷たいアイスクリームにかぶりつくや、冬冬は満足げに呻き声をあげたのではなかったか。

夏宇

か・う／一九五六— ／基本情報なし

Xia Yu

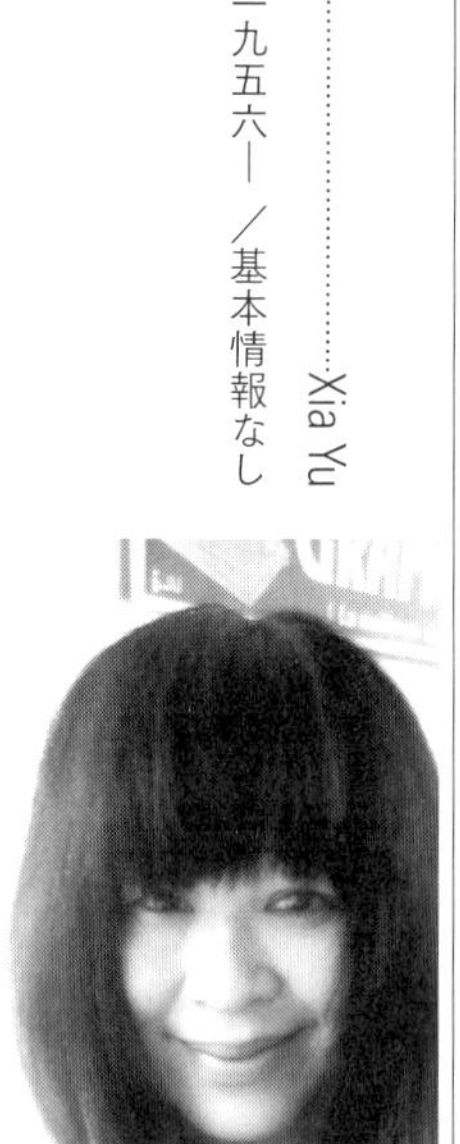

略歴

詩人。本名、黄慶綺。

国立芸術専科学校（現・国立台湾芸術大学）影劇（映画演劇）科卒業。十代より詩を書き始め、発表しはじめた。同時にポピュラーソングの作詞も行なっている。一九九〇年代にフランスに渡り、現在ではフランスと台湾との行き来を中心に、頻繁に諸外国を旅している。詩刊《現代詩》の創刊者の一人。【おもな作品】詩集《備忘録》（八四）、《腹語術》（九一）、『摩擦・語りえず《摩擦・無以名状》』（九五）、《Salsa》（九九）、《粉紅色的噪音／Pinknoise》（〇七）、《這隻斑馬／This Zebra》《那隻斑馬／That Zebra》（一〇）、《詩六十首》（一一）、《88首自選》（一三）、《第一人称》（一六）。【邦訳】『時間は水銀のごとく地に落ちる』（原著《備忘録》より三編、《腹語術》より二十一編、『摩擦・語りえず』より四編、《Salsa》全編）

解説

夏宇は一九八四年、第一詩集《備忘録》を出版すると、読者に大きな衝撃を与え、たちまち話題になった。初版は出版した五百部すべてがまったくの手作りで、表紙のタイトルや挿絵も手書きだった。その後も装丁、編集は基本的に自分で行ない、出版も夏宇自身である。そのため、詩集の編集出版の営為と詩作、詩風とが密接に関わり合っている。

《備忘録》に収められた代表作「あまい復讐〈甜蜜的復仇〉*」は、アンビバレントなイメージや言葉の組み合わせ、日常生活の感情や抒情の顛覆性などは意表をつき、読者を魅了した。人気は文学的な場だけでなく、例えば、町で見かける商品にその言葉が書かれるなど、社会現象にもつながった。この流れは第二詩集《腹語術》にも続くが、こうした自作の詩に（それとともに詩人みずからにも）粘着するものや重みに耐えがたいものがあったようで、第三詩集からは作風が全く変化する。いずれにせよ、詩「腹語術」には自分の結婚式をもう一人の自分が見つめるという感覚があり、またソネットシリーズなどには「もう一つ」の時間や空間の感覚が散見している。そこにはふつうの抒情としては異端であるとともに、自他共の既存の詩世界を破壊したいという欲望が垣間見える。

第三詩集『摩擦・語りえず』は、前作

《腹話術》の大型本を文字や単語で切り離して、パズルのように並べ替えたものだ。結果的に、文字通りそれまでの詩作を「切り刻」むことにとって破壊し、論理性（意味）よりも直観やイメージ、文字の面白さに力点を置くことになった。第四詩集《Salsa*》はパリで創作された。素材となっている場所もパリあるいはヨーロッパや中南米の町や村が想定され、流れとしては前半生の腐れ縁から、より自由になったように見える。《Salsa》の「後記」には、詩作の喜びのようなものが溢れている。第三詩集『摩擦・無以名状』が夏宇の詩作歴のターニングポイントになったようだ。

詩人夏宇と彼女の詩は台湾をはじめとする中国語文化圏で高く評価され、論評や研究論文も夥しい数にのぼる。キーワードは「フェミニスト」とか「ポストモダン」が多いが、本人はこうしたレッテルを貼られることも含めて、個々の詩が読者に読まれる以外に何かを「される」こと、特に詩人自身について論じられることを好まないようだ。ふだん所在も不明で、メールアドレスは公開されてはいるものの、すぐに連絡がとれるかは確証がない。様々な意味において、今居るところへの安住を拒み、変化を望んで、自らのスタイルにこだわる詩人である。

（池上貞子）

『備忘録』より

あなたの影にかるく塩をふり／漬けものにして／風にさらす／／老いたら酒のつまみ

『時間は水銀のごとく地に落ちる』より

まるですべてがまだ始まっていないかのようだ／海　あるいは銅貨の裏側では。／クローゼットのうしろの壁　壁の穴穴の奥／五月の朝の光のなかの最初のすき間。　ベッド／ベッドの下には彼らの親知らずがびっしり／表紙を装丁しまちがえてしかも絶対に露見しない／本の挿絵のなかから出てきて／熟考しさらにわたしにはまだたくさん時間があるとほほえむ／初夏の綿のスカートが撥ねたグレープジュースでぬれる／もう一つあったかもしれない過去のなかで／わたしの眼はかつて黄昏時に疲労困憊していた旅の商人だった／イヤリングは存在を傾け／欲望は光を反射し／時間は水銀のごとく地に落ちる

郝景芳

かく・けいほう／一九八四― ／中国・天津市生まれ

Hao Jinfang

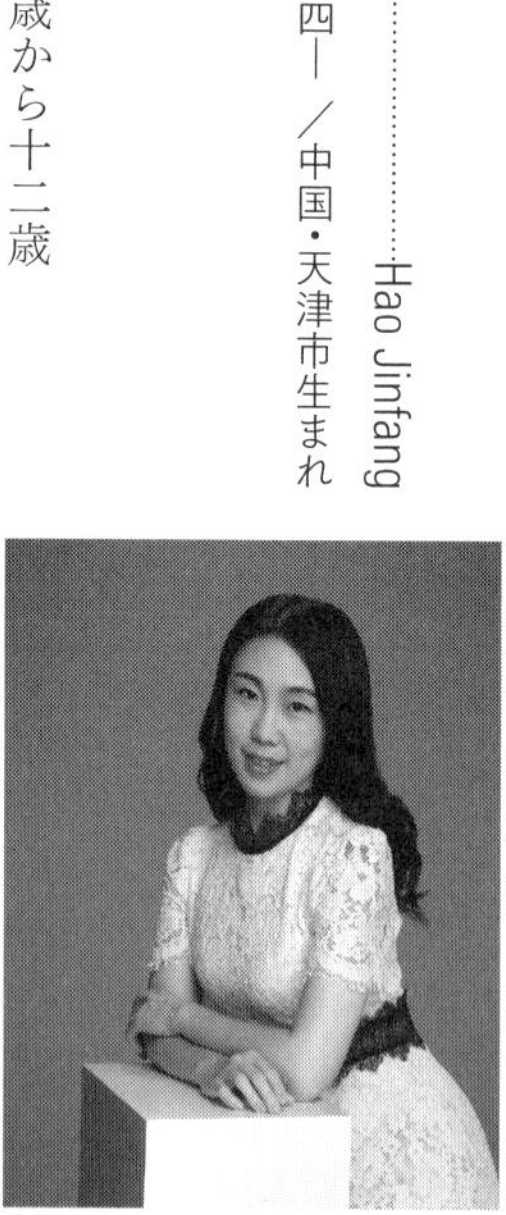

略歴

作家。社会活動家。清華大学物理学科から同大学院に進学する。天体物理学を専攻しつつSF小説を執筆し、二〇〇七年には「おばあちゃんの家の夏〈祖母家的夏天〉」が銀河賞の読者ノミネート賞を受賞した。やがて社会科学に関心を抱きはじめ、博士課程は清華大学経済管理学院に学んだ。在学中の一一年に短篇小説集『星の旅人《星旅人》』を刊行したのを皮切りに、長編小説『流浪蒼穹』、欧州紀行『時間の中のヨーロッパ《時光裡的欧州》』を発表し、旺盛な創作意欲を見せた。中国発展研究基金会でマクロ経済研究に従事するかたわらで執筆を続け、一六年には「北京─折りたたみの都市〈北京折畳*〉」でヒューゴー賞(中篇小説部門)を受賞、一躍世界にその名を知らしめた。一七年には三歳から十二歳の子供を対象に一般教育プログラムを提供する「童行学院」を設立し、山村の子供たちに平等な教育の機会を提供することに注力している。

【おもな作品】短篇小説集『遠くへ行くんだ《去遠方》』(一六)、『人之彼岸《人之彼岸*》』(一七)、長編小説『流浪蒼穹《流浪蒼穹》』(一六)、『一九八四年に生まれて《生於一九八四*》』(一六年)

解説

郝景芳の活動は物理学と経済学という二つの学術的な背景のもと、SF小説の創作、研究、社会貢献という複数の領域にまたがって展開されてきた。最先端の科学技術への関心と、それを実社会に応用することへの社会科学者としての視点が作中には並存している。

人工知能の導入によって生まれた余剰労働力をどうするかという思考実験「折りたたみ北京」では、都市を物理的に三つに折りたたむことで、大多数の住民を夜の闇の中に押し込め、一部の特権階級のみが昼に活動し、余暇を楽しむことができるという穏やかならぬ解決策を提示している。シンギュラリティの到来が取り沙汰される二〇一〇年代にあって、AI(人工知能)と人間がどう共存するかに光を当てた『人之彼岸』では、AIをテーマにした短篇小説と共に、その限界と生きた人間にしか持ち得ない力を論じたエッセイを収めている。AI時代の子育てを論じた「人工知能の時代にいかに学ぶか」や、幼児の活動をＡＩが深層学習しようとする短篇小説「乾坤と亜力」は、育児経験に基づく洞察と共に、児童教育への高い関心をうかがわせる。

　技術的想像とヒューマニズムの結合では、詩的なイメージが展開される短篇小説「弦の調べ〈弦歌〉」が出色であろう。オーケストラの演奏で宇宙エレベーターを共振させ、月を爆破するというダイナミックな発想と、それら科学技術を人類は必ず自ら善とするものへの信念に基づいて用いることができるとの確信が同居している。

　『一九八四年に生まれて』はジョージ・オーウェル『一九八四年』を下敷きにしつつ、距離を取って自分を凝視するもう一人の自分の存在、そして他者の視線を内面化しながら生きることの不可能性が「They are watching you.」のフレーズと共に描き出される。改革開放のさなかの一九八四年に生まれて三十歳になろうとする女性と、文化大革命を経験した後に長く海外で出稼ぎ生活を送る父の人生が交錯して語られる中で、父と娘の二世代にわたる物語はリアリズムの筆致でつづられるが、デカルト的主体の崩壊というクライマックスでオーウェルに呼応することになる。

　二一九六年の火星を舞台にした長編小説『流浪蒼穹』では、地球での五年間の留学を終え、異なる政治体制下での生活を経験して火星に帰ってきた少女の困惑が語られる。彼女は火星の指導者を祖父に持つが、地球では祖父は強権的な独裁者だと見なされていた。地球と火星のどちらにも完全な帰属意識を持つことができない彼女にとって、自由と統制、民主と独裁といった単純な二項対立は善悪の基準とはなりえない。異なる価値観と強固な体制の間で、最後に残るのは人命を何より尊ぶ正義である。

（及川茜）

「弦の調べ」より

　それで理解した。力を尽くして宇宙エレベーターを振動させ、それによって局地地震が起き、自分の身を滅ぼすことになるのもためらわないのだ。自らの命と月の命を引き換えにすることだ。先生がそんな方法で抵抗しようと考えていたとは。乾坤一擲の勝負で弦を震わせて天地の哀歌を響かせ、死なばもろともの方法でいくばくかの自由をあがなう。反抗が絶望に達しての最後の反抗だ。先生がそこまで思いつめていたとは知らなかった。正面きっての攻撃の機会はすでに失われており、挽歌によってわずかに一曲分の剛直を勝ち得るしかない。これではっきりした。われわれの作戦は演奏だが、作戦そのものがこの上なく孤絶された演奏なのだ。

格非

かくひ／一九六四―／中国・江蘇省鎮江市丹徒県（現、丹徒区）生まれ

Ge Fei

略歴

小説家、文芸評論家。本名は劉勇（Liu Yong、りゅう・よう）。中国作家協会全国委員会委員。一九八五年華東師範大学中文系を卒業後母校で中文系助教となり、九八年に教授昇進。二〇〇〇年に文学博士号を取得後、清華大学に異動し、中文系教授に就任。一九八六年、処女作〈追憶烏有先生〉でデビュー、八七年に「迷い舟〈迷舟〉」を発表し、蘇童や余華らとともにこの時代に衝撃を走らせた「先鋒文学」の旗手となる。八八年には代表作となる「時間を渡る鳥たち〈褐色鳥群*〉」を発表し、その実験的な文体で表現する独特な迷宮的世界が中国のポストモダニズムの傑作として高く評価された。以後意欲的な創作作品を次々に発表し、『桃花源の幻《人面桃花*》』（〇四）《山河入夢》（〇七）《春尽江南》（一一）など三篇の長編小説による大作「江南三部曲」で第九回茅盾文学賞（二〇一五）を受賞、二〇一七年には《望春風》（一六）で第一回京東文学賞を受賞している。格非の作品は、日本語はもとより、英語、フランス語、イタリア語など約二〇ヶ国語に翻訳されている。格非は現在も清華大学で文学理論などを講義する傍ら、精力的に執筆活動を続けている。

解説

格非の文学は、一九八〇年代の先鋒文学の時代と、叙事的長編小説を次々に発表しはじめる二〇〇〇年代からの時期に分けられよう。初期における格非は、文学の迷宮を思わせる実験的な創作で一世を風靡した。それはあまりにも長い政治的抑圧と言論の封殺に対する文学の世界からの厳しいアンチテーゼでもあった。先鋒文学の担い手は、格非のように一九六〇年代に生を受けて文革後に躍り出る若い作家たちで、ポストモダンの影響を強く受けて、伝統の枠組の破壊に果敢に挑戦する精神を共有していた。先鋒文学は紛れもなく、文化大革命後に起こる様々な文学潮流が押し上げた創作表現の高みであり、必然的な到達点であった。彼らは自分たちの「個」としての存在の重さを強く意識し、社会や時代の制約から脱却して自我を取り戻す姿を実験的な表現を通して描出しようとした。初期において格非の最も成功した作品と評される「時間を渡る鳥たち」では、都市の日

常を超現実的な幻想世界で再構築し、宿命的に生息する語り手の強いられる回想、そこから浮かび上がる個我の圧倒的な孤独を複層的な語りの次元で展開した。作品において語られない空白の事実と幾重にも続く可能性の暗示は、文字通り迷宮的な深淵そのものだったと言える。

　この時期の格非の創作について特筆しなければならないのは、たとえば「迷い舟」や「オルガン〈風琴〉*」に見られるように、中国現代史の底流に沈潜して人間の本質に迫ろうとする試みである。これらの作品では、民族独立を勝ち取る英雄的な戦いであったはずの抗日戦争から内戦の時代を、ある地方における因習と本能のどろどろした人間模様によって描出し、生きた人間の証を力強く表現している。格非は「意識の流れ」によるディスコースに果敢に挑み、公的な歴史叙述を個の地平から読み直し、社会通念となった認識とは全く異なる歴史と人間の相貌を描き出したといえよう。そこには格非の敬愛するボルヘスの影響が色濃く感じられる。

　今世紀になって以降、格非の創作はそれまでのポストモダン的色彩を離れ、より現実的なストーリー展開、ある意味では伝統的な叙述スタイルに回帰してきた。格非は『紅楼夢』『金瓶梅』といった絢爛たる情念の物語世界への傾倒を隠さない。「江南三部曲」と命名された超長編作品『桃花源の幻』《山河入夢》《春尽江南》は中国の清末から現代に至る年月を、江南に生きた一族五世代にわたる個性的な人々の人生模様を通して描くもので、まさに現代中国の大河小説の代表的作品と言っていい。特に第一部『桃花源の幻』では、辛亥革命期に多感な少女時代を送った主人公の数奇な運命を、一種のミステリー的な手法とかつての実験小説的叙述を駆使して読み応えのある物語に仕上げてあり、随所に散りばめられた『紅楼夢』や李商隠詩篇などからの引用が作品に文化的な奥行きと深みを与えている。

（関根謙）

「オルガン」より

　演奏者と聴衆の間で暗黙のうちに交わされる約束、その喜びに、今や彼は完全に慣れてしまっていた。曲の合間には、戯れか本心か知らぬが、日本人の拍手もぱらぱらと起こり、いままで経験したことのない異様にアンバランスな感覚が彼の意識にまとわりついた。たしかに日本人の銃剣のもとで、自分は何の感覚もなく鍵盤を叩いているのだが、同時に、自分の音楽の呻吟と激昂に、心の奥底がぎゅっとつかまれる瞬間もあった。そしてこれが夏草の中に一輪燃える毒のある蕾のように彼を惑溺の中へ誘った……彼はこの旧式のオルガンが初めてホールに登場したとき、屋敷の年老いた下男が声を押し殺して、そっと尋ねたことを思いだした。

「その箱の中には、いったいどんなもんが入っているんでしょうか」

過士行

か・しこう／一九五二―／中国・北京市生まれ
Guo Shixing

略歴

劇作家。代々囲碁の棋士として名高い家系に生まれる。祖父と大叔父は一九二〇年代から六〇年代にかけての名人。幼い頃から抜群の記憶力で、ラジオの講談や映画のセリフ、香具師の口上など面白そうなものは何でも聞けば即座に暗記できた。こうした記憶がのちの劇作に生かされる。六九年、黒竜江省北大荒へ下放されるが、七四年、北京に戻り旋盤工見習となる。七九年『北京晩報』記者となり十五年間演劇欄を担当。北京人民芸術劇院の演出家林兆華に勧められ脚本を書き始める。のち、中央実験話劇院の専属劇作家となる。二〇〇一年、同話劇院が中国国家話劇院に改組され、現在はその専属劇作家である。【おもな作品】「魚人」（八九）、「鳥人」（九二）、「棋人」（九四）の「閑人三部作」、「ニイハオ・トイレ〈厠所〉」（〇四）、「再見・火葬場〈活著還是死去〉」（〇四）、〈回家〉（〇九）の「尊厳三部作」がある。ほかに「壊話一条街」（九八）、近作に「暴風雨」（一五）など。九八年に「棋人」、〇四年に「カエル〈青蛙〉」が日本公演されている。

解説

北京人の趣味の世界をテーマとする過士行の劇作は、細部のリアリティと蘊蓄に富み、老舎の「茶館」などに代表される、北京の風俗描写をモチーフとする京華風俗劇の流れの中に位置づけることもできるだろう。しかし、両者の間には決定的な違いがある。それは、老舎らの劇作がいずれもリアリズム劇であるのに対し、過士行の劇作が寓話劇の体裁を採ることである。

処女作「魚人」を見てみよう。釣りのため長男を溺死させ妻とも離婚した釣りの名人の釣神が、三〇年前に釣りそこねた大魚を再び釣りにやってくる。一方、地元漁師の親方である老于頭は、湖の魚を守ることに生涯をかけているが、釣神の釣りにかける執念に押され、今回は釣りを許す。やがて釣神の竿に大魚がかかり、いよいよ大魚との一騎打ちとなる。釣神は大魚との勝負に力尽きその場で息を引き取るが、釣神の釣り竿にかかっていたのは大魚ではなく、老于頭（于は魚と同音）の溺死体だった。

自然に勝とうとする人（釣神）と自然を守ろうとする人（老于頭）は、対立する二極にも見えるが、実は自然との関係性により自己を価値づける同じ人種でもある。ゆえに二人は反発もするが、認め合い、相討ちのようにして果てる。人と自然との相補的関係が象徴的に示される結末である。このように、寓話劇では、登場人物の性格ではなく、登場人物の関係性やその行為の象徴性が重要である。

「鳥人」では、鳥の鳴き声を競わせる愛鳥家たち（鳥人と呼ばれる）と彼らのこだわりの背後に何らかの心理的欠損があり、それを治癒して鳥への執着から精神を回復させようとする心理学者との間に、対立の構図が作られる。心理学者の主導する「鳥人心理回復センター」に入院させられた鳥人たちは治療を受ける患者となり、鳥飼いの自尊心は損なわれる。しかし、鳥人たちは最後にこの関係を逆転させる。もと京劇の名優だった鳥人の三爺が、即興で裁判劇を演じ出し、そこに心理学者たちを無理やり巻き込み、彼らに死刑の判決を下すのだ。鳥人であれ学者であれ、自己の執着を絶対視するとき、それが他者を抑圧し、更に自身をも脅かすことが示唆されているようだ。

「閑人三部作」は、人が何の役にも立たないものに執着する行為そのものに文化創造の本源的エネルギーを探り当てると同時に、それが人々にもたらす功罪をも寓話化してみせた。最後に「魚人」の中の釣神（「神」）と老于頭（「老」）の対話から、釣神が到達した精神的境地をのぞいてみよう。

（松浦恆雄）

「魚人」より

老：釣って何年になる。神：二万一千九百日。老：釣り上げた魚は。神：何千何万。老：なぜ止めない。神：釣らねば心がやすまらない。老：魚は望んでいるのか。神：魚は喜んでいる。老：魚はなぜそんなに愚かなんだ。神：人は水中を思い、魚は陸上を思う。わしが魚の相手をして戯れ、魚がわしの伴をして遊ぶ。老：魚が小さければ。神：釣り上げる。老：大きければ。神：ヤツがわしを釣りあげる。老：同等なら。神：二人揃って西の空に昇天する。老：西の空でも釣れるのか。神：西の空には霊山があり、雲海に釣り糸を垂れる。老：御仏はご承知か。神：如来は花をつまんで笑い、金剛は眼をかっと見開く。妙法に魚の踊る音、参禅に用意の釣り竿。老：家はどうする。神：一子は溺死し、もう一子が手元に残る。老：ほったらかして平気なのか。神：生きるは御仏の縁、死ねば涅槃に至るのみ。老：随分と気楽なものだな。神：生死は天の思し召し。老：どうしても大青魚を釣らねばならないのか。神：この世にまたとない好敵手。老：お前の針にかかるとどうして分かる。神：わしの餌は尋常ではない。老：どんな餌だ。神：息子だ。老：うーん……今回はどんな餌を使う。神：何もつけない。（大きな釣り針を見せる）老：もし釣れなければ。神：二度と来ない。老：釣らせなければ。神：わしに三十年を返してもらおう。老：……今日は、お前の手助けをしよう。神：（深々と一礼）誠にかたじけない。

葛水平

かつ・すいへい／一九六六―　／中国・山西省晋城市沁水県生まれ

Ge Shuiping

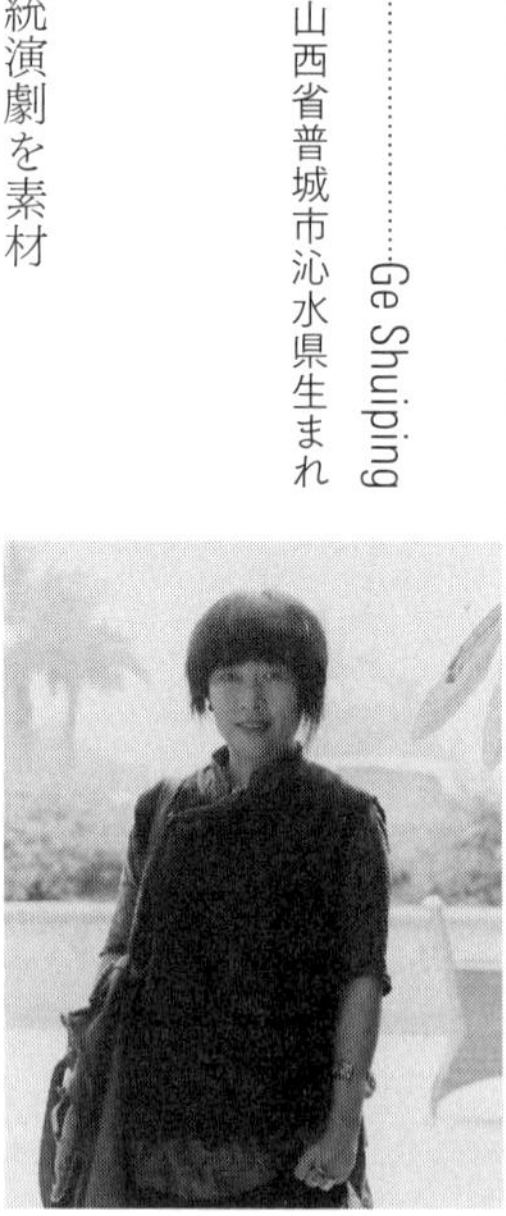

略歴

作家。山西省東南部の山中にあった僻村に育つ。両親は一人娘の彼女に期待をかけた。小学校を卒業し、一九七六年、農村を離れ広い世界へ踏み出そうと、役者を養成する文芸班に応募し、二年間の訓練を経て劇団に入った。この地方は古くから芝居が盛んな土地柄である。劇団について村々を回り、舞台に立ちながら自学自習を続け、八三年に晋東南戯院に入学した。卒業後、晋城市の演劇研究院に配属され、脚本を担当する。後に長治市演劇芸術研究院へ異動し、脚本のほか、詩、エッセイ、小説執筆にも取り組んだ。中編小説「山に叫ぶ〈喊山〉」（〇四）が第四回魯迅文学賞をとり、一気に注目を浴びた。小説の他、村の生活にとけこんだ工芸品や村落の風景を撮ったエッセイ写真集、自ら絵筆をとり伝統演劇を素材に描いた国画集なども出版している。

【おもな作品】先述の「山に叫ぶ」は二度（一三年と一六年）映画化された。このほか、「大地に鞭をふるう〈甩鞭〉」（〇四）、小説集『沙漠に落ちた月《陥入沙漠的月》』（〇六）、長編小説《裸地》（一一）、冰心散文賞受賞作『川の流れは此岸彼岸をつれさって《河水帯走両岸》』（一三）等。【邦訳】「月明かりは誰の枕辺に」（一〇）、「黒い雪玉」（一二）。

解説

黄土高原に生きる人々が育んだ民間文化と自然環境を細やかに描く葛水平の作品は、幼少年期の体験による。

葛水平が育った村は緑に乏しかった。大叔父が住むヤオトン〔山の斜面をうがって造る横穴式住居〕に彼女も暮らし、ロバも人も鼠も、同じ空間で生きてきた。日の出とともに働き、雲をながめ、民謡を歌い、日が暮れれば休む。おやつは土埃のついたドライフルーツで、大叔母の前掛けのポケットからもらう。就学前から大叔父に連れられロバに乗り山に羊を放って番をした。変わらぬ暮らしは平穏だが、農民の願いは村を出ること、劇団はそのルートの一つだ。村々を巡業する劇団はつらい仕事で、端役には寝床もないが、芝居の世界から物語を編むことを覚えた。当地は人民作家趙樹理《ちょうじゅり》の故郷と耳にして、創作に明日を託した。記録されぬまま忘れ去られる村の女の造形に意を注ぎ、代表作「山に叫ぶ」が生まれた。

山に叫ぶとは、太行山脈の尾根に住まう人々の風習である。秋夜に山の獣が作物を荒らし、家畜を襲う。だから、銅鑼をたたいて叫び、獣を脅すのだ。現代の山に野獣はわずかだが、それでもアナグマが夜の闇に乗じて作物を荒らさぬよう、山に叫ぶ。そんな村に一人の男が、口のきけない女と子どもを連れてやってきた。ある日、この男がアナグマ捕獲の罠にかかって死んだ。村では昔から事を公にせず、村の顔役である共産党幹部が内輪で始末する。この事故も同様で、女と子どもは村に住み着いた。女はヤーパ（唖者の蔑称）と呼ばれていた。売られた先の男の暴力で言葉を失ったのだ。ある晩、女は、村人の山に叫ぶ声に、思わず自分も山に向かう。

「大地に鞭をふるう」も、古来の風習を通奏低音とする秀作だ。中国では正月に爆竹を鳴らして邪を払い、福を願う。だが、この作品の村では爆竹がなく、鞭を大地にふるって祝う。鞭の音は山々にこだまし、春の希望の声となって天辺から響き渡る。時代背景は四〇年代から六〇年代、土地改革や階級闘争が薄幸の女を翻弄する。希望の鞭の音に、女は鞭をふるう男の暗い執念を聴きとった。丁寧な情景描写とミステリー仕立てで読者をひきこむ。

各地の村に伝わる日本軍の記憶を織り込んだ小説「黒い雪玉〈黒雪球〉*」（〇五）には、蟻が身を寄せ合って大きな黒い玉になり、山火事から逃れて麓へ転がってくる様子が描かれている。山火事の如く襲来した日本兵にも村人が一丸となれば抵抗できたのではないか、からくも日本軍の虐殺を逃れた男がその黒い玉を目にして往事をこのように回想するシーンは、読者に強い印象を残す。この蟻の黒い玉も、彼女が幼いころ山で目にした光景なのだという。

葛水平は町に住むことを選んだ。彼女の育った村は水が涸れ廃村となっている。そんな消えゆく風物や人の営みに惹かれるのは、なぜだろう。ノスタルジーの一言では括れない作品世界には、伝承の喪失に抗して、村の営みの価値が刻まれている。

（加藤三由紀）

「山に叫ぶ」より

ヤーパは尾根に立った。谷の向こうで銅鑼が鳴っている。ヤーパは琺瑯の洗面器と火ばさみを掲げ、口を開くと、打ち鳴らした。「カーン！」新品の洗面器にひびが入った。ヤーパの口は開いているが声は出ない。「カーン！」砕け散った琺瑯のかけらがヤーパの頬に跳ねる。ヤーパは「ア！」といい、続けて「カンカンカンー」「アアアー」と、尾根から音を送り出す。ヤーパは叫びながら失った言葉を必死に思い起こしていた。心臓にまでも達する悲しみは誰も知らない。彼女の叫びが漆黒の夜空を引き裂き、月はうろたえ、震えながら雲の中に落ちていく。彼女の叫びが太行山脈の峡谷の峰に登り、山の草木は総毛立った。鳴らし続けた洗面器に穴が空き、穴の空いた洗面器が静まって、ようやく全てが静まった。

賈平凹

か・へいわ／一九五二―／中国・陝西省丹鳳県生まれ

Jia Pingwa

略歴

作家。幼名は平娃。一九六七年、教師だった父が「歴史反革命」として捕らえられたため、中学をやめ農業生産に従事。七二年、西北大学中文系に推薦入学。翌年の共著「靴下〈一双襪子〉」（七三）以来、「娃」と同音の「凹」を使用。出版社、雑誌編集部を経て八二年より専業作家。「満児と月児〈満月児〉」（七八、全国優秀短篇小説賞）で注目され、筆記小説〈商州初録〉（八三）、中篇小説〈小月前本〉（同）から長篇小説《浮躁》（八七、米ペガサス賞）に至る「商州系列」で尋根（ルーツ探し）文学の一翼を担う。古都西京（西安の別称）の「文化人」の生態と性的放蕩を描いた『廃都《廃都》*』（九三、仏フェミナ賞）が十六年間発禁に。海賊版は千二百万部とも。その後もほぼ隔年で長篇小説を発表、散文の筆にも定評がある。陝西省作家協会主席、中国作協副主席、《美文》主編。【おもな作品と邦訳】上記のほか、「太白山記〈太白山記〉*」（八九）、『土門《トゥーメン》《土門》*』（九六）、《賈平凹長篇散文精選》（〇三、魯迅賞）、《秦腔》（〇五、茅盾賞、紅楼夢賞）、《古炉》（一〇）、『老生《ろうせい》《老生》*』（一四）、《極花》（一六）、《山本》（一八）、《暫坐》（二〇）、《秦嶺記》（二二）等。

解説

賈平凹の文学の足跡は、「改革・開放」時代の中国の歩みそのものに見える。

陝西省東南部、湖北・河南との省境に近い商州に創作の鉱脈を掘りあてた八十年代。山石、名月、秀水、少女を四元素とする「商州系列」小説群は、新しい世界への渇望と男女の内に秘めた慕情を巧みなストーリーと繊細な筆致で描き、「文学」の息吹を当代文壇に送りこんだ。同「系列」の〈小月前本〉は映画《小月》、「野山―鶏巣村の人びと〈鶏窩窪的人家〉*」（八四）は映画『野山《野山》』、〈臘月・正月〉（同）は映画《郷民》、〈古堡〉（八六）は同名のテレビドラマと、映像化が盛んに行われたことからも、自由と開放を志向する社会の空気との親和性が窺える。

九〇年代に入ると作風を一変させ、封建と革命という二重の「旧文明」を背負いつつ市場経済の波に翻弄される人間の苦悩に重心を置くようになる。転機となったのが、初めて都市を舞台とした長篇小説『廃都』だった。同書の衝撃の大きさや発禁の理由は、露骨な性描写や「□□□□□□（作者××字削除）」といった煽情的表現にあったかに見えて、実は腐朽の気に覆われた二重文明の虚妄と畸形的膨張を、作家荘之蝶の自己崩壊を通して預言した点がより深刻である。荘は堕落と孤独から逃れようとして、ついに廃都を脱け出せない。訳者吉田富夫が『廃都』を坂口安吾『堕落論』になぞらえたのは炯眼であった。翻って日本人は天皇制帝国が破滅した後、堕落を達しえたのだろうか。四半世紀の時と国境を越えて、多様な読みの可能性が広がっている。

『廃都』はしかし突然変異の産物ではない。「不健康」を批判された〈好了歌〉（八一）、〈二月杏〉（同）、さらに「商州系列」で様ざまに描かれた異性関係は、どれも正常とは遠かった。もう一つ重要なのは、中国文学の非リアリズム伝統を承け継ぐ素地と、それを「現代性」と結びつける方法意識が賈平凹にはあったことである。現代文学理論の受容と並行し、「実を以て虚を写す」簡潔で古風な文体を獲得していく過程に、筆記小説〈商州初録〉や、中国を南北に隔てる秦嶺山中の神秘譚「太白山記」（八九）があった。二〇〇〇年以降は、変貌する故郷への挽歌《秦腔》、「文革」の嵐に見舞われた村人たちの振舞いを一四歳の眼で眺めた《古炉》のほか、秦嶺山脈の地理と神秘的文化が、中国現代史をいかに形成し、人間の運命を左右してきたかを物語る『老生』、《山本》などの作品が目を引く。二〇二〇年には《醤豆》が『廃都』の執筆・出版当時を回想する小説として、今日の西安を舞台とした小説《暫坐》とともに、『廃都』再読の観点からも注目されたが、《醤豆》は出版直前に差し止められた。

（塩旗伸一郎）

「小月前本」より

煙灯［熱紙風船］は風に乗って崖の方へ流れていく。

　門門《メンメン》と小月《シアオユェ》は川原を走りだした。子どもたちもいっしょに追いかけようとしたが、門門が大声で制し、おとなしく坐って見てろ、勝手に走り回るやつは帰すぞと脅した。子どもらは仕方なく腰を下ろした。

　門門と小月が水辺を駆けていく。小月が叫んだ。

「門門、水の中にも煙灯があるよ」

　門門が下を見ると、はたして水の中にまん丸い月と、真っ赤な煙灯があった。

「人間も二人いる」

「どこ」

「水の中だよ」

　小月が覗くと、映ったのは自分の姿だった。石を拾って投げつけると、門門の目の前の水に落ち、しぶきが全身に撥ねた。

　二人はずっと空を見上げたまま走った。天上は月明かりで満たされた雲の空白、地上は月明かりで銀に染まった砂の空白、その中を彼らは、灼熱の光と黒煙を発する煙灯を追って、どこまでも駆けていった。

韓松

かん・しょう／一九六五— ／中国・重慶市生まれ

Han Song

略歴

記者、編集者、作家。一九八八年に武漢大学英文学部を卒業し、九一年、武漢大学新聞系修士課程を修了後、新華通訊社へ入社して記者、編集者となった。現在同社の対外新聞編輯部副主任、中央新聞採訪中心副主任を務めている。八〇年代後期からSF小説を発表し、九一年、台湾の《幻象》誌主催の世界華人科幻芸術賞において「宇宙の墓碑〈宇宙墓碑〉」が一等を受賞した。その後もSF創作を続け、これまでに銀河賞や全球華語科幻星雲賞等のSF賞を度々受賞している。【おもな作品】先の一作のほか、「宇宙船アムネジア〈没有答案的航程〉*」（九五）、『2066年の西方漫遊記《2066年之西行漫記》』（〇〇）、『赤い海洋《紅色海洋》』（〇四）、「再生レンガ〈再生磚〉*」（一〇）、病院三部曲（『病院《医院》』（一六）、『エクソシズム《駆魔》』（一七）、『亡霊《亡霊》』（一八））等。【邦訳】＊を付した作品のほか「水棲人」、「地下鉄の驚くべき変容」、「一九三八年上海の記憶」等。

解説

韓松の作品はしばしば「鬼異」（奇異、不気味である）であると言われる。「鬼異」な作風は、初期から現在まで続く。例えば、初期作品の「宇宙の墓碑」は、宇宙の彼方に移住した人々が絶滅した後の墓地風景、漆黒の墓碑郡が描かれ、「宇宙船アムネジア」には、宇宙船に長らく閉じ込められた生物の狂気が表現される。その生物はおそらく人間だが、ある種の心的外傷のため、自分が人間であることを忘れており、不気味さを増す。彼の作品は人類の禁忌に触れたり、読者の生理的拒否反応を引き起こすものが多く、暴力や殺戮はいわずもがな、多夫多妻制や近親相姦、むき出しの女性あるいは母親恐怖、強姦、食人や子食い、人間の養殖などが描かれる。その代表は『赤い海洋』である。

韓松の作品はまた「晦渋」だと言われる。読者にとって受け入れ難い陰湿な世界が空白の多い切れ切れの語りによって提示されていることが主な要因である。典型的な作品として『赤い海洋』、病院三部曲があげられるだろう。さらに、現実社会の言説が作品の中に流し込まれ、否定が繰り返され、しばしば諧謔的な諷刺を醸し、読み手の解釈を撹乱してゆく点も要因にあげられるだろう。この特徴はおそらくマスメディアに携わる韓松の職業柄、公式見解や世論、言説の威力や波及力、水面下に潜み絡み合う思惑、伝達のねじれや危うさなどに敏感なことと無関係ではないだろう。言説に注目した作品の代表として、四川大地震とその後の復興を題材にした「再生レンガ」があげられる。

　韓松の作品の多くは自身のホームページ「不気味な境界〈鬼異的辺縁〉」やブログなどを介して発表された。誌面や出版物に公式に掲載・収録されるまでに時間を要したものが多い。例えば「美女狩りガイドブック〈美女狩猟指南〉」(〇二)は、短編集『宇宙の墓碑』(一四)に収録されるまで、十二年の歳月を経ている。

　韓松の「鬼異」「晦渋」な作品を始めに受け入れたのはSF界であるが、科学普及を主たる目的として発展した中国のSF界において、その作風はしばしば疑問視されてきた。韓松自身は著書《想像力宣言》(〇〇)において、SFは「思想解放の武器」であり、「SFの本質は、あるいは想像力の本質は、崔健《ツイ・ジェン》が提唱したロックの本質とどこか似ていて、それは自由な空間の表現を最大限に切り開くことだと思う」、「想像力を大解放することによって、人は大いに解放される」と述べている。自由な想像の解放を実践してきた韓松は、近年、病院三部作を上梓した。同三部作には、医者、患者、人工知能の間に顕在・潜在する諸問題や、医療が社会をコントロールする世界が、非凡な想像力により、禁忌に踏み込む「鬼異」な情景となって描かれている。

(上原かおり)

『赤い海洋』より

母は裸足で波濤の中に立ち、海の生物たちにぶつぶつ話しかけている。帰依するよう小声で忠告しているようだ。しかし私はこの時、母のセクシーな体に魅せられ、見え隠れする生殖孔をはっきり見ようと目を凝らした。そこはまさに十字架によって誘惑されたところだ。神を冒涜したいという興奮が全身にみなぎった。私は衝動的に泳いでいこうとしたが、母は怒って失望したように私を厳しく睨みつけると、一瞬で白骨化し、凶悪な顔をした妹に変わり、そこへ男児の緑色の死体が流れてきた。大きな、困ったような、目玉のない目を見開いていた。私の息子そっくりだ!

韓少功

かん・しょうこう／一九五三— ／中国・湖南省長沙市生まれ

Han Shaogong

略歴

作家。古くは楚《そ》とよばれた長江中流域の都市、長沙に育つ。一九六六年、文化大革命が始まると、国民党軍人だった父は家族との絶縁を遺書に記し、自殺した。六八年に農村への移住に志願し、湖南省汨羅《べきら》の湖水地区で六年間、農作業や村の文芸活動支援の生活を送った。七四年に創作を始め、「月蘭《ユエラン》〈月蘭〉」（七九）が反響を呼ぶ。八五年には、「文学の根〈文学的根〉」で、文学の根を規範の外にある民族伝統文化の沃土に下ろそうとアピールし、数多の研究者や文筆家を同時代文学批評に巻き込んで、海外文学の受容と背中合わせの大きな文学思潮を創出した。小説の既成の枠を超えていく実験的な作家である。八八年、海南島へ移住。二〇〇〇年、汨羅に居を構えて生活者として村に入り、海南島と往還しながら、農耕と筆耕の日々を送っている。【おもな作品】「西の方、茅草地をのぞむ〈西望茅草地〉」（八〇）、「帰去来〈帰去来〉*」（八五）、「爸爸爸《パーパーパー》」*（八五）、『馬橋辞典《馬橋詞典》』（九六）、《暗示》（〇二）、《山南水北》（〇六）、『昼と夜の本《日夜書》』（一三）、《革命後記》（一三）、『改訂のプロセス《修改過程》』（一八）等。【邦訳】*を付した作品のほか「靴」「暗香」「四十三ページ」「月あかりに櫂の音」等。

解説

文化大革命が創作の原点となった。反革命というレッテルが貼られたら最後、その縁者も知人も迫害される。だから、親しい者ほど豹変して冷酷になる。人間の醜さ弱さ切なさを味わい尽くした韓少功だが、作品には人への信頼がある。それは、父の慈愛のゆえでもあろう。自伝的な色合いの濃い短編小説「靴」には、眠る息子の背をなでながら、「本当に大きくなった、一三歳でサツマイモ六〇キロ、担げるようになった」とつぶやく父の手の感触が記されている。半ば目覚めた息子は父の手が止まらぬようにと眠ったふりをするのだが、このとき父はすでに死を決意していた。一五歳で農村に移住した韓少功は、あまりにも美しい自然とそこに暮らす人々の貧しさに驚愕する。知識人の家庭に育った彼にとって農村は、他者と出会い、アイデンティティを問い直す場であった。

そんな体験から生まれたのが「爸爸《パーパー》爸《パー》」である。快不快を示すパーパとマーマの二言しか口に出せず、体の成長も止まったピンツァイと、その村の盛衰を描く。方言や古語を交えて、楚という地の幻想的なイメージにグロテスクな習俗を織り込む表現が斬新である。活力ある村は、やがて災害や隣村との戦いで荒廃し、村人たちは新天地を求めて去って行く。一時は異形の者として祭られたピンツァイも捨てられた。発表当初は、二者択一思考のまま老いるピンツァイを中華文明の象徴として読む図式的な解釈がなされ、ルーツ文学とはろくでもないルーツを掘り起こす文学なのかと物議をかもした。だが、人の生死や集団の在りようを問う神話的なテクストであるがゆえに、後に多様な解釈を生むことになった。ピンツァイは読者のなかで「成長」し続けているといえよう。

『馬橋辞典』は、汨羅〔戦国時代の歌謡を集めた『楚辞』の詩人、屈原が入水自殺した地として名高い〕にある馬橋村の辞書という設定だ。規範的な共通語に回収されない語を収録し、語釈では言葉の意味を定義するどころか揺らがせる。一語一語の語釈を読み進めば、いく筋もの物語が立ち現れる。そんな独創的な辞書型長編小説だ。

《山南水北》は汨羅へ移住してからの日々を綴るエッセイ集である。辺地はアウトローを包容する。社会からはじかれて行き場のない人間や、歴史に翻弄された名も無き人びとも含め、人の営みが山水（自然）とともにある暮らしを情緒豊かに表現し、村人との生活をユーモラスに描きながら命の有限と無限を伝えている。

中国古典の史書、地方誌はもとより、海外文学にも造詣が深く、英語からの訳業に、クンデラ『存在の耐えられない軽さ』〔姉の韓剛と共訳、八七年翻訳出版〕、ペソア『不安の書』〔九九年翻訳出版〕がある。編集者としても活躍し、八八年総合雑誌《海南紀実》を発行、斬新なテーマをスピーディに報道し一〇〇万部近い発行部数を誇ったが、八九年天安門事件後停刊となった。その後も、海南省の文芸誌を全国的な独自の総合文芸誌《天涯Frontier》に育て上げた。

（加藤三由紀）

「爸爸爸《パーパーパー》」より

谷川の水辺には石がたくさんあり、そのいくつかは、とりわけ平らですべすべで、きらきらと鏡のよう、女たちが洗濯に使っていたからだ。何面もの深い色の大きな鏡は、山間の万象を映し撮りつつ、それを永遠に閉じこめてしまう。草木がこの廃墟一帯を覆いつくせば、イノシシが来ては吼え、キジが来ては巣を作るのだろう。ここを通りがかる猟師や行商人は、この谷間によそとの違いはないけれど、水辺の例の深い色の石だけは不思議に思い、何かいわれがあるような、秘密が隠されているのではと気づくにちがいない。

韓東

かん・とう／一九六一—／中国・江蘇省南京市生まれ

Han Dong

略歴

詩人、作家。五歳のときに文革が始まり、八歳のときに一家で蘇北（江蘇省北部）の農村に下放（移住）、下放先で祖父と父（作家の方之）を亡くしている。文革終結後の一九七八年に山東大学哲学系に入学、在学中より詩を書きはじめる。大学を卒業後、西安つづいて南京の大学で教鞭をとり、八五年に他們（彼ら）文学社を結成、詩誌《他們》を創刊。個人の生活や感覚を平易な言葉でクールに表現する彼らの詩は、「第三代」詩人たちの中でも大きな存在感を示した。ことに韓東の「大雁塔について〈有関大雁塔〉*」は第三代詩を代表する作品として知られる。九〇年代に入ってからは小説も発表し、九四年に専業作家となる。二〇一七年には映画『埠頭にて《在碼頭》』（釜山国際映画祭出品）を監督するなど多才。一九年、詩集《韓東的詩》で鍾山文学賞受賞。【おもな作品と邦訳】＊を付した作品のほか（詩）「君は海を見たことがある〈你見過大海〉」「いい天気だ〈天気真好〉」「この世での一日〈在世的一天〉」「季節の讃歌〈季節頌〉」等。（小説）『小陶一家の農村小説《扎根》』等。

解説

一九八〇年代半ば、朦朧詩の影響を受けた若い世代の詩人たちが各地で競うようにグループを結成し、詩誌を発行するようになった。ポスト朦朧詩、新生代、第三代などと呼ばれた彼らの主張や手法はさまざまだったが、総じて政治や歴史のような大きな物語ではなく、個人の生活や感覚を重視する傾向があった。中でも存在感を示したのが、韓東が南京で結成した他們文学社である。南京の結社といってもメンバーの居住地は于堅（昆明）、丁当（西安）、小君（上海）、呂徳安（福州）等さまざまであり、文学観を共有することでつながっていたようだ。

「大雁塔について」は彼の出世作であるとともに、第三代詩の代表作の一つでもある。古都西安の大雁塔は、中国の歴史と文化の象徴であり、多くの詩に詠まれてきた。古典詩にとどまらず、現代詩でも、たとえば朦朧派の詩人である楊煉が「大雁塔」と題する詩の中で、個の自由が奪われた時代との訣別を宣言している。だが韓東の大雁塔は、古典詩の感慨はもとより、楊煉の気概とも無縁だ。拍子抜けするくらい淡々とした語り口は、しかし色づけされていない言葉に真摯に向き合おうとした結果に違いない。公認の歴史や文化から自由になるために、その象徴ともいえる大雁塔をあえて選んだところに、戦略と意志も感じられる。

自分の感覚と言葉のみで向き合うという姿勢は、対象が自然であっても変わらない。「彼はそこに立つ／なにも持たず／彼はそこに立つ／足もと、頭上、前後左右／どこもこの山／……／彼はこの山を崇拝している／この山が彼の父を転落死させ／彼の馬を疲れさせ死なせたから／……／心の中にゆっくりと石が積まれていく」（「山」）「きみは海を見たことがある／きみは海を想像したことがある／海を／きみは海を想像し／それからそれを見た／そういうことだ／……／それからきみは海を好きになったかもしれない／せいぜいそれだけのことだ」（「きみは海を見たことがある」）

近年の詩には、生死を超えた時空に身を預けるような解放感と、乾いた明るさが感じられる。「いい天気だ／まちを歩けば／九月の陽光そして／万物が／美しくきらきらしている／度をこえた、ありあまる美が／空間を押し広げている／まるで親しい死者と／肩を並べるように／去って行った生者と／手を取りあうように」（「いい天気だ」）「そこで君は子どものころの原っぱを思い出す／やせっぽちで、すばしっこいのはあのころのまま／だが全速力で走っても母の呼ぶ声はもうきこえない。／君の両親はすでに季節のそとに横たわっている。／……／私はすべての季節がすきだ／季節の巡るのがすきだ。／季節はずれの果実の甘みさえ愛おしい／なのに向日葵のように次の年のことなど知らないでいたいとも願っている」（「季節の讃歌」）

韓東は詩、小説、評論、シナリオと各分野で筆をふるう。また九〇年代末に同じ南京の作家である朱文、魯羊とともに文学者が置かれた現状への抵抗を示す〝断裂〟パフォーマンスを展開したり、二〇一七年には映画監督としてデビューするなど多彩な活躍をみせている。そのような中でも、多くのエネルギーを費やして大部の詩集叢書《年代詩叢》を編輯出版し、インターネット時代の詩集出版の重要性や詩人の良心について語るなど、詩についての思いは格別であるようだ。

（栗山千香子）

「大雁塔について」より

大雁塔について／ぼくらにまだ知りえることがあるだろうか／たくさんの人たちが遠くからおしよせる／登っていって／一度だけ英雄になるために／……／つきのない人たちや／小金のできた人たちが／つぎつぎと登っていき／一度英雄になる／それから降りて／この通りに入ってきて／すぐに見えなくなる／たまに下に飛び降りる奴がいて／石段に赤い花を咲かせる／それで本当に英雄になっちまう／当代の英雄だ／大雁塔について／ぼくらにまだ知りえることがあるだろうか／ぼくらは登っていき／まわりの景色を眺め／それからまた降りてくる

甘耀明

かん・ようめい／一九七二―　／台湾・苗栗県生まれ

Kan YaoMing

略歴

作家。客家人。東海大学中文科、国立東華大学創作及び英語文学研究科卒業。大学在学中から小説を書きはじめ、大学卒業後は地方新聞記者やフリースクールの教師など、様々な職に就きながら創作活動を続ける。短編小説「神秘列車*」（〇二）で宝島文学賞審査員賞、同年「伯公、妾を娶る〈伯公討妾*〉」（〇二）で聯合報短編小説審査員賞を受賞、作家として本格的に脚光を浴びた。マジックリアリズムを駆使した幻想的なその作風から「千の顔をもつ作家」とも称される。台北国際ブックフェアで大賞を受賞した長編小説『鬼殺し《殺鬼*》』（〇九）や、台湾文学金典賞を受賞した『アミ族の娘《邦查女孩》』（一五）、フランクフルトブックフェアに出展された『冬将軍の来た夏《冬将軍来的夏天*》』（一七）など、多弁で超現実的な筆致で台湾の歴史と人物を描き、「現代の語りの魔術師」として国内外から高い評価を受ける。

解説

ある衝撃的な出来事を描写する際、人は自身が受けた経験を客観的に述べるだけでなく、しばしばそこに虚構や誇張を織り交ぜることによって自身が受けた感動を相手に伝えようとするが、良質なストーリーテーラーとはそうした衝撃を絶妙なさじ加減でもって読者に伝えてくれる。その点において、さながら講談師のごとく卓越した話術で超現実的な台湾の歴史を物語る甘耀明は、まさに現代中国語文学を代表するストーリーテラーの一人といえる。

その代表作『鬼殺し』において、主人公の少年帕《パ》と死者である「鬼王」（抗日義勇軍総司令であった呉湯興）との間で繰り広げられる問答の数々や、日本軍兵士として出征する父親を阻止するためにその身体に同化した原住民少女の物語など、マジックリアリズムを駆使した物語に触れる読者は、さながら荒れ狂う物語の波に身を置くように、船酔いならぬ物語酔いに注意する必要がある。作家の東山彰良は同作を評して、「物語が現実から乖離すればするほど、時代に翻弄される人間そのものに近づいてゆく不思議」と述べているが、一見荒唐無稽に見える描写の数々も、当時を生きた人々にとってはまぎれなき「真実」であって、読者は甘

耀明が描くそうした超現実的な描写を通じて、ひりつくような台湾の現代史を体感することが出来る。

　甘耀明の持つこうした卓越した話術と饒舌さは、その出生とも深い関係がある。客家人の父親と閩南人の母親のもとに生まれた甘耀明は、六歳で苗栗市内に引っ越すまで苗栗県獅潭郷《シータン》と呼ばれる客家人の山村で育った。獅潭郷はタイヤル族やサイシャット族など、台湾先住民たちが暮らす部落に隣接しており、後の小説に登場する架空の町である関牛窩《グァンニュウォー》（『伯公、妾を娶る』、『鬼殺し』）や三寮坑《サンリャオコン》（『葬儀でのお話（喪礼上的故事）』）の舞台ともなった。こうした複数の民族・宗教・習俗が交錯する周縁の山村において、異なる言語によって紡ぎ出される物語を耳にして育った甘耀明の作品には、台湾の国語（北京語）や日常言語である閩南語だけでなく、マイノリティ言語である客家語や先住民諸言語、さらにはそうした言語に歯石のように黄色くこびり付いた日本語まで登場している。一国家一民族一言語といった国民国家の枠組みを笑い飛ばすような甘耀明作品における言語的多様性は、同時に台湾という土地が辿った歴史的軌跡であり、また現代台湾文学が持つ豊穣さの表れでもある。

　才覚溢れる六年級（民国六〇年代、西暦一九七〇年代生まれ）の作家たちの中にあって、いち早くその頭角を現した甘耀明は、土地に根差した文化や先住民たちの神話に積極的に目を向けた二十世紀初頭のラテンアメリカの作家たちと同じく、マジックリアリズムの手法をもって豊穣な台湾の郷土を描き出すことに成功した。饒舌をもって描き出されたそうした郷土からは、異なる種族・民族間で伝えられてきた民間伝承や神話・伝説のみならず、現代台湾人が抱える複雑なアイデンティティの揺らぎをも見てとることができる。

（倉本知明）

『鬼殺し』より

帕《パ》は地面にひざまずいて、心の中で自分は日本鬼子《にほんじん》ではない、自分は日本鬼子《にほんじん》ではないと繰り返したが、しかし日本鬼子《にほんじん》以外に、自分が何者になれるのか思いつかなかった。日本の天皇は自身の赤子をさっさと見捨てて、国民政府もまた急いで日帝の遺児を門外に締め出し、彼らには荒野以外に、何一つなかった。「俺を日本鬼子《にほんじん》と言うが、俺が他の者になれただろうか」。帕は首をのばして、大きな声で答えた、「俺はただ手紙を出しに来ただけだ、他のことは俺とは関係ない」

「手紙を出すのに大通りでこんな大きなデモをやって祝うのか？」

「俺が鬼《グイ》だからだ。やつらの心の中にも鬼がいる。鬼だから一緒に集まり、暇なのであちこちで怒鳴るし、暇なので街頭をぶらぶら歩くのだ」

紀大偉

き・だいい／一九七二―／台湾・台中県（現、台中市）生まれ

Chi Ta-Wei

略歴

作家、国立政治大学台湾文学研究所副教授。国立台湾大学外国語文学系、同修士課程修了後、カルフォルニア大学ロサンジェルス校にて比較文学の博士号を取得。在学中から作品を発表。「赤い薔薇が咲くとき〈他的眼底，你的掌心，即將綻放一朵紅玫瑰〉」*（九四）で幼獅文芸科幻小説賞佳作、「膜〈膜〉」*（九五）で第一七回聯合報文学賞中篇小説賞大賞等を受賞。小説集には大島渚『愛のコリーダ』（七六）の中国語タイトルを冠した《感官世界》（九五、新版：一一）、《膜》（九六）、『フェティシズム《恋物癖》』（九八）、評論集には《酷児《クィア》啓示録》（九七）、『おやすみバビロン《晩安巴比倫》』（九八、新版：一四）等がある他、プイグやカルヴィーノ等の翻訳もある。台湾クィアSFの旗手とも呼ばれ、九〇年代に「クィア」を「酷児」と翻訳し台湾に定着させた。現在は「同志（セクシュアル・マイノリティ）文学」研究に専念し、近著に《同志文学史：台湾的発明》（一七）がある。【邦訳】＊を付した作品のほか「儀式〈儀式〉」「朝食〈早餐〉」等。

解説

紀大偉が登場した台湾の九〇年代は、一九八七年の戒厳令解除後、政治や文化の再編が試みられていく時期である。とりわけ紀の作品の核のひとつとなっているセクシュアル・マイノリティに焦点が当てられた文学作品の佳作が、たとえば邱妙津『ある鰐の手記《鱷魚手記》』*（九四）、朱天文『荒人手記《荒人手記》』*（九四）、陳雪《悪女書》（九五）など数多く創作されている。そのような「同志文学」の旋風期のなかに紀の創作活動も位置付けられるといえるだろう。代表作ともいえる「膜」は、それじたいが完成度の高いSF（科幻小説）であり、近未来のディストピアを描き出している。オゾン層が破壊され、陸地に人間が居住することは困難となり、人間は海中に新世界を見出す一方、新たに生産されたアンドロイドが人間の代替となっていく。主人公のモモは、元は精子バンクの精子から生まれた男の子だが感染症にかかったため、健康な脳だけ残して記憶を書き換えられ、女性エステティシャンと思い込まされている。人間を幸福にするための科学技術やそれを支える資本主義経済が、

逆に人間を支配しコントロールする荒唐無稽さを描くSFならではの社会批判を含みつつ、性別の転換や、同性愛／異性愛の枠組みを溶融するような流動する情欲を描いて、異性愛主義で構築された価値観への問題提起ともなっている。紀の作品が単なるボーイズ・ラブ（BL）という範疇に収まらないのは、まさに「クィア」というグロテスクな方法を戦略的に用いながら現実への介入を試みているようにも読めるからである。省籍の違いを超えて若き文化人が集まった文化批評誌《島嶼辺縁》の第十期（九四年一月）は「酷児」特集だが、編集に携わった紀らが「酷児」を提唱し行儀のよい「同志」を批判的にとりあげたことからも、紀が現実へのコミットメントを意識していたことがわかる。九〇年代は戒厳令解除後とはいえ、民主化へのプロセスのなかで試行錯誤がなされていた時期だったことのひとつの表れともいえよう。

　短篇〈蝕〉は紀大偉作品らしいクィア性に満ちた佳作である。高層の海綿体ビルに住む「僕」と双子の弟に男性同士の両親というクィア・ファミリーの物語、そして「食虫族」のモチーフは、異類として排除されるセクシュアル・マイノリティを寓意しているだろう。機械化された近未来社会のなかで生きる非異性愛者の孤独と、近親相姦など逸脱した性の隠喩にみちたカーニバルのようなやや滑稽さを含む描写は、この初期の短篇に限らない特徴のひとつである。紀はトランスジェンダーを描いたプイグの『蜘蛛女のキス』や幻想文学・SF文学のカルヴィーノ作品の翻訳も手掛けており、異類としての食虫族の描写はカフカの『変身』も彷彿とさせる。彼の作品における逸脱やエロスの脈絡が、外国文学とも繋がっていることを指摘しておきたい。

（三須祐介）

〈蝕〉《感官世界》より

突然、一匹の昆虫が給水塔の暗がりから飛び出してきた。のろのろとした飛び方なのは、食べ過ぎのせいだろう。僕はそれをつまんで、手のひらに置いた。

カブトムシだ——

羽に薄黄色の人の顔のような模様があるのが珍しい——弟の顔みたいだ——（もちろん、その顔は僕のようでもある。彼は僕の双子のきょうだいなんだし…）

　僕は目を閉じて、カブトムシを口のなかに入れた。脚が舌の上でカサカサと動き続ける。奥歯でカブトムシの体をかみ砕くと、甘く生臭い液体がのどに流れる。ちょっとねばねばしてこそばゆい。子どものころ弟の精液を飲んだことを思い出さずにはいられなかった——

許悔之

きょ・かいし／一九六六―　／台湾・桃園県（現、桃園市）生まれ

Hsu Hui-Chih

略歴

本名は許有吉。詩人。桃園の私立復旦中学を経て、国立台北工専（現在の台北科技大学）卒業。工専在学中から詩の発表を開始。早くから注目され、《創世紀》や《草根》が小特集を組んでいる。詩雑誌《地平線》（八五）、《象群》（八六）、《曼陀羅》（八七）の創刊に参加。退役後の八九年から《自由時報》副刊の編集に関わり、その後《聯合文学》の編集長を長く務める。二〇〇九年に有鹿文化事業を設立し、出版人、編集者としての活動を展開。詩集に『日のあたる蜂の巣《陽光蜂房》』（九〇）、『家族《家族》』（九二）、《肉身》（九三）、『ぼくのブッダよ、ぼくのために泣くなかれ《我佛莫要，為我流涙》』（九四）、『クジラが海にこがれるとき《當一隻鯨魚渴望海洋》』（九七）、『鹿の哀しみ《有鹿哀愁》』（〇〇）、『ひとすじの光《亮的天》』（〇四）、『失くしたハダ《遺失的哈達》』（〇六）、『わが強迫症《我的強迫症》』（一七）など。【邦訳】『鹿の哀しみ』（〇七）など。

解説

七〇年代の専制政治の時代に出発し、詩が政治と密接に結びついた向陽たち五〇年代生まれの本省人戦後世代のなかで、許悔之は遅れてきた青年とでもいうべき位置にいる詩人である。出発期の許悔之に「海が／窓の外で／切り裂いているのは／異なった出生と／郷愁／／目にうつるのは／戻ってきた一羽の海鳥／／不用意に／空を飛び／夢の地雷区に／触れて砕ける」（「夜の波を聞く〈夜聴海濤〉*」）という詩がある。この作品が発表されたのは、台湾で戒厳令が解除される一九八七年。戒厳令解除前後からの台湾文化再編成に向かう時代の状況が、人々にあらためて自分の出自とは何なのかを問いかけることになるが、そんな時代のなかで許悔之は創作を開始する。「あの年月には言論はなく、あったのは／非情な銃声だけだった。路上に倒れる人がいて／泣き叫ぶ人がいて、牛や羊のように死が大地を覆う夜／フクロウがあちこちで鳴いていた」ではじまる「年月〈年月〉*」（八八）は、遅れてきた世代が台湾の戦後史をどう自身の作品に内在化するかの試みのひとつとも言える。そして、許悔之はそうした時代のなかでの父と子の対立や、異なった出自（「族群」）を持った夫婦の

葛藤といった自己の家族のあり方を詩という方法で描き出しながら、先住民族への差別構造、原発問題などなど台湾社会に浮かびあがる様々な課題を詩の題材として、そこから人間の悲哀を浮かびあがらせる彼独自の詩的世界を構築していく。

　詩集《家族》には「父親が咳をする／彼は震える内臓のなかを歩いている／子供のころの／ぼくの手をひいて」（「内臓のなかを歩く〈在臓腑間行走*〉」九三）など、父の病と死をめぐる作品が多く収録されているが、それは詩人自身の生と死を見つめる課題となって、詩集『ぼくのブッダよ、ぼくのために泣くなかれ』に続く宗教的な救済をテーマとした詩編を生み出している。やがて、そうした家族や友人の死をみつめることが、「昨夜ぼくは一人／彼の地に投げ出された／感じたのは／かぎりない悲しみ」（『ひとすじの光*』〇三）などの彼の「悲しみ」と「哀しみ」の詩編を作り出すことになる。

　台湾第二原発の事故を契機に書かれ、大地震と隣りあわせの台湾を憂い、そこから社会批判に向かう「風が吹きつけ／木々がざわめく／ああ原子力の廃墟／ぼくたちがかつて住み／そして地球から消えた台湾」（「台湾発見〈発現台湾*〉」九五）や、大津波で膨大な死者をだした二〇〇四年スマトラ沖大地震を題材とした「残されたのはただ　愛するものを失った人／場所を移動した／汚物の散乱する砂浜で／泣いている、見分けることのできない／膨張し腐乱した死体のために　泣いている／あの死体はぼく　あの死体はきみ」（「津波のあと〈海嘯過後*〉」〇五）など自然・環境・人間を題材とした詩編も、彼の「悲しみ」や「哀しみ」のテーマと通底したものとなっている。そうした許悔之の詩の到達点が、二〇〇〇年代後半期に書かれた「タンヌ・ウリャンハイ〈唐努烏梁海*〉」（〇五）や「アンコールワットにもどる〈回到呉海*〉」（〇七）など、生と死をめぐる長編詩編と言えるだろう。

（三木直大）

「旅行」全録より

靴は旅にでたい／足と、足のうえの身体と／身体のなかの魂といっしょに／旅にでたい／／傘は旅にでたい／雨と、雨のなかの凝視といっしょに／異国の飛行場についても／まだ滴がたれている／／きちんとたたまれた／ハンカチも旅にでたい／ぼくがきみにあげた　汗をふき／寒風のなかで鼻水をぬぐった／ポケットのなかのハンカチは／いつもきみといっしょに／国境をでたりはいったり／／夢見た旅のなかで／恋する身体は／しなやかな磁器

金仁順

きん・じんじゅん／一九七〇―　／中国・吉林省白山市生まれ

Jin Renshun

略歴

作家。朝鮮族。一九九五年、吉林芸術学院演劇科を卒業し、九六年から作品を発表し始める。作品は中・短編小説が多く、特に女性の細やかな感情を抑制された筆致で描いた短編には定評があり、「渚のアデリーヌ〈水辺的阿狄麗雅*〉」（〇二）で第一回吉林文学賞、「彼此〈彼此〉」（〇七）で春申オリジナル文学賞最優秀文学賞、「友人金枝を記念する〈紀念我的朋友金枝〉」（一五）で二〇一五年度人民文学賞短編小説賞など、数々の文学賞を受賞している。また、長編小説『春香《春香》』（〇八）で全国少数民族文学駿馬賞を獲得したほか、第十二回荘重文文学賞、第二回林斤瀾短編文学賞優秀短編小説作家賞など、受賞歴多数。

著書に、中短編小説集『愛情冷気流《愛情冷気流》』（九九）、『月光よ、月光《月光啊月光》』（〇四）、『ガラスのカフェ《玻璃珈琲館》』（一〇）、『彼此』（〇九）、散文集『百合のごとく白く《白如百合》』（一七）などがある。「渚のアデリーヌ」はタイトルを《緑茶》（〇三）として張元監督により映画化され、脚本執筆には作家自身も名を連ねる。他に映画『ミスター・モード《時尚先生》』（喬梁監督、〇八）などの脚本も手がけている。

解説

金仁順は大学で劇作を学ぶが、表現方法の多様性に惹かれ小説の創作を始めた。都会を舞台にした男女の現代的な恋愛を描く作家として文壇にデビューし、「七〇後作家」「少数民族作家」「美女作家」など複数の代名詞で呼ばれることが多いが、彼女自身はその状況を「批評家の便宜上の分類」とクールに捉えている。

作品は大きく分けて、「渚のアデリーヌ」、「彼此」など都会の男女の恋愛を描いたもの、「高麗往事〈高麗往事*〉」（九九）、「パンソリ〈盤瑟俚*〉」（〇〇）など朝鮮王朝や風俗を描いたもの、「ある法会〈神会*〉」（一一）、「僧舞〈僧舞*〉」（一三）など仏教をテーマにしたものがある。いずれも抑制された語り口の中に優美さが際立つ、洗練されたスタイリッシュな作風が特徴だ。

彼女の作品の中で、男性はしばしば精神的・肉体的な暴力を振るって女性を虐げ、束縛し、運命を捻じ曲げる存在として描かれる。朝鮮の伝統文化とそこに生きる女性を扱った作品では、そのような男女関係が一層顕著だ。それは彼女自身の出自と無縁ではない。女性は夫とその親、子供たちに仕えることが一般的とされる朝鮮族の家族文化の中で、男女の権利の不平等を感じながら成長した経験が、彼女の認識を形成した側面は大きい。そうした関係の中で女性がどのように自由に生きるかが、金仁順の小説に通底する大きな問題意識の一つとなっている。

「渚のアデリーヌ」では、見合いを重ねる主人公の女性が、奔放な友人「朗朗《ランラン》」のエピソードを見合い相手に語り続ける。「朗朗」は少女時代に経験した父親の暴力と両親の不仲によるトラウマを抱えているが、物語が進むにつれて、「朗朗」は実は主人公自身の姿であることが浮かび上がる。

「彼此」の主人公は、結婚式の直前に夫となる男の不貞を知り、心に傷を抱えたまま結婚生活を送っている。激しい感情をおもてに表さない寡黙で「大理石のような」主人公だが、同僚の男性医師との関係性を通して、生活に少しずつ変化が生じていく。金仁順の描く女性は決して一面的ではなく、クールな佇まいの下に人間らしい様々な表情を持っている。淡々とした描写の中に垣間見えるその多面性が、作品に奥行きを持たせている。

短編小説「トラジ―桔梗瑶〈桔梗瑶〉*」（〇七）は、現代の朝鮮人家族が抱えるある秘密を描く。作者は数十年におよぶ二組の男女の心の機微と、彼らの間に起こった事件、それを乗り越えて結びつく家族の姿を、多くの状況説明や感情描写を廃した手法で描き出す。短編小説という枠組みの中で、抑えた筆致で家族の奥深い歴史と重みを伝える手腕は、語り手としての作者の力量を十分に表している。暴力的な描写や抑圧、虐待を描くことが多い金仁順の作品の中で、苦しみを越えて和解と調和に向かう男女の姿は、作者の新しい方向性を示すものといえよう。

（大久保洋子）

「彼此」より

あの日、古城のカフェで、黎亜非《リ・ヤーフェイ》はまるで他人の話を語るかのように語った。彼女の結婚当日に一人の女がやってきて特別な贈り物を彼女にしたこと、もう何年もたつというのに、彼女はその贈り物をどう扱えばいいのかまだわからずにいることを。

「腫瘍だと思えばいい」彼は言った。「摘出すれば済むことだ」

黎亜非は少し怒ったように彼を見つめた。滅多に見せない彼女のそんな女性らしいそぶりを、彼は面白いと感じた。

「それは本当に何でもないことだと思うよ」彼は少し考えて、言った。「良いことだったとすら思う。昔のことに乾杯しよう。思い切り酔っ払って、それから新しい生活を始めるんだ。それの何が悪い？　人の身体と同じだ。絶対的な清潔さや、絶対的な健康なんて存在しない。対立や矛盾があってこそ、免疫が鍛えられるのさ」

黎亜非はそれを聞いて笑った。

金庸

Jin Yong

きんよう／一九二四―二〇一八／中国・浙江省海寧県生まれ

略歴

作家。ほかに記者、編集者、映画脚本家、監督、実業家としての経歴を持つ。本名は査良鏞。筆名の金庸は、本名「鏞」の偏旁を分けたものである。一九四六年に上海の《大公報》社に入社、四八年に香港支社に転属。五四年、有名武術家による対戦が話題を呼び、武術に対する関心が高まったのを契機に、金庸の同僚である梁羽生が《新晩報》で武侠小説の連載を開始し、人気を博した。その影響で金庸は処女作『書剣恩仇録』*（五五）を同紙にて発表した。爆発的な人気を呼び、武侠小説作家としての地位を獲得する。五九年、日刊紙《明報》を創刊し、日々の紙面に小説を次々と連載する。同時に、社説を執筆し政治評論家としての一面を発揮している。七二年、『鹿鼎記』（六九）の連載が終了すると、小説家としての断筆を発表。以降、約一〇年間にわたる作品の大幅な改訂を行い、八二年に修訂版としての《金庸作品集》を刊行。一九九九年に再び改訂を施し、〇三年に《新修版金庸作品集》として出版。

【おもな作品】『射鵰英雄伝』*（五七）、『神鵰侠侶』*（五九）、『倚天屠龍記』*（六一）、『天竜八部』*（六三）、『侠客行』*（六五）、『笑傲江湖』*（六七）、『鹿鼎記』*（六九）等。【邦訳】＊を付した作品のほか、『碧血剣』（五六）、『雪山飛狐』（五七）、『飛狐外伝』（五九）、『連城訣』（六三）等。

解説

武侠小説とは、一般的に、近代以前の中国を時代の背景に取り、武術と侠義心を兼ね備えた主人公の冒険と成長を描く物語である。一九二〇年以降に通俗小説のジャンルのひとつとして成立し、時代によって旧派武侠小説（一九二〇～三〇年代）と新派武侠小説（一九五〇年代～現在）に区分することができる。旧派武侠小説は清代末期に流行した「侠義小説」からの流れを汲み、儒教の道徳観が色濃い。一方、新派武侠小説は主に香港や台湾で創作され、武術による格闘描写を重視するとともに恋愛やサスペンスなどの娯楽要素を多用する。

金庸は香港で誕生した新派武侠小説の第一人者である。その作品は、中国語圏で広く読まれ、発表から五〇年以上を過ぎた今日でもその人気は衰えない。地域や時間を越えて読者を魅了してきた要因について、多様で個性的なキャラクター、東洋医学や陰陽五行の知識によって裏打ちされた武術の奥義、さらに武術門派と秘密結社の道義が支配する「武林」や「江湖」という侠客が活躍する武侠小説の独特な空想世界などが挙げられる。これらの要素を中国の歴史に組み込み、虚実が複雑に入り交じった物語こそが金庸の武侠小説の最大の特徴である。

　金庸作品の多くは、動乱の時代を、好んで舞台に選んでいる。例えば、『天竜八部』や『射鵰英雄伝』、『神鵰侠侶』、『倚天屠龍記』は、宋から元の時代（一一～一三世紀）にかけての漢民族と北方の異民族の紛争を背景とする。また、『碧血剣』や『鹿鼎記』、『書剣恩仇録』等は、明代末から清代初期（一七～一八世紀）の満洲族の支配と漢民族の抵抗を描く。漢民族を主体とする視点で描く民族間の争いは伝統的な中華を中心とする主義に陥りやすい。しかし、金庸の武侠小説はステレオタイプに民族や善悪の対立を表現することなく、むしろそれを個人の選択による結果として捉える。そのため作品の登場人物は、民族の大義と個人の欲望に翻弄され、親子関係、夫婦の愛、友情の狭間で悩み苦しむ。この意味において金庸の武侠小説は、複雑な心理を丁寧に描いた人間ドラマでもある。

　民族の紛争によって生まれる悲しみを描き続けた金庸だが、最後の作品となる《鹿鼎記》では民族和平の可能性を、主人公のひとりである康熙帝で示した。満州族の康熙帝は、対内には明代末から続く不穏な政治と軍事勢力を平定し、対外には征戦と交渉による国境の平和をもたらし、清王朝の基礎を築いた稀代の名君として知られる。『鹿鼎記』では、康熙帝を満洲族の皇帝ではなく、中国の皇帝、すなわち民族の隔たりを超えた国家の君主として位置づけた。この近代的な国民国家の概念を導入した『鹿鼎記』は、金庸の著作の中でも極めて異色な作品だと言える。

（張文菁）

『鹿鼎記・八』より

　康熙帝がまたため息をつく。しばらくぼんやりと虚空を見上げてから、ゆるゆると言った。

「私は中国の皇帝として、堯舜禹湯と言えぬまでも、民を慈しみ、治世に励んできた。明朝の皇帝で、私より優れている者が一人でもいたか？　今や三藩も平定し、台湾も手中におさめた。羅刹国も辺境を襲ってはこぬ。これより天下太平となって、百姓は安穏と暮らせるのだ。天地会の逆賊どもは、是が非でも明朝を復興させたがっているが、民は朱姓の皇帝の治世において、暮らし向きが今よりよかったとでも言うのか？」

鯨向海

げいこうかい／一九七六―　／台湾・桃園県（現、桃園市）生まれ

Jing Xiang-hai

略歴

詩人。精神科医。台湾・桃園に生まれ、医学部卒業後は精神科医として勤務する。九〇年代末よりインターネット上で詩作を発表するようになり、ネットスラングを多用し、台湾の読者に親しみやすい詩風で人気を得た。〇二年に詩集『指名手配犯《通緝犯》』を刊行。作品発表の舞台は掲示板、ブログ、SNSと年代を逐って変遷するが、インターネットから人気を得た初期の詩人であり、後続の世代に与えた影響も大きい。【おもな作品】詩集『精神病院』（〇六）、『大雄』（〇九）、『角《犄角》』（一二）、『Aな夢《A夢》*』（一五）、『毎日膨張している《毎天都在膨張》』（一八）、散文集『海岸線沿いに友を募る《沿海岸線徵友》』（〇五）、『銀河系の溶接工《銀河系焊接工人》』（一一）。【邦訳】詩集『Aな夢』

解説

鯨向海の作品ではネットスラングをはじめとする様々な俗語の使用が避けられることはない。インターネットを創作の起点とする詩人である彼は、ネットを介して共有されるコミュニティー内の言語を利用し、意表を突く比喩によって巧みに複数の意味を織り込んでみせる。さらには『ドラえもん』にちなんだ『大雄』『Aな夢』の二冊の詩集のように、日本のサブカルチャーに由来するイメージが台湾の言語的背景の中で読みかえられ、異なる意味を付与されて作品を構成するものもみられる。

台湾では『ドラえもん』の「のび太」は「大雄」と訳されるが、弱虫で頼りないのび太の性格とは異なり、「大雄」の名には力強く男性的なイメージがある。詩集『大雄』は、こうした臆病さと雄々しさという相反する二つのイメージを組み合わせて構成されている。表題作では加えて寺院の大雄宝殿の意象も重ねられ、奥深くに安置された仏像の前に人々が額づくさまと、ズボンを下ろした「きみ」の前に「ぼく」が跪く姿が重ねられることによって締めくくられる。こうしてある語彙に隠される複数のイメージを呼び起こすことによって、詩の中で聖と性が結びつけられ、聖なるものは俗化され、俗なるものは聖化されることになる。

また、第一詩集『指名手配犯』収録の詩と新作および未発表作品を合わせて編

まれた詩集『角』の中では、その題名が暗示するように男性の身体が繰り返し詠われる。中のあるパートは「夢之遺物」と題されるが、夢が遺した物であると同時に「夢遺」(夢精)の意が重ねられるのはいうまでもない。

『Aな夢』は『ドラえもん』の音訳『哆啦A夢』を想起させると同時に、「アダルトな夢」でもありうる。そこでは『ドラえもん』の登場人物が成長した後に直面するであろう様々なテーマが詠われ、言葉によって性の世界と結びつけられる。夢から覚めての「遺物」のモチーフは『Aな夢』所収の「一角獣」においても反復される。漫画に描かれた楽園は遠く過去のものになり、幼年時代の夢は二度と戻らぬまま、下着に遺された染みだけがその夢の証拠となるのである。そこでは聖性を備えた夢の獣である一角獣の角が男性器と重ねられ、抒情と精液は噴水のように激しく溢れ出す。男性の身体は夢のイメージと重ねられ、ある種のナルシシズムを伴いつつ洗練された詩語の連なりによって描かれる一方、そこで具体的な現象として語られるのは夢精であるという対比にそこはかとないユーモアが感じられる。悲哀の情は直接語られるのではなく、様々な意象の層から表面にうっすらと滲み出ることで、抑制された美感がいっそうの効果を挙げている。

(及川茜)

「一角獣」『Aな夢』より

昨夜の布団のなか
ダイヤモンドより
まだ硬い一角獣が
暗がりに潜んでいる

オルゴールのように
回転する心臓
海水はあたたかで
流れは速い
歓喜と感嘆が四方に広がる
島の未来すべてを棄てて顧みない

鳥の群れが飛び去り、渓流は干上がる
あらゆる山越えと
いささかの噴水の感傷
青春の無敵な時代特有の抒情の方法
いずれも取りもどせぬまま
夢の遺物と化す

瓊瑤

けいよう／一九三八―／中国・四川省成都市生まれ

Qiong Yao

略歴

作家。本名は陳喆。一九四九年の夏、両親とともに台湾に渡る。五七年に台北市第二女子高等中学（現、中山女子高等中学）を卒業。《皇冠雑誌》にて最初の長篇小説『窓の外《窗外》*』（六三）を発表。自身の体験に基づく女子高校生と教師の恋愛が反響を呼ぶ。八五年までの作品は、台湾を舞台に現代的な若者の恋愛が主題であり、多くは映画化された。九〇年以降の創作は、清代や民国初期を背景とする恋愛テレビドラマの脚本が中心。特に《還珠格格》三部作（九七〜〇三）が中国大陸を含めた中国語圏で不動の人気を誇る。現在までに小説五九作、自伝を含めた散文集三作がある。【おもな作品】先にあげた《還珠格格》三部作のほか、《煙雨濛濛》（六四）、《幾度夕陽紅》（六六）、《船》（六六）、《一簾幽夢》（七四）、《在水一方》（七五）、《月朦朧夢朦朧》（七七）がある。【邦訳】＊を付した作品のほか、『夢語り六章』、『銀狐』、『寒玉楼』、『我的故事―わたしの物語』、『恋恋神話―ふたたびの春』、『還珠姫』（《還珠格格》三部作より）。

解説

中国語圏で通俗恋愛小説の代名詞ともなっている瓊瑤の作品は、デビュー当時から台湾文壇での論争の的であった。女性の恋愛における感情の起伏を唐詩や宋詞を多用した繊細な筆致で描き、物語の脱政治性を貫いた瓊瑤の小説は、中華文化の保全と反共主義を主張する一九六〇年代の台湾文壇にとって評価しにくい存在であった。純文学か通俗小説か、また恋愛を描くその内容は若者にとって健全かどうかの論争が沸き起こった。しかし、若者に支持された瓊瑤の小説が文芸雑誌のみならず新聞の文芸欄、映画やテレビ産業に進出すると、内容の形式化と商業的な手法に対する批判が集まった。とはいえ、戦後の台湾社会における瓊瑤の小説の強い影響力は否めないものがあった。元ハーバード大学の教授で研究者の李欧梵が一九八〇年に書かれた論文において、「通俗性だけで言えば、約二〇年の間で影響力のある作家は瓊瑤一人のみ」としながらも、「彼女が伝えようとしているメッセージは、社会秩序の許容範囲内であれば、愛と幸せが金銭や権力と相容れられるものである、ということだ。それは台湾の資産階級の典型的な志向と欲望を反映し、その好みに迎合したもの」だと評した。人びとの欲望を反映したことで、瓊瑤の小説は長い間人気を獲得できたと言える。

一九六三年から八五年までに発表された四一作は、当時の台湾社会を背景に男女間の恋愛を書き綴っている。デビューした直後の数年間で大きな比重を占めていたのは、内戦によって一九四九年に台湾に移住を強いられた中国大陸出身者の郷愁である。その郷愁が親世代の中国大陸での記憶と経験を支配し、子世代である主人公たちの恋に影を落とし、物語の重要な要素として働いた。六六年以降になると、郷愁は次第に薄れていった。物語の中心は大学生の恋愛模様に変わり、アメリカの留学への憧憬が描かれている。特に七〇年代に入ると、男性主人公は留学経験を持つエンジニアや建築家、もしくはテレビ局関係者に設定されることが多い。階級上昇の可能性を主人公もしくはその相手の大学進学や留学で示唆することによって、瓊瑤の小説は手が届きそうな理想や夢を読者に提供したのである。読者は、主人公たちの恋の成就を見守りながら、その将来の画一的な幸せに対して疑問を抱かない。高学歴や職業によって生活が保障されると信じているからである。瓊瑤の小説は、戦後の台湾社会が回復から高度成長期へと転じるなかで生まれた人びとの憧憬と欲望を鏡のように映し出し、その影響力によって多くの若者の理想と夢を方向づけたのである。

（張文菁）

『煙雨濛濛』より

またこの嫌な日がやって来た。夕食を終えたあと、わたしは悶々と窓の前に置かれた椅子に座り、しとしとと降り続ける小雨を眺めた。屋根の下に垂れ下がった電線に水滴が連なっていた。キラキラと透き通るそれは、真珠のネックレスのように見える。塀の傍の芭蕉から雨水が大きな葉を伝って転げ落ちる。一粒一粒と単調だが途絶えることなく濡れた地面に滴る。塀の外には、街灯が小雨のなかで伸びて立ち、無愛想に薄暗い光を放っている。その孤高かつ矜持を保つ姿は、まるで世の中の出来事とは無縁のようだ。さあ、身体を回してごらん。いつも競売で売り出される時のように。競売には慣れているでしょう。あなたのように美しい娼妓なら、競売にかけられる毎に自分の身体の価値が確認できたはず。

厳歌苓

げん・かれい／一九五九―／中国・上海市生まれ

Yan Geling

略歴

十二歳より解放軍文芸工作団にてバレエダンサーとして中国各地で公演、二十歳より執筆活動に転じ、中越戦争前線ルポも書く。一九八六年軍隊経験をもとに長編小説を発表し、中国作家協会加入。八九年渡米、コロンビアカレッジシカゴにて文学創作芸術修士号取得、以降中国外で百編近くの作品を発表し、台湾、香港、中国大陸で賞を多数獲得。英語による初めての長編小説「宴会BUG〈*The Banquet Bug*〉」（〇七）は米国で好評を博す。代表作に《白蛇》（九四）、《扶桑》（九六）、《金陵十三釵》（〇七）、《第九個寡婦》（一〇）、『妻への家路《陸犯焉識》*』（一二）等。作家自身が映画製作及び脚本編集に参加した「少女シャオユイ〈少女小漁〉」（九二）、『シュウシュウの季節〈天浴*〉』（九八）はそれぞれアジア太平洋映画祭で六つの大賞と金馬賞七つの大賞獲得。南京事件が舞台の長編小説《金陵十三釵》、祖父を題材に虚構化した『妻への家路』、自身の体験を折り込んだ《芳華》（一六）も映画化され国内外で好評を博す。『The Flowers of War《金陵十三釵》』（日本未公開）と『妻への家路《帰来》』は張芸謀が監督。小説は英語をはじめ各国語への翻訳多数。【邦訳】＊を付した作品の他「アダムとイヴと〈也是亜当、也是夏娃*〉」（〇〇）。

解説

「幼い頃父の蔵書にあった『ジャン・クリストフ』を夢中で読んだ。これが原点になっている」とあるインタビューで語っているが、この作家は、自らの或いは他者の体験をもとに多彩なプロットとキャラクターの描き込みによるイメージ化のうまい語りの名手である。特に女性の感情の襞に分け入る描写に長け、性愛を切り口に、視点を内外に随時移動させて人間の営みを編み込んだ良質の物語を数多く生み出している。

代表作の一つ『扶桑』は扱いの難しい二人称小説であるが、一九世紀末のサンフランシスコに実在した娼婦、扶桑に、第五世代の移民という語り手が呼びかけながら時に自問自答しつつ、扶桑に惹かれる白人の少年、扶桑を寵愛するチャイナタウンのボスの三角関係を軸に巧みに物語を進展させている。

扶桑は語り手の分裂した自己でもある。

歴史の記載から漏れた人々の感情がときに語り手の統制を越えて動き出し、その意外性に驚く語り手が、今度は米国社会に身をおく中国人としての内省をいつの間にか行う。そこでは、「白人」と東洋人、男と女、資本主義国の住民と社会主義国の住民、英語圏と中国語（広東語）圏等々の境界がやすやすと越えられる。そして扶桑をめぐる過去の物語が、この視点の移動によって奇妙に一九九〇年代の様相と混ざり合い、現実味を帯びて読み手に提示される。また重層する権力の支配下にある扶桑をめぐって起きたチャイナタウン焼き討ち事件の描写では、権力構造が反転し周縁にあったものが浮上する「脱中心化」の動きも示されている。

　解放軍での特異な体験のみならず、外交官の夫について世界各地を回る経験は、作家の物語世界の広がりに大いに貢献しているが、自らも北京と米国二か国を主な根拠地に精力的に取材に出かけ、虚構世界の心理のリアリティを深める糧とし、社会問題を絡めながら物語世界のルールに則った芸術と娯楽の境界をいく小説を次々と繰り出す。

　南京事件、反右派闘争、文化大革命、日本人孤児等々重い歴史の題材を、タブーを冒す寸前で巧みに物語化し、ヒューマンヒストリーとして落とし所をつける手並みは、賢くしたたかである。物語を求める読み手市場の要請を理解し、一般読者を読みに引き込む術を心得ている。

「私は移民作家だと意識したことはない。海外生活が長いので、他の国や民族の歴史文化との対比の中で、私たちのこの世代こそ多くの物語を持っていると強く感じている」と語るように、多感な青年期を文化大革命の非日常の中で送ったこの世代ならではの、人間の暗部の直視が創作姿勢の基本にある。娯楽性を備えながら、気楽に読むにはおさまらない時代性が刻印されている。

（櫻庭ゆみ子）

「扶桑」より

そう、これがあなた。

　キイキイときしむ竹のベッドからおもむろに立ち上がり、たっぷりとした深紅の緞子をまとってみせるのが、あなた。緞子の袷は刺繍のみでも十斤、ぎっしり刺し込まれた箇所は鎧のようにひんやり硬い。百二十年を隔てた私はこの見事な刺繍の出来栄えに思わずほうっと感嘆の声をもらす。

　もう少し顎を上げてくれない、わずかにもれてくる光線が唇に当たるように。そう、その位置。これで顔がはっきり見える。大丈夫面長でなくても顔だちが東方的な情緒をかもしだすから。あなたの欠点の一つ一つが、当時の好奇のまなざしには独特なものに映ったはず。

　さあ、身体を回してごらんなさい。いつも競売で売り出される時のように。競売には慣れているでしょう。あなたのように美しい娼妓なら、競売にかけられる毎に自分の身体の価値がわかってくるはず。

阮慶岳

げん・けいがく／一九五七— ／台湾・屏東県生まれ

Roan Ching-Yue

略歴

作家、建築家。淡江大学建築系を卒業後、ペンシルバニア大学に留学。シカゴなどで建築関係の仕事に従事。一九九一年に帰国し、台北で建築事務所を開く。その後、実践大学や元智大学で建築学や建築史の教鞭をとった。大学学部時代に創作を開始。アメリカ在住中の作品を第一小説集《紙天使》にまとめ九二年に出版。二〇〇〇年代になって創作活動を活発化させる。短編小説集に『むせび泣く街《哭泣哭泣城》』(〇二)、『名前のない愛《愛是無名山》』(〇九)など。長編小説に《林秀子一家》(〇三)、《凱旋高歌》(〇四)、《蒼人奔鹿》(〇六)からなり台北の市井に住む一家の愛と信仰を描く《東湖三部曲》、南方から台北に嫁いだ女性を主人公に家族の記憶の物語を描く『黄昏の故郷《黄昏的故郷》』(一六)など。最近作に、小説と日記の多層構造で死んだ叔母との愛を描いた《神秘女子》(一八)、自閉症児と家族の救済がテーマの《山径躊躇》(二〇、作家・七等生がテーマの《一紙相思》(二二))。エッセイ集に《一人漂流》(〇四)など。ジョン・ジュネ『花のノートルダム』の訳者でもある。また、《弱空間》(一二)をはじめ数多くの建築文化論の著作がある。

解説

阮慶岳が「台湾」を書いた最初の作品に、短篇小説「曾満足〈曾満足*〉」(九〇)がある。執筆はアメリカ在住中で、閩南人の「彼」と曾満足という名の年上の客家人女性との物語である。閩南人の家に嫁ぎ、疎外され孤立し離婚せざるをえなくなる客家人女性。そんな彼女を憧れとともに見つめる少年。その二人の異郷での再会と恋。二人の人生を形成してきた過去の記憶の桎梏と未来への希望と不安。この作品には、台湾独特のエスニック・グループの構造である「族群」の主題がストーリーの前提に置かれている。

阮慶岳の父親は国民政府の「以閩治閩」政策で台湾に公務員として派遣され、屏東のマラリア研究所に勤務した。母親も同じころ台湾にやってきて結婚している。阮慶岳は屏東で生まれ、十一歳まで同地で過ごした。父親が勤務した研究所は日本植民地期からのもので、日本で学んだ医師や日本人技師もいたという。研究所の宿舎で育ち、本省人の子弟たちと同じ小学校で学び、閩南語もできる。《東湖三部曲》は林秀子という本省人女性とその家族の物語だが、阮慶岳がこうした設定の作品が書けるのは、軍人村で育った同世代の外省人系作家とは違った生活環境もあるだろう。

「ハノイのハンサムボーイ〈河内美麗男〉*」(〇〇)が描くのは、台湾からやってきた華人の男とベトナム人のバイクタクシーの運転手との交流である。この作品はハノイを舞台とした場所の記憶としてのコロニアル/ポストコロニアルな関係性を、セクシュアルマイノリティの「個の身体」における関係性によって脱構築しようと試みる。もちろんそこには「族群」の課題が重ねられているのだが、「曾満足」との違いは差異を前提としつつ、やがてシンフォニーのように人間の関係性が多重化していく語りの構造を持つことで、これは二〇〇〇年代以降の阮慶岳作品の特質になっている。そして長編小説でそれはより濃厚な物語性の色彩を帯びる。

アラン・レネの映画と同じ題名を持つ短編「広島の恋〈広島之恋〉」(〇九)は、「パートナー」と東京への小旅行に出かけた「私」が、死んだはずのかつての恋人(「彼」)から逃れられないでいる話である。推理小説のように始まるこの短編は記憶の表層と潜在下の意識が作り出す幻影の物語でもあるのだが、阮慶岳は「彼」の「父殺し」の物語を反フロイト精神分析的な挿話によって構築していく。そのプロットはエイズに罹患しオーストラリアの病院で危篤状態であるはずの兄が連絡をしてくるところから物語が始まる長編小説『白い橋ふたたび《重見白橋》』(〇二)とも共通している。阮慶岳作品のストーリーは人間の生の底にあるものを浮かびあがらせようとするとともに、そこに台湾社会の思想的課題がしばしば反映され、それが一面では作家の社会批評ともなっている。そのことによって読者はこの作品をどう読めばよいのかという問いにたえず直面させられることになる。それは彼のもうひとつのライフワークである建築という仕事と不可分なものなのかもしれない。

(三木直大)

「広島の恋」より

僕は幼い頃から、彼(父親)のそんな振る舞いの弱々しい臆病さに気づいていた。僕はずっと彼がいつか後悔して目を覚ましてくれると期待していた。それが気持ちのうえだけの、救いようもない自己満足だということも理解していた。自分を苦しめているのが自分自身の道徳的良心なことを、彼はまったく分かっていなかった。だから、いっぽうで悪いことをして、いっぽうで自分を責めて、それはまるで自分を鞭打つのを楽しんでいる者のようだった。

虹影

Hong Ying

こうえい／一九六二― ／中国・重慶市生まれ

略歴

作家。本名は陳紅英（Chen Hongying、ちん・こうえい）、重慶の長江南岸に広がる貧民街の出身で、劣悪な環境で少女時代を過ごした。一八歳の時に重慶を飛び出し、自由奔放な生活を送り、文学作品に耽溺して詩作を開始。一九八九年民主化運動の高揚期に、北京魯迅文学院で作家として学ぶ機会に恵まれる。その後間もなく上海に移り、復旦大学の作家養成コースで学ぶ。この間、著名な文学者趙毅衡《ヘンリー・チャオ》と知り合い、一九九一年にロンドンに移住、同年、趙と結婚。落ち着いた環境を得て、『裏切りの夏《背叛之夏》』（九二）などの作品を発表した。一九九七年代表作となる自伝的長編小説『飢餓の娘《飢餓的女児》』を台湾から刊行、同書はすぐに英訳が刊行され、その後多くの言語に翻訳され世界的な評価を獲得した。以後旺盛な執筆活動を展開し、《K》（九九）《上海王》（〇三）《緑袖子》（〇四）《上海之死》（〇五）など長編を続々と出版した。《飢餓的女児》は台湾《聯合報》読書人最佳書賞（九七）、ローマ文学賞（〇五）を受賞、《K》は英国『インデペンデント』紙の二〇〇二年度ブックオブザイヤーの一冊となった。なお虹影はその後趙毅衡と離婚し、英国人作家兼実業家アダム・ウイリアムズと再婚して北京に居を構えている。

解説

虹影は『飢餓の娘』の大ヒットによって一躍有名になった作家である。この小説で虹影はスラム街同然の環境から脱出していく自身の出生の秘密を推理仕立てで追いながら、母と祖母の人生をたどって、三世代にわたる苦闘の年月の残酷な史実をリアルに再現し、人間の生命の尊厳を個性的な文章でうたいあげた。五〇年代末期のいわゆる「三年連続の自然災害」、それは三〇〇〇万人もの餓死者が出た大飢饉で、共産党政権の大きな失政であった。その頃虹影はまだ生まれていないのだが、彼女は母の胎内で絶望的な飢えの記憶が刻み込まれたと述べている。潜在意識に植えつけられたこの空前の飢餓感は、彼女の内面で魂の飢えの記憶となり、そして性愛に対する本能的飢餓意識を導いていく。この作品には民国期以降、内戦を経て人民共和国建国後の凄惨な政治運動、大飢饉、そして文革の悲痛な経験、天安門事件に至る中国政治社会史の闇の文脈が飾ることのない赤裸々な表現で語られている。しかし虹影には、文革を回顧する小説の多くに見られる被害者意識や自分の無実を主張するような甘さは全くない。彼女は自分が聖人でないこと、作品に登場する人物すべてに罪があることを強く意識しており、誰一人として「無辜の子羊」ではあり得ないと常に述べている。虹影の文体は装飾性を削ぎ落とした生活の言語であり、『飢餓の娘』で対象化された貧民街の淀んだ日常、頽廃した人々、繰り返し襲いくる災厄に対する救い難い麻痺などを語り出すとき、淡々と流れる彼女の文章には一種独特な凄みさえ感じられる。虹影の『飢餓の娘』は政治的桎梏から離れて自由な創作が担保された海外華人文学の特質をよく表しており、各国語に翻訳される過程で母国での評価を高めていき、中国語版刊行の際には異なるテキストのバージョンが展開した。

その後に量産された長編小説では、いずれも虹影自身の投影が強く表現され、独特な作品世界を作り上げた。特にこの傾向が顕著に見えるのは、一九九九年の《K》である。この作品はヴァージニア・ウルフの甥ジュリアンと中国人女性の悲痛な愛の世界を描いた内容で英国でも高い評価を得たのだが、実在の著名な中国人文芸評論家を誹謗したとの非難がその子孫から寄せられて、名誉毀損を巡る裁判沙汰となった（後に和解）。また三峡ダム建設で沈む村に伝わる悲恋を題材にした二〇〇三年の《孔雀的叫喊》や、時間を超えた女性の数奇な運命を描く〇六年のSF的作品《女子有行》なども好評を博した。一方、〇二年の《緑袖子》では第二次大戦末期の満州映画を舞台に設定し、戦争と芸術、愛の葛藤に苦しむ女性を描いており、虹影の多才な創作力を示す作品となっている。（関根謙）

『飢餓の娘』より

……周囲ではすすり泣きがしだいに号泣に変わりはじめ、誰もが顔を涙でぐしゃぐしゃにしていた。涙は簡単に伝染する。十四歳のわたしは、この雰囲気の恐ろしさに呑まれて涙を流した。涙はいったん流れるととめどなく溢れ出し、泣き声までもますます高くなっていった。

追悼会から学校へ帰るとき、先生も生徒もまるで家畜の等級を吟味するかのように、人の目を覗きこんだ。確かに涙を流したか、泣き腫らしていないか、悲しみの表情をしていたかどうかをチェックしたのだ。「偉大なる指導者」への篤い忠誠心の確認だ。わたしは涙もろかったが、泣き止むのもすぐで、目の縁が少し腫れぼったかったものの、真っ赤に泣き腫らしたという状態にはなっていなかった。ただ、わたしはひどくふさぎこんだ表情だけはしていた。いつも通りの暗い気分だったのだが、このふだんは人の不興を買う鬱陶しい表情が、このときはわたしをよけいな非難から救ってくれていた。

高暁声

こう・ぎょうせい／一九二八―一九九九／中国・江蘇省武進県生まれ

Gao Xiaosheng

略歴

作家。幼少年期に故郷の村が日本軍に占領され、学業をたびたび中断したが、私塾を開いた父のもと中国古典に親しんだ。日中戦争終結後、上海法学院経済系（現在の上海財経大学）や報道関係の幹部を養成する蘇南新聞専科学校で学び、江蘇省文化局に勤務した。一九五一年に小説「田の宝〈収田財〉」を発表、続いて「婚約解消〈解約〉」（五四）で期待を集めた。五六年、百花斉放、百家争鳴の方針が出されると、南京の若手作家、陸《りく》文夫《ぶんぷ》、葉至誠《ようしせい》らとともに個性の光る文学雑誌の刊行をめざし、「『探求者』文学月刊案内と規約」を起草したが、それが反党集団と断罪され、右派のレッテルを貼られて故郷の農村へ労働改造に送られた。二二年間、農業技術員や教員などを務めた。七八年に執筆を再開し、翌年『探求者』が名誉回復されると都市に移り、逆境に耐える勤勉な農民たちを描き始めた。当初は長年の農村生活で忘れた文字を辞書で確かめながらの執筆であったという。

【おもな作品】「李順大《リーシュンター》の家造り〈李順大造屋*〉」（七九）、「陳奐生《チェンホワンション》町に行く〈陳奐生上城*〉」（八〇）**【邦訳】***を付した作品のほか『渡し舟』、「酷刑」等。

解説

文化大革命後、創作にかけた時間は十年余りだったが、長年の農村生活から素材を得た農民ものや寓意に富む民話風の小品に、多くの佳作を遺した。平易な言葉でユーモアたっぷりに語り、八〇年代に多くの読者を得た。

まず熱い視線が注がれたのは、「李順大の家造り」である。小さな家を建てようと、貧しい農民が五〇年もの間、悪戦苦闘する物語だ。李順大は川船に住む漁民だったが、暴風と雪で船が沈み、やむなく陸に上がると、沈んだ船を引き上げて家にした。それから数十年、一日三度の粥も半分に薄めて暮らしを切り詰め、時の政治に翻弄されながらも、ようやく家の普請がかなう。人を翻弄する社会文化システムへの怒りよりも、ねばって最後にささやかなれども確かな果実を手にした李順大のうれし涙に読者は拍手をおくった。

ついで話題になったのが、七九年に始まり九一年に完結した陳奐生シリーズだった。「つぶれ百姓」に始まるシリーズの第二作、「陳奐生町に行く」は、とりわけ好評を博した。実直に働くことが信条の、またそれ以外に生きる途がなかった陳奐生は、揚げパンを売りに町へ出て、ひょんなことから官僚の呉《ウー》先生の厚意で幹部用の宿泊所に泊まることになる。サービス業などという観念のない陳奐生には、宿泊料の五元は理不尽な額であり、納得がいかない。そこでおかしな騒動を繰り広げるのだが、それを笑いながら読み進めるうちに、いつしか陳奐生の方がまっとうなのではと思えてくる。帰り道、陳奐生はこの一泊が村でのステイタス・シンボルになると思い至り、阿Q〔魯迅『阿Q正伝』の主人公、精神的勝利法でままならぬ現実を乗り切る〕よろしく、勝ち誇って村に凱旋する。陳奐生シリーズは、農業の集団化から請負制へ、さらには副業や工場操業など、八〇年代農村の大きな政策変換に沿って展開し、「陳奐生外国へ行く〈陳奐生出国〉」で閉じられた。このシリーズ最終作では、話題となった小説のモデルとして、陳奐生がアメリカに招待される。芝生をはがして菜園にしようとしたり、ケージ飼いのニワトリの待遇に怒ったり、さもありなんと思わせるエピソードが続く。帰途、彼はアメリカで唯一価値を見出した野菜の種を土産にしたが、種は飛行機の中で忽然と消えてしまった。種はなぜ消えたのか、陳奐生は現代化に見放された存在なのか、解釈は多様である。

この他、創作方法を幻想的なイメージで表現したエッセイ「渡し船〈摆渡〉」（七九）や、「財布〈钱包〉」（八〇）、「魚が釣る〈鱼钓〉」（八〇）など民話風の語り口によって奇怪な出来事に情念を宿す短編がある。

農民を描くにも寓意に満ちたその作品に、国民性への批判を見出す読者も多い。勤勉、実直は権力への忍従につながるからだ。また、語り手とキャラクターの境をぼかす語り方には、代言者としての知識人という構図が透ける。それと同時に、李順大や陳奐生の視線から、現代社会を見返すところも魅力だ。近年は、その独特な作風を支える対句表現や押韻など修辞的側面も注目されている。

晩年は、葉至誠らと雑誌のコラム「新〝世説〟」〔この作の命名は五世紀のウイットに富む逸話集『世説新語』による〕に力を注ぎ、文化大革命を記憶する表現を追求し続けた。

（加藤三由紀）

「陳奐生町に行く」より

こんど町へ行って、こんなにわくわくする体験ができたのだから、五元のもとはしっかりとった。ともかくも、他人様に話せる自慢の種ができた。考えてもみてくれ、村では顔役も百姓も、呉先生のジープに乗ったことはなかろう？　一晩五元もする特別室に泊まったことはなかろう？　陳奐生は、みんなに聞かせてやりたくてたまらなくなった。話のネタがないやつ、世間知らずとは、もう言わせない。誰にも馬鹿にされないぞ。よし！　元気倍増、急に背が伸びた気がした。

黄錦樹

こう・きんじゅ／一九六七— ／マレーシア・クルアン市生まれ

Ng Kim Chew

略歴

作家、研究者。マレーシア・ジョホール州クルアンのゴム農園に育ち、華文独立中学で中国語による教育を受けた。台湾には戒厳令解除前年の一九八六年に渡り、台湾大学中国文学系に進学する。在学中に創作を始め、短篇小説「重要文書〈大巻宗〉」（八九）で第六届大馬旅台文学賞小説首賞を受賞。卒業後は大学院に進学し、論文執筆と並行して創作を続けながら淡江大学と清華大学でそれぞれ中国文学の修士号と博士号を取得する。九六年より曁南国際大学中文系の教壇に立つ。創作と研究、評論の両面で在台馬華作家（台湾在住のマレーシア出身華語作家）を代表する存在である。【おもな作品】「魚の骨〈魚骸*〉」（九五）、「刻まれた背中〈刻背*〉」（〇一）、《南洋人民共和国備忘録》（一三）、『なお扶余を見るがごとし《猶見扶余》』（一四）、《魚》（一五）、《雨》（一六）等。【邦訳】『夢と豚と黎明』（一一）等。

解説

黄錦樹の文学は多く空洞、欠如、不在をめぐって展開される。誰かが姿を消すこと、あるいは語り手の生に予め組み込まれている欠如だ。「重要文書」の失踪した祖父、「魚の骨」の森の沼地に命を落とした兄、「Mの失踪〈M的失蹤〉」（九五）の作家M、「父が死んだあの年〈父親死亡那年〉」（一二）の父……。特に繰り返し描かれる父の死あるいは不在には、父なる中国の不在を読み込むことも、馬華文学史における父の不在を重ねることも可能であろう。

短篇小説と散文の創作のほか、文学研究では馬華文学をはじめ中国語圏の現代文学を幅広く論じ、二〇二一年までに十冊の論文集が刊行されている。編集に携わった選集も数多い。創作においても研究においても、彼は一貫して馬華文学の構築を続けているといって過言ではないだろう。こうした「馬華文学史の書き直し」は、歴史の中に自分たちを位置づける試みとしても実践されている。

とりわけ注目すべきは、ごく初期の作品「重要文書」から一貫して取り上げられるマラヤ共産党という題材である。華人の歴史においてなお禁じられた領域に及ぶこの題材は、そこに口を開いた穴として、あるいは「泥の上の足跡〈泥沼上的足跡〉」（一三）として表現される。
　ゴム農園で多くの兄弟姉妹と育った原体験は「闇夜〈烏暗暝〉」（九五）に記される。それから華語（中国語）を媒介言語とする私立の華文独立中学である居鑾《クルアン》中華中学に学んだ。マレーシアの教育制度において、無償で提供されるマレー語の教育システムを外れて華文独立中学に学ぶことは、華人としての自己認識を深めることにもつながる。マレーシア華人の集団の記憶を文学の面から保存する試みとしては、馬華作家のゴム林の記憶を集めた選集『ゴム林の奥《膠林深處》』（一五）、台湾留学経験を持つ作家の文集『台湾留学のあの歳月《我們留臺那些年》』（一四）といった共編著がある。
　なお、黄錦樹の文学的達成においては台湾留学で多様な文学理論に接触したことも看過できない。とりわけ論文集『嘘と真理の技芸―現代中国性を論ずる《謊言或真理的技芸―論現代中国性》』においては同時代の作家が現代性と中国性の面から論じられているが、彼自身の文学も王文興や七等生、張大春といった台湾モダニズム作家の系譜に連なることは論を俟たない。同世代では朱天心、駱以軍ら外省人二世の作家と肩を並べる。馬華文学を論じた専著には『馬華文学と中国性《馬華文学与中国性》』（九八）及び『華文マイナー文学としてのマレーシアのケース《華文小文学的馬来西亜個案》』（一五）の二冊があり、馬華リアリズム文学とは一線を画する立場にある。

（及川茜）

「泥の上の足跡」より

　よく見ると、そのでこぼこの泥は、深く浅く幾重にも層をなす足跡で、様々な向きの足の、靴のかかとの痕やくるぶしの形、開いた足指、足裏の模様までくっきりと見える箇所もあった。斜めから光を受けて明暗がより鮮明に見えた。またそれ以上に多いのはでたらめに重なったもので、一体何なのか分からなかった。深く踏み込みすぎたのか、ふくらはぎまで埋まってしまい、引き抜いた後にぽっかりと穴が残り、表面の泥が中に崩れて、水生動物の巣穴となっているものもある。浮き草の影がぽつぽつと泥に落ち、そよ風に流され、どこか謎めいた足跡のようだ。水の透明度からすると、その人々の足跡はすでに遥かな過去のもので、すっかり形が定まっていた。

鴻鴻

Hung Hung

こうこう／一九六四― ／台湾・台南市生まれ

略歴

本名は閻鴻亞。詩人。父親は山東の、母親は浙江の出身。小学生のときに台南から桃園に転居。一九七七年から二年間、父親といっしょにマニラで過ごす。国立芸術学院（現在の台北芸術大学）戯劇学科卒業。中学時代から創作を開始。八一年から《現代文学》、《創世紀》などに作品の発表を始める。詩集は『暗黒中の音楽《黒暗中的音楽》』（九〇）、『ぼくと無関係なもの《與我無関係的東西》』（〇二）、『暴民の歌《暴民之歌》』（一五）、《楽天島》（一九）『波乗り《跳浪》』（二二）など。映画人としては楊徳昌監督《恐怖分子》（八六）の製作に参加、《牯嶺街少年殺人事件》（九一）では楊徳昌と脚本を共同執筆、金馬映画祭で最優秀脚本賞受賞。監督作品にはこれまで四本の劇映画のほか、『台北ボスニア《台北波西米亞》』（〇四）などの記録映画もある。演劇人としては九四年に密猟者劇団、二〇〇九年に黒眼睛跨劇団を設立。主に翻訳劇や社会批評性に富んだ前衛演劇の上演活動を展開している。【邦訳】『新しい世界』（一一）などがある。

解説

鴻鴻の監督作品に東京国際映画祭でも上映された『壁を抜ける少年《穿牆人》』（〇七）がある。この映画は大災害に襲われたあとの近未来都市が舞台だ。少年は大地震で崩壊した故郷を離れリアル・シティと名づけられた人工都市に住んでいる。ある日、彼は異次元の世界に通じる力を持つ石を手に入れ、出会った少女の後を追いかける。「壁を抜ける」とは二つの世界を行き来することだが、マルセル・エーメの「壁抜け男」では主人公は最後に壁に塗りこめられてしまう。壁に塗りこめられないで、「新しい世界」を求め続けるにはどうすればよいか。記憶のノスタルジーからどうやって人は踏み出していけばよいか、それが映画と詩のテーマになっている。もちろんそこには台湾の過去と現在を生きる人々の姿が投影されている。

「母さん／ぼくはあなたの言っていることがわからない」から始まり、「あなたの言葉を教える授業はなかった／あなたの故郷で生まれた童話もなかった」、そして「ぼくはあなたの異郷で成長し／あなたの異郷人にもなった」と続く「母語の授業〈母語課*〉は、両親ともに中国からの移住者である詩人の家族をうたったものでもあれば、大陸から移転してきた中華民国国民政府の言語政策下でずっと北京語が「国語」であった台湾本省人の人々の思いをとらえたものでもある。「ぼくは他者の家に住み／他者の空気を吸い／他者の服を着て／他者の書いた本を読み／他者の出した試験問題を解き／他者の開いた道を歩く」（「亡命〈流亡*〉」）は、東アジアの政治的地勢図のなかで宙ぶらりになった台湾の姿を表象するものでもあれば、閉塞的な状況のなかで生きることのもどかしさを普遍化したものでもある。「壁抜け男〈穿牆人*〉」の「船をこわし夜をこわし夢をけっとばす／壁を抜ける少年に夢はいらない／抜けられる壁があればいい／過去へ抜け未来へ抜け君の家の裏庭へ抜ける／さよならカサンドラさよならカルメンさよなら壁の中のカフカ／顔が埃で白くなってもいい、水と火の深い緑に踏み込んでもかまわない／ぼくは抜ける――」という詩行には、そんな閉塞感を破り、新しい世界に踏み出していこうというメッセージが重ねられている〔三編とも詩集『自家製爆弾《土製炸弾》』（〇六）収録〕。

一九九八年のイスラエルとパレスチナ訪問以降、鴻鴻の詩には社会的なメッセージ性がつよくあらわれるようになり、二〇一四年に太陽花学生運動を支援して書かれた「暴民の歌〈暴民之歌*〉」（一四）は行動する詩人としての鴻鴻をより印象づけることになった。そうした姿勢は戒厳令解除後の台湾文化再編期から続いているもので、《現代詩（復刊）》の編集に携わる中で陳克華（六二〜）の女性主義詩「結婚式のメッセージ〈婚礼留言*〉」（九三）を掲載し、その舞台化の野外パフォーマンスを行うなどにはじまり、現在の彼がプロデュースする台北詩歌節での市民社会と詩のあり方を問う様々な取り組みとも密接に結びついている。

（三木直大）

『自家製爆弾』後序より

いま、ぼくは詩が「生活に対抗する」方法の一つとなることを望んでいる。（中略）。詩の中のぼくは、実際のぼくよりずっと過激である、ずっと敏感で、ずっと脆くて、ずっと弱いが、ずっと勇敢でもある。世界は詩の中でもっと複雑なあるいはもっと簡単なものに変化もしている。しかし少なくとも、それは詩が世界と正面から向き合う時間である。人が人によって変化するのを見ようと、ぼくはしている。

高行健

こう・こうけん／一九四〇―　／中国・江西省贛州市生まれ

Gao Xingjian

略歴

作家、劇作家、水墨画家。銀行員の父と元女優の母のもとに生まれる。一九六二年、北京外国語学院フランス語科卒業。外文出版局の中国国際書店に配属され、仏語翻訳業務に従事する。文革中は安徽省の幹部学校で労働改造教育を受け、のちに山村の中学校教員となる。文革終結後に外文出版局に戻り、巴金を団長とする作家代表団の通訳として欧州歴訪に随行。七〇年代末から小説を発表し始め、八一年に北京人民芸術劇院専属の劇作家となる。実験的な戯曲「非常信号〈絶対信号〉*」（八二）が話題を呼ぶが、続く「バス停〈車站〉*」（八三）は「精神汚染」追放運動で批判され、以後自作の上演機会を失う。八七年、ドイツのモラート芸術研究所から招聘され渡独、パリ滞在中の八九年六月に天安門事件が起こり、帰国の道が閉ざされる。九七年、仏国籍を取得。小説執筆の傍ら、欧州各地で絵画の個展を開き、戯曲の演出を手掛けるなど多方面で活躍。二〇〇〇年、華人として初のノーベル文学賞を受賞した。

解説

母の影響で演劇に親しみ、十歳で脚本を書き始めた高行健は、学生時代から劇団を組織し、卒業後も仕事の傍ら絵画制作と文学創作を続ける。だがトランク一杯に書き溜めた原稿は、文革が始まると自ら焼き捨てざるを得なかった。正式に作品を発表したのは文革終結後だった。中編小説「赤い嘴という名の鳩〈有只鴿子叫紅唇児〉」（八一）は、章ごとに異なる登場人物が各々の視点から第一人称で物語を語る演劇的な構造をとる。複数の人物の声が幾重にも重なって物語を綴る手法は、その後の創作にも引き継がれ、特に戯曲「バス停」や「週末四重奏〈周末四重奏〉*」（九六）では、複数のせりふや場面が同時に進行する「多声部」の試みを導入している。また人称の転換は、同一人物に「私」「おまえ」「彼」といった異なる人称を用いて語りの距離を変化させる技法として、長編小説『霊山《霊山》*』（九〇）や『ある男の聖書《一個人的聖経》*』（九九）などに昇華している。

これらの技巧的実験を始めたばかりの八〇年代初期、高行健の作品は「西洋モダニズムの盲目的な移入」として激しい批判の的となった。同じ頃に誤診により末期癌を宣告され、その状況から逃れるようにして長江流域の旅に出る。戯曲の上演機会を失ったことで水墨画の制作を始め、これがきっかけとなりドイツの研究所とフランス文化省から相次いで招かれ、中国を離れるが、パリ滞在中に天安門事件が発生。事件に触発されて書いた戯曲「逃亡〈逃亡〉*」（九〇）が中国政府の怒りを招き、帰国の途が閉ざされる。だがかつての長江流域の旅を題材に、発表を目的とせず書き始めたという『霊山』は欧州で高く評価され、二〇〇〇年のノーベル文学賞に結びついた。高行健の人生における「逃亡」は、閉塞的な状況を打ち破る生への逃避行であるとともに、彼が作家として飛躍を果たす上で、運命的な転換をもたらしている。

　高行健の作品に描かれる女性は、時に大胆な振る舞いで主人公の性的欲望を喚起しながら、同時に、女を凌辱する男の卑劣さを告発する。戯曲「逃亡」では、第一幕で弱々しく青年にすがり、中年男に身を任せた娘が、第二幕で「男は女を傷つけ、奪い取るだけ」と彼らを激しく非難する。『霊山』で主人公の分身「おまえ」と共に旅する「彼女」は、「おまえ」を誘惑しつつ、一方でその冷酷さを責め立てる。『ある男の聖書』で主人公と一時の快楽を貪るユダヤ系ドイツ人のマルグリットは、主人公に過去の女性遍歴を語らせることによって、彼の加害者性を暴いていく。作品では、独裁政治の受難者として自由への逃亡を果たした主人公が、被害者であると同時により弱い存在に対する加害者でもあるという自覚が繰り返し語られる。高行健は逃亡によって得た自由に溺れない。彼の作品は、振り捨てた過去に犯した振る舞いを徹底的に洗いだし、自分を虐げた人々と自分が虐げた人々を見つめることで現在の自分のあり方に気づいていく、作家自身の冷徹な自己検証である。（大久保洋子）

『ある男の聖書』より

今、落ち着いて筆をとってみれば、おまえがこの何億何万もの人々を支配した帝王に言いたいことは、おまえはごく小さい存在であるがゆえに、心の中の帝王はただ一人しか支配できない、それはほかでもないおまえ自身だということだ。今おまえはようやく憚ることなくその言葉を口に出す、すなわち毛《マオ》の影から抜け出したのだ、だがそれは決して生易しいことではなかった。おまえは巡り合わせが悪かった、毛の統治する時代に生まれるなんて。だがそれはおまえにはどうしようもないこと、いわゆる運命だったのだ。

コラム①

役者の声は人生の精髄

松浦恆雄

私が天津の南開大学に留学していた一九七九年からの二年は、一〇年に及ぶ文革が終結し、まさに伝統演劇が復活しようとしていた時期だった。文革の荒波を生き延びた老優たちは、最後のひと花を咲かせようと再び舞台に立ち、建国後に育った中年の役者たちも負けじと技の限りを尽くす。劇場は、この日を待ちわびた観客で連日満員。客席は異様な熱気に包まれ、役者も熱演でそれに応える。割れるような拍手。観客の連呼する「好！」の声。舞台はいやが上にも盛り上がる。これが当時劇場で、毎晩のように繰り返されていた情景であった。

中国に留学することは、私の夢だった。「新中国」という三文字に憧れていた。世界的な影響力を誇る毛沢東も好きだったが、もっと好きだったのは、ストイックな李大釗だ。しかし、中国に着いてものの ひと月も経たないうちに、その夢は無残に打ち砕かれた。

中国に留学していったい何を学ぶのか。答えに窮していたとき、たまたま目の前に現れたのが中国の伝統演劇だった。中国人はとにかく芝居が好きらしい。ならば中国を理解するには、まず芝居から入るに如くはない。

それからは毎晩のように自転車に乗り、天津のあちこちの劇場に通いつめた。狭く堅い木のイスに座って、役者の歌を聴く。歌が絶頂へと駆け上がってゆくとき、必ずと言っていいほど、背筋に悪寒が走った。ぶるぶるっと背筋が震える。のちに私は、この震えが起こるか否かで歌の良し悪しをはかるようになった。楊乃朋、柳素霞、康万生、李宗義、方栄翔（以上京劇）、王貫英（老調梆子）……。聴けば間違いなく背筋に悪寒の走る役者たちを繰り返し見るために、毎日のように朝一番で劇場に駆けつけチケットを買い求めた。

天津では、京劇以外に河北梆子や評劇という伝統演劇が盛んだ。河北梆子の激越なメロディと難度の高い技芸の数々は、あっという間に私の心をわしづかみにした。閻建国の〈秦瓊発配〉、王伯華の〈金鈴記〉、女性の老生・王玉磬の〈太白酔写〉など、今でもその一場面が目に浮かぶ。河北梆子では、男女が同じ音程で歌うため、男の役者は、かなり高い声を出す。その高い声はしばしば裏声になったが、王伯華の裏声は、絹糸のように細く潤いがあり、人の心を酔わせた。

一方の評劇は、女性の辛い運命を描くのが得意で、下町の劇場によく掛かった。京劇と異なり、女性客が多かった。この評劇の個性を建国後にガラリと変えたのが、若き女優新鳳霞の明るい歌声だった。彼女は文革中に半身不随となり、名誉回復後も舞台に立てなくなったが、筆で私たちを楽しませてくれた。自らの生い立ちと芸談を綴った《新鳳霞回憶録》

彼女（一九八〇年）は、当時としては、破格の美麗な装丁で、彼女がなお絶大なる人気を誇る役者であることを教えてくれた。私は、天津の三番館と思しき小さな映画館を幾つも回って、彼女の主演する映画《劉巧児》（一九五六）や《花為媒》（一九六四）を繰り返し見ることで、ようやく溜飲を下げた。

さて、京劇の舞台を深く理解するための新刊書は、当時、ほとんど出版されていなかった。毎日のように見る芝居の粗筋を理解するのに役立ったのは、《京劇劇目初探》の再版本（一九八〇年一二月）である。中国の書店では、日本のように紙のカバーを付けてくれないので、中国人学生は、教科書や大切な本は、よくカレンダーの厚紙を用いてカバーにしていた。私もそのひそみに倣い、持って来ていた日本のカレンダーでこの本にカバーをつけた。

台本は、大学の図書館所蔵の《京劇彙編》を見た。この百冊を越えるシリーズには、一冊本の目録がある。目録でその日見る演目を捜し、捜し当てたら、それを借りだして読む。毎日のようにその目録を見るので、図書館の司書の方は、一々書庫に取り行くのが面倒になったのか、カウンターのところに取り置いてくれるようになった。

やがて、ラジオ放送が伝統演劇の歌の宝庫であることに気づいた。当時、テレビはまだそれほど普及しておらず、庶民の手軽な娯楽は、ラジオを聞くことであった。そして、当時、娯楽と言えば、伝統演劇が間違いなく玉座を占めており、ラジオの娯楽番組の過半は伝統演劇の番組だった。そこで、実家に無理を言って大量の生テープを送ってもらい、テレビ・ラジオの向こう一週間の番組を載せる《天津広播節目報》を丹念にチェックして、放送される劇種、役者、演目などを確かめ、録音した。録音する番組を選ぶ参考にしたのは、上海文芸出版社から出版されていた《新編大戯考》である。この本には、劇種や役者の簡単な紹介とレコードの歌詞が掲載されている。暇さえあればこの本をめくって、伝統演劇の基礎知識を蓄積した。私はこの本で知った河北梆子の名女優・韓俊卿の代表作「斬竇娥」をうまく録音することに成功し、それを一度聞いただけでもう彼女の大ファンになった。竇娥の姑が、無実の罪で刑死した竇娥を悼む歌である。低く地鳴りのように響く韓俊卿の声は、王玉磬の天に突き抜けるような声とは好対照だったが、この芝居のこの場面には、これ以上の声はなかった。涙が止まらなかった。

ラジオ番組には、レコードや実況中継以外に、芝居の歌を鑑賞する番組もよく放送されていた。ある京劇鑑賞の番組で、名優たちによる《空城計》の諸葛亮に対する理解の違いが、どのように歌に反映されているのかを、講師役の研究者がメロディ・ラインの分析から見事に説明しておられるのを聞いた。これには文字通り、目から鱗であった。

中国では、『楊宝森唱腔選』のように、役者ごとに、歌のメロディ・ラインを数字譜に起こした楽譜が多く売られている。当初、私はこういう楽譜にあまり興味がなかった。こういうのは票友（素人役者）のためのものだと思っていたからだ。しかし、これ以降、楽譜が出れば必ず購入することにした。むしろこういう楽譜にこそ役者独自の工夫が表現されていることに、遅まきながら気づいたからである。レコードやテープを聞く時も、楽譜が手元にあれば、必ず楽譜を見ながら聞くようにした。時に編者の寸評が載っていたりすると、宝物を得たかのように、その語の意味するところを納得するまで繰り返し聞いた。

いつも芝居を見に出かける前には、留守にする時間帯のラジオ番組を録音するためタイマーをセットした。さて、一九八一年六月九日のことである。この日の昼間の時間帯には、さして目ぼしい番組がなかった。そこで、まあ、黄梅戯の手持ち演目を増やしておこうというくらいの軽い気持ちで、黄梅戯「金玉奴」を録音することにした。中央人民広播電台第二套の一五時五分からの番組だった。

この番組の最初に放送されたのは、「今は亡き老優」と紹介された呉来宝の〈老金松老金松〉の一段であった。ほんの数分に満たないこの短い歌が、不意に私の心を直撃した。これまでの背筋に悪寒が走る絶頂感とは全く異なる。しゃがれた悪声で、声量もない。この声にどういうわけか、ただ胸が熱くなった。呉来宝とは誰か。この役者のことが知りたくて、彼の所属していた安慶市黄梅戯劇団に手紙を書いた。こんな内容だ。偶然、ラジオで呉来宝の〈金玉奴〉の〈老金松老金松〉の一段を聞いた、すごく感動した、彼がどういう役者か知りたい、もしまだほかに彼の歌があるのなら、もっと聞いてみたい。しかし、返事はなかった。一か月が経ち、そろそろ帰国の準備を始めようと思っていた頃、小さい木箱の書留郵便が届いた。安慶市黄梅戯劇団からだった。その木箱には、カセットテープと手紙が入っていた。

手紙の内容は、全く予想だにしないものだった。呉来宝は、黄梅戯の著名な丑（道化）役者であったが、文革で舞台に立てなくなった。文革後、再び舞台に立てるようになったが、今度は病魔（胃癌）に侵された。ラジオで放送したのは、彼が病床で無理やり録音したものだった。劇団としては、彼の歌をもっとたくさん残したかったが、彼の身体がもはやそれを許さなかった……。

やはり、あの歌は特別だったのだ。カセットテープには、彼の残した〈金玉奴〉の別の一段〈江水滔々〉が入っていた。早速、聞いてみた。聞いているうちに涙が止まらなくなった。なぜなら、その歌は息つぎも荒く、とても歌として鑑賞するに堪えないように思えたからだ。呉来宝の無念の声のようにも聞こえた。

お礼の手紙を書いた後、私は日本に帰国する前に、是が非でも、安慶の地を踏んでみたい、安慶で黄梅戯を見てみたいと思うようになった。しかし、当時、安慶は未開放都市で、外国人が行くことは禁じられていた。そこで、私はこっそり武漢から長江を下る船に乗り、安慶で降りた。宿屋に着いてしばらくすると、予想以上に早く公安（警察）が来た。スパイの嫌疑だ。彼らは南開大学の留学生弁公室に問い合わせ、ようやく黄梅戯を見に来たという私の主張を信じ、今夜公演があれば必ず見せてやるが、明日の朝には船で帰れ、と言って立ち去った。結局、その晩、黄梅戯の公演はなかった。

日本に帰って五年が過ぎた。一九八六年一〇月、「安慶市文化芸術友好団」が、友好都市締結の記念公演のため大阪の茨木市を訪問するという情報をつかんだ。この友好団の名前からして、必ず黄梅戯劇団の役者が入っているはずだと思い、市役所に問い合わせたところ、奇しくも呉来宝の弟子・潘啓才がメンバーに入っていることが分かった。千載一遇のチャンスである。理由を説明して、彼らの宿泊先を教えてもらい、訪ねる許可を得た。

潘啓才は、丑役ではあるが、すらっとした美丈夫で、私が手紙を書いたこともご存知だった。早速、呉来宝のことをあれこれ尋ねた。潘啓才の語る呉来宝は、いかにも老優らしい魅力に満ちていた。彼は三度の飯より芝居が好きな、芸の虫だった。毎晩、きっかり半斤（250cc）の白酒（蒸留酒）を飲み、胡弓を引き引き、歌の研究ばかりしていたという。丑役の歌だけでなく、あらゆる役柄の歌に精通し、「金玉奴」の歌は全て彼が作曲したということだった。彼の言葉の端々に、師への敬慕の念がうかがえた。私の胸にわだかまっていた何かが、このときすっと溶けて消えた。

呉来宝の歌を聴いて四〇年になる。この間、中国は激変した。急速な経済成長と娯楽の多様化が、あっという間に伝統演劇を呑みこみ、押し流した。伝統演劇は、都市部の市場の大半を失い、かつての天津の記憶がまるで嘘のようである。おそらく伝統演劇の社会的影響力は、もはや挽回のしようもないであろう。だが、私個人について言えば、その重要度はいささかも減じていない。伝統演劇の資料を読み、歌を聴くことは、今や研究である以上に、純粋な喜びであり、心の慰めである。伝統演劇の歌には役者の命が凝縮されており、その歌をうたう役者の声に人生の精髄が詰まっている。留学の最後にそんな理を教えてくれたのが、呉来宝だった。

黄春明

こう・しゅんめい／一九三五— ／台湾・宜蘭県生まれ

Huang Chunming

略歴

作家。五人兄弟の長男として生まれる。八歳のとき、生母と死別。郷里で中学に進むが退学と転学を繰り返し、台北に出る。しばらく電気屋で働いたあと、台北師範学校に進学。台南師範学校、さらに屏東師範学校に転学して卒業。郷里で小学校教員となる。兵役ののち、放送局や広告会社などに勤務しながら、小説を執筆。一九六六年に陳映真、王禎和、施淑青、七等生等と雑誌《文学季刊》を創刊。出発期は「男とナイフ〈男人與小刀〉」（六六）のような実存主義文学の影響を受けた作品を書いていたが、やがて「海を見つめる日〈看海的日子〉*」（六七）、「銅鑼〈鑼〉*」（六八）、「坊やの人形〈兒子的大玩偶〉*」（六九）などの作品で、台湾郷土文学を代表する作家となる。児童文学や児童劇の執筆もあり、黄大魚児童劇団を主宰して上演活動をおこなっている。近年は大病を患いながら創作を再開し、長編小説『可愛い子について行く《跟著宝貝児走》』（一九）、『秀琴、笑い上戸の女の子《這個愛笑的女孩》』（二〇）を出版。初めての詩集『零零落落』（二二）もある。二〇〇九年から《黄春明作品集》全一三冊（聯合文学）、『黄春明童話集』全五冊（聯合文學）も出版されている。【邦訳】『さよなら・再見（ツァイチェン）』（七九）、『黄春明選集 溺死した老猫』（二一）などがある。

解説

黄春明の作品は、八〇年代の台湾ニューシネマと切り離せない。一九八三年公開の『坊やの人形』（侯孝賢監督）『リンゴの味〈苹果的滋味〉*』（萬仁監督）『シャオチーの帽子〈小琪的那一頂帽子〉』（曽壮祥監督）からなるオムニバス映画『坊やの人形』は、楊徳昌たちによるやはりオムニバス映画『光陰的故事《光陰的故事》』（八二）と並んで、台湾ニューシネマの記念碑的作品となった。『坊やの人形』の原作はすべて、六〇年代後半から七〇年代前半にかけての黄春明作品である。『光陰的故事』が台北を舞台にした外省人たちの物語だとすれば、『坊やの人形』は「郷土」を舞台にした本省人たちの物語である。

　そこには、ベトナム戦争と冷戦構造がもたらしたアメリカによる経済援助によって台湾社会が変化していく時代背景がうつしだされている。「坊やの人形」（六九）は、そうした社会の変化の中で映画館のサンドイッチマンをしている父親の物語だ。「リンゴの味」（七二）は、田舎から台北に出て行った貧しい一家がアメリカ人将校が引き起こした父親の交通事故を契機に豊かな一家にさまがわりする姿がイロニーとペーソスを込めて描かれる。「シャオチーの帽子」（七四）は、日本製圧力釜の偽造品のセールスマンが圧力釜の爆発事故を引き起こしてしまう物語であり、ここにも作者の社会への批判と時代のなかで翻弄される人々への視線が貫かれている。

同じく八三年に王童監督によって映画化された「海をみつめる日〈看海的日子〉」*（六七）は山地生まれで養女に出され、そこから次には娼婦に出され、娼館を転々としていた女の物語だ。イタリアのネオ・リアリズムの影響も見いだせる作品で、男の子の母親になれば世間の目も違ってくると行きずりの若い漁師の子を身ごもり、産むために生家にもどった主人公を故郷の人々が迎え入れ、山村部の公地払下げ政策を背景に彼女が故郷を未来に向けて変えていこうとするストーリーによって郷土文学の代表作のひとつに位置付けられている。映画化された作品のなかでいちばんの話題作は葉金勝監督の八七年作品「さよなら、再見〈莎喲娜啦・再見〉」*（原作は七三）だろう。ガイドを勧める台湾人青年の目を通して描かれる日本人観光客の顛末から歴史のなかで翻弄され続けてきた台湾の姿が浮かびあがる。八〇年代には「放生〈放生〉」*（八七）「切符売場〈售票口〉」など、若者の都市への流出や工場建設が引き起こす農村変容などを背景に、一人取り残された老人を主人公にした作品を発表していく。そして日本兵として太平洋戦争で死んだ母親の最初の夫、「光復」〔中国復帰〕直後に中国に渡り共産党軍に入って行方不明の二番目の夫、国民党軍の兵士になって死んだ長男の三枚の遺影を壁に掲げる山地原住民の一家を描く「戦士、乾杯！〈戦士，乾杯！〉」*（八八）も忘れてはならない作品である。　（三木直大）

「黄春明　わが文学を語る」より

植民地は軍事植民地です。戦争に負けたら軍隊は引き揚げる。日本人は帰国したけれど、その次に来たのは、経済侵略ですよ。経済植民地ですよ。「さよなら・再見」では、日本人が軍服と銃でなく、今度は背広とネクタイを着け、算盤を持って台湾を経済侵略しに来た、そのことを描いた。もっと、もっと根本の問題は、経済が生活の形となって文化となっていることです。台湾は日本の一番最初の植民地で、統治した期間も一番長い。その長い半世紀の時間は文化になりますよ。

江南

こうなん／一九七七―　／中国・安徽省舒城県生まれ
Jiang Nan

略歴

作家。起業家。本名は楊治。北京大学化学系を卒業後、セントルイス・ワシントン大学医科大学院修士課程に入学し、二〇〇四年、同大学院博士課程を退学して帰国した。留学中の二〇〇〇年、北京の大学生活を描いた『彼らはそこにいた《此間的少年》』をネット上で発表して反響を呼び、作家を目指す。二〇〇二年、ネット上で展開されたシェアード・ワールド「九州」の構築に参加し、《九州・縹緲録》を発表してシリーズ化すると共に、会社を設立して《紅豆・幻想1＋1》や《九州志》等の刊行物を編集し、ファンタジー小説の販路を開拓した。現在、北京霊龍文化発展有限公司のCEO。自作の映画化やテレビドラマ化の脚本作成に携わり、積極的にメディアミックスに取り組んでいる。【おもな作品】先の二作のほか、『上海要塞《上海堡塁》』(〇九)、《龍族》シリーズ（一〇〜）、『天の烈火《天之熾》』シリーズ（一四〜）がある。

解説

『彼らはそこにいた』（ネット発表は〇〇、出版は〇二）は学園ものの青春小説である。時代設定は北宋で、その都・開封の旧称を冠した汴京《べんけい》大学を舞台とするが、実際には現代の北京大学をモデルに、自転車に乗り、金庸の小説を読むような男子学生の生活が描かれている（時代考証を気にしても始まらない）。主人公の入学から卒業までの勉学や男子寮の共同生活、日々の食事、課外のイベント、密かな恋心、教科書転売にいたるまでこまごまと綴られた。作者の後書きによれば、留学先の米国で、かつて月々の生活費を気にしながら過ごした、完璧ではない北京の大学生活が懐かしくなり書いたという。本作品が反響を呼んだことから、江南は作家になることを目指すようになった。ただ、本作品は登場人物の名前を金庸作品から借用していたため、江南が作家になって版を重ねるとファンの戯れでは済まされなくなった。金庸が起こした訴訟は、中国初の同人作品案件として少なからぬ注目を集めた。

　二〇世紀末に刊行が始まり、瞬く間に世界的なベストセラーとなったハリー・ポッターシリーズや、二〇〇一年に始まった同シリーズやロード・オブ・ザ・リングシリーズなどの映画は、中国でも多くの読者と観客を魅了した。ファンタジー作品への関心の高まりを背景に、中国独自のファンタジー作品を創出しようする若者たちが、ネット上にシェアード・ワールド「九州」を創造した。《九州・縹渺録》シリーズは、その「九州」から生じたネット小説である。「九州」の世界設定は、海外のファンタジー作品に見られる項目を取り入れつつ、中国の読者に馴染みのある神話や《山海経》等の古典、中国の歴史を参照している。土地は、古には九つの州があったが、洪水により北陸・東陸・西陸の三つの陸地と海になった。そこには身体能力や生息地、習俗の異なる六つの種族（人、羽、夸父、河絡、魅、鮫）が住む。歴史はおよそ三千数百年にわたり、八つの時代がある。《九州・縹渺録》シリーズは「九州」の歴史の中盤にあたる胤《イン》朝時代の物語である。六巻からなり、出版物は二〇〇六年から二〇〇九年にかけて発行された。緊張関係にある北陸の遊牧民の国と東陸の王朝を舞台に、後にそれぞれの土地の君主となる二人の少年の英雄への道のり、義侠心や絆が描かれた。人族をはじめ、飛翔のできる羽族、意識の凝集体で、物質を吸収してほかの種族の形態を真似る魅族、種族不明の人物、謎の宗教集団などが登場し、乱世の歴史ドラマが紡がれた。本シリーズは「九州」の物語の中で最も完成度が高いと言われており、テレビドラマ化（『九州縹緲録～宿命を継ぐ者～』一九）されたことで再び話題を呼んだ。

《九州・縹渺録》シリーズは中世ファンタジーの趣があるが、《龍族》シリーズは現代を舞台とするドラゴン退治のファンタジー小説である。第一部《龍族Ⅰ火之晨曦》（一〇）から第四部《龍族Ⅳ奥丁之淵》（一五）までが出版され、第五部《龍族Ｖ悼亡者的帰来》のネット連載が終了したものの、作者は、第五部を書き直して出版すると述べている。主人公は中国のやや劣等感を持った高校生で、淡い期待がかなって海外留学することになるが、入学してみるとそこはドラゴン族に対抗する人材を育成する学院だった。こうしてドラゴン退治の物語が始まり、主人公がレベルアップしてゆく姿が描かれる。また、主人公の出自が謎に包まれており、全体として若者の自分探しの旅になっており、ビルドゥングスロマンの側面もある。

江南はファンタジー小説という新しく意識されたジャンルの立ち上げに関わり、その販路を開拓し、多くの読者を得て、なお創作し続けている数少ない作家の一人である。

（上原かおり）

向陽

こうよう／一九五五―　／台湾・南投県生まれ
Xiang Yang

略歴

詩人、評論家。本名は林淇瀁。郷里の初級中学時代から詩の創作を始め、竹山高級中学から台北の中国文化学院（現在の中国文化大学）日本語学科に進学。大学時代に詩作を本格化し、第一詩集『銀杏の仰望《銀杏的仰望》』（七七）を出版。二年間の徴兵後、《自立報》系のメディアを中心に編集者として勤務。一九七九年に《陽光小集》の創刊に参加。この詩誌は台湾南部に縁のある新世代の詩人たちを中心に、出自（「族群」）を超えて八〇年代前半期台湾詩壇の新しい活動の場を形成していった。九〇年代になって大学院でメディア学を専攻し、政治大学新聞研究所で学位を取得。台北教育大学台湾文学研究所教授などを歴任。主な詩集に《十行集》（八四）、《歳月》（八五）、《四季》（八六）、《乱》（〇五）など、台湾語詩集に『土地の歌《土地的歌》』（八五）、ラカンの鏡像理論を援用した台湾語児童詩集『鏡のなかの子ども《鏡内底的囝仔》』（九六）などがある。【邦訳】『乱』（〇九）などがある。

解説

詩人としての向陽の名前が台湾文壇で一躍注目を集めたのは、「霧社〈霧社〉」*（七九）によってである。この作品は一九三〇年の霧社事件の顛末を、「伝説」「英雄モウナ・ルーダオ」「花岡独白」「末日の盟約」「運動会前後」「悲歌」の六つの章で描いて三四〇行に達する長編叙事詩で、タイヤル族の誕生と二つの太陽のうちの一つを射落とす伝説から始まり、霧社事件の叙事を語る語り手と「おれ」というモウナ・ルーダオの一人称の語りと、その「おれたち」という呼びかけを中心とする多声体の語りで構成される〔霧社の先住民族は二〇〇八年にセデック族として独自の民族に分類されている〕。その語りを通して霧社での蜂起を余儀なくされたタイヤル族の人間としての矜持と、しかし公学校の運動会を襲撃することへの葛藤や日本軍による徹底した鎮圧のなかで死に向かう蜂起した人々の民族の誇りと行き場のない悲しみという動的な心の動きを描きこむことで、事件の一面的な神話化からも遠いところに読者を導いていく。蒋介石亡き後の、蒋経国による中華民国台湾化路線下での台湾の郷土化の一方で、一九七九年は美麗島事件という激しい揺れ戻しがあった。そのなかで、民族の誇りと権力への抵抗が「抗日事件」に二重化されたこの作品が注目を集めるのは、必然的なことであったかもしれない。

　しかし、えてして題材に目を奪われがちなこの長編詩には、朗読を想定した詩の形式や音楽性をめぐる様々な創作実験がなされている。こうした詩的実験は、〈霧社〉と並行するように書き継がれていた詩集《十行》に収録される五行二連の十行詩創作のなかで準備されてきたものでもある。饒舌な表現で展開する長編詩と抑制された詩行を持つ詩編群との対照性のなかにこそ、向陽作品の特色がある。

　「静かな夜の中から目覚める／目覚めた夜は夢の中の夢を思い出す／はっきりとはわからない　ブノンペンの郊外なのか／ボスニアの辺区か北アイルランドのマグヘラフェルトか／はっきりとはわからない　チベットの山岳地帯かイラクの南部か」と、台湾から世界各地の争乱に想像力の羽を広げ、「夜明け」に向かおうとする人々を表現する代表作〈乱〈乱*〉〉もまた、詩集《四季》に収録される「景物詩」によって準備されてきたものと言えるだろう。

　そして、こうした向陽の劇詩的で動的な中国語詩編には、それに並行するように台湾語で創作された詩編がおかれている。向陽の台湾語詩は台湾語の発音を漢字表記するものが中心だが、「父さんの弁当〈阿爹的飯包〉」や「母さんの黒髪〈阿母的頭鬘〉」など、家族の日常とその記憶を自身の成育史と結びつけて形象するなど、そこには中国語詩における実験性とは異なった写実的な趣きをもった詩編が並んでいる。

（三木直大）

「乱」節録より

静かな夜の中で目が覚めた夜は騒がしい／覚めたのは夢、夢死も酔生も、そして酔後もやはり目覚めねばならない／平和の夢、夢の戦争、戦争と夢と平和は／積み木同様に、気ままに積み重なり／乱もまた、乱雑に積み重なり／積み木同様に従順で無口なぼくたちは／政治家や軍人のゲームの中で／集合させられ解散させられ拾われ遺棄され打たれ命令され／通し番号をつけられ籍に入れられ色を塗られ分類され並べられ区切られ／夜のある区切りの中で／乱のある経緯の上で／ぼくたち自身にすらはっきりとは分からない夢の中で／ぼくたちは夢で夜明けを見ることができると堅く信じている

胡淑雯

こ・しゅくぶん／一九七〇— ／台湾・台北市生まれ

Hu Shu-Wen

略歴

作家。国立台湾大学外国語文学系卒業。九三年から九七年まで女性運動団体である婦女新知基金会に勤務、同基金会の雑誌《婦女新知》《騒動》の主編を務める。九七年に《聯合報》に転じ、〇六年まで記者を務めた後、現在は創作に専念している。小説集に『悲しくも美しきは幼き頃《哀艶是童年》』（〇六）があり、聯合報年度好書賞（〇六）を受賞。長編小説には『太陽の血は黒い《太陽的血是黒的》』*（一一）がある。この作品は第一九回巫永福文学賞（一二）を受賞。他に〈真相一種〉（〇一）で第一四回梁実秋文学賞散文創作類文建会優秀賞、「境界線〈界線〉」（〇四）で第二七回時報文学賞散文大賞を受賞している。また、白色テロの被害者である政治犯の遺書と家族の手紙を収録した『届かぬ遺書—テロの時代に消えた人々《無法送達的遺書—記那些在恐怖年代失落的人》』（共著、一五）、アルファベットの文字を冠した実験小説のアンソロジー『字母集《字母会》』（共著、一七〜）などもある。【邦訳】＊を付した作品のほか「来来飯店」がある。

解説

その経歴からもわかるように、女性運動活動家としての経験が胡淑雯の創作に大きな影響を与えている。学生時代には政治改革を求めた三月学生運動（九〇）にも参加している。戒厳令解除は、外省人によって抑圧されてきた本省人の権利の回復を象徴的にあらわすばかりでなく、社会の周縁に置かれた人々への関心が促されていくきっかけともなった。たとえばそれは女性であり、原住民であり、セクシュアル・マイノリティである。彼女が関わった婦女新知基金会は、戒厳令下の八二年にフェミニストによって設立された組織であり、かつては犯罪とされた堕胎の合法化を促すなど女性の権利を守り自立を支えるような成果を挙げてきた。彼女はそれらを重要な創作の源泉としつつも、政治運動では掬いとることのできない人々の声も作品に投影しているといえよう。たとえば〈堕胎者〉（〇六）では、無責任な男や家族主義者の女医を批判しながらも堕胎と向き合う女性の心のさざ波が詩的な筆致で描かれている。彼女が描くのは、台北という大都会の明るい光のなかでは目に見えない、くらがりの中に密やかに暮らす人々である。その声や痛みを掬い上げるように、彼女の作品は紡がれている。そして、それは自身の経験とも深く関わっている。

彼女の自伝的なエッセイともいえる「境界線」では、貧困家庭から特権階級の世界へと入っていく主人公の不安が、虚栄に満ちた言動のなかで露わになる。現代社会のなかで不可視化されがちな格差あるいは階級問題がテクストの中にグロテスクに顕在化していくのだ。そこに響き渡る不協和音、言い換えれば周縁に取り残された人々の声なき声こそが、彼女の描く作品の大きな特徴といえるだろう。このテーマは『太陽の血は黒い』でも引き続き焦点化され、党国体制下における被害者としての本省人と加害者としての外省人のそれぞれの孫の世代が、戒厳令解除後の台湾でどのように向き合うのかを問う作品になっている。大学院生の主人公と駐車係の父との二つの世界の葛藤と和解のエピソードは、この「境界線」にもつながる物語である。また彼女が描くセクシュアル・マイノリティにも周縁の影が色濃い。マイノリティという存在のなかでもさらに周縁的な存在、変死した女性的な男の子（ガーリーボーイ）のエピソードなど、より繊細で深刻な声に寄り添おうとする態度が印象的である。白先勇の『台北人《台北人》*』が周縁に置かれた外省人を描いたものだとすれば、『太陽の血は黒い』はすべての周縁者に寄り添った二十一世紀版の『台北人』と言えるかもしれない。（三須祐介）

「境界線」『悲しくも美しきは幼き頃』より

小学生の頃、わたしは口を閉ざし生気がなかった。口をひらいたら舌先に……嘘というコケが蔓延っているのを感じるのがひどく怖かった。

わたしの家は都会の周縁、バスの終点にあった。鉄錆だらけの小さな雑貨店で、コンビニやスーパーに気圧されて敗退を続け、新鮮なものなど望むべくもない。

毎日、同級生よりも一時間早く起きてバスに乗り、鉄道の線路を越えて市の中心部まで通学していた。

バス停のそばには施設があり、レンガの壁のなかには帰る家のない老兵や障害者が収容され、鉄扉のなかには家出した不良少女が保護されていた。下車するバス停は名人巷といい、通りにある私立小学校の門には高級車が次々と泊まっては、上品な子どもたちが降りてくる。美しさや完璧さなどがすべて揃っていて、筆箱だって多機能式だ。彼らはわたしの同級生だった。

家を出て、学校に行く。

都会の直腸を離れて、心臓へと。

降りるバス停を間違えてしまったような表情を浮かべながら。

蔡駿

さい・しゅん／一九七八－／中国・上海市生まれ

Cai Jun

略歴

作家、編集者。二〇〇〇年、文学サイト〈榕樹下〉に処女作「天宝大球場の陥落〈天宝大球場的陥落〉」を発表し、同年、「連行〈綁架〉」により〝人民文学・貝塔斯曼《ベルテルスマン》〟杯文学新人賞二等賞を受賞した。翌〇一年、〈榕樹下〉にて「ウイルス〈病毒〉」を連載発表し好評を得る。その後、次々に長編を出版しつつ《萌芽》誌に〈荒村〉(〇四)、〈迷香〉(〇四)、「マルグリットの秘密〈瑪格麗特的秘密〉」(〇五)等を発表し、「懸疑」小説作家として知られるようになる。これまでに『地獄の十九階《地獄的第19層》』(〇五)が『十九階空間《第19層空間》』(黎妙雪監督、〇七)として映画化される等、映画化された作品が多い。【おもな作品】先の七作のほか、『荒村のアパート《荒村公寓》』(〇四)、『蝶の墓地《蝴蝶公墓》』(〇六)、《天机》シリーズ(〇七―〇八)、『失われた時のごとき謀殺《謀殺似水年華》』(一一)等。【邦訳】「美食の夜の物語」、「恋猫記」がある。

解説

蔡駿が作品を発表し始めた二〇〇〇年頃、海外のヒット映画やその原作に触発され、国産の娯楽小説の需要が高まっていた。娯楽小説の書き手は、既存の雑誌には掲載されそうもない作品の発表の場を、インターネットの普及によって開かれた文学サイトに求めた。蔡駿もその一人と言えるだろう。ネット文学の発展とともにジャンル小説が発展し、今日、蔡駿は懸疑小説作家として知られているが、デビュー当初はジャンルの概念をあまり意識しておらず、次第に「懸疑」というジャンルを意識するようになったという。蔡駿が述べる「懸疑」とは、ミステリーとスリラーを指しているようで、彼が〇七年に創刊した雑誌《懸疑志》の表紙には、中国語の誌名の下に「MYSTERY AND THRILLERS」という英語表記が見られる。

蔡駿が懸疑小説の方面に興味を持ったのは中学生の頃である。図書館でアーサー・コナン・ドイルのシャーロック・ホームズシリーズ《福爾摩斯探案集》を見つけ、その不思議な物語に引かれて、はまっていった。後にスティーヴン・キングの作家魂に敬服し、「精神の師」と仰ぐようになった。また、『リング』の作

者鈴木光司、社会派推理小説作家の松本清張の影響も大きいと述べている。蔡駿は、探偵、推理、懸疑、驚悚（ホラー）、哥特（ゴシック）等の小説には一定の区別があると認めながらも、これらの総称として「懸疑」小説という呼称を用いている。ジャンルを意識しながらも定義に縛られることなく、隣接するジャンルの手法を取り込んで精力的に創作を続けている。

　蔡駿を多くの読者に知らしめた「ウイルス」（〇一）は、台湾で開発され、ネットを通じて中国でも流行ったジョークプログラム「女鬼病毒（ゴーストウィルス）」（スクリーンに不気味な女性の顔の画像が表示される）にインスパイアされた作品である。物語は、ある冬、「僕」の周りで次々に人が自殺し、「僕」が真相に迫ってゆくもので、死んだ者たちが共通のウェブサイトにアクセスしていたことを知った「僕」は、自分も危険を犯してサイトにアクセスし、異様な出来事に巻き込まれてゆく。そして、同治帝の皇后にたどり着くが、「僕」がかつて愛し他界してしまった女性の記憶が蘇って錯綜し、心の奥の古傷に触れてしまうのである。ミステリーとホラーがないまぜになった作風に加え、同治帝の陵墓に関する歴史資料を参照している。蔡駿はもともと歴史や考古学の書籍を読むのが好きで、その豊富な知識を多くの作品に織り混ぜている。

　蔡駿の作品には、複数の作品に登場したり言及される虚構の場所や人物がある。中でも荒村という名の寒村、春雨という若い女性が登場する『幽霊旅館《幽霊客桟》』（〇四）、〈荒村〉、『荒村のアパート』、『荒村より帰る《荒村帰来》』（〇五）、『地獄の十九階』、『回転扉《旋転門》』（〇六）等の作品は、公式にシリーズと銘打たれてはいないものの、一連の作品として人気がある。（上原かおり）

『地獄の十九階』より

葉蕭が手をのばした。「さあ、人間界に戻ろう」だが高玄がまた顔をあげた。顔をゆがめ、苦しげに言った。「行かないで春雨、苦労して十八階の地獄をクリアして、もう十九階まで来たんだ、ずっと僕と一緒にいると言ったじゃないか」春雨は高玄を振り返り、そしてまた葉蕭を見た。どちらかを選ばねばならない。人間界か、それも地獄か？　涙をこらえきれなかった。寒さは吹き飛び、ただ自分の運命を嘲笑った。まるでこの満天の空に舞う雪のように、人間界にやってきたと思えばすぐに溶け、冷たい水となるのだ。数秒の沈黙。そして春雨はついに心を決めた。

残雪

ざんせつ／一九五三―／中国・湖南省長沙市生まれ

Can Xue

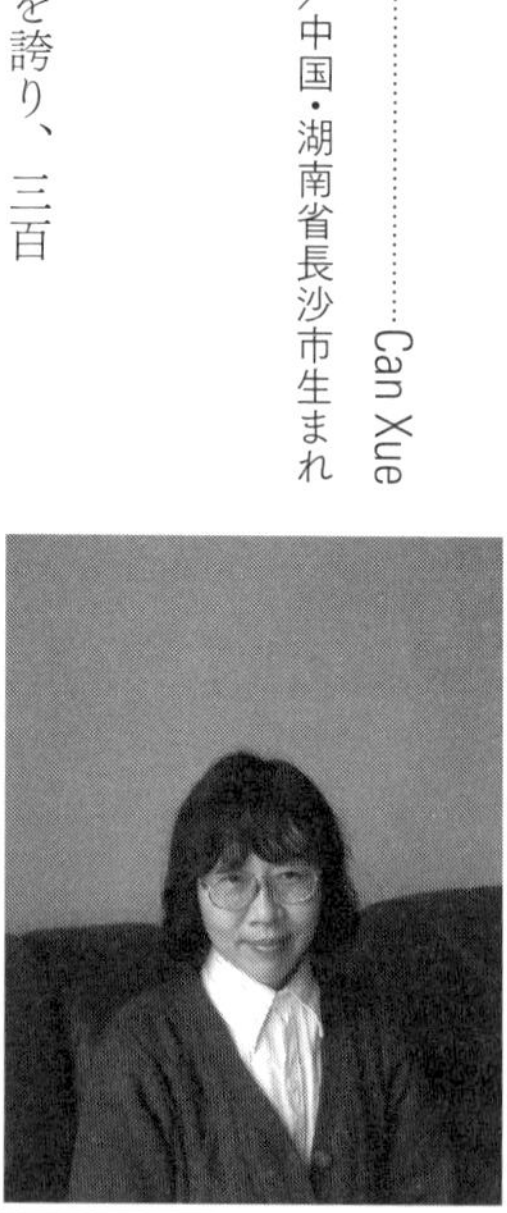

略歴

小説家、批評家。本名鄧小華。共産党地下活動家であった両親の下に生まれる。父はのちに《新湖南報》（現在の《湖南日報》）社長、母は同社人事課長を務めるが、反右派闘争で「極右」とされ、投獄や強制労働で一家は離散。以後文化大革命終結まで、二十年にわたり迫害を受ける。本人は中学進学をあきらめ、十四歳で一人暮らしをしながら外国文学を読み漁る。「はだしの医者」や工場勤務等を経て、文革後は夫とともに仕立屋を開業。一九八三年から長編小説『黄泥街《黄泥街*》』（八六）の執筆を開始する。八五年、短編小説「汚水の上の石鹸の泡〈汚水上的肥皂泡*〉」と「山の上の小屋〈山上的小屋*〉」を発表。王蒙が八八年に発表した批評をきっかけに文壇での地位を確立した。極めて旺盛な執筆量を誇り、三百篇超の長・短編小説や散文のほか、文学批評や哲学論文を数多く発表している。

八九年に米国で作品集『天国の対話《天堂里的対話*》』、日本で『蒼老たる浮雲《蒼老的浮雲*》』（八六）を翻訳出版して以降、世界的にも評価が高い。長編小説『最後の恋人《最後的情人*》』（〇五）は、一五年に米ロチェスター大学最優秀翻訳作品賞（BTBA）を受賞。一九年には長編『新世紀愛情物語《新世紀愛情故事》』（〇三）が、二一年には米国で編集・出版された短編集 *I Live in the Slums: Stories*（二〇）が、それぞれ英ブッカー国際賞ロングリストに名を連ねた。

解説

残雪の作品世界は、混沌と非論理を体現したかのような敵意に満ちた登場人物と、終わらない悪夢のような不合理な物語、平易でありながら確かな意味をつかみ取れない不安に満ちた言葉が豊穣に詰まった空間だ。それ自体であるとともに別のものの象徴でもある事件や人々の言動、直叙でもあり隠喩でもあるという作品の多重性が、読み解こうとして読み解けないもどかしさと不愉快さをもたらし、消えることのない鮮烈な印象を残す。驚くべきは、残雪がこれらの作品群を、夢を見ながらではなく、強い理性によって理性を抑制し、無意識の底に潜りこみ、高度に集中した状態で書いたということだ。

『黄泥街』は、滅びに向かうある街の

物語。激しく氾濫するイメージが、時に醜悪でグロテスク、時にユーモラス、時に詩的抒情を湛えて果てしなく繰り返される。作品は既成の「現実」を覆し、伝統的に受け継がれてきたできあいの言葉を否定し、世界の「わからなさ」をわからないままに描き出す。彼女の小説は、私達を取り巻く同化圧力や、すべての物事に名前をつけ、区分けし、無力化しようとする世界の規範に対する反逆そのものだ。

　家族という最も身近な他者の不気味さや理解不可能性は、残雪の小説の一大テーマだ。「汚水の上の石鹸の泡」、「山の上の小屋」、「阿梅、ある太陽の日の愁い〈阿梅在一個太陽天里的愁思*〉」（八六）など初期作品の多くは母親をはじめ家族との葛藤や軋轢を描き、そのテーマは近作「おばあちゃんの小さな部屋〈姥姥的小房間〉」（一九）にも引き継がれている。

　長編小説『突囲表演《突囲表演》*』（八八）は、ある街の〝姦通事件〟をめぐる記録。初期作品にみられる天衣無縫なイメージの洪水は鳴りを潜め、ひたすら饒舌でありつつ核心には一切触れない語りが繰り広げられる。それは風向きに左右されず自分自身としてあり続ける〝X女史〟に対する周囲の困惑であり、そうした存在をイデオロギーの下に何とか意味づけようとして反復される、観念的で公式的な言葉たちへの痛烈な皮肉でもある。

　九十年代頃から、語る主体や行為への関心が次第に高まり、カフカやボルヘス、カルヴィーノの批評を書く。短編小説「かつて描かれたことのない境地〈従未描術過的夢境*〉」（九三）や「痕〈痕〉*」（九四）、「インスピレーション〈霊感〉*」（一七）では、〝書くこと〟の孤独と自由を描き、哲学者である兄・鄧暁芒との対話を通して、哲学の領域へも踏み込んだ。

　近年は自らの文学を「新実験文学」と呼び、長編小説『消えゆくある種の職業《一種快要消失的職業》』（一八）等で、中国と西洋、精神と肉体が融合した新しい文学のかたちを模索している。

（大久保洋子）

「山の上の小屋」より

食事の時、私は家族に言った。「山の上に小屋があるの」

　家族はみな夢中になってズルズルとスープを飲んでいて、誰も話を聞いていないようだった。

「たくさんの大ネズミが風の中を狂ったように駆けまわっている」私は声を張り上げ、箸を置いた。「山の上の砂利はうちの裏の塀にガラガラと落ちてきて、あなた方は驚いて土踏まずに冷や汗をかいているわ。覚えている？　掛け布団を見てみればすぐに分かるわ。天気が良くなれば、あなた方は布団を干す。おもてのロープはいつもあなた方の布団でいっぱいよ」

　父は片目で素早く私を見つめ、私はそれが見慣れた狼の目だと感じた。ふいに悟った。何と父は夜ごとに狼の群れの中の一匹に変身して、この家の周りを駆けまわり、すさまじい遠吠えをあげているのだ。

史鉄生

し・てつせい／一九五一―二〇一〇／中国・北京市生まれ

Shi Tiesheng

略歴

作家。古都北京の面影が色濃く残る胡同《フートン》の一角に生まれ育つ。清華大学付属中学在学中に文革が始まり、一九六九年に「知識青年」として延安地区（陝西省延川県）の山村に下郷し、三年余り放牧に従事した。両足に麻痺の症状が出たため北京に戻り、治療を受けるが回復せず、車椅子の生活を送ることになった。町の家具工場で臨時工員として働きながら小説を書き始め、「わが遥かなる清平湾〈我的遥遠的清平湾〉*」（八三）、「おばあさんの星〈奶奶的星星〉*」（八四）が相次いで全国優秀短編小説賞を受賞し、本格的に作家生活をスタートさせる。のちに腎臓を患い、週三日透析を受ける日々の中で、長編小説《務虚筆記》（九六）、散文集《病隙砕筆》（〇二）、随筆集『記憶と印象《記憶与印象》*』（〇四）など、哲学的かつ抒情に富む作品を書き続けた。生命の限界と可能性という大きなテーマを視野の内に置きながら、あくまでも個の記憶と心情に寄り添うその作品は、現代中国の文学には稀有な境地を有している。魯迅文学賞、華語文学伝媒大賞、老舎散文賞等を受賞。【おもな作品】先に挙げた作品のほか「命は琴の弦のように〈命若琴弦〉*」（八五）、「わたしと地壇〈我与地壇〉*」（九一）、『私の丁一の旅《我的丁一之旅》』（〇六）等。【邦訳】＊を付した作品のほか「僕たちの夏」「遥かなる大地」「我の舞」「鐘声」「塀づたいの道」等。

解説

史鉄生は、「私（たち）はどこから来てどこへ行くのか」という永遠の問いを問い続けた作家である。生命《いのち》の不思議に対するあくなき探究は、むろん生来の資質によるものに違いないが、二一歳のときに両足が麻痺して車椅子の生活となり、のちには腎臓を患い週三日透析治療を受けるという、日々、生と死を意識せざるをえない生涯だったこととも深い関係がある。資質と運命に導かれるようにして、世俗の喧騒から離れた場所に身を置き、文学や哲学や宗教さらには物理学などさまざまな分野の書物を読み、自己の内面と対話しながら、洗練された余韻のある文章を書き続けた。

　初期の作品は、「わが遥かなる清平湾」「おばあさんの星」など、自らの経験を清新な文体でスケッチしたものが多い。八〇年代後半には、「命は琴の弦のように」（陳凱歌監督によって映画化）、「我の舞」など寓話性、哲理性の強い小説を発表するようになるが、「わたしと地壇」「あの日あの時〈老屋小記〉」などの随筆では、生きることに伴う困難と、それゆえの願いを素直な文章で綴っている。

九〇年代の小説は、時空間の交錯する叙述や哲学的暗示の一方で、豊かな物語性と抒情性を回復している。おもな作品に、町の教会をめぐる少年の日の物語「鐘声」、交錯するさまざまな生と愛と死の中に〝私〟を尋ねる《務虚筆記》などがある。ことに《務虚筆記》は、史鉄生の文学が成熟期に入ったことを強く印象づけた作品である。また、九八年から透析治療がはじまり、時間的にも体力的にも制約の大きい生活の中でいっそう研ぎ澄まされていく思考は、散文集《病隙砕筆》（華語文学伝媒大賞、魯迅文学賞、老舎散文賞受賞）に結実した。

随筆集『記憶と印象』は、自己の生涯に深く関わってきた人や場所について回想したものだ。あたかも不可視の糸をたぐり寄せるようにして、あるいは聞こえるはずのない音に耳を澄ますようにして、自分という存在がどこから来たのか、どのように形作られているのかを深く静かに自問しながら、記憶と印象の奥底から響いてくるさまざまな生命の声に触れようとしている。〝記憶と印象〟は作品の内容であるとともに、そのような方法であると言ってよい。

長編小説《務虚筆記》、散文集《病隙砕筆》、随筆集『記憶と印象』によって、史鉄生の文学はほぼ完成を迎えたかにみえた。しかし〇六年、史鉄生はそれまでのどの作品とも趣を異にする長編小説『私の丁一の旅』を書き上げる。この小説は「（永遠の魂としての）私」が、現在の宿り先である「（限定的な生命としての）史鉄生」の中で、かつての宿り先である「（限定的な生命としての）丁一」という男の生涯、とくに愛の遍歴を語るというものだ。軽やかで饒舌な語り口と時空を超越した演劇的な構成によって愛と性と生を描いた作品であり、史鉄生がさらに自由な境地を獲得したこと、そして史鉄生とは進化しつづける作家であることを感じさせた。

（栗山千香子）

『務虚筆記』より

真実は、ある時には一つの言い伝えであったり、さらには作り話であったり、ある時には憶測であったり、また夢であったりする。それらは私の心の中で神業のように私の印象を刻む。

しかもそれらは私の印象を刻みながら、ついでに私をも刻んでしまう。そうでなければ私の真実は何であり、何でありえよう。これらの印象、これらの印象の集積と編成、それが私なのだ。

有名な二律背反《アンチノミー》命題がある。

次の言葉は正しい
前の言葉は誤りである

今、これにけっして遜色のない命題が出来た。

私は私の印象の一部である
私の印象の総和が私である

ジミー

Jimmy Liao / Ji Mi

幾米／一九五八―　／台湾・宜蘭県生まれ

略歴

本名は廖福彬。絵本作家。英語名はJimmy Liao。中国文化大学美術学科卒業後、広告会社に勤務しながら、当初は雑誌や新聞などに挿絵を提供していた。一九九五年に白血病を発病。回復後、最初の絵本になる『森のなかの秘密《森林裡的秘密》』（九八）を契機にして、精力的に絵本の創作をはじめる。四〇歳のときである。多くのファンを獲得し、『君のいる場所《向左走・向右走》*』（九九）『地下鉄《地下鉄》*』（〇一）『恋の風景《恋之風景》*』（〇七）、『星空《星空》*』（〇九）は、原作をもとに映画化や舞台化（ミュージカル）もされている。絵本として出版された著作の数は五〇冊に及び、台湾でベストセラーになるだけでなく、数多くの言語に翻訳され世界の各地で出版されている。絵は一目見てこれはジミーの絵だと思わせる特徴をもっているが、マネジメント会社もありジミーブランドとしての地位を築いていて、台湾ではテーマパークが作られたりしている。日本語訳絵本も多数ある。

解説

ジミーの作品は、児童文学や絵本という既成概念を超えて多くの愛読者を持つが、その作品には絵も言葉も人間の孤独感を浮かびあがらせる表現が多く見られる。彼が絵本を創作するようになった転機としてしばしば闘病生活が語られるが、『ほほえむ魚《微笑的魚》』（九八）は、「ぼく」に微笑む魚を家に連れ帰りガラスの鉢で飼っている男が、「ぼく」を愛してくれるその魚を再び大きな青い海に放してやる寓話的なストーリーで、入院していた病院の医師と看護婦への謝辞がつけられている。

『ラブ・レター《我只能為你畫一張小卡片》*』（〇二）のような見開きの片頁が手紙のスタイルになっているものもあるが、基本的にジミーの絵本は絵のもつイメージの広がりに比べて文字の情報量は少ない。絵本の言葉は童話の物語というよりも読者に絵の読み方を指し示すト書きのようになっていて、絵本の頁と頁をつなげる作業は読者に委ねられている。そうしたなかで、テーマによって言葉の情報量を多くしたり少なくしたり、絵を説明的にしたり抽象化したり、一冊の絵本のなかで、また絵本ごとにいろいろな工夫がこらされている。象や鯨や列車などテーマ的に記号化され何度も登場するものもあるが、それでも背景は違えてあって、またかと思わせる要素があまり見られない。しかし絵本のどこを切り取ってみても、ジミーの作品だとわかる。そんなところにベストセラーになる理由がみえてくる。

『地下鉄』には、巻末にリルケの『形象詩集』から対話篇「盲目の女」の一節が引用されている。この作品でジミーは盲目の女性を主人公にした絵本を創作するという難題に挑んでいるのだが、その難題を解く鍵をジミーはリルケの詩句「本がわたしになんでしょう?/木立ちのなかで風が頁を繰ってくれます/するとわたしには　そこにあることばが判り/ときおり小声にくりかえします/そして死も　人の眼を花のように折り取る死も/わたしの眼をみつけることはできないのです……」(生野幸吉訳から)に見出している。それが彼の絵本に以後もたびたび登場する「象」の形象の原型になっている。「象」は二つの意味を持っている。詩人の夏宇が李格弟のペンネームでミュージカル『地下鉄』に提供した「眼が見えなくなる前に覚えていたい四七のこと」という楽曲のなかに、「覚えているわ　十歳のとき見た象　象の死/覚えているわ　写真の中のカフカのあの強情そうな顔/覚えているわ　読んだことのある本　知っている文字/覚えているわ　回転木馬のように消えていく　時間」という歌詞がある。この「象」は、ひとつはもちろん動物の象である。もうひとつは、姿や形の意味である。そんなふうにジミーの絵本の言葉や絵には複数の意味が重ね合わされていて、読者の想像力をかきたてる構造になっている。ジミーは講演には応じるが、その記録はほとんど文字化されていない。そんななかで新版が最近出版された『ジミー　物語の始まり《幾米　故事的開始》』(〇八、一四)は、自身の来歴や創作の過程を綴っていて、たいへん興味深い。(三木直大)

『森のなかの秘密』の序文より

創作にたいして、ぼくはずっと崇高な敬意をいだいていた。でも自分が本を出せるとは思ったこともなかった。やってみたらとすすめてくれる人がいても、こわくて断っていた。自分にはとてもできないと思っていた。でも、心の奥底には本になった作品や作家への羨望が確かにあった。とりわけ絵本と絵本作家にはそうだった。

シャマン・ラポガン

Syaman Rapongan

夏曼・藍波安／一九五七—／台湾・台東県生まれ

略歴

作家。タオ族。一九五七年、台湾の東南にある離島、蘭嶼に生まれる。島の中学を卒業すると、高校進学のために島を離れ、卒業後は台湾で働いて大学に進んだ。台北で暮らしていたが、八〇年代には原住民族の権利促進運動に参加し、蘭嶼に建設された放射性廃棄物貯蔵場に反対する運動も組織した。しかし、自らのタオ文化をよく知らないという反省から、一九八九年、家族とともに蘭嶼に帰り、「ほんとうのタオ人」になるために父や叔父から伝統文化を学んだ。この時期に創作をはじめ、伝統的なタオ人に戻る苦闘の過程を描いた散文集『冷海深情《冷海情深》*』（九七）や長編小説『黒い胸びれ《黒色的翅膀》*』（九九）を発表した。その後、短編小説集『老海人《老海人》*』（〇九）、長編小説『空の目《天空的眼睛》*』（一二）などを発表し、二〇一四年には自伝長編小説『大海に生きる夢《大海浮夢》*』を発表した。一七年には呉三連賞文学賞を受賞した。

解説

シャマン・ラポガンは一九五七年、蘭嶼のイモロッド部落に生まれた。蘭嶼は台湾原住民族で唯一の海洋民族タオ族が暮らす島で、人口約四〇〇〇人（二〇一八年三月現在）の小さな島である。タオ族は「ヤミ族」と呼ばれてきたが、タオ族自身はこの呼称を主張し、「タオ族」が普及しつつある。伝統的な生業は漁業と農業だが、現在では観光が主要な産業となっている。

シャマン・ラポガンは中学を卒業すると、両親の反対を押し切って台東の高校に進学した。その後、原住民子弟枠での大学推薦入学を拒否し、台湾で働いて自力で大学に進んだ。卒業後は台北で暮らしていたが、台湾原住民族権利促進運動に加わり、台湾本島の原子力発電所から出る放射性廃棄物の貯蔵場が蘭嶼に建設されると、反対運動を組織した。しかし一方で自分は民族の文化をよく知らないという反省から、一九八九年、家族を連れて蘭嶼に戻り、「漢化されたタオ人」という汚名をすすぎ、「ほんとうのタオ人」になるべく、伝統文化を父や叔父から学びなおし、漁の技術や海や気象の知識だけでなく、タオ文化の習慣や禁忌を身につけた。山から木を切り出して伝統的な舟タタラを造り、その舟を漕いで漁に出てトビウオやシイラを捕り、海に潜って魚を捕る生活を送るようになったが、その苦闘の過程を描いた散文集『冷海深情《冷海情深》*』（九七）は台湾の文学界で注目された。

　シャマン・ラポガンは世界でも数少ない海洋作家だが、自ら潜水して魚を捕り、舟で漁に出るという生活がその作品の基盤となっており、海の世界や、伝統文化と現代文明のはざまに生きるタオの人々を作品に書いている。九二年に『八代湾の神話《八代湾的神話》』を出版して以降、十冊の本を出版しているが、そのうち四冊は長編小説で、九九年に出版した『黒い胸びれ《黒色的翅膀》*』は、台湾原住民文学の最初の長編小説である。「黒い胸びれ」にはタオ族の海の記憶や作者と思しき人物の少年時代、島に帰ってのちの生活が描かれている。シャマン・ラポガンはこの作品によって日本の文学界に注目され、作家の津島佑子や高樹のぶ子らと交流を持つようになり、国際ペンクラブ東京大会に招聘されるなど、たびたび来日している。また、二〇一一年に東日本大震災と福島原発の事故がおこると、蘭嶼にある放射性廃棄物貯蔵場に関心が集まり、その分野でも注目されるようになった。現在、日本で最もよく知られている台湾原住民作家であり、その作品も最も多く翻訳出版されている。最新の訳書『大海に生きる夢』は長編の自伝小説で、シャマン・ラポガンの文学が如何に形成されてきたかを読み取ることができる。（魚住悦子）

「ロウニンアジ」より

　わたしは岩にはりついたまま、動かなかった。東へ西へと流れが変わる水流のせいで、わたしの髪の毛は海藻のように揺れていた。真っ白な大きな魚は、方向を変えずに、ゆっくりとやって来た。左手で岩をしっかりつかみ、この大きな魚の目にモリの先をむけて、狙いを定めた。わあ……、魚の目は、わたしの握りこぶしぐらいの大きさだった。なんと立派な大魚だ、わたしはつぶやいた。緊張して、汗が流れた。魚はそのまま、わたしから五メートルのところまで、泳いできた。わたしのモリとは一直線になっていたが、モリまで五〇センチのところで、魚は動きを止めた。そしてわたしと直角になって、片方の目でわたしを見ると、じっくりとわたしを観察した。

朱天文

しゅ・てんぶん／一九五六―／台湾・高雄市鳳山県生まれ

Zhu Tianwen

略歴

台湾の作家、映画脚本家。父親は小説家朱西寧、母の劉慕沙は日本文学の翻訳家であり、妹朱天心、朱天衣も作家である。中山女子高校在学中の一六歳の時、初めて小説を発表した。当時、父の友人であり、張愛玲の上海時代の夫だった胡蘭成が近くに住み、易経の講義を受けるなどして、大きな影響を受けた。

淡江大学英文学科在学中に胡の助言で、三三書房を設立。大学生活を綴った《淡江記》（七九）のほか、エッセイ、小説集を刊行した。一九八二年に映画監督の侯孝賢と知り合い、映画の脚本を手がけるようになった。《童年往事》《悲情城市》《好男好女》など、侯のほとんどの作品に参与している。九五年に、長編小説《荒人手記*》が第一回時報文学百万元小説賞（中国時報社）を受賞した。【おもな作品】先の作品のほかに、『世紀末の華やぎ*』《世紀末的華麗》（九〇）、《花憶前身》（〇二）、《巫言》（〇八）など。【邦訳】『安安の夏休み』、『世紀末の華やぎ』、『荒人手記』、「エデンはもはや」など。

解説

母親は本省人客家の名門の出身であるが、自らのアイデンティティは外省人の父に依っており、実際、「眷村」（大陸から渡って来た軍人の家族用住宅区）で生まれ育った。そのため作品は場面の設定も登場人物の精神的世界も多様である。小説「エデンはもはや」は眷村の話であり、『荒人手記』の登場人物それぞれの背景は複雑だ。また映画『冬冬の夏休み《冬冬的假期》』が苗栗駅近くの母方の実家をロケ地にしていることは有名な話である。

文学的なスタートは大学生活スケッチなど、単純な価値観に支えられ、青春の気力と希望にあふれた仲間同士の活動にある。そしてエデンの園がもはや存在しない時代／年齢になっても、言葉をつむごうとする姿勢は変わらない。文章が文語に近いものがあるのは胡蘭成の影響と思われ、時に衒学的、哲学的でさえある。胡蘭成はかつて四〇年代前半、南京にあった汪兆名政権の一員だったが、戦後日本に亡命し、朱家の近くに住んでいた頃は中華文明世界への復帰を図っていた。著書に《今生今世》や《山河歳月》などがある。

精神世界を文字化する一方で、映画の脚本をたくさん書いていることと通じるのだろうか、時代の社会現象や日常生活のディテールなどにも細かく目配りしている。日本の純文学や伝統文化のみならず、漫画やアニメなどのポップカルチャー、およびそれに付随した生活用品などにも詳しい。短編集『世紀末の華やぎ』に収録されている作品には、ファッション界のこと、流行のグッズなどが、文章を生き生きとさせるアイテムとしてふんだんにちりばめられている。中国時報の懸賞小説である長編『荒人手記』の講評には、「作者は事物に対して膨大かつ雑多な知識をもち、それを見せびらかしている」という評さえあった。別の場面では、「文字の錬金術師」と呼ばれることもある。

戒厳令解除（一九八七）や台湾意識の高揚の流れの中で、初期の「エデンの園」的な文学スタンスを旧態依然のまま保つのは難しいことであったろう。自らの立ち位置を模索したのが、ゲイの青年を描いた長編小説『荒人手記』や胡蘭成へのオマージュのエッセイ集『花憶前身』だとも言える。七年を費やしたという長編『巫言』はストーリーといったストーリーはなく、箴言集に近い。歴史的にも社会的にも、台湾社会の複雑さを身に受けながら、ある意味では芯の部分が揺らぐことはなく、どこか浮世離れした感のある作家でもある。

（池上貞子）

『荒人手記』冒頭より

これは頽廃の時代、予言の時代の話だ。おれは時代とかたく結びつき、底の底まで沈んだ。

おれは自分の肉体によって、人間が許容できる不道徳の最底辺を記した。おれの上では、暗黒から光明まで、人間の欲望と色情が縦横に駆けめぐった。おれの下は、深淵また深淵だ。だが、しょせん天国を信じたことがないので、当然、地獄も存在しない。そう、おれの下は魔界ではない。それはただ永遠に測り知ることのできない深淵にすぎない。

ここでおわり、おれのところでおわる。

聖書にも、汝の神を試してはならない。ここでやめよ、とある。

『荒人手記』末尾より

時間は戻せないし、生命は戻せない。けれども書くことによって、すべての戻せないものを戻すことができる。

だから、書く。いまも継続中だ。

台湾映画

文学作品の映画化・テレビドラマ化を中心に

三木直大

文学作品が原作というところから台湾の映画を概観してみると、本数は瓊瑤映画が圧倒的に多い。《婉君表妹：Four Lovers》（李行監督、六五）にはじまり、八〇年代前半期までは台湾と香港で、九〇年代になると中国も加わり、現在までに全部で六〇本前後ある。テレビドラマも四〇作近くにのぼる。五〇年代から六〇年代の民営映画会社による台湾語（閩南語）映画の隆盛、そしてハリウッド映画と日本映画の輸入のなかで、当時は公営のメディア事業であった中央電影公司によって国策的な国語（中国語）映画として瓊瑤映画ははじまった。しかしこれだけ圧倒的な製作本数は、観客動員数をともなうのでなければありえない。李行や白景瑞など戦後台湾映画を支えた実力派監督の起用とその手堅い演出によって、台湾の経済成長を大きな背景にホームドラマ、恋愛、近代化とアメリカへのあこがれという三大要素を巧みに取り入れ、台湾映画産業の勃興に寄与するようにして瓊瑤映画はプログラムピクチャー化されていった。女子生徒と教師の恋という自伝的ストーリーで二度映画化された『窓の外《窗外》』（崔小萍、六六／宋存寿、七三）のような作品もあったが、大筋としては当時の官製文化政策の一環である「健康写実主義」ともつりあったものだった。

しかし六〇年代からの台湾の映画を支えた瓊瑤映画、愛国映画、反共・抗日題材の活劇・アクション映画は検閲などもあって次第にパターン化し、やがて映画産業は下降の一途をたどることになる。そんななかで八〇年代になると、蒋経国の「本土化」政策下で動き出した民主化に向かう台湾社会の変化を背景に、台湾ニューシネマが登場する。リアルな演出とカメラワーク、そして新しい題材が求められ、オリジナル脚本だけでなく文学作品とりわけ台湾という「郷土」を描いた作品を原作とした映画が多くつくられるようになる。そして「郷土」を描こうとすることが、「国語」一辺倒だった七〇年代とは違って、一本の映画のなかに閩南語、客家語、日本語などを登場させることになった。そのなかで本数が多いのが、黄春明原作映画である。まず『坊やの人形《兒子的大玩偶》*』（八三）がある。六〇年代から七〇年代初めにかけての地方都市を舞台にしたこのオムニバス映画は、侯孝賢監督の表題作のほかに『リンゴの味《蘋果的滋味》』（りんごの味）」（萬仁）と『シャオチーの帽子《小琪的那頂帽子》』（曾壯祥）からなっている。黄春明原作ではさらに『海を見つめる日《看海的日子》』（王童、八三）『アイ・ラブ・マリー《我愛瑪莉》』（柯一正、八四）『さよなら・再見《莎喲娜拉・再見*》』（葉金勝、八六）がある。そんな『坊やの人形』に先んじて、台湾ニューシネマの開幕を告げる記念碑的作品となったのが、『光陰的故事*(原題も同じ)』(八二)である。六〇年代から八〇年代にいたる台北とそこに生きる若者たちを描いたやはりオムニバススタイルの作品で、七〇年代を舞台にした『指望』は楊徳昌のデビュー作である。この映画では外省人二世世代にとっての「郷土」である台北が描かれる。『海辺の一日(海灘的一天)』(八三)から遺作の『ヤンヤン 夏の想い出*(一一)』(〇〇)にいたるまで、楊徳昌の映画は台北を舞台にしたオリジナル脚本である。

文学作品の映画化という観点からみると、侯孝賢監督作品は半自伝的ストーリーの『童年往事*』(八五)であれ二二八事件とその時代を描いた『悲情城市*』(八九)であれ、ほとんどすべてに朱天文が脚本(共同を含む)や原案、原作で加わっている。侯孝賢も楊徳昌と同じ外省人二世の客家だが、『恋恋風塵*』(八七)がそうであるように本省人の「郷土」にも目をむける。それには彼が父親の仕事の関係から南部の高雄鳳山で育ったことにくわえて、朱天文の脚本が大きな役割を果たしている。朱天文原作映画には淡水を舞台に、再婚した母親と継父と暮らす少年の成長を描いた『少年(小畢的故事*)』(陳坤厚、八三)や《最想念的季節》(同、八五)もある。楊徳昌や侯孝賢の映画には呉念真や小野も脚本で参加していて、呉念真には日本植民地期から戦後を生きた父親をモデルにした監督作品『多桑/父さん《多桑》』(九四)がある。台湾ニューシネマは、公営の中央電影公司が台湾映画産業の復興を課題に若い映画人を起用するところから出発していて、低予算下での共同作業のようなところもあった。楊徳昌の『台北ストーリー《青梅竹馬》*』(八五)はその典型のような作品で、ヒロインに新人女性歌手の蔡琴を起用して侯孝賢が主演、楊徳昌・侯孝賢・朱天文の共同脚本、重要な脇役を呉念眞、柯一正が演じている。この時期の文学作品の映画化では王禎和原作の『鹿港からきた男《嫁妝一牛車》』(張美君、八四)、李昂の『夫殺し(殺夫)』(曾壮祥、八六)、蕭麗紅の《桂花巷》(陳坤厚、八七)、鍾肇政の『ルピナスの花《魯冰花》』(楊立国、八九)などもある。日本敗戦を中国で迎えた郷土文学作家・鍾理和の生涯を描く《原郷人》(李行、八〇)もあげておきたい。

その他、文学作品の映画化では白先勇原作も見落とせない。台湾映画として《孽子》(虞戡平、八六)《金大班的最後一夜》(白景瑞、八四)《玉卿嫂》(張毅、八四)《孤恋花》(曹瑞原、〇五)があるほか、中国映画として『最後の貴族《謫仙記》*』(謝晋、八九)、香港映画として《花橋栄記》(謝衍、九八)と宮沢りえ主演の《遊園驚夢》(楊凡、〇一)がある。また《孽子》は公共電視で二〇〇三年に曹瑞原監督で連続ドラマ化されている。公視では近年になって《一把青》(曹瑞原、一五)の連続テレビドラマ化もある。

八七年の戒厳令解除を経て九〇年代になると『牯嶺街少年殺人事件《牯嶺街少年殺人事件》*』(楊徳昌、九一)、『無言の丘《無言的山丘》』(王童、九二)、『スーパー・シチズン《超級大国民》*』（萬仁、九五）などニューシネマの達成とともに、ポストニューシネマと位置付けられる映画作家が登場する。その代表格に、アメリカで活動する李安とマレーシア華人の蔡明亮がいる。いずれもオリジナル脚本だが、アン・リー（李安）の『推手』*（九一）『ウェディング・バンケット《喜宴》*』（九三）『恋人たちの食卓《飲食男女》*』（九四）の台湾三部作は、台湾社会の変化や同性愛の問題などを家族の形態に焦点をあてて描いている。張愛玲原作による『ラスト、コーション《色、戒》*』（〇七）もヒットした。また『青春神話《青少年哪吒》*』（九二）から始まる蔡明亮の、台北を舞台にして揺れ動く家族や愛のスタイルを描く作品は台湾の映画の多様性をよくあらわしている。クアラルンプールが舞台の『黒い瞳のオペラ《黒眼圏》*』（〇六）はマレーシア華語映画としてみることもできる。

だがその一方で、一時的に盛り返したに見えた観客動員数は九〇年代後半から二〇〇〇年代にかけて再度減少の一途をたどる。そこにはテレビチャンネルの多局化や娯楽産業の多様化、そしてインターネット社会への移行などが影響していて、映画館の閉館も多く見られるようになる。そんななかで、次の世代の映画人たちの模索がはじまる。その大きなエポックのひとつが新しい大衆娯楽映画の展開で、代表的な監督が魏徳聖と九把刀である。日本植民地統治期と台湾の現在をリンクさせた魏徳聖『海角七号　君想う、国境の南《海角七号》*』（〇八）は大きなヒットをとばす。魏徳聖映画は台湾における新しいスタイルの「郷土映画」という側面をもっているが、それと対照的なのは九把刀である。なかでもヒットしたのは彼の自伝的小説を原作とした『あの頃、君を追いかけた《那些年，我們一起追的女孩》*』（一一）で、監督も脚本も担当している。ネット小説から出発していて作品のジャンルは多岐だがライトノベル的な作風で、それがかえって消費される映画として幅広い人気を呼んでいる。

その他、文学作品の映画化では女性同性愛を描いた曹麗娟原作の『童女の舞《童女之舞》』（曹瑞原、〇〇）や許正平原作の『花蓮の夏《盛夏光年》*』（陳正道、〇六）、劉梓潔の同名エッセイ集による『父の初七日《父後七天》*』（王育麟・劉梓潔、一〇）、李喬《情帰大地》が原作で乙未戦争が背景の客家語映画《一八九五》（洪智育・陳義雄、〇八）、絵本作家の幾米原作映画の『星空《星空》*』（林書宇、一一）などがある。またオリジナル脚本だが台北のフィリピン人移民工を描く『ピノイ・サンデー《台北星期天》*』（何蔚庭、〇九）、ハンセン病者の父を持つ姉妹を主人公にした『花様　たゆたう想い《花漾》*』（周美玲、一二）、原住民集落の変容を描くアミ族のレカル・スミと鄭有傑の共同監督『太陽の子《太陽的孩子》*』（一五）、パイワン族青年が主人公でLGBTが題材の『アリフ、ザ・プリン（セ）ス《阿莉芙》』（王育麟、一七）、「いじめ」を題材としてサスペンス映画の要素をもつ学園もの『共犯《共犯》*』（張榮吉、一四）、白色恐怖の時代を題材とするホラーゲームを映画化し台湾の近未来への恐怖と重なり合う『返校言葉が消えた日《返校》*（徐漢強、一九）、緑島に収容された女性政治犯たちを描く《流麻溝十五號》（周美玲、二二）植民地下のマレーシアが舞台の陳團英原作で阿部寛が客演した『夕霧花園』*（林書宇、一九、マレーシア製作）、小説家でもある張耀升監督による病死した夫の足をさがす妻を描く『足を探して《腿》』*（二〇）もあげておきたい。また長篇アニメでは民主化運動の時代を背景とした『幸福路のチー《幸福路上》*』（宋欣穎、一九）もヒットした。

文学作品の映像化では、テレビも見落とせない。公共電視は白先勇原作の連続ドラマ《孽子》（曹瑞原、〇三）と同時期に、李喬原作の《寒夜》（李英、〇二）《寒夜續曲》（鄭文堂、〇三）も客家語連続ドラマ化している。台湾には映画を対象にした金馬奨と並んでテレビを対象にした金鐘奨があり、若手監督を起用した公視の「人生劇展」シリーズは、毎年のようにテレビ映画部門で受賞している。公共電視、台湾電視、八大電視共同制作の「植劇場」も次々と話題作をうみだしていて、楊富閔原作の台湾語連続ドラマ《花甲男孩轉大人》（瞿友寧・李青蓉、一七）は大ヒットし、続編が映画化もされた。民視では東方白原作で台湾最初の女性医師を主人公にした連続ドラマ《浪淘沙》（陳義雄・鄧安寧、〇五）、九八年からの「台湾文学作家劇場」シリーズでは《三春記》（王禎和）、『葫蘆巷の春夢《葫蘆巷春夢》』（葉石濤）、『密告者《告密者》』（李喬）、《結婚》（七等生）、《在室男》（楊青矗）、《清水嬸回家》（陳若曦）、《不歸路》（葉輝英）、台視でも〇一年に王禎和の『シャングリラ《香格里拉》』など三作品のドラマ化がある。植民地期の作家を題材にしたドラマも作られていて、呂赫若を主人公にした客家電視台の《台北歌手》（樓一安、一八）や頼和原作のドラマ化《日據時代的十種生存法則》（林宏杰、一九）など意欲的な作品が生み出されている。楊逵の植民地期日本語小説原作の『新聞配達夫《送報伕》』からはじまり、駱以軍の《降生十二星座》やシャマン・ラポガンの『老海人ロマビッ《老海人洛馬比克》』まで一〇作品の短編ドラマ化シリーズである台視の《閲読時光》（一五）や、その続編で呉濁流の《先生媽》や王禎和の《玫瑰玫瑰我愛你》（八四）など四作品の《閲読時光・II》（一七）もある。最近では、公視で呉明益原作の『歩道橋の魔術師《天橋上的魔術師》』（二一）が『女朋友＊男朋友《GF＊BF》』*（一二）の楊雅喆監督によって連続ドラマ化されるなど、実績のある映画監督が演出した作品も多くある。これらの作品はYouTubeでかなりを視聴できる。また作家ドキュメンタリーものでは公視の《作家身影》や《文学風景》シリーズのほか、劇場公開もされた作品として王文興や瘂弦など外省人系作家・詩人が中心の《他們在島嶼写作》の第一、二シリーズ（一一、一五）、侯孝賢がプロデュースに加わった朱天文・朱天心姉妹や七等生などの《同》第三シリーズ（二二）、黄霊芝を中心に陳千武など言語を跨ぐ世代の詩人を扱う《桜之声》（黄明川、一五）、植民地期の風車詩社を題材とした『日曜日の散歩者《日曜日式散歩者》』*（黄亞歷、一六）などがある。

朱文

しゅ・ぶん／一九六七―／中国・福建省泉州市生まれ

Zhu Wen

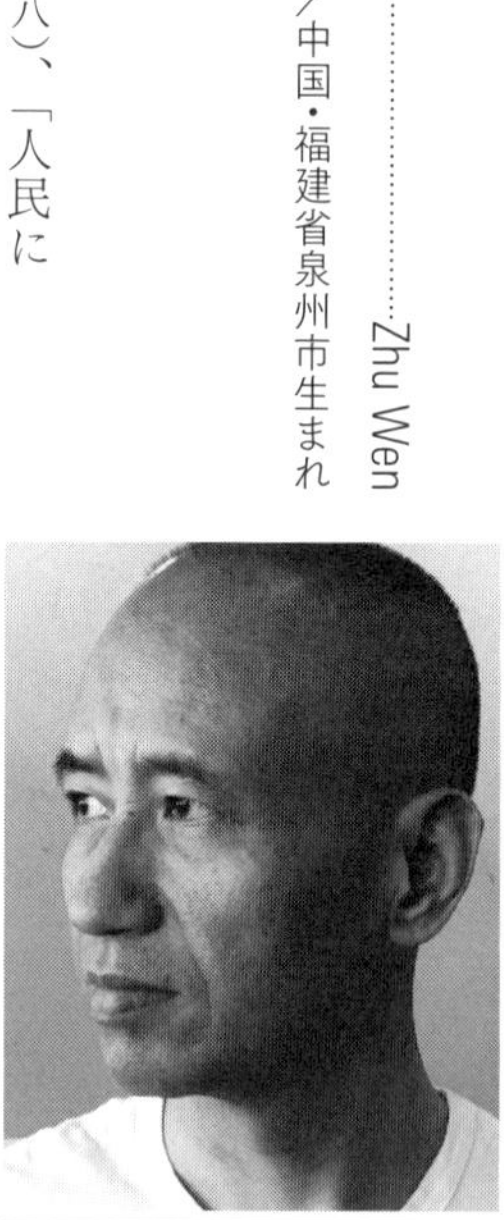

略歴

詩人、小説家、映像制作者。一九八九年、東南大学動力系を卒業後、国家重点プロジェクトの発電所でエンジニアとして働く。九四年、退職しフリーランスに。九八年、詩人、小説家の韓東とともに七三名の若手作家に対してアンケート調査を行い、結果を公表した「断裂」行動《アクション》では、既存の文学秩序に対して異議を申し立てた。九〇年代半ばから映像制作分野に進出する。監督として参加した《海鮮》（〇一）では、ヴェニス映画祭Cinema of the Present部門で受賞している。【おもな作品と邦訳】「一重まぶた〈単眼皮、単眼皮〉」（九四）、「我、米ドルを愛す〈我愛美元〉」（九五）、「達馬のリズム〈達馬的語気〉*」（九五）、「食指〈食指〉*」（九五）、「ポンド、オンスそして肉〈磅、盎司和肉〉」（九八）、「人民にそもそもサウナは必要なのか〈人民到底需不需要桑拿〉」（九九）。長篇小説『何がゴミで、何が愛なのか《什麽是垃圾，什麽是愛》』（九九）、詩集『彼らは仕方なしに堤防から帰って行った《他們不得不従河堤上走回去》』（〇二）など。

解説

九〇年代に入り、計画経済時代から続いた「統一労働分配制度」の運用が緩和されると、「職場〈単位〉」に必ずしも束縛されない人々が登場してきた。文学の世界においても、作家協会に所属しない作家が現れるようになった。朱文もその一人である。八〇年代文学の「省察〈反思〉」「追求〈尋找〉」に対して、韓東、魯羊、張旻らとともに「彷徨〈遊走〉する世代」と呼ばれることがある。彼らの作品では、絶対的な価値意識や寄る辺となる所属組織を持たない人物が、社会的にも精神的にも不安を抱えながら彷徨する。既存の秩序や価値意識に異議を申し立て抗うが、従前の作家のように理想を声高に主張することはなく、社会の代弁者たる役割も強いて果たそうとしないものの、彼らには今もなお、若い世代の読者や作家に支持者が多い。「我、米ドルを愛す」（九五）の主人公「俺」は、セックス依存症に悩む朱文という名の作家である。「俺」は米ドルに憧れるあまり、あらゆる金額を米ドルに換算してしまう。物語は、大学を中退してミュージシャンを目指す弟に翻意を迫るため、父親が突然「俺」の部屋を訪ねて来るところから始まる。父親とともに弟を探す道すがら、「俺」は父親に孝心を示すため、そして父親たちの世代が若い頃に旺盛な性欲を発散できなかったことの埋め合わせをするために、父親にオンナをあてがって「性の問題」を解決しようとする。ただ、手許不如意の「俺」は、カネで父親の「性の問題」を解決することができず、孝行を尽くせない。結局、自分の交際相手の王晴に父親の相手をしてくれるよう頼み込むのであった。

「人民にそもそもサウナは必要なのか」（九九）も朱文らしい作品である。王夏林は政府機関の末端に勤める事務担当責任者であったが、早期退職させられると自宅で無聊を託つ日々を送っていた。ある日、かつての職場の浴場の経営形態が変わりサウナまで設置されることを知り、王夏林は市内に存在するサウナについて調査を始めることを決めた。数ヶ月後、執筆した報告書を新聞社に投稿し、サウナの必要性をテーマに紙上討論をおこなうべきだと提案した。本作品は三つの部分から構成されており、王夏林のエピソードを真ん中に配し、冒頭にはサウナで我慢比べをしたり、性的サービスを求めようとする男二人の軽薄な会話を並べ、末尾では王夏林の報告書の投稿先の新聞記者が、高級浴場の湯に友人たちと浸かりながら、彼の報告書を笑い飛ばす場面を配置することで、経済成長の熱に浮かされた社会と人々をシニカルに描き出している。

（和田知久）

「我、米ドルを愛す」より

ちょっと助けて欲しいんだ、ホントに。俺は期待を漲らせて彼女を見た。その時、両眼が血走り、涙も溢れんばかりだったせいで、余計に説得力を帯びていた。初めて見る俺の真剣さが明らかに伝染したのか、王晴《ワンチン》は、私でできることなら手伝うわと言った。普段からも俺にそう言ってくれるのは、自分がそうすることのできる力がある女だと感じているからなのか。俺は言った。俺の親父と一回寝てもらえないだろうか。親父は俺にとって世界で一番尊敬してる人間なんだ。あんたになら俺と同じように親父を愛してもらえるだろうから。侮辱を受けたと感じて、王晴の顔色はさっと青白くなった。王晴の掌を躱すことは容易かったが、俺はそうせずに彼女の右手が美しい弧を描いて、俺の左頬をしたたかに打つのを眼を開いて見ていた。

蒋韻

しょう・いん／一九五四―　／中国・山西省太原市生まれ

Jiang Yun

略歴

作家。文革が終結した一九七七年に太原師範専科学校中文系入学、八一年に卒業。在学中より創作をはじめ、卒業後は同校の教員をつとめながら作品を発表し、九二年に専業作家となる。自らの誇りあるいは愛のためにあえていばらの道をゆく人々を描いた作品が多く、物語には潔さと哀感が漂う。ことに、「心愛樹〈心愛的樹〉」＊（〇六）の梅巧と凌香、『朗霞《ランシア》の西街〈朗霞的西街〉』（一三）の馬蘭花と朗霞など、引き受けざるを得ない秘密を、あるいは譲れない思いを胸の内におさめ、気丈に生きる女性や少女が深い印象を残す。背景にはしばしば、生まれ育った山西省（太原）や母と祖母の故郷である河南省（開封）など、黄河中流域の風土と歴史が描かれ、雄渾な時空間へと読者を誘う。時流を追わず、むしろ伝統の中に文学の本質を探ろうとすることに自覚的な作家であり、文章の美しさにも定評がある。魯迅文学賞、老舎文学賞、趙樹理文学賞、郁達夫文学賞等を受賞。夫（李鋭）も娘（笛安）も作家。**【おもな作品】**先に挙げた作品のほか〈紅殤〉（九五）、《櫟樹的囚徒》（九六）、《我的内陸》（〇一）、〈北方麗人〉（〇四）、『ひそやかに咲き溢れ《隠秘盛開》』（〇五）、〈行走的年代〉（一〇）、《你好《ニーハオ》、安娜《アンナ》》（一九）等。**【邦訳】**＊を付した作品のほか「ねむの花」「紅色娘子軍」

解説

蒋韻の作中人物の多くは、頑なな人たちである。信念を貫くために、あえて困難な道を選ぶことを潔しとする。そのような人たちが人生の中で出あう試練、そのときの選択と心情を、彼らが暮らす町の歴史や地理や自然を織り交ぜながら丹念に紡いだ物語、それが蒋韻の作品世界である。その古典的とも言える領域に挑む蒋韻の姿勢は揺るぎなく、また物語を陳腐なドラマに陥らせない深い洞察と優れた筆力がある。ある雑誌のインタビューの中で、蒋韻は次のように答えている。「苦難の表現においてはロシア文学を超えるものはないと思います。愛を描くことにかけてはフランス文学をしのぐものはないでしょう。ならば私たちの数千年の文学の伝統の中で最も特徴のあるものは何でしょうか。それは〝郷愁〟と〝生命の悲哀〟にあると思います」

中編小説「心愛樹」（魯迅文学賞受賞）は多くの読者を得た作品である。二〇世紀初頭から半ばの激動の中国にあって、自らの譲れない思いを貫こうとする男女――師範学校の校長であり周囲の尊敬を集める大先生、学業を続けさせてくれることを条件に一六歳で大先生のもとに後妻として嫁いだ梅巧《メイチアオ》、その娘の凌香《リンシアン》、彼女たちのまさに荒波を小舟でゆくがごとき試練の日々が、ときに繊細ときに骨太な語り口で綴られる。物語は、それぞれの人生の選択と愛憎を軸に、河東（山西省の黄河以東の地）の自然と歴史を織り混ぜながら語られる。

作者自身が「初めて愛について書いた」という長編小説『ひそやかに咲き溢れ』（趙樹理文学賞受賞）は、三人の女性のそれぞれの愛についての物語である。文革終結後に再開された全国統一入試で北京の大学生になった「七七級」の潘紅霞《パン・ホンシア》、下郷した農村に文革後も留まった「知識青年」の拓女子《トウオニュイズ》、村で最初の大学生となって都会へ出る拓女子の娘の米小米《ミーシャオミー》――三人の女性のそれぞれの愛への向き合い方と、それゆえのまったく異なる人生が描かれ、やがて愛についての新たな物語が生まれる。

中編小説「朗霞の西街」（老舎文学賞受賞）は、母の壮絶な愛の物語、あるいはそのために故郷を奪われた娘の物語である。二〇世紀半ば、北方のある町の歴史ある「西街」の一角に、賢く素直な少女・朗霞《ランシア》、美しく優しい母・馬蘭花《マー・ランホア》、祖母代わりの孔孀《コンシエン》が慎ましく暮らしていた。ところが、その貧しくとも心豊かな生活は、母が秘してきた事実が明るみに出たことによって一挙に崩れ去る。朗霞は感情を押し殺し、孔孀に連れられて西街を去る。悲壮な物語だが、終章には、人間の善意への祈りが込められている。

多くの作品の背景には、作家自身のルーツである黄河中流域の自然と歴史が描かれる。たとえば黄河の流れが、季節の移り変わりを告げる一本の木が、あるいは山を埋め尽くす無数の木々を揺らす風が、作中人物たちの生命と呼応し、彼らの運命を暗示する。大河や樹木など命あるものの息遣い、それらが失われる瞬間や引き継がれてゆく時の流れが、物語と響きあい、物語に厚みを加えている。

（栗山千香子）

「心愛樹」より

「学校に行かせてくれるなら、嫁ぐわ」

梅巧《メイチアオ》は続けた。「たとえ七〇だって」

この後半の言葉を、彼女は吐き捨てるように、怒りをぶつけるように言った。それは誰に対する怒りだったのだろう？梅巧とはこういう娘、いったん覚悟を決めたら思い切ったことのできる娘だった。もちろん、顔立ちからはそんな一面を見てとることはできない。あどけない顔、子鹿のようなつぶらな黒い瞳、とてもおとなしそうで、唇は幼子のように赤くつややか、とりわけ愛らしい娘だった。梅巧は窓辺に座って針仕事をしていたが、ドアの開く音がしたので顔を上げた。そのときの驚いた表情が、まるで一枚の絵のように、大先生の心の中に五〇年ものあいだ収蔵されることになる。

鍾肇政

しょう・ちょうせい／一九二五―二〇二〇／台湾・新竹州（現、桃園市）生まれ

Chung Chao-cheng

略歴

作家。客家人。筆名・九龍、鍾正、趙震など。日本統治下の台湾・新竹州大渓郡龍潭庄（現、桃園市龍潭区）の生まれ。一九二九年に台北の大稲埕へ転居。その後龍潭公学校を経て、三八年に私立淡水中学校へ入学。四五年には彰化青年師範学校を卒業。同年に学徒兵として徴兵された際、マラリアで聴力を失った。戦後に龍潭で小学校教員をつとめながら、中国語を独学し創作を開始。代表作に『永遠のルピナス―魯冰花《魯冰花》』＊（六二）、『怒濤《怒濤》』＊（九三）など。本省人作家の作品を刊行することにも尽力し、《本省籍作家作品選集》（六五）、《台湾省青年文学叢集》（六五）を編集。九〇年代には《台湾作家全集》の刊行でも中心的役割を果たした。呉三連文芸賞（七九）、国家文芸賞（九九）、台湾文学家牛津賞（九九）、行政院文化賞（一五）などを受賞。【邦訳】＊を付した作品のほか「阿枝とその女房」「熊狩りに挑む男たち」等。

解説

台湾文学には「南葉北鍾」という呼び方がある。台湾の北部と南部でそれぞれ盛んに創作活動を展開した鍾肇政と葉石濤を指す。二人に共通するのは同年に日本統治下の台湾で生まれ、日本語教育を受けて成長したことである。鍾肇政は淡水中学に学び、当時の学園風景は長編小説『八角塔の下で《八角塔下》』（七五）の題材にもなっている。進学先の彰化青年師範では、ルソーやドストエフスキー、トルストイ、ツルゲーネフなど世界中の文学作品を愛読したが、葉石濤のように当時の台湾文壇との密接な繋がりはなかった。

戦後、鍾肇政は龍潭で小学校教員をつとめ、四六年には台湾大学中文系に進むが、難聴のために学業を断念。中国語を独学して創作を始め、短編小説「結婚の後〈婚後〉」（五一）を総合誌《自由談》で発表して以降、旺盛な執筆活動を続けてきた。ただし、そうした鍾肇政も戦後順調に創作を行えたわけではない。日本統治下で日本語教育を受けた世代に共通するように、台湾の国語が日本語から中国語へと変わる中で、言語転換という克服すべき問題に直面した。鍾肇政も「訳脳」（日本語で考え、それを頭の中で中国語

に翻訳して文章を書くことの造語）によって言語転換の壁を苦労して乗り越えたのである。出世作となる長編小説「永遠のルピナス—魯冰花」を《聯合報》で連載した直後には、終戦前後の台湾を舞台に自身の体験や感情を投射させた『濁流《濁流》』（六二）を発表した。同作は『遙かなる山河《江山万里》』（六九）、『流雲《流雲》』（六五）と共に「濁流三部作〈濁流三部曲〉」と呼ばれる代表作だ。この他にも、日本植民地下での抗日運動や太平洋戦争の模様を描く『沈淪《沈淪》』（六七）、『挿天山《ソウテンサン》の歌《挿天山之歌》』（七五）、『大海にゆく《滄溟行》』（七六）も「台湾人三部作〈台湾人三部曲〉」として知られている。また、霧社事件を描いた長編小説『マヘボ社の風雲《馬黒坡風雲》』（七三）、『川中島《川中島》』（八五）、『戦火《戦火》』（八五）、新石器時代の卑南遺跡を題材にした『卑南平原《卑南平原》』（八七）など、鍾肇政は台湾原住民族に対しても熱い眼差しを向けていた。

　創作の他、六〇年代半ばより《本省籍作家作品選集》全十巻、《台湾省青年文学叢集》全十巻を編纂し、本省人作家の作品紹介にも尽力した。七〇年代には呉濁流が創刊した《台湾文芸》を引き継ぎ、同誌では頻繁に本省人作家の特集を組んだ。葉石濤との共編《光復前台湾文学全集》（七九）は、戦後台湾で初めて大々的に企画された台湾新文学の代表作を収録するアンソロジーである。さらに、九〇年代の《台湾作家全集》全五十二巻の刊行でも中心的役割を果たした。このように鍾肇政は作家としてだけではなく、台湾文学作品の編纂者としても幅広く活動した。なお、日本文学の翻訳家としても高名で、安部公房や井上靖、三島由紀夫などを数多く翻訳し、訳書には『戦後日本短編小説選《戦後日本短編小説選》』（六八）などもある。

（明田川聡士）

『八角塔の下で』より

「ヤー」

「アー」

　八角塔の裏の武道場からは剣道の掛け声が絶えず響き、二、三人の同級生がそこで稽古をしているようだ。淀んだ静かな空気のなかで、その掛け声はいかにも快く澄んだものだった。

　腕時計に目をやると、五時ちょうどだ。あと半時間ほど待てば点呼があり、夕食だ。

「ふう……」

　僕は思わず声を出し、からだをひっくり返して仰向けになった。草の葉っぱが首の裏に突き刺さり、少し痛くもあり痒《かゆ》い感じがした。

　僕は自分がいら立っているのに気づいた。ここのところ、何もせずに一人でいる時、いつも同じ感覚が僕の胸のうちに食い込むのだ。

徐坤

じょ・こん／一九六五―　／中国・遼寧省瀋陽市生まれ

Xu Kun

略歴

作家。遼寧大学および同大学院で東方文学を専攻、修士課程終了後の一九八九年七月に中国社会科学院の研究員となり、以来北京に住む。デビュー作「話し言葉〈白話〉」（九三）につづき「屁主《へなぬし》〈屁主〉」*（九三）、「前衛〈先鋒〉」（九四）、「鳥の糞〈鳥糞〉」（九五）、「デモ〈遊行〉」（九五）など、八〇年代から九〇年代にかけて中国の社会と文化に大きな影響をおよぼした諸現象と、そのような動きに翻弄される知識人の姿を、風刺とユーモアを効かせながら描いた作品をあいついで発表し、その新しい時代感覚と言語感覚に一挙に注目が集まった。その後、題材と叙述の幅を広げながら作家としての地歩を固めた。社会科学院在職中に博士号を取得し、しばらくは研究者と作家の二足の草鞋を履いていたが、二〇〇三年に専業作家となった。近年は、急速に変化する現代社会における都市生活者、ことに女性の心情を細やかな筆致で描く作品が多い。魯迅文学賞、荘重文文学賞、女性文学成就賞等を受賞。【おもな作品】先に挙げた作品のほか〈女媧〉（九五）、「愛に出会うとき〈遭遇愛情〉」（九五）、「瀋陽ああ瀋陽〈瀋陽啊瀋陽〉」（九六）、「キッチン〈厨房〉」*（九七）、《春天的二十二個夜晩》（〇二）、《野草根》（〇七）、《八月狂想曲》（〇八）等。【邦訳】＊を付した作品のほか「郷土中国」「外国人教師」

解説

徐坤は、文革の記憶も薄い新世代作家の一人として一九九三年に登場したが、その「新」感覚は同世代の作家の中でも異彩を放っていた。評論の多くは、当時流行していた批評用語を使って、徐坤の作品がいかに「後《ポスト》」であるかを強調し、からかいに満ちた言語で知識人の神話を「解構《ディコンストラクト》」した点をその特徴に挙げている。徐坤の作品には、確かに九〇年代の新しい言語感覚と時代感覚があった。流行語から古典の名句まで、罵倒語から政治用語までを自在に取り込んだ知的でユーモアに満ちた文体。中国の社会、文化現象をパロディ化した痛快なストーリー。そしてそこに描かれる知識人は、かつての知識人のような理想や使命感を持たず、かといって時代に適応する庶民の逞しさや知恵もなく、しかし広範な情報を得て操る知性や、柔軟で繊細な感性を備えた九〇年代のインテリ像だった。

　中編小説「前衛」は、前衛画家・撒旦《サダン》（中国語の発音から「傻蛋（愚か者）」や「Satan（悪魔）」を連想させる）の誕生から破滅までの一〇年を描いた物語だ。「八五新潮」（八五年に高まりを見せた芸術・文化のニューウェーブ）や、九〇年代に入って加速した芸術・文化の商品化等、一〇年間の中国の芸術・文化状況を端的に示すトピックを背景に、人々がそれらに翻弄されるさまがデフォルメされて描かれている。また、この作品は「彷徨える九〇年代の都市空間に漂う希望に満ちた八〇年代の記憶」として読むことも可能であり、同時代を生きてきた読者の郷愁を誘うしかけも隠されている。

　題名からして荒唐な物語を予感させる短編小説「屁主《へぬし》」は、一人の知識人の戯画的半生を描いている。大学につとめる青年研究者・唐舜堯《タン・シュンヤオ》（唐王朝、舜帝、堯帝をミックスさせたネーミング）が冤罪（「至上の最新指示」を伝達する重要な会議で放屁した！）により思想教育・労働修養のため辺地に送られるが、文革後に名誉回復して北京に戻るや、辺地でまとめた研究（屁学！）が脚光を浴びるという、期待通り風刺とユーモア全開の作品である。しかしそこには歴史を冷静に分析する目があり、また各所に文学研究者としての作者の蘊蓄が存分に語られており、知的でアイロニカルな上質のコミック・ノベルに仕上がっている。建国後の政治闘争を屁のようなものと笑い飛ばせる世代であり、かつ文学や歴史の教養と「後」な言語感覚を備えた徐坤だからこそ描くことができた稀有な作品と言えるだろう。

　九〇年代後半からは題材と叙述の幅を広げ、言葉とジェンダーの問題に切り込む「クソッタレなサッカー〈狗日的足球〉」、『西遊記』を題材にした荒誕劇「行者艶麗〈行者嫵媚〉」、一人の農婦の生涯を写実的に描いた〈女媧〉、現代人のルーツ探しの物語「瀋陽ああ瀋陽」、「郷土中国」、現代社会の断面を切り取り、そこに暮らす男女のライフスタイルと心情、ことに女性の心理的葛藤を細やかな筆致で描く「愛に出会うとき」、「キッチン」など、多様な作品を意欲的に発表している。

（栗山千香子）

「屁主《へぬし》」より

　唐舜堯《タン・シュンヤオ》の精神状態は極度の〃放屁コンプレックス〃に陥っており、自分ではどうにも抜け出すことができなかった。鎌をふるいながら、隙間なくびっしり茂ったとうもろこし畑に向かって、放心したように「俺はしていない」と呟いた。吐き気をもよおさせる羊の腸を箸で一本ずつつまんで中の糞尿を絞り出しながら、「本当に俺じゃない」と心の中で繰り返した。重いつるはしを振り上げ、一掘り一掘り懸命に固いアルカリの地面を掘り起こしながら、「本当に俺じゃなかったんだろうか」と少し疑ってみることもあった。妻と子を連れ、あちこち移動するボロ馬車に大小の荷物とともに揺られながら、「俺がしたとして、それが何だって言うんだ」と喉の奥で独りごちた。

徐則臣

じょ・そくしん／一九七八―／中国・江蘇省東海県生まれ

Xu Zechen

略歴

作家、編集者。淮陰や南京で大学生活を送り、大学教員を経て、北京大学中文系に学ぶ。文学修士。現在、雑誌《人民文学》副編集長。「中関村を駆けぬけて〈跑歩穿過中関村*〉」にて西湖・中国新鋭文学賞（〇七）、『水辺の書《水辺書》』にて上海文学賞（〇八）、『もし大雪で門が閉ざされたら《如果大雪封門*》』にて魯迅文学賞（一四）、『イェルサレム《耶路撒冷》』にて老舎文学賞（一四）を、『北へ《北上》』にて茅盾文学賞（一九）受賞「七〇後（一九七〇年代世代）」を代表する中堅実力派作家である。二〇一〇年、米国アイオワ大学「国際創作プログラム」に参加。**【おもな作品】**「アヒルが空を飛ぶなんて〈鴨子是怎様飛上天的*〉」（〇三）、「養蜂場旅館〈養蜂場旅館*〉」（〇六）、「屋上にて〈在屋頂上*〉」（一〇）、「グスト城〈古斯特城堡*〉」（一一）、「この数年僕はずっと旅している〈這些年我一直在路上*〉」（一二）。

解説

中学に上がるまでは農村で過ごす。子供の頃は牧童に憧れていたという。父は芝居もし、大工も、教師の経験もある医師であり、書画にも長けた教養人であった。二人きょうだいで姉がいる。子供の頃から武侠小説を好んだが、父によって旧体詩や古文を暗唱させられた。初めて触れた純文学作品は、高校一年生の時に友人から借りて読んだ銭鍾書《囲城》や、父の持ち物の趙樹理《小二黒結婚》であった。

徐則臣の作品群を物語が展開する場所で分類すれば、北京を舞台とするものと、地方の小さな街「花街《ホアジエ》」を舞台とするものに分けられる。成功を求めて北京にやって来る人たちのことを、彼らの生活や仕事が常に安定せず漂泊していることから「京漂者」などと言う。「中関村を駆けぬけて」（〇七）は、若い京漂者たちが偽造証明書や海賊版ディスク販売などの非合法的な商いをしながら、一攫千金の夢をかなえて故郷に錦を飾るために、北京の街で力強く生き抜く姿を描いたものである。しかしその夢の実現は一筋縄には行かない。彼らの前には常に、彼らを取り締まる警察や、彼らから搾取せんとする北京在住者や、彼らと同じ境遇の地方出身者が立ちはだかり、ささやかな夢は結局打ち砕かれてしまう。

〈花街〉（〇四）という短篇がある。花街の豆腐屋の前で露天の靴修理を長年やっていた老黙という男が死んだ。彼の上着のポケットからは生前の蓄えを全額、豆腐屋のせがれである藍良生に贈るという遺言が見つかった。やがて良生の出生にまつわる母の悲しい過去が明らかになると、息子に真実を告げ得ぬまま母は自ら命を絶った。この作品の他にも徐則臣の描く花街は、江南地方の運河沿いの、その名の通り古くから遊里のあった街として描かれる。かつては享楽の街として賑わった花街も、近年、都市化が進むなか人びとはこの街を捨てて出てゆく。花街には取り残された人びとの切ない想いが秘められていて、作家の関心ももちろんそこにある。

　このほかにも徐則臣には、社会的な問題に対して自身の見解や疑念を表明しつつ正面から思考の挑戦を行う作品群がある。「養蜂場旅館」（〇六）、「われらが海〈我們的老海〉」（〇六）、「グスト城」（一二）などがこれにあたる。「イェルサレム」（一三）では、作家と同世代である一九七〇年代生まれの登場人物たちが、少年時代に経験した仲間の死に対してそれぞれの内心に悔恨と贖罪の意を抱きながら、成功と挫折を味わいつつ成長し生きてゆく姿を描く。

　徐則臣の関心は今を生きる人間にある。経済発展がもたらす恩恵から取り残された貧しい農民や出稼ぎ労働者、劣悪な環境を生き抜く人びとの夢や苦しみを、啓蒙的な上からの視線で導き諭すのではなく、同じ人間としての共感を持って寄り添いながら、彼らの日常生活を詳細に描くことのできる稀有な作家である。

（和田知久）

「中関村を駆けぬけて」より

ふと顔を上げると目の前は海淀橋だった。敦煌《ドゥンホァン》は立ち止まり、連節バスが橋の下の赤信号につっこんでくるのを見ていた。本当はここに来たくはなかった。海淀橋のそばで捕まったからだ。彼と保定《バオディン》は太平洋数碼城《パシフィック・デジタルシティー》から一気に駆けてきたが、やはり逃げ切れなかった。ブツはまだ肌身離さず持っていた。逃げ切れなくなったら商品を捨てなきゃならないことは重々わかっていたが、彼は保定に言った。大丈夫。あの警官は二人ともベルトが掛けられないくらい太ってるんだぜ。駆けだしたらあんなにすばしこいとは思わなかった。奴らの車で前が塞がれた。今から捨ててももう遅い。

沈石溪

Shen Shixi

しん・せっけい／一九五二―　／中国・上海市生まれ

略歴

児童文学作家。沈石溪は上海出身だが、中学卒業後、雲南省西双版納《シーサンパンナ》のタイ族の村に下郷した。動植物の楽園における様々な風習や言い伝え、そして作家本人の稀有な体験が後の創作の土台を築いた。一九八四年には解放軍芸術学院文学部に入学し、後にノーベル文学賞を受賞する莫言らと共に学んだ。動物小説作家として広く知られるようになったのは、ベトナムとの国境地帯における麻薬捜査で殉職した犬を描いた〈退役軍犬黄狐〉（八三）である。その後も旺盛に創作活動を続け、全国優秀児童文学賞などを受賞し、「動物小説大王」と呼ばれるようになった。【おもな作品】「七四目の猟犬〈第七条猟狗〉」（八五）、『紫嵐の祈り《狼王梦*》』（九〇）、「乳母になった赤バーラル〈紅奶羊〉」（九四）、「ゴーラルの飛翔〈斑羚飛渡*〉」（九七）等。【邦訳】*を付した作品のほか、「狐狩り〈猟狐〉」（九二）がある。

解説

最近の中国の子供が初めて接する文学は、沈石溪といっても過言ではない。素朴で親しみやすい文章、人の心を持たせた動物を中心に展開するドラマチックで感動的な物語、雲南省などの美しい自然風景の描写により、子供だけでなく保護者からも好評を博している。代表作の多くが小中学校の教材に採用されているほか、書店や大型スーパーでも彼の作品集が並べられているほどだ。沈石溪は中国の動物小説市場でトップシェアを占めている。まさに大王《キング》だ。

沈石溪は最も影響を受けた文章として、エドワード・オズボーン・ウィルソンの人類学、社会学、生物学などを統合させた理論「新たな総合」、コンラート・ローレンツの動物の攻撃性を分析した『攻撃―悪の自然誌』、デズモンド・モリスの人間の習性を浮き彫りにした『裸のサル』、都市という檻の中で暮らす人間を描く『人間動物園』を挙げている。動物小説というジャンルの魅力について、沈石溪はこう記している。

「動物小説が吸引力をそなえているのは、この題材が人類文化の外殻と文明社会における偽りの表象を最もよく突き破り、醜さと美しさが溶け合った〝原生態〟〔手付かずの自然環境〕の生命を、ありのまま表現できるからである」

累計五〇〇万部を記録している代表作『紫嵐の祈り』は、次のような物語である。雌狼の紫嵐《ズーラン》は夫を狼王にするという夢を持っていたが、夫はイノシシの牙に貫かれ死ぬ。夫の代わりに子供を狼王にしようとするが、息子たちは次々と死ぬ。そこで紫嵐は一匹だけ残された娘と優秀な雄狼を結びつける。娘がほら穴で出産中に、紫嵐の長男を殺したイヌワシが邪魔に来る。年老いた紫嵐は最後の力を振り絞り、イヌワシと死闘を繰り広げる。

短編の中で最も読まれているのは、小学校の教材で有名な「ゴーラルの飛翔」だ。ゴーラルというウシ科の動物が猟師によって断崖絶壁に追い詰められ、生き延びるためには数メートル離れた向こうの崖に飛び移るしかないという絶体絶命の状況で、若い世代を逃がすため古い世代が「踏み台」になり、粛々と谷底に落下する。

このように、沈石溪の小説は児童文学として位置づけられるが、残酷で時に血なまぐさい描写もある。夫や子を失う悲しみにも打ちひしがれず、狼王の夢を抱きつつ、驚異的なしぶとさで厳しい現実に戦いを挑む母狼。わが身を捧げ、次の世代にバトンを渡すことで新たな生を得る老いたゴーラル。子供に夢を持たせるだけではなく、そのために大人がいかに行動すべきかを思考させるため、大人が読んでも印象に残る物語になっている。

（舟山優士）

「ゴーラルの飛翔」より

谷間の中空に、あの虹と平行に並んだ、一つの橋がかけられました。それは死をいしずえにしてかけられた橋でした。押し合うことなく、われ先にと争うことなく、順番を守り、速やかにとんでいきました。私は死ぬと決まった老いたゴーラルたちをじっと見つめながら、こう思いました。中にはずるがしこいものもいて、死の群から生の群の方にこっそり移ることはないだろうかと。しかし私をおどろかせたのは、はじめから終わりまで、自分のために位置を変えたゴーラルが一頭もいなかったことでした。

老いたゴーラルたちは自らその生命をかけ、次の世代のために生存の道を切り開いたのです。

西川

せいせん／一九六三―／中国・江蘇省徐州市生まれ

Xi Chuan

略歴

詩人。本名は劉軍。一九八一年、北京大学西語系英文専攻に入学、在学中から詩を書き始める。八五年卒業後は新華社国際部の記者として全国各地を訪問取材するかたわら詩作を続け、八八年、陳東東と詩誌《傾向》を創刊する。一九九三年から中央美術学院人文学院で教鞭をとり、現在は北京師範大学国際創作センターに所属する。九〇年代に入り、国内外のアンソロジーに作品が収録され、人民文学賞（九四）、魯迅文学賞（〇一）など各種文学賞を受賞。一九九六年、カナダ政府の招きに応じ、カナダ国内各地を訪問。九七年にはユネスコ基金を得てインドに数か月滞在した。今世紀に入ってから各国の各種文化基金を得て、ドイツ・アメリカをはじめ欧米に訪問学者として滞在し、学術研究プロジェクトや国際芸術祭に参加する機会が増えている。詩集に『中国のバラ《中国的玫瑰》』（九一）、『虚構の家系図《虚構的家譜》』（九七）、『西川詩選』（九七）、『大意はかくの如し《大意如此》』（九七）、随筆集に『覆面者に語らせよ《讓蒙面人説話》』（九七）、詩文集『深浅』（〇六）の他、『唐詩の読み方《唐詩的読法》』（一八）で古典詩との対話を試みている。【邦訳】『西川詩選』（一九）

解説

七歳まで祖父母の住む徐州に暮らすが、その後、北京で教育を受ける。父は海軍航空兵であったため、海軍幹部子弟学校の七一小学に入学し、四年生の時、当時は珍しかった寄宿舎制の北京外国語学院付属外国語学校に編入した。一九八一年、北京大学に入学し、文革期は禁書だった『聖書』に初めて触れ、それまでの中国古典文学に対する興味は外国文学や中国現代文学へと転じ、特に西洋古典文学を大量に読み始める。この他、学内の文学サークルや美術サークルに参加し、ガリ版刷りの同人誌を出すなど積極的に文学活動を行った。卒業後、友人と青海省西寧を旅した時の作「哈爾蓋に仰ぎ見る星空〈在哈爾蓋仰望星空〉*」（八五）は西川の八〇年代の清澄な抒情的作風を代表するもので、壮大な大自然に身を置き、そこに潜む聖なるものに触れた瞬間の「大胆になり、そして息を凝らす」（同詩最終行）青年のみずみずしい感性があふれている。

一九八九年、同学の友人であるふたりの詩人の死——海子の自死、駱一禾の病死——は、同年の社会的事件「六四」とともに、西川に大きな衝撃を与え、その「世界観と芸術観に巨大な変化」をもたらした。続く友人戈麦と張鳳華の自死も西川の歴史や文化、社会と個人への考察をいっそう深めさせる。一九九二年は自ら創作上の転換の年と述べるように、八〇年代の聖なるものを求める抒情的作風に変化が生じる。組詩「敬意を表す〈致敬〉」（九二）をはじめ、「虚構の家系図〈虚構的家譜〉*」（九三）、長詩「芳名」（九四）、「悪運〈厄運〉」（九五—九六）、「鷹のディスクール〈鷹的話語〉」（九七—九八）は、「偽理性」「偽哲学」と自らアイロニカルに称する新たな話法により、得体の知れないものを陰影豊かに表現している。彼はあるインタビューの中で、人は自分の背後に回り自分の後頭部を見ることは永遠にできないが、言葉の中ではそれができる。ロジックの裂け目にこそ生の真相があり、芸術家には自己矛盾する権利がある、として詩の言語が持つ可能性を語っている。

西川によれば、読者には「生存読者」と「幽霊読者」の二種類がある。後者はこの世にいない作家たち、つまり彼が敬愛する古今東西の作家や夭折した友人たちのことで、彼らは自らにとって前者よりも重要だとする。西川が海子や駱一禾の死後、その遺稿を積極的に整理編集し、ボルヘスやミウォシュなどの翻訳を精力的に行うのは、単に敬愛の念ゆえではなく、彼らが「幽霊読者」として常に自らの詩作を照らす鑑となるからだと考えられる。

西川に一貫する倫理的・精神的価値への関心は詩作の文化的背景を強調する傾向にあるため、「新古典主義」、「知識分子創作」と称されることがある。詩による一つの風景——自然あるいは人文的景観——の表現は、音楽の領域にも刺激を与え、長詩「遠遊」は作曲され香港で演奏された（〇四）。西川はその感性と知識および想像力の豊かさにおいて卓越した総合型詩人といえる。なお、ジャジャンクーの映画『プラットホーム』（〇〇）で文工団団長を演じたことは愉しい挿話の一つである。

（佐藤普美子）

「敬意を表す」の第二節「敬意を表す」より

深山に歩みいる人は奇跡のように生きる。冬に白菜を蓄え、夏に氷をつくる。彼はいう。「感じ取ることが出来ない人は真《まこと》ではない。その原籍や日常生活も。」だから私たちは桃の花に鼻を近づけ嗅覚を鍛える。桃の花や美しい事物に面と向かい、脱帽し敬意を表すことをしらない人は私たちの仲間ではない。／／だが私たちの待ち望む結果は、魂が使われずに捨て置かれること、言葉が強引に引き出されること、ではない。／／詩歌は死者と次の世代を教え導く。

蘇偉貞

Su Wei-chen

そ・いてい／一九五四―　／台湾・台南市生まれ

略歴

作家。本籍は広東省、外省人二世。台南郊外に広がる国民党の官営村落で育ち、政治作戦学校演劇科卒業後は国防部芸術工作総隊などで軍職を歴任、退役後は《聯合報》副刊で編集の仕事に就きながら、旺盛な執筆活動を展開した。『彼に寄り添って《陪他一段》』（七九）や『老いたる麗人《紅顔已老》』（八四）など、都市生活における女性の情愛関係を描いたことで、当時台湾で流行していた閨秀作家の一人として注目を集める。一九九〇年代以降は鬼気迫る筆致で女性たちの独特の美意識を描き、その代表作『沈黙の島《沈黙之島》*』（九四）では第一回時報文学百万小説賞特別審査員賞を受賞、台湾のジェンダーやエスニシティ研究など幅広い分野に影響を与えた。張愛玲の研究者としても知られ、『なぞり書き―台湾における張派作家の世代論《描紅―台湾張派作家世代論》』（〇六）など、数多くの研究書を出版、創作と研究を両輪に活躍を続けている。

解説

台湾郊外の街並みを歩いていると、必ずと言っていいほど「老兵」と呼ばれる退役軍人たちの姿を目にする。東南アジアからやって来たケアワーカーに付き添われ、喧騒に満ちた台湾の街並みを散策する彼らの多くは、かつて抗日・反共戦士として大陸からやって来た兵士たちであった。

日中戦争勃発に伴い、大陸各地を転戦してきた蘇偉貞の父親もそうした職業軍人の一人で、蘇偉貞はこうした戦乱によって生まれた故郷離散者《ディアスポラ》を両親に持ついわゆる外省人二世にあたる。軍人を父に持つ多くの外省人作家たちと同じく、蘇偉貞もまた「眷村」と呼ばれる国民党の軍人やその家族たちが暮らす官営コミュニティにおいて、愛国主義と反共イデオロギーの満ちた政治空間においてその幼少期を過ごしてきた。

台南郊外にある眷村で高校卒業まで過ごした蘇偉貞は、後に政治作戦学校（現在の国防大学政治作戦学院）演劇科に進学、卒業後は「軍中作家」として中華民国軍に在籍しながら、数多くの小説を世に送り出してきた。日本では馴染みが薄いが、中華民国ではかつて伝統的に職業軍人が作家活動をする「軍中作家」と呼ばれる一群の作家たちがいて、彼らは戦後台湾の文壇で一定の影響力を保ってきた。こうした軍中作家の中でも、女性作家としての蘇偉貞は異色な存在であった。当時蘇偉貞の発表した作品の多くは恋愛小説で、独特な作風で都市生活における情愛関係を描いたことから、当時台湾文壇を風靡していた閨秀作家の一人として人気を集めていた。蘇偉貞作品に登場する女性たちは愛情を至高の価値としながらも、自らを強烈な理性によって厳しく律する軍人的な性格を持っていたために、そこでは男女間における純粋な情愛は描かれても、複雑な性愛関係や狂気などはほとんど描かれてこなかった。

しかし戒厳令が解除され、かつての反共イデオロギーが音を立てて崩れていく中で、蘇偉貞の作風にも大きな変化が訪れる。幼少時代を過ごした眷村での生活を描いた長編小説『故郷はるかに〈離開同方〉』（九〇）において、蘇偉貞はかつて愛情と信念に溢れていた（と信じられてきた）眷村を情欲や狂気の溢れるディストピアとして描き直したのだった。更に、第一回時報文学百万小説賞特別審査員賞を受賞した長編小説『沈黙の島』（九四）では女性の情欲を積極的に描き、その身体を異郷を漂流する一個の島として描くなど、それまで回避してきた性を快楽としてのそれに止まらず、政治変動によって異郷と変わり果ててしまった故郷を一個の島嶼として航海する「私」の重要な座標軸として描き直したのだった。

時代が生み出したイデオロギーによって作り出された「故郷」が消失した後、過去に遡ることでそうした「故郷」を懐かしむのではなく、むしろ異郷を漂流する身体を一個の島嶼と見立てる所に蘇偉貞という作家の面白さがある。こうした孤島を想像することは、排他的所有権を主張して国民の同一性を前提とする近代国家に対するある種の反駁であって、また大陸的な国家意識やその思考方法から離脱する可能性を模索する試みでもあるはずだ。

（倉本知明）

『沈黙の島』より

親しい人たちはみんな死んでしまった。そのことは二人がアイデンティティのランドマークを失ったことを意味していた。自分たちはいったい何者なのだろうか？それはいまだかつて人が足を踏み入れたことがない孤島のような場所であった。

香港もまたそんな島だった。あるいは自分が島国で生まれたせいもあって、とりわけそうした島が好きだったのかもしれない。晨勉《チェンミェン》は島のもつ雰囲気が好きだった。見渡せるほど小さいのに自立していて、それでいて孤独なところがたまらなく好きだった。

宋澤莱

そう・たくらい／一九五二― ／台湾・雲林県生まれ

Song Zelai

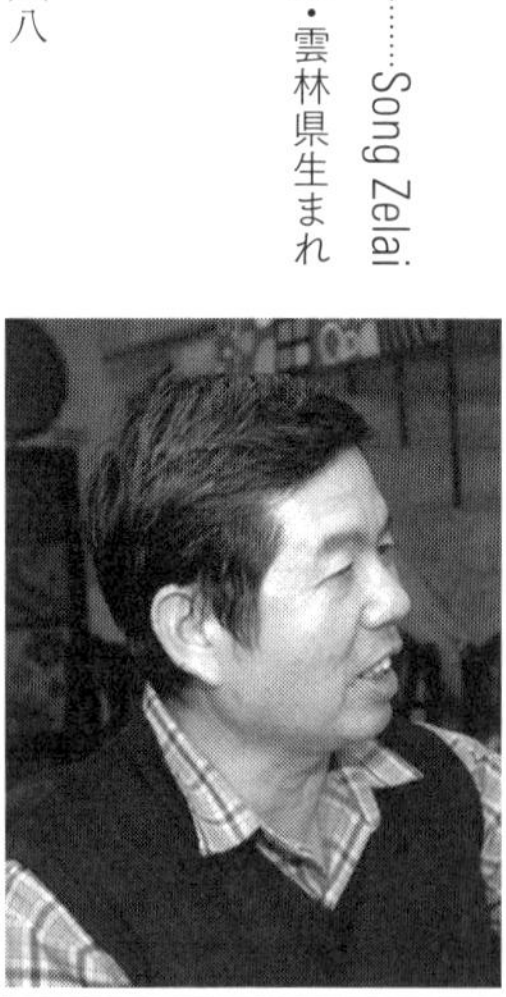

略歴

本名は廖偉竣。作家、詩人。台湾師範大学歴史学科卒業、中興大学台湾文学研究所修了。彰化県の中学校で長く教員をつとめる。大学在学中から創作を開始、一九七〇年代後半には「笙仔《シンア》と貴仔《クイア》の物語〈笙仔和貴仔的伝奇〉*」（七八）など「打牛湳村」を舞台にしたシリーズで郷土文学作家として注目される。文学作品の他、八〇年代には仏教文化についての論説を展開、後にキリスト教徒となる。八五年に《廃墟台湾》を発表。その後、マジック・リアリズムの濃厚な実験的社会批判小説とでも言うべき『吸血蝙蝠の舞い降りる都市《血色蝙蝠降臨的城市》』（九六）などを発表。近年の作品に長編小説《天上巻軸》（一二）がある。詩人としては台湾語詩と中国語詩を収めた『フォルモサ賛歌《福爾摩莎頌歌》』（八三）などがある。その他、独自の視点に立つ台湾文学史である《台湾文学三百年》（一一）《台湾文学三百年続集》（一八）がある。

解説

「台湾半山政治家一家の物語」という副題をもった小説「腐乱〈抗暴的打猫市〉*」（八七）は、濃厚な血の匂いのする物語性を持った社会批判小説である。台湾語と中国語の両方で発表されたこの作品には、打猫市《ターマオ》という架空の都市を舞台に、賄賂と陰謀で相次いで市長にまで上り詰め汚職にまみれた李兄弟が、銃撃されたことをきっかけに体中を腐敗させ死んでいく姿が描かれる。「半山」とは国民党の軍や政府の側についた台湾本省人を指して使われた言葉である。日本植民地期に生まれ、二二八事件、白色テロの時代、経済発展と隣り合わせの環境破壊など、台湾の戦後史の暗部のなかを立ちまわり巨大な富を得た兄弟が、猛烈な腐臭を発しながらやがて滅亡していく。それは台湾の政治状況そのものへの痛烈な批判となっている。二人の夢には無数の吸血蝙蝠が空一面を埋めた大きな赤い船がいつもあらわれる。それは兄弟が二二八事件のなかで権力の側につき、人々が無残に殺戮され海に放り込まれたとき港にいた軍艦の夢だった。その顛末の記憶を弟の李国一の霊魂が打猫市の空を飛び交いながら語るという物語構造を持っている。この作品をより大きな物語構造のなかで長編小説に発展させた作品が、金権選挙と金権政治の醜さを題材とした『吸血蝙蝠の舞い降りる都市』である。

初期のリアリズムの手法による郷土文学的作品から宋澤莱の作品が大きく変化していくのは、原発事故によって廃墟と化した台湾を描く近未来小説《廃墟台湾》からである。オーウェルの『一九八四』を思わせる一種の寓話小説のスタイルを持ち込み、多彩な表現の技法を駆使して想像力を解き放ち、そのことでよりリアルな現実の姿を読者の前に提示する。大地震で原子力発電所が爆発し二十万人を超える死者を出し、台湾全土に放射能汚染が一挙に拡大する。鎖国性が敷かれ人々の不安に蓋をするかのように超越自由党が勢力を拡大し、専制政治が強化され国民の劣化がすすめられていく。さらに二〇一〇年、数千万人が死ぬという大事故がおこり、台湾は廃墟と化す。そのありさまを、調査のため台湾に上陸した政治学と地理学の二人の外国人研究者が見つけた、李信夫というカメラマンが遺したノートを通して描き出す。

しかし宋澤莱の作品に、初期から変わらず貫かれているものもある。それは「腐乱」の最後で骨となり大雨が洗い流しゴミ山に捨てられようとするなかで、それを止めさせようと李国一が人々を支配する手段としていつも使っていた夢に再び登場したとき、市民たちが口々に言った「私たちにとって、李国一とはばかげた夢だ」という言葉に込められたものである。まさに悲惨きわまりない専制政治も原発事故も人々が知らず知らずのうちに見せられつづけた夢に気付かなかった結末だという視点である。（三木直大）

《廃墟台湾》より

二〇〇五年、島は世界との繋がりを失った。島があらゆる国家との公的な行き来を拒絶したからである。旅客の入国を許可せず、非商業的な行き来も許可せず、島の人々の出国も許可せず、消息は一時途絶えた。同時に各国の人々は相次いで島を出ていき、島は忽然として世界から消えた。しかしその数年間は島では生産が最も盛んな時期で、経済は毎年大幅に成長していたという。二〇一〇年その島が突然滅亡したとのニュースが広まった。数千万人があっという間に全滅したのである。国連は島を立入り禁止地域に指定し、船舶は島から遠く離れて航行しなければならなかった。海中に沈みまた浮上したらしく、島は謎に包まれた恐怖の場所になった。

曹文軒

そう・ぶんけん／一九五四― ／中国・江蘇省塩城市生まれ

Cao Wenxuan

略歴

作家、北京大学教授。一九八〇年代から中国児童文学を牽引し続けている。研究者としての成果にも、《二〇世紀末中国文学現象研究》（〇三）等がある。生まれ育ったのは野鳥の飛来する自然豊かな水郷地帯の村で、父が校長を勤める小学校の図書室で書物に親しんだ。七七年に北京大学を卒業し、七八年から児童文学を発表する。初期の代表作〈弓〉（八二）は、蒲団の綿打ちに昔から使われてきた弓なりの道具を操って働く少年とバイオリン演奏家の語り手とのハーモニーで読者を惹きつけた。綿打ち、漢方薬、戦国時代のトンボ珠〔渦巻きの文様があるビーズ〕など、中国文化の香りも豊かだ。『山羊は天国草を食べない《山羊不吃天堂草》*』（九一）以降、長編小説も数多い。水郷の生活を描いた『サンサン《草房子》*』（九七）は、翌年映画化〔映画邦題『草ぶきの学校』〕された。学校教育の場でもよく読まれている。一六年度国際アンデルセン賞受賞、海外で広く翻訳紹介されている。多くの作品が版を重ね、台湾での評価も高い。【おもな作品】先の二作のほか、中国へ嫁ぎ政治の波に翻弄されたフランス女性の生涯を、赤い油紙傘、トンボ珠、旗袍、コーヒードリップなど、様々なモノにまつわる物語として綴った『トンボ珠《蜻蜓眼》』（一六）等。【邦訳】*を付した作品のほか、絵本に『よあけまで』、『はね』等。

解説

「最も救いが必要なときに受けた支援が、人を信じる心を育てる」と曹文軒は語る。ささやかな出来事から、人は嘘をつく卑劣な自分や、弱い者いじめを楽しむ残酷な自分に気づき、救いを求めることがある。また、平凡な日々が突然途切れることもある。大切な人との別れの悲しさ、庇護を失う寄る辺なさ、天災人災がもたらす絶望も、曹文軒は臆せず子どもの世界に描き出す。自然描写も美しい。自然が豹変する恐ろしさ、自然への畏れをあわせて描くことで、その美しさはさらに増す。自己卑下、恐怖、絶望のうちにある子どもが、人や自然に背を押され、一歩を踏み出すところが、作品の魅力だ。

代表作の『サンサン』には、そんな魅力が全て詰まっている。時代は文化大革命が始まる前の、相対的に社会が安定していた六〇年代前半の設定だ。サンサンは小さな草ぶきの学校の小学生だ。いたずらで自尊心も強い。父親は校長だ。小学校を建てるため自分の土地をとられたチンばあ、サンサンがラブレターを運んだ恋人たち、裕福で成績もよい学級委員のシャオカンなど、一癖ある人物が、味わい豊かに活写されている。恋人たちはすれ違い、シャオカンは家の店が破産し学校を辞める。サンサンは、なんとか幸せな時を取り戻す力になろうとするが、道はすぐには開けない。最後、サンサンは難病にかかる。サンサンを支えてくれたのは、学校で一番穏やかな先生の「怖がらないで」という言葉だった。この言葉に勇気づけられた読者も多いだろう。

長編小説『青銅とひまわり〈青銅葵花*〉』（〇五）は、文化大革命を遠景とする。青銅は水郷の村の少年で、山火事のショックで声を失った。ひまわりは町の少女だが、思想改造を課された父と青銅の村を訪れる。父の死でひまわりは青銅の家に引き取られ、兄妹として成長していく。文革後、ひまわりはブロンズ像「ひまわり」の彫刻家の遺児とわかり都市に戻される。別れの日、青銅は彼女の名を呼び、声を取り戻した。青銅は「ブロンズ」の意で、二人の名と彫像をかけた生命力みなぎる題名である。

挿絵や絵本で国内外のアーティストとのコラボレーションにも積極的である。『曹文軒純美絵本』シリーズでは、一作ごとに個性的な中国若手アーティストを起用し、水郷に白い鳥が映える『鳥船《鳥船》』（一二）、白黒に赤を効果的に入れた『のぼせたメンドリ《痴鶏*》』（一〇）など、それぞれの作品世界が豊かに表現されている。『曹文軒経典作品 世界著名挿絵画家挿絵版』シリーズでは、中国を舞台にした長編小説にドイツ、スペインなどの挿絵画家が腕を振るっている。また、絵本『はね』は、一四年に国際アンデルセン賞学科賞を受賞したブラジルのボジェル・メロとの合作で、ひらひらと舞う鳥の羽にアイデンティティを探る旅が託されている。（加藤三由紀）

『サンサン』より

シャオカンは、まだ「学校に行く」という夢を抱いていた。勉強に遅れてはいけない。自習しなくちゃ。学校に行けるようになったら、自分はやっぱり成績優秀でなければだめだ。［ある女子生徒の教科書紛失事件から］一ヶ月後、サンサンはシャオカンに会いに行った。シャオカンの家で、あの女の子の紛失したはずの教科書がふと眼にとまった。その様子を、ちょうど庭から入ってきたシャオカンに見られてしまった。シャオカンは一歩、一歩と近づき、いきなりサンサンの手をつかむと、こらえきれずに泣き出した。サンサンは、その両手が氷のように冷たくて、ぶるぶる震えているのを感じた。「おれは言わない、言わない……」と、サンサンは言った。シャオカンは頭を低く低く垂れ、涙がポタポタと床に落ちた。

蘇童

そどう／一九六三―　／中国・江蘇省蘇州市生まれ

Su Tong

略歴

作家。セメント工場で働く母と市の公務員の父、兄一人と姉二人がおり、六人家族での生活は豊かではなかった。文革期に姉は農村へ下放するが、蘇童はその経験がない世代である。一九七一年（九歳）、重い腎炎と敗血病を患い小学校を半年休学。その時に感じた死への恐怖、生命の脆さ、運命の不確実さは、後の作風に影響を与えたと言われる。八〇年、北京師範大学に入学した時期が、ちょうど海外文学が大量に中国へ入ってきた時に当たり、サリンジャー、フォークナー、ヘミングウェイなどのアメリカ文学を中心に多くの海外文学を読み、創作を開始した。「一九三四年の逃亡〈一九三四年的逃亡*〉」（八七）が出世作となる。【おもな作品】先の作品のほか、「妻妾成群―紅夢〈妻妾成群*〉」（八九）、「女人行路〈婦女生活*〉」（九〇）、「紅おしろい〈紅粉*〉」（九一）、『河・岸《河岸*》』（〇九）、《黄雀記》（一三）等。

解説

蘇童には、お互いのことも家庭の事情も知り尽くした、小中高校の同級生たちとの生活の記憶を、少年の視点から描き出した作品群がある。これらは香椿樹《シャンチュンシュー》街と蘇州城北地帯（斉門外大街とその近郊がモデル）を舞台とするものであり、蘇童作品の半数近くを占めている。これらの作品は、不安定な青春時代の暴力、死、性愛、冒険の物語であり、〈桑園留念〉（八七）、〈沿鉄路行走一公里〉（九二）、《城北地帯》（九三）、《黄雀記》（一三）等がある。長編、中編、そして多数を占める短編によって描かれる香椿樹街シリーズは、各編が完結した作品世界であると同時に、同じ人物がその他の小説に登場するなどして互いにリンクし合い、より大きく、豊かな多様性を持った世界を作り出している。蘇童は、「香椿樹街の物語を一生描き続ける」と述べており、香椿樹街シリーズは蘇童の主要な作品群となっている。

蘇童自身には農村での生活経験はないが、親族やその友人たちから聞き知った両親の生まれ故郷を鮮烈なイメージと実験的な文体、構成を駆使して描き出した作品群もある。これらは楓楊樹郷《ホンヤンシュー》（両親の生まれ故郷、江蘇省揚中県がモデル）を舞台とするものであり、初期作品の多くがこれに該当する。これらの作品は、逃亡、怨恨、退廃、放浪、醜悪な人間性などの物語であり、「一九三四年の逃亡」、「紅馬を弔う〈祭奠紅馬〉*」（八八）、「罌粟の家〈罌粟之家〉*」（八八）等がある。これらは「何を書くか」と同時に、「どのように書くか」という問題を突き詰めた作品である。海外文学の影響の下、形式を重視した独特の文体と構成を有していたこれらの作品は、伝統的なリアリズムの枠組みを超えたものと評価され、蘇童は八十年代後半頃まで先鋒（前衛）派作家として知られた。

　このほか、蘇童には歴史を題材にした作品群があり、「妻妾成群―紅夢」、《我的帝王生涯》（九二）、『碧奴―涙の女《碧奴》*』（〇六）、『河・岸』等がそれに該当する。これらの作品は、蘇童が「これまでの小説は、通常では政治、歴史、社会変革のプロットの背後に人が回っており、私はそれを逆にするように努力している」と述べているように、人間性を柔軟に、力強く、しなやかに描き出すことを通じて、歴史の様相を表現するという意図によって描かれたものである。

　また、蘇童は、特に女性の心理描写の見事さに定評がある。これは病弱であった少年時代に、彼が母と姉の庇護の下で育ったことに一因があると言われている。

（齋藤晴彦）

『妻妾成群』より

頌蓮《ソンリエン》が訊いた。「死んだのは誰？」陳佐千《チェン・ズオチエン》が答えた。「どっちにしろ、おまえは知らん。先代の家族の女二人だ」頌蓮が訊いた。「お妾さんでしょ」陳佐千の顔色がさっと曇った。「誰に訊いた？」頌蓮が笑って答えた。「誰も何も言わないわ。でも、わたし見たのよ。井戸の傍まで行って覗いたら、井戸の底に二人の女の姿が浮かんでいたの。一人はわたしそっくりで、もう一人も、やっぱりわたしに似ていたわ」陳佐千が言った。「でたらめを言うな。今後はもうあそこへは行くな」頌蓮が手を叩いて言った。「それは無理よ。だって、わたしまだその幽霊たちに訊いてないのよ。どうして身投げをしたのかって」

孫文波

そん・ぶんは／一九五六―／中国・四川省成都市生まれ
Sun Wenbo

略歴

詩人。幼年時代は陝西省華陰の農村で過ごす。成都で高校を終え、一九七三年下放した後、一九七六年から七八年まで兵士となり陝西省等各地で兵役に就く。七九年退役した後は成都に戻り、編集者や記者を務め、同郷の蕭開愚（六〇〜）らと詩誌《九十年代》《反対》を創刊した。一九八五年から詩作を始め、九〇年代以降は評論も数多く書いている。今世紀初めは北京昌平県上苑に住み、一〇年代以降は深圳に居を定める。一年の大半は中国各地を旅しながら、その見聞をもとに詩作を続ける姿はさながら現代の漂泊詩人である。詩集に『地図上の旅行《地図上的旅行》』（九七）、『小蓓へ与える別れ歌《給小蓓的驪歌》』（九八）、『孫文波の詩《孫文波的詩》』（〇一）、『無関係と関係あり《与無関有関》』（一一）、私家版『新詩　孫文波専輯　六十年代の自転車《新詩　孫文波専輯　六十年代的自行車》』（〇二）がある他、九十年代詩歌における「知識分子創作」対「民間創作」論争の関係資料を前者の立場から整理した、王家新との共編著『中国九十年代詩歌備忘録』（〇〇）がある。

解説

中国大陸九〇年代詩歌の特色の一つは、日常生活や個人の体験を重視し（「個人化」）、身の周りの事物や生活の細部が淡々と語られること（「叙事性」「戯劇化」）にある。「六四」天安門事件を経て、市場経済の急速な発達とともに商業主義の波が押し寄せる九〇年代には、多くの詩人は純粋で観念的な言葉を避け、倫理的構えや激情的成分を抑制し、従来「詩的」とされた言葉や大仰な表現を警戒するようになった。孫文波はこの叙事性の傾向を代表する詩人のひとりであり、彼と蕭開愚の創作はその手本になったといわれる。彼の詩にはポーズや気負い、ナルシシズムは一切なく、一方、精神的価値の歪曲や卑小化、悲観やシニカルな態度も見られない。むしろまっとうな人文的関心と生活人の視角がその詩を厚みと温かみのあるものにし、時にペーソスを漂わせている。

　私家版『六十年代の自転車』は、文化大革命期に一〇代の青春を送った詩人の日常がモチーフである。例えば、母と共用の新しい「赤旗印」の自転車にまたがり飛ぶように走る少年の歓喜と高揚感。それを羨ましがりひきずり下ろそうとする近所の子供たちとのバトル。「虎が我が仔を守るように」奪わせなかった自転車は何年たっても「目の前で煌めいている」(「六十年代の自転車」)。教師から「監獄行き」のレッテルを貼られた落ちこぼれの劣等生は仲間と連れ立ち授業をさぼり、荒れた塚に寝転んで、流れる雲を眺めながら煙草をふかす。少年のパイロットになる夢はとっくに断たれ「農村に行き農民になる」ことが決められていた(「エスケープ」)。少年らが子犬の頃から可愛がり、始終「尻尾のように」付き随っていたヘイランは、ある日、酔った紅衛兵に撃たれて死に、突如少年たちの日々の喜びが断たれてしまう(「黒狼《ヘイラン》という名の犬」)。この他、文革の「死体デモ」を扱った「文革鏡像」*があるが、同詩には「一九六七年五月二三日成都で銃による最初の大規模な武闘があり、死者は六〇余名に達したらしい」と注が付され、生々しい印象を残す。

　このように同集には、特殊な一場面からどこにでもありそうな少年期の小さな物語にいたるまで、六〇年代中国という歴史的時空間を背景にした普通の人間の営みが写し出され、その時空に生きていた人間の表情を照らし出している。抒情を抑えた、コトの簡潔な描写は、否応なく降りかかったコトの不条理を印象付ける。同時にその時代と場所に居合わせた人間同士の思いやりや信頼をも浮かび上がらせ、哀感が漂う中に一種の救済感覚をもたらす。

　孫文波の言葉は一見素朴で不器用だが、そこには精確な観察と鋭敏な分析がある。複雑な生存の境遇を身近で親しみやすい言葉で表現するために、彼は文章語、俗語、方言、政治用語、流行語など自在に織り混ぜて使っている。今世紀一〇年代以降、物心両面で「流浪者」であることを自任する詩人は、各地を漂泊した体験をもとに、陰翳豊かな現代版「山水詩」の連作を構想している。　(佐藤普美子)

「文革鏡像」『六十年代の自転車』より

ひとしきり武闘の後、トラック二十数台が／枠板を下ろし、死体を載せてゆっくり進む。／僕は好奇心いっぱいで街角に立ち、／野次馬の群れに加わる。聞こえてきたのは／弾丸が人体を抉るといかに花のように炸裂するかというひそひそ話。／目の前に広がる幻の光景。花は一輪また一輪と／人間の頭のてっぺんから胸、背中へと綻び開く。／僕は気づいた。一台のトラックの上／死体をくるんだ布から足がはみ出し、その片方は靴を履き、／もう片方は靴下の破れた穴から、足の指が見えている。／その時僕は昔、祖父さんから聞いた話を／思い出した。人は死ぬ時身に着けていたものを、／あの世へ行ってもずっと身に着けているのだと。

翟永明

たく・えいめい／一九五五―／中国・四川省成都市生まれ

Zhai Yongming

略歴

詩人。高校卒業後、成都郊外に下郷したのち西南物理研究所に一年勤め、一九七六年、文革期最後の「工農兵学員」として成都電訊工程学院に入学した。一方、中学時代から文学を愛好し、大学在学中は朦朧詩に親しんだという。八〇年に卒業して研究所に復職するが、あえて技術職ではないデスクワークに就き、八一年から本格的に詩作を始める。八四年、女性の心理や身体感覚を象徴的な言葉で謳いあげた組詩『女《女人》*』を発表して注目を集める。九〇年代には組詩『十四首の素歌―母へ《十四首素歌―致母親》*』など叙事性を強めた詩を発表、二〇〇〇年以降は古典文学の読み直しを迫る〈魚玄機賦〉など、さらに新たなスタイルを試みながら中国詩の最前線で作品を発表している。映画『四川のうた《二十四城記》』（賈樟柯《ジャ・ジャンクー》監督）の脚本協力など、映画人や美術家との交流も多い。中坤国際詩歌賞、イタリア Ceppo Pistoia 国際文学賞、華語文学伝媒大賞、上海国際詩歌祭金玉蘭賞等を受賞。【おもな作品】先に挙げた作品のほか〈静安荘〉〈時間美人之歌〉〈第八天〉『黄公望に随い富春山に遊ぶ《随黄公望遊富春山》』等。【邦訳】＊を付した作品のほか「上書房《シャンシューファン》、下書房《シアシューファン》」等。

解説

八〇年代半ばの中国詩を語る上で欠かせない作品の一つに、組詩『女』がある。翟永明の名を知らしめるとともに、中国女性詩の隆盛を強く印象づけることにもなったこの作品は、それまでの男性主体の言説《ディスクール》では顧みられてこなかった女性の心理や身体感覚を、繊細かつ自信に満ちた言葉で謳いあげたものだ。それは「女性意識」の覚醒と評され、翟永明自身は「暗夜の意識」と名づけている。ここには、この頃中国に集中的に紹介された西洋フェミニズムの思想と文学、とくにシルヴィア・プラスら告白派詩人の影響も認められる。

「世界の奥深くの顔が風に吹き残され、一つの白い火打石に焼かれて／時間がおぼろげな幻影となる／太陽が独裁者の目つきで怒りをゆきわたらせながら／私の頭頂と足の裏を探す／それはもう随分前のことではあるが。私は夢の中、何にとらわれることもなく／そっと歩み寄り、天空で受胎する／……／波が私を叩く／産婆が私の背中を叩くように、こうして／世界は私の身体に闖入し／私をあわてさせ、惑わせ、私にある種の狂喜をもたらした」（『女』「世界」）

　九〇年代になると、翟永明の詩は叙事性と日常性に傾斜する。それは中国詩全体の傾向とも合致するものだが、より直接的な要因として、母語と切り離されて改めて自身の言葉に向き合った二年間のアメリカ滞在の経験がある。この時期の変化について、翟永明自身は次のように言う。「九〇年代に入り、私の言葉そのものへの思いは、これまでのどの時期よりも一層強くなった。（中略）これまで重視してこなかった話し言葉、叙事性の言葉、そして歌謡に近い言葉の原石が、極めて大きな魅力と衝撃で私に迫ってきたということだ」（「言葉そのものに向き合う」）九〇年代の代表作『十四首の素歌―母へ』には、自己の内面や身体に確かに受け継がれている歴史を自覚しながら、言葉の原石を一つずつ拾い集めてゆっくり磨いたプロセスが感じられる。

　二〇〇〇年以降の翟永明は、歴史や社会と詩との接点を探っている。その一つが「上書房《シャンシューファン》、下書房《シアシューファン》」である。中国四川の奥深い地にノートルダム寺院によく似た礼拝堂が建っていた。そして礼拝堂を擁する上書房（上書院）完成からちょうど百年にあたる〇八年、「五・一二」すなわち四川汶川大地震がおこり、この歴史的建造物も全壊に近い被害を受けた。この詩は、かつての神々しい光景と、しかし周辺の村では化学工場の建設により深刻な環境破壊が続いていたこと、そして百年の歴史と多くの命が消えた残酷な瞬間を伝えている。このほか、唐代の女性詩人・魚玄機についての新たな解釈を提示する〈魚玄機賦〉や、現代社会の事件に取材した「雛妓に関する報道〈関於雛妓的一次報道〉」などの力作をあいついで発表している。翟永明の女性意識の深化と、歴史や社会と詩が切り結ぶ言葉への探求はとどまることがない。

（栗山千香子）

『十四首の素歌』「黒と白の断片の歌」より

　私の四十歳は母より早くやってきた／骨髄の中の憂いは母がつくったものだと／母は知らない　だが母の思想は／ひそかに私の体内に散りばめられている　まるで／一盛りの桃の香りがひそかに私の鼻腔に入り込むように　母は／私というけだるい生命の中のもっとも深い痕跡をつくった／どの黒と白の字母の浸透よりも力強い／私の四十歳は母より早くやってきた／／あの黒と白の文字盤《キーボード》を／叩くとき　私は肘をしっかり机につく／母は背を丸めてミシンの前にすわり／肘で衰えを支え／母のますます単純になる生活を叩き出す／……／あの崩れる土手に始まり／少しずつ他の場所へ移動する土／積み重なった村の意思／ついに一つの不変の変化が／ゆっくりと　時間の本質に近づく／私たちの二つの肘が確立する場所で

遅子建

ち・しけん／一九六四— ／中国・黒竜江省漠河市生まれ

Chi Zijian

略歴

作家。黒竜江省漠河生まれ。大興安嶺師範専科学校在学中から書き始めていた「北極村童話〈北極村童話〉*」（八七）が注目され、文壇にデビューした。一九八八年、有望な作家を養成する魯迅文学院文学創作研究生班に推薦され、二年間北京で学ぶ。修了後ハルビンの《北方文学》編集部に入るが、二年後作家として独立、以来ハルビンと故郷を中心に執筆活動を続けている。魯迅文学賞三回、茅盾文学賞一回、ほか多数受賞している。【おもな作品】デビュー作のほか、「霧の月〈霧月牛欄〉*」（九六）、「年越し風呂〈清水洗塵〉*」（九八）、「この世の全ての夜〈世界上所有的夜晩〉*」（〇五）、『アルグン川の右岸《額爾古納河右岸》*』（〇五）、《白雪烏鴉》（一〇）、《群山之嶺》（一四）など。【邦訳】＊を付した作品のほか、「ナミダ」「じゃがいも」『満州国物語』「今夜の食事をお作りします」「プーチラン停車場の十二月八日」「ラードの壺」など。

解説

遅子建が生まれ育ったのは黒竜江省北西部、ロシアと国境を接する中国最北の地（北疆）である。家族は父母姉弟の五人家族。だが彼女だけ幼少の一時期、国境アムール川沿いにある母の実家に預けられていた。家族と離れた不安や孤独と厳しい自然が、少女の五感を研ぎ澄ましたのだろう。自然のダイナミズムに包まれ、火鉢を囲みながら北国の神話や伝説を聞いて暮らしたこの〝北極村〟が、作家遅子建の出発点、そして常に戻ってくる帰着点、原郷となった。「北極村童話」「原風景」「七〇年代の春夏秋冬」などはみな、この村を舞台に紡がれた彼女の物語だ。

中短編に味わいのある作品が多い遅子建だが、今世紀に入ると数年おきに長編小説を発表している。近代化、戦争、グローバル化の浸食を受ける北疆の地を、大きな枠組みのなか細部を重ねるように描き、『アルグン川の右岸』や『満州国物語』《白雪烏鴉》《群山之嶺》など、重いテーマながら詩的な美しさが感じられる魅力的な作品となっている。

遅子建作品の大きな特徴は、北疆の大森林と深く結びついている点にある。アムール川、大興安嶺の密林、森を縫う街道や鉄道、山中に点在する町や村、大都市ハルビンも例外ではない。そこは北疆に生きた人々の想いが消えずに積もっている空間だ。歴史に翻弄された人々もいれば、言葉も習慣も異なる少数民族や外国人、彼女の家族や隣人たちもいる。人間だけではない。そこに吹く風や射し込む光、様々な形をとる雪や雨、月、星、野生動物も魚も犬も、彼女にとっては等しい存在である。「ナミダ」の主人公も不思議な魚〝泪魚〟だ。晩秋に逝川を鳴きながら下る泪魚を、村民たちが捕え、翌日川に帰す。魚捕りが出産と並行して描かれ、生命の流れを感じさせる。登場人物に老婆や子供が多いのも特徴の一つだ。『あなた誰？』『魚紋だよ』男の子は、烏回鎮に来ている私が自分のことを知らないのは言語道断とでもいうように、とても威張って答えました。私は笑ってしまいました。魚紋は気安げにオーバーを脱ぐと、懐から藁で編んだ銅銭を取り出し、……」この一節は「ねえ、雪見に来ない？」の男の子の登場場面だが、まるで「風の又三郎」の又三郎登場シーンを思わせる。「万物有霊」という宇宙観、循環する生と死、悲哀寂寞の中に生まれる温かさが彼女の作品の基調と言われるが、それは目に見えないものや形のないものと関係を結びなおそうとする意志、そして巧みな比喩表現によって生み出されていると言えよう。

　彼女のエッセイにこんな場面がある。「以前ある物語にこんな幻想を書いたことがある。私は白樺皮のしょいごを背負って氷の上に月光を拾いに行く。氷に厚く積もっている光を、私は小さな鋤でまるでバターのようにくるっと掻き取り、拾ってしょいごに入れる。薪にして燃やすのだ。月光は音もなく燃え、柔らかな炎が燻らす春の気配はいつまでも消えない……」遅子建は北疆に積もっている様々な思いを掬い取り、小説という炉で焚き上げているのだろう。（土屋肇枝）

『アルグン川の右岸』より

　ある日の午後、私は孫のイレーナを連れて河辺の岩の前にやってくると、紅褐色の土を練った棒絵具を手に、彼女に絵を教えた。青白い岩にトナカイの姿が現れると、イレーナは跳び上がって叫んだ。

「岩もトナカイが産めるのね！」

　私は続いて花と小鳥を描いた。彼女はまた跳び上がって言った。

「岩はもともと土と空だったのね。でなきゃ、そこに花が咲いたり小鳥が飛んだりするわけないもの！」

　私は彼女に棒絵具を一本渡した。彼女は岩にまず一頭のトナカイを描いた。それから太陽をひとつ描いた。……（中略）

……「そんなトナカイは見たことないね」と私が言うと、イレーナが答えた。

「これは神様の使いなの。岩だけがこういうトナカイを産み出せるのよ」

張悦然

ちょう・えつぜん／一九八二―　／中国・山東省済南市生まれ
Zhang Yueran

略歴

作家。張悦然は二〇〇一年に若手作家の登竜門「全国新概念作文大賽」で一等賞を受賞し、「青春文学」の旗手として注目されるようになる。山東大学で英語と法律を専攻後、シンガポール国立大学でコンピュータ科学を専攻する。〇三年に短編集《葵花走失在1890》を出版し、本格的に作家として活動を始める。〇八年には毎号異なるテーマを掲げる文芸誌《鯉》を創刊し、短編小説の掲載を続ける。数年に渡る取材、執筆期間を経て、一六年に久々の長編《繭》を発表。現在は中国人民大学文学部で、講師として教鞭をとっている。**【おもな作品】**先の二作のほか、フランク・オコナー国際短編賞入選作の〈十愛〉(〇四)、長編《水仙已乗鯉魚去》(〇五)、《誓鳥》(〇六)等。

【邦訳】「竪琴よ、真白き骨を形見とせよ〈竪琴，白骨精〉」、「二進法〈二進制〉」、「黒猫は眠らない〈黒猫不睡〉」、「家」「狼さん　いま何時〈老狼老狼幾点了〉」がある。

解説

若者たちの暮らしを曖昧かつライトに描くことが多く、しばしば村上春樹の影響を指摘される作家である。張悦然の特長は、巧みな比喩を駆使し、想像力に富む幻想的で耽美的な世界を描き出す点にある。初期の作品は若者、特に学生たちに共通する心の葛藤を美しい比喩によって表現し、共鳴を引き起こす内容が多い。初期の代表作「黒猫は眠らない」では、災いをもたらすという黒猫の存在が、恋人を家庭内暴力を振るう父のように変えてしまう。少女の心の苦悩、愛への憧れをみずみずしいタッチで描き、若き才能を開花させた。

作家として円熟味が増した代表作《誓鳥》の舞台は、東南アジアの原住民たちの呪術的な社会だ。そこでは複数の人物の記憶が万華鏡のように広がり、複雑に折り重なる。津波に記憶を奪われた女性の春遅《チュンチー》は数々の苦難を乗り越えつつ、愛にまつわる自分の過去を明らかにするため、大海原の中にたった一つしかない、自分の記憶がしまい込まれている貝殻を探そうとする。炎帝の娘が溺れて化した鳥の精衛〔別名は誓鳥〕が、石や枝を落とし海を埋めようとしたという中国の神話があるが、春遅も同じ執着心を持ち、決して屈しようとしない。愛のためならすべてを犠牲にできるという、作家の一貫した理想が感じられる。本作は〇六年の「中国小説ランキング」最優秀小説に選ばれている。

　彼女の作品には実生活への関心が薄い傾向があったが、新作長編《繭》では作風ががらりと変わる。物語の舞台のモデルになっているのは、作家本人が幼い頃に生活していた山東大学の職員宿舎の一帯だ。そこで生まれ育った若い男女がそれぞれ一人称で相手に語りかけ、自分たちの過去の出来事を振り返りながら、文化大革命や改革開放を経験した彼らの祖父母に関する秘密に迫る。張悦然は本作で初めて、歴史が次の世代に与える影響について考察したという。また、個人的な感情の中に悲劇性や審美的価値を見出すことに執着せず、平凡な人々が時おり放つ輝きに注目することで、社会全体に関心を向け直した。

　張悦然はさらに、一七年に最新の短編・中編集《我循着火光而来》を上梓した。その中で特に注目されている〈大喬小喬〉は、ある姉妹の物語だ。一人っ子政策に背き生まれた妹は両親を憎み、姉に嫉妬し、彼らの元を離れる。姉は両親と共に苦しみに耐えるも、ついに妹に助けを求める。社会的背景を織り込みながら、妹を愛し頼りにする姉と、姉を助けることで今の生活を失うことを恐れる妹の間の複雑な感情を描いた張悦然は、成熟した「八〇後」作家として今後の活躍が期待されている。

（舟山優士）

『繭』より

秘密、私たちより先にあった秘密が、私たちの気持ちを引き裂いている。ある種の獣のように、私たちは秘密を狩ることで生きている。いつの日か私たちは一つの獲物のために仲違いし、袂を分かつことだろう。その時がついに訪れた。時が過ぎ、あの冬を思い出すたびに、私たちが霧の中を並び歩く光景が目の前に浮かび上がるだろう。分厚く、気が滅入る霧が、果てしなく。それは最も真実に近い幼年期の有様かもしれない。私たちは秘密が織りなす霧のなか、呆然と歩を進める。前の道はまったく見えず、どこに行くのかも分からない。時が過ぎて私たちは成長し、ついにあの霧を抜け出し、目の前の世界を目にしたかのようだ。本当は違う。私たちは霧を身にまとい、繭を一つまた一つと作ったにすぎない。

張系国

ちょう・けいこく／一九四四—　／中国・重慶市生まれ

Chang Shi Kuo

略歴

作家、科学者。一九四九年に両親とともに台湾に渡る。新竹中学から台湾大学に進学し、電気工程学科卒業。六六年にアメリカに留学し、カルフォルニア大学バークレー校で博士学位を取得。現在はピッツバーグ大学の教授でもある。台湾大学在学中に《聯合報》副刊や雑誌《文星》などに作品の発表を開始。六三年に最初の長編小説《皮牧師正伝》を出版。渡米後は《地》（七〇）や、『バナナボート《香蕉船》』（七六）、《不朽者》（八三）〔両冊とも「遊子魂組曲」と題された短編小説集〕などにまとめられたアメリカへの留学生や移住者、不法滞在者などを描く作品を数多く執筆。七〇年代後半になって、短編小説集『星雲組曲《星雲組曲*》』（八〇）や『夜曲《夜曲*》』（八五）をはじめサイエンス・フィクションの発表を本格化させる。最近作にハイマー市という架空の未来都市を舞台にした長編SF『ハイマー三部曲《海默三部曲》』（一一〜一七）、「悪人」だけが住み観光には「悪人証明書」の発行が必要という山中の小さな町を舞台にした連作短編集『蒙罕城伝奇』（一一）がある。【邦訳】『星雲組曲』（〇七）などがある。

解説

台湾大学在学中の張系国は小説の他、「理性と存在〈理性與存在〉」や「城・蠅・チフス〈城堡・蠅・瘟疫〉」（いずれも六四）といった論説を発表している。題名からもわかるようにカフカやカミュらの影響を受け、W・デサンのサルトル論 *The Tragic Finale* の翻訳『サルトルの哲学〈沙徳的哲学思想〉』（六三）の出版もある。《皮牧師正伝》は、地方の小さな教会を舞台に五〇年代台湾社会を風刺的に描いていて、同時期の短編小説〈孔子之死〉（六五）や〈自由之道〉（六五）などと同じく実存主義の影響下で書かれた作品である。六〇年代の専制政治と反共文化政策のなかで、台湾の「現代主義文学」は戦後中国語文学が小説の方法において世界的同時代性を獲得する手段でもあれば、文化的暴力の抵抗の一形態でもあった。台湾大学在学中の寄稿は学部の違いもあってか見られないが、白先勇たちの《現代文学》の創刊は一九六〇年で張系国の文学的出発時期とも時代は重なっている。そうした文学史的配置のなかに六〇年代から七〇年代の張系国のアメリカのディアスポラを描く短編小説を考えてみることができる。と同時に、彼には台湾を舞台にして五目将棋のチャンピオンの少年を主人公に七〇年前後の台湾社会の変化を浮かびあがらせる〈棋王〉（七五）などの長編小説があるのを忘れてはならないだろう。〈棋王〉は九〇年に侯孝賢がプロデュースに関わり、中国の作家・阿城の文革の時代に将棋の世界に生きようとする少年を描いた〈棋王〉（八四）とオムニバス的スタイルで、徐克監督（途中までは厳浩との共同監督）によって香港で映画化もされている。

張系国は現在でこそ、『星雲組曲』（八〇）や『夜曲』（八五）に始まるSF作家として著名だが、張系国の持つディアスポラを描く華人作家の顔とSF作家の顔は別々のものではない。またSF作家としての顔にはコンピューターサイエンスの研究者としての学識がもちろん生かされているのだが、そこには旺盛な想像力によって構想された中華民国（台湾）を舞台にした作品が数多くあり、彼のSF作品には時代批評や文明批評が色濃く書き込まれている。ディアスポラということでも、「バナナボート*」が明らかにそうだが、だからと言って虚構の中華文明へのノスタルジアを書く作家ではない。七〇年代郷土文学論争のときに彼は余光中を批判し、郷土文學作家たちの作品を評価もしている。『Vトピア〈V托邦〉』（〇一）や『帝国と台客〈帝国與台客〉』（一三）など多くの時評を《中国時報》などに連載していて、張系国には台湾を自己の場所と位置付けているところがある。そこにこの作家独特のリアリズムの視覚と方法があって、それは《五玉碟》（八三）にはじまる《城三部曲》（八三〜九一）や『余計な世界〈多余的世界〉』（一二）に始まる『ハイマー三部作〈海默三部曲〉』など長編SF小説の構想にも見てとれよう。

（三木直大）

「スター・ウォーズ勃発前夜（星際大戦爆発以前）」より

裁判官はほとんど興味なさげに、資料に目を通しながら言った。

「あなたが宇宙各地を旅行するのは、納税者の血税を浪費して、公衆トイレを研究するためですか。ところで、あなたはどうしてトイレの公共設備を壊したのですか」

「これはひどい陰謀です。裁判官殿、ご明察ください。あの多星籍会社は強大な財力で、宇宙各地の公衆トイレに電子ゲームを取りつけました。裁判官殿、もしすべての公衆トイレに電子ゲームが装備されたら、用を足す人間は今後、電子ゲームばかりやることになり、トイレ文学がなくなってしまいます」彼は怒りがこみあげてきたようだった。

張抗抗

ちょう・こうこう／一九五〇―　／中国・浙江省杭州市生まれ

Zhang Kangkang

略歴

作家。杭州第一中学を卒業するはずだった一九六六年に文化大革命が始まり、教育現場混乱の末、六九年に知識青年として黒竜江省の農場に入隊した。作業の傍ら小説や散文を執筆し、新聞に掲載される。甲状腺のう腫治療のため帰郷した際に長編小説『境界線《分界線》』（七五）を出版した。七七年、黒竜江省芸術学校に入学し脚本創作を学ぶ。七九年、同校卒業後、黒竜江省作家協会に配属され専業作家となる。「夏〈夏〉*」（八〇）が全国優秀短編小説賞を、「朝霧うっすらと〈淡淡的晨霧〉」（八〇）が全国優秀中編小説賞を、「涸れ井戸〈干涸〉」（〇五）が蒲松齢短篇小説賞を受賞。**【おもな作品】**先の四作のほか「白いケシ〈白罌粟〉」（八〇）、『見えざる伴侶《隠形伴侶》』（八六）、《赤彤丹朱》（九五）、《情愛画廊》（九六）等。**【邦訳】***を付した作品のほか「愛する権利」「斜塔」「酒よ」等。

解説

張抗抗が生まれて間もない五一年、《浙江日報》政治教育組組長の父と、同新聞社文芸記者の母が隔離審査を受ける。その後、父は労働改造に送られて党籍を剥奪され、母は中学校の教師になった。このような事情から、「出身はどうすることもできないが、道は自分で選ぶ」のだと考え、文革が始まると、辺境の地、「北大荒」〔北方の広大な荒野〕と呼ばれる黒竜江省の農場へ志願して入隊した。また、その行動力によって『境界線』の出版を実現させた。張抗抗は小学生の頃より《少年文芸》に習作を発表しており、甲状腺嚢腫治療のため帰郷した際に、原稿持参で編集者を訪ね、編集者の指導を受けて書き直し、出版に至った。『境界線』は、北大荒の農場を舞台に、知識青年（以下、知青）が農場幹部や農民と団結し、政治的基本路線を厳守しながら開墾に奮闘する物語である。文革期に許された規範的物語パターンに収斂されざるを得なかったが、農場を離れたい欲求と、定住して辺境開拓を行う理想の葛藤は、彼女自身の問題でもあり、自己批判も込められていたと回想している。ただ、現実を美化した疚しさも感じ、その後しばらく小説が書けなくなった。

文革終結後、北京の「民主の壁」に啓

発をうけ、再び小説を書いた。それは、人々が自分の愛する人や物事を求める自由を喚起した「愛する権利〈愛的権利〉」(七九)だった。「朝霧うっすらと」でも、右派闘争により離縁した夫婦とその家族の物語を通して、愛することについての思索を喚起している。「夏」では、大学生の淡い恋心・青春の一幕を通して個性の解放を喚起した。階級やレッテル、流言飛語にとらわれず、愛情や愛着の対象を自分の目(心)で選ぶこと、個性を尊重することは、他の作品でも繰り返し描かれた。

知青だった張抗抗は、農場の知青や、文革終結後に街へ戻った知青を主人公に、多くの作品を創作した。前者には「白いケシ」、「火の精霊〈火的精霊〉」(八一)、「赤いケシ〈紅罌粟〉」(八三)、半自伝的小説『見えざる伴侶』等があり、北大荒の厳しい自然と複雑な人間関係を背景に、ファッショ的暴行、日和見主義によるいじめ、未熟さが招いた冤罪等の事件を通して、知青の心の荒廃や葛藤、改悛、自分を厳しく律して成長するエリート等が描かれた。後者には「夏」シリーズを始め、「オーロラ〈北極光〉」(八一)、〈塔〉(八三)、「眠りの神は太陽島に〈睡神在太陽島〉」(八五)、「永遠に懺悔しない〈永不懺悔〉」(八七)、「砂嵐〈沙暴〉」(九二)、〈残忍〉(九四)等があり、時代の推移とともに変化する知青の生活や心情を、同情と批判を込めて描いた。

張抗抗には、革命がもたらした理想と恐怖感が交錯した思いがずっとあった。彼女はそれを「革命コンプレックス」と呼び、理想のかたちを模索し続けた。理想は、愛情への強い関心をともなって表現されている。

(上原かおり)

『見えざる伴侶』より

彼女は当てどもなく、ぼんやりと歩いた。まるでどろどろの湿地に足をとられて沈んでゆくようだ。彼女はあがいた。風に引きさかれ、風を引きさき、田野が果てしなく広がっていた。空白の中をさまよい、その空白を埋めることができず、空白に飲みこまれた。自分の心が空っぽで、頭が空っぽなことにはっと気づいた。まるで荒廃した土地、未だ開墾されたことのない土地のようだ。ただ一人、見知らぬ者が後をつけてくる。その人を見ようとすると、見えなくなった。私は一人の私ではないようだ、どうも二人いるようだ、私の中にその人がいて、その人の中に私がいる。激しい恐怖に襲われ、駆けだした。今やおまえの嘘つきの能力はとっくに俺を越えている。

池莉

ち・り／一九五七—　／中国・湖北省沔陽県（現、仙桃市）生まれ

Chi Li

略歴

作家。小学校の頃から古今東西の文学を読みあさる。一九七四年、高校卒業後に湖北省の農村に下放されるが、推薦されて武漢の冶金医学院に学ぶ。在学中から詩や散文を発表しはじめ、八〇年に武漢鉄鋼公司付属医院の防疫所に配属された頃から小説が創作の中心になる。八二年、国内主要刊行物への原稿依頼も相次ぐが、腫瘍が発見され、入院・手術。八三年、武漢大学中文系に入学。八六年、結婚し、武漢市文連《芳草》雑誌社の編集者になる。翌年、「生きていくのは〈煩悩人生*〉」（八七）を発表し、多くの文学雑誌に転載され大きな反響を呼び、「新写実小説」の代表作家として認知されるようになる。現武漢市文連主席。

【おもな作品】先の一作のほか「愛なんて〈不談愛情*〉」（八九）、「太陽誕生〈太陽出生*〉」（九〇）、『行ったり来たり《来来往往》』（九九）、『ションヤンの酒家《生活秀*》』（〇〇）等。【邦訳】*を付した作品のほか『口紅』「初恋」等。

解説

小学校の頃から読書家であった池莉だが、影響を受けた作家として、トルストイやチェーホフ、ユーゴー、バルザック、ゴーゴリ、メリメらをインタビューで挙げている。ただ、特定の作家や作品に影響を受けたというよりも、濫読型で多くの作家や作品に触れていたというほうがよいかもしれない。

池莉の出世作は何と言っても「生きていくのは」である。真面目で優等生だった池莉が、腫瘍という死をも連想させる病にかかったことや、電撃的な結婚と社会生活上の困難に直面したことなどによって、違う角度から人生を見直したことが、のちに「新写実小説」と評されるスタイルを生みだしたきっかけとなっている。文化大革命期のように、誇張され飾り立てられ現実離れした架空の世界ばかり描くのはやめ、実際の生活に根ざした社会の実相に目を向けようという変化が起こったわけだ。

また、「生きていくのは」が書かれた八〇年代末は、映画の世界などでも中国社会の現実に目を向けたドキュメンタリー映画が生みだされるようになってきた時期でもあり、文革後一〇年を経て、文学に限らず多くの表現者が虚飾を排した

ありのままの世界を表現しようとしだし、受け手の側もそれを欲していた時期と言えるかもしれない。池莉は、ごく普通の庶民が日常生活で出会う悲哀や理不尽、そしてささやかな喜びを、簡潔で飾らない筆致で描き出し、多くの人々の共感を集めた。

さらに、池莉の作品の特色となっているのが、武漢という街である。辛亥革命の起こった近代史上の重要都市であり、夏の酷暑で知られる武漢が、例外なく池莉作品の舞台となっている。庶民を簡潔な文体で描きながらも、しっかりとスパイスがきいた作品が多いのは、武漢という舞台装置のおかげも大きいと言えよう。

九〇年代後半からは、『行ったり来たり』のように、長編化するとともに、経済発展の中で翻弄される男女の感情の問題を多く描くようになった。男性が主人公のことも多く、女性作家ながら男性の心理を細かく表現しているところも特色のひとつである。『行ったり来たり』『ションヤンの酒家』などは、テレビドラマや映画になり人気を博した。

一人娘が生まれてから成人するまで書き続けられたエッセイのシリーズも、娘を高校時代に英国留学に送り出すところなど、池莉と同世代の知識人層がどのような考えで子育てをしてきたのかがよく分かり、単に池莉の娘への深い愛情が伝わるだけでなく、非常に興味深い内容になっている。

（吉川龍生）

「生きていくのは」より

朝は夜中から始まっていた。

ほの暗い夜中にゴツンと大きな音が轟き、おびえた叫び声が後に続く。印家厚はどきりとして目が覚めたが、全身が固まったように動けなくなり、はじめは悪夢の中にいるかのように思われた。正気に戻り、息子が床に落ちたと分かった時には、女房はすでに裸足のままベッドからとび起きて、身体を震わせながら息子の名を呼んでいた。母と子は狭くごちゃごちゃした空間でものをいくつかひっくり返し、よろめきながら抱き合った。

印家厚がまずすべきは灯りをつけることだと、彼も分かっていた。家庭で夜中に想定外の事態が起これば、夫たるもの平静を保たねばならぬ。しかし電灯のひもにどうしても手が届かない。息を荒げ、両腕を壁に大きく広げ手探りをくり返す。女房は「灯り！」とことさら強調するように言うと、声を出して泣き出した。

陳育虹

ちん・いくこう／一九五二―　／台湾・高雄市生まれ

Chen Yuhong

略歴

詩人。台湾高雄の文藻外語学院英文系卒業。一九九〇年からカナダ・バンクーバーに住み、二〇〇四年台北に戻る。カナダ滞在中に詩集『詩について《関於詩》』（九六）、『実は、海《其実、海》』（九九）、『河はあなたの深層静脈に流れ込む《河流進你深層静脈》』（〇二）三冊を出版。帰国後の詩集《索隠》（〇四）は台湾詩選年度詩賞、《魅》《メイル》（〇七）は中国文芸協会文芸賞を受賞。続く『の間《之間》』（一一）と『人事不省《閃神》』（一六）により、一七年聯合報文学大賞を受賞した。他に日記体の散文集《二〇一〇陳育虹／三六五度斜角》（一一）がある。翻訳詩集に、キャロル・アン・ダフィの《恍惚 *Rapture*》（一〇）、マーガレット・アトウッドの《呑火 *Eating Fire*》（一五）、ルイーズ・グリュックの《野鳶尾 *The Wild Iris*》（一七）、アン・カーソンの《浅談 *Short Talks*》（二〇）がある。一四年、ニカラグア詩歌祭に参加、一五年、中国人民大学駐校詩人として北京に滞在した。【邦訳】『あなたに告げた―陳育虹詩集』*（二一）がある。

解説

陳育虹は今世紀に入り一気に花開いた「新鋭」で、新世紀一〇年を代表する台湾現代詩人五人の中の一人に数えられる。二〇〇二年以降、次々と出した五冊の詩集はそれぞれ異なる形式と手法をもつが、陰影豊かな韻律美は共通している。また、英米詩の翻訳――特にイギリスの桂冠詩人キャロル・アン・ダフィー（五五〜）のエリオット賞受賞作 *Rapture*（〇五）の英中対訳やカナダの作家マーガレット・アトウッド（三九〜）の一九六五年―九五年の詩選を翻訳紹介した意義は大きい。

若手詩人で研究者の楊佳嫻は、陳育虹の詩が「多感な枝垂れ柳のように愛情豊かな繊細な音楽」によって愛情という古典的テーマを表現したとする。陳自身も愛情は「古典」に似て、「現実界の騒音に支配されない防音壁」であり「現実の中でもう一つの時空を観照させる窓」だとする。この五〇歳を過ぎてブレークした遅咲きの詩人が濃やかな「情」を傾ける対象は、中庭に息づく見えない「それ」であったり、病床の老母や亡くなった愛猫など身近な存在から、遠い場所で起こった地震や戦争の犠牲者にまで広く及ぶ。一九九九年の台湾中部大地震、二〇〇一年の「九・一一」テロ、二〇一一年の東日本大震災、二〇一三年のシリア・ダマスカス郊外での化学兵器攻撃……死者となった物言わぬ人々に向けるまなざしと深い「情」に裏打ちされた静やかな言葉は、報道の映像が映し出すリアリティとは異なる形で、失われた「生命」の重さを伝え、読み手の共感を呼ぶ。

詩集には普遍的情愛や社会的テーマが取り上げられる他、文字の配置や活字など体裁上の実験や工夫も見られる。第四詩集『索隠』(〇四)には彼女の詩作とサッフォーの訳詩が交互に配置され、個人詩集と訳詩集を合体させた趣がある。ここでは古代ギリシャと二十一世紀台湾に身を置く二人の女性詩人の情が遥かな時空を超えて響き合う。続く詩集『魅』(〇七)でも詩と散文札記が交錯し、札記の内容は断片的な日常の観察や印象、思索的モノローグから、リズム感あふれる言葉遊びや古今東西の名詩や仏典の一節からの引用まで多岐にわたる。同詩集は「陳育虹の詩風が最も徹底して、完璧に具現された」(羅智成)と評されるように、内省を基調とし、韻律美と身体感覚が融合した大胆にして優美な「情」の表現に成功している。

このように陳育虹の詩は「情」を主要な源泉として、現実生活の観察と思索、芸術形式の探索と音楽性がしっくりと結びついた点に特色がある。いわゆる「音楽性の思考」を引き起こす技は、漢語に対する鋭敏な感覚に基づくものだが、それは彼女が十数年にわたり母語でない環境に身をおき、英米詩の精髄を吸収しながら、漢語を相対化していったことと関わっている。

一二年六月、陳育虹は東日本震災復興祈念の活動に参加するため、被災地岩手を訪れている。その時、自ら撮った大槌町の写真と詩「半歩」*は翌月の台湾《自由時報》副刊に掲載された。

一八年秋、仏訳 *Chen Yuhong Je te l'ai déjà dit* が刊行され、翌一九年五月、パリの小さな書店で作者を囲む朗誦会が開かれ、陳は自作を朗読している。

二二年秋、東アジアの詩人に与えられるスウェーデンの文学賞 Cikada Prize を受賞した。

(佐藤普美子)

『魅』より

好きなものはたくさんたくさん好きで好
きなのは文法にこだわらないこと読点句
点省略記号疑問符がないこと好きなのは
ずっとずっと動詞受動態主語副詞前置詞
判断詞好きなのはたくさんの違っている
ものたち好きなのは早朝正午深夜目覚め
たかと思えば眠っていたり話がしどろも
どろなことずっとずっと好きでい続ける
のは天気が素晴らしくてアクセルを踏む
気になれずひたすら速度四〇キロで家に
着いた時ちょうど考え考え考えること

――魅七二

陳映真

ちん・えいしん／一九三七—二〇一六／台湾・新竹州（現、苗栗県）生まれ
Chen Yingzhen

略歴

作家。本名・陳映善、筆名・許南村など。日本の植民地下で台湾・新竹州竹南郡（現、苗栗県竹南鎮）の生まれ。三九年に叔父の養子となり、疎開先である台北近郊の鶯歌で育つ。淡江文理学院（現、淡江大学）外文系在学中に創作を始め、「麺屋台〈麺攤〉」＊（五九）、「村の教師〈郷村的教師〉」＊（六〇）などを発表。卒業後も高校の英語教師や外資系企業の社員として勤務しながら文筆活動にちからを入れたが、七〇年代末までに政治犯として二度も逮捕された。「夜行貨物列車〈夜行貨車〉」＊（七八）で呉濁流文学賞、「山道〈山路〉」＊（八三）で時報文学賞を受賞。八五年にはグラフ雑誌《人間》を創刊し、左派の立場から社会正義を追求した。台湾と中国の両岸統一をめざす政治団体「中国統一聯盟」初代主席、中国社会科学院名誉高級研究員、中国人民大学客員教授などを歴任。北京で病没。

【邦訳】＊を付した作品のほか「将軍族」「鈴璫花《すずのはな》」「趙南棟《ジャオナンドン》」「忠孝公園」等。

解説

左派の立場から「中台統一」を一貫して喚呼し続けたにもかかわらず、台湾の読者にこれほど重視された作家は、陳映真をおいて他にはいないだろう。陳映真には双子の兄がいたが、戦後の早い時期に夭逝していた。筆名「陳映真」とは実兄の本名であり、兄を失った喪失感は「私の弟康雄《カンション》〈我的弟弟康雄〉」＊（六〇）でも表れている。幼い頃の陳映真は小学校の校長であった実父の家で、魯迅の小説を隠れて読んだという。台湾では四〇年代末から白色テロの嵐が巻き起こり、魯迅を始め中国近現代文学の多くは禁書の扱いを受けた。当時、陳映真自身も周囲の人々が思想犯として連行されるのを目撃し、その衝撃は代表作「鈴璫花〈鈴璫花〉」＊（八二）のモチーフにもなった。

淡江文理学院外文系に在学中、尉天驄の《筆匯》で短編小説「麺屋台」＊を発表して以降、旺盛な文筆活動を展開した。同誌では「村の教師」＊や「故郷〈故郷〉」（六〇）などの短編小説を複数の筆名で発表。やがて白先勇の《現代文学》や尉天驄の《文学季刊》でも活躍し始めると、小説の発表は「陳映真」、翻訳や映画・文芸評論の発表は「許南村」と筆名を使い分けるようになった。

また、この頃には台湾滞在中の日本人外交官・浅井基文と知り合い、中国や日本などで刊行された大量の左翼系書籍を蒐集し耽読した。浅井の帰国後には知人と左翼文献の読書会である「民主台湾聯盟」さえも組織した。後に許南村の署名で自身の作家人生を論評した「裏道〈後街〉」（九三）*では、「彼は食費を切り詰めた金を持って台北市の牯嶺街という古書街へ行き、魯迅や巴金、老舎、茅盾の本を手に入れ、朝から晩まで夢中になって読んだ」、「『ソ連共産党史』、『マルクス主義経済学教程』、スノー『中国の赤い星』（日本語訳）、モスクワ外国語図書出版所の『マルクス・レーニン選集』第一冊（英語）、抗日戦争期に出版された、紙質の悪い毛沢東が書いた小冊子など…………が、少しずつ彼を変えて作り上げていった」と読書体験を振り返っている。

こうして陳映真は左翼思想に目覚めていくが、六八年にアイオワ大学でのインターナショナル・ライティング・プログラム（IWP）参加のために渡米しようとした矢先に、左翼文献の読書会を組織し共産主義を宣伝した罪で逮捕され、懲役十年の判決を受けた。とはいえ、僻地の緑島や台東の監獄での思想教育中にも、台湾では逮捕前に脱稿した文章が仮名で発表され、香港では《陳映真選集》が出版されるなど、読者に対する陳映真の影響力は衰えなかった。

七五年、蒋介石逝去による特赦で出獄したが、直後に刊行した小説集「将軍族《将軍族》」は翌年に発禁。七七年には郷土文学論争の中心的論客となり、翌年には文芸誌《台湾文芸》で日米の経済侵略を批判する「夜行貨物列車」を発表。郷土文学論争の震源地となった総合誌《仙人掌》では「民族文学の旗印の下で団結しよう〈在民族文学的旗幟下団結起来〉」（七八）を掲載するなど、左右両派さまざまな刊行物で小説や論考を発表した。八〇年代には、日本の植民地期に生まれた台湾人女性の中国革命に対する激しい絶望感を描いた代表作「山道」を発表。また、自らも出版社を経営し、グラフ雑誌《人間》を創刊して、社会の底辺で生きる人々に目を向けて世の中のひずみを是正しようとした。その急進的な政治的・民族的志向に対しては賛否が分れるが、陳映真が台湾社会で無視できない影響力を誇る屈指の知識人であったことは間違いない。

（明田川聡士）

陳応松

ちん・おうしょう／一九五六― ／中国・湖北省公安県生まれ
Chen Yingsong

略歴

作家。小学校四年の時に文革が始まり、政策の影響で大学進学の機会を失うが、下郷先の農村で詩を書き、一九七九年から作品を発表し始める。八五年に武漢大学中文系に編入。湖北省文化庁、《芳草》雑誌社を経て九七年に専業作家となる。二〇〇〇年に志願して湖北省神農架林区政府に籍を置いたことが作風の転機となり、神農架を題材とした中編小説「馬嘶嶺殺人事件〈馬嘶嶺血案〉」（〇四）、「太平―神農架の犬の物語*〈太平狗〉」（〇五）、長編小説「猟人峰〈猟人峰〉」（〇八）等が高く評価された。「カケスはなぜ鳴くか〈松鴉為什麼鳴叫〉*」（〇二）は第三回魯迅文学賞、全国優秀中編小説賞を受賞。「太平」は二〇〇五年度中国小説ランキング中編の部第一位を獲得、第二回中国小説学会中編小説大賞、第二回屈原文学賞、第十二回《小説月報》百花賞等を受賞。現在は一年のうち数カ月を神農架で過ごしている。このほか、故郷である湖北省中南部の江漢平原を舞台にした長編「還魂記〈還魂記〉」（一五）、中編「滾鈎〈滾鈎〉」（一四）等がある。

解説

湖北省と四川省の境界に位置する神農架での生活体験をきっかけに、陳応松は作家として大きな飛躍を遂げた。それまでに発表した作品には、自身の農村生活や、水運会社での数年間の船員生活をテーマとした小説があるが、いずれも大きな注目を集めることはなかった。神農架に行ったことで世界観や作風は大きく変わり、神農架を描いた一連の小説は中国国内で数々の文学賞を受賞し、二〇〇〇年代初期には、陳応松の名は中国小説学会が編集する「中国小説ランキング」の常連となった。

陳応松は現在、神農架地区に仕事場を設け、毎年数カ月をそこで過ごしている。滞在中はしばしば広大な自然保護区の原生林に分け入り、地元農民の話に耳を傾け、神秘的な物語や伝説に芸術的示唆を得ているという。

過酷さと恵みが共存する神農架の原初の自然そのままに、陳応松の作品には残酷さと慈しみが共存している。彼の文章はしばしば現代中国語文法の枠組みを飛び越え、目の前で語られているかのような荒々しい勢いをもって、読者に意味を直接つきつける。魔術的リアリズムの影響を指摘される文体は陰惨で生々しい描写や超現実的な空想とあいまって、独特の魅力を放っている。彼の作品世界で、人々は無慈悲な現実に翻弄され、運命を切り開こうと懸命にもがく。作品は彼らの悲痛な叫びと残酷な振る舞いを暴き出すが、同時に、生を求める人々の姿は暗く絶望的な物語に力強い息吹を与え、人間が本来持っている力に対する作者の強い信頼と、世界への一筋の希望を浮かび上がらせる。

　都市と農村の対比も、陳応松の作品の重要なテーマの一つだ。彼の作品では、都市はしばしば欺瞞に満ちた歪んだ世界である。そこに暮らす人々もまた、偽りの豊かさやいびつな社会の中で人間性を失った者として描かれ、貧しいが真に人間らしい生活を送る農村の人々とは、相互に異質な存在として相手を認識する。

　「カケスはなぜ鳴くか」は、神農架を通る道路で交通事故に遭った人々を救出し、死傷者を背負って病院へ運び続ける羊飼いの男を描いた作品。自らも工事現場の事故で両手の指を失いながら、私欲を持たず、大きな運命の力に導かれるようにして死者を背負い歩き続ける男の姿は、生の苦しみの中で自らの役割を全うしようとする人間の尊厳に満ちている。

　「太平―神農架の犬の物語」は、神農架の山地から出稼ぎに出た男と、彼を追ってきた忠実な狩猟犬「太平」が都会で見舞われる過酷な運命を描く。生を求めてさまよう人と犬は、悲惨な境遇の中でしばしば故郷の美しい自然と暖かな生活を想う。それは空虚な都市文明への痛烈な批判ともなっている。太古の生命そのもののような「太平」の姿が印象的な作品だ。

（大久保洋子）

「太平―神農架の犬の物語」より

太平《タイピン》はふらつきながら立ち上がった。大地が彼を押し上げて支え、四本の脚がバランスをとる力を与えた。大地は言った。お前は死なない。お前は悪業に満ちた都会の邪悪な火の中の金剛石だ。またこうも言った。お前は故郷で死なねばならない。陽光が射す森の中で安らかに永い眠りにつき、山に茂るマツや爽やかな風がお前を見送る者になる。アツモリソウの紫色の花の中で一匹の蜜蜂がブンブンと別れの言葉を告げ、山の斜面の草地に咲く芍薬は夏に弔いの白い幕を敷きつめる。鳥のさえずりは天からの芳しい雨のごとくお前の忠実な魂に染み入り、雲の中に連れ去るだろう……

　太平は大地を支えに立ち上がった。目にはいっぱいの涙が光っていた。それは感謝の涙だった。彼は逃げる道を探し始めた。

陳浩基

ちん・こうき／一九七五— ／香港生まれ

Chan Ho-kei

©Chan Ho Kei

略歴

作家。香港出身、香港中文大学計算機学科卒業。台湾推理作家協会の海外会員。日本ではサイモン・チェンの名で知られる。二〇〇八年「ジャックと豆の木殺人事件〈傑克魔豆殺人事件〉*」で第六回台湾推理作家協会賞最終候補となり、それを機に香港に居住しながら台湾で作品を発表し始める。翌年には「青髭公の密室〈藍鬍子的密室〉*」で第七回の同賞を受賞。二〇一一年には、中国語で書かれた「本格」ミステリ作品に与えられる第二回島田荘司推理小説賞を台湾、中国、マレーシア等からの六五の応募作品の中から『世界を売った男〈遺忘・刑警〉*』で受賞。二〇一四年六月には『13・67〈13・67〉*』を発表、2015年台北国際ブックフェア大賞小説部門、第4回誠品書店閲読職人大賞を受賞した。香港でも第一回香港文学季推薦賞を受賞。日本では、二〇一七年に翻訳出版され、二〇一八年版『このミステリーがすごい！』海外編第二位、二〇一七年一二月の「週刊文春ミステリーベスト10」の海外部門の第一位となった。他に寵物先生《ミスターペッツ》との共作『S.T.E.P』（一五）や『網内人〈網内人〉*』（一七）がある。

解説

子供の頃は、スティーヴンソン『宝島』やデフォー『ロビンソン・クルーソー』などの世界の名作に加え、ドイルの『シャーロック・ホームズ』、横溝正史『獄門島』、松本清張『点と線』等のミステリを愛読した。中学時代にパソコンに夢中になり、香港中文大学の計算機学科に合格、卒業後はエンジニアとして働く。

宮部みゆき、東野圭吾など日本の現代ミステリ作品を読み、「暇つぶし」に創作活動を始める。二〇〇八年にＩＴ会社を辞め、出版市場として香港より大きな台湾の台湾推理作家協会賞に応募、専業作家となる。

彼は、理系を卒業したこと、ＩＴの仕事の経験が、本格ミステリのトリックやロジックに役立っていると言う。陳浩基はミステリだけでなくホラーなどの様々なジャンルの作品を書くが、ミステリが傑出している。（特に日本の）ミステリ作品は、謎とトリックをパズル的に解くことを読みどころとする「本格派」と謎解きを進めるうちに社会的な問題が明らかにされる「社会派」に分類される。『世界を売った男』はやや「本格派」と言えるかもしれないが、『13・67』は二つの特徴を併せ持った作品となっている。

『13・67』は、「天眼」と呼ばれる名刑事クワンとその弟子の刑事ローを中心に描く。六編の中編から成り、タイトルの『13・67』とは、二〇一三年と一九六七年を表す。六編の作品はそれぞれ、二〇一三年（香港の雨傘運動前夜）、二〇〇三年（民主派五〇万人デモ）、一九九七年（香港返還）、一九八九年（天安門事件）、一九七七年（香港警察集団汚職事件）、一九六七年（反英暴動）という香港にとって意義深い年を舞台に、過去へ遡及しながら描かれていく。これは、香港警察の半世紀を過去へ向かって描いているに他ならない。

七五年生まれの陳浩基は、英国の植民地・香港で二〇年、その後中国主権下の「香港特別行政区」で約二〇年生き、その変化を目の当たりにしてきた。それを、かつての輝きを失っていく香港警察の姿に重ねて描いたのが、この作品だろう。ミステリとしての抜群の面白さを持ちつつ、その根底には「香港とは何か」「香港はどこへ向かうのか」と言う問いが潜んでいるような気がしてならない。陳は、自分の作品が純文学を選ぶことが多い台北国際ブックフェア大賞小説部門を受賞したことについて、驚きを隠さなかった。「本格派」と「社会派」の垣根を越えた彼のミステリ作品はエンターテインメント小説の新たな地平を読者に見せている。

（池田智恵）

『13・67』より

人々が白い世界で生きられるように、クワンは黒と白の境界線をずっと歩いてきた。ローには分かっていた。警察が腐敗し、官僚が権力者と癒着して私利私欲を満たし、職務を全うすることより、組織内部の政治を優先するようになっても、クワンの信念は揺らぐことなく、全力で、彼が信じる正義と公正を守ってきた。警察の使命は真相を暴き、犯人を逮捕し、善良なる市民を守ることだ。だが、現在の制度は、悪者を裁くこともできず、真相は闇へ葬り去られ、善良なる市民を守ることもできない。クワンは、自分から灰色の泥に塗れ、毒を持って毒を制してきた。

もしかしたら、その手段は黒かもしれない。だがその目的は白なのだ。

正義は黒と白の間にある。——これが、ローがクワンから受け継いだ使命だ。

コラム③

香港文学が描く集合的記憶

《年代小説・記住香港》

河本美紀

香港文学とは、一九七〇年代に登場した比較的歴史の浅い名称である。もちろん、香港ではそれ以前から数多くの文学作品が生まれてきたが、それらは中国文学、あるいはその内容から反共文学や左派文学、通俗文学などと認識されていた。

香港文学の定義は難しい。香港の地で執筆された作品全てを指すのか、香港を描いた作品に限るのか、香港育ちの作家による作品に限るのか、生まれも育ちも香港の作家による作品に限るのか……香港では、そのローカル性をどこに見出すのかが長らく議論されてきたが、「七名のローカルな作家が、一人一年代、小説という方法で、香港を記憶する」というコンセプトの下で編まれた蕭文慧主編のアンソロジー《年代小説・記住香港》（香港：Kubrick、二〇一六年）は、紛れもない香港文学である。

本書は香港に生まれ育った七名の作家による七編の小説——黄仁逵（一九五五—）〈網中人50's〉、陳慧（一九六〇—）「日光の下〈日光之下〉」、王良和（一九六三—）「華富邨にいたころ〈華富邨的日子〉」、林超榮（一九六一—二〇二三）「薔薇散りし後の八十年代〈薔薇謝後的八十年代〉」、區家麟（一九六八—）〈帰途〉、麥樹堅（一九七九—）「千年獣と千年詞〈千年獣與千年詞〉」、韓麗珠（一九七八—）〈死線〉を収めており、作品ごとにフォントもレイアウトも紙の色も異なるという凝った作りになっている。

七名の作家は、小説家だけでなく、詩人や学者、脚本家、ジャーナリスト、記者、編集者、アーティスト、コラムニストなど多彩な顔を持っているが、日本では、王良和の詩の紹介（岩佐昌暲「香港現代詩の一面—王良和とそのザボン連作について—」山田敬三編『境外の文化—環太平洋圏の華人文学—』汲古書院、二〇〇四年）、韓麗珠の小説の翻訳（藤井省三訳「海を渡る」『すばる』二〇一五年九月号、及川茜訳「秘密警察」『絶縁』（小学館、二〇二二年））を除き、紹介されたことがないようだ。

本書は一九五〇年代から二〇一〇年代前半までの香港を、十年ごとに区切りながら描いていく。胎児や犬の視点から語られる〈網中人50's〉は、一九五〇年代にバラックに住み、麺屋台で生計を立てる夫婦の（胎児の）娘の阿玲、低家賃住宅建設のための砕石場で働く夫婦の（胎児の）息子の阿發が、交通事故をきっかけにこの世に生を受けるという、香港現代史の始まりの物語である。

一九六七年、香港では文化大革命の余波として、反英暴動が起こった。「日光の下」は一九六〇年代、大陸（中国本土）から香港に移り住み、落ち着いた生活を送りつつあった家族——「程緯」と「方希文」という主人公が出てくる小説を書き、憧れの人と同じ香港大学への進学を希望する娘、新築の高層マンションやエレベーターに驚く家政婦、大陸の知人に物資を支援する母、新聞社に勤める父――を描く。一家は、共産党支持者によるテロが相次ぎ、中国による香港回収が噂される不穏な香港を離れ、更にアメリカへ向かう。

一九七〇年代は、香港の人々にとって懐かしい黄金時代として記憶されている。歴代最長任期（一九七一～八二年）の第二五代香港総督マクレホースの下、住宅、インフラ、公共施設が整備され、汚職の取り締まりの徹底により社会が安定し、生活水準も上がった。「華富邨にいたころ」の主人公である小学生の程緯は、香港に初めて建設されたニュータウンに引っ越し、家には電気炊飯器、白黒テレビなどの家電が増えていく。程緯は近所の友達と魚を捕ったり、仮面ライダーのメンコで遊んだり、武侠ドラマや日本のスポ根ドラマに夢中になったりと毎日を満喫し、中学に進学してからは次第に文学に傾倒していく。

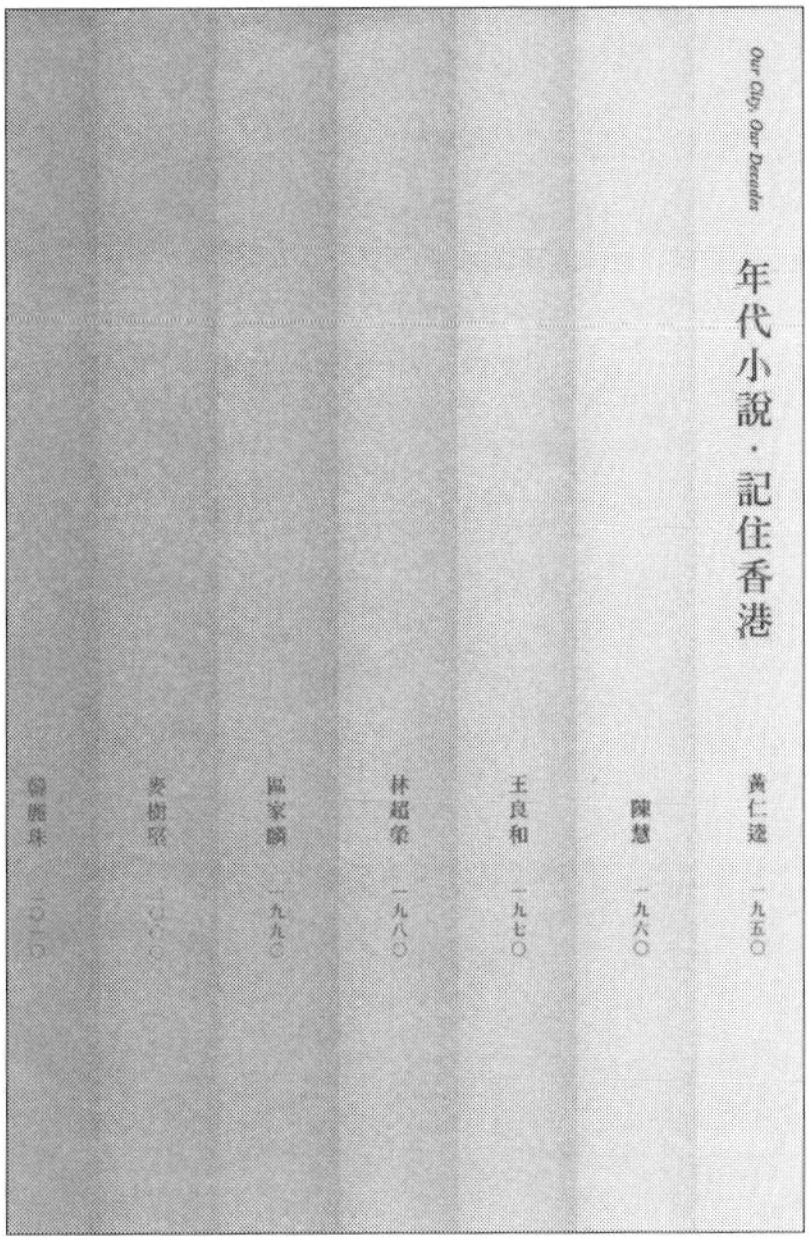

《年代小説・記住香港》書影

一九八二年に中英交渉が始まり、香港の中国への返還が決定すると、将来を憂いて香港を離れる人々が急増した。宋代の詩人、周邦彦の詞が効果的に使われる「薔薇散りし後の八十年代」は、大学入試を控えた予科生の程緯と、共に受験勉強に臨む予科生の希文を主人公に、入試の結果により進路が大きく分かれていく二人の、約十年にわたる友達以上、恋人未満の関係を描く。

一九九七年七月の返還前後の新聞社が舞台の〈帰途〉は、報道カメラマンの程緯と、同僚の記者の方希文を中心に、北京や深圳での取材の度に再認識せざるを得ない香港人アイデンティティ、大陸との距離の取り方によって変わっていく人間関係を描き、英国統治時代に別れを告げる。

二〇〇三年にSARSに見舞われた香港は、経済面で大陸に大きく依存するようになった。都市再開発が進み、不動産価格が上昇する一方、勤労所得は下がり、独身者が増加した。「千年獣と千年詞」は、香港の大学に進学した大陸出身の程緯と、テレビ局でドラマ製作に携わる方希文を交互に描く。程緯は卒業論文を準備しながら、方希文は業界にはびこる悪習と奮闘しながら、香港の歴史に思いを馳せ、自分と香港との関係性を模索する。

二〇一〇年代のH地を描く〈死線〉には、都市の停滞感が漂う。かつて人気ニュースキャスターだった母親の方の認知機能が衰えていく現実に直面し、マラソンに没頭する緯と、テレビを捨て、ダイエットを始める莫は、「窓を占拠せよ」という匿名のメールをきっかけに、安らぎと生きる実感を得る。本書の最後に、〈死線〉は「二〇一四年三月に脱稿した」と注記されている。これは民主的な選挙を求めた雨傘運動が起きる半年前のことであった。

各作品は独立しており、一編ごとに読み応えがあるが、いずれにも緻密な考証に基づいた香港の人々の集合的記憶が編み込まれているため、街の風景、文化的アイコン、教育制度、マスコミ業界の変遷、時代ごとのスター、香港の日常に溶け込んでいる日本の文化などに着目しながら通読すると、香港現代史の歩みをより深く感じ取ることができる。

本書には一人称、二人称、三人称の物語があり、途中で語り手や焦点化される人物が入れ替わるなど、叙述方法もバラエティに富んでいるが、ほぼ全ての作品に共通するのが、男性の「(程)緯」、女性の「(方)希文」という名前である。これは一九七〇年代から数々のテレビドラマに主演し、映画『男たちの挽歌〈英雄本色〉』(一九八六年)で香港映画の魅力を世界に知らしめたスター俳優の周潤發《チョウ・ユンファ》と、女優の鄭裕玲《ドゥドゥ・チェン》が主演した大人気連続ドラマ『網中人』(一九七九年、全八〇回)での二人の役名である。程緯、方希文とその家族・親戚が巻き起こす波乱万丈なこのドラマの冒頭では、程緯の弟の「阿燦」が家族から遅れて大陸から香港にやって来る。愚かで公共道徳に欠ける(しかしどこか憎めない)田舎者で、次々と問題を起こすその「阿燦」の名は、大陸からの新移民を指す俗称として香港社会に定着した。一方、「程緯」と「方希文」の名前は、誰もが認める相思相愛のカップルというイメージだが、本書の作家たちは決してそのようなイメージ通りにはその名を使っておらず、二人の関係性は様々に描かれている。

本書前半の登場人物は、大陸から香港に移り住んだ人とその子供であることが物語の端々から窺える。中華人民共和国成立前後、社会主義体制に不安を抱いた多くの人が大陸から移り住み、香港の人口は急増したが、彼らにとっての香港とはいつかまた大陸に戻るまでの、あるいは更に別の地に向かうまでの仮の住処に過ぎず、当初、香港に対する愛着は希薄であった。彼らは香港繁栄の基礎を築き、香港で生まれ育った下の世代が増えるにつれて、香港に住む人々の間に香港人アイデンティティが育まれた。香港文学という名称が誕生した背景もここにある。

しかし、かつての香港は偏見的あるいは自嘲的に「文化砂漠」と呼ばれ、ローカルな文化を卑下する傾向があった。一般に、香港人は実利主義で金儲けにしか関心がないため読書の習慣がなく、実用書以外の本は売れないと言われてきたが、一九九〇年代、返還を前に香港の歴史や文化が見直され、その関心の高まりは「香港学」としてアカデミックに捉えられるようになり、香港に関する書籍の出版が増加した。二〇〇〇年代に入ると、歴史的建造物の取り壊しを伴う都市再開発に反対し、集合的記憶としての街並みや文化財を保護しようという運動が盛り上がった。近年は、夏に開かれる「香港ブックフェア（香港書展）」が大きな盛り上がりを見せ、本好きのオーナーが個人で経営する小さな書店が香港各地に増え、香港関連書籍が売れている。序文に「世代を繋ぎ、香港を記憶しよう」、跋文に「一つの都市の今日は、過去と無関係のはずがない」と書き、かつての香港に対する愛情を凝縮した本書もまた、香港のローカル性に価値を見出そうとするこのような大きな流れの一つに位置づけられる。

　現在の香港は、二〇一九年の大規模デモ、二〇二〇年の香港国家安全維持法（国安法）施行により大きな変化が生じ、そのローカル性が揺らぎつつある。二〇四七年まで維持されるはずの一国二制度は今や形骸化し、強権的手段によって表現の自由が奪われ、教育が変えられ、文化や歴史さえもが書き換えられていく中、海外へ逃れる人も急増している。国安法が施行された日、「我哋真係好撚鍾意香港（我々は本当に香港が大っ好きなんだ）」と主張した香港人たちは広東語が、繁体字が、香港で育まれたローカルな文化や歴史が下の世代に引き継がれないことを危惧している。今後、文学の礎となる香港のローカル性とアイデンティティは変化を余儀なくされ、香港文学の定義はますます難しくなることだろう。

陳楸帆

ちん・しゅうはん／一九八一―／中国・広東省汕頭市生まれ

Chen Qiufan

略歴

作家、実業家。〇四年、北京大学中文系を卒業後、グーグル、百度を経て、現在はセーションキャプチャ技術等を開発する北京諾亦騰科技有限公司の役員を務めながらSFを創作している。高校在学中の九七年、《科幻世界》誌で「餌《えさ》〈誘餌〉」を発表し少年凡爾納《ヴェルヌ》賞一等を受賞した。大学在学中はSF研究会「北京大学学生科幻協会」設立当初から会員となり、二代目の会長を務め、SF創作と論評を率先して行った。これまでに銀河賞、全球華語科幻星雲賞等のSF賞を多数受賞し、中国SF「更新代」代表作家として知られる。【おもな作品】「麗江の魚〈麗江的魚児們*〉」（〇六）、「鼠年〈鼠年*〉」（〇九）、「果てしない別れ〈無尽的告別*〉」（一一）、『荒潮《荒潮*》』（一三）、「巴鱗《バーリン》〈巴鱗*〉」（一五）等。【邦訳】＊を付した作品のほか「沙嘴の花」「開光」「未来病史」等。

解説

陳楸帆は認識に強い関心をもち、文学作品の異化作用やSFがもたらすセンス・オブ・ワンダー（驚異感）を人一倍重視して創作を行っている。彼の作品は、遺伝子操作や脳科学、情報処理技術、サイバネティックスなどが高度に発達した近未来を舞台とし、庶民的な主人公が日常の真相やある種の真実にはたと気づく内容のものが多い。日本で好評を得た「鼠年」や銀河賞最優秀短編賞と全球華語科幻星雲賞短編部門金賞を受賞した「巴鱗《バーリン》」はその代表である。このような作風は、少年ヴェルヌ賞を受賞した「餌《えさ》」（九七）においてすでに兆していた。「餌」では、人類は、友好的で善良な気前のよいピーツ人という異星人によってもたらされた科学技術や商品を享受するようになるが、ある朝「僕」がバラのかおりに満ちた人工夢から目覚めて、ピーツ高エネルギーの朝食を食べながら電脳ネットワークにジャックインして仕事をしていると、ピーツ人が人類に対し、二十四時間以内に投降するよう要求する情報が脳裏に飛び込んでくる。人類はピーツ人から受容した技術で攻撃を試みるが当然勝ち目はなく、また反戦運動もおこる。ピーツ人の科学技術を享受することに慣れた人類は、あっさりと自由と尊厳を放棄してピーツ人の支配を受け入れる。

陳楸帆が、いまこの時代の日常ではなく、近未来のありふれた日常を想像し、さらにその日常の真相や本質を見抜こうとするといった、やや込み入った構造の創作に至ったのは、純文学の限界を感じていたからだ。彼は、科学技術がすでに今日の社会から切り離せない要素になっているにもかかわらず、中国の純文学は長期にわたりこの現象を無視してきたと感じており、「SF的リアリズム」（科幻現実主義）に文学の新たな可能性を見出した。彼によれば「SF的リアリズム」の重要な立脚点は、科学や科学技術が人間の生活にどのような作用を及ぼし、人間とどのような相互関係にあるかを深く思考し、科学や科学技術が如何にして異なる側面から一人一人の自我や他者、世界全体の認識に影響を及ぼしているかを深く思考し、自分たちが科学技術に対してどのような想像を持っているかを深く思考することである。このような美学と創作実践の結節点にサイバーパンクがあるようで、サイバーパンク風の創作を行ってきた。代表作として、彼の故郷である汕頭《スワトウ》の電子ゴミ最終集積地・貴嶼《グイユイ》鎮を想起させる「硅嶼《グイユイ》」（広東語ではいずれもグワイユィ。硅はシリコンを意味する）を舞台に、電子ゴミとそれに関わる人々との関係について想像思索した『荒潮』があげられるだろう。『荒潮』は全球華語科幻星雲賞の長編部門金賞を受賞し、彼の提唱する「SF的リアリズム」も多くの読者に注目されるタームとなった。理論と創作の実践によって中国文学に新たな開拓領域を認知させた力量は注目に値する。また、作中の語り口から、彼が文学だけでなく人文学全般に関する系統的な知識を併せ持っている点が感じられる。「未来病史」はその代表例と言える。

（上原かおり）

『荒潮』より

ふいに重力に引っ張られ、小米《シャオミー》はくずおれかけた。本能的に力を入れて持ち堪える。そこでようやく自分が操っているのが人間の肉体ではなく、鋼鉄の躯《むくろ》であることに気付いた。／小米－ロボットはしっかりと立った。奇妙な感覚だ。自分の本当の肉体は泥土の三尺下に横たわっているのがはっきりとわかるのに、いまこの時、肩のくぼみに溜まった雨水を振り落としている。誘電型人工筋肉繊維が力強く伸び縮みする振動音に耳を傾ける。息をせず、切羽詰まっていない。行動を恐れる感情もない。突然に、自分が何をすべきかがわかった。

陳忠実

ちん・ちゅうじつ／一九四二—二〇一六／中国・陝西省西安市生まれ

Chen Zhongshi

略歴

作家。西安郊外の農家に生まれた。一五歳のころ授業の教材から文学に興味を抱く。一九六〇年、陝西省の作家柳青の《創業史》が出版され愛読、友人と文学サークルを作った。六二年高校を卒業し、郷里で代用教員となり、優秀教師として表彰される。春節の演目にコントや歌物語を創作、六五年には初めてエッセイが新聞に掲載された。六六年中国共産党に入党、六八年から地域の文化行政に携わり、七三年に正規公務員となった。七九年、短編小説〈信任〉で全国優秀短編小説賞受賞、八二年から専業作家となる。王蒙、張煒、マルケスらの作品を好む。出身地の渭北平原の歴史に関心を持ち、近隣の郷土史をひもといて、大作『白鹿原《白鹿原》』*（九三）を完成、第四回茅盾文学賞を受賞した。【おもな作品】先の三作のほか『康さんの小さな庭《康家小院》』（八三）、ルポルタージュ『渭北高原—ある人の記憶について《渭北高原——関於一個人的記憶》』（九〇、田長山との共著）等。【邦訳】『白鹿原』のほか「やぶ蛇の巻〈猫与鼠〉〈也纏綿〉」。

解説

陳忠実は長く読み継がれる長編『白鹿原』を遺した。この作が世に出た九〇年代は、すでに文学から読者が離れつつあった。実験的な文学にまでも読者がついた八〇年代とは全く異なる状況で、陳忠実は読者が一気に読み終える長編小説をめざした。参考に、シドニィ・シェルダンを何冊か読んでもみたという。〇二年に映画、一七年にテレビドラマに撮られたが、やはり原作がよいと読者が戻ってくる小説である。

むかし、秦嶺山脈から西安の東南を流れて渭河に入る二筋の河にはさまれた台地に、白い鹿が現れた。蹄から角まで真っ白のその鹿が通ったあとは、ひ弱な苗が緑に輝き、人に害をなす狼は息絶え、老人の眼に光が戻ったという。陳忠実畢生の作は、白鹿原と名付けられたこの土地を舞台に、清代末から四〇年代までの五〇年間、国民党に共産党、土匪が絡まる大スペクタクルの大河小説になっている。白鹿村の白氏と鹿氏は、元は一族、同じ祖廟を守るのだが、長男の血筋の白氏が族長であり、次男血筋の鹿氏は外の権力と組まない限り、村のトップに君臨できない。ときの族長白嘉軒は、白鹿書院の大儒、朱先生の手になる「郷約」（儒教に則った村のきまり）で村に規範を打ち立てユートピアをめざすが、規範から外れるのが人間である。飢饉、疫病、戦禍のなかで人はそれぞれの生き方を選び、白鹿の精は白鹿原から消えていく。近代的個人、中国理解に欠かせない宗族、そして国民国家を重層的に描きながら理屈っぽくない読み物になっている。

　執筆に当たり郷土史を調べていた陳忠実は、貞女烈女の名がぎっしりと記されているのに言葉を失い、小説では歯に衣着せずセックスを描いたという。かなりの紙幅が性描写にさかれている。女房と次から次へと死に別れる白嘉軒に、その母が「女は障子紙と同じ、破れたら張り替えればよい」と励ますのだが、この言葉とは正反対に女たちは個性的だ。なかでも、体で男を釣る悪女として村八分にされる小蛾は、最も強いインパクトをもつ一人となっている。取材資料集も出版されており、文化史、ジェンダー研究の面からも興味深い作だ。たとえば、朱先生の「郷約」は、小説の舞台である藍田で北宋の時代に作成された「呂氏郷約」からの引用である。朱先生のモデルは民国期に実在した人物で、道徳から相互扶助、罰則まで定めたこの「郷約」を学舎で講義して村に広めた。「郷約」は行政組織の末端で官と民との間をとりもつ顔役を指すようになり、村の平穏を守る自治の拠り所として機能してきた。『白鹿原』はその衰退を民の側から描いたことになる。

　茅盾文学賞受賞に当たっては、修正版が作成された。性描写の一部削除、朱先生が両面焼きのお焼きの型に喩えて「共産党も国民党もどっちもどっち」と語る場面の一部削除がなされた。受賞後も修正版と修正前の版がともに出版され続けている。邦訳は修正前の版で、章回小説のように各章に概要が付され、より読者が楽しめる訳業となっている。

（加藤三由紀）

『白鹿原』より

（村のきまりの）罰則の項には、跪坐、罰金、穀物納入そして鞭打ち棒叩きを含む。白鹿村の祖廟からは毎晩「村のきまり」を唱える百姓たちのだみ声が聞こえてくる。それ以来、こそ泥や横取りといった下劣な行いはすっかり跡を絶ち、麻雀花札サイコロなどの賭博も店じまい、殴打に口げんかの争いごとも姿を消し、白鹿村の一人ひとりが穏やかで品良く、物言いまでたおやかになった。白嘉軒が往来を歩いていると、白満倉の妻が家の外の砧に腰を下ろして赤子に乳をやっていた。胸元をはだけて、豚の膀胱ほどもある乳房が丸出しになっていたので、早速その晩みんなが集まる祖廟で礼儀に違反する例に取り上げた。白満倉は赤面し、その晩もどるや恥知らずの女房にびんたを食らわせた。それ以来、女たちは家にこもって乳をやるようになった。

鄭義

ていぎ／一九四七―／中国・重慶市生まれ

Zheng Yi

略歴

作家。民族資本家だった父が迫害され、貧困のため各地を転々とし、一〇歳から父の住む北京に住んだ。高級幹部の子弟が多数在学する清華大学付属高校に進学したが、文化大革命が始まり同級生の紅衛兵から激しいリンチを受けた。その後、鄭義自身も北京や四川で武闘に加わる。一九六八年末、山西省の農村に移住した。毛沢東思想に疑念を抱き、昼間の力仕事を終えると同じ境遇の青年たちと読書に熱中した。七七年に学業に復帰し、七九年、紅衛兵の凄惨な武闘を描く「楓〈楓〉*」が全国的日刊紙に掲載されて作家への道を歩み始め、『古井戸〈老井〉*』（八五）で国際的に高く評価された。八九年、六四天安門事件で指名手配されると、農村に潜伏し多くの支援者の力を得て逃亡生活を送ったが、九二年に香港へ脱出、翌年アメリカに亡命した。【おもな作品】先の二作のほか「遠い村〈遠村〉*」（八三）、『神樹〈神樹〉*』（九六）等。【邦訳】*を付した作品のほか、部分訳に『中国の地の底で〈歴史的一部份〉』（九三）、『食人宴席〈紅色記念碑〉』（九三）、『暴力に逆らって書く』（〇三）所収の大江健三郎との往復書簡等。

解説

鄭義は歩き、行動する作家だ。文化大革命期には、山西省の村から外の世界を見ようと、日銭を稼ぎながら草原を歩き大興安嶺の森林をめぐった。創作の道へ踏み出してからも、黄河を漫遊し、昔住んだ村を再訪し、村人と語る。現場に入りともに働き考えて、書かずにはいられない素材に出会って創作が始まる。

八路軍兵士として戦った農民たちが、共産党にうち捨てられ貧困のうちに老いていく。そんな姿に鄭義は沈黙していられない。それが「遠い村」執筆の動機となった。女と子どもが大八車、夫はながえにつながれた馬、そして独り者はそえ馬という、二夫一妻の婚姻関係が描かれている。「赤貧の生活は必然的に奇形の性関係を伴う」と鄭義は語るが、それを受け入れる人間性の輝きが小説の中に発見されている。

太行山の渇水地区で水探しの土着のエキスパートを訪ね、自転車でともに回るうちに、『古井戸』の着想を得た。古井戸村の起源の伝説、水をめぐって村と村とが戦う昔ながらの械闘《かいとう》、龍神への奉納芝居、盲目の旅芸人一座など、数々の風習にこめられた水への渇望、村存続の祈りが胸を打つ。映画『古井戸』は八七年第二回東京国際映画祭でグランプリに輝いている。

そんな鄭義だからこそ、六四天安門事件後、三年間にわたる農村潜伏が可能だったのだろう。『中国の地の底で』は、潜伏中に書かれた愛妻への一一通の手紙をまとめたものだ。逃亡中の日々の報告に重ねて、自らの半生の体験と思想遍歴を綴っている。

アメリカでは、エミグラントとして中国語で筆を執り、長編『神樹』を世に問うた。太行山を歩き回ると、村の高地や村人の記憶に老樹がそびえ立ち、興亡の歌と嘆きを刻みこんでいると鄭義は言う。その老木が神樹である。樹齢四〇〇〇年の巨木が突然開花し、日本軍との戦いや共産党による粛清、そして悪政による飢饉の犠牲者たちが、ホログラムのように浮かび上がり、現実と幻想が交錯していく。ついには、村の神樹を伐採せんとする政府に対抗して、八路軍兵士の亡霊たちが蘇り、現代の人民解放軍相手に神樹防衛戦を繰りひろげ、敗北してしまう。

そんな連戦連敗をくいとめるには、どうすればいいのか。鄭義と大江健三郎との往復書簡では、敗戦後の日本知識人と六四天安門事件後の中国知識人とが共有する精神として、懺悔と悔恨、悔い改めが重要なテーマとなっているのだが、鄭義は悔恨を全民族的なものにしなければ未来には苦海が広がるばかりと記し、大江はそれを受けて小説の読者に未来への希望を託している。

〇八年、翰光《ハンクワン》監督のドキュメンタリー映画『亡命』の取材を受けた時、鄭義はあるエピソードを語った。散歩の途中、路上に血だまりを見つけ、心が震えて見ることができなくなってしまったというのだ。この時、死人が転がっていても平気だった自分の固い心が柔らかく変わったことに、鄭義は気づいたという。それは凄惨な闘争の記憶が薄れたのではなく、敵を憎めと教えこまれた心の傷が長い年月を経てようやく癒やされたからではないか。

鄭義が柔らかな心で再び今の中国を歩けるよう、中国の読者にその作品が届くようにと願わずにはいられない。

（加藤三由紀）

『神樹』より

神樹、あなたは神樹なのだから、咲かせたければ咲かせなされ！　とたんに、異様な香りが樹上から滝の如く流れ落ちてきた。老人が見上げると、夜空には樹冠いっぱいの白い花だ。誰だろう、歌っているのは？　山の歌が夜風に乗って羽毛のようにふわふわっと舞っている。

「苦菜花《のげし》咲くとっても苦い、生きるも苦しく死ぬるも苦しい。神樹の花咲き天は眼《あ》が開く、数日楽しく過ごしませ……」

若い娘が小声で歌う。楽しげで耳に親しい声なのに、誰だか思い起こせない。

鄭清文

ていせいぶん／一九三二—二〇一七／台湾・桃園県（現、桃園市）生まれ

Zheng Ch'ing-Wen

略歴

作家。幼くして母方の叔父の家に養子に出され、台北市近郊の新荘で育つ。一九四八年に台北国民中学から台北商業職業学校（現在の台北商業大学）へ進学。卒業後は銀行に勤め、在職のまま一九五四年に台湾大学に入学し商学部を卒業している。在学中から創作を始め、一九五八年に処女作「寂しい心〈寂寞的心〉」を《聯合報》副刊に発表。編集長の作家・林海音に認められたのを契機に続々と作品を発表していった。李喬や黄春明と並び日本植民地期に小学校教育を受け五〇年代になって中国語で創作を始めた戦後台湾文学第一世代の代表的作家である。短編小説の名手とされ、九八年に《鄭清文短編小説全集》全七巻（別巻一冊）刊行。小説と並ぶもうひとつの大きな柱に創作童話があり、なかでも《天燈・母親》（〇〇）は自伝的童話集である。また、長編童話『丘蟻一族《丘蟻一族》*』（〇七）は植民地期から戦後にいたる台湾の政治体制への批判を込めた寓話的作品になっている。二〇二二年に『鄭清文全集』（全二八冊）出版。【邦訳】創作童話集『阿里山の神木』（九三）『丘蟻一族』（一三）などがある。

解説

鄭清文の代表作として論じられることの多い作品に「三本足の馬〈三脚馬〉*」（七九）がある。馬の彫刻を集めるのが趣味の「わたし」は、台北から車を走らせて三時間ほどの町にやってくる。「わたし」はそこで変わった馬の彫刻をみつける。その馬は脚が三本しかなく、暗さと苦悩と恥じらいが入り混じったような表情をしていた。その馬に魅かれた「わたし」は製作者の老人をたずねる。老人は曾吉祥といい、「わたし」が小さいころ、父親から「三本足」と揶揄されていた同郷の男だった。物語はそこから、この老人が巡査をしていた日本植民地期から戦後に至る人生を描きはじめる。「三本足」とは植民地期に「日本人の手先」になった人間を呼ぶ言葉だった。日本が降伏して時代がかわり、親の反対を押し切ってまで日本式の婚礼をあげた妻の玉蘭を身代わりのようにして、吉祥は故郷を逃げ出す。残された妻は人々の蔑視のなかで夫にかわって謝りつづけ、最後に腸チフスにかかり死んでしまう。それか

ら彼は故郷を捨てて山にこもり、馬を彫り続けているのだった。「わたし」は馬の彫り物のなかから、足を三本折って地につけ後ろ足の一本が切断されている馬に目をとめる。老人はその馬をやろうと言う。実はその馬は、死んだ妻の玉蘭を夢に見たとき彫ったものだった。「わたし」は、手に取ったその馬をもとにもどし、逃げるようにしてその場を後にする。

この作品は子供のころ、鼻に白い痣があるためにタヌキとバカにされた男が見返してやろうと巡査になり、皇民化のなかで力を持ち、そして時代がかわってまた無力な人間になり妻までを死なせてしまい、自責の念にかられ悲哀と苦しみのなかで生きている様を描いている。そして馬の彫り物を最後にもどす「わたし」に、いまもなおその時代の苦悩を引き受けきれないもどかしさを浮かびあがらせる。鄭清文はヘミングウェイの文学論である「氷山理論」に倣って、表面に見える事象の奥にはまるで氷山の海面下のようにさまざまなものが埋もれている、それを浮かびあがらせようとするのが小説だという。この「三本足の馬」はその典型的な作品といえよう。短編小説の題材は幅広く、〈苦瓜〉（六八）と〈清明時節〉（六九）は、呉念真によって女性を主人公に男女の三角関係を描く舞台劇《清明時節》に改編され、二〇一〇年に初演されている。長編小説『サンフランシスコ―一九七二〈旧金山―一九七二〉』（〇三）は一九七二年というニクソン訪中の年のアメリカを舞台に、移民の道を選ぶか台湾にもどるべきがどうかに葛藤する女子留学生を中心に多様な登場人物を配置した短編連作的作品で、時代のなかでのアイデンティティの葛藤や文化差異をテーマにした台湾人として生きることをめぐる思想小説の趣きがある。

（三木直大）

「どのように受賞作品を書くか・二」より

創作の技巧だが、私はできるかぎり簡潔な、日常の言語を用いている。私はロシアの作家チェホフの「重大な出来事に触れるときは、それをそっと提起する」という言葉を信じている。（中略）。私は作品の思想性とは、作中人物の言動を通して表現されるものだと強調したい。作者そのものは、作品中には出現しない。（中略）。文学作品には作者の思想がなければならないが、私はそうした思想を直接書くことはしない。私は広げて見せるやり方をして、直接示すやり方はしない。物語を通し、人物を通し、あるいはある種の状況を通し、間接的に表現するのである。

笛安

てきあん／一九八三—　／中国・山西省太原市生まれ

Di An

略歴

作家。本名は李笛安。父の李鋭、母の蒋韻はいずれも作家。笛安は近くに住む祖父母の元で幼少年時代を過ごす。二〇〇一年に山西大学に入学。〇二年にパリ第四大学（ソルボンヌ大学）に留学し、社会学を専攻した。そのころ執筆を始めた〈姐姐的叢林〉が翌年に文芸誌《収穫》に掲載され、作家デビューを果たした。〇五年には初の長編小説《告別天堂》を上梓し、「八〇後」作家の代表格の一人になる。〇九年には後に「龍城三部曲」と呼ばれる三部作の序曲《西決》を発表し、七十万部のベストセラーを記録。一〇年には二作目の《東霓》を、一二年には三作目の《南音》を発表し、人気作家としての地位を固める。一四年の長編《南方有令秧》では、物語の舞台を現代から明朝の読書人の家に移し、創作の幅をさらに広げる。【おもな作品】先に挙げた作品のほか、長編《芙蓉如面柳如眉》、短編・中編集《嫵媚航班》等。【邦訳】「円寂〈圓寂〉」がある。

解説

蒋韻によると、笛安は中学生の頃に、フォークナーの作品の中でも特に難解な『響きと怒り』を熱心に読んでいたという。他にもドストエフスキーの『カラマーゾフの兄弟』に感銘を受け、曹雪芹の『紅楼夢』を理想とするなど、読書家としては早熟だったことが分かる。日本人作家の中では三島由紀夫の『金閣寺』や『豊饒の海』を愛読した。

　彼女が同世代の作家と比べて特に優れているのは、語りの上手さだろう。作品の多くが現代中国の都市部で暮らす人々を扱っているが、ありふれた日常生活を淡々と描きながらも、一筋縄ではいかない個性を持つ人物の特徴や、愛や恨みによる心の葛藤が緻密に描き込まれており、平凡だが彩り豊かな世界へと読者を誘う。構成も巧みで、一つの大きな構造物を丁寧に積み上げていく。

　そのような作家としての能力を遺憾なく発揮したのが、先に挙げた「龍城三部曲」だ。「龍城」とは笛安が生まれ育った都市、山西省太原市の別称ではあるが、太原市をモデルとした中国北方の架空の工業都市と見なすべきだろう。彼女はこの他にも、龍城を舞台とする多くの作品を書いている。過去の小説に登場した看護師や物乞いなどを、三部作で再登場させていて興味深い。龍城は彼女にとってのヨクナパトーファ郡なのだろう。

三部作の書名はいずれも、主人公たちの名前である。「西決」は両親を亡くしおじの家で育った男性物理学教師だ。「東霓」は西決の年上のいとこで歌手としてシンガポールに出稼ぎに行ったことのある美女だ。「南音」は西決の年下のいとこで親に大切に育てられたお嬢様だ。これらの人物が一人称で、彼らの家族、生活、愛憎に関することを物語る。

一作目の《西決》では、笛安が理想的な人物像と語る西決を中心に、彼ら「鄭一族」に関する秘密を描く。読者は物語の舞台である龍城の様子や、鄭一族の人間関係を自然に理解できる。二作目の《東霓》では、作家本人と性別、世代、歌という趣味が一致する東霓が、障害を持つ息子を育てながらカフェを経営しつつ、離婚した元夫と駆け引きを展開する。最終作《南音》では、いい人のはずの西決が、自分の生徒の治療に全力を尽くさなかった医師を車ではねる。純粋なはずの南音は、婚約していた同級生を裏切り医師の弟と不倫関係に陥るが、婚約者の子を孕み婚約者と結婚する。そして式の前日、会社の研修で福島に行った医師の弟が現地で被災したことを知り、物語の幕が下りる。

読者からは、「龍城」は中国各地に実在する都市との共通点が多く、まるで自分の居住地や実家を描いているようだとの声も聞かれる。この懐かしく親しみを持ちやすい「龍城」で展開される三部作は、現代中国の若者の心理だけではなく、彼らの暮らしぶり、他者との関わりを細やかに描き、若い世代を中心に高く評価されている。

（舟山優士）

『西決』より

恨み、それはある種の生薬に似たものだ。寒性で、苦味があり、体内に沈殿し、植物の清々しい香りを放つ。しかし日が長くなれば、血生臭い爆発を次から次へと引き起こす。核兵器、手榴弾、爆薬、それからもちろん武器にされたポットは、恨みから贈られたギフトボックスだ。それを開くと、ボンと音がし、火花が四方に散り、濃煙が立ち込め、命が手っ取り早い方法でばらばらになる。忘れてはならない、これが儀式であることを。恨みは、それを抱き生きているすべての人に、幸あれと祈りを捧げている。

鉄凝

てつ・ぎょう／一九五七― ／中国・北京市生まれ
Tie Ning

略歴

作家。北京市出身。四歳で河北省保定市に移る。一九七五年高校卒業後、近郊の農村に下放した。労働の合間に小説を書き始め、同年には処女作「飛べる鎌〈会飛的鎌刀〉」を発表。七九年より保定市に戻り、文学雑誌《花山》の編集に携わるようになった。八〇年代は「おお、香雪〈哦、香雪〉」*（八二）や「赤い服の少女〈没有鈕釦的紅襯衫〉」*（八三）が全国的な賞を得て、広く知られるようになった。現在では茅盾、巴金に続き、中国作家協会の主席という文学行政の要職を務めている。【おもな作品】先の二作のほか「六月の話題〈六月的話題〉」*（八四）、「棉積み〈棉花垛〉」（八九）、『玫瑰門』（八八）、『女の白夜《女人的白夜》』（九一）、「いつになったら〈永遠有多遠〉」*（九九）、『大浴女《大浴女》』*（〇〇）等。【邦訳】*を付した作品のほか「十二夜〈第十二夜〉」、「イリーナの帽子〈伊琳娜的礼帽〉」等。

解説

父鉄揚は画家、母徐志英は音楽家という知識人家庭に生まれた。文化大革命では両親ともに批判に遭い、家族は厳しい生活を強いられた。鉄凝には早くから作家になりたいとの思いがあり、作家になるためには農村を知るべきだという父の勧めで、高校卒業と同時に農村への下放を志願した。農作業の傍ら創作に励み、一七歳の若さでデビューを果たし、共産党員になった。

文革が終息すると、同世代の元知識青年たちは農村小説をさかんに発表した。だが実際のところ当時都市出身の彼らは、農村の厄介者であった。そのためその農村描写には、しばしば農村との微妙な距離感が映し出されることになった。しかし鉄凝の文学は農村に暮らす者の生を鮮やかに描いており、農村との距離をほとんど感じさせない。それは文学者になろうという志を胸に農村に向かった鉄凝が、はじめから物書きの視点で農村を観察していたためだろう。たとえば、初期の短篇「おお、香雪」には、寒村の駅に停まる列車を一目見ようと身づくろいする娘たちの姿が、瑞々しい筆致で書かれている。「棉積み」には、民国期の河北農村を舞台に、細々と棉を売って暮らす貧しい母と娘の生が描かれている。

また、鉄凝は自らが暮らした北京や保定を舞台に、都市小説も多く手がけている。これらの都市小説は、そのほとんどが新中国の政治の時代を背景に女の精神と身体を描くものだ。とくに姉妹、母娘、親戚といった女同士の愛憎相半ばする感情のもつれを生々しく描く点に定評がある。

長篇『玫瑰門』と『大浴女』はその代表的な作品だ。『玫瑰門』には、祖母と孫娘の二世代を軸に新中国の女性群像が、『大浴女』には建国期から改革開放期を背景に、母娘二世代を中心とした女性群像が描かれた。いずれも政治の時代の中、自らの倫理観と政治的正しさと欲望のはざまで揺れ動きながら生きる女の心と体が、力強く描かれている。また短篇「客有り来たる〈有客来兮〉」は、北方人の主人公と南方人の親戚との関係が悪口の応酬によって綴られ、人間の相克を鮮やかに描く鉄凝小説の特長をよく伝える小説のひとつだ。

他方良心を曲げ社会に迎合しながら生きる人間の贖罪意識も、鉄凝の文学を貫くテーマのひとつである。『大浴女』の主人公は、子どもの頃（五〇年代）無作為を装って妹を見殺しにしてしまった罪の意識にさいなまれ続ける。現代社会を生きる人間（女）の倫理観の問題は、初期の「赤い服の少女」に始まり、のちの「午後の懸崖〈午後懸崖〉」（九七）にも描かれ、物語に深みを与えつづけている。

（松村志乃）

『大浴女』より

『ソ連の女性』――彼女たちの心をぎゅとつかんだ、この古い外国の雑誌の中国語版は、長いあいだ尹章跳と唐菲と孟由由の心の糧だった。（略）尹小跳は孟由由の野心のために協力を惜しまず、私心を捨てて、ありったけの材料を集めてまわった。カレー、シナモン、ローリエ、粒胡椒、ウスターソース、トマトケチャップ、クエン酸、バニラエッセンス……彼女がひそかに章嫵〔母〕に使われないよう隠し持っていた材料は、そのほとんどが、この飲み食いの拠点において、おおいに使い道があった。（略）『ソ連の女性』のおかげで、彼女たちの心身は穏やかだった。彼女たちは教師や友達に軽視されても気にならなかったし、あるかないかはっきりしない授業や、厳しい労働奉仕も気にならなかった――中学に入っても、彼女たちはいつも防空壕を掘りに行き、よくわかないまま泥をこね、日干し煉瓦を作っていた。彼女たちはいつも体を泥だらけにして、家に戻った。体を洗ったら、すぐに孟由由の家に行くのだ。『ソ連の女性』が待っているのだから。

天下覇唱

てんかはしょう／一九七七―　／中国・遼寧省瀋陽市生まれ

Tian Xia Ba Chang

略歴

作家。本名は張牧野（Zhang Muye）。二〇〇五年、金融先物取引業を営むかたわらインターネットフォーラム〈天外論壇〉の〈蓮蓬鬼話〉セクションに、事故物件を題材にした怪奇サスペンス〈凶宅猛鬼〉（〇五）を発表し、その後も創作を続ける。二〇〇六年、墓荒らしを題材とする《鬼吹灯》が注目を集め、発表場所を文学サイト〈起点中文網〉に移してシリーズ化してゆく（〇六〜〇八）。《鬼吹灯》が知的財産として注目され、出版とメディアミックス化が進み、他の書き手による類似作品も次々に創作されたことから、今日、天下覇唱は「盗墓小説」ジャンルの祖と目されている。《鬼吹灯》ヒット以降も、多くの怪奇サスペンスと探検・冒険を織り交ぜた作品を発表し続けている。【おもな作品】《鬼吹灯》シリーズのほか《賊猫》（〇八）、《謎踪之国》シリーズ（〇九〜一二）、〝四神闘三妖〟シリーズ（一八〜）【邦訳】『精絶古城―冒険ファンタジー』（コミック版）。

解説

《鬼吹灯》シリーズは、家伝の秘書を手に入れた胡八一、その友人の王胖子、ヒロインのShirley楊といった三人の盗掘者が、風水秘術を用いて遺跡や古墓に入り、謎に迫り、秘宝を求める物語である。ネット上に第二部まで発表されて後、八冊に分けて出版された。《鬼吹灯：之精絶古城》（〇六）ではタクラマカン砂漠へ、《鬼吹灯之龍嶺迷窟》（〇六）では陝西省の秦嶺へ、《鬼吹灯之雲南虫谷》（〇六）では雲南の地下水道へ、《鬼吹灯之崑崙神宮》（〇六）ではチベットの崑崙山脈へ、《鬼吹灯Ⅱ之一・黄皮子墳》（〇七）では内モンゴルの大興安嶺山脈へ、《鬼吹灯Ⅱ之二・南海帰墟》（〇七）では南シナ海へ、《鬼吹灯Ⅱ之三・怒晴湘西》（〇七）では湖南省の武陵山脈へ、《鬼吹灯Ⅱ之四・巫峡棺山》（〇八）では長江三峡一帯の巫山へと、中国の東西南北、危険な生物や呪術が潜む密林や地底・水底へ旅を続ける。

　天下覇唱は、物理探査隊隊員の両親の勤務地である内モンゴルで育った。地質隊の居住区には古墓から出土した遺品があった。また考古学発掘用の道具について知る機会もあり、洞窟や墓穴に潜り込んで遊んだりした。中学入学の頃、両親は彼の学業のために天津に転居したが、数学の成績がふるわず高校を中退した。その後、近所で皿洗いをし、出稼ぎにゆき、働きながら美術を学び、テレビ局の美術部門、服飾業、美容室の職を転々として、最後に天津に戻って金融先物取引業者になり、炭鉱オーナーとの取引の際に風水に詳しくなったという。《鬼吹灯》シリーズには、少年時代の見聞や体験、仕事で得た風水の知識が生かされている。また、彼は《水滸伝》を愛読していたそうで、作品の端々からも猛者や戦闘場面への愛着が感じられる。

　盗掘や考古学を題材に、怪奇サスペンスと探検・冒険を織り交ぜた、謎が謎をよぶ作風は《鬼吹灯》シリーズの後も続いた。《賊猫》は、太平天国の乱を背景に、主人公の少年が盗掘者になり、秘伝の動物鑑定法によって魔力のある猫の協力を得、敵と戦ってゆく。《謎踪之国》シリーズは文革末期を背景に、主人公がミャンマー国境地帯の遊撃隊員になり、次第に古代チャンパ王国の考古学探検に巻き込まれてゆく。続く第二作では楼蘭へ、第三・四作では山深い神農架へと誘われる。これらは盗掘「摸金」門派の系譜の物語になっており、《鬼吹灯》シリーズと相補関係にある。

　今世紀に入り、「西部大開発」対象地域の観光産業が飛躍的に発展したことから考えると、天下覇唱の作風は人々の秘境への興味関心に応えていたと言えるだろう。一方で、地元を再発見するような、天津を舞台にした作品も増えつつある。水上警察官、派出所所長、道士など、民国期の伝説的英雄を主人公にした〝四神闘三妖〟シリーズと関連作品、逆に無頼漢が主人公の《大耍児之西城風雲》（一六）がある。後者は八〇年代の天津の青春群像劇で、リアリズムの手法を用いている点で新たな試みが見られる。

（上原かおり）

《鬼吹灯之雲南虫谷》より

巨虫のあまたの体節は殻で覆われ、頭には壊れた金のマスクをかぶっている。Shirley 楊は爆発のタイミングを見積もり、頭部をねらって投げた。／ところが予想外のことが起きた。目を失った巨大な虫は、飛んできたものが何であろうと構わず、振り向きざまに噛みついてダイナマイトを丸呑みにした。／空中でバンッと風船が割れるようなにぶい音がして、巨体から出ている赤い液体に黄色い液体が混じり、そして無数の細かい肉片が満天の花吹雪のように飛び散った。

莫言

ばくげん／一九五五―／中国・山東省高密市生まれ

Mo Yan

略歴

本名は管謨業、筆名の莫言は、謨の字を分解した「言う莫《な》かれ」の意。作家。農家に生まれ、幼年時代は飢餓に苦しんだ。小学校五年生で学校教育への反発から警告処分を受け、しかも、文化大革命が始まって出身階級が禍となり、進学の道を絶たれた。羊飼いや野良仕事をしながら、草木山水をながめ、祖父母の不思議な語り物に耳を傾け、また、村にある本を読みあさった。町から来た青年から、作家なら日に三度餃子が食えると聞き、作家を夢みたという。一九七六年、人民解放軍に入隊し、小説を書き始めた。八五年「透明な人参〈透明的紅蘿蔔〉」*が衆目を集め、「赤い高粱《こうりやん》〈紅高粱〉」*（八六）が張芸謀によって映画化（八七）されて、世界にその名を知らしめた。九七年人民解放軍を離職。〇九年、出身地に莫言文学館が開館した。一二年ノーベル文学賞受賞。【おもな作品】先の二作のほか『天堂狂想歌《天堂蒜薹之歌》』*（八八）、『豊乳肥臀《ほうにゆうひでん》《豊乳肥臀》』*（九五）、『転生夢現《生死疲労》』*（〇六）、『蛙鳴《あめい》《蛙》』*（〇九）等。【邦訳】*を付した作品のほか『酒国』（九六）、『白檀の刑』（〇一）『変』（一〇）『遅咲きの男』（二一）等。

解説

莫言の小説世界は奇想天外だ。中国農村の文化と現実に根ざした言語で壮大かつ細密に描写する表現力が、そのリアリティを支えている。ノーベル文学賞受賞の際には、幻想的なリアリズムによって、民話と歴史、現代をつむぎあわせたと評価された。読書家でもあり、『西遊記』や『聊斎志異』等の中国古典文学、マルケス、フォークナー、川端康成から刺激を受けたという。

八〇年代の短編や中編の小説は、幻想的かつリアルな自然描写で読者の五官を揺さぶる。「透明な人参」〔原語の紅蘿蔔は赤カブの意〕は、口をきかない少年が、光りにかざした赤カブの一瞬の美に魅入られ、その美を求めて自然に一体化していく珠玉の短編だ。「赤い高粱」は、村を侵略する日本軍に対して復讐の戦いを挑んだ祖父母世代の伝奇的武勇伝である。祖母は、私の身体は私のもの、地獄に落ちても怖くないという個性解放の先駆者で、祖父は、無頼漢にして抗日の英雄だ。

原初的な生の欲望に突き動かされる人間の強さや悲しさが、土の臭い、太陽の熱、血の海のような高粱の赤い色など、臨場感あふれる自然描写によって伝わってくる。日本軍の弾に倒れた祖母が、目に映った鳩を見つめ、鳩とともに空を飛翔し、時空を超えて故郷を見渡す場面は荘厳である。八七年、続編とともに『高粱家族』にまとめられた。

『天堂狂想歌』は、実際に起きた農民暴動に駆り立てられるようにして執筆された長編小説である。八七年、山東省のある県でニンニクの芽の作付けを奨励したところが想定外の豊作で販路を確保できず、農民が怒って県庁になだれこんだ。人民日報でも報道された事件である。街角の盲人が歌う民衆の記憶、絶望する農民たちの意識、報道が装う正義がそれぞれの文体で描かれ、最後に作家の肉声が響く。莫言にしてはわかりやすい小説だが、多様な文体によって事件を構成しなおす仕掛けが鮮やかである。

その後の作では、重層的な物語構成によって空想の世界に読者を誘いながら、人を縛る暴力的な現実をとらえていく。『転生夢現』は、土地改革で銃殺された地主がロバ、牛、豚などへの転成を繰り返し、動物の目から、中国共産党の農業集団化政策失敗の歴史を語りつぐという異色の作だ。『蛙鳴』は、計画出産のために生涯を捧げた女医の物語である。それが中絶という手段をとるとき、人は未来の命を育むために、目の前の命を葬ることになる。女医は定年退職の日に、蛙の大群の襲撃を受けた。中国語で蛙《ワー》は、娃《ワー》〔赤ちゃん〕と媧《ワー》〔泥土で人間を創った女神〕に通じる。怒声をあげてわき出す蛙に腹ばいにされ、蛙に孕まされる恐怖におののく女医の姿に身の毛がよだつ。まさしく幻想的なリアリズムである。

映画やテレビドラマの脚本も手がけ、『赤い高粱』のほかに、〇二年『至福のとき』*（原作「師匠、冗談きついよ」）、〇三年『故郷の香り』（原作「白い犬とブランコ」）*が映画化された。日本では、親交を結んだ大江健三郎が中国に莫言を訪ねるドキュメンタリーが制作、放映された。『蛙鳴』に書信のかたちで登場する日本の作家には、大江健三郎の影が色濃く見られる。

（加藤三由紀）

『赤い高粱』より

白雲の影と白雲が互い違いに連なって、のんびりと動いていく。純白の野鳩の群れが、高い空からヒュッと降りてきて、高粱の梢にとまった。鳩たちの鳴き声が、祖母を呼び覚まし、祖母はくっきりと鳩の姿を見た。鳩も高粱の粒ほどの、真っ赤な小さい眼で祖母を見た。祖母は心をこめて鳩にほほえみ、鳩は、いまわの際に祖母がみせた生命への名残惜しさと愛おしさに、寛大な笑顔で返礼している。祖母は叫んだ。愛しい人たち、まだまだ私は一緒にいたい！　鳩たちはつぎつぎに高粱の粒をついばんで、祖母の声なき叫びに応えている。

コラム④

映像は時代と人びとを投影する

中国映画鑑賞ガイド（一九八〇～）

好並　晶

一　はじめに―時代に寄り添う映画たち

本コラムでは、文革が終わり中国社会が再起動する一九七八年から現代までの中国映画、或いは香港などを含む中華語圏映画のなかで、各々の時代性を表象し、且つ印象深い作品群を時系列に紹介したい。選に漏れる佳作も多々あるが、中国映画を観始めようとする方々の一助となれば幸いである。

二　八〇年代前期―「傷痕」を見つめる作品群

文革後、日本映画『君よ憤怒の河を渉れ』（一九七八）『愛と死』（一九七九）の公開が国内の情勢さえ見えなかった人民に「外の世界」を知らしめた頃、中国映画は文革の「傷痕」を描き始める。巨匠・謝晋《シエ・チン》の『天雲山物語《天雲山伝奇》*』（一九八〇）は文革の悲劇を、反右派闘争まで遡り、右派分子の男が経た苦難の道と、その男を捨てた女の苦悩と悔恨を重厚に描く。他にも才匠・謝飛《シエ・フェイ》監督の《我們的田野》（一九八三）は僻地に放逐された若者たちの悲哀を、女流監督・張暖忻《チャン・ヌアンシン》の《沙鴎》（一九八〇）は青春期を文革で失った者の痛みを描写し、文革を経験した様々な世代を浮き彫りにした。

三　八〇年代中期―「第五世代」という新潮流

文革が終わり漸く映画を学び始めた若い世代は、北京電影学院を卒業後、斬新な作品を世に問うて〝第五世代〟ニューウェイヴ作家と称された。陳凱歌《チェン・カイコー》の『黄色い大地《黄土地》*』（一九八四）の、荒んだ大地を凝視する映像と、愚昧な民衆を救えない党への批判精神に、観る者は魅了された。同期の張芸謀《チャン・イーモウ》による、むしろ愚昧こそ中華文明の原動力と訴える『紅いコーリャン《紅高粱》*』（一九八七）、田壮壮《ティエン・チュアンチュアン》の、遊牧民の原初的な生を活写する『狩り場の掟*』（一九八五）なども必見だ。これらの作品群は、王学圻《ワン・シュエチー》や姜文《チアン・ウェン》、「中国の山口百恵」と称された鞏俐《コン・リー》など、のちの名優を生み出した。

四　九〇年代前期―中国の現代を浮き彫りにする日常描写

中国映画は元来、三〇年代上海リアリズム潮流の伝統を継承し、人々の日常描写を通じて社会を描く事に長じている。孫周《スン・チョウ》の『心の香り《心香》*』（一九九二）は祖父と孫が夏休みを過ごす様子を描きながら、その裏にある中国都市部の核家族化や離婚問題を仄めかす。祖父役の朱旭《チュウ・シュイ》の名演技もよいが、孫役の費洋《フェイ・ヤン》に、中国の子役俳優の卓越した演技力を見るだろう。その他〝痞子《ならずもの》〟の暮らしを通じて経済発展の翳を描く『黒い雪の年《本命年》*』（謝飛監督、一九九〇）、天安門事件以後に祖国から逃れようとする人民の〝出国熱〟を背景にした『再見のあとで《大撒把》*』（夏鋼《シア・ガン》監督、一九九三）もこの時代を象徴する佳作だ。

五　八〇～九〇年代中期―文革映画・旧き世代と新しき世代

八〇年代中期以降の文革作品にも魅力がある。張暖忻監督の『青春祭《青春祭》*』（一九八五）はとある少女の文革期の追憶に彩られた瑞々しい映画だ。謝晋監督は、文革に揺すぶられる村人の命運を『芙蓉鎮《芙蓉鎮》*』（一九八七）で劇的に描き切っている。本作はヒロイン役の劉暁慶《リウ・シャオチン》をスターにのし上げ、同時に文革映画の決定版と評された。

「文革を描かざる者、映画作家に非ず」と豪語した〝第五世代〟の陳凱歌は、香港資本と提携して『覇王別姫―さらばわが愛《覇王別姫》*』（一九九三）を発表する。民国初期から文革後までの中国現代史を京劇役者の運命を軸に活写した本作は、陳凱歌のエンターテイナー性を覚醒させた。張芸謀のつましい庶民の暮らしを諧謔的に描く『活きる《活着》*』（一九九四）と、文革に至るまでの少年時代を愛しむような田壮壮の『青い凧《藍風箏》*』（一九九三）も、〝第五世代文革映画〟として併せ称される傑作群である。

六　九〇年代後期
―主旋律映画・〝賀歳片〟とミレニアム前夜

社会主義国家である中国では、史的節目にあたり国威発揚のための「主旋律映画」が作られる。香港の大陸返還を記念する香港映画《衝上九重天》（黄俊文《チュンマン・ウォン》監督、一九九七）は、宇宙開発に中国の技師が尽力する物語だが、この技師を梁家輝《レオン・カーフェイ》が演じて大陸との血縁を香港自らが名乗り出たような作品である。また、建国五〇周年の一九九九年には《国歌》（呉子牛《ウー・ツーニウ》監督）が制作され、中国国歌《義勇軍進行曲》の歌詞を作った劇作家、田漢《ティエン・ハン》の格闘が描かれた。

一方、ポスト〝第五世代〟作家の馮小剛《フォン・シャオガン》は、一九九八年旧正月に『夢の請負人《甲方乙方》*』を発表して以来、中国の〝賀歳片（お正月映画）〟ジャンルを構築する。物語こそ毎年異なるが、喜劇俳優の葛優《グォ・ヨウ》が毎回主人公となり、馮小剛の妻、徐帆《シュイ・ファン》ら多彩なヒロインが出演して新年を華やかに飾った。また、一九九九年には張揚《チャン・ヤン》監督の『こころの湯《洗澡》*』や霍建起《フォ・ジェンチー》監督の『山の郵便配達《那山、那人、那狗》*』が制作され、中国の現代化を前に消え行く古里の原風景を名残惜しく描いた。『こころの湯』の朱旭、『山の郵便配達』の滕汝駿《トン・ルージュン》と、旧き時代を背負う父親役が印象的だ。

七　二〇〇〇年代
―中華語圏映画のグローバル化・馮小剛が描く現代史

二〇〇〇年以降は、大陸と台湾・香港が提携し、「中華語圏映画」文化を国際的に打ち出していく。張芸謀は、中華圏映画グローバル化の旗標となる『HERO―英雄《英雄》*』（二〇〇二）を発表、功夫俳優の李連傑《ジェット・リー》ら多くの香港俳優を擁しながら、巨大セットと溢れる色彩で絢爛たる古代中華ロマン様式を構築した。張芸謀は続けて『LOVERS《十面埋伏》*』（二〇〇四）を、陳凱歌は『PROMISE—無極《無極》*』（二〇〇五）、〝賀歳片〟作家の馮小剛も『女帝 エンペラー《夜宴》*』（二〇〇六）を発表した。このように中国による映画のグローバル化が推進される一方、「中国映画」という枠組の定義が曖昧になっていった。

だが、馮小剛は以後中国現代史を専ら描き進める。国共内戦と朝鮮戦争を生き存えた戦士の軌跡を追う『戦場のレクイエム《集結号》*』（二〇〇七）は無名の俳優張涵予《チャン・ハンユィ》と共に馮小剛のシリアス路線を知らしめ、徐帆の存在感が光る『唐山大地震《唐山大地震》*』（二〇一〇）は、文革終結直前の大震災に見舞われた母娘の精神彷徨を辿り、大陸・台湾・香港で大ヒット記録を打ち立てた。

八　二十一世紀に綴る日中戦争の記憶、香港映画の大陸記憶

日中戦争を描く映画は、中国の愛国心を謳うばかりではない。俳優の姜文は自ら監督を務め『鬼が来た！《鬼子来了》*』（二〇〇〇）を撮る。山村に取り残された日本兵（香川照之扮）と村民とのドタバタ劇は、戦争という混沌状況を活写する。陸川《ルー・チュアン》監督の《南京！南京！》（二〇〇九）も自らの正義を疑う日本兵と、生死を賭けて抵抗する中国人民を交互に描く。中泉英雄演じる日本兵と、人気女優高圓圓《カオ・ユアンユアン》演じるヒロインの束の間の邂逅が哀しい。両作品共にほぼモノクロだけに、映像のエッジが心に刺さる。

二〇一〇年代に入ると、大陸の記憶を喚起する香港作品が登場する。徐克《ツイ・ハーク》監督は二〇一四年に革命京劇《智取威虎山》（一九七〇）をリメイクし、呉宇森《ジョン・ウー》監督は文革直後の大陸に高倉健ブームを巻き起こした日本映画『君よ憤怒の河を渉れ』を、張涵予と福山雅治を起用し『マン・ハント《追捕》*』（二〇一八）として蘇らせた。これは「中華語圏映画」の概念が既に定着した証であろう。

九　二〇一〇年代〜現代に描かれ続ける文革

現代になってもなお、大陸の映画人は折に触れて文革を描き続ける。張芸謀は『サンザシの樹の下で《山楂樹之恋》*』（二〇一〇）で透明感のある新人・周冬雨《チョウ・トンユィ》を起用して純愛を清楚に描き、『妻への家路《帰来》*』（二〇一四）では妻役に名女優の鞏俐を、その妻に寄り添い続ける夫に実力派の陳道明《チェン・ダオミン》を起用し、文革で崩壊した家庭を取り戻す日々を叙述する。ベルリン映画祭出品を国から撤回された《一秒鐘》（二〇一九）も、記録映画に映る娘の姿見たさに文革中の労働改造所を脱走する男の執着心を、映画フィルムへの恋慕と共に活写する。元撮影監督の顧長衛《グー・チャンウェイ》も『孔雀—わが家の風景《孔雀》*』（二〇〇五）を、文革発動の年に生まれた気鋭の王小帥《ワン・シャオシュアイ》は《青紅》（二〇〇五）、『僕は11歳《我十一》*』（二〇一一）を撮っている。馮小剛も『芳華— Youth —《芳華》』（二〇一七）に文革期の〝文工団〟に属していた青年たちの足跡を刻み込む。時の推移につれ薄れゆく文革の記憶を、彼らは映画を媒体に記録し

つづけているのだ。

一〇　おわりに――さまざまな彩りの映画たち

その他の佳作をアトランダムに紹介しよう。風変わりな文革ものに、解放軍子弟の放埒な日々を描いた『太陽の少年《陽光燦爛的日子》*』（姜文監督、一九九四）がある。上海三〇～四〇年代映画を回顧する作品としては、伝説の女優を張曼玉《マギー・チャン》が演じた『阮玲玉《ロアン・リンユィ》*』（関錦鵬《スタンリー・クワン》監督、一九九一）や、文芸映画の傑作《小城之春》（費穆《フェイ・ムー》監督、一九四八）を田壮壮がリメイクした『春の惑い《小城之春》*』（二〇〇二）が異彩を放つ。寧浩《ニン・ハオ》監督がその鬼才を揮った『クレイジー・ストーン翡翠狂騒曲《瘋狂的石頭》*』（二〇〇六）は田舎町の宝石を巡る大騒動を描いて〝瘋狂《クレイジー》〟ブームを巻き起こした。中国映画きっての〝性の作家〟婁燁《ロウ・イエ》は『天安門・恋人たち《頤和園》*』（二〇〇六）で制作禁止に遭うが、『二重生活《浮城謎事》*』（二〇一二）での復帰以後も、性に纏わる人々の業を描き続ける。その他、ストイックな陸川監督の『ミッシング・ガン《尋槍！》*』（二〇〇二）や『ココシリ《可可西里》*』（二〇〇四）、流浪する人々の心の襞を浮き彫る賈樟柯《ジャ・ジャンクー》の『長江哀歌《三峡好人》*』（二〇〇六）など観応えがある。また、若くして自死した胡波《フー・ボー》監督が唯一遺した出世作『象は静かに座っている《大象席地而坐》*』（二〇一八）は、各々に〝嫌悪〟を抱く四人の男女が過ごす一日を、約四時間という長尺で捕捉する。この作品もそうだが、近年の中国映画はロングテイクを多用する傾向が強い。顧曉剛《グー・シャオガン》監督による《春江水暖》（二〇一九）は長江の畔に住む大家族の生活をありのままに再現し、彼らの暮らす緩やかな時間を観る側に追体験させる。ノワールの鬼才刁亦男《ディアオ・イーナン》監督による『鵞鳥湖の夜《南方車站的聚会》』（二〇一九）は誤って警官を殺し逃げ惑う男の逡巡するさまを長尺で捉えて秀逸である。一方、映画の後半六十分をワンショットで撮った畢贛《ビー・ガン》監督『ロングデイズ・ジャーニー《地球最后的夜晩》』（二〇一八）は、本撮影の達成を目的とした感が強い。ワンショットが頻用されるようになった理由には、取り廻しが容易な高解像度スマートフォンが大きく関与しているだろう。文革後、毛沢東文芸を脱却し、自らのリアリティを奪回するために提唱されたワンショット撮影技法であったが、今や映画表現のファッションと化している。一般大衆がスマホ片手にカメラマンとなる時代の上に映画は存在しているのだ。いまは映像ソフトだけでなくネット配信でも作品が鑑賞でき、中国の社会とそこに生きる人々の息吹を手軽に感得できる。だがどの時代にあっても、投影される映像そのものを見つめる行為こそ、映画の醍醐味であることに変わりはないだろう。

白先勇

はく・せんゆう／一九三七― ／中国・広西省(現、広西チワン族自治区)南寧市生まれ

Bai Xianyong

略歴

作家。国民党の将軍であった父・白崇禧とともに、白先勇も国共内戦の敗北に伴い、武漢、広東、香港へと逃れ、一九五二年に台湾に渡った。台湾一の名門男子校・建国中学を卒業後、長江三峡ダム計画に参加したいという夢を抱いて成功大学で水利工学を学んだものの、文学への情熱を抑えきれず、台湾大学外文系に転学する。大学三年生の時に、《文学雑誌》に短編小説〈金大奶奶〉(五八)を発表。二年後、王文興や李欧梵たちと《現代文学》(一九六〇—七三、七七—八四年)雑誌を創刊し、台湾のモダニズム文学を牽引していく。大学卒業後の六三年に渡米した白先勇は、アイオワ大学大学院で学んだ後、カルフォルニア大学サンタ・バーバラ校で教鞭をとり、退職後もアメリカに在住している。【おもな作品】『最後の貴族《謫仙記》*』(六五)、『台北人《台北人》*』(七一)、『孽子《孽子》*』(八三)。

解説

白先勇が《現代文学》に寄稿していた六〇年代の台湾では、国民党による言論統制の下、中国近代文学も戦前の台湾の文学も継承する道が閉ざされていた。白先勇たち若い世代は、近代を想像する参照例として西洋文学を受容し、中国古典文学を近代的に解釈しながら、閉塞状況を乗り越え、自分たちのアイデンティティ・クライシスを起点に台湾の現実を作品化し、台湾のモダニズム文学を作り上げていく。

『台北人』は、白先勇が六五年から七一年までに《現代文学》等に発表した「永遠の尹雪艶」「一束の緑」「除夜」「最後の夜」「血のように赤いつつじの花」「懐旧」「梁父山の歌」「孤恋花」「花橋栄記」「秋の思い」「満天に輝く星」「遊園驚夢」「冬の夜」「国葬」十四編の短編小説をまとめ、七一年に単行本として出版した小説集だ。

『台北人』の主人公たちはいずれも台北生まれではなく、戦後に国民党と共に台湾に渡ってきた大陸各地の出身者、つまり外省人第一世代だ。反攻大陸を掲げ、大陸への帰還を信じ台湾に渡ってきたものの、中国大陸にも帰れず、若かりしあの頃にも戻れず、ディアスポラとして台北で生きるしかなかった外省人たちの物

語に、白先勇は皮肉にも「台北人」というタイトルを付けている。『台北人』の中で、男性が中心の物語はわずか四編。その内「梁父山の歌」「国葬」はいずれも葬式の日を描いており、企業戦士の退職後かと見紛う、大陸での過去の栄光と軍内部の人間関係にしか生きられない悲しき男たちの挽歌だ。

一方、女性たちはと言うと、たとえば「永遠の尹雪艶」は美魔女・尹雪艶の物語。尹雪艶は、台湾で老け落ちぶれ死んでいく男たちとは対照的に、上海でも台北でも永遠に変わらぬ美と魅力を持ち続ける強靭な女性として描かれている。上海で活躍したダンサー金兆麗が過去の栄光や恋を抱えながらも、戦後の台湾を生き抜く「最後の夜」には、四〇歳のキャリア女性の哀切なる思いが綴られている。『台北人』は、大陸での日々を想い続けつつも、台北での現実を受け入れ向き合い生きていく女性たちへの賛歌でもある。

『台北人』が、親世代である外省人第一世代の台北での現実を鋭く描きながらも、各小説が一句一連の漢詩のように雅やかで美しく結晶化されているのに対し、生々しい白先勇の物語世界を満喫できるのが『孽子』だ。『台北人』所収の「満天に輝く星」を原型とすると思われる長編小説『孽子』は、同性愛者である息子の、父親との葛藤の物語で、七〇年代の台北の男性同性愛コミュニティを描いている。七七年から八一年にかけて連載され、八三年に単行本として出版された。

台湾では、九〇年代に同性愛小説が多く発表、評価され、現在ではセクシュアルマイノリティ文学が豊穣なる台湾文学の重要な一角を占めるに至った。こうしたセクシュアルマイノリティ文学のパイオニアこそが『孽子』であり、同作は、金字塔として台湾文学史に位置づけられている。『孽子』「遊園驚夢」「最後の夜」等テレビドラマや映画に翻案された作品も多い。

（赤松美和子）

『孽子』より

我々の王国には、闇夜があるだけで昼はない。夜が明けると、我々の王国は姿を隠す。極めて非合法な国だからだ。我々には政府もなければ憲法もない。承認もされなければ尊重もされない。我々にあるのは烏合の衆の国民だけだ。時には、キャリアが長く、かっこよく、威厳があり、顔の利く元首を選ぶこともある。だが、適当に気分次第で覆すこともある。我々は飽きっぽく決まりを守らない民族だから。我々の王国の国土と言えば、それはかわいそうなほど狭い。縦はわずか二、三百メートル、横はたった百メートルほどの、台北市館前路の新公園（現在の二二八記念公園）の中にある長方形の蓮池の周りの小さな領土に過ぎない。

パタイ

巴代／一九六二―　／台湾・台東県生まれ

Badai

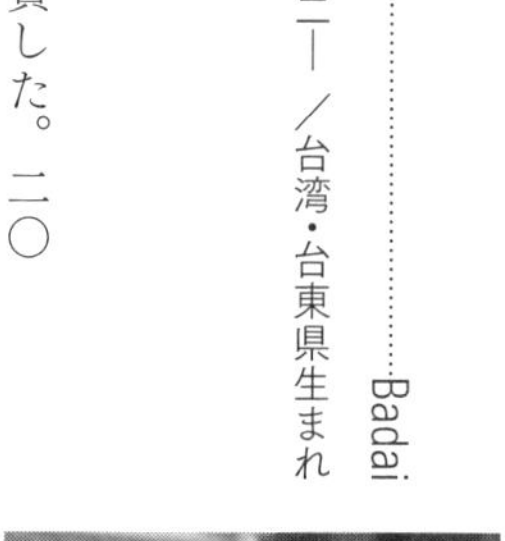

略歴

作家。プユマ族。一九六二年、台東の泰安村（タマラカウ部落）に生まれる。本名は林二郎で、パタイは筆名である。中学を卒業後、軍の学校に進み、八四年から二二年間、軍職にあった。二〇〇六年に退官。一九九八年に創作をはじめ、現代詩や微小小説をインターネットで発表した。最初の本格的な創作「サーチンのヤギの角〈沙金胸前的山羊角〉*」は二〇〇〇年に新聞に掲載された。その後、〇二年には「山地眷村〈山地眷村〉*」で原住民報導文学賞を受賞し、〇九年には短編小説集『ジンジャーロード《薑路》*』を出版した。〇五年頃からプユマ族の歴史に取材した長編小説の執筆を始め、『タマラカウ物語（上）女巫ディーグワン《笛鸛　大巴六九部落之大正年間》*』（〇七）は台湾文学賞を受賞した。二〇一三年には呉三連賞文学賞を受賞している。創作のかたわら、プユマ族の巫術の研究を進め、二〇〇五年には巫術研究で修士号を得た。

解説

パタイは台東平原の西端にあるプユマ族の村タマラカウ部落に生まれた。地元の中学を卒業すると、軍の学校に入って職業軍人になる道を歩み、二〇〇六年に退官するまで軍職にあった。創作を始めた初期には原住民社会を描いた散文や短編小説を書いていたが、〇五年ごろ歴史創作を志し、歴史小説十数編の執筆を構想した。歴史創作のきっかけは、統治者が残した記録が、部落に伝わる口承歴史と異なっていることに気づき、原住民族の立場から見た歴史を書こうと思い立ったからである。彼はたびたび部落に戻って、プユマ族の伝統文化や言語の記録や保持に努めているが、ある時、村の長老たちから聞いた話が、日本側が記した記録『理蕃誌稿』の記載と異なっていることに興味を覚えた。こうして書かれた歴史長編小説が「タマラカウ物語〈大巴六九部落之大正年間〉*」で『タマラカウ物語（上）女巫ディーグワン《笛鸛　大巴六九部落之大正年間》*』（〇七）と『タマラカウ物語（下）戦士マテル《馬鐵路　大巴六九部落之大正年間》*』（一〇）の二冊にわけて出版された。この作品には、プユマ族を始め、台東平原に居住するルカイ族、ブヌン族、アミ族、パイワン族、

漢民族、さらに当時、台湾を統治していた日本人官吏が登場する。物語は、『理蕃誌稿』に記録された事件と部落に伝わる歴史を軸にして展開するが、プユマ族の社会や文化が詳細に描かれており、巫術と戦闘の描写が大きな特色である。戦闘場面は、軍人としての経験と知識に裏打ちされた臨場感あふれる描写となっている。また原住民の間に広く行われている巫術だが、パタイの村では伝統的に巫術が盛んで、日常生活においても一定の役割を果たしてきた。彼は民族の歴史の発掘と同時に、巫術についても研究し、その成果で修士号を取得した。

　パタイの歴史小説のうち、『スカロ人《斯卡羅人》』（〇九）と『白鹿の愛《白鹿之愛》』（一二）は、一七世紀半ばの南台湾を舞台にしている。一方、『歩んできた道《走過―一個台籍原住民老兵的故事》』（一〇）は戦後から現代にかけて、台湾と中国大陸が舞台である。近年は日本の台湾統治初期を扱った作品も次々に発表している。『最後の女王《最後的女王》』（一五）はプユマ族の最後の女性頭目を主人公としており、『暗礁《暗礁》』*（一五）、『浪涛《浪涛》』（一七）は日本の台湾出兵とその発端になった事件を、日本人とパイワン人の視点から描いている。プユマ族の歴史を構築することを志したパタイは、今では南台湾を舞台にした歴史を原住民族や平埔族の視点から書いている。

（魚住悦子）

——『タマラカウ物語（上）　女巫ディーグワン』より

　祈りの言葉は、ディーグワンの特有の高い声で丁寧にとなえられ、一言一言、ケヤキの休憩所を中心として広がって行った。タルマク人にとっては、初めてだったので頭皮がむずむずし、鳥肌が立った。

　ディーグワンはとなえ終わると、陶珠を前に弾き、それからテーブルの上の脂肪の塊を取って、ひどく小さな左の手のひらと手首の間に貼りつけると、そっと息を吹きかけ、右の手のひらで抑えつけた。

　脂肪の塊は消えてしまった。

　アー……。

　誰もがざわつき、いつもいっしょに巫術を行っているアラウまで、我慢できずに小さな声を上げた。さっき、甲高い声で叫んでいたタルマク人は、ふたたびヒステリーのように叫び、今朝来た道を、タルマクの方へ狂ったように駆け出し、何人かがそのあとを追って行った。

畢飛宇

ひつ・ひう／一九六四―／中国・江蘇省興化県生まれ

Bi Feiyu

略歴

作家、大学教授。教師だった両親の転勤に伴い、少年期に蘇北の農村を転々とする。一九八七年、揚州師範学院（現・揚州大学）中文系を卒業、南京特殊教育師範学校の教員となる。その後、新聞記者、雑誌編集者を経て、九一年に中編小説〈孤島〉で作家デビュー。現在は南京大学で教鞭をとりながら作家活動を行っている。

三十年に及ぶ創作歴があり、中国では実力と人気を兼ね備えた作家として評価が高い。短編「授乳期の女〈哺乳期的女人〉*」（九六）と中編〈玉米〉（〇一）でそれぞれ第一回、第三回魯迅文学賞を受賞。〈玉米〉および同シリーズの中編〈玉秀〉（〇一）、〈玉秧〉（〇二）を収録した『玉米』（一〇）は、マン・ブッカー・アジア文学賞を受賞した。長編『ブラインド・マッサージ〈推拿〉*』（〇八）は第八回茅盾文学賞を受賞し、一三年にテレビドラマ化、同年に舞台化、一四年に映画化された。映画は第六十四回ベルリン国際映画祭で銀熊賞を獲得している。

作品は英語版やフランス語版を中心に、すでに二〇数カ国で翻訳版が出版されている。

解説

畢飛宇は先鋒文学が隆盛していた一九八〇年代中頃、マルケスやボルヘスの影響のもとで創作を始めた。第一作の発表は南京特殊教育師範学校教員時代の一九九一年。翌年から《南京日報》に籍を移すが、仕事になじめず、以後六年間の記者生活では精神面での低調が続いた。苦しい日々から逃れるようにして創作を重ね、毎年一〇本近くの長・短編小説を発表。その中には後に張芸謀監督により映画化された《上海往事》（九五、映画タイトル『上海ルージュ《揺啊揺，揺到外婆橋》』、同年）や、初の魯迅文学賞を受賞した「授乳期の女」がある。

九八年に文学雑誌《雨花》の編集者となったことが、真に作家生活を始める上で大きな転機となった。これ以降、創作は一層活発となり、短編小説「妹小青を憶う〈懐念妹妹小青〉*」（九九）、「コオロギ　コオロギ〈蛐蛐　蛐蛐〉*」（〇〇）、中編小説〈青衣〉（〇〇）、「玉米」、長編小説「あの夏、あの秋〈那個夏天　那個秋天〉」（九八）、〈平原〉（〇五）、「ブラインド・マッサージ」などの作品を続けざまに発表している。二〇一三年より南京大学特任教授。

多くの作品は、男女や家族、友人同士の複雑な力関係に歪んでいく状況や、その中で押しつぶされる人間の姿を描いている。ややくだけた文体にしばしば挿入される哲学的洞察が作品に奥行きを与え、冷たく残酷な物語世界の中にも仄かな温かみと洗練された抒情性をもたらしている。

畢飛宇は女性心理の描写の深さと的確さから、「最もうまく女性を描ける男性作家」と称賛される。作者自身は「男女の別なく、人間を描いているだけ」と語るが、彼の作品では確かに、悲劇的な運命に直面しても、なお気骨をもって孤高に生きようとする女性の姿が印象的だ。

〈玉米〉は一九七一年の農村を舞台に、村の権力者である党支部書記の娘の運命を描いた物語。発表後は中国で大きな話題となったが、物語の残酷さを批判する声も上がった。七人姉妹の長女として生まれた玉米は、八番目に生まれた弟を母親の代わりに育て、浮気性の父と関係をもつ女たちに睨みを利かせる、芯の強い娘だ。父のつてで軍のパイロットとの縁談が進み、初めての恋に夢中になるが、父が素行の悪さによって解任されたのをきっかけに、彼女の運命は大きく捻じ曲がっていく。

『ブラインド・マッサージ』は、南京のマッサージセンターで働く視覚障害者たちの人間模様を描いた作品。中国社会でも注目されることの少なかった視覚障害者の心理に深く切り込み、彼らの愛と性、希望と失意を鋭く描き出した点が高く評価された。絶望的状況にありながら、自分自身の力で立とうと人生をもがく人々の姿が、人間の尊厳を感じさせる作品だ。

（大久保洋子）

『玉米』より

玉米《ユイミー》は自分が恋をしたことを知った。彼女は炎を見つめながら、思わず涙をこぼした。彭国梁《ポン・グオリャン》には明らかに目に入っていたが、何も言わず、ただハンカチを取り出して玉米の膝の上に置いた。玉米はそれを手に取り、涙を拭かずに鼻を押さえた。ハンカチは石鹸の香りがして、玉米はそれを嗅いで泣き声を上げそうになった。すぐにこらえたが、そうするほどに涙はいっそう溢れた。それでも二人は一言も言葉を交わさず、指の一本も触れなかった。玉米は思った。これでいい。恋愛とはこういうものだ。ただ黙って共に腰を下ろし、いくらかぎこちないけれども、心は通じ合っている。すぐそばに寄り添いながら、ひたすら遥か彼方に憧れ、想いを馳せている。そういうものなのだ。

鮑十

ほうじゅう／一九五九―／中国・黒竜江省肇東県生まれ

Bao Shi

略歴

小説家、シナリオ作家。黒竜江省の農村、肇東県に生まれ、黒竜江省芸術学校でシナリオを学び、その後、同校の教師を勤めた。東北の農村を題材とした作品が多い。代表作で張芸謀監督により「初恋の来た道〈我的父親母親〉*」のタイトルで映画化された〈紀念〉の舞台も東北の架空の農村である。又、東北の農村名を作品のタイトルとした『東北平原写生集《東北平原写生集》』（一四）は、彼のライフワークとなっている。現在は広州に居住し、小説執筆の傍ら、広州市作家協会副主席、広州市文芸報刊社の社長兼編集長を勤めている。【おもな作品】中短編小説集には《拝庄》（九九）、『我が両親《我的父親母親》』（九九）、『幸運の年《好運之年》』（〇二）、『ヒマワリの咲く音《葵花開放的声音》』（〇六）、『さくらんぼ母ときた道《櫻桃》*』（〇六）《芳草地《ファンツァオディ》去来》（一六）がある。長編小説には、「痴迷」（〇〇）、〈島叙事〉（一八）などがある。

解説

鮑十はかつて全ての作品の舞台を〝霞鎮〟か〝三合屯《サンフーツウン》〟にしようと考えたことがあるそうだ。〝霞鎮《シアチェン》〟〝三合屯〟というのは、鮑十の小説によく出てくる東北の架空の農村の名前である。〈紀念〉で説明すると、主人公の招弟とその夫である駱先生が住んでいるのが〝三合屯〟で、駱先生が新校舎建設のために材木を買いに行ったのが〝霞鎮〟である。〝三合屯〟は五十数世帯、二百人余りが住む貧しい農村で、短編連作〈三合屯記事〉に詳しい。一方〝霞鎮〟は短編小説〈黒髪〉によれば、〝三合屯〟など十数ヶ村を管轄する地方の街（中国の行政区分では〝鎮〟）で、松花江に面しているという。中学は〝霞鎮〟にしかないので、〈三合屯記事〉の〝我〟は十里の道を三合屯から〝霞鎮中学〟に通っていたようである。ちなみにこの〝我〟は〝生子《ションズ》〟と呼ばれており、三合屯から初めて大学までいった人物で、〈紀念〉に出てくる駱玉生だと思われる。〝霞鎮中学〟については、いくつかの小説の中で取り上げられていて、〈黒髪〉には若い女性教師〝小羅先生〟が登場し、「ヒマワリの咲く音〈葵花開放的声音〉」では、長年〝霞鎮中学〟で古典を教え、定年退職後、〝霞鎮〟の東の郊外にある老人ホーム〝葵園〟に入った〝陳子介〟が登場する。「十洲の物語〈子洲的故事〉」に出てくる〝おじいさん〟も〝霞鎮中学〟で用務員を勤めている。〝霞鎮〟や〝三合屯〟を舞台にした短編は、ほとんど〝我〟一人称の思い出話として語られているため、何篇か読んでいるうちに、まるで自分が〝三合屯小学校〟から霞鎮中学に進み、故郷を離れて大学に進学し、今では広州に住んで、数年に一度〝霞鎮〟や〝三合屯〟に帰省する〝我〟になったような錯覚に陥る。この人物が鮑十本人をモデルにしているのは明らかであろう。作品で語られる物語が実体験に基づいたものかどうかは分からないが、彼の頭の中には〝霞鎮〟や〝三合屯〟が確かに存在し、〝招弟〟も〝駱先生〟も〝小羅先生〟も〝子洲〟も〝陳子介〟も生きていて、〝我（生子）〟に様々な物語を見せてくれるのであろう。鮑十は、それを小説に書いているのだ。だから、鮑十の書く小説は視覚的である。例えば、〈葵花開放的声音〉の中には〝両塊紅磚対頂〟という言い方が出てくる。これは、極寒の東北独特のレンガの置き方で、二枚のレンガを縦につなげて壁の厚みを出しているのである。このように寒さという目に見えないものをレンガという視覚に置き換えて表現している。こうした視覚的な表現ができるのも、彼の頭の中で〝霞鎮〟や〝三合屯〟が見えているからではないだろうか？

（関口美幸）

「ヒマワリの咲く音〈葵花開放的声音〉」

陳子介はうなずいた。彼には校長の言いたいことが分かっていた。養老院に入るには条件が要るのだ。一つは身寄りがないこと。子供がいなければいい。当然彼はこの条件に当てはまっていた。そもそも結婚したことがなく、生涯一人で生きてきたからだ。その理由は謎に包まれている。何十年も前に、彼はよその土地の師範学校に行っていたが、卒業すると霞鎮に戻り教師になった。その頃はまだ若く、見た目も取り立てて欠点はなかったので、熱心に縁談を勧める人もいた。でも、彼は一人も気に入らなかった。噂では、師範学校に通っていた頃、ある女学生と恋仲になったが、その女学生が若くして死んだそうだ。

北島

ほくとう／一九四九―　／中国・北京市生まれ　Bei Dao

略歴

詩人。本名は趙振開。北京第四高校在学中に文革がはじまる。一九六九年に北京第六建築公司に配属され、八〇年まで工員として働く。七〇年から創作をはじめ、文革終結後の七八年末、文学雑誌《今天》を創刊。創刊号に掲載された北島の詩「回答〈回答〉*」は多くの文学青年を魅了した。《今天》派の詩は一部の詩人や批評家から、理解できない「朦朧詩」として厳しい批判を受けるが、文学性に乏しい批判が終息したあとは、全国の文学雑誌もこぞって掲載するようになり、八六年には『北島詩選』が公刊されている。しかし、八九年六月、六・四天安門事件がおこり、講演等のため海外に滞在中だった北島は帰国できなくなってしまう。その後アメリカへ渡り、大学の客員教授をつとめながら詩作を続けた。二〇〇八年、香港中文大学教授となり香港に居を移して、二〇年におよぶ海外流亡生活に終止符が打たれた。国際的な文学賞を多数受賞しているほか、ノーベル文学賞の最終候補者としても名が挙がる。

【おもな作品と邦訳】「回答」「ある日」「黒い地図」「冬を過ごす」『北島詩集』《岐路行》（長詩、邦訳なし）、『波動』（長編小説）、「廃墟」（短編小説）等。

解説

《今天》は、文革終結直後の七八年末、北島、芒克（詩人）、黄鋭（画家）の三人が北京で創刊した民間（地下）文学雑誌である。謄写版印刷の手製の雑誌に掲載された詩や小説や評論は、官製の文学雑誌にはない新しい文学の言葉を伝えるものだった。《今天》の存在は次第に全国の文学青年たちにも知られるようになり、ことに北島の詩「回答」は新しい時代を象徴する詩として広がっていった。「卑劣は卑劣な者の通行証／高潔は高潔な者の墓碑銘／見よ、あの金メッキされた空に／無数に漂う死者たちの歪んだ倒影を／……／この世界に私はやってきた／紙と縄とこの身だけを携えて／審判の前に／あの判決を下された者たちの声を読み上げるために／／世界よ、聞くがいい／私は―信じ―ない！／……／あらたな転機、そしてまたたく星々が／さえぎるもののない天空に織りなされていく／それは五千年の象形文字／それは未来の人々の見つめる眼」――権力者に挑戦状を叩きつけるような激しさと緊迫感の一方で、豊かなイメージと瑞々しい情感を湛えたこれらの言葉は、抑圧の時代を経て新たに歩み始めた多くの青年たちの心を捉え、北島は伝説的な詩人となった。

　北島の名は海外にも広く知られるようになり、八七年から翌年にかけてイギリスのダーラム大学に客員教授として招かれ、またアイオワ大学の国際創作プログラムに参加、八九年にはドイツ学術交流委員会（DAAD）の招待でベルリンに四ヶ月滞在したのち、客員教授として招かれたノルウェーのオスロ大学に向かった。しかし同年六月に六・四天安門事件がおこり、境遇が一変する。事件の前に、政治犯釈放や民主化を求める公開書簡、学生を擁護する嘆願書などに名を連ねていた北島は、国内に戻ることができなくなってしまった。その後、本人も予想していなかったであろう二〇年という長い歳月を海外で送ることになる。スウェーデン、デンマーク、オランダを経て、九三年にアメリカへ渡り、大学の客員教授をつとめながら、生活や思考の跡を詩と散文につづった。また、八〇年に北京市公安局より発行を禁じられた《今天》を、九〇年八月にオスロで復刊、その後何度か拠点を移しながら刊行を続けた。父の見舞いのための一時帰国が認められたのは、二〇〇一年一二月のことである。「黒い地図」には、その時の心情が投影されている。

　香港に生活の場を得てからの北島は、《今天》の編集・出版と国際詩歌祭「香港国際詩歌之夜」の開催に力を注ぎ、一二年には長詩《岐路行》を発表した。《岐路行》は、病気による中断を経て続編が書かれ、二一年一二月に完結、長く母語から切り離された環境の中に身を置いた北島が、あらためて母語に向き合い、時間をかけて紡ぎ出した大作である。北京で過ごした日々、海外流亡後の出来事や新旧の知友の消息、古今の文学者との対話等を記しながら、歴史に向き合い詩の本質を問う序曲と三四章は、詩人の「迷途」（漂白の道）の記録であり、そこには、厚い壁の芯から響いてくるような硬く澄んだ音色がある。　（栗山千香子）

「黒い地図」より

寒鴉《からす》が集い　しまいに／夜すなわち黒い地図になる／私は帰ってきた――帰路は／かならず漂泊の道よりも長く／一生よりも長い／／携えしは冬の心／泉の水と蜜でこしらえた丸薬が／夜のことばになるとき／記憶が狂おしく吠えたて／虹が闇市に見え隠れするとき／／父の命の火はさながら豆粒／私は彼のこだま／人に会いに出かけて角を曲がると／昔の恋人が風の中に身を潜め／手紙とともに回っていた／／北京よ、私に／おまえのすべての灯火に乾杯させてくれ／私の白髪に道案内させ／黒い地図を通り抜けさせてくれ／嵐がおまえを連れて飛び立つように／／私は列にならぶ　あの小窓が／閉じられるまで　ああ明月《つき》よ／私は帰ってきた――再会は／かならず別れより少ない／一度だけ少ない

散文のことばから詩のことばへ

女性詩人の動詞感覚

佐藤普美子

現代詩の中には、日常的で平凡なことばが、読むにつれて徐々に戸惑いや違和感を引き起こし、ついに不安定な感じをもたらすものがある。ことば自体は平易でも、組み合わせや呼応の約束事がずらされることで、どこか落ち着かない感じが与えられる。だが、詩のことばとはそもそもそういうものかもしれない。ことばの展開が予想できる詩はたいていつまらない。読み手の多くは現実と地続きの散文のことばから入っていくのだが、いつのまにか異次元に誘いこまれ、突然生々しい感覚に襲われて、眠っていた意識が呼び覚まされる。詩を読む時、そういう「想定外」の体験を私たちはひそかに期待しているのではないか。

その期待にこたえる詩人の中に、中国の陳敬容（一九一七～八九）、香港の西西（一九三八～二〇二二）、台湾の零雨（一九五二～）がいる。彼女たちは地域も世代も異なるが、いずれも簡潔で親しみやすい表現を得意とし、それでいて意表を突くことば遣いに特色がある。その詩が与える新鮮な驚きは時を経て読むたびによみがえる。

一　落ちる――陳敬容の落下感覚

一般に中国のモダニズム詩といえば、文革が終息した二〇世紀八〇年代の「朦朧詩」が多く取りあげられるが、じつはその先駆けはすでにその半世紀前に誕生していた。特に一九四〇年代抗戦期、戦時に花開いた中国式モダニズム詩は、八〇年代になって「九葉派」として再発見され、クローズアップされた。その中のひとりが陳敬容である。

私はしばしば自分が／もうひとりの見知らぬ存在で／見知らぬ思いや考えをひとり抱いているのが見える／街角に直立し／一陣の風にふいに襲われたとき／私は見知らぬ私が／見知らぬ世界に向き合うのを見ている

――「見知らぬ私〈陌生的我〉」

自意識や分裂した感覚を詩にすることは今ではとくに珍しくもないが、一九四〇年代、集体が重視される戦時にあって、「見知らぬ私」として個を注視するのは大胆で壮快である。個への関心にありがちなナルシシストのポーズも一切ない。反復される「見知らぬ」という形容詞は陳敬容の詩にしばしば現れるキーワードだ。さらに特徴的なのは、「舞い落ちる・落下する・凋み落ちる・下降する」など落下に関わる動詞の多用である。次は詩「黄昏よ、私はあなたの縁にいる〈黄昏，我在你的边上〉」の最終二連。

私が沈黙するのは暗夜がもうじき訪れるから／理由のない悲しみと怖れがいつもあるから／風もないのに木の葉が一枚また一枚と舞い落ちて／肩に不思議な冷たさを投げかける／黄昏よ、私はぐるりめぐって／やはりあなたの縁に戻る／いま暗夜の羽ばたきが聞こえる／その翼によじ登って、飛びたい、飛びたい／力尽きて暗夜の縁に／転げ落ちるまで／そこに夜明けがある／真っ赤に輝く太陽がある

暗夜の翼に乗って飛び、転がり落ちた「縁」が夜明けだという発想には知的で童話的、希望を伴う奇抜な落下感覚がある。思い出すのは同じ九葉派の鄭敏（一九二〇～二〇二二）で、彼女は六十歳を過ぎて再び旺盛な創作欲を示した息の長い詩人だ。その四〇年代の詩〈時代与死〉の最終四行「美しい輝きはまるで一輪の／突如ひらいた珍しい花、たとえすぐに／凋み落ちても、すでに／生命の胚芽は残されている」という表現に「凋み落ちる」ことに潜む再生の希望がかいま見える。また〈鷹〉の最終三行「それは行く先を定めると／ごらん毅然として渇望を抱き／空の高みから力強く下降する」にも、鷹の急降下する動きを借りた強靱な意志の下降感覚が見える。

二　回る——西西の円環感覚

西西の本名は張彦、上海に生まれ、一九五〇年から香港に移り住んだ。彼女は香港を代表する小説家だが、自ら「詩を書く方法で小説を書く」と述べるように、その文学の核心は詩にある。読み手の興味を引く喜劇的展開、小気味よいユーモアとウィット、社会諷刺とアイロニーには子供心が溢れ、八十歳半ばになってもそれは衰えない。

王教授によれば／ある読書人は／階段を上ると／欄干で／まどろむ猫を／ひと蹴りして楼の下へ追い払うらしい／私には見えた／一面の草原が／二筋の虹が／三匹の黄色い蝶が／四本のリンゴの樹が／五羽のガビチョウが／楼上から落ちてくる

——「ある読書人〈有位读书人〉」

高みをめざし邪魔ものを蹴飛ばしひたすら楼を上る知識人と、地上に立って落ちてくる数々の美しいものを眺めやる「私」がおもしろい対照をなす。次の詩は、先頭を競い順位を比べる無意味さを円環的感覚によって解消した、これもコミカルでアイロニカルな一篇。

一本の樹の周りを／ぐるぐる回る／と哲学ゲーム／／歩き出したとき／あなたは前を／私は後ろを歩いている／／歩き歩いて／なぜなぜだか／私は前に／あなたは後ろに／／奇妙な位置は／しかと定まらず／その理由をあなたは言える？／／停留所でバスを待つ／バスが来て、人びとは先を争い／私はいちばん後ろに押しのけられる／／デモに行く／機動隊が来て／私はいちばん前に押し出される／／画廊

の二階で／プレーラファエル派に出逢い／階下に降りると、ポストモダンに出くわす／／私の前を歩く人は／自称後《ポスト》－後進／陰でその人は前《プレ》－前衛を自称／／もしやこれこそ／一本の樹が／かつて道を歩いたことがない理由なのか／／一本の樹の周りを／ぐるぐる回ると／目まいがする

――「一本の樹の周りをぐるぐる回る〈绕着一棵树〉」

円環の感覚は、家を出て戻るべき時が来たら戻るという原点回帰の倫理的感覚にも通じる。「玄関の神様」に語りかける童謡のような次の一篇にそれはユーモラスに表現される。

しっかりと私のために玄関を守ってください／もし戻ってきた私が／前より誠実でなかったら／私を捕まえ虎に食わせて／もし戻ってきた私が／前より寛容でなかったら／私を捕まえ虎に食わせて

――「髭をはやした玄関の神様〈长着胡子的门神〉」

三　通り抜ける――零雨の移動感覚

一九八〇年代から詩を書き始めた台湾の零雨、本名王美琴は不気味さと不安をかきたてる生々しい表現に秀でる。例えば、連作詩「戦争中のフリーズフレーム〈战争中的停格〉」の一篇「すべての嬰児が姿を消した〈所有婴儿都失踪了〉」は、写真以上に殺戮の恐怖と残虐さを皮膚感覚に訴える。

爆弾。嬰児の秘所に／炸裂　すべての嬰児が／姿を消した／／皮製の顔が／急速に成長する果実のように／樹の枝に引っかかる／／ふぞろいの枝は必死に伸ばした母の／腕のよう。遅すぎた／腕は突然の重みによって下へ引っ張られてぶるぶる震える

母の腕に見立てられた樹の枝が受け止めている嬰児の死体の重さは未来を失った人類の絶望の重さだろうか。この詩人の鋭い批評精神は一連の「箱シリーズ〈箱子系列〉」の各篇に現れている。同シリーズの中の「前進もせず後退もせず〈既不前进也不退〉」、「私の記憶は四方形〈我的记忆是四方形〉」には「箱の中に捨てられ」「やっぱり箱の中に残る」私の身動きできない閉塞感が滲み出ている。特徴的なのは、移動に関わる動詞が多用されていることだ。連作詩「地図から消えた名前〈消失在地图上的名字〉」には、失われたものを探し求めて「歩く・跨ぐ・越える」の他、「押し開ける」という動詞が現れる。同じく連作詩〈特技家族〉の中でも「前や後ろに跳ぶ・転げまわる・接近する・跳びあがる・切り込む・躍り出る・逃げる・退く」など位置を変える動詞が目に付く。次の一篇からはドアを押し開けるという行為に伴う疲弊の感覚がじわじわと伝わってくる。

そして縄を解いた／いち早く麻痺する縄を一本残して縄を解く／／ドアを押し開けまたドアを押し開けるとドアの外

はドア／の世界でドアを押し開けまたドアを押し開けて／狭い階段の踊り場に下りてドアを押し開け／またドアを押し開ける。狭い階段の踊り場に上がり／ドアを押し開けまたドアを押し開ける。上は／ドアの世界――ドアを押し開け／またドアを押し開けドアの外のたどりつけない場所を眺めわたす／ドアを押し開け／またドアを押し開け／暗闇の中で一本の縄に手が触れると／ゆっくりと縄で自分をしばる

――〈特技家族　九〉より

これでもかこれでもかと「ドアを押し開ける」行為が繰り返され、読み手にも焦燥と苛立ちが徐々に伝染して疲労感に襲われる。自縄自縛。ラストの一行は腑に落ちると同時に、ハッと我に返らせる転換がある。

書くことそれ自体を表現したのが次の「すき間〈縫隙〉」だ。

私は花とガラスの／部屋を通り抜ける／／私は花の香りと／破片の路地を通り抜ける／／イバラと棘の大通りを通り抜ける／／ペンを公園の／木のベンチで見つけ／／昨日の黄色い／明日の花を植える／／だれかに／宇宙のまるさと虚無を告げたい／／三本足の鼎／／流浪する人のよもやま話／生活のぼろぼろに耳を傾ける／／私は決めたあなたの／あの壁と壁／のあいだのすき間に身を投じる／／そこは素朴で狭く／しかも誰も通ったことがない

詩人にとって書くことは、部屋、路地、大通りを「通り抜け」、探しあてたペンで花を植え、謎を告げ、流浪する者の話を聞き、最後は壁と壁のすき間に身を投じることである。次々と位置や空間を変えて移動することは詩人の閉塞感をより少なくするためなのだが、身を投じようと決めた場所もやはり閉塞感と無縁ではない「すき間」なのだ。だから「通り抜ける」行為は永遠に止むことはない。

ここで思い出すのは、話題となった脳性まひの障碍を持つ農民女性詩人余秀華（一九七六〜）の詩「中国の大半を通り抜けてあなたを寝に行く〈穿过大半个中国去睡你〉」（二〇一五）だ。同詩はネットを通して広がり、中国全土に「余秀華現象」を引き起こした。愛を交わすために長距離を移動しなければならない民工の現実をうたう社会性もさることながら、同詩の魅力はその意表を突く激しい情動の表現にある。特に「通り抜ける」「寝る」（＝性交する）という動詞は、ここでは自由と尊厳の渇望を現わす大胆で野性的な響きを持っている。

これらの詩は心情や観念を意味する形容詞や名詞によらず、日常的行為を表わす動詞によって読み手に驚きと発見の感覚を喚起する。彼女たちは「落ちる」「回る」「通り抜ける」などの何気ない平凡な動詞に新しい生命を吹き込んだ。時代や地域の違いにかかわらず、女性詩人が動詞に敏感なのはいずれも閉塞する社会システムの中で身動きできない状態を息苦しく感じているからだろうか。

也斯

やし／一九四九―二〇一三／中国・広東省新会県(現、江門市新会区)生まれ　Ye Si

略歴

詩人、小説家。本名、梁秉鈞。生後間もなく香港へ。父親が早世し、母親に育てられた。一九六七年に香港浸会大学外文系に入学。在学中に本格的に詩作を始め、様々な雑誌や新聞の文芸欄、コラム欄に文章を書く。その後、劉以鬯編集の雑誌《大拇指》に参与し、友人たちと雑誌《四季》を創刊した。この頃台湾の雑誌に投稿、七六年に台湾を一周した。

文革下の一九七四年に広東へ、七八年初めにはバックパッカーとして日本を旅行。この年の夏、米カリフォルニア大学サンディエゴ校の大学院に留学。八四年に正式に博士号を取得した。八〇年代半ばに改めて中国旅行を行っている。

一九八五年から香港大学で英語や比較文学を担当、九七年に嶺南学院（九九年から大学）中文系に移る。欧米や中南米の詩人たちとの交流も多かったが、二〇〇〇年頃からは日本の研究者たちとの交流も増えた。作品は英語版やフランス語版を中心に、すでに二十数か国で翻訳版が出版されている。【おもな作品】詩集《遊詩》（八五）、《半途》（九五）、《東西》（〇〇）、《蔬菜的政治》（〇六）。小説《剪紙》（八二）、《記憶的城市・虚構的城市*》（九三）、《後植民地植物与愛情》（〇九）など。【邦訳】「記憶の都市、虚構の都市」、「食景詩」、『アジアの味』など。

解説

自らが「香港」の文学者であることを強く意識していた也斯には、「東西交流」／越境ということが第一義にあったようだ。略歴では盛り込めないほど多く世界各地を訪れ、人々の生活やその背景を観察し、詩やエッセイに昇華させた。そのスタンスは、「抵抗」「越境」「ニガウリ精神」（後述）などいろいろに表現できるだろうが、根底に流れるのは母子家庭で育った弱者としての立ち位置や、一時期預けられた祖父を頂点とする中国の伝統的な大家族が醸し出す「権威」に向かう反抗心などが考えられる。

ちなみに、彼の第一詩集は《雷声与蟬鳴》（一九七八年初版、二〇〇九年に還暦を機縁して復刻）であるが、後年の発言からすると、蟬とは戦闘的な激しい抵抗ではなくて、内面的で、弱弱しい、柔軟な抵抗を行なうものだという考えがあったようである。

こうして、かつて「文化砂漠」と言われた香港の文化弱者性を盾に、強者や権威に安住しない姿勢を養ってきたとも言える。香港浸会大学時代には、教科書的な英米文学に飽き足らず、アメリカの地下出版の雑誌を購読して、キングズバーグ等ビート・ジェネレーションなどに触れていた。彼が信奉しているのは、エズラ・パウンドとゲーリー・スナイダーのようだが、とにかく世界の他の場所にいる、現状不満を抱く人たちが、どう自己表現しているのかを知りたかったと言う。

　また近代中国文学についても、カリフォルニア大学サンディエゴ校に出した博士論文のタイトルは「抵抗の美学—中国の新詩におけるモダニズム」というもので、新中国成立以後ずっと軽視されていた一九三〇年代から四〇年代を通じて活動したモダニズムの詩人たち—戴望舒、穆旦、馮至、卞之琳らに関するものだった。

　彼は香港の文化を正視し、どこかの伝統や権威が作り出した「東と西」「雅と俗」の価値体系にはこだわらず、いわゆる純文学から映画やポップカルチャーまで、あらゆるものを掬いあげた。詩作のスタンスは、左に代表作として紹介する「ニガウリ讃歌」に示されている。これは高層ビルの街香港、その街頭や家々での庶民の生活模様を愛してやまなかった詩人の、理想の自画像だったのかもしれない。

　四方田犬彦との往復書簡集『いつも香港を見つめて』（〇八）は、「返還」から一〇年の香港とバブル崩壊後の日本と、双方が自国の、そして互いの文化を見つめ合い、知の領域で肝胆相照らしたものである。

（池上貞子）

「ニガウリ讃歌」より

君が気紛れな天気のもとから回復したら／他のことはみんな重要でなくなる／ひとは君のしかめ面を嫌がるけれど／僕は君の顔に平坦な風景なんか求めやしない／過ごしてきた歳月がしっかりひだになっていて／けっして失われていない／陳《ひ》ねたニガウリよ／僕にはわかっている君の心のなかには／柔軟で色鮮やかな事物もあるということを／（中略）／僕は君の沈黙に敬服する／苦味は自分に残しておいて／畑の甘ったるい合唱の中で／一味違う味を守っている／君は人間のために邪熱を取り除き／疲れを取ろうと考える。君の言葉は晦渋だけど／僕たちの心も目をもすっきりさせ／改めてこの世界をじっくり咀嚼させてくれる／こんな不安定な日々のなかで他にそんなことをさせてくれる者がいるだろうか？／風になびかず、人の機嫌とりをしないニガウリは黙々と対峙している／ハチやチョウが乱れ飛び、花や草が雑然と混在しているこの世界と

喩栄軍

ゆ・えいぐん／一九七一―／中国・安徽省含山県生まれ

Yu Rongjun

略歴

劇作家。幼い頃、農家の脱穀場で見た祭りの芝居に何か神聖なものを感じたのが最初の演劇体験。上海体育学院在学中に見た上海人民芸術劇院の『オセロ』に感銘を受け、九五年卒業後、自薦で上海話劇芸術センターの職員となり、「去年の冬〈去年冬天〉」（九六）、「WWW.COM」（〇〇）、「カプチーノの味〈卡布其若的咸味〉」（〇一）など次々とヒット作を書く。オリジナル作品の少ない話劇界にあって、例外的に多産。現在、上海話劇芸術センター副総経理、プロデューサー、芸術室主任兼上海文広演芸集団副総裁。【おもな作品】上記三作の外、〈浮生記〉（〇八）、〈天堂隔壁是瘋人院（新版）〉（一〇）など。〇二年に「去年の冬」、〇三年に「WWW.COM」、〇四年に「カプチーノの味」、〇七年には〈活性炭〉（〇四）ほか三作が日本公演された。

解説

九〇年代、不景気に喘ぐ中国話劇界に新たな胎動が始まる。九三年、上海最初の民営話劇団である現代人劇社が旗揚げし、九五年、上海人民芸術劇院と上海青年話劇団が合併・再編され上海話劇芸術センター（以下「上海話芸」と略）が成立したのである。これ以降の上海話劇界は、概ねこの二団体が牽引して好況を迎える。この二団体は、急速な経済発展により形成された中産階層をターゲットとする「ホワイトカラー話劇」を大ヒットさせた。二一世紀初頭の調査では、話劇の観客は上海で約五〇〇万、そのうち事務職員層が五分の三を占めるという（周春雨『白領話劇』現象略論」）。こうした一定の生活水準・文化的素養を持つ客層を確保することにより、中国話劇界は、国家イデオロギーの宣伝役という従来のマス（大衆）を対象とした存在から、一人ひとりの人生に寄り添い、その機微を増幅する共鳴板的存在へと変貌していった。

二一世紀に入り主旋律（社会主義精神）・商業化・前衛性のバランスをうまく取って急成長した上海話芸は、九五年からの二〇年間で、上演収入を三〇倍以上に伸ばした。こうした上海話芸の発展を支えるのが、二〇一五年時点ですでに四七本の脚本を舞台化していた喩栄軍の存在である。彼の劇作は、壊れかけた（或はすでに失われた）人間関係から、いかに新たな自己を作り上げるかに焦点を当てる。打算や感傷より信頼や生への肯定が最後にほの見えるものが多い。これは良質な中国文学の伝統と言って良い。

代表作「WWW.COM」は、人間関係の構築にインターネットが用いられ、それゆえのアイロニーに満ちたラストが導かれる。主な登場人物は一組の若い夫婦。艾揚（「艾」）は外資系企業の秘書。その夫・程卓（「程」）はコンピューター会社の社長でアルバイトの夏炎と愛人契約を結んでいる。一方、艾もネットを通じてSeanという中国系アメリカ人男性と親しい。二人はすれ違いの末離婚するが、二人ともネット上にだけ真に心を通い合わせることのできる、ハンドルネームしか知らない異性の友人がいた。艾は離婚後、ネットの友人と会う約束をする。艾がディナーを用意して待っているところへ、何故かひょっこりもと夫の程が現れ、そのまま居座る。続くラストシーンを左記に引用する。

（松浦恆雄）

「WWW.COM」より

程：でもヤツはまだ現れないじゃないか。艾：そうね。でもあなたと関係ないでしょ。来ないなら来ないでいいのよ。来る来ないは彼の自由だもの。彼には彼の考えがあるんだから、どちらでも良いの。（中略）悪いけど、いつまでも居座るつもりなら、彼が来ちゃったら、ご対面になるわよ。——気を悪くしても知らないから。〔窓辺に向い外を眺め程を無視する〕〔雷が鳴り稲妻が部屋を照らす。彼女は彫像のように窓辺に立つ。一切が暴風雨に翻弄されているかのよう〕〔程はソファに座ったままいら立ちを隠せない。振り返って艾を見るうち涙があふれる。ぎこちなく立ちあがり服を脱ぐとジャガーの刺青、口に赤いバラを銜える（注：赤バラは艾がネットの相手と会う目印）。驚く艾の前にそっと跪く。彼はうつろな目でじっと艾を見ている。まるで彼女の一生を見るように。目には涙がいっぱい〕艾：〔飛びすさり、声をあげる〕やめてよ。嘘でしょ。あり得ないわ。すぐにチャイムが鳴って、その人が現れたら、おしゃべりしてもらって構わないわよ。そりゃ構わないわよ。嘘よ。すぐにチャイムが鳴って、その人が現れるはず。きっとその人が……。〔艾しどろもどろ。しかし舞台上を狂ったように走り回る。逃げ場がない〕程：〔辛そうに大声で〕茫々たる草原に夜の帳は垂れ、雌雄のジャガーが山頂にて立ち往生。彼らの身体から流れる血はすでに空の果ての夕焼けを真っ赤に染めあげ……（注：ネットの友人同士のみが知る心象風景をうたう詩）〔艾が力なく跪き程を見る。頭をあげると突然肺腑を引き裂くような叫び声をあげる〕〔程は目を丸くして艾を見る。口のバラが床に落ちる〕〔雷が鳴る。突然、程がジャガーのような雄叫びをあげる。その声は低く悲憤に満ち、草原を渡る野牛の群れのようにいつまでも絶えることがない……〕暗転。

葉永烈

ようえいれつ／一九四〇—二〇二〇／中国・浙江省温州市生まれ

Ye Yonglie

略歴

作家。五七年、北京大学化学系に入学。大学在学中に科学入門書『炭素の家族《碳的一家》』（六〇）を出版し、『十万のなぜ《十万個為什麽》』シリーズ初版（六一）執筆者に抜擢された。六三年に大学を卒業後、上海の研究所に配属されるが、まもなく上海科学教育電影制片廠に移り、以後十八年勤め、本業の映画制作の傍ら科学普及読物やSFを執筆した。文革中は「大毒草」を執筆したとして批判され、文革終結後、児童SF『小霊通未来世界を行く《小霊通漫遊未来》』*（七八）が大ベストセラーとなるが、八〇年代の精神汚染一掃キャンペーン中に激しい批判を受け、ルポルタージュ作家に転身した。【おもな作品】先の三作のほか、「腐食」（八一）、紅色三部作（『紅色の起点《紅色的起点》』、『歴史は毛沢東を選んだ《歴史選択了毛沢東》』、『毛沢東と蔣介石《毛沢東与蔣介石》』）（〇五）等。【邦訳】*を付した作品（連環画版）のほか「冥王星への道」、「ピョンピョン先生」がある。

解説

葉永烈は大学受験の際、中文系（国文学部）への進学を希望していたが競争率が高いのを懸念して志願先を変更し化学系に入学することになった。大学入学後、ソビエトのミハイル・イリーンのような科学普及読物作家になることを目指し、そのジャンルの作品を集めて書き方を学び、試作を始めた。書きためた科学小品文を少年児童出版社へ送ったところ『炭素の家族』として出版された。本書の編集を担当した曹燕芳は科学普及読物『十万のなぜ』シリーズの編集にあたり葉に化学分冊の原稿の執筆を依頼した。葉の原稿は曹の期待に応え、多くが採用された。葉は天文気象分冊、農業分冊、生理衛生分冊などの原稿も執筆し、採用された原稿は『十万のなぜ』初版全体の三分の一を占めたという。本シリーズは改版を重ね、今日まで続くロングセラーである。

大学卒業後、葉は科学研究所に配属されたが、折しも『十万のなぜ』が映画化（《知識老人》）される計画を知り、一月後には上海科学教育電影制片廠に転職して脚色演出家になった。文革が始まると「文芸の黒い糸を操るやり手」「大毒草作者」と見なされ、家宅捜査を受け、五七幹部学校で三年過ごし、その後は防空壕を掘ったり石炭ブロックを作るなどの労働に動員された。ところが文革末期の七五年、一転して内部参考映画制作の監督に抜擢された。自伝によれば、彼は仕事が速いことで知られていたからだという。映画監督の仕事では、『信号灯の下《紅緑灯下》』（八〇）が第三回映画百花賞の最優秀科学教育映画部門を受賞した。

文革終結後は、七八年に出版された児童SF『小霊通未来世界を行く』が百五十万部を発行する空前のベストセラーとなった。連環画も合わせると三百万部と言われる。本作品の初稿は六一年に書き上がっていたが、作中に描かれた食料の豊かな明るい未来の空想が、「大躍進」後の飢饉に喘いでいた国情とかけ離れていたため出版には至らなかった。未来への関心が高まった時代がおとずれ、作品は日の目を見、第二回全国少年児童文芸創作一等賞を受賞した。葉はその後もSF作品を発表し、中でも、『変装《喬装打扮》』（八〇）を始め、金明と戈亮の警察コンビが科学によって事件の謎を解く「スリリングSF（驚険科学幻想）」シリーズの作品を意欲的に創作し、それらは「科学フォームズ（科学福爾摩斯）」シリーズとして連環画にもなり青少年に人気があった。七九年、葉は「全国先進科学普及工作者」の称号と、当時のエンジニアの約二年分の年収に相当する一千元の激励金を授与され、同年、中国作家協会の会員になった。

時代の寵児となったのも束の間、八三年に始まった精神汚染一掃キャンペーンで槍玉にあげられ、ルポルタージュ作家に転身した。紅色三部作を始め、激動の近現代中国に生きた著名人に関する数多くの著作がある。葉は自伝で、煩雑な資料や档案を分類管理し、大量の歴史文献を保存、引用する作業には科学的な方法が必要であり、大学時代の厳しい訓練が役に立ったと述べている。（上原かおり）

『小霊通未来世界を行く』より

小虎子は電動ノコギリをスイカに押しつけ、まるで切れ味のよい包丁で豆腐を切るように、十秒もしないうちに大きなスイカを二つに切りました。小虎子がスイカを押すと、二つに分かれたスイカはゆさゆさ揺れ、しばらく経ってようやく静まりました。スイカは本当に大きくて、切られた面はまるで円卓のようでした。

楊絳

よう・こう／一九一一—二〇一六／中国・北京市生まれ

Yang Jiang

略歴

本名楊季康（Yang Jikang）、作家、翻訳家。北京生まれ、原籍は江蘇省無錫。開明的な弁護士の父（楊蔭杭、日本で『譯書彙編』を編集）の影響を強く受ける。上海啓明女学校（仏系カトリック）、蘇州振華女学校等で初中等教育を受け、東呉大学で学んだ後清華大学大学院にて朱自清等の授業に参加。一九三五年、夫、銭鍾書と共にオックスフォード、パリ大学に留学、一九三八年上海に帰国後、上海震旦女子文理学院等で教えいくつか戯曲も執筆。中華人民共和国成立後、清華大学で教壇に立つ。一九五二年より中国社会科学院外国文学研究所にて英仏を中心とする文学研究に従事。『ジル・ブラース』、『ラサリーリョ・デ・トルメスの生涯』をフランス語より翻訳。またスペイン語の原文から『ドン・キホーテ』を翻訳。『幹校六記《幹校六記》*』（八一）をはじめエッセイ、小説等多数。《楊絳文集》全八巻（〇四）、《楊絳全集》全九巻（一四）刊行。

解説

楊絳という名が最初に人々の目を引くのは、一九四〇年代の上海、上演された質の高い喜劇が好評を博した時だった。彼女の名が再び文壇に現れるのは、それから四〇年を経た一九八一年、「文化大革命」が一応の終結を見た後、直近の過去の災厄についての物言いが憚られる状況の中で、知識人労働改造キャンプの体験を綴った『幹校六記』が刊行された時である。幹部学校での日常を六つのエピソードで綴ったこの回想記は、凄惨な迫害の記述ではなく、貧しい農村地区での日々の営みを時にユーモラスを交えた平易な文体で描き、卑小な存在である人間の哀しさ、愚かしさ、そして希望を語りかける。七〇歳にして再デビューを果たした楊絳は、父、叔母、同僚等の回想録、市井の人々を描いた散文を矢継ぎ早に発表していく。そのよき翻訳紹介者であった故中島みどり氏をして「いぶし銀のような」と言わしめた彼女の文章は「文革」後に価値観の大転換を経て果敢に新たな試みを行った「新時期文学」とは違った味わいの、人間性への深い洞察に満ちている。彼女の文章を支える教養は、娘を愛した父による古典の薫陶に始まり、夫銭鍾書と共に留学先のオックスフォードでの英・仏二か国語による小説、詩歌、論評、伝記等々と広範な領域の読書体験によって培われている。「この世界は理智に従って理解すれば喜劇となる」、こうウォルポールの言葉を引く楊絳は、《丙午丁未年紀事》で政治闘争の愚かしさを見事に戯画化し、人間性を押し殺しにかかる硬直した制度への抵抗の武器として喜劇の精神を創作で実践して見せる。また七七歳で刊行した長編小説『風呂《洗澡*》は、ジェイン・オースティンばりのタッチで政治闘争にもまれた知識人の人間模様を描き、その瑞々しさに国内外を驚かせる。『ドン・キホーテ』をはじめピカレスク小説翻訳の修正を行いつつ、一九五〇年当時、時の文芸政策とせめぎ合いをしながら書いたフィールディング、サッカレー、オースティン等の紹介論文にも、大幅な修正を施して刊行、その間、ディケンズ風の短編小説に五十年代お蔵入りになっていた短編を合わせて発表、そして愛娘と伴侶を続けて亡くした悲しみから逃れるために『パイドン』を英語から重訳、そして二人への思い溢れる回想録『別れの儀式―ある中国知識人一家の物語《我們仨*》』を刊行した後、更に人生の意味を問いかける《写在人生辺上》を九四歳にてしたためる。『論語』に親しみ杜甫を愛し、最後まで内心の自由を明け渡さずに一〇四歳で生を全うした作家の残した文章は、中国を切り口として「近代」を考える一つの指標にもなるだろう。

（櫻庭ゆみ子）

「危機一髪」より

日本兵は気がついて目の前にやって来ると、下を向いて立つ私を見て、人差し指を私の顎にかけグイっとしゃくった。私はかっとなった。そして相手が何か言う前にこちらから口火を切った。罵り方が分からないので、力を込めて一字ずつはっきりと「豈有此理（なんたる理不尽）！」と声を張り上げたのである。

日本兵が乗車すると乗客はすぐに話しをやめるので、車内はもとより静かだった。そこに私のこの言である。車内の静けさは一気にマイナスまで下がった。蟻が地面を這うその音だって聞こえただろう。私は災いを招いてしまったのだ。日本人に殴られても反撃などできない。日本兵は怒気を含んだ目で睨んでいる。視線が合えば挑発したと言うだろう。挑発などできるはずもないのに。しかし事態がここまで来たからには弱みを見せてなるものか。私も怒りをたぎらせ目の前の窓を睨みつけた。

葉広芩

よう・こうきん／一九四八―　／中国・北京市生まれ

Ye Guangqin

略歴

作家。北京の由緒ある満州貴族の家庭に生まれ、伝統文化の香り漂う大家族の中で育つ。一九六八年、陝西省の農村に下郷し、苦しい生活に耐えるよすがとして日本語を独学。文革終結後は西安市で看護師や記者を勤める傍ら、小説を発表し始める。九〇年に千葉大学に留学、日本人残留孤児について研究する。帰国後は九五年から専業作家として活動を開始。小説やノンフィクションのほか、自身の文化的背景や豊富な歴史的知識を基に、テレビドラマの脚本家としても活躍している。中編小説「夢や　謝橋に到るはいつの日か〈夢也何曾到謝橋〉」（九九）が第二回魯迅文学賞、自伝『日記のない羅敷河《没有日記的羅敷河》』（九八）が全国少数民族文学駿馬賞、中編小説「苦雨斎〈苦雨斎*〉」（一六）が第十七回百花文学賞中篇小説賞を受賞、ほか受賞歴多数。

【おもな作品】残留孤児の問題を扱った「熊出没にご注意〈注意熊出没〉」（九五）、自伝的長編小説『貴門胤裔《采桑子*》』（九九）、陝西省南部の山地を舞台にした『青木川伝奇《青木川*》』（〇七）、北京の胡同の記憶を詩情豊かに描いた短篇集『胡同旧事《去年天気旧亭台*》』（一六）等。

解説

葉広芩が生まれた一九四八年、一族はすでに葉《イエ》と改姓していたが、辛亥革命以前の姓は葉赫那拉《エホナラ》、清朝で五人の皇后を輩出した由緒ある満州旗人の家柄であった。西太后は葉広芩の祖父の従姉で、広芩からみて大伯母にあたる。

父親は前後三人の妻をめとり、広芩の母親は三番目の夫人であった。広芩は十四人兄妹の十三人目、下に妹が一人いる。父親とは六十歳、一番上の兄とは三十歳も年が離れ、七人の兄と五人の姉に囲まれて育った葉広芩は、作品の中でしばしば自分を利かぬ気のお転婆娘として描いている。だが実際には努力家で勉強好き、自分に対して厳しい真面目な側面もあり、名門、北京第一女子中学に入学後も常に優秀な成績であったという。

作品は大きく分類して、北京時代の生活や一族の伝統文化を背景に、自身の生い立ちや家族史をベースにした家族小説、日本滞在中の経験や見聞、研究に基づく小説、陝西省での経験と調査を踏まえた農村小説に分けられる。いずれも作家自身がその時々におかれた環境で、土地の歴史と文化を綿密に取材して書き上げた作品だ。

代表作『貴門胤裔』は、民国期から共和国期へと移り変わる激動の時代を生きた満洲貴族の家族史である。全九章からなり、章ごとに異なる人物を物語の中心に据え、伝統文化の重みを担う大家族の、入り組んだ人間関係を少しずつ紐解いていく。物語が進むにつれて、激しい歴史の波に翻弄された家族の姿が次第に浮かび上がる様は圧巻だ。作家としての緻密な観察眼と、一族の末裔として過ぎ去った歳月と人々を想う哀惜の念が溶け合った傑作である。

「外人墓地」*(一五)はかつて実在した北京のロシア正教会の墓地を背景に、子どもたちが世の中を知り成長していく姿を描いた味わいある小説。

「盗御馬〈盗御馬〉」*(〇八)は、陝西省北部の農村に下放した知識青年たちの青春を描いた作品。陰惨なイメージに傾きがちな文革期農村ものとは対照的に、温かい筆致で知識青年と農民の絆を描く。明るくユーモラスな物語と悲劇的な運命の影が、鮮やかなコントラストをなしている。

『青木川伝奇』(〇七)は民国期から共和国期にかけての陝西省南部の農村、青木川鎮を主な舞台に、かつて勢力を誇った匪賊の頭目や彼を処刑した解放軍の幹部、彼らを取り巻く人々を描いたスケールの大きい物語だ。約百人もの関係者に取材し、膨大な史料を調査したというこの小説は、歴史上の人物に対する「善人」「悪人」といった単純な区分けへの異議申し立てでもある。葉広芩の小説は、時空の広がりをもった立体的な背景に、奥行きのある人間たちが生き生きと甦り、歴史のダイナミズムを感じさせる。その一貫した手法は、去りゆく生命の記憶を書き残そうとする作家の強い意志と、粘り強く丹念な調査に支えられている。

(大久保洋子)

『采桑子《采桑子》』より

廖大愚《リャオ・ダーユイ》の抱いた花は細かい水滴をつけて、清らかな香りを微かに振りまき、墓地の寂しさを際立たせ、名残りと哀しみを誘った。それは胸の奥深くから生まれる絶望と言いようのない痛み、言葉ではなく心でしかわからない理解と、暗黙の共感だった。墓碑の前の色とりどりの花束を見て、大愚はきまりが悪そうにいった。この花はうちの庭から摘んできたんです。うちには別の花がなくて、ライラックだけなんです。ライラックは四格格《スーゴーゴ》が生前好きだった花ですから。夏《シア》家の子どもたちは母親がかつてライラックが好きだったことなど誰も知らず、大愚は父親から聞いたという。ふいに現れたこの花を前に、もう誰も何もいえなかった。好きであろうとなかろうと、すべてはもはや過去となり、たぐりよせることはできない。廖大愚はライラックの一枝を閉ざされようとする墓穴に投げ入れ、そのしっとりとした薄紫の花は四格格の質素な骨壺をそっと覆った。

葉石濤

よう・せきとう／一九二五—二〇〇八／台湾・台南州（現、台南市）生まれ

Yeh Shih-tao

略歴

作家。日本統治下の台湾・台南州台南市の生まれ。一九四三年に台南州立台南第二中学校を卒業後、西川満の《文芸台湾》に短編小説〈林からの手紙〉（四三）、〈春怨—我が師に〉（四三）を日本語で発表。《文芸台湾》の編集を手伝い、郷里で公学校教員もつとめたが、四五年に徴兵され終戦時には陸軍二等兵だった。戦後は白色テロで三年間投獄され、六六年に省立台南師範（現、台南大学）を卒業。小学校教員をつとめながら文筆活動を再開し、台湾初の台湾文学史となる『台湾文学史《台湾文学史綱》』*（八七）を発表。九〇年代には評論集『台湾文学の展望《展望台湾文学》』（九四）、『台湾文学入門《台湾文学入門》』（九八）などを刊行し、台湾文学の普及に尽力。巫永福評論賞（八〇）、金鼎賞（八九）、高雄県文学貢献賞（九四）、府城文学貢献賞（九五）、行政院文化賞（〇〇）、国家文芸賞（〇二）などを受賞。【邦訳】＊を付した作品のほか『シラヤ族の末裔・潘銀花』「赤い靴」「夜襲」等。

解説

台湾文学の普及と発展を語るうえで欠かせないのが、葉石濤の文筆活動である。葉石濤は台南の裕福な地主の家に生まれた。旧制台南二中では漱石や芥川など日本文学のほか、フランス文学、ロシア文学、英米文学を耽読したという。一九四〇年には初めて小説を創作し、日本語の短編小説「媽祖祭」を張文環の《台湾文学》に投稿して佳作に入選した。媽祖とは台湾社会で信仰があつい海の女神であり、天上聖母や天后とも呼ばれる。また、翌年には鄭成功を題材とした〈征台譚〉を西川満の《文芸台湾》にも投稿。この際に葉石濤は西川の知遇を得て、〈林からの手紙〉（四三）、〈春怨—我が師に〉（四三）などを《文芸台湾》で発表し、同誌の編集を手伝うようになった。

戦後、四六年には《中華日報》日本語版で短編小説や随筆を盛んに発表した。ただし、その年の十月に台湾省行政長官公署が台湾における新聞や雑誌での日本語使用を全面的に禁止すると、日本語作家は創作発表の場を喪失してしまう。国語が日本語から中国語へと一変する中で、日本語作家の一部は「訳脳」（日本語で考え、それを頭の中で中国語に翻訳して文章を

書くことの造語）によって言語転換の壁を乗り越えようとしたが、葉石濤も同様であった。四八年以降は《台湾新生報》や《中華日報》で多くの小説や文芸評論を発表し、かつての日本語作家の中では比較的早い時期に言語の問題を克服した一人だった。

だが、五一年に共産主義者の疑いをかけられた知人の事件に連座して投獄されると、三年後に釈放された後も、国民党が白色テロと同時に進めた農地改革の煽りを受けて貧窮した。小学校の教員として勤めながら、穆中南の《文壇》で短編小説「青春〈青春〉」（六五）を発表するまでの十数年間、自身の小説を発表することはなかったのである。やがて、六五年には台南から高雄の左営に転居し、呉濁流の《台湾文芸》を中心に「呉濁流論〈呉濁流論〉」（六六）、「鍾肇政論〈鍾肇政論〉」（六六）、「数年来の本省籍作家及びその小説〈両年来的省籍作家及其小説〉」（六七）など、本省人作家の創作活動に関する評論を発表していった。また、この頃には短編小説「獄中記〈獄中記*〉」（六六）や「葫蘆巷の春夢〈葫蘆巷春夢*〉」（六八）など、投獄経験や生家近くの路地裏を題材にした作品も創作した。

ところで、葉石濤は五〇、六〇年代を代表する文芸誌《文星》で「台湾の郷土文学〈台湾的郷土文学〉」（六五）を、七〇年代を代表する左派系総合誌《夏潮》では〈台湾郷土文学史導論〉（七七）を発表していたが、これら二編の論考は発表時期にあいだを置くものの、台湾新文学以来の作家や作品について論述しており、後に発表する台湾初の台湾文学の通史と言える《台湾文学史》の基底をなしていた。古典文学から新文学、さらには同時代に至るまでの台湾における文学作品を「台湾文学」という一つの系譜で捉え、それが中国文学の一支流でないことを明確に論ずる画期的な文学史であった。

（明田川聡士）

「林からの手紙」より

—秋婆《シウポイ》！—と春娘が突然叫ぶと台所に通ずるらしい戸の開く音がしてコト……といふ纏足したおばあさんの足音が聞こえ、現れたのは髪に金銀の簪を一ぱいさして青色のだぶ〱の上衣を着、紅色の鞋をはいた背の低い老婆である。今日林が帰つて来る為であらうか大頭髻《トウタアウ》も瑞々しく結ひあげ大きな銀笄を髪の中央にさしてゐた。手には指環をはめてゐる。私に敬意を表する様に眼をしよぼ〱させた。林のおぢいさんと同時代の服装である。私は彼女に向つて非常に鄭寧な挨拶をした。所謂台湾流の長つたらしいものであり、それがこの老婆を喜ばした。

余華

よ・か／一九六〇—　／中国・浙江省杭州市生まれ　Yu Hua

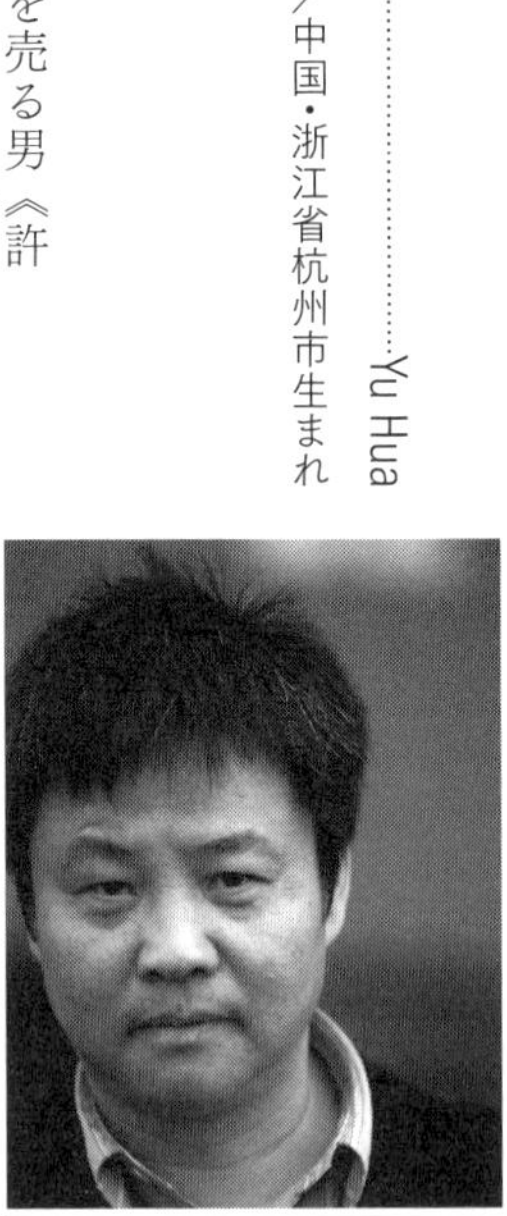

略歴

作家。父は外科医、母は看護師であったため、幼い頃から血まみれで手術室から出てくる父の姿を目にして育つ。夏は涼しい病院の霊安室を遊び場にしたという。六歳の時に文化大革命が始まり、大人たちの武力闘争を目の当たりにした。一九七七年、文革後に復活したばかりの大学統一試験を受けたが失敗し、一年間の研修を経て町の歯医者になる。だがこの仕事は性に合わなかったため、八三年に浙江省の海塩県文化館に職を得て文学創作を始める。カフカから影響を受けたという「十八歳の旅立ち〈十八歳出門遠行*〉」（八七）が出世作となる。長編小説『活きる《活着*》』（九二）で国内外の脚光を浴びる。なお、この作品は張芸謀《チャン・イーモウ》監督によって映画化された。【おもな作品】先の二作のほか、『血を売る男《許三観売血記*》』（九五）、『兄弟《兄弟*》』（〇五～〇六）、『死者たちの七日間《第七天*》』（一三）等。

解説

出世作となった「十八歳の旅立ち」は、理不尽な暴力や欺瞞に満ちた社会を初めて知った少年の姿を象徴的に描いたものである。その他、初期の作品には、被害妄想の若者の不安な心理を描いた「四月三日の事件〈四月三日事件*〉」（八七）、死の世界に次々と引きずり込まれていく人々を描いた「世事は煙の如し〈世事如煙*〉」（八八）等がある。血腥い暴力と死、狂気、人間の欲望と醜さを、前衛的な文体と構成で描いた初期の作品には、伝統的なリアリズムの枠組みを打ち壊す新しさと実験性があったため、「先鋒（前衛）派」と呼ばれた。余華のこのような初期の作風には、家庭環境や文化大革命の影響があると言われている。

　その後、『活きる』と『血を売る男』で余華は作風を大きく変える。前者は国共内戦、土地改革、大躍進、文化大革命を生き抜く農民を描き、後者は中国現代史を背景に、人生のターニングポイントを売血によって稼いだ金《カネ》で乗り切り、家族を養ってゆく製糸工場の労働者を描いたものであるが、先鋒派時代の文体とは全く違う淡々とした叙述スタイルで、家族愛を描き出している。

　余華は更に、『兄弟』、『死者たちの七日間』を上梓する。前者は、父を亡くした少年と、母を亡くした少年が両親の結婚によって義理の兄弟となり、その後の人生をどのように歩んでいくかを描いた物語であり、醜悪な人間の姿と混乱を極める社会の有り様を極端にカリカチュアライズした作品となっている。後者は、強制立ち退き、医療廃棄物の不法投棄、有毒食品の蔓延、臓器売買、墓地価格の高騰など現代中国の諸問題を、意外な死を迎えた主人公がこの世とあの世の間をさまよう七日間の見聞と回想という形式で描き出したものであり、余華自身は八〇年代から現在までの作品の要素を全て含んでいると述べている。

このほか、余華には未だ中国本土では出版が実現していない二冊の散文集がある。『ほんとうの中国の話をしよう《十個詞彙裡的中国》*』（二〇一二）は、人民、領袖、格差など一〇のキーワードを通じて、半世紀にわたる中国の歩みと社会問題、国民性を綴ったものである。文化大革命、天安門事件などに代表される政治的に敏感な問題についても大胆な発言がなされている。『中国では書けない中国の話《毛沢東很生気 and Other 27 Essays》*』（二〇一七）は、『ニューヨーク・タイムス』等の海外メディアに提供してきた二十八編の文章を集めたもので、中国の政治、経済、社会制度などの幅広い問題を独特の視点から論じている。

（齋藤晴彦）

『活きる』より

おれはな、やっぱりこういう運命だったんだ。若い頃は、祖先が残してくれた金でしばらく羽振りが良かったが、その後、どんどん落ちぶれていった。だが、それもかえって良かった。おれの周りの奴らを見てみろ、龍二《ロンアル》と春生《チュンション》、あいつらも羽振りが良かったのはほんの僅かな間で、結局は命まで落としてしまった。人はやっぱり平凡に生きたほうがいい。あれやこれやと争うと、命を失ってしまう。おれは、まったく駄目な奴だが、寿命は長い。知り合いは次々と死んでいったが、おれはまだ生きている。

頼声川

らい・せいせん／一九五四―　／江西会昌籍客家人、アメリカ・ワシントン市生まれ

Lai Shengchuan

略歴

劇作家。中華民国の外交官であった父に従い、ワシントン、シアトルで幼年期を過ごす。一九六六年台湾に戻る。輔仁大学在学中に友人とフォーク喫茶を経営し、ギターとハーモニカの演奏でファンを集めた。七八年カリフォルニア大学バークレー校に留学、八三年演劇博士の学位を取得して帰国、国立芸術学院（のち国立台北芸術大学）の教員に迎えられる。八四年、表演工作坊を立ち上げる。旗揚げ公演の「その晩、僕らは漫才をやった〈那一夜、我們説相声〉」（八五）が大ヒットし、漫才シリーズがその後四作上演される。八六年の代表作「暗恋桃花源」は、のち世界各地で数多くの異なるバージョンで上演された。九二年、初演に基づき映画化された。【おもな作品】先の二作以外に、上演時間が七時間を越える大作「夢のような夢〈如夢之夢〉」（〇〇）や軍人村六〇年の歴史を舞台化した「宝島一村」（〇八）など。

解説

頼声川には、「集団即興創作」とコラージュという独自の作劇法がある。前者は、事前に人物と大筋だけを決めておき、あとは稽古で役者の演じる自由な演技やセリフを、頼声川が中心となって整理・修正・再創造しながら、台本を決定してゆく方法。八〇年代の台湾小劇場運動が生み出した創作方法を自らの実践を通して練り上げたものである。もう一つのコラージュは、無関係なストーリーの場面と場面をつなぎ合わせたり、舞台を複数の異なるストーリーに分割したりする方法。この両者は、ある一つの価値観、感情、ストーリーによって人生を解釈することを峻拒し、偶然を受けとめることでしか現れない人生の断片的真実を舞台上に再現し、「人生のうつろいやまぬ感覚」（『刹那中―頼声川的劇場芸術』七一頁）を観客に感じ取らせる方法である。

　表演工作坊の旗揚げ公演となった「その晩、僕らは漫才をやった」（八五）は、八五年の台北から遡って一九〇〇年の北京に至る、社会風刺の効いた五つの漫才をコラージュして、中国人／台湾人の人生を泣き笑いの芝居に仕立てた。それまでの台湾話劇の観客がほぼ知識人層に限られていたのに対し、表演工作坊は、本作によって一気に一般客を開拓すること

に成功、録音テープは正規版だけで百万部以上を売り上げ、社会現象となった。さらに客層の拡大を決定づけたのが「暗恋桃花源」（八六）である。以下の引用は「暗恋桃花源」（全一四幕）の第一三幕のラスト。劇場予約係の手違いにより「暗恋」を上演する劇団と「桃花源」を上演する劇団のリハーサルが鉢合わせする。舞台を二分して同時にリハーサルが始まり、二つの芝居が混線し始める。「暗恋」は四〇年代に上海で知り合った若い男女が約四〇年後の台北で再会する話。「桃花源」は妻を寝取られた男が川上で桃花源に紛れ込み、戻ってくると二人は一緒に暮らし子供まで設けているのを見て、男は再び桃花源へと向かうという話。第一三幕は、「暗恋」のラストシーン。病いで死期の迫る江濱柳（「江」）は、かつての恋人雲之凡（「雲」）が台湾にいることを知り、会いに来てほしいと新聞に広告を出す。病室にノックの音が響き、雲が現れる。看護師と江の妻は退場し、二人が病室に残され、今語り得るぎりぎりの会話を交わす。最終幕（第一四幕）はリハーサル後の撤収場面となり、なお余韻に浸る演出家（「暗恋」は彼の実体験に基づく）の姿に、人生にケリをつけることの難しさが滲む。（松浦恆雄）

「暗恋桃花源」より

江：元気だったかい。雲：まあね。去年手術をしたけど。大したことないの。年が年だものね。おととし、おばあちゃんになっちゃった。江：お下げだったよね、確か。雲：結婚した翌年、切っちゃったの。大昔のことよ。〔沈黙〕どこにお住まい？　江：ずっと景美にいたんだ。〔やや間〕雲：わたし永和にいたんだけど、天母に引っ越したの。江：僕は数年前、民生社区に越した。〔長い沈黙〕だだっ広い上海でめぐり会えたのに、全く……猫の額みたいな台北でこのザマだなんて。〔沈黙。雲、腕時計を見て〕雲：もう行かなきゃ。息子が下で待ってるの。〔雲、ゆっくり体を起こしドアに向かう。ドアを開けて出ようとする〕江：之凡。〔背を向けたまま立ち止まる〕僕のこと……本当に覚えていてくれた？〔長い沈黙。雲はじっと立ったまま。ついに振り向き、うつむいたまま心中を絞り出す〕雲：何通も何通も上海に手紙を書いたのよ……何通も何通も……〔間〕でも兄が言うの。……もう待てないって。〔間〕これ以上待ってたら、お前が年を取るだけだって。〔長い沈黙〕〔顔をあげて江を見る〕今の人はいい人よ。本当にいい人。〔江、黙って手を差し伸べる。雲、江を見てゆっくり江の車椅子に近づき、そっと江の手を執る〕〔長い沈黙。二人はぎゅっと強く手を握る。雲、江の手を放し顔をあげる〕〔つぶやくように〕本当にもう行かなきゃ。〔雲、ゆっくり病室を出て退場。江、車椅子に座ったまま呆然と前を見つめる〕。

洛夫

らく・ふ／一九六〇—二〇一八／湖南省衡陽市生まれ

Luo Fu

略歴

詩人。本名は莫運端。中学生の頃ロシア文学を愛読し、ロシア人作家名の中国語訳によく用いられる二文字「洛夫」をペンネームに用いる。一九四六年、湖南の名門私立嶽雲中学入学後、詩作を始める。四九年、国民党の公募する訓練学生に応募し台湾に渡る。五四年、軍中詩人張默と詩刊《創世紀》を創刊。翌年、瘂弦も加わる。五九年、新聞聯絡官として中国共産党との交戦状態が続く金門島に派遣され、シュルレアリスムの手法を駆使した代表作〈石室之死亡〉を書き始める。六五年、ベトナム援助顧問団の英文秘書としてサイゴンに派遣され、ベトナム戦争を詩に書く。六七年、台北国防部聯絡局に転属し、七三年、中尉を以て海軍を退役。九六年、カナダのバンクーバーに移住後も、『流木《漂木》』（二〇〇一）など問題作を発表し続ける。二〇一六年、台湾に戻る。【おもな作品】詩集《石室之死亡》（六五）、《魔歌》（七四）、詩論集《詩人之鏡》（六九）など。

解説

洛夫は、台湾だけでなく、中華圏を代表するモダニズム詩人である。まず、処女詩集《霊河》（五七）所収の詩「窓辺」を紹介しよう。「夕暮れが雨上がりの窓辺を飾るころ／ここから遠い山並みの深さをはかる／／窓ガラスにはっと息をはきかけ／長く伸びる小道と／その先に立つ人の後姿を／指先で描いた／／雨の中を行く人がいる」。この詩では、窓の内側と外側がガラス一枚に重ねあわされている。内側は想像の世界。外側は現実の世界。しかも現実は、想像を通してしか見えない。雨上がりの現実の世界に「雨の中を行く人」などいない。しかし、雨にぬれ息をはきかけたガラス越しには、そう見える。洛夫の詩の面白さは、こうした異化された現実の抒情性にある。

洛夫の詩は、やがてシュルレアリスムに向かう。金門島での勤務を命じられた洛夫は、飛び交う砲弾の着弾音や地響きに死の恐怖を覚えながら〈石室之死亡〉を書いた。当時、洛夫はリルケを愛読し、山中で『時禱書』を読むうち「まるでわたしもすぐそばの岩や樹木や雑草、それに空の雲、足元の蟻、遥かな海と対話を交わしているような気になった」（「〈石室之死亡〉跋について」）。洛夫はリルケの詩に心を奪われ自意識が薄れ、万物と一体化したような安らかで澄み切った境地に至る。こうした沈思の先の境地から、心の奥底に映る万物を表現するシュルレアリスムの方法が自覚されたのであろう。〈石室之死亡〉は、このように始まる。「何気なく隣家の通路に眼を向け　愕然とした／朝方より　あの男は裸体によって死に反旗を翻していた／黒い支流がごうごうと音を立て彼の血管を横切るに任せて／わたしは愕然とした　さっと目を走らせた石塀の／上には二本の血の溝が穿たれていた」。この奇句難句の連続する詩行による人間探索の詩は、今なお新鮮さを失わないが、彼もその後の詩業の全てがここに萌すと言明する。これらの詩句を産んだ自らの詩境の創造性に、詩人としての自負があったものと思われる。

彼は、さらに中国の禅とシュルレアリスム詩を掛け合わせようとする。それが中国歴代の詩人が求めてきた詩禅一致の境地である。〈金龍禅寺〉を見てみよう。「晩鐘は／参拝客の下山する小道／シダ植物が／白い階段づたいに／翳りながら降りていった／／もしもここに雪が降ったなら／／驚いた灰色の蝉が／山じゅうの明かりを／一つひとつ／点してゆくのが／見えた」。第二聯の一行が、暮れなずむ金龍寺に一面の銀世界を彷彿させ、蝉を躍動させる。イメージが瞬時に切り替わる鮮やかさに頓悟に似た詩境を感じられよう。

最後に〈石室之死亡〉の姉妹編とも言うべき晩年の代表作「流木」を見てみよう。ここに彼が長年思索してきた詩想の全てが集約されている。以下に、洛夫の時間観（人生観）を示す一節を引用する（『流木』第三章「空き瓶の中の手紙」之三：時間に致す〔全五二聯〕）。不可逆的な時間を比喩する水滴と陽の光が、見事なイメジャリーと化す。

（松浦恆雄）

『流木』より

1

……ポタッポタッ／深夜の蛇口から零れる水滴が／知りようもない高みから／

死よりも深い真っ暗な井戸にしたたる／

その一滴を受けとめ　ある人が言う　これが永遠だ

2

もう一人がびっくりして言った／塵芥じゃないか。逝くものはかくの如し。／

ガラスの割れる音が銅山の崩落のように響く／大海へと走るものもあり／泡沫に潜り込むものもある

3

すべては過客の残した足跡／一千年の空白は／点々と虫食いのある一枚の枯れ葉／時間よ　手のひらをひろげ／輝く陽の光を指の隙間から注いでおくれ

4

たどり着く人のないあなたの暗室では／壁の時計が鳴り　孤独な魚の卵の塩漬けが／ぎっしり詰まったガラス瓶の中で／日の出のあとの受精を／待ちわびている

李鋭

り・えい／一九五〇―　／中国・北京市生まれ

Li Rui

略歴

作家。北京郊外の国営農場で幼少年期を送る。農場の職員や幹部と、地元の農民との間には大きな格差があり、それは子どもの世界にも及んだ。一九六六年、紅衛兵運動に熱中したが、父に反革命の嫌疑がかかり、李鋭も一転して糾弾される側となった。六九年に高校を卒業すると、山西省呂梁山脈の村に知識青年として送られた。七五年、農村を離れ工場勤務の傍ら創作に励み、七七年、山西省の文芸誌《汾水》の編集者となる。村での体験をフィクションに昇華させた『厚い土《厚土》』（八六～八八）で文芸界に衝撃を与え、その後も独自の表現を探求し続けている。妻の蒋韵、娘の笛安も著名な作家である。『白蛇伝』をモチーフにした長編小説『人の世《人間》』（〇七）は蒋韵との共作である。〇七年に国際交流基金の招聘で来日し、各地をめぐり講演した。その見聞をエッセイ集《焼夢―李鋭日本講演紀行》（〇九）にまとめている。【おもな作品】『厚い土』のほか「赤煉瓦の家《紅房子》」（八五）、『旧跡《旧址*》』（九三）、『無風の樹《無風之樹*》』（九六）、『万里雲なし《万里無雲》』（九六）、『銀城の物語《銀城故事》』（〇二）、《太平風物》（〇四～〇六）、『ジョバンニ・マーティンの八日目《張馬丁的第八天》』（一二）等。【邦訳】＊を付した作品のほか『厚い土』の「つっかい石」、『太平風物』の「鎌」「摩」等。

解説

李鋭は、「書くことで自分の人生に抵抗したかった」と語っている。両親は四川省出身、父は自貢《じこう》の塩商の名家に生まれた。自貢は岩塩の主要産地で、塩商は河川の運輸力を誇った。中華民国期に共産党地下組織を支えた父は高級官僚だったが、文化大革命で惨死した。李鋭が移住した村はわずか一一戸の寒村で、村人の多くはカシンベック病を患っていた。李鋭はその地で自分をみつめ、自分の道を切り開く言葉を紡ぎ始めた。ゆえに、その小説には窮境が描かれる。

文化大革命期の呂梁山を描く『厚い土』は、一編が数千字程度の短編一五編と中編二編からなり、過酷な自然環境に生きる人間のあがきとあきらめ、そして、一瞬の感情の高まりと命の輝きを、方言を交えて斬新な表現で描いた。「つっかい石〈眼石〉*は、荷馬車の親方に妻を差し出さなければならなかった男の怒りが、親方も自分の妻を差し出すことで解消されるという短編だ。険しい山道で荷馬車を駆るのに、男二人の息が合わないと、もろともに断崖へ落ちる。その描写には息苦しいまでの緊迫感がある。「墓をひとつに〈合墳〉」は、早世した男女を冥界で娶せる村の風習にならい、村で亡くなり黄土に眠る知識青年をあの世で結婚させる話だ。奇習に目がいきがちだが、外来の死者への畏怖よりは愛情が伝わる作になっている。「葬送」は、自殺した老人を弔う男衆の対話から、死者の思いをあぶり出す。この短編集『厚い土』には「呂梁山印象」という副題がつく。そこに暮らす人からすると、李鋭の筆からは、あの村、あの人という具体的なイメージが浮かばないが、だからこそ、小説が今の自分の物語になると、この地の読者はいう。描写はリアルだが抽象性が高く、まさに「印象」である。

『無風の樹』は、『厚い土』の短編「葬送」をもとに構想した長編である。村の衆からロバまで、総勢一三の生命が独白体で語る。村の共有の「嫁」として買われてきたヌアンユーと、風土病を患う「夫たち」の声が響きあう異色の作だ。人とモノ、生と死の境界がおぼろな場として中国の僻村を描き、民族性に回収されない普遍性をもつ。

二〇年代から九〇年代までを描く歴史物語、『旧跡』の舞台は銀城、四川省自貢をモデルにした架空の町である。惨劇が繰り返されたこの地に生きた一人ひとりの人生が愛しくなる小説だ。

『ジョバンニ・マーティンの八日目』では、歴史的な視点を山西の地に移し、現代中国のトラウマの起源を義和団事件にまで遡った。山西省で信徒六千人余りを殺戮したという史実を背景に、女媧《じょか》〔泥土で人を造った女神〕を祭る廟とカトリック教会との抗争によって、地獄の運命を負わされたイタリア人宣教師と中国女性を描いていく。

初のエッセイ集を李鋭は『合唱を拒絶する《拒絶合唱》』（九六）と名付けた。政治至上の社会において見境のない寛容は特権をもつ側に立つに等しいのだから、自らを寛容へと差し出して合唱することを拒否するのだという。このタイトルは李鋭の創作宣言でもあり、その作は独創的な表現と考え抜かれた構成で現代の窮境に迫る力をもつ。

（加藤三由紀）

『無風の樹』ヌアンユーの独白より

クワイおじさんは厩の梁にぶら下がり、首には古縄、まるで壁に釘づけした皮一枚のようだった。皮の内側は何もかもなくなった、骨がない、肉がない、心臓がない、眼がない、クワイおじさんがいない、ぺらぺらの皮一枚がそこにかかっているだけ、空っぽ、空っぽ、凧みたいに空っぽ。黄色い土、青い空。あの人たちはあちら。わたしはこちら。まるで凧が風に乗るほど遠く、風に乗るほど高く、風に乗るほど空っぽになるように……黄色い土、青い空。あの人たちはあちら。私はこちら……

李永平

り・えいへい／一九四七—二〇一七／旧英領サラワク・クチン市生まれ

Li Yongping

略歴

作家。イギリス植民統治下のサラワク（現マレーシア・サラワク州）クチンの客家の家庭に生まれる。一九六六年に中編小説「ボルネオの子〈婆羅洲之子〉」を発表。高校卒業後、一九六七年に台湾に渡り台湾大学外国語文学系に入学、在学中に故郷を舞台にした短篇小説「ダヤクの妻〈拉子婦〉」で注目を集める。七六年より米国に留学し、ニューヨーク州立大学で修士号、セントルイス・ワシントン大学で博士号を取得した後、八二年に台湾に戻り、専業作家の時期を挟みつつ中山大学、東呉大学、東華大学で教壇に立つ。洗練された文体の長編小説で知られ、一五年には国家文芸賞を受賞。英米文学の翻訳も多数手がけた。【おもな作品】『吉陵鎮ものがたり』*（八六）、『海東青』（九二）、『雨雪霏霏《ひひ》』（〇二）、『大河の果て　遡行〈大河盡頭　上巻：遡流〉』（〇八）、『大河の果て　山〈大河盡頭　下巻：山〉』（一〇）、『朱鴒《しゅれい》ものがたり〈朱鴒書〉』（一五）等。【邦訳】『吉陵鎮ものがたり』

解説

李永平はボルネオ島サラワクで英語公用語時代に教育を受け、「イギリス植民地に生まれ、幼い頃から英語を学び、長じて後は英語で書くことを選ぶこともできた華人作家」「南洋に生まれ、多言語教育を受けた華人」と自身の言語的な背景を語っているが、その創作は一貫して華語によって行われている。高校在学中の六三年九月一六日にマレーシア発足を経験し、英国からマレーシアへと国籍が変更されたことに対する割り切れない思いを吐露している。後にマレーシア国籍を放棄し、台湾旅券を手にした。マレーシア人ではなくサラワク人としての意識は、最後の完結した長編となった『朱鴒ものがたり』に最も鮮明である。

　その作品には原郷としての中国意識（『吉陵鎮ものがたり』）、サラワク（クチン）で過ごした幼年時代（『雨雪霏霏』）と台湾での生活経験（『海東青』）、さらにボルネオと台湾に共通する植民地の記憶（『大河の果て』上下巻、『朱鴒ものがたり』）が反映されている。

　『大河の果て』では、英領サラワク・クチン出身の作家である永が、三年前に『雨雪霏霏』の末尾で台北・新店渓の黒い淵に沈めた台北の少女朱鴒の霊を召喚し、過ぎ去った一五歳の夏（六二年）の記憶を語る。高校進学を控えた彼は、インドネシアに父の友人のオランダ人女性クリスティナを訪ねる。かつて日本軍の収容所に監禁され、二年の間「慰安婦」とされた経験を持つクリスティナは、永を伴いカプアス川の水源へと旅立つ。一五日間の旅の末に二人は聖山バトゥ・ティバンに登頂し、永はクリスティナによって再度この世に産み出される。この旅路において、一五歳の少年永はボルネオ島に生きる華人としての原罪意識と、自らの心の魔に対峙し、旅路の果てに生と死、そして性交の三つを経験することで新たな生を授けられる。この旅は『朱鴒ものがたり』において反復される。そこではイギリス及びオランダの植民地としてのボルネオの遺産を継承し、同時に台湾を通じて主に高等教育の面で「華」の遺産を継承した主人公が、ボルネオの開拓史をなぞりながらも、先住民の土地と資源を奪い女性を蹂躙する存在としての華人であることから脱し、ボルネオ先住民との間に新たな協力関係を築くことで「ボルネオの子」となろうとしているように見うけられる。

　ボルネオを描いた〈月河三部曲〉（『雨雪霏霏』、『大河の果て』上下巻、『朱鴒ものがたり』）の完成後、一七年に癌が判明、新境地を開拓する試みだった初めての武侠小説『新侠女図』の執筆に病床で取り組んだが、未完に終わった。（及川茜）

『大河の果て　山』より

永、おいで！　私のそばにおいで。太陽が地平線から昇って、下山の途につく前に、私の人生の最後の望みをかなえさせて。私の身体で、もう一度あなたを産み落とすの。

　涙をためて、クリスティナは岩に腰かけ、手を伸ばすと上着のボタンを外し、僕に向かって胸を開き、曙光の下に真っ白い豊満な乳房をさらけ出した。

　外で迷子になり、なすすべもなく慌てていた時に突然母の姿を見いだした子供のように、僕はあっけにとられ、わっと声をあげて泣き出すと、まっすぐにクリスティナの前へと足を踏み出し、すっぱだかになって、何も隠さずためらうことなくその胸に飛びこみ、山頂の光のもとに余すところなくさらけ出された、子宮の傷つき損なわれた身体に入り込んだ……

……

リカラッ・アウー

利格拉楽・阿嫣／一九六九―　／台湾・屏東市生まれ

Ligrav Awu

略歴

作家。屏東の軍人村（眷村）で育つ。中国名は高振恵。父は中国安徽省出身の漢民族、母は屏東県出身のパイワン族である。一九八六年、大甲高級中学を卒業したのち、小学校で講師をつとめていたが、タイヤル族のワリス・ノカンと出会い、八七年に結婚した。九〇年から二年間にわたってふたりで雑誌《猟人文化》を発行して原住民文化回復運動を行い、アウーは台湾各地の原住民部落を訪ねてルポルタージュを書いた。九四年、都市からワリスの部落に戻るが、九九年の九二一大地震で部落は大きな被害を受け、部落再建に取り組んだ。その後、離婚し、現在は台北で原住民テレビの記者など、文化活動にたずさわっている。作品集に『誰がこの衣装を着るのだろうか《誰來穿我織的美麗衣裳》』（九六）、『赤い唇のヴヴ《紅嘴巴的VUVU》』（九七）、『ムリダン《穆莉淡》』（九八）、『祖霊に忘れられた子ども《祖霊遺忘的孩子》』（一五）がある。

解説

リカラッ・アウーは、戦後、兵隊として中国から台湾に渡って来た父と、パイワン族の母のあいだに生まれ、軍人村で育った。一七歳までは自分が外省人二世であるという意識を持っていたが、その後、タイヤル族のワリス・ノカンと結婚し、原住民文化回復運動に携わるうちに原住民意識に目覚め、さらに女権の強いパイワン族の祖母たちの生き方を知って女性意識にも目覚めた。アウーの作品はその内容から以下のように分類できる。

一、パイワン族の母を描いた作品。「軍人村の母*」、「祖霊に忘れられた子ども*」、「情深く義に厚い、あるパイワン姉妹*」、「ムリダン*」など。アウーの母は、生まれ育った部落を離れて、大陸から来た兵隊に嫁ぎ軍人村で暮らしたが、言葉も文化もちがう、年齢の離れた夫との結婚生活や、露骨な原住民差別など、苦労を重ねた。

二、外省人の父を描いた作品。「故郷を出た少年*」、「父と七夕*」、「あの時代*」など。アウーの父は国共内戦期に大陸で兵隊にとられ、台湾に渡ってきた老兵である。作品には、五〇年代前半の白色テロにまきこまれて政治犯とされた父の無念さや異郷で生きる老兵たちの望郷の思いが描かれている。

三、パイワン族の祖母を描いた作品。「離婚したい耳」*、「永遠の恋人」*、「赤い唇のヴヴ」*など。アウーの祖母は、女権の強いパイワン社会でもとりわけ自由闊達な性格だった。晩年に恋愛し、子どもたちの反対をおしきって婿をとったが、数年たたずに気に入らなくなったと離縁した。「赤い唇のヴヴ」は、嗜好品のビンロウの汁で口が赤く染まった祖母を指すが、作品は祖母の一生をたどりながら、清朝末期から日本統治時代、国民政府時代まで、原住民族が歩んできた苦難の歴史を描いている。

四、原住民の子どもたちを描いた作品。「山の子と魚」*、「オンドリ実験」*など。子どもたちの純真さと、彼らが遭遇した原住民差別が描かれている。

五、原住民女性を描いた作品。「誰がこの衣装を着るのだろうか」*、「歌が好きなアミの少女」*、「姑と野菜畑」*、「医者をもとめて」*、「傷口」*、「白い微笑」*、「色あせた刺青」*など。タイヤル族の姑と義妹や、白色テロに翻弄された原住民女性も描かれている。

六、変化する現代社会のなかで混乱する原住民社会を描き、伝統が失われていくことへの危機感を描いた作品。「誕生」*、「忘れられた怒り」*、「大安渓岸の夜」*、「ウェイハイ、病院に行く」*、「さよなら、巫婆」*など。

七、現代社会や文化破壊、女性差別などを批判した評論。

（魚住悦子）

「赤い唇のヴヴ」より

ヴヴ・アグアンの娘たちは、誰もが、母親がこの年で結婚するということになったら、みんなに笑われるにちがいないと思った。しかし、意外にもヴヴ・アグアンはこう言い切った。

「わたしには、自分の生活を決める権利があるんだよ。どんな暮らしが自分にいちばん合っているか、よくわかっているんだから。おまえたちが気をもむことはないんだよ。誰にもそれぞれの歌の歌いかたがあるし、生活のしかたがあるんだよ。わたしは、こういうふうに歌うし、わたしの歌はまだ終わってないんだよ」

一年後、ヴヴ・アグアンは入り婿を迎えるという形で、人生で四人目の男性と結婚した。派手な結婚式もなく、子どもたちからの祝福もなかった。ふたりは山（墓地）に出かけて、ふたりの共通の友人たちにこう告げただけだった。

「わたしらは結婚したよ！」

一瞬、山じゅうの昔なじみたちから、祝福の歌声が返ってきた……。

李喬

り・きょう／一九三四―　／台湾・新竹州(現、苗栗県)生まれ
Lee Chiao

略歴

作家。客家人。本名・李能棋。日本統治下の台湾・新竹州大湖郡（現、苗栗県大湖郷）の生まれ。一九五四年に省立新竹師範学校（現、国立清華大学）を卒業。金門島での兵役に就く。除隊後、郷里の苗栗で小中学校の国語教師として勤務しながら創作活動を行った。八二年に退職後は執筆に専念。「あの梶の木〈那棵鹿仔樹〉」（六七）で台湾文学賞、代表作『寒夜三部作《寒夜三部曲》』（七九―八一）で呉三連文芸賞、「泰姆山《タイボサン》〈泰姆山記〉」（八四）で呉濁流小説賞、評論集『台湾文学のかたち《台湾文学造形》』で巫永福評論賞（九三）を受賞。長年の執筆活動により、国家文芸賞（〇六）、客家貢献賞（〇七）、台湾文学家牛津賞（一〇）、台湾文学金典賞（一六）、行政院文化賞（一九）も受賞。台湾ペンクラブ会長、総統府国策顧問などを歴任。【邦訳】『寒夜』『曠野にひとり』『藍彩霞の春』「小説」「密告者」「パスタアイ考」「阿妹伯」「母親」「山の女」等。

解説

日本の台湾統治史が台湾人による抗日運動の展開と表裏一体であったことは知られているが、李喬が生まれ育った家庭環境もそれと無縁ではなかった。父親は台湾農民組合の大湖支部長をつとめ、抗日左翼運動の指導者であった。代表作『寒夜三部作』の第二部『荒村《荒村》』（八一）に登場する農民組合幹部の劉阿漢は、作者自身の父親をモデルにしている。李喬は幼少時より、自宅で父親の留守をあずかる母親の姿を見て育ったというが、そうした記憶は「阿妹伯〈阿妹伯〉*」（六二）や「漬物ばあさん〈鹹菜婆〉」（六七）、「山の女〈山女〉*」（六九）など初期の短編小説の中で描かれている。李喬が成長した台湾中部の山間部は客家人が多く暮らす集落で、「蕃界《ばんかい》」と呼ばれる原住民族の生活圏と隣り合わせでもあった。当地の客家人はその場所を蕃仔林―よそ者の土地―と呼んだが、「蕃仔林《ハアンナアリム》」は李喬の作品でも中心的舞台となっている。また、物語の中で何度も描かれる家事と労働にせわしない母親の姿は、台湾社会における伝統的な客家女性の姿を体現してもいた。

一九七〇年代に至ると、李喬は台湾社会の時事的問題を小説の素材として扱う

傾向が増していく。「人間のボール〈人球〉」*（七〇）では都会に生きる現代人の鬱屈とした心情を浮き彫りにした。また、「ジャック・ホー〈捷克・何〉」*（七二）や「孟婆の薬湯〈孟婆湯〉」（七三）では、ベトナム戦争に組み込まれていく冷戦下の台湾社会を描き、当時の世相を諷刺した。こうした台湾の社会や民衆に対する強い関心は、その後も李喬の作風として定着した。また、漢人による最大にして最後の抗日武装蜂起であった西来庵事件を題材にした『西来庵での誓い《結義西来庵》』（七七）以降は、台湾の歴史に対しても関心を深め、『寒夜三部作』では清末から日本統治期終焉まで半世紀におよぶ台湾近現代史の流れをダイナミックに描き出した。日本の植民地統治下での左翼組織弾圧事件であった二一二事件と戦後台湾現代史のメルクマールである二二八事件を対照させた「小説〈小説〉」*（八二）、白色テロをモチーフにした「泰姆山」、二二八事件の展開を仔細に再現した『一九四七年の恨み《埋冤一九四七埋冤》』（九五）、陳水扁総統罷免運動を背景とする『呪いの環《咒之環》』（一〇）などでは、社会的タブーを衝きながら、従来の歴史認識や政治体制を厳しく批判した。

李喬は台湾人が民主的な自由を獲得していく台湾近現代史の側面を物語化することを宿願としたのであり、そうした作品世界に通底するのは、自身が「台湾人」であるという強いアイデンティティと台湾という大地に対する深い情愛である。ただし、それは現実を直接写実するだけの物語ではない。李喬は青年時代よりフォークナーや安部公房など世界の文学作品に親しみ、その文学的影響を受けて創作活動を広げてきた。台湾の歴史と社会を描き出す李喬作品の中に、世界文学からの影響の片鱗を見つけながら読み進めるのも面白いだろう。（明田川聡士）

「泰姆山」より

雨水《うすい》になる頃には、種がいくつか芽を出しているはずだ。

春が来る頃には、ここは一面の相思樹《ソウシジュ》の苗だ。

私の呼吸が止まり、大地に戻る時、私のからだと大地はひとつになり、私は春の苗木とともに、もう一度この世界にやってくる。

私が死んだと誰が言うのか、私は暫く姿を消すだけだ。生命はどうしてそれほど単純で、それほど脆《もろ》いものだろうか？

違うだろう。わかるかい？　私が教えてあげよう……

彼は考えた。

太陽が眉毛の端まで昇った。彼は横になり、静かに眠った。

李昂

り・こう／一九五二― ／台湾・彰化県鹿港鎮生まれ

Li Ang

略歴

作家。批評家・施淑、作家・施叔青の二人の姉の影響もあり中学生の時に小説を書き始め、高校一年生の時に「花の季節〈花季〉」で文壇デビューする。一九七〇年に中国文化学院（現在の中国文化大学）哲学科に入学、七五年にアメリカのオレゴン州立大学大学院演劇コースに留学し修士号を取得、七八年に台湾に帰国した。小説集「鹿港物語シリーズ」の「夫殺し〈殺夫〉*」が《聯合報》の中編小説首賞を八三年に受賞し、フェミニズム作家として一躍注目を集めた。同作は、英・日・独・韓・伊・仏語など翻訳版も出版されている。二〇〇四年には、フランス政府から芸術騎士勲章を受賞した。女性たちの欲望、格闘、人間の本性を描き出す言葉と語り方を求め、新しい小説の表現に挑み続けている。【おもな作品】『夫殺し』のほか、『迷いの園《迷園》*』（九一）、「花嫁の死化粧〈彩妝血祭〉*」（九七）、『自伝の小説《自傳の小說》*』（〇〇）、『眠れる美男《眠美男》*』（一七）等。

解説

李昂の名を台湾文学界に知らしめたのは、「夫殺し」だ。舞台は一九四〇年代の鹿港、主人公の林市は、九歳で父を失い、飢えのために行きずりの兵士に身を任せ一族に淫婦とされた母から離され、叔父に引き取られる。年頃になった林市は叔父に豚肉と引き換えで屠畜夫の陳江水に嫁がされ、ようやくお腹いっぱい食べられるようになるものの、夫からのDV、噂好きの隣家の老婆の監視により、肉体的にも精神的にも追い詰められていく。錯乱した林市は、屠畜用の刃物で寝ている夫を殺害し豚の如く解体した。

「夫殺し」は、閨秀文学盛んなる八〇年代の台湾女性文学に新たな地平を拓いた。妻が暴力夫を殺すベタなフェミニズム小説だと侮るなかれ、人間の不可解さと哀しさを大胆に緻密に容赦なく書き迫る李昂の筆致に、心えぐられ、圧倒される。

『迷いの園』は、台湾鹿港の旧家朱家の令嬢朱影紅をヒロインに、菡園と名付けられた朱家私有の大庭園と現代台北を舞台として、愛する父との少女時代の思い出と、不動産王・林西庚との激しい恋とを交錯させながら、従来の中華民国史に対して、本省人女性の視点から日本植民地統治の開始や二二八事件、高度経済成長など台湾史を書いた歴史小説であり、政治小説、恋愛小説でもある。八七年の戒厳令解除を跨ぎ執筆されているため、現実の台湾社会がフィクションの存在を脅かすほどの勢いで激変していく中、小説を如何に書き続けるのか、民主化の熱と作家の葛藤が言葉や行間から噴き出てくるようだ。

『自伝の小説』は、台湾の女性革命家・謝雪紅と、少女時代に恐ろしい謝雪紅の噂話を聞いて育った語り手の「自伝」の「小説」だ。「自伝」と「小説」を日本語の平仮名「の」で繋いだこの不思議なタイトルは、「自伝」という編年体のノンフィクションの不可能性を、多声的な語りをもって暴露している。『自伝の小説』は、女性革命家、悪女、モダンガール、フェミニスト、魔性の女、共産主義者、台湾民族主義者、恋多き女など謝雪紅に付与されている数多くのレッテルを、剥がすのではなく複数性として捉え、既刊の謝雪紅の伝記など数々の文献を引用しながら謝雪紅の人生を辿る。最後に、語り手は、時に謝雪紅に乗り移り、とり憑きとり憑かれながら、謝雪紅の声に耳を澄ませ、謝雪紅に分け入り、情熱、欲望、痛み、切なさを分有し、謝雪紅という一人の生身の女性を多声的に語る。語り手は、謝雪紅の人生を語ることを通して、自らの人生を取り戻す。

『夫殺し』の林市、『迷いの園』の朱影紅、『自伝の小説』の語り手、李昂の小説に生きる女性たちは、少女の記憶を抱え、それぞれの運命に翻弄されながらも、決して欲望を封じ込めることなく、それぞれの形で格闘し、自分の人生を生きていく。

（赤松美和子）

『自伝の小説』より

思い通りではないとしても、三伯父は少なくとも故郷の地に埋葬された。しかしあなたは？　謝雪紅、あなたの帰郷も埋葬の願いも、両岸海峡に隔てられた現実の政治的状況では、こんなにも遥かで届かない、たとえ魂魄が帰るとしても、千山万水深海に隔てられ、どうして海を渡り帰郷することができるというのだ。

日が西に沈む海峡の果てを望みながら、涙がとめどなく流れ落ちた。私はこらえきれず小さな声で叫んだ。

謝雪紅。

私が捜し求めたのは、あなたの一生だけではない。

謝雪紅。

あなたの一生、私の一生……

私たち女の一生。

李碧華

Li Bihua

り・へきか／一九五九—　／香港生まれ

李碧華は筆が早く、発表作品の多さには目を見張るものがある。その作品には、入念な調査、検証をもとに書かれた小説やルポルタージュがある一方、軽妙な語り口の散文などもあり、また内容についても、政治的なものからホラー小説に至るまで、多種多様である。日本の文化や文学にも興味を持ち、作品の中には日本を舞台にしたものや、日本を題材にしたものも多くみられる。テレビや映画の脚本も数多く手がけ、李碧華の作品に触れたことのない香港人を探す方が難しいと言われるほど、様々な形態で香港人に受け入れられている。

代表作には、歴史的検証をもとに書かれた《胭脂扣》や《秦俑》、《川島芳子》、

略歴

作家。高校時代から《中国学生週報》、《学生園地》等の文学雑誌に投稿を始める。高校卒業後は、執筆活動を続けながらも、小学校教員、中国舞踏の講師、記者など様々な職業を経験した。本業として作家活動を始めてからは、小説や散文を執筆する一方、新聞のコラム、テレビドラマのシナリオ、映画の脚本など多彩な活動を行っている。また、幼少期から学んだ舞踊をいかし、舞台劇のプロデュースも手掛けている。日本での留学を二年間経験しており、京都大学で文学を学んだ。一九八二年に初の散文集『白湯《白開水》』を出版して以降、多数の小説や散文が出版され、多くがロングセラーを続けている。【おもな作品】《胭脂扣》（八五）、『さらば、わが愛—覇王別姫《覇王別姫》*』（八五）、《秦俑》（八九）、《川島芳子》（九八）、《天安門舊魄新魂》（九〇）、《青蛇》（九三）、《草書》（九四）、《潑墨》（〇二）等。

解説

香港で生まれ育った李碧華は、幼少期から文才を発揮するとともに、中国舞踊を習うなど、好奇心旺盛で活発な少女時代を過ごした。その旺盛な好奇心は、彼女の作品の中にも大いに表れている。李碧華が少女時期を過ごした一九六〇〜七〇年代の香港は、イギリスの統治のもと、さまざまな文化や価値観を吸収できる環境にあった。さらには政治不安による中国からの移民によって人口が激増し、経済的にも文化的にも大きな発展と変化を遂げた時期でもあった。

天安門事件を題材として若者の心理を描いた《天安門舊魄新魂》などがあり、その中には映画化され、高い興行成績を上げているものも少なくない。

一九三〇年代に死んだ幽霊が五〇年後の香港に現れて人探しをするという奇抜な設定の《胭脂扣》では、心中の末に幽霊となった女性の口から語られる三〇年代の恋物語と、その生き残った恋人探しを助ける、八〇年代を生きる新聞記者の日常がパラレルに展開していく。三〇年代当時の街並みや風習などが微細に描かれ、読者を三〇年代の香港へとひき込み、一九八〇年代の香港と一九三〇年代の香港とが巧妙に交錯していく。〝五〇年の時を超えて続く悲恋〟として語られる物語の、終盤における転覆は、香港返還交渉の際に発表された中英連合声明の中で、「一国二制度」とともに交わされた「五〇年不変」という約束を念頭に置いて読むと非常に興味深い。時に優美で繊細に、時にシニカルに、時代や人間の内面を描き出している。

陳凱歌監督によって映画化されカンヌ国際映画祭でパルム・ドール賞を受賞した『さらば、わが愛―覇王別姫』は、北京の京劇俳優養成所で出会い、互いに助け合いながら成長し、それぞれ男役の〝生〟と女形の〝旦〟として北京一の花形役者となった二人の男性の愛憎劇が、日中戦争、国共内戦、文化大革命という時代の波とともに描かれている。この作品も上記の《胭脂扣》と同様に、五〇年間の時間軸で語られていく。政治の動乱に翻弄されながら生きる壮絶な二人の物語は、北京の地で始まり、香港の地で終幕を迎える。その終幕は、息が詰まるような壮絶な物語に引き込まれて読み進めてきた読者をあっけなく裏切る。李碧華の小説と陳凱歌監督の映画版の結末が大きく異なるという点は、示唆に富んでいる。

〝厳粛文学〟〝通俗文学〟という二項対立の厳しいカテゴライズが行われる香港の文壇において、〝通俗文学作家〟として評価されることが多い李碧華だが、その多様な作品の一つ一つを見れば、李碧華という作家を単純な二項対立のカテゴリーにはめることはできないことが分かる。既成概念や固定観念にとらわれることなく、自由に題材を求め、自らの感性で表現する。様々なことに興味を持ち、深い洞察力をもって、型にとらわれずに大胆かつ繊細に香港や中国の人々を描く彼女の作風は、広く読者に愛されている。

（小林さつき）

劉以鬯

りゅう・いちょう／一九一八―二〇一八／中国・上海市生まれ

Liu Yichang

略歴

作家。上海南市大同大学附属中学で中学・高校の時期を過ごした。高校生の頃から執筆活動を始め、一七歳で初の短編小説を発表した。一九四一年に上海の聖約翰大学（St. John's University）を卒業した後、重慶で新聞の文芸欄編集などの仕事に就いた。四五年に上海に戻り、出版社「懐正文化社」を設立したが、四八年、治安悪化の一途をたどる上海を離れ、香港へ移住。新聞の文芸欄の編集をしながら、生計を立てるため大量の作品を発表した。その間、シンガポールやマレーシアに赴任し文芸欄編集の仕事を行った。五七年に再び香港に戻り、小説や文学評論を発表し、多くの単行本を出版した。純文学作家としての評価は高く、香港作家聯会の会長や雑誌《香港文学》の編集長を長期にわたり務めた。香港公開大学名誉教授。**【おもな作品】**《酒徒》（六三）〈對倒〉（七二）〈島與半島〉（七五）《寺内》（七七）《端木蕻良論》（七七）

解説

劉以鬯は、大陸中国から香港に移住して文学活動を行い、香港における文学の発展に大きく寄与した「南来作家」と呼ばれる作家のひとりである。香港に移住してきた当初は、他の「南来作家」と同様、理想と現実の隔たりに苦しみながら執筆活動を続けていたが、香港の社会や人々を描いた作品を数多く生み出して、香港の読者から広く受容され、現在では「香港厳粛文学」の第一人者として、書店には名著と称される彼の作品が数多く並べられている。

劉以鬯は、国民党の陸軍学校である「黄埔軍校」の英文秘書や軍の官職を歴任した父のもとで育った。中学時代にはバスケットボールと読書に熱中し、高校では、日中戦争に伴う抗日運動に共鳴し、たびたび授業を抜け出して抗日運動のデモ活動に参加した。高校卒業後、上海の聖約翰大学（St. John's University）に入学し、哲学を専攻した。大学卒業後は、重慶で新聞《国民公報》や《掃蕩報》の文芸欄編集などの仕事に就いた。

一九四五年、上海に戻り、五四新文学の優れた作品を世に広めるため「懐正文化社」を設立。戴望舒、姚雪垠や施蟄存らの作品を出版した。しかし、国共内戦による混乱で、出版した書籍の販売代金の回収もできず、さらにはインフレによって経営が立ち行かなくなり、四八年に香港へ移住。しかし、移住後も経済的に困窮し、生計を立てるために《星島日報》に流行小説の連載を始めた。一九五一年、《星島週報》の編集と雑誌《西點》の編集主幹に就任。短編小説集《天堂与地獄》を発行。シンガポール、クアラルンプールでの勤務を経て、一九五七年に香港に戻り、《香港時報》の文芸刊《浅水湾》の編集の仕事を行いながら、小説や文学評論を多数発表した。純文学作家として香港の文壇を支える存在となり、香港における純文学を代表する雑誌《香港文学》の編集長や香港作家聯会の副会長、会長を歴任した。二〇〇一年には香港政府から文学の発展への功労を認められ、栄誉勲章を授与された。

劉以鬯は創作において実験的な試みを多く行っており、特に「意識の流れ」の手法を用いた《酒徒》は高い評価を得ている。酒飲みで売れない作家の主人公の口から語られる葛藤や苦悩、文学の価値を理解しない香港に対する不満が、連続性のない「意識の流れ」の手法を用いて綴られており、「中国初の意識流小説」と称されている。また、《對倒》や《酒徒》は、王家衛監督の映画《花様年華》や《2046》のもとになるなど、様々な形態をとって多くの人々から愛される作品を数多く生み出している。

（小林さつき）

『酒徒』より

さびついた感情がまた雨に逢って、とりとめのない考えが煙草の煙の中でつかみどころなく逃げ隠れしている。窓を開けると、雨粒が窓の外の木の枝でウィンクをする。雨は、ダンスのステップのように葉の上を滑り落ちる。ラジオをつけると、ふいに天の声が聞こえてきた。どうやら私は外に出て散歩でもしなければならないようだ。続いて白い衣を身にまとった侍女が酒を運んできた。私はその輝く瞳を見た。（これは「三文小説」の格好の題材だな、いっそ彼女を黄飛鴻の情婦として登場させよう。クィーンズロードの摩天楼のてっぺんで功夫のポーズをきめながら、女秘書が黄飛鴻の膝の上に座る姿を盗み見でもさせようか。）とりとめのない考えが、また煙の中でつかみどころなく逃げ隠れしている。

劉慶邦

Liu Qingbang

りゅう・けいほう／一九五一― ／中国・河南省沈丘県生まれ

略歴

作家。河南省の農村に生まれる。父親が軍閥、馮玉祥の下級軍人であったため、文化大革命期間は階級の敵とされ、中学校卒業後は進学できずに農民となる。その三年後、十九歳から九年間、炭鉱労働をしながら鉱務局宣伝部で働き、対口詞（一種の掛け合い漫才の台本）などを書いた。一九七二年に処女作〈綿紗白生生〉を書き上げたが発表のあてもないまま六年が過ぎ、文革終焉後の七八年に《鄭州文学》に掲載された。同年、北京へ出て煤鉱工人雑誌社で編集の仕事をしながら執筆に励み、〈看看誰家有福〉（八〇）で注目を集め、〈在深処〉（八二）で第一回河南省文学賞を受賞した。【おもな作品】「鞋〈靴〉*」（九七）、「神木―ある炭鉱のできごと〈神木〉*」（〇〇）、「葬送のメロディー〈響器〉*」（〇〇）、「いちめんの白い花〈遍地白花〉*」（〇一）、《遠方詩意》（〇二）、〈唖炮〉（〇七）、《平原上的歌謡》（〇九）等。

解説

劉慶邦には農村を舞台にした作品がある。《高高的河堤》（九八）は、父親を亡くした九歳までの日々を綴った作品であり、《遠方詩意》（九八）は文革終焉までの日々を描いた自伝的長編小説である。また、「捨て難きもの―太平車〈太平車〉*」（〇一）は、農村で使われた木製の四輪荷車（太平車）を偏愛した叔父の物語である。

また、劉慶邦は炭鉱労働者として働いた経験をもとに、多くの作品を執筆した。〈走窯漢〉（八五）は、妻を奪われた炭鉱夫の復讐の顛末を描いた作品であり、「神木―ある炭鉱のできごと」は、出稼ぎ労働者を騙して炭鉱で働かせ、落盤事故に見せかけて殺害し、炭鉱主から金をせしめる炭鉱夫たちを描いた作品である。〈唖炮〉は、坑道の中で不発弾を見つけたが、同僚の妻への横恋慕のために、ついにその危険を告げずにいた炭鉱夫の煩悶と欲情を描き出したものである。〈找不找北〉（一二）は、早期退職をした中年女性が友人たちと黄山《ホワンシャン》などの景勝地を旅行している間に、夫が農村出身の年若い家政婦と不倫関係に落ちていく顛末を描いたものである。劉慶邦は農民や炭鉱夫をした自身の経験から、アンダーグラスの人々の生存状態をリアルに描写すると同時に、彼らの退廃ぶりや陰鬱な人間性を偽りなく表現する。

また、劉慶邦は好きな作家として、詩的で美しい郷村や女性を数多く描いた沈従文《シェン・ツォンウェン》（一九〇二〜八八）や、彼から教えを受けた汪曾祺《ワン・ゾンチー》（一九二〇〜九七）の名を挙げている。その影響もあってか、劉慶邦には少女の純潔、含羞、美、素朴、敏感さを描いた作品も多い。「羊を飼う娘〈梅妞放羊〉」*（九八）は、縁日に父が買ってきてくれた雌羊と村の娘の交流を描いた作品であり、「葬送のメロディー」は、村の娘が葬儀の際に吹奏されるソナーの音色に魅せられ、両親や親族の猛反発にもかかわらずソナー吹きの若者に弟子入りする物語である。「いちめんの白い花」は村にやって来た女性画家が、村人が普段は当然すぎて意識していなかった日常の中に様々な美を見出し、それを絵にしていく物語であり、「幻影のランタン〈灯〉」*（〇二）は、視力を失った十三歳の娘と、それを気遣う父親の間の微妙な思いやりを描いた作品である。

（齋藤晴彦）

「神木」より

冬。旧暦の正月まで、まだ一ヶ月以上ある。小雪がぱらぱらと降っていた。小さな駅で、唐朝陽《タン・チャオヤン》と宋金明《ソン・ジンミン》は次の獲物を狙っていた。獲物とは彼らの隠語で、騙せそうな生きた人間のことである。ある獲物に狙いをつけると、彼らは獲物を辺鄙な場所にある小さな炭鉱に連れて行って始末する。それから獲物の親戚を名乗り、命と引き換えに炭鉱主から金を貰う。この仕事は、彼らにしてみれば朝飯前で、まず失敗はないと言えた。二人は阿吽の呼吸のパートナーで、以心伝心、今までどんな手抜かりも犯したことはなかった。彼らの計画では、年末までにもう一人の獲物をやれば、それでよかった。一人の獲物で二人それぞれ、少なくとも一万元以上は手に入る。もし運が良ければ、二万元の大台を超えるかもしれない。そうすれば、田舎に帰ってゆっくりご馳走を味わいながら、正月を過ごすことができる。

劉慈欣

りゅう・じきん／一九六三―　／中国・北京市生まれ　Liu Cixin

略歴

SF作家。文革期に両親の転属に伴い山西省へ移った。八五年、河南省の華北水利水電学院を卒業し、山西省の娘子関火力発電所のコンピューター技師となった。九九年、《科幻世界》誌に「鯨歌〈鯨歌〉*」等が掲載され、以後次々に作品を発表する。「彼女の眼を連れて〈帯上她的眼睛〉*」（九九）を始め、八年連続でSF賞の銀河賞を受賞したほか、世界の華語SFを対象とする世界華語科幻星雲賞等も受賞。また、「地球往事」三部作の第一作『三体《三体》*』（〇八）の英訳版により、一五年、ヒューゴー賞を受賞。一八年、アーサー・C・クラーク賞（Imagination in Service to Society 部門）を受賞。一六年、山西省作家協会副主席に選出され、現在は専業作家として執筆を続ける。【おもな作品】上記作品のほか『三体0　球状閃電《球状閃電》』（〇四）、『三体Ⅱ　黒暗森林《三体Ⅱ　黒暗森林》*』（〇八）、『三体Ⅲ　死神永生《三体Ⅲ　死神永生》*』（一〇）等。【邦訳】＊を付した作品のほか「さまよえる地球」「円」「神様の介護係」等。

解説

劉慈欣の両親は人民解放軍の退役軍人で、劉慈欣が生まれた頃は北京の炭鉱設計院に勤めていた。文革が始まると、父親の兄弟がかつて国民党の兵士だったことが問題視され、一家は北京を追われて山西省陽泉市に移り、父親は炭鉱夫に、母親は小学校教師になった。炭鉱の町での体験は、「地火〈地火〉*」（〇〇）に反映されていると言われている。

劉慈欣がSF作品に出合ったのは文革期のことで、父親の北京土産だったジュール・ヴェルヌの『地底旅行』に夢中になった。しかし父親は、このタイプの作品は「封建主義・資本主義・修正主義」の嫌疑を招き、非難される恐れがあるとして警戒し、他人に知られることを禁じた。文革終結後、劉慈欣は再びSFに夢中になり、自身もSFの創作を始めたが、八三年の精神汚染一掃キャンペーンの煽りをうけSFが低迷したため、劉慈欣は投稿先がわからぬまま九〇年代後期まで作品発表の機会を逸した。九八年、新聞に掲載された《科幻世界》誌社長・楊瀟のインタビュー記事を目にして投稿すべき雑誌を知り、翌年、《科幻世界》に作品を発表するに至った。その後、同誌に次々に作品を発表し、地上の「僕」が地底探査機の乗組員の少女と視覚を共有する物語「彼女の眼を連れて」を始め、太陽の異変に気付いた人類が人為的に地球の軌道を変えて新たに恒星を目指す物語「さまよえる地球〈流浪地球〉*」（〇〇）、ロシアとNATOの電子戦を描いた「全周波数帯封鎖妨害〈全頻帯阻塞干擾〉」（〇一）、人工太陽による気象制御をモチーフに、農民の息子の冒険と出世を描いた「中国太陽〈中国太陽〉*」（〇二）、資源問題を背景にした、地球の内核を貫くトンネル開発をめぐる物語「地球大砲〈地球大炮〉*」（〇三）、宇宙の誕生発展をシミュレーションできるコンピューターが、人々の行為を鏡のように映し出す様を描いた「鏡〈鏡子〉」（〇四）、格差社会と富の再分配に関する思索を展開した「扶養人類〈贍養人類〉*」（〇五）、「三体問題（三つの天体間の運動方式の問題）」をモチーフに、人類の地球文明と四光年彼方の文明との対決を描いた「三体」（〇六、連載）によって、八年連続で銀河賞を受賞し、中国を代表するSF作家になった。

　劉慈欣の作風は、豊富な科学技術知識と自由な発想によって様々なガジェットを繰り出しながら、神秘的な宇宙風景も中国社会の生々しい現実も描くもので、外挿性も社会性も帯びている。中でも宇宙の描写は、悠久・壮大で美しく、またおぞましくもある。

　宇宙への眼差しは、アーサー・C・クラークの『2001年宇宙の旅』の読書体験と密接に関わっており、本作品を読み終えた時、「突然周りの一切が消え去ったような感覚になり」、「あれ以来、星空が違って見えるようになった」という。彼のSF創作の理念は「想像の世界で宇宙の科学的な美を見せる」ことである。

（上原かおり）

『三体III　死神永生』より

　太陽が二次元の平面に接触した瞬間、二次元に落ち込んだ部分が猛スピードで平面上を円形に広がり、あっというまに平面上の二次元太陽の直径が三次元の太陽のそれを越えた。その間わずか三〇秒程度だった。太陽の半径を七〇万キロメートルとして計算すれば、二次元の太陽の縁が広がる速度は、なんと毎秒二万キロメートルにも及んだ。二次元の太陽が広がり続け、あっというまに平面状の広大な火の海となり、その血の色の火海の中央に、三次元の太陽がゆっくりと沈んでいった。

劉震雲

りゅう・しんうん／一九五八―　／中国・河南省延津県生まれ

Liu Zhenyun

略歴

作家、中国人民大学文学院教授。一九七三年から七八年まで人民解放軍の兵役についた。全国統一の大学入学試験が復活した翌年（七八年）、河南省文系受験者の首席を取り北京大学中文系に入学。八二年、同大学卒業後、『農民日報』記者となる。「塔鋪《タープー》〈塔鋪〉」（八七）が全国優秀短編小説賞を受賞、創作を続ける。初期作品は「新写実主義小説」の代表作として知られる。二〇一一年、『一句頂一万句《一句頂一万句》*』（〇九）により茅盾文学賞を受賞。同年、人民大学に異動。自作品の脚本化も行い、『人間の条件1942―誰が中国の飢餓難民を救ったか《温故一九四二》*』（九三）、『わたしは潘金蓮じゃない《我不是藩金蓮》*』（〇一二）に基づく映画は国内外の映画脚本賞を受賞した。一八年、フランスの芸術文化勲章受章。【おもな作品】先の四作品のほか、「所属組織〈単位〉」（八九）、「鶏の毛いっぱい〈一地鶏毛〉*」（九一）等。【邦訳】＊を付した作品のほか『ケータイ』『盗みは人のためならず』『ネット狂詩曲』等。

解説

劉震雲は河南省の農村に生まれ育った。農村から都市への移住を制限する中国の戸籍制度は、農村戸籍の人民の人生に大きく影響している。彼らが人民解放軍に入隊したり、都市部の大学に進学することは、自身の運命を変える数少ない手段である。そのためには統一試験で非常に優秀な成績を収めねばならない。劉震雲の人生も、戸籍制度の力に左右されざるを得なかった。その実体験が「塔鋪」の創作につながった。兵役経験をもつ若者を主人公に、農村の大学受験生たちが自らの人生を変えようと奮闘し、夢破れるさまを描いている。「塔鋪」をはじめ、「所属組織」、「官人〈官人〉」（九一）、「官界〈官場〉」（八九）、「鶏の毛いっぱい」等の初期中短編小説の主要人物たちは、中国社会の低層から中間層に位置しており、環境の強大な力に直面し、否応なく泥沼にはまり、環境に適応する過程で精神も性格もゆがめられてゆく。その筆致は冷淡でアイロニーが混じり、時に喜劇的である。

先にあげた作品、とりわけ「鶏の毛いっぱい」は、八〇年代後期に起こったとされる「新写実主義小説」の代表作として知られる。「新写実主義小説」は写実主義の形式をとるが、煩悩や欲望、困難や困惑、孤立と無援に満ちた、凡庸な一般人の世俗的現実の生活をありのままに描こうとする点で、それまでに社会主義リアリズムのもとで発展した、人物の典型化やストーリー展開の規範等から逸脱しており、開放性、包容性が見られるとされる。こうした作風を発展させた一つの到達点が『人間の条件1942』だろう。劉震雲はこの作品で、戦乱の途中で飢え死にした三百万の人々を、政治・戦争・大災害ではなく、生活の視点から描き、旧日本軍が軍糧を放出したエピソードさえ書き込んだ。

茅盾文学賞を受賞した『一句頂一万句』は、故郷の河南省延津の百年前と今を舞台に、話が合う相手をさがすことの難しさを描いている。初期作品と同様に、文章は気取りがなく中国社会を正面から批判することもないが、庶民の生態と本音がリアルに描かれていると感じさせる。日常的な行為である「話すこと」を中心に据え、ユーモアも交えて描写した。「話すこと」をめぐる表現への関心と修練は、携帯電話の普及が人々の関係性と言葉に及ぼした影響を描いた映画『ケータイ《手機》』（〇三）の脚本執筆を契機に強まったかもしれない。

劉震雲は、馮小剛監督による「鶏の毛いっぱい」テレビドラマ化を契機に、九〇年代半ばに脚本執筆を始めた。同監督による映画『ケータイ』の脚本も手掛け、映画の中の機智に富んだ台詞の数々は流行語にもなった。映画とほぼ同時に出版された同名の小説には、さらに深い味わいがある。その後も精力的に自作品の脚色に取り組んでおり、庶民の生態への眼差しは、絶妙な台詞の模索へと、新たな表現を開拓し続けている。（水野衛子）

『一句頂一万句』より

胡は延津に来て十年になるのにいまだに湖南省の麻陽訛りを話した。ワラワラと喋るが、知府の朱も何を言っているか分からないし、同僚たちにも分からなかった。延津の人たちにはもっと分からなかった。お裁きの席でも原告や被告が何か言い、胡がワラワラと何か言うと原告も被告も五里霧中となった。お互いに分からないので裁判も散り散りばらばらになる。裁判が散り散りばらばらだから、延津は治まるのである。どうしようもならなくならないと、殺人放火までいかないと、延津人は訴えない。訴えないと多少の損で済むが、訴えて裁判だか何だか分からないことになると大損になりかねないからだ。それぞれの是非はそれぞれが解決して、延津はむしろ平穏そのものだった。

林亨泰

りん・きょうたい／一九二四―二〇二三／台湾・彰化県生まれ

Lin Hengtai

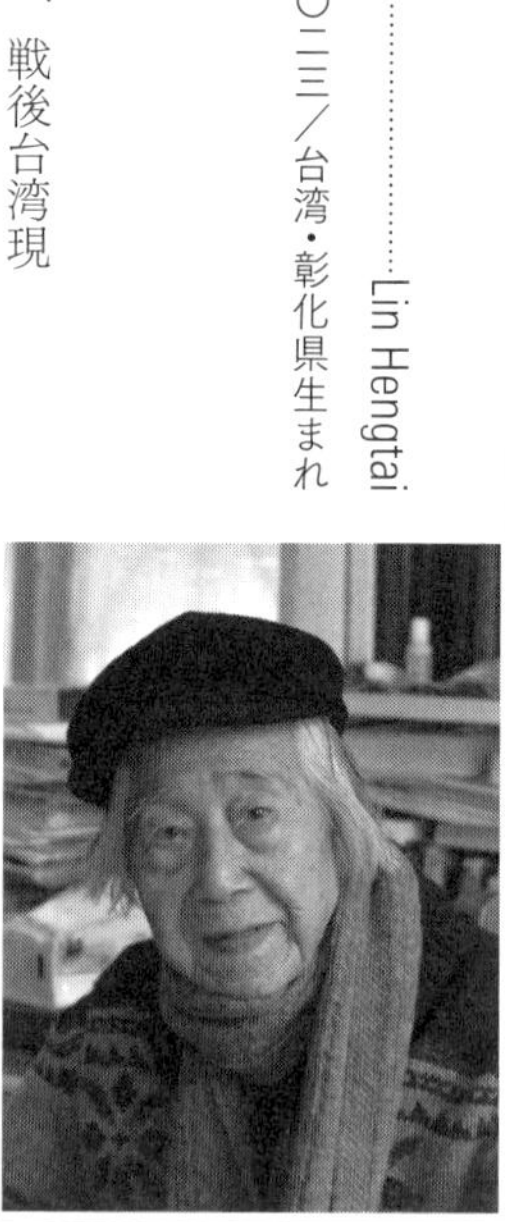

略歴

詩人。祖父は漢医で漢詩人、父親も医師。郷里の公学校で学ぶ。十三歳のときに、生母と死別。私立台北中学を中退して、台北帝国大学付設熱帯医学研究所付設衛生技術人員養成所に入所。一九四四年に郷里にもどり国民学校教員となる。四五年初頭に徴兵、台南で「光復」を迎える。四六年に台湾師範学院（現在の台湾師範大学）に入学。在学中に銀鈴会に参加、機関誌《潮流》に日本語詩の発表を開始。四八年の四六事件（台北での学生運動）で弾圧を受ける。同年、日本語による第一詩集『霊魂の産声』刊行。台北師範学院を五〇年に卒業。再び郷里にもどり中学校や職業学校の教員をつとめる。五四年に中国語第一詩集『長い咽喉《長的咽喉》』出版。五六年に現代派運動、六四年には笠詩社の設立と、戦後台湾現代詩史のエポックとなる二大文学運動に関わりながら、創作を展開していった。九八年に《林亨泰全集》全十巻出版。その後の詩集に《生命之詩―林亨泰中日文詩集》（〇九）。【邦訳】『越えられない歴史』（〇六）などがある。

解説

《潮流》はガリ版摺りの同人詩誌だったとはいえ、一九四七年の二二八事件後に日本語と中国語を混在させた台湾本省人たちの詩文学雑誌が刊行された文学史上の意味は大きい。林亨泰のほか同人には詹冰、張彦勲、錦連、蕭翔文、朱実などがいた。植民地期に青年期を迎えた最後の日本語世代の詩人たちである。彼らは《潮流》に集いながら、当時の新聞や雑誌に作品を投稿していくなかで、日本語から中国語への発表言語の変換をおこなっていった。

銀鈴会は、植民地期からの作家で国民政府への批判を強め四九年には「和平宣言」を執筆した楊逵を顧問にし、社会運動ともつながりを持った。この時期の林亨泰には日本の昭和モダニズム詩の影響を受けて出発するなかで、「日光失調の日／鶏は片足あげて思索している／一九四七年十月二〇日、秋の日」（〈哲学者*〉）や「日陰に置かれた／みどりの図案は／闇の生活から　竊かに作られ／千万となり　無数となり」（〈群衆*〉）など、台湾社会の現実を描く日本語詩がある。林亨泰の日本語で書かれた作品は、その中国語訳が《新生報・橋副刊》などに掲載されることもあった。

日本語による詩的出発期を経て林亨泰は創作言語の中国語への転換をすすめ、上海出身の詩人・紀弦の呼びかけに応じ、現代派運動の担い手となる。この運動は中国からやってきた詩人たちと言語の転換をいちはやくすすめた若い世代の台湾本省人詩人たちが合作した台湾戦後詩史におけるはじめての大きな文学運動となった。そのなかで林亨泰は紀弦創刊の《現代詩》や洛夫・瘂弦・張默創刊の《創世紀》などに前衛的作品を発表するとともに、台湾における中国語現代詩の確立を目指して評論活動を展開していった。五〇年代から六〇年代にかけての政治的弾圧の苛烈な白色恐怖の時代のなかで表現の自由を制約されながら、「風景No.1〈風景No.1〉*」「風景No.2〈風景No.2〉*」などに代表される台湾の農村の風景を表象する中国語前衛詩の発表を続け、そうした創作実験の集大成が「眠ろうとして　眠られない／閉ざそうとして　閉ざせない／探ろうとし／疑おうとし／白と黒は混交して分かれない／恐怖」（「作品第四〇〈作品第四〇〉*」から）など、「白」と「黒」という詩語の対照性のなかで台湾社会の現実を暗喩的に表現する連作詩『非情の歌《非情之歌》』（六四）に結実する。

林亨泰は一九六四年に、陳千武、葉笛、白萩、李魁賢たち台湾本省人詩人を中心とした詩雑誌《笠》の創刊に参加。そのなかで七〇年代中期以降に入ると彼の詩は、市民の日常生活の襞を鋭く見つめた生活詩的な作品や社会的メッセージ性を備えた思想詩的な作品など現実主義的な要素をより多く持つようになり、一九八七年の戒厳令解除へ向けて動いていく台湾社会の変化を映し出しながら独自の詩的世界を展開していった。林亨泰の詩は作品数は必ずしも多くはないが、それぞれの作品が時代のなかで意味の重層性を持った、たいへん厚みのある詩的世界を構築していて、古びることがない。

（三木直大）

「孤岩の風景」全録より

酷熱の発する地帯では
青空に何の価値もない――
太陽は泡立つ風景の中で
なすすべもなく燃えている
季節が乾いた玉石を
水のない川底に投げ捨て
光と影が激しく交錯して
ついには夢幻に汗を滴らせる
喜びが太陽と対峙する孤岩が
不安の中で光っている

路遥

ろ・よう／一九四九―一九九二／中国・陝西省楡林市生まれ

Lu Yao

略歴

本名は王衛国。作家。出身地の楡林は黄土高原中央の陝北とよばれる地域にある。その地の貧しい農家に生まれ、七歳で隣県の延川の村へ養子に出された。養家はさらに貧しく、路遥は自立をめざして延川県の中学に進学した。在学中に文化大革命が始まり、筆をふるって武闘にも加わり、権力闘争の渦に飛びこんだが、農村戸籍だったことから、結局は養家のある村に戻された。それでも路遥は都市移住の夢を捨てず、一九七〇年に県へ出て役所の通信班で農民臨時工身分の創作員になり、余暇に小説の創作を始め、七二年、雑誌掲載がかなった。翌年、大学入試が再開し、創作実績が評価され推薦で延安大学中文系に入学し、卒業後、陝西省の文芸雑誌編集部に配属されて、西安の都市戸籍を得た。八二年、小説「人生〈人生〉*」が全国で反響を呼び、陝西省作家協会の専業作家となって創作に専心したが、病に倒れ、九二年、四〇代で生涯を閉じた。延安にある路遥の墓には「牛と同じように働き、土地と同じように尽くす」と記された後壁がある。生家付近には路遥記念館が二一年に開館した。

【おもな作品】「人生」（八二）、『平凡な世界《平凡的世界》』（八六～八九）等。

【邦訳】「人生」を収録する『路遥作品集』等。

解説

八〇年代に執筆された路遥の小説は、今も版を重ねている。とりわけ『平凡な世界』（第三回茅盾文学賞受賞作）は、都市部の学生や労働者、知識層、そして出稼ぎ労働者など、幅広い読者に愛される。平凡こそ非凡と語るこの本は、中国の庶民が選んだロングセラーといえよう。九〇年代末のあるアンケートでは、作品世界がリアルなこと、主人公がまじめで品格があり前向きなこと、文体が実直であることが、愛読理由に挙げられている。路遥の作品が時を経てなおリアルなのは、都市と農村との格差、農民に圧倒的に不利な社会制度が、二一世紀の今も中国の基本的な課題だからだろう。路遥はこの課題に正面から取り組み、都市と農村が交叉する場を際立たせ、そこで誠実に自分の力で道を拓こうとする人々を描いた。

　路遥の名を知らしめた「人生」は、農民の子、高加林《カオチャーリン》の挫折を描く。時代は人

民公社によって暮らしの全てが統制されていた八〇年前後である。高加林は村一番の成績で県の高校へ進学したが、大学入試に失敗し、村に戻った。農作業が不得手な上に、肥料にする糞尿を汲みに町へ行けば、町の住民から蔑みの視線を向けられる。魯迅の短編小説「故郷」に農民の閏土を木偶の坊と形容するくだりがあるが、農民に対するこのような紋切り型の視線が高加林を深く傷つける。それでも、献身的な恋人に支えられ、農民として生きようとしたその矢先、村役人の思惑から県での仕事を斡旋された。そこで彼は優れた能力を発揮するが、最後は誣告により都市戸籍を取り上げられ、失意のうちに再び村への道を一人歩む。農民の子は、自由に生きることを阻まれる。高加林の運命は、かつての路遙自身の運命だった。

　長編小説『平凡な世界』が描くのは、七五年から八五年である。人民公社が解体して集団から個人に経営主体が変わり、仕事を求めて農民が町へ大量に出るようになった時期だ。この変革期を背景に、集団経営の時代は極貧だった農民の兄弟二人の奮闘を描く。兄は個人経営で才を発揮して財をなし、農民起業家として村の発展を担う。弟は、大学に受からず、炭坑夫になって都市戸籍を得、厳しい労働のなかでも読書に励み、未知の世界へのあこがれを抱き続ける。兄弟二人は日々の暮らしの中で四苦八苦しながら、聡明で粘り強く、自己実現に向けて自分の未来に挑み続ける。

　農民という社会的区分から逃れて作家という地位を獲得した路遙は、社会の枠組みの中で奮闘する農民を描き続けた。彼の作品の中では、農民であることは定められた運命であり、運命を変えるのは個人の奮闘のみである。これは、様々な階層の人びとが受け入れやすい明快な構図である。また、実験的な文学表現が試された八〇年代にあって、路遙は伝統的なリアリズムの手法をとった。自然描写が登場人物の心理とリンクして描かれ、人物配置も明確でわかりやすい。主役の男たちは、時に自己卑下で潰れそうになりながらも、最後は自尊心を失わず前を向く。それゆえ、聡明で美しい女たちにも慕われ、恋愛がストーリー展開に一役買って読者をあきさせない。個人の奮闘に最大の価値をおく作品世界は、映画、ラジオドラマ、テレビドラマ、劇画など、様々なメディアに改編され、原作とともに今も多くの人びとに励ましを与えている。

（加藤三由紀）

『平凡な世界』より

　今、悟った。自分はごく普通の人であり、普通の人らしくまっとうに暮らさなければならない。身の丈に合わない願いを抱いてはいけない。もちろん、普通というのはありきたりということではない。彼は一生普通の人だが、ありきたりではない人になろうとしていた。平々凡々なことのうちに、ありきたりでない見方や、やり方を示さなければならない。最も平凡なことがらに人としての偉大さを示さなければならない。

村のお頭	頭人／1989	劉燕子／『温故一九四二』／中国書店／2006	小説
温故一九四二	温故一九四二／1993	劉燕子／『温故一九四二』／中国書店／2006	小説
盗みは人のためならず	我叫劉躍進／2007	水野衛子／『盗みは人のためならず』／彩流社／2015	小説
人間の条件1942	温故一九四二／1993	劉燕子／『人間の条件1942』／集広舎／2016	小説
わたしは潘金蓮じゃない	我不是潘金蓮／2012	水野衛子／『わたしは潘金蓮じゃない』／彩流社／2016	小説
一句頂一万句	一句頂一万句／2009	水野衛子／『一句頂一万句』／彩流社／2017	小説
ネット狂詩曲	吃瓜時代的児女們／2017	水野衛子／『ネット狂詩曲』／彩流社／2018	小説
一日三秋	一日三秋／2021	水野衛子／『一日三秋』／早川書房／2022	小説

林亨泰　りん・きょうたい／Lin Hengtai

邦題	原題／原作出版年	訳者／翻訳書・誌／出版社／出版年	分類
風景二	風景No.2／1959	『笠』編集委員会／『華麗島詩集―中華民国現代詩選』／若葉書房／1971	詩
二倍距離	二倍距離／1964	『笠』編集委員会／『華麗島詩集―中華民国現代詩選』／若葉書房／1971	詩
群衆、黎明、思惑、溶けた風景	寄稿	林亨泰／『台湾現代詩集』／もぐら書房／1979	詩
力	力量／1987	北影一／『台湾詩集　世界現代詩文庫12』／土曜美術社／1986	詩
アメリカ紀行	美国紀行／1988	林亨泰／『続・台湾現代詩集』／もぐら書房／1989	詩
孤岩の風景	有孤岩的風景／1977	三木直大／『現代詩手帖』49（8）／思潮社／2006	詩
見者の言	見者的言／1984	三木直大／『現代詩手帖』49（8）／思潮社／2006	詩
越えられない歴史（他85編）	跨不過的歴史（他85編）／1994、他	三木直大／『越えられない歴史　林亨泰詩集　現代詩人シリーズ3』／思潮社／2006	詩

路遥　ろ・よう／Lu Yao

邦題	原題／原作出版年	訳者／翻訳書・誌／出版社／出版年	分類
姉	姐姐／1981	安本実／『路遙作品集』／中国書店／2009	小説
月下	月下／1981	安本実／『路遙作品集』／中国書店／2009	小説
困難な日々にありて	在困難的日子里／1982	安本実／『路遙作品集』／中国書店／2009	小説
人生	人生／1982	安本実／『路遙作品集』／中国書店／2009	小説
痛苦	痛苦／1982	安本実／『路遙作品集』／中国書店／2009	小説

二〇一八年四月一日	2018年4月1日／2009	大森望, 泊功／『円　劉慈欣短編集』／早川書房／2021	小説
月の光	月夜／2009	大森望／『円　劉慈欣短編集』／早川書房／2021	小説
人生	人生／2010	大森望, 泊功／『円　劉慈欣短編集』／早川書房／2021	小説
円	圓(The Circle)／2014	大森望／『円　劉慈欣短編集』／早川書房／2021	小説
火守	焼火工／2012	池澤春菜／『火守』／KADOKAWA／2021	小説
流浪地球	流浪地球／2000	大森望, 古市雅子／『流浪地球』／KADOKAWA／2022	小説
ミクロ紀元	微紀元／2001	大森望, 古市雅子／『流浪地球』／KADOKAWA／2022	小説
呑食者	呑食者／2002	大森望, 古市雅子／『流浪地球』／KADOKAWA／2022	小説
呪い5・0	太原之恋／2010	大森望, 古市雅子／『流浪地球』／KADOKAWA／2022	小説
中国太陽	中国太陽／2001	大森望, 古市雅子／『流浪地球』／KADOKAWA／2022	小説
山	山／2006	大森望, 古市雅子／『流浪地球』／KADOKAWA／2022	小説
老神介護	贍養上帝／2005	大森望, 古市雅子／『老神介護』／KADOKAWA／2022	小説
扶養人類	贍養人類／2005	大森望, 古市雅子／『老神介護』／KADOKAWA／2022	小説
白亜紀往事	当恐竜遇上螞蟻(白垩紀往事)／2004	大森望, 古市雅子／『老神介護』／KADOKAWA／2022	小説
彼女の眼を連れて	帯上她的眼睛／1999	大森望, 古市雅子／『老神介護』／KADOKAWA／2022	小説
地球大砲	地球大砲／2003	大森望, 古市雅子／『老神介護』／KADOKAWA／2022	小説
三体0　球状閃電	球状閃電／2004	大森望, 光吉さくらほか／『三体0　球状閃電』／2022	小説
西洋	西洋／2002	小笠原淳／『華語文学の新しい風』／白水社／2022	小説
超新星紀元	超新星紀元／2003	大森望, 光吉さくら, ワンチャイ／『超新星紀元』／早川書房／2023	小説

劉震雲　りゅう・しんうん／Liu Zhenyun

邦題	原題／原作出版年	訳者／翻訳書・誌／出版社／出版年	分類
鶏の毛いっぱい	一地鶏毛／1991	井口晃／『季刊中国現代小説』1 (22) [22]／蒼蒼社／1992	小説
ケータイ	手機／2003	劉燕子／『ケータイ』／桜美林大学北東アジア研究所／2004	小説

円	圓(The Circle) ／ 2014	中原尚哉／『折りたたみ北京:現代中国SFアンソロジー（新☆ハヤカワ・SF・シリーズ)』／早川書房／2018	小説
三体	三体／2008	大森望, 光吉さくら, ワン・チャイ／『三体』／早川書房／2019	小説
月の光	月夜／2009	大森望／『月の光:現代中国SFアンソロジー（新☆ハヤカワ・SF・シリーズ)』／早川書房／2020 『金色昔日:現代中国SFアンソロジー（ハヤカワ文庫SF)』／早川書房／2022	小説
『三体II　黒暗森林』プロローグ	三体II　黒暗森林／2008	大森望, 立原透耶／『S-Fマガジン』2020年2月号／早川書房／2020	小説
三体II　黒暗森林	三体II　黒暗森林／2008	大森望, 立原透耶ほか／『三体II　黒暗森林』（上・下）／早川書房／2020	小説
鯨歌	鯨歌／1999	泊功／『S-Fマガジン』2020年6月号／早川書房／2020	小説
クーリエ	信使／2001	泊功／『S-Fマガジン』2020年8月号／早川書房／2020	小説
2018年4月1日、晴れ	2018年4月1日晴／2009	泊功／『S-Fマガジン』2020年10月号／早川書房／2020	小説
人生	人生／2010	泊功／『S-Fマガジン』2020年12月号／早川書房／2020	小説
地火	地火／2000	大森望, 齊藤正高／『2000年代海外SF傑作選』(ハヤカワ文庫SF)／早川書房／2020	小説
繊維	繊維／2001	泊功／『S-Fマガジン』2021年2月号／早川書房／2021	小説
三体III　死神永生	三体III　死神永生／2010	大森望, 光吉さくらほか／『三体III　死神永生』（上・下）／早川書房／2021	小説
鯨歌	鯨歌／1999	大森望, 泊功／『円　劉慈欣短編集』／早川書房／2021	小説
地火	地火／2000	大森望, 齊藤正高／『円　劉慈欣短編集』／早川書房／2021	小説
郷村教師	郷村教師／2001	大森望, 齊藤正高／『円　劉慈欣短編集』／早川書房／2021	小説
繊維	繊維／2001	大森望, 泊功／『円　劉慈欣短編集』／早川書房／2021	小説
メッセンジャー	信使／2001	大森望, 泊功／『円　劉慈欣短編集』／早川書房／2021	小説
カオスの蝶	混沌蝴蝶／1999	大森望, 泊功／『円　劉慈欣短編集』／早川書房／2021	小説
詩雲	詩雲／2002	大森望, 泊功／『円　劉慈欣短編集』／早川書房／2021	小説
栄光と夢	光栄与夢想／2003	大森望, 泊功／『円　劉慈欣短編集』／早川書房／2021	小説
円円のシャボン玉	圓圓的肥皂泡／2003	大森望, 齊藤正高／『円　劉慈欣短編集』／早川書房／2021	小説

坑(ヤマ)と猟銃	有了槍／2005	好並晶，是枝環維／『火鍋子』(66)／翠書房／2005	小説
月は遥かに	八月十五月児圓／2007	立松昇一／『中国現代文学』(7)／ひつじ書房／2011	小説
いちめんの白い花	遍地白花／2001	葉紅／『中国現代文学』(8)／ひつじ書房／2011	小説
羊を飼う娘	梅妞放羊／1998	渡辺新一／『神木―ある炭鉱のできごと：コレクション中国同時代小説5』／勉誠出版／2012	小説
あの子はどこの子	誰家的小姑娘／1999	立松昇一／『神木―ある炭鉱のできごと：コレクション中国同時代小説5』／勉誠出版／2012	小説
神木―ある炭鉱のできごと	神木／2000	渡辺新一／『神木―ある炭鉱のできごと：コレクション中国同時代小説5』／勉誠出版／2012	小説
葬送のメロディー	響器／2000	渡辺新一／『神木―ある炭鉱のできごと：コレクション中国同時代小説5』／勉誠出版／2012	小説
捨て難きもの―太平車	太平車／2001	立松昇一／『神木―ある炭鉱のできごと：コレクション中国同時代小説5』／勉誠出版／2012	小説
幻影のランタン	灯／2002	立松昇一／『神木―ある炭鉱のできごと：コレクション中国同時代小説5』／勉誠出版／2012	小説
街へ出る	到城里去／2003	渡辺新一／『神木―ある炭鉱のできごと：コレクション中国同時代小説5』／勉誠出版／2012	小説
ナイフを探せ！	摸刀／2008	立松昇一／『神木―ある炭鉱のできごと：コレクション中国同時代小説5』／勉誠出版／2012	小説

劉慈欣　りゅう・じきん／Liu Cixin

邦題	原題／原作出版年	訳者／翻訳書・誌／出版社／出版年	分類
さまよえる地球	流浪地球／2000	阿部敦子／『S-Fマガジン』2008年9月号／早川書房／2008	小説
夢の海	夢之海／2002	高野素子／『虹の図書室』2（7）／日中児童文学美術交流センター／2010	小説
三体(抄訳)	三体／2008	千野拓政／『レベルアップ中国語：NHKラジオ』2014年1月号／NHK出版／2014	小説
神様の介護係	贍養上帝／2005	中原尚哉／『折りたたみ北京：現代中国SFアンソロジー（新☆ハヤカワ・SF・シリーズ）』／早川書房／2018	小説
ありとあらゆる可能性の中で最悪の宇宙と最良の地球：三体と中国SF	The Worst of All Possible Universes and the Best of All Possible Earths: Three-Body and Chinese Science Fiction／2014	鳴庭真人／『折りたたみ北京：現代中国SFアンソロジー（新☆ハヤカワ・SF・シリーズ）』／早川書房／2018	随筆

迷いの園	迷園／1991	櫻庭ゆみ子／『迷いの園（新しい台湾の文学）』／国書刊行会／1999	小説
自伝の小説	自傳の小説／2000	藤井省三／『自伝の小説（新しい台湾の文学）』／国書刊行会／2004	小説
海峡を渡る幽霊	吹竹節的鬼／2004	藤井省三／『新潮』2004年2月号／新潮社／2004 『海峡を渡る幽霊　李昂短篇集』／白水社／2018	小説
セクシードール	有曲線的娃娃／1970	藤井省三／『エソルド座の怪人　世界編(20)』／早川書房／2007 『海峡を渡る幽霊　李昂短篇集』／白水社／2018	小説
言葉の海	—／—	藤井省三／『小川洋子対話集』／幻冬舎／2007	対談録
花嫁の死化粧	彩妝血祭／1997	藤井省三／『海峡を渡る幽霊　李昂短篇集』／白水社／2018	小説
谷の幽霊	頂番婆的鬼／2004	藤井省三／『海峡を渡る幽霊　李昂短篇集』／白水社／2018	小説
国宴	国宴／2005	藤井省三／『海峡を渡る幽霊　李昂短篇集』／白水社／2018	小説
時代の傷に寄り添う力として	—／—	『すばる』40（5）／集英社／2018	対談録
眠れる美男	睡美男／2017	藤井省三／『眠れる美男』／文芸春秋／2020	小説

李碧華　り・へきか／Li Bihua

邦題	原題／原作出版年	訳者／翻訳書・誌／出版社／出版年	分類
さらば、わが愛　覇王別姫	覇王別姫／1992	田中昌太郎／『さらば、わが愛　覇王別姫』／早川書房／1993	小説

劉以鬯　りゅう・いちょう／Liu Yichang　邦訳作品なし

劉慶邦　りゅう・けいほう／Liu Qingbang

邦題	原題／原作出版年	訳者／翻訳書・誌／出版社／出版年	分類
鞋	鞋／1997	小林二男／『NHKラジオ中国語講座』／日本放送出版協会／1998	小説
靴	鞋／1997	渡辺新一／『季刊中国現代小説』2(19)[55]／蒼蒼社／2001	小説
手紙	信／2000	渡辺新一／『季刊中国現代小説』2(23)[59]／蒼蒼社／2002	小説
娘ごころ	女児家／2002	田畑佐和子／『季刊中国現代小説』2（28）[64]／蒼蒼社／2003	小説
春の儀式	春天的儀式／1998	岸川由紀子／『螺旋』(11)／螺旋社／2004	小説
手紙	信／2000	小林二男／『NHKラジオ中国語講座』／日本放送出版協会／2005	小説

『寒夜』の背景　歴史と文学	—／—	—／『植民地文化研究』(5)／植民地文化学会／2006	対談録
台湾における「特殊後植民情境」（distinctive post-coloniality）の文化現象	—／—	若林正丈／『植民地文化研究』(8)／植民地文化学会／2010	論考
曠野にひとり	飄然曠野／1965	明田川聡士／『曠野にひとり　李喬短篇集』／研文出版／2014	小説
蕃仔林の物語	蕃仔林的故事／1969	明田川聡士／『曠野にひとり　李喬短篇集』／研文出版／2014	小説
人間のボール	人球／1970	三木直大／『曠野にひとり　李喬短篇集』／研文出版／2014	小説
ジャック・ホー	捷克・何／1972	明田川聡士／『曠野にひとり　李喬短篇集』／研文出版／2014	小説
昨日のヒル	昨日水蛭／1977	三木直大／『曠野にひとり　李喬短篇集』／研文出版／2014	小説
皇民梅本一夫	皇民梅本一夫／1979	明田川聡士／『曠野にひとり　李喬短篇集』／研文出版／2014	小説
父さんの新しい布団	爸爸的新棉被／1983	三木直大／『曠野にひとり　李喬短篇集』／研文出版／2014	小説
慈悲の剣	慈悲剣／1983	三木直大／『曠野にひとり　李喬短篇集』／研文出版／2014	小説
「死産児」と私	死胎与我／1989	三木直大／『曠野にひとり　李喬短篇集』／研文出版／2014	小説
家へ帰る方法	回家的方式／1994	明田川聡士／『曠野にひとり　李喬短篇集』／研文出版／2014	小説
藍彩霞の春	藍彩霞的春天／1985	明田川聡士／『藍彩霞の春』／未知谷／2018	小説

李昂　り・こう／Li Ang

邦題	原題／原作出版年	訳者／翻訳書・誌／出版社／出版年	分類
G・Lへの手紙	一封未寄的情書／1986	山内一恵／『発見と冒険の中国文学(6)　台湾文学への招待』／JICC出版局／1991	小説
夫殺し	殺夫／1983	藤井省三／『夫殺し』／JICC出版局／1993	小説
色陽	色陽／1983	藤井省三／『世界文学のフロンティア(2)　愛のかたち』／岩波書店／1996 『海峡を渡る幽霊　李昂短篇集』／白水社／2018	小説
西蓮	西蓮／1983	藤井省三／『現代中国短編集』／平凡社／1998 『海峡を渡る幽霊　李昂短篇集』／白水社／2018	小説
水麗	水麗／1983	藤井省三／『現代中国短編集』／平凡社／1998 『海峡を渡る幽霊　李昂短篇集』／白水社／2018	小説

永遠の恋人	永遠的愛人／1998	魚住悦子／『台湾原住民文学選(2)　故郷に生きる』／草風館／2003	随筆
医者をもとめて	尋医之歌／1998	魚住悦子／『台湾原住民文学選(2)　故郷に生きる』／草風館／2003	随筆
山の子と魚	山地小孩和魚／1998	魚住悦子／『台湾原住民文学選(2)　故郷に生きる』／草風館／2003	随筆
オンドリ実験	公鶏実験課／1998	魚住悦子／『台湾原住民文学選(2)　故郷に生きる』／草風館／2003	随筆
誕生	誕生／1998	魚住悦子／『台湾原住民文学選(2)　故郷に生きる』／草風館／2003	随筆
忘れられた怒り	遺忘与憤怒／1998	魚住悦子／『台湾原住民文学選(2)　故郷に生きる』／草風館／2003	随筆
大安渓岸の夜	大安渓畔的一夜／1998	魚住悦子／『台湾原住民文学選(2)　故郷に生きる』／草風館／2003	随筆
ウェイハイ、病院に行く	威海要看病／1998	魚住悦子／『台湾原住民文学選(2)　故郷に生きる』／草風館／2003	随筆
さよなら、巫婆	巫婆, 再見／1998	魚住悦子／『台湾原住民文学選(2)　故郷に生きる』／草風館／2003	随筆
原住民文学創作における民族アイデンティティ　わたしの文学創作の歴程	身分認同在原住民文学創作中的呈現—試以自我的文学創作歴程為例／1999	魚住悦子／『台湾原住民文学選(8)　原住民文化・文学言説集』／草風館／2006	論考

李喬　り・きょう／Lee Chiao

邦題	原題／原作出版年	訳者／翻訳書・誌／出版社／出版年	分類
「台湾文学」を考える	我看「台湾文学」／1981	陳正醍／『台湾現代小説選(2)　終戦の賠償』／研文出版／1984	論考
小説	小説／1982	松永正義／『台湾現代小説選(3)　三本足の馬』／研文出版／1985	小説
密告者	告密者／1982	下村作次郎／『バナナボート　台湾文学への招待』／JICC出版局／1991	小説
パスタアイ考	巴斯達矮考(後に山河路と改題)／1977	呉薫、山本真知子(訳)、下村作次郎(監訳)／『悲情の山地　台湾原住民小説選』／田畑書店／1992	小説
台湾からの手紙(「台中恩讐記：日本はどこに隠れようというのか」ほか18編)	台日恩仇記(ほか18編)／1995, ほか	若林正丈／『発言者』(11)～(24), (42), (43), (49), (50), (64)／秀明出版社／1995～1999	論考
山の女	山女／1969	三木直大／『客家の女たち』／国書刊行会／2002	小説
母親	母親的画像／1994	三木直大／『客家の女たち』／国書刊行会／2002	小説
李喬著『寒夜』にみる台湾客家先民の開拓魂	—／—	清流／『アジア文化』／アジア文化総合研究所出版会／2002	その他
阿妹伯　日本の敗北を喜ぶ台湾農民の記憶	阿妹伯／1962	三木直大／『植民地文化研究』(3)／植民地文化学会／2004	小説
寒夜	大地之母／2001	岡崎郁子・三木直大／『寒夜』／国書刊行会／2005	小説

旧跡:血と塩の記憶	旧址／1993	関根謙／『旧跡―血と塩の記憶:コレクション中国同時代文学9』／勉誠出版／2012	小説

李永平　り・えいへい／Li Yongping

邦題	原題／原作出版年	訳者／翻訳書・誌／出版社／出版年	分類
吉陵鎮ものがたり	吉陵春秋／1986	池上貞子・及川茜／『吉陵鎮ものがたり――台湾熱帯文学シリーズ』／人文書院／2010	小説
司徒マリー	雨雪霏霏――追憶八:司徒瑪麗／2002	及川茜／『植民地文化研究:資料と分析』(17)／不二出版／2018	小説
ダヤクの妻	拉子婦／1968	及川茜／『華語文学の新しい風』／白水社／2022	小説

リカラッ・アウー　利格拉楽・阿媽／Ligrav Awu

邦題	原題／原作出版年	訳者／翻訳書・誌／出版社／出版年	分類
誰がこの衣装を着るのだろうか	誰来穿我織的美麗衣裳／1996	魚住悦子／『台湾原住民文学選(2)　故郷に生きる』／草風館／2003	随筆
歌が好きなアミの少女	愛唱歌的阿美少女／1996	魚住悦子／『台湾原住民文学選(2)　故郷に生きる』／草風館／2003	随筆
軍人村の母	眷村歳月的母親／1996	魚住悦子／『台湾原住民文学選(2)　故郷に生きる』／草風館／2003	随筆
白い微笑	白色微笑／1996	魚住悦子／『台湾原住民文学選(2)　故郷に生きる』／草風館／2003	随筆
離婚したい耳	想離婚的耳朵／1996	魚住悦子／『台湾原住民文学選(2)　故郷に生きる』／草風館／2003	随筆
祖霊に忘れられた子ども	祖霊遺忘的孩子／1996	魚住悦子／『台湾原住民文学選(2)　故郷に生きる』／草風館／2003	随筆
情深く義に厚い、あるパイワン姉妹	一対情深義重的排湾姐妹／1996	魚住悦子／『台湾原住民文学選(2)　故郷に生きる』／草風館／2003	随筆
色あせた刺青	褪色的鯨面／1996	魚住悦子／『台湾原住民文学選(2)　故郷に生きる』／草風館／2003	随筆
傷口	傷口／1996	魚住悦子／『台湾原住民文学選(2)　故郷に生きる』／草風館／2003	随筆
姑と野菜畑	婆婆与菜園／1996	魚住悦子／『台湾原住民文学選(2)　故郷に生きる』／草風館／2003	随筆
故郷を出た少年	離郷背景夢少年／1996	魚住悦子／『台湾原住民文学選(2)　故郷に生きる』／草風館／2003	随筆
父と七夕	父親与情人節／1996	魚住悦子／『台湾原住民文学選(2)　故郷に生きる』／草風館／2003	随筆
あの時代	那個時代／1996	魚住悦子／『台湾原住民文学選(2)　故郷に生きる』／草風館／2003	随筆
赤い唇のヴヴ	紅嘴巴的VUVU／1997	魚住悦子／『台湾原住民文学選(2)　故郷に生きる』／草風館／2003	随筆
ムリダン	穆莉淡／1998	魚住悦子／『台湾原住民文学選(2)　故郷に生きる』／草風館／2003	随筆

兄弟	兄弟／2005，2006	泉京鹿／『兄弟』／アストラハウス／2021	小説
文城(ウェンチョン)：夢幻の町	文城／2021	飯塚容／『文城』／中央公論新社／2022	小説

頼声川　らい・せいせん／Lai Shengchuan　邦訳作品なし

洛夫　らく・ふ／Luo Fu

邦題	原題／原作出版年	訳者／翻訳書・誌／出版社／出版年	分類
石室の死亡35	石室之死亡35／1965	《笠》編集委員会／『華麗島詩集・中華民国現代詩選』／若樹書房／1971	詩
サイゴンの歌	西貢之歌／1966	《笠》編集委員会／『華麗島詩集・中華民国現代詩選』／若樹書房／1971	詩
あの風のせいで	因為風的縁故／1981	北影一／『台湾詩集　世界現代詩文庫12』／土曜美術社／1986	詩
窓の下(ほか7編)	窗下(ほか7編)／1954，ほか	上田哲二／『台湾現代詩集』／国書刊行会／2002	詩
流木第3章第3節(ほか63編)	漂木第3章之3(ほか63編)／2001，ほか	松浦恆雄／『禅の味　洛夫詩集』／思潮社／2011	詩

李鋭　り・えい／Li Rui

邦題	原題／原作出版年	訳者／翻訳書・誌／出版社／出版年	分類
壁耳ニュース社情報	“窗聴社”消息／1983	小林栄／『中国農村百景：「山西文学」短篇小説集4(1983)』／銀河書房／1985	小説
老いのさびしさ	晩悵／1984	小林栄／『中国農村百景：「山西文学」短篇小説集5(1984)』／銀河書房／1986	小説
「厚土」より　つっかい石	厚土―呂梁山印象　眼石／1986	大石智良／『季刊中国現代小説』1(6)[6]／蒼蒼社／1988	小説
「厚土」より　山を見る	厚土―呂梁山印象　看山／1986	大石智良／『季刊中国現代小説』1(6)[6]／蒼蒼社／1988	小説
「厚土」より　偽婚	厚土―呂梁山印象　假婚／1986	大石智良／『季刊中国現代小説』1(7)[7]／蒼蒼社／1988	小説
「厚土」より　古老峪	厚土―呂梁山印象　古老峪／1986	大石智良／『季刊中国現代小説』1(8)[8]／蒼蒼社／1989	小説
「厚土」より　水を飲めえ！	厚土―呂梁山印象　渇水！／1987	大石智良／『季刊中国現代小説』1(8)[8]／蒼蒼社／1989	小説
「鎌」「摩」	〈袴鐮〉〈残摩〉／2004	田村容子／『火鍋子』(64)／翠書房／2005	小説
かえりみれば、呂梁とは故郷なり	却望呂梁是故郷／―	田村容子／『火鍋子』(67)／翠書房／2006	随筆
中国と私の文学の道	―／―	吉田富夫／『中国と私の文学の道―李鋭氏講演会(中国)資料　短篇作品日本語訳』／国際交流基金／2007	講演録
法善寺横町で見つけた日本	―／寄稿	―／『をちこち：遠近』(22)／国際交流基金／2008	随筆
無風の樹	無風之樹／1996	吉田富夫／『無風の樹』／岩波書店／2011	小説

世事は煙の如し(上・下)	世事如煙／1988	飯塚容／『季刊中国現代小説』1(26)[26], 1(27)[27]／蒼蒼社／1993 『世事は煙の如し』／岩波書店／2017	小説
アクシデント	偶然事件／1990	飯塚容／『現代中国短編集』／平凡社／1998	小説
『活着:〈ある農夫の一生〉を訳す:苦海』	活着／1993	綿貫浩子／『活着:〈ある農夫の一生〉を訳す:苦海』／杉並けやき出版／2000	小説
妻の勝利	女人的勝利／1995	藤野陽／『螺旋』(5)／螺旋社／2000	小説
黄昏の少年	黄昏裡的男孩／1997	藤野陽／『螺旋』(5)／螺旋社／2000	小説
朋友	朋友／2003	鷲巣益美／『季刊中国現代小説』2(32)[68]／蒼蒼社／2004	小説
中国南方の小さな町に生まれて:小説家余華さんに聞く	—／—	藤井省三／『をちこち:遠近』(14)／国際交流基金／2006	対談録
兄弟(上)《文革編》	兄弟・上部／2005	泉京鹿／『兄弟(上)《文革編》』／文藝春秋／2008	小説
兄弟(下)《改革開放編》	兄弟・下部／2006	泉京鹿／『兄弟(下)《改革開放編》』／文藝春秋／2008	小説
ほんとうの中国の話をしよう	十個詞彙裡的中国／2010	飯塚容／『ほんとうの中国の話をしよう』／河出書房新社／2012	随筆
許三観売血記　血を売る男	許三観売血記／1998	飯塚容／『血を売る男:許三観売血記』／河出書房新社／2013	小説
死者たちの七日間	第七天／2013	飯塚容／『死者たちの七日間』／河出書房新社／2014	小説
川端康成とカフカの遺産	—／—	飯塚容／『蜜月と軋み:1972-:日中の120年文芸・評論作品選5』／岩波書店／2016	論考
北風が吹きすさぶ午後	西北風呼嘯的中午／1987	飯塚容／『世事は煙の如し』／岩波書店／2017	小説
名前のない男	我没有自己的名字／1995	飯塚容／『世事は煙の如し』／岩波書店／2017	小説
黄昏の少年	黄昏裡的男孩／1997	飯塚容／『世事は煙の如し』／岩波書店／2017	小説
中国では書けない本当の話	毛沢東很生気 and Other 27 Eassays／—	飯塚容／『中国では書けない本当の話』／河出書房新社／2017	随筆
「引き締め」と「緩和」の中国社会に生きて	—／2017	聞き手:飯塚容／『作家たちの愚かしくも愛すべき中国』／中央公論新社／2018	取材録
私の創作上の障害	—／2014	飯塚容／『作家たちの愚かしくも愛すべき中国』／中央公論新社／2018	講演録
嵐、その前後	—／2018	聞き手:飯塚容／『三田文学』(132)／三田文学会／2018	対談録
死者や幽霊を書く	—／—	中島京子, 飯塚容／『図書』(829)／岩波書店／2018	対談録
活きる	活着／1993	飯塚容／『活きる』／中公文庫／2019 『生きる』／角川書店／2002	小説
雨に呼ぶ声	在細雨中呼喊／1991	飯塚容／『雨に呼ぶ声』／アストラハウス／2020	小説

一台湾老朽作家の告白	一個台湾老朽作家的五〇年代／1991	西田勝／『社会文学』(13)／日本社会文学会／1999	論考
台湾文学史	台湾文学史綱／1987	中島利郎、澤井律之／『台湾文学史』／研文出版／2000	論考
夜襲:「光復」直後の独立蜂起の失敗譚	夜襲／1989	西田勝／『植民地文化研究』(1)／植民地文化学会／2002	小説
葉石涛氏インタヴュー	—／—	—／『ユリイカ』34 (11)／青土社／2002	対談録
私の台湾文学六〇年	—／—	—／『新潮』99 (9)／新潮社／2002	講演録
私の台湾文学六〇年	—／—	—／『植民地文化研究』(5)／植民地文化学会／2006	講演録
赤い靴	紅鞋子／1988	豊田周子／『植民地文化研究』(8)／植民地文化学会／2009	小説
米機敗走	米機敗走／1944	『シラヤ族の末裔・潘銀花　葉石濤短篇集』／研文出版／2014	小説
獄中記	獄中記／1966	中島利郎／『シラヤ族の末裔・潘銀花　葉石濤短篇集』／研文出版／2014	小説
ある医者の物語	行医記／1967	中島利郎／『シラヤ族の末裔・潘銀花　葉石濤短篇集』／研文出版／2014	小説
葫蘆巷の春夢	葫蘆巷春夢／1968	中島利郎／『シラヤ族の末裔・潘銀花　葉石濤短篇集』／研文出版／2014	小説
福祐宮焼香記	福祐宮焼香記／1970	中島利郎／『シラヤ族の末裔・潘銀花　葉石濤短篇集』／研文出版／2014	小説
シラヤ族の末裔	西拉雅族的末裔／1989	中島利郎／『シラヤ族の末裔・潘銀花　葉石濤短篇集』／研文出版／2014	小説
野菊の花	野菊花／1989	中島利郎／『シラヤ族の末裔・潘銀花　葉石濤短篇集』／研文出版／2014	小説
黎明の別れ	黎明的訣別／1989	中島利郎／『シラヤ族の末裔・潘銀花　葉石濤短篇集』／研文出版／2014	小説
壁	牆／1989	中島利郎／『シラヤ族の末裔・潘銀花　葉石濤短篇集』／研文出版／2014	小説
潘銀花の五番目の男	潘銀花的第五個男人／1989	中島利郎／『シラヤ族の末裔・潘銀花　葉石濤短篇集』／研文出版／2014	小説
潘銀花と義姉妹たち	潘銀花的換帖姐妹們／1990	中島利郎／『シラヤ族の末裔・潘銀花　葉石濤短篇集』／研文出版／2014	小説
台湾男子簡阿淘	台湾男子簡阿淘／1996	西田勝／『台湾男子簡阿淘』／法政大学出版局／2020	小説

余華　よ・か／Yu Hua

邦題	原題／原作出版年	訳者／翻訳書・誌／出版社／出版年	分類
十八歳の旅立ち	十八歳出門遠行／1987	飯塚容／『季刊中国現代小説』1 (15)[15]／蒼蒼社／1990 『世事は煙の如し』／岩波書店／2017	小説
四月三日の事件	四月三日事件／1987	飯塚容／『季刊中国現代小説』1 (17)[17]／蒼蒼社／1991 『世事は煙の如し』／岩波書店／2017	小説

葉広芩　よう・こうきん／ Ye Guangqin

邦題	原題／原作出版年	訳者／翻訳書・誌／出版社／出版年	分類
貴門胤裔	采桑子／ 1999	吉田富夫／『貴門胤裔』上・下／中央公論新社／ 2002	小説
娘とわたしの戦争	琢玉記：我与媽媽的“戦争”／ 2001	郭春貴, 郭久美子／『娘とわたしの戦争』／白帝社／ 2004	随筆
青木川伝奇	青木川／ 2007	福地桂子, 奥脇みち子, 田蔵／『青木川伝奇』／中国書店／ 2016	小説
外人墓地	鬼子墳／ 2015	大久保洋子／『中国現代文学』(17) ／ひつじ書房／ 2017 『胡同旧事：葉広芩短編小説集』中国書店／ 2021	小説
盗御馬	盗御馬／ 2008	大久保洋子／『中国現代文学』(22) ／ひつじ書房／ 2020	小説
後罩楼	後罩楼／ 2011	徐欣／『胡同旧事：葉広芩短編小説集』／中国書店／ 2021	小説
唱晩亭	唱晩亭／ 2012	顧明耀／『胡同旧事：葉広芩短編小説集』／中国書店／ 2021	小説
黄金台	黄金台／ 2014	張文麗／『胡同旧事：葉広芩短編小説集』／中国書店／ 2021	小説
太陽宮	太陽宮／ 2014	趙蔚青／『胡同旧事：葉広芩短編小説集』／中国書店／ 2021	小説
月門	月亮門／ 2014	福地桂子／『胡同旧事：葉広芩短編小説集』／中国書店／ 2021	小説
樹徳橋	樹徳橋／ 2015	趙蔚青／『胡同旧事：葉広芩短編小説集』／中国書店／ 2021	小説
扶桑館	扶桑館／ 2015	曹紅荃／『胡同旧事：葉広芩短編小説集』／中国書店／ 2021	小説
苦雨斎	苦雨斎／ 2016	趙蔚青／『胡同旧事：葉広芩短編小説集』／中国書店／ 2021	小説

葉石濤　よう・せきとう／ Yeh Shih-tao

邦題	原題／原作出版年	訳者／翻訳書・誌／出版社／出版年	分類
多種族の風貌を持つ台湾文学を開拓せよ	—／—	唐瓊瑜／『文学・社会へ　地球へ』／三一書房／ 1996	論考
林からの手紙	林からの手紙／ 1943	『日本統治期台湾文学台湾人作家作品集』／緑蔭書房／ 1999 『シラヤ族の末裔・潘銀花　葉石濤短篇集』／研文出版／ 2014	小説
春怨：我が師に	春怨　我が師に／ 1943	『日本統治期台湾文学台湾人作家作品集』／緑蔭書房／ 1999 『シラヤ族の末裔・潘銀花　葉石濤短篇集』／研文出版／ 2014	小説
台湾文学の多民族性	—／—	下村作次郎／『台湾文学研究の現在』／台湾文学研究会／ 1999	論考

高崇熙先生を憶う	憶高崇熙先生／1988	中島みどり／『お茶をどうぞ：楊絳エッセイ集』／平凡社／1998	随筆
阿福と阿霊	阿福和阿霊／1990	中島みどり／『お茶をどうぞ：楊絳エッセイ集』／平凡社／1998	随筆
柔らかき紅塵の中に	軟紅塵裡・楔子／1990	中島みどり／『お茶をどうぞ：楊絳エッセイ集』／平凡社／1998	随筆
趙佩栄と強英雄	趙佩栄与強英雄／1990	中島みどり／『お茶をどうぞ：楊絳エッセイ集』／平凡社／1998	随筆
楊必のこと	記楊必／1990	中島みどり／『お茶をどうぞ：楊絳エッセイ集』／平凡社／1998	随筆
「忘れ得ぬことども」自序	（雑憶与雑写）自序／1991	中島みどり／『お茶をどうぞ：楊絳エッセイ集』／平凡社／1998	随筆
呉宓先生と銭鍾書	呉宓先生与銭鍾書／1998	中島みどり／『飈風』（34）／飈風の会／1998	随筆
章太炎先生、掌故を語ること	記章太炎先生談掌故／1993	中島みどり／『飈風』（35）／飈風の会／2001	随筆
水辺の家	臨水人家／1994	中島みどり／『飈風』（35）／飈風の会／2001	随筆
『春泥集』―ドン・キホーテと『ドン・キホーテ』	堂吉訶徳和《堂吉訶徳》／1979	中島みどり／『飈風』（47）／飈風の会／2010	論考
再読『ドン・キホーテ』	重読《堂吉訶徳》／1979	中島みどり／『飈風』（48）／飈風の会／2010	随筆
サッカレーの『虚栄の市』を論ず	諭薩克雷《名利場》／1979	中島みどり／『飈風』（49）／飈風の会／2011	論考
別れの儀式	我們仨／2003	櫻庭ゆみ子／『別れの儀式　楊絳（ヤンジアン）と銭鍾書（チエンジョンシュ）：ある中国知識人一家の物語』／勉誠出版／2011	随筆
陳衡哲女史を偲ぶ	懐念陳衡哲／2004	櫻庭ゆみ子／『中国研究』（14）（表題「楊絳の散文 四篇」）／慶應義塾大学日吉紀要刊行委員会／2021	随筆
初めてのメーデー―昔の思いであれこれ	第一次観礼／1994	櫻庭ゆみ子／『中国研究』（15）（表題「楊絳『陳衡哲女史を偲ぶ』」）／慶應義塾大学日吉紀要刊行委員会／2022	随筆
黒皮（チンピラ）阿二	黒皮阿二／1994	櫻庭ゆみ子／『中国研究』（15）（表題「楊絳『陳衡哲女史を偲ぶ』」）／慶應義塾大学日吉紀要刊行委員会／2022	随筆
小さなほら	小吹牛／1994	櫻庭ゆみ子／『中国研究』（15）（表題「楊絳『陳衡哲女史を偲ぶ』」）／慶應義塾大学日吉紀要刊行委員会／2022	随筆
水辺の住まい	臨水人家／1994	櫻庭ゆみ子／『中国研究』（15）（表題「楊絳『陳衡哲女史を偲ぶ』」）／慶應義塾大学日吉紀要刊行委員会／2022	随筆
忘れられない一日	難忘的一天／2004	櫻庭ゆみ子／『中国研究』（16）／慶應義塾大学日吉紀要刊行委員会／2023（表題「楊絳の散文 その3：『忘れられない一日』と『啓明で学ぶ』）	随筆
啓明で学ぶ	我在啓明上学／2004	櫻庭ゆみ子／『中国研究』（16）／慶應義塾大学日吉紀要刊行委員会／2023（表題「楊絳の散文 その3：『忘れられない一日』と『啓明で学ぶ』）	随筆

丙午・丁未紀事—文化大革命の回想(1)～(3)	丙午丁未年紀事／1986	中島みどり／『みすず』29(11)[323], 30(2)[325], 30(4)[327]／みすず書房／1987, 1988, 1988 『お茶をどうぞ：楊絳エッセイ集』／平凡社／1998(表題「丙午丁未の年のこと」)	随筆
革命風呂	洗澡／1988	中島みどり／颱風(23)～(26)／颱風の会／1990～1991 『風呂』／みすず書房／1992	小説
ロマネスク	ROMANESQUE／1946	櫻庭ゆみ子／『浪漫都市物語：上海・香港'40S(発見と冒険の中国文学5)』／JICC出版局／1991	小説
叔母の思い出	回憶我的姑母／1983	櫻庭ゆみ子／『浪漫都市物語：上海・香港'40S(発見と冒険の中国文学5)』／JICC出版局／1991	小説
林ばあさん	林奶奶／1985	櫻庭ゆみ子／『笑いの共和国：中国ユーモア文学傑作選』／白水社／1992	随筆
どこがいいのか—オースティン『高慢と偏見』を読む	有什麼好?：読奥斯丁的《傲慢与偏見》／1982	中島みどり／『みすず』35(2)[383]／みすず書房／1993	論考
傳訳伝記五種代序	《傳譯伝記五種》代序／1982	中島みどり／『みすず』35(9)[390]／みすず書房／1993	随筆
はじめての下郷	第一次下郷／1991	中島みどり／『颱風』(28)／颱風の会／1993 『お茶をどうぞ：楊絳エッセイ集』／平凡社／1998	随筆
順姐の"自由恋愛"	順姐的"自由恋愛"／1991	中島みどり／『颱風』(30)／颱風の会／1994 『お茶をどうぞ：楊絳エッセイ集』／平凡社／1998(表題「順姐の『自由恋愛』」)	随筆
失敗の経験(翻訳覚え書き)	失敗的経験—試談翻訳／1986	中島みどり／『颱風』(31)／颱風の会／1996	論考
孟婆の茶—思いつくままに、序に代えて	孟婆茶(胡思乱想代序)／1987	中島みどり／『颱風』(33)／颱風の会／1997 『お茶をどうぞ：楊絳エッセイ集』／平凡社／1998(表題「孟婆の茶」)	随筆
隠れ蓑—無駄話、後記に代えて	隠身衣(廃話・代後記)／1987	中島みどり／『颱風』(33)／颱風の会／1997 『お茶をどうぞ：楊絳エッセイ集』／平凡社／1998(表題「隠れ蓑」)	随筆
林奶奶	林奶奶／1985	中島みどり／『お茶をどうぞ：楊絳エッセイ集』／平凡社／1998	随筆
「吾先生」	"吾"先生／1988	中島みどり／『お茶をどうぞ：楊絳エッセイ集』／平凡社／1998	随筆
老王	老王／1985	中島みどり／『お茶をどうぞ：楊絳エッセイ集』／平凡社／1998	随筆
がけっぷち	闖禍的辺縁／1988	中島みどり／『お茶をどうぞ：楊絳エッセイ集』／平凡社／1998	随筆
紳士的な日本人	客気的日本人／1988	中島みどり／『お茶をどうぞ：楊絳エッセイ集』／平凡社／1998	随筆
告発大会	控訴大会／1988	中島みどり／『お茶をどうぞ：楊絳エッセイ集』／平凡社／1998	随筆

喩栄軍　ゆ・えいぐん／Yu Rongjun

邦題	原題／原作出版年	訳者／翻訳書・誌／出版社／出版年	分類
www.com	www.com ／ 2000	中山文／『中国現代戯曲集第４集』／晩成書房／ 2001	戯曲
カプチーノの味	卡布其諾的鹹味／ 2004	中山文／『中国現代戯曲集第５集』／晩成書房／ 2004	戯曲

葉永烈　よう・えいれつ／Ye Yonglie

邦題	原題／原作出版年	訳者／翻訳書・誌／出版社／出版年	分類
冥王星への道	飛向冥王星的人／ 1979	林久之／『奇想天外』1980年12月号(57)／奇想天外社／ 1980	小説
中国における日本SF	—／寄稿	林久之／『S-Fマガジン』1983年３月号／早川書房／ 1983	論考
小霊通未来世界を行く(連環画)	小霊通漫遊未来／ 1980	林久之／『ルーナティック』８号別冊付録／東海SFの会編集室／ 1984	その他
中国SF発展史(上)	科学幻想小説創作参考資料／ 1981	武田雅哉／『イスカーチェリ』(27)／イスカーチェリSFクラブ／ 1986	論考
中国SF発展史(下)	科学幻想小説創作参考資料／ 1981	武田雅哉／『イスカーチェリ』(28)／イスカーチェリSFクラブ／ 1987	論考
飛べ！冥王星へ[映画シナリオ]	飛向冥王星的人／ 1980	池上正治／『中国科学幻想小説事始』／イザラ書房／ 1990	戯曲
ピョンピョン先生	蹦蹦跳先生／ 1981	百田弥栄子／『中国児童文学』(9)／中国児童文学研究会／ 1990	小説

楊絳　よう・こう／Yang Jiang

邦題	原題／原作出版年	訳者／翻訳書・誌／出版社／出版年	分類
幹校六記	幹校六記／ 1981	中島みどり／『みすず』24（5）[261]～24（10）[266]／みすず書房 1982 『幹校六記：〈文化大革命〉下の知識人』／みすず書房／ 1985	随筆
日本語版への序	《幹校六記》日譯本序／ 1985	中島みどり／『幹校六記：〈文化大革命〉下の知識人』／みすず書房／ 1985	随筆
父の回想	回憶我的父親／ 1983	中島みどり／『幹校六記：〈文化大革命〉下の知識人』／みすず書房／ 1985	随筆
叔母、楊蔭楡の回想	回憶我的姑母／ 1983	中島みどり／『みすず』28（11）[312]／みすず書房／ 1986 『お茶をどうぞ：楊絳エッセイ集』／平凡社／ 1998（表題「叔母の思い出」）	随筆
銭鍾書と『囲城』	記銭鍾書与《囲城》／ 1985	中島みどり／『飈風』(19)／飈風の会／ 1987 『お茶をどうぞ：楊絳エッセイ集』／平凡社／ 1998	随筆

「五色の花」「ある日」「回答」ほか(8編)	〈五色花〉〈日子〉〈回答〉ほか／1978ほか	是永駿／『中国現代詩三十人集：モダニズム詩のルネッサンス』／凱風社／1992	詩
波動	波動／1979	是永駿／『波動』／書肆山田／1994	小説
「ある日」「太陽の都ノート」「回答」ほか(18編)	〈日子〉〈太陽城札記〉〈回答〉ほか／1978ほか	是永駿／『現代中国詩集China Mist』(海外詩文庫7)／思潮社／1996	詩
北島(ペイタオ)詩集	〈黒色地図〉ほか／1978～2008	是永駿／『北島(ペイタオ)詩集』／書肆山田／2009	詩
青い家	藍房子／2009	佐藤普美子／『現代詩手帖』55（2）／思潮社／2012	随筆
零度以上の風景(17編)	〈零度以上的風景〉ほか／1996ほか	田原／『現代詩手帖』57（8）／思潮社／2014	詩
旅行日記	—／—	田原／『現代詩手帖』66（2）／思潮社／2023	詩

也斯　やし／Ye Si

邦題	原題／原作出版年	訳者／翻訳書・誌／出版社／出版年	分類
記憶の街・虚構の街	—／—	西野由希子／『すばる』19（7）／1997	小説
脚本家としての張愛玲	—／—	佐藤秋成／『MING PAO MONTHLY』／1998	論考
清明節	清明時節／1975	西野由希子／『Huayu Wenxue Renwu』(3)	小説
李大嬸の時計	李大嬸的袋錶／1975	西野由希子／『Huayu Wenxue Renwu』(3)	小説
食景詩(Foodscape)	—／—	藤井省三／『ユリイカ』32（11）[436]／2000	詩
梁秉鈞・也斯　詩選	—／—	木村泰枝／『藍Blue』(1)／2003	詩
ルッキング・フォー・ア・ウェイ・イン京都	尋路在京／2002	谷内美江子／『藍Blue』(2，3)／2003	小説
也斯氏誌上インタビュー	—／—	赤堀由紀子／『藍Blue』(2，3)／2003	取材録
汽車の旅	漫長的車程／2002	西野由希子／『藍Blue』(2，3)／2003	小説
都市文化と香港文学	—／—	赤堀由紀子／『藍Blue』(1)／2004	講演録
北角のカーフェリー波止場	—／—	吉田富夫／『藍Blue』(1)／2004	詩
ブルース・リーと僕	小龍与我／2005	赤堀由紀子／『藍Blue』(2，3)／2005	小説
超越と、僕のファックス・マシーン	—／—	赤堀由紀子／『藍Blue』(5)／2005	小説
いつも香港を見つめて	—／—	池上貞子(也斯部分)／『いつも香港を見つめて』／岩波書店／2008	その他
アジアの味	—／—	池上貞子／『アジアの味』／思潮社／2011	詩
あちらとこちら	那邊這邊／—	池上貞子／『現代詩手帖』54（9）／思潮社／2011	詩
「緑蜂と蟋蟀　梁秉鈞の詩から」(「ガラスの冷たさ」等詩六編の翻訳を含む)	玻璃的寒冷ほか／1974～2011	佐藤普美子／『九葉読詩会』(6)／九葉読詩会／2021	詩

ヒマワリの咲く音	葵花開放的声音／ 2006	関口美幸／『中国現代文学』(9) ／ひつじ書房／ 2012	小説
冼阿芳の物語	冼阿芳的事／ 2012	関口美幸／『中国現代文学』(13) ／ひつじ書房／ 2014	小説
秋の水辺の物語	秋水故事／ 2005	関口美幸／『小説導熱体』(3) ／白帝社／ 2020	小説
冼阿芳のこと	冼阿芳的事／ 2012	齋藤晴彦／『時間の河(シリーズ現代中国文学：中国のいまは広東から)』／みらいパブリッシング／ 2020	小説
マンション購入記	買房記／ 2012	関口美幸／『異文化交流言語・文化・歴史・ビジネス』(10) ／拓殖大学中国語学科「翻訳研究会」／ 2021	小説

北島　ほくとう／ Bei Dao

邦題	原題／原作出版年	訳者／翻訳書・誌／出版社／出版年	分類
白日夢	白日夢／ 1986	是永駿／『北島(ペイ・タオ)詩集』(世界現代詩文庫 13) ／土曜美術社／ 1988	詩
北島詩選(90 編)	北島詩選／ 1986	是永駿／『北島(ペイ・タオ)詩集』(世界現代詩文庫 13) ／土曜美術社／ 1988	詩
「八月の夢遊者」「もう一つの伝説」「言葉」「感電」「道に迷う」「ある日」「回答」	〈八月的夢遊者〉〈另一種伝説〉〈語言〉〈触電〉〈迷途〉〈日子〉〈回答〉／ 1978 ほか	財部鳥子, 穆広菊／『億万のかがやく太陽：中国現代詩集』／書肆山田／ 1988	詩
幸福街十三番地	幸福大街十三号／ 1980	苅間文俊／『火種：中国知識人の良心の声現代中国文芸アンソロジー』／凱風社／ 1989	小説
「回答」「すべて」「古き寺」	〈回答〉〈一切〉〈古寺〉／ 1978 ほか	苅間文俊／『火種：中国知識人の良心の声現代中国文芸アンソロジー』／凱風社／ 1989	詩
「鐘の音」「無題」「白日夢(抄)」	〈鐘声〉〈無題〉〈白日夢〉／ 1978 ほか	是永駿／『現代詩手帖』33 (10) ／思潮社／ 1990	詩
「回答」「我らが日々早朝の太陽」「雨夜」	〈回答〉〈我們毎天早晨的太陽〉〈雨夜〉／ 1978 ほか	佐々木久春／『現代中国詩集』(世界現代詩文庫 17) ／土曜美術社／ 1990	詩
廃墟	在廃墟上／ 1978	栗山千香子／『紙の上の月：中国の地下文学(発見と冒険の中国文学 7)』／ JICC 出版局／ 1991	小説
父という他人	帰来的陌生人／ 1979	大西陽子／『紙の上の月：中国の地下文学(発見と冒険の中国文学 7)』／ JICC 出版局／ 1991	小説
紙の上の月	稿紙上的月亮／ 1980	西野由季子／『紙の上の月：中国の地下文学(発見と冒険の中国文学 7)』／ JICC 出版局／ 1991	小説
旋律	旋律／ 1980	阪本ちづみ／『紙の上の月：中国の地下文学(発見と冒険の中国文学 7)』／ JICC 出版局／ 1991	小説
回答	回答／ 1978	山田敬三／『季刊中国研究』(20) ／中国研究所／ 1991 (表題「北島の『回答』を読む」)	詩
ブラックボックス(58 編)	〈黒盒〉ほか／ 1990 ほか	是永駿／『ブラックボックス』／書肆山田／ 1991	詩

ビリンのキマメ畑	比令的樹豆田／2009	松本さち子／『台湾原住民文学選(6) 晴乞い祭り』／草風館／2008	小説
母の粟畑	母親的小米田／2009	松本さち子／『台湾原住民文学選(6) 晴乞い祭り』／草風館／2008	小説
山地眷村	山地眷村／2009	松本さち子／『台湾原住民文学選(6) 晴乞い祭り』／草風館／2008	小説
タマラカウ物語(上) 女巫ディーグワン	笛鶴 大巴六九部落之大正年間(上)／2007	魚住悦子／『タマラカウ物語(上) 女巫ディーグワン』／草風館／2012	小説
タマラカウ物語(下) 戦士マテル	馬鉄路 大巴六九部落之大正年間(下)／2010	魚住悦子／『タマラカウ物語(下) 戦士マテル』／草風館／2012	小説
暗礁	暗礁／2015	魚住悦子／『暗礁』／草風館／2018	小説

畢飛宇 ひつ・ひう／Bi Feiyu

邦題	原題／原作出版年	訳者／翻訳書・誌／出版社／出版年	分類
授乳期の女	哺乳期的女人／1996	飯塚容／『中国語』(475)／内山書店／1999	小説
雲の上の暮らし	生活在天上／1998	金子わこ／『季刊中国現代小説』2(20)[56]／蒼蒼社／2001 『じゃがいも：中国現代文学短編集』／小学館2007, 鼎書房2012（一部改訳）	小説
妹小青を憶う	懐念妹妹小青／1999	金子わこ／『季刊中国現代小説』2(30)[66]／蒼蒼社／2004 『じゃがいも：中国現代文学短編集』／小学館2007, 鼎書房2012（一部改訳）	小説
コオロギ コオロギ	蛐蛐 蛐蛐／2000	立松昇一／『中国現代文学』(2)／ひつじ書房／2008	小説
虹	彩虹／2005	金子わこ／『中国現代文学』(7)／ひつじ書房／2011	小説
ブラインド・マッサージ	推拿／2008	飯塚容／『ブラインド・マッサージ』／白水社／2016	小説
家族ごっこ	家事／2007	後藤典子／『灯火』2017／外文出版社／2017	小説
地球のうえの王家村	地球上的王家庄／2002	立松昇一／『小説導熱体』(1)／白帝社／2018	小説
作り事	虚擬／2014	大久保洋子／『中国現代文学』(24)／ひつじ書房／2022	小説

鮑十 ほうじゅう／Bao Shi

邦題	原題／原作出版年	訳者／翻訳書・誌／出版社／出版年	分類
初恋のきた道	紀念／1998	塩野米松／『初恋のきた道』／講談社／2000	小説
さくらんぼ母ときた道	櫻桃／2007	三好理英子／『さくらんぼ母ときた道』／東京イースト・プレス／2008	小説
子洲の物語	子洲的故事／2000	関口美幸／『中国現代文学』(6)／ひつじ書房／2010	小説

最後の貴族	謫仙記／1965	中村ふじゑ／『最後の貴族』／徳間書店／1990	小説
永遠の輝き	永遠的尹雪艶／1965	野間信幸／『バナナボート　台湾文学への招待　発見と冒険の中国文学』／JICC出版局／1991	小説
赤いつつじ	那血一般紅的杜鵑花／1969	野間信幸／『バナナボート　台湾文学への招待　発見と冒険の中国文学』／JICC出版局／1991	小説
最後の夜	金大班的最後一夜／1968	山口守／『バナナボート　台湾文学への招待　発見と冒険の中国文学』／JICC出版局／1991 『台北ストーリー』／国書刊行会／1999 『台北人』／国書刊行会／2008	小説
満天にきらめく星たち	満天裏亮晶晶的星星／1969	池上貞子／『ユリイカ』27（13）[367] 1995年11月臨時増刊号／1995	小説
花橋栄記	花橋栄記／1970	孩子王クラス／『二つの故郷のはざまで』藍天文芸出版社／1999	小説
60年代台湾文学　「現代」と「郷土」	—／—	池上貞子／『日本台湾学会報』(3)／日本台湾学会／2001	論考
孽子	孽子／1983	陳正醍／『孽子』／国書刊行会／2006	小説
永遠の尹雪艶	永遠的尹雪豔／1965	山口守／『台北人』／国書刊行会／2008	小説
一束の緑	一把青／1966	山口守／『台北人』／国書刊行会／2008	小説
除夜	歳除／1967	山口守／『台北人』／国書刊行会／2008	小説
血のように赤いつつじの花	那片血一般紅的杜鵑花／1968	山口守／『台北人』／国書刊行会／2008	小説
懐旧	思舊賦／1969	山口守／『台北人』／国書刊行会／2008	小説
梁父山の歌	梁父吟／1967	山口守／『台北人』／国書刊行会／2008	小説
孤恋花	孤恋花／1970	山口守／『台北人』／国書刊行会／2008	小説
花橋栄記	花橋栄記／1970	山口守／『台北人』／国書刊行会／2008	小説
秋の思い	秋思／1971	山口守／『台北人』／国書刊行会／2008	小説
満天に輝く星	満天裏亮晶晶的星星／1969	山口守／『台北人』／国書刊行会／2008	小説
遊園驚夢	遊園驚夢／1966	山口守／『台北人』／国書刊行会／2008	小説
冬の夜	冬夜／1970	山口守／『台北人』／国書刊行会／2008	小説
国葬	国葬／1971	山口守／『台北人』／国書刊行会／2008	小説
シカゴの死	芝加哥之死／1964	小笠原淳／『華語文学の新しい風』／白水社／2022	小説

パタイ　巴代／Badai

邦題	原題／原作出版年	訳者／翻訳書・誌／出版社／出版年	分類
薑路	薑路／2009	松本さち子／『台湾原住民文学選(4)　海よ山よ』／草風館／2004	小説
サーチンのヤギの角	沙金胸前的山羊角／2009	松本さち子／『台湾原住民文学選(6)　晴乞い祭り』／草風館／2008	小説

読書とは己を読むこと	読書就是読自己／2009	藤井省三, 林敏潔／『莫言の文学とその精神：中国と語る講演集』／東方書店／2016	講演録
壊滅の中での省察	在毀滅中反思／2012	藤井省三, 林敏潔／『莫言の文学とその精神：中国と語る講演集』／東方書店／2016	講演録
私の中学時代	我的中学時代／2001	立松昇一／『小説導熱体』(1)／2018	随筆
戯曲　民族歌劇 白檀の刑	／—	吉田富夫／『すばる』40（8）／集英社／2018	戯曲
左鎌	左鎌／2017	吉田富夫／『遅咲きの男』／中央公論新社／2021	小説
遅咲きの男	晩熟的人／2021	吉田富夫／『遅咲きの男』／中央公論新社／2021	小説
偏屈者	闘士／2017	吉田富夫／『遅咲きの男』／中央公論新社／2021	小説
スリの指に咲く花	賊指花／2021	吉田富夫／『遅咲きの男』／中央公論新社／2021	小説
モーゼを待ちつつ	等待摩西／2018	吉田富夫／『遅咲きの男』／中央公論新社／2021	小説
詩人キンシプー	詩人金希普／2018	吉田富夫／『遅咲きの男』／中央公論新社／2021	小説
従弟寧賽葉	表弟寧賽葉／2018	吉田富夫／『遅咲きの男』／中央公論新社／2021	小説
地主の目つき	地主的眼神／2017	吉田富夫／『遅咲きの男』／中央公論新社／2021	小説
大浴場・赤ベッド	澡堂(外一篇：紅床)／2011, 澡堂与紅床／2021	吉田富夫／『遅咲きの男』／中央公論新社／2021	小説
天下太平	天下太平／2017	吉田富夫／『遅咲きの男』／中央公論新社／2021	小説
明眸皓歯	紅唇緑嘴／2021	吉田富夫／『遅咲きの男』／中央公論新社／2021	小説
松明と口笛	火把与口哨／2021	吉田富夫／『遅咲きの男』／中央公論新社／2021	小説
人と獣	人与獣／1991	塩旗伸一郎／『黒い雪玉：日本との戦争を描く中国語圏作品集』／中国文庫／2022	小説
人間の運命と苦悩する魂を描く	—／—	藤井省三／『松本清張研究』(23)／北九州市立松本清張記念館／2022	その他

白先勇　はく・せんゆう／Bai Xianyong

邦題	原題／原作出版年	訳者／翻訳書・誌／出版社／出版年	分類
冬の夜	冬夜／1970	松永正義／『彩鳳の夢』／研文出版／1984	小説
玉卿嫂の戀	玉卿嫂／1960	中村ふじゑ／『最後の貴族』／徳間書店／1990	小説
寂しき十七歳	寂寞的十七歳／1961	中村ふじゑ／『最後の貴族』／徳間書店／1990	小説
花橋栄記	花橋栄記／1970	中村ふじゑ／『最後の貴族』／徳間書店／1990	小説

ディアスポラと文学	離散与文学／2007	藤井省三, 林敏潔／『莫言の思想と文学：世界と語る講演集』／東方書店／2015	講演録
『韓国小説集』私の読み方	我読《韓国小説集》／2008	藤井省三, 林敏潔／『莫言の思想と文学：世界と語る講演集』／東方書店／2015	講演録
文学による越境と対話	在法蘭克福書展開幕式上的演講／2009	藤井省三, 林敏潔／『莫言の思想と文学：世界と語る講演集』／東方書店／2015	講演録
私と新歴史主義文学思潮	我与新歴史主義文学思潮／1998	藤井省三, 林敏潔／『莫言の文学とその精神：中国と語る講演集』／東方書店／2016	講演録
中国語出版人の新たな役割と挑戦	華文出版人的新角色与挑戦／2001	藤井省三, 林敏潔／『莫言の文学とその精神：中国と語る講演集』／東方書店／2016	講演録
庶民として書く	作為老百姓写作／2001	藤井省三, 林敏潔／『莫言の文学とその精神：中国と語る講演集』／東方書店／2016	講演録
都市体験と作家の居場所	城郷経験和写作者的位置／2001	藤井省三, 林敏潔／『莫言の文学とその精神：中国と語る講演集』／東方書店／2016	講演録
翻訳家の功徳は無量	翻訳家功徳無量／2001	藤井省三, 林敏潔／『莫言の文学とその精神：中国と語る講演集』／東方書店／2016	講演録
作家とその創造	作家和他的創造／2002	藤井省三, 林敏潔／『莫言の文学とその精神：中国と語る講演集』／東方書店／2016	講演録
文学個性化に関する愚見	文学個性化芻議／2004	藤井省三, 林敏潔／『莫言の文学とその精神：中国と語る講演集』／東方書店／2016	講演録
細部と真実	細節与真実／2005	藤井省三, 林敏潔／『莫言の文学とその精神：中国と語る講演集』／東方書店／2016	講演録
文学の問題—一つの核心と二つの基本点	〔無題〕／2006	藤井省三, 林敏潔／『莫言の文学とその精神：中国と語る講演集』／東方書店／2016	講演録
現代文学創作における十大関係をめぐる試論	試論当代文学創作中的十大関係／2006	藤井省三, 林敏潔／『莫言の文学とその精神：中国と語る講演集』／東方書店／2016	講演録
中国小説の伝統—私の長編小説三作から語り始める	中国小説伝統—従我的三部長編小説談起／2006	藤井省三, 林敏潔／『莫言の文学とその精神：中国と語る講演集』／東方書店／2016	講演録
莫言に関する八つのキーワード	莫言八大関鍵詞／2006	藤井省三, 林敏潔／『莫言の文学とその精神：中国と語る講演集』／東方書店／2016	講演録
東北アジア時代の主人公	東北亜時代的主人公／2007	藤井省三, 林敏潔／『莫言の文学とその精神：中国と語る講演集』／東方書店／2016	講演録
私の文学経験	我的文学経験／2007	藤井省三, 林敏潔／『莫言の文学とその精神：中国と語る講演集』／東方書店／2016	講演録
文学と青年	文学与青年／2007	藤井省三, 林敏潔／『莫言の文学とその精神：中国と語る講演集』／東方書店／2016	講演録
私はなぜ書くのか	我為什麼写作／2008	藤井省三, 林敏潔／『莫言の文学とその精神：中国と語る講演集』／東方書店／2016	講演録
仏光は普く照らす	佛光普照／2008	藤井省三, 林敏潔／『莫言の文学とその精神：中国と語る講演集』／東方書店／2016	講演録
香港浸会大学「紅楼夢文学賞」を受賞して	香港浸会大学“紅楼夢文学奨”得奨感言／2008	藤井省三, 林敏潔／『莫言の文学とその精神：中国と語る講演集』／東方書店／2016	講演録
人みな泣くときにも、泣かぬ人を許そう	当衆人都哭時, 應該允許有的人不哭／2009	藤井省三, 林敏潔／『莫言の文学とその精神：中国と語る講演集』／東方書店／2016	講演録

花籃閣炎上	火焼花籃閣／2003	立松昇一／『疫病神：莫言傑作中短編集』／勉誠出版／2014	小説
月光斬	月光斬／2004	立松昇一／『疫病神：莫言傑作中短編集』／勉誠出版／2014	小説
普通話	普通話／2004	立松昇一／『疫病神：莫言傑作中短編集』／勉誠出版／2014	小説
黒い少年—私の精霊	〔無題〕／1999	藤井省三，林敏潔／『莫言の思想と文学：世界と語る講演集』／東方書店／2015	講演録
神秘の日本と私の文学履歴	神秘的日本与我的文学歴程／1999	藤井省三，林敏潔／『莫言の思想と文学：世界と語る講演集』／東方書店／2015	講演録
二一世紀の中日関係	二十一世紀的中日関係／1999	藤井省三，林敏潔／『莫言の思想と文学：世界と語る講演集』／東方書店／2015	講演録
小説の匂い	小説的気味／2001	藤井省三，林敏潔／『莫言の思想と文学：世界と語る講演集』／東方書店／2015	講演録
食べ物の昔話	〔無題〕／2006	藤井省三，林敏潔／『莫言の思想と文学：世界と語る講演集』／東方書店／2015	講演録
ドイツ文学から学んだこと	〔無題〕／2009	藤井省三，林敏潔／『莫言の思想と文学：世界と語る講演集』／東方書店／2015	講演録
アメリカで出版された私の三冊	我在美国出版的三本書／2000	藤井省三，林敏潔／『莫言の思想と文学：世界と語る講演集』／東方書店／2015	講演録
私の『豊乳肥臀』	我的《豊乳肥臀》／2000	藤井省三，林敏潔／『莫言の思想と文学：世界と語る講演集』／東方書店／2015	講演録
飢餓と孤独はわが創作の宝もの	飢餓和孤独是我創作的財富／2000	藤井省三，林敏潔／『莫言の思想と文学：世界と語る講演集』／東方書店／2015	講演録
フォークナー叔父さん、お元気ですか？	福克納大叔，你好嗎？／2000	藤井省三，林敏潔／『莫言の思想と文学：世界と語る講演集』／東方書店／2015	講演録
耳で読む	用耳朶閲読／2001	藤井省三，林敏潔／『莫言の思想と文学：世界と語る講演集』／東方書店／2015	講演録
巨大な寓話としての『白檀の刑』	〔無題〕／2003	藤井省三，林敏潔／『莫言の思想と文学：世界と語る講演集』／東方書店／2015	講演録
憧れの北海道を訪ねて	〔無題〕／2004	藤井省三，林敏潔／『莫言の思想と文学：世界と語る講演集』／東方書店／2015	講演録
恐怖と希望	恐惧与希望／2005	藤井省三，林敏潔／『莫言の思想と文学：世界と語る講演集』／東方書店／2015	講演録
個性なくして共通性なし	没有个性就没有共性／2005	藤井省三，林敏潔／『莫言の思想と文学：世界と語る講演集』／東方書店／2015	講演録
わが文学の歩み	我的文学歴程／2006	藤井省三，林敏潔／『莫言の思想と文学：世界と語る講演集』／東方書店／2015	講演録
小説と社会現実	小説与社会生活／2006	藤井省三，林敏潔／『莫言の思想と文学：世界と語る講演集』／東方書店／2015	講演録
交流によってのみ進歩する	只有交流，才能進歩／2006	藤井省三，林敏潔／『莫言の思想と文学：世界と語る講演集』／東方書店／2015	講演録
大江健三郎氏が私たちに与える啓示	大江健三郎先生給我們的啓示／2006	藤井省三，林敏潔／『莫言の思想と文学：世界と語る講演集』／東方書店／2015	講演録

中国大陸、文学の新しさ	—／—	リービ英雄／『越境の声』／岩波書店／2007	—
転生夢現	生死疲労／2008	吉田富夫／『転生夢現』／中央公論新社／2008	小説
『南朝鮮小説集』を読んで	—／2008	立松昇一／『韓日中・東アジア文学フォーラム報告書』／東アジア文学フォーラム日本委員会／2008	講演録
犬について、三篇	狗文三篇／1993	立松昇一／『イリーナの帽子—中国現代文学選集—』／東アジア文学フォーラム日本委員会／2010	随筆
蛙鳴	蛙／2009	吉田富夫／『蛙鳴』／中央公論新社／2011	小説
牛	牛／1998	菱沼彬晁／『牛・築路』／岩波書店／2011	小説
築路	築路／1986	菱沼彬晁／『牛・築路』／岩波書店／2011	小説
小説二題	澡堂(外一篇:紅床)／2011	吉田富夫／『新潮』108(12)／新潮社／2011	小説
ボイラーマンの妻	鍋炉口的妻子／—	菱沼彬晁／『動乱と演劇:ドラマ・リーディング上演台本』／国際演劇協会日本センター／2012	戯曲
莫言の世界　雪の幻影 わたしの文学	我的文学／1999	吉田富夫／『莫言神髄』／中央公論新社／2013	随筆
飢餓と孤独がわが創作の財産である	飢餓和孤独是我創作的財富／2000	吉田富夫／『莫言神髄』／中央公論新社／2013	随筆
語り部として(ノーベル文学賞受賞講演)	講故事的人／2012	吉田富夫／『莫言神髄』／中央公論新社／2013	講演録
物語る人—ノーベル文学賞受賞講演	講故事的人／2012	藤井省三／『透明な人参:莫言珠玉集』／朝日出版社／2013 藤井省三, 林敏潔／『莫言の思想と文学:世界と語る講演集』／東方書店／2015	講演録
神秘な日本とわたしの文学遍歴	神秘的日本与我的文学歴程／1999	吉田富夫／『莫言神髄』／中央公論新社／2013	随筆
天堂狂想歌	天堂蒜薹之歌／1988	吉田富夫／『天堂狂想歌』／中央公論新社／2013	小説
変	変／2009	長堀祐造／『変』／赤石書店／2013	小説
急がずゆっくりと—貧富と欲について	悠着点, 慢着点—“貧富与欲望”漫談／2010	吉田富夫／『莫言神髄』／中央公論新社／2013	随筆
紅樹林	紅樹林／1999	中溝信子／『紅樹林』／中溝信子／2014	小説
宝塔	五個餑餑／1985	立松昇一／『疫病神:莫言傑作中短編集』／勉誠出版／2014	小説
嫁が飛んだ!	翱翔／1991	立松昇一／『疫病神:莫言傑作中短編集』／勉誠出版／2014	小説
命—真実の物語	糧食／1993	立松昇一／『疫病神:莫言傑作中短編集』／勉誠出版／2014	小説
バッタ奇談	蝗虫奇談／1998	立松昇一／『疫病神:莫言傑作中短編集』／勉誠出版／2014	小説
母の涙	売白菜／2002	立松昇一／『疫病神:莫言傑作中短編集』／勉誠出版／2014	小説

至福のとき	師傅越来越幽默／1999	吉田富夫／『至福のとき：莫言中短編集』／平凡社／2002	小説
沈園	沈園／1999	吉田富夫／『至福のとき：莫言中短編集』／平凡社／2002	小説
赤い高粱	紅高粱家族／1987	井口晃／『赤い高粱』／岩波書店／2003	小説
涸れた河	枯河／1985	吉田富夫／『白い犬とブランコ：莫言自選短編集』／日本放送出版協会／2003	小説
竜巻	大風／1985	吉田富夫／『白い犬とブランコ：莫言自選短編集』／日本放送出版協会／2003	小説
白い犬とブランコ	白狗秋千架／1985	吉田富夫／『白い犬とブランコ：莫言自選短編集』／日本放送出版協会／2003	小説
猟銃	老槍／1985	吉田富夫／『白い犬とブランコ：莫言自選短編集』／日本放送出版協会／2003	小説
蠅と歯	蒼蠅・門牙／1986	吉田富夫／『白い犬とブランコ：莫言自選短編集』／日本放送出版協会／2003	小説
戦争の記憶断片	凌乱戦争印象／1987	吉田富夫／『白い犬とブランコ：莫言自選短編集』／日本放送出版協会／2003	小説
愛情	愛情故事／1989	吉田富夫／『白い犬とブランコ：莫言自選短編集』／日本放送出版協会／2003	小説
奇遇	奇遇／1989	吉田富夫／『白い犬とブランコ：莫言自選短編集』／日本放送出版協会／2003	小説
洪水	大水／1989	吉田富夫／『白い犬とブランコ：莫言自選短編集』／日本放送出版協会／2003	小説
秘剣	姑媽的宝刀／1991	吉田富夫／『白い犬とブランコ：莫言自選短編集』／日本放送出版協会／2003	小説
初恋	初恋／1991	吉田富夫／『白い犬とブランコ：莫言自選短編集』／日本放送出版協会／2003	小説
奇人と女郎	神標／1991	吉田富夫／『白い犬とブランコ：莫言自選短編集』／日本放送出版協会／2003	小説
夜の漁	夜漁／1991	吉田富夫／『白い犬とブランコ：莫言自選短編集』／日本放送出版協会／2003	小説
豚肉売りの娘	屠戸的女児／1992	吉田富夫／『白い犬とブランコ：莫言自選短編集』／日本放送出版協会／2003	小説
白檀の刑	檀香刑／2001	吉田富夫／『白檀の刑』（上・下）／中央公論新社／2003	小説
肖像画を掛ける	掛像／2004	谷川毅／『火鍋子』（62）／翠書房／2004	小説
この四年のわたし（『白檀の刑』出版記念講演会「莫言の文学」）	—／—	毛丹青／『東方』（275）／東方書店／2004	講演録
疫病神	掃箒星／2002	立松昇一／『季刊中国現代小説』2（34）[70]／蒼蒼社／2005 『疫病神：莫言傑作中短編集』／勉誠出版／2014	小説
四十一炮	四十一炮／2003	吉田富夫／『四十一炮』（上・下）／中央公論新社／2006	小説

インタビュー　抑圧の下の魔術的現実	—／—	藤井省三（聞き手）／『すばる』18（5）／集英社／1996	取材録
女郎遊び	神嫖／1991	藤井省三／『ノスタルジア（世界文学のフロンティア4）』／岩波書店／1996	小説
酒国—特捜検事丁鈎児の冒険	酒国／1993	藤井省三／『酒国：特捜検事丁鈎児の冒険』／岩波書店／1996	小説
石臼	石磨／1985	立松昇一／『季刊中国現代小説』2（2）[38]／蒼蒼社／1997 『疫病神：莫言傑作中短編集』／勉誠出版／2014	小説
良医	良医／1991	藤井省三／『群像』52（7）[192]／講談社／1997 『透明な人参：莫言珠玉集』／朝日出版社／2013 『現代中国短編集』／平凡社／1998	小説
お下げ髪	辮髪／1992	藤井省三／『群像』52（7）[192]／講談社／1997 『現代中国短編集』／平凡社／1998 『透明な人参：莫言珠玉集』／朝日出版社／2013	小説
人と獣	人与獣／1991	岸川由紀子／『螺旋』創刊号／螺旋社／1998	小説
豊乳肥臀	豊乳肥臀／1995	吉田富夫／『豊乳肥臀』／平凡社／1999 『豊乳肥臀』（上・下）／平凡社／2014	小説
インタビュー　幼少期の孤独な生活が想像力を与えてくれた	—／—	藤井省三（聞き手）／『世界』（670）／岩波書店／2000	取材録
著者インタビュー　莫言—「豊乳肥臀」	—／—	吉田富夫／『文學界』54（1）／文藝春秋／2000	取材録
師匠、そんなに担がないで	師傅越来越幽黙／1999	藤野陽／『螺旋』（4）／螺旋社／2000	小説
鉄の子	鉄孩児／1991，1993	藤井省三／『NHKラジオ中国語講座』／日本放送出版協会／2000 『透明な人参：莫言珠玉集』／朝日出版社／2013	小説
天上の花	天花乱墜／2000	中山文，南條竹則／『別冊文藝春秋』2000年春号（231）／文藝春秋／2000	小説
指枷	拇指銬／1998	立松昇一／『季刊中国現代小説』2（18）[54]／蒼蒼社／2001 『疫病神：莫言傑作中短編集』／勉誠出版／2014	小説
飛蝗	紅蝗／1987	吉田富夫／『至福のとき：莫言中短編集』／平凡社／2002	小説
宝の地図	蔵宝図／1997	吉田富夫／『至福のとき：莫言中短編集』／平凡社／2002	小説
長安街のロバに乗った美女	長安大道上的騎驢美人／1998	吉田富夫／『至福のとき：莫言中短編集』／平凡社／2002	小説

莫言　ばくげん／Mo Yan

邦題	原題／原作出版年	訳者／翻訳書・誌／出版社／出版年	分類
枯れた河	枯河／1985	井口晃／『季刊中国現代小説』1（5）[5]／蒼蒼社／1988	小説
赤い高粱	紅高粱／1986	井口晃／『赤い高粱：現代中国文学選集6』／徳間書店／1989	小説
秋の水	秋水／1985	藤井省三／『ユリイカ』21（13）[286]／青土社／1989 『中国幻想小説傑作集』／白水社／1990 『中国の村から：莫言短篇集（発見と冒険の中国文学2）』／JICC出版局／1991	小説
赤い高粱（続）	紅高粱家族／1987	井口晃／『赤い高粱[続]：現代中国文学選集12』／徳間書店／1990	小説
白い犬とブランコ	白狗秋千架／1985	藤井省三／『中国の村から：莫言短篇集（発見と冒険の中国文学2）』／JICC出版局／1991 『世界文学アンソロジー：いまからはじめる』／三省堂／2019	小説
金髪の赤ちゃん	金髪嬰児／1985	藤井省三／『中国の村から：莫言短篇集（発見と冒険の中国文学2）』／JICC出版局／1991 『透明な人参：莫言珠玉集』／朝日出版社／2013	小説
古い銃	古槍／1985	長堀祐造／『中国の村から：莫言短篇集（発見と冒険の中国文学2）』／JICC出版局／1991	小説
わたしの「墓」	我的墓／1986	長堀祐造／『中国の村から：莫言短篇集（発見と冒険の中国文学2）』／JICC出版局／1991	随筆
片手	断手／1986	長堀祐造／『中国の村から：莫言短篇集（発見と冒険の中国文学2）』／JICC出版局／1991	小説
莫言インタビュー：中国の村と軍から出てきた魔術的リアリズム	—／—	藤井省三／『花束を抱く女』／JICC出版局／1992	取材録
蝿・前歯	蒼蝿・門牙／1986	藤井省三／『花束を抱く女』／JICC出版局／1992 『笑いの共和国：中国ユーモア文学傑作選』／白水社／1992	小説
透明な人参	透明的紅蘿蔔／1985	藤井省三／『花束を抱く女』／JICC出版局／1992 『透明な人参：莫言珠玉集』／朝日出版社／2013	小説
花束を抱く女	懐抱鮮花的女人／1991	藤井省三／『海燕』1992年4月号／福武書店／1992 『花束を抱く女』／JICC出版局／1992 『透明な人参：莫言珠玉集』／朝日出版社／2013	小説

ゆっくり帰ろう	漸漸帰去／1981	池澤実芳／『赤い服の少女』／近代文芸社／2002	小説
小酸棗	小酸棗／1982	池澤実芳／『赤い服の少女』／近代文芸社／2002	小説
赤い服の少女	没有鈕釦的紅襯衫／1983	池澤実芳／『赤い服の少女』／近代文芸社／2002	小説
東山下の風景	東山下的風景／1983	池澤実芳／『赤い服の少女』／近代文芸社／2002	小説
秀色	秀色／1997	久米井敦子／『季刊中国現代小説』2（26）［62］／蒼蒼社／2003	小説
麦積み	麦秸垛／1986	池澤実芳／『棉積み』／近代文芸社／2003	小説
棉積み	棉花垛／1989	池澤実芳／『棉積み』／近代文芸社／2003	小説
草積み	青草垛／1996	池澤実芳／『棉積み』／近代文芸社／2003	小説
大浴女―水浴する女たち	大浴女／2000	飯塚容／『大浴女：水浴する女たち』／中央公論新社／2004	小説
逃げる	逃跑／2003	是枝環維, 好並晶／『火鍋子』(65)／翠書房／2005	小説
それはササゲの花じゃない	那不是眉豆花／1982	北浜現代中国文学読書会／『中国現代短篇小説』(4)／北浜現代中国文学読書会／2006	小説
アンドレフの夜	安徳烈的晩上／1997	北浜現代中国文学読書会／『中国現代短篇小説』(4)／北浜現代中国文学読書会／2006	小説
第十二夜	第十二夜／1999	北浜現代中国文学読書会／『中国現代短篇小説』(4)／北浜現代中国文学読書会／2006	小説
辻井喬の作品を読む	―／2005	松浦恆雄／『現代詩手帖』52（7）／思潮社／2009	随筆
イリーナの帽子	伊琳娜的礼帽／2009	飯塚容／『イリーナの帽子』／トランスビュー／2010	小説
胡同の思い出	想像胡同／1994	齋藤晴彦／『小説導熱体』(5)／白帝社／2022	小説
母と路線バス	母親在公共汽車上的表現／―	齋藤晴彦／『小説導熱体』(5)／白帝社／2022	小説
麺棒の話	擀麺杖的故事／―	齋藤晴彦／『小説導熱体』(5)／白帝社／2022	小説

天下覇唱　てんかはしょう／Tian Xia Ba Chang

邦題	原題／原作出版年	訳者／翻訳書・誌／出版社／出版年	分類
精絶古城―冒険ファンタジー（「鬼吹灯」シリーズ　コミック版）	鬼吹灯之精絶古城（上下）（漫画版）／2006, コミック版は2007	松永商事出版事業部／『精絶古城―冒険ファンタジー（「鬼吹灯」シリーズ　コミック版）』／松永商事出版事業部／2008	その他

おお、香雪	哦、香雪／1982	池澤実芳／『第八曜日を下さい』／近代文芸社／1995	小説
棉花の山に寝転んで	村路帯我回家／—	池澤実芳／『第八曜日を下さい』／近代文芸社／1995	小説
彼が笑った	色変／1987	池澤実芳／『第八曜日を下さい』／近代文芸社／1995	小説
第八曜日を下さい	遭遇礼拝八／1989	池澤実芳／『第八曜日を下さい』／近代文芸社／1995	小説
草の指輪	草戒指／1990	池澤実芳／『第八曜日を下さい』／近代文芸社／1995	小説
妊婦と牛	孕婦和牛／1992	池澤実芳／『第八曜日を下さい』／近代文芸社／1995	小説
意外	意外／—	池澤実芳／『第八曜日を下さい』／近代文芸社／1995	小説
道端に、道端に	—／—	池澤実芳／『商学論集』63（3）／福島大学経済学会／1995	小説
胭脂湖	胭脂湖／1986	片山義郎／『上海経済交流』(41), (42)／大阪府日中経済交流協会／1995	小説
妊婦と牛	孕婦和牛／1992	片山義郎／『上海経済交流』(43)／大阪府日中経済交流協会／1996	小説
二日酔いの正月	—／—	片山義郎／『上海経済交流』(44)／大阪府日中経済交流協会／1996	小説
ホワンホワン、トントン	歓歓騰騰／—	池澤実芳／『商学論集』66（1）／福島大学経済学会／1997	小説
銀廟	銀廟／1985	池澤実芳／『商学論集』65（4）／福島大学経済学会／1997	小説
真実の作為的歳月	真摯的做作歳月／1990	池澤実芳／『商学論集』66（1）／福島大学経済学会／1997	随筆
秀色	秀色／1997	池澤実芳／『商学論集』66（2）／福島大学経済学会／1997	小説
閏七月(1)～(2)	閏七月／1987	池澤実芳／『商学論集』68（2), 68（4）／福島大学経済学会／1999, 2000	小説
小鄭(シャオチョン)	小鄭在大楼里／1997	久米井敦子／『季刊中国現代小説』2（10）[46]／蒼蒼社／1999	小説
十二夜	第十二夜／1999	久米井敦子／『季刊中国現代小説』2（16）[52]／蒼蒼社／2000 『現代中国女性文学傑作選1』／鼎書房／2001	小説
十二夜	第十二夜／1999	岸川由紀子／『螺旋』(4)／螺旋社／2000	小説
いつになったら	永遠有多遠／1999	久米井敦子／『季刊中国現代小説』2（23）[59]／蒼蒼社／2002	小説
夜道	夜路／1978	池澤実芳／『赤い服の少女』／近代文芸社／2002	小説
葬式	喪事／1979	池澤実芳／『赤い服の少女』／近代文芸社／2002	小説

中国の恐るべき水質汚染	—／2001	金谷譲／『藍・BLUE』2002（2・3）(通号7・8）／『藍・BLUE』文学会／2002	随筆
鄭義氏誌上インタビュー	—／2002	金谷譲／『藍・BLUE』2002（2・3）(通号7・8）／『藍・BLUE』文学会／2002	取材録
自由のために書く	—／2004	藤井省三／『世界』(723）／岩波書店／2004	対談録
湖の夢	—／—	藤井省三／『百年の愚行』／Think the Earth プロジェクト, スペースポート／2002	—
機に乗じた造反—文革勃発40周年によせて—	趁機造反／2006	劉静華／『藍・BLUE』2001（1）(通号21）／『藍・BLUE』文学会／2006	随筆

鄭清文　てい・せいぶん／Zheng Ch'ing-Wen

邦題	原題／原作出版年	訳者／翻訳書・誌／出版社／出版年	分類
三本足の馬	三脚馬／1979	中村ふじゑ／『三本足の馬台湾現代小説選III』／研文出版／1985	小説
阿里山の神木(ほか14編)	鹿角神木(ほか14編）／1980, ほか	岡崎郁子／『阿里山の神木—台湾の創作童話』／研文出版／1993	小説
私の戦争体験	—／寄稿	西田勝／『植民地文化研究第1号』／植民地文化学会／2002	随筆
鋼鉄ワイヤロープの高度 李喬文学の達成	—／寄稿	三木直大／『植民地文化研究』(10）／植民地文化学会／2011	随筆
なぜ童話を書くのか	—／寄稿	西田勝／『植民地文化研究』(11）／植民地文化学会／2012	随筆
丘蟻一族、天馬降臨	丘蟻一族、天馬降臨／2009	西田勝／『丘蟻一族』／法政大学出版局／2013	小説
十二本のエンピツ(ほか3編)	十二支鉛筆(ほか3編）／1982, ほか	岡崎郁子／吉備国際大学大学院社会学研究科論叢(23）／2022	小説

笛安　てきあん／Di An

邦題	原題／原作出版年	訳者／翻訳書・誌／出版社／出版年	分類
円寂	圓寂／2008	舟山優士／『中国現代文学』(11）／ひつじ書房／2013	小説

鉄凝　てつ・ぎょう／Tie Ning

邦題	原題／原作出版年	訳者／翻訳書・誌／出版社／出版年	分類
果樹園への小路	小路伸向果園／1980	現代中国文学翻訳研究会／『終着駅(80年代中国女流文学選2)』／NGS出版／1987	小説
六月の話題	六月的話題／1984	現代中国文学翻訳研究会／『六月の話題(80年代中国女流文学選5)』／NGS出版／1989	小説
四季の歌	四季歌／1985	宇野木洋／『グリオ』(4）／平凡社／1992	小説
カマドの物語	竈火的故事／1980	池澤実芳／『第八曜日を下さい』／近代文芸社／1995	小説

幸福島	幸福島／2021	中原尚哉／『AI2041：人工知能が変える20年後の未来』／文藝春秋／2022	小説
豊饒の夢	豊饒之夢／2021	中原尚哉／『AI2041：人工知能が変える20年後の未来』／文藝春秋／2022	小説

陳忠実　ちん・ちゅうじつ／Chen Zhongshi

邦題	原題／原作出版年	訳者／翻訳書・誌／出版社／出版年	分類
白鹿原	白鹿原／1993	林芳／『白鹿原』(上・下）／中央公論社／1996	小説
やぶ蛇の巻	猫与鼠　也纏綿／2002	畑中優美／『火鍋子』(69）／翠書房／2007	小説

鄭義　てい・ぎ／Zheng Yi

邦題	原題／原作出版年	訳者／翻訳書・誌／出版社／出版年	分類
降りつづく秋雨	秋雨漫漫／1980	小林栄／『中国農村百景：「山西文学」短篇小説集』／銀河書房／1982	小説
遠い村(一）～（三）	遠村／1983	大石智良／『季刊中国現代小説』1（11）[11]，1（12)[12]，1（13)[13]／蒼蒼社／1989，1990，1990	小説
古井戸(抄訳)	老井／1985	藤井省三／『中国・危機の読み方』／JICC出版局／1990	小説
古井戸	老井／1985	藤井省三／『古井戸(発見と冒険の中国文学1)』／JICC出版局／1990	小説
古井戸(抄訳)	老井／1985	藤井省三／『別冊宝島』(105）／宝島社／1990	小説
楓	楓／1979	市川宏／『季刊中国現代小説』1（18)[18]／蒼蒼社／1991	小説
食人宴席―抹殺された中国現代史(抄訳)	紅色紀念碑／1993	黄文雄／『食人宴席―抹殺された中国現代史』／光文社／1993	ルポ
中国の地の底で(抄訳)	歴史的一部分／1993	藤井省三監訳，加藤三由紀，櫻庭ゆみ子／『中国の地の底で』／朝日新聞社／1993	随筆
亡命の旅路の果てから	―／1995	藤井省三／『すばる』18(5)／集英社／1996	取材録
中華文明のアポリア　荒廃する中国農村	中国農民的希望／―	辻康吾／『世界』(622）／岩波書店／1996	随筆
神樹	神樹／1996	藤井省三／『神樹』／朝日新聞社／1999	小説
精神の荒野で休むことなく咆哮する	在精神荒原上咆哮不休的詩獣―在黄翔詩集首発式上的致詞／―	燕子ほか／『藍・BLUE』2001（1)(通号2)／『藍・BLUE』文学会／2001	随筆
中国の崩壊―跳躍を始めるスーパータイガー―	中国之毀滅／2001	劉幇／『藍・BLUE』2002（1)(通号6）／『藍・BLUE』文学会／2002	随筆
移民悲歌	―／2001	金谷譲／『藍・BLUE』2002（2・3)(通号7・8）／『藍・BLUE』文学会／2002	随筆
中国特有の環境災害―大規模な分洪	―／2001	金谷譲／『藍・BLUE』2002（2・3)(通号7・8）／『藍・BLUE』文学会／2002	随筆

沙嘴(シャーズイ)の花	沙嘴之花／2012	中原尚哉／『折りたたみ北京:現代中国SFアンソロジー(新☆ハヤカワ・SF・シリーズ)』／早川書房／2018 『折りたたみ北京:現代中国SFアンソロジー(ハヤカワ文庫SF)』／早川書房／2019	小説
引き裂かれた世代:移行期の文化における中国SF	The Torn Generation: Chinese Science Fiction in a Culture in Transition／2014	鳴庭真人／『折りたたみ北京:現代中国SFアンソロジー(新☆ハヤカワ・SF・シリーズ)』／早川書房／2018 『折りたたみ北京:現代中国SFアンソロジー(ハヤカワ文庫SF)』／早川書房／2019	随筆
荒潮	荒潮／2013	中原尚哉／『荒潮(新☆ハヤカワ・SF・シリーズ)』／早川書房／2020	小説
開光	開光／2015	中原尚哉／『月の光:現代中国SFアンソロジー(新☆ハヤカワ・SF・シリーズ)』／早川書房／2020 『金色昔日:現代中国SFアンソロジー(ハヤカワ文庫SF)』／早川書房／2022	小説
未来病史	未来病史／2012	中原尚哉／『月の光:現代中国SFアンソロジー(新☆ハヤカワ・SF・シリーズ)』／早川書房／2020 『金色昔日:現代中国SFアンソロジー(ハヤカワ文庫SF)』／早川書房／2022	小説
勝利のV	V代表勝利／2016	根岸美聡／『時のきざはし:現代中華SF傑作選』／新紀元社／2020	小説
果てしない別れ	無尽的告別／2011	阿井幸作／『2010年代海外SF傑作選』／早川書房／2020	小説
イントロダクション:私は如何にして心配するのを止めて想像力で未来を受け入れるようになったか	創造未来,従想像未来開始／2021	中原尚哉／『AI2041:人工知能が変える20年後の未来』／文藝春秋／2022	その他
恋占い	一葉知命／2021	中原尚哉／『AI2041:人工知能が変える20年後の未来』／文藝春秋／2022	小説
仮面の神	假面神祇／2021	中原尚哉／『AI2041:人工知能が変える20年後の未来』／文藝春秋／2022	小説
金雀と銀雀	双雀／2021	中原尚哉／『AI2041:人工知能が変える20年後の未来』／文藝春秋／2022	小説
コンタクトレス・ラブ	無接触之恋／2021	中原尚哉／『AI2041:人工知能が変える20年後の未来』／文藝春秋／2022	小説
アイドル召喚!	偶像之死／2021	中原尚哉／『AI2041:人工知能が変える20年後の未来』／文藝春秋／2022	小説
ゴーストドライバー	神聖車手／2021	中原尚哉／『AI2041:人工知能が変える20年後の未来』／文藝春秋／2022	小説
人類殺戮計画	人類刹車計画／2021	中原尚哉／『AI2041:人工知能が変える20年後の未来』／文藝春秋／2022	小説
大転職時代	全職救星(職業救星)／2021	中原尚哉／『AI2041:人工知能が変える20年後の未来』／文藝春秋／2022	小説

いとしのエリー	Ellie, My Love ／ 2012	稲村文吾／『ディオゲネス変奏曲』／早川書房／ 2019	小説
習作　二	習作・二／ 2018	稲村文吾／『ディオゲネス変奏曲』／早川書房／ 2019	小説
珈琲と煙草	咖啡与香菸／ 2009	稲村文吾／『ディオゲネス変奏曲』／早川書房／ 2019	小説
姉妹	姊妹／ 2015	稲村文吾／『ディオゲネス変奏曲』／早川書房／ 2019	小説
悪魔団殺(怪)人事件	惡魔黨殺(怪)人事件／ 2009	稲村文吾／『ディオゲネス変奏曲』／早川書房／ 2019	小説
霊視	靈視／ 2018	稲村文吾／『ディオゲネス変奏曲』／早川書房／ 2019	小説
習作　三	習作・三／ 2018	稲村文吾／『ディオゲネス変奏曲』／早川書房／ 2019	小説
見えないX	隱身的X ／ 2011	稲村文吾／『ディオゲネス変奏曲』／早川書房／ 2019	小説
ジャックと豆の木殺人事件	傑克魔豆殺人事件／ 2008	玉田誠／『オール讀物』2019年8月号／文芸春秋／ 2019	小説
網内人	網內人／ 2017	玉田誠／『網内人』／文藝春秋／ 2020	小説
ヨルムンガンド	Jörmungandr ／ 2021	稲村文吾／『島田荘司選　日華ミステリーアンソロジー』／講談社／ 2021	小説
魯魚亥豕	魯魚亥豕／ 2021	玉田誠／『おはしさま　連鎖する怪談』／光文社／ 2021	小説

陳楸帆　ちん・しゅうはん／ Chen Qiufan

邦題	原題／原作出版年	訳者／翻訳書・誌／出版社／出版年	分類
鼠年	鼠年／ 2009	中原尚哉／『S-Fマガジン』2014年5月号／早川書房／ 2014 『折りたたみ北京:現代中国SFアンソロジー(新☆ハヤカワ・SF・シリーズ)』／早川書房／ 2018 『折りたたみ北京:現代中国SFアンソロジー(ハヤカワ文庫SF)』／早川書房／ 2019	小説
麗江の魚	麗江的魚児們／ 2006	中原尚哉／『S-Fマガジン』2017年6月号／早川書房／ 2017 『折りたたみ北京:現代中国SFアンソロジー(新☆ハヤカワ・SF・シリーズ)』／早川書房／ 2018 『折りたたみ北京:現代中国SFアンソロジー(ハヤカワ文庫SF)』／早川書房／ 2019	小説
巴鱗(バーリン)	巴鱗／ 2015	小笠原淳／『灯火』2017 ／外文出版社／ 2017	小説
果てしない別れ	無尽的告別／ 2011	四谷寛／『中国SF作品集(21世紀中国現代文学書庫)』／外文出版社／ 2018	小説

裏道	後街／1993	丸川哲史／『戒厳令下の文学　台湾作家・陳映真文集』／せりか書房／2016	その他
湧き出る孤独	洶湧的孤独　敬悼姚一葦先生／1997	丸川哲史／『戒厳令下の文学　台湾作家・陳映真文集』／せりか書房／2016	随筆
忠孝公園	忠孝公園／2001	丸川哲史／『戒厳令下の文学　台湾作家・陳映真文集』／せりか書房／2016	小説
魯迅と私	魯迅和我／2001	丸川哲史／『戒厳令下の文学　台湾作家・陳映真文集』／せりか書房／2016	講演録
宿命的な寂寞	宿命的寂寞　悼念戴國煇先生／2001	丸川哲史／『戒厳令下の文学　台湾作家・陳映真文集』／せりか書房／2016	その他

陳応松　ちん・おうしょう／Chen Yingsong

邦題	原題／原作出版年	訳者／翻訳書・誌／出版社／出版年	分類
太平―神農架の犬の物語	太平狗／2005	大久保洋子／『中国現代文学』(16)／ひつじ書房／2016	小説
カケスはなぜ鳴くか	松鴉為什麼鳴叫／2002	大久保洋子／『中国現代文学』(23)／ひつじ書房／2021	小説

陳浩基　ちん・こうき／Chan Ho-kei

邦題	原題／原作出版年	訳者／翻訳書・誌／出版社／出版年	分類
世界を売った男	遺忘・刑警／2011	玉田誠／『世界を売った男』／文芸春秋／2012	小説
13・67	13・67／2014	天野健太郎／『13・67』／文芸春秋／2017	小説
見えないX	隠身的X／2011	稲村文吾／『見えないX』／Kindle／2015	小説
青髭公の密室	藍鬍子的密室／2009	稲村文吾／『オール讀物』2018年8月号／文芸春秋／2018	小説
藍を見つめる藍	窺見藍色的藍／2009	稲村文吾／『ディオゲネス変奏曲』／早川書房／2019	小説
サンタクロース殺し	聖誕老人謀殺案／2012	稲村文吾／『ディオゲネス変奏曲』／早川書房／2019	小説
頭頂	頭頂／2018	稲村文吾／『ディオゲネス変奏曲』／早川書房／2019	小説
時は金なり	時間就是金錢／2011	稲村文吾／『ディオゲネス変奏曲』／早川書房／2019	小説
習作　一	習作・一／2011	稲村文吾／『ディオゲネス変奏曲』／早川書房／2019	小説
作家デビュー殺人事件	作家出道殺人事件／2011	稲村文吾／『ディオゲネス変奏曲』／早川書房／2019	小説
沈黙は必要だ	必要的是沈默／2014	稲村文吾／『ディオゲネス変奏曲』／早川書房／2019	小説
今年の大晦日は、ひときわ寒かった	今年的跨年夜，特別冷／2011	稲村文吾／『ディオゲネス変奏曲』／早川書房／2019	小説
カーラ星第九号事件	加拉星第九號事件／2012	稲村文吾／『ディオゲネス変奏曲』／早川書房／2019	小説

山道	山路／1983	岡崎郁子／『台湾現代小説選(3)　三本足の馬』／研文出版／1985	小説
台湾・変化の底流は何か	—／—	—／『世界』(506)／岩波書店／1987	対談録
冷戦最前線の国に生きて：台湾と韓国の戦後経験（上）	—／—	—／『世界』(614)／岩波書店／1995	対談録
冷戦最前線の国に生きて：台湾と韓国の戦後経験（下）	—／—	—／『世界』(615)／岩波書店／1995	対談録
後街(裏道)	後街／1993	徐勝, 徐桂国／『新日本文学』54（1）／新日本文学会／1999	その他
最近の活動	—／—	—／『新日本文学』54（1）／新日本文学会／1999	その他
忠孝公園(1)	忠孝公園／2001	桑江良智, 丸川哲史／『早稲田文学』28（5）／早稲田文学会／2003	小説
忠孝公園(2)	忠孝公園／2001	桑江良智, 丸川哲史／『早稲田文学』28（6）／早稲田文学会／2003	小説
忠孝公園(最終回)	忠孝公園／2001	桑江良智, 丸川哲史／『早稲田文学』29（1）／早稲田文学会／2004	小説
趙南棟(第１章・葉春美)	趙南棟／1987	丸川哲史, 橋本恭子／『前夜』第１期(3)／前夜／2005	小説
東アジア「冷戦」が構成した文化と差異	—／—	—／『情況』6（5）／情況出版／2005	対談録
趙南棟(第２章その１・趙爾平)	趙南棟／1987	橋本恭子, 丸川哲史／『前夜』第１期(6)／前夜／2006	小説
趙南棟(第２章その２・趙爾平)	趙南棟／1987	橋本恭子, 丸川哲史／『前夜』第１期(7)／前夜／2006	小説
趙南棟(第３章・趙慶雲)、(第４章・趙南棟)	趙南棟／1987	橋本恭子, 丸川哲史／『前夜』第１期(8)／前夜／2006	小説
麺屋台	麵攤／1959	間ふさ子／『戒厳令下の文学　台湾作家・陳映真文集』／せりか書房／2016	小説
私の弟康雄	私的弟弟康雄／1960	間ふさ子／『戒厳令下の文学　台湾作家・陳映真文集』／せりか書房／2016	小説
将軍族	将軍族／1964	間ふさ子／『戒厳令下の文学　台湾作家・陳映真文集』／せりか書房／2016	小説
鞭と灯	鞭子和提灯／1976	丸川哲史／『戒厳令下の文学　台湾作家・陳映真文集』／せりか書房／2016	論考
夜行貨物列車	夜行貨車／1978	間ふさ子／『戒厳令下の文学　台湾作家・陳映真文集』／せりか書房／2016	小説
鈴璫花	鈴璫花／1983	丸川哲史／『戒厳令下の文学　台湾作家・陳映真文集』／せりか書房／2016	小説
趙南棟	趙南棟／1987	丸川哲史／『戒厳令下の文学　台湾作家・陳映真文集』／せりか書房／2016	小説
祖先の祠堂	祖祠／1992	丸川哲史／『戒厳令下の文学　台湾作家・陳映真文集』／せりか書房／2016	随筆

池莉　ち・り／Chi Li

邦題	原題／原作出版年	訳者／翻訳書・誌／出版社／出版年	分類
故郷の月	月児好／1982	現代中国文学翻訳研究会（監修：南条純子）／『錯、錯、錯！（80年代中国女流文学選1）』／NGS出版／1986	小説
生きていくのは（上・下）	煩悩人生／1987	市川宏／『季刊中国現代小説』1（16）[16]，1（17）[17]／蒼蒼社／1991 『現代中国女性文学傑作選2』／鼎書房／2001	小説
愛なんて	不談愛情／1989	市川宏／『季刊中国現代小説』1（22）[22]／蒼蒼社／1992	小説
太陽誕生	太陽出世／1990	田畑佐和子／『初恋：新しい中国文学5』／早稲田大学出版部／1994	小説
初恋	勇者如斯（別名：有土地就会有足迹）／1982	田畑佐和子／『初恋：新しい中国文学5』／早稲田大学出版部／1994	小説
真夜中の踊ろうよ	午夜起舞／1996	市川宏／『季刊中国現代小説』2（5）[41]／蒼蒼社／1997	小説
ションヤンの酒家	生活秀／2000	市川宏，池上貞子，久米井敦子／『ションヤンの酒家』／小学館／2004	小説
口紅	口紅／2000	山本勉／『口紅』／創英社，三省堂書店／2015	小説

陳育虹　ちん・いくこう／Chen Yuhong

邦題	原題／原作出版年	訳者／翻訳書・誌／出版社／出版年	分類
「あなたに告げた」（ほか）	—／—	佐藤普美子／『あなたに告げた』／思潮社／2011	詩
三月、最も残酷な　二〇一一年三月十一日、東日本大震災に	三月、最残酷的　11／03／11　宮城岩手福島大地震／2011	佐藤普美子／『現代詩手帖』54（9）／思潮社／2011	詩
新しい詩の世界をもとめて：台湾現代詩と出会う	—／—	—／『現代詩手帖』55（2）／思潮社／2012	対談録
半歩　岩手釜石／大槌町 2012.6.11	半歩　岩手釜石／大槌町 2012.6.11／2012	佐藤普美子／『現代詩手帖』55（9）／思潮社／2012	詩
リモート　ウイルス2019	遠端　病毒2019／2020	倉本知明／四元康祐編『地球にステイ！　多国籍アンソロジー詩集』／CUON／2020	詩
思考の風格—ルイーズ・グリュックをめぐって	喜愛小小的卻能在脳子裏膨脹的詩／2020	佐藤普美子／『現代詩手帖』63（11）／思潮社／2020	随筆

陳映真　ちん・えいしん／Chen Yingzhen

邦題	原題／原作出版年	訳者／翻訳書・誌／出版社／出版年	分類
村の教師	郷村的教師／1960	田中宏／『台湾現代小説選（1）　彩鳳の夢』／研文出版／1984	小説
大衆消費社会と当面する台湾文学の諸問題	—／—	山本恭子／『中国研究月報』（436）／中国研究所／1984	論考

シカゴの裏街	水滝鹿耳門／1976	野間信幸／『バナナボート―台湾文学への招待　発見と冒険の中国文学6』／JICC／1991	小説
愛奴	愛奴―沙猪伝奇之三／1987	垂水千恵／『笑いの共和国　中国ユーモア文学傑作選』／白水社／1992	小説
ノクターン	夜曲／1981	山口守／『台北ストーリー　新しい台湾の文学』／国書刊行会／1999	小説
星雲組曲(「帰還」ほか9編)	星雲組曲／1980	山口守／『星雲組曲　新しい台湾の文学』／国書刊行会／2007	小説
星塵組曲(「夜曲」ほか7編)	夜曲：星塵組曲／1985	三木直大／『星雲組曲　新しい台湾の文学』／国書刊行会／2007	小説
シャングリラ	香格里拉／1981	三木直大／『世界堂書店』／文藝春秋／2014	小説
青春の泉『未来世界』第6話	青春泉／1980	林久之／『ユリイカ』25（12）[340]／青土社／1993	小説
征服者(上)	征服者／1982	岡崎郁子／『ふぉるもさ』(7)／台湾文化研究会／1995	
征服者(下)	征服者／1982	岡崎郁子／『吉備国際大学大学院社会学研究科論叢』(22)／吉備国際大学大学院／2021	小説

張抗抗　ちょう・こうこう／Zhang Kangkang

邦題	原題／原作出版年	訳者／翻訳書・誌／出版社／出版年	分類
夏	夏／1979	伊藤克ほか／『キビとゴマ：中国女流文学選』／研文出版／1985	小説
夏	夏／1979	―／『九番目の売店：現代中国小説選1』／人民中国雑誌社／1986	小説
愛する権利	愛的權利／1979	現代中国文学翻訳研究会／『終着駅(80年代中国女流文学選2)』／NGS出版／1987	小説
斜塔	斜廈／1991	田畑佐和子／『季刊中国現代小説』2（20）[56]／蒼蒼社／2001 『現代中国女性文学傑作選1』／鼎書房／2001	小説
残忍	残忍／1995	門田康宏，大辻富美子／『藍・BLUE』2002(4)(通号9)／『藍・BLUE』文学会／2002	小説
都市の目印	城市的標識／1998	赤堀由紀子／『藍・BLUE』2003（2・3）(通号11・12)／『藍・BLUE』文学会／2003	随筆
風が去り、跡もない	風過無痕／1998	王珍偉／『藍・BLUE』2003（2・3）(通号11・12)／『藍・BLUE』文学会／2003	随筆
西施故郷の感	西施故里有感／1998	王珍偉／『藍・BLUE』2004（1）(通号13)／『藍・BLUE』文学会／2004	随筆
酒よ	何以解憂／2003	上原かおり／『季刊中国現代小説』2（34）[70]／蒼蒼社／2005	小説
涸れ井戸	干涸／2005	上原かおり／『火鍋子』(78)／翠書房／2011	小説
もっと明るく―明光書店奮闘記	把灯光調亮／2016	土屋肇枝／『中国現代文学』(21)／ひつじ書房／2019	小説

七十年代の春夏秋冬	七十年代的四季歌／ 2011	土屋肇枝／『今夜の食事をお作りします:コレクション中国同時代小説7』／勉誠出版／2012	小説
今夜の食事をお作りします	第三地晩餐／ 2006	竹内良雄／『今夜の食事をお作りします:コレクション中国同時代小説7』／勉誠出版／2012	小説
プーチラン停車場の十二月八日	布基蘭小站的臘八夜／ 2008	土屋肇枝／『今夜の食事をお作りします:コレクション中国同時代小説7』／勉誠出版／2012	小説
ドアの向こうの清掃員	門鏡外的楼道／ 2003	土屋肇枝／『今夜の食事をお作りします:コレクション中国同時代小説7』／勉誠出版／2012	小説
原風景	原始風景／ 1990	土屋肇枝／『今夜の食事をお作りします:コレクション中国同時代小説7』／勉誠出版／2012	小説
アルグン川の右岸	額爾古納河右岸／ 2005	竹内良雄, 土屋肇枝／『アルグン川の右岸』／白水社／ 2014	小説
野外会議	野炊図／ 2006	竹内良雄／『灯火』2017 ／外文出版社／2018	小説

張悦然　ちょう・えつぜん／ Zhang Yueran

邦題	原題／原作出版年	訳者／翻訳書・誌／出版社／出版年	分類
竪琴よ、真白き骨を形見とせよ	竪琴, 白骨精／ 2004	杉村安幾子／『現代中国文学短編選』／鼎書房／ 2006	小説
二進法	二進制／ 2004	加藤三由紀／『火鍋子』(71) ／翠書房／2008	小説
黒猫は眠らない	黒猫不睡／ 2001	舟山優士／『中国現代文学』(4) ／ひつじ書房／ 2009	小説
家	家／ 2009	杉村安幾子／『現代中国青年作家秀作選』／鼎書房／ 2010	小説
狼さん　いま何時	老狼老狼幾點了／ 2011	杉村安幾子／『9人の隣人たちの声:中国新鋭作家短編小説選』／勉誠出版／ 2012	小説

張系国　ちょう・けいこく／ Chang Shi Kuo

邦題	原題／原作出版年	訳者／翻訳書・誌／出版社／出版年	分類
モノリス惑星	香格里拉／ 1981	林久之／『S-Fマガジン』31 (9) ／早川書房／ 1990	小説
銅像城	銅像城／ 1980	徐瑞芳／『S-Fマガジン』31 (9) ／早川書房／ 1990	小説
通訳の絶唱	翻訳絶唱／ 1976	徐瑞芳／『S-Fマガジン』31 (9) ／早川書房／ 1990	小説
バナナボート	香蕉船／ 1973	野間信幸／『バナナボート—台湾文学への招待　発見と冒険の中国文学6』／ JICC ／1991	小説

「七月」「世界」	〈七月〉〈世界〉／1984	但継紅, 粟屋信子／『松蔭大学紀要』(27)／松蔭大学／2021	詩

遅子建 ち・しけん／Chi Zijian

邦題	原題／原作出版年	訳者／翻訳書・誌／出版社／出版年	分類
じゃがいも	親親土豆／1995	金子わこ／『季刊現代中国小説』2（1）[37]／蒼蒼社／1996 『現代中国女性文学傑作選2』／鼎書房／2001 『じゃがいも：中国現代文学短編集』／小学館／2007 『じゃがいも：中国現代文学短編集』／鼎書房／2012（一部改訳）	小説
ねえ、雪見に来ない	朋友們来看雪吧／1998	竹内良雄／『季刊現代中国小説』2(11)[47]／蒼蒼社／1999 『今夜の食事をお作りします：コレクション中国同時代小説7』／勉誠出版／2012	小説
ナミダ	逝川／1994	杉本達夫／『季刊現代中国小説』2(20)[56]／蒼蒼社／2001	小説
原風景―上部　灰色の家で起きた出来事―	原始風景―上部　発生在灰色荘園里的故事／1990	土屋肇枝／『季刊現代中国小説』2(21)[57]／蒼蒼社／2001	小説
原風景―下部　百里四方―	原始風景―下部　方圓百里／1990	土屋肇枝／『季刊現代中国小説』2(22)[58]／蒼蒼社／2002	小説
年越し風呂	清水洗塵／1998	栗山千香子／『季刊現代中国小説』2（22）[58]／蒼蒼社／2002	小説
満州国物語（抄訳）	偽満洲国／2000	孫秀萍／『満洲国物語』上下／河出書房新社／2003	小説
花びらの晩ごはん	花瓣飯／2002	金子わこ／『季刊現代中国小説』2(29)[65]／蒼蒼社／2003 『じゃがいも：中国現代文学短編集』／小学館／2007 『じゃがいも：中国現代文学短編集』／鼎書房／2012（一部改訳）	小説
老夫婦と愛馬	一匹馬両個人／2003	竹内良雄／『季刊現代中国小説』2(32)[68]／蒼蒼社／2004	小説
山の実を摘む人	採醬果的人／2004	好並晶／『火鍋子』(64)／翠書房／2005	小説
霧の月	霧月牛欄／1996	下出宣子／『同時代の中国文学：ミステリー・イン・チャイナ』／東方書店／2006	小説
世界の中のすべての夜	世界上所有的夜晚／2005	金子わこ／『中国現代文学』(5)／ひつじ書房／2010	小説
北極村童話	北極村童話／1986	土屋肇枝／『中国現代文学』(8)／ひつじ書房／2011	小説
ラードの壺	一罎猪油／2008	土屋肇枝／『今夜の食事をお作りします：コレクション中国同時代小説7』／勉誠出版／2012	小説

手	手／2004	立松昇一／『小説導熱体』(5)／白帝社／2022	小説

孫文波　そん・ぶんは／Sun Wenbo

邦題	原題／原作出版年	訳者／翻訳書・誌／出版社／出版年	分類
けたたましい鳥の鳴き声	尖厲的鳥叫／2002	佐藤普美子／『九葉読詩会』(1)／九葉読詩会／2004	詩
文革鏡像	文革鏡像／2002	佐藤普美子／『九葉読詩会』(1)／九葉読詩会／2004	詩
エスケープ(豊林のために作る)	逃学(為豊林而作)／2002	佐藤普美子／『九葉読詩会』(1)／九葉読詩会／2004	詩
隣人	隣居／2002	佐藤普美子／『九葉読詩会』(1)／九葉読詩会／2004	詩
ある女生徒	一位女同学／2002	佐藤普美子／『九葉読詩会』(1)／九葉読詩会／2004	詩
黒狼(ヘイラン)という名の犬	名叫"黒狼"的狗／2002	佐藤普美子／『九葉読詩会』(1)／九葉読詩会／2004	詩
六十年代の自転車	六十年代的自行車／2002	佐藤普美子／『九葉読詩会』(1)／九葉読詩会／2004	詩
蝙蝠	蝙蝠／―	佐藤普美子／『現代詩手帖』63（7）／思潮社／2020（表題「中国の詩人は今、何を書くのか」）	詩

翟永明　たく・えいめい／Zhai Yongming

邦題	原題／原作出版年	訳者／翻訳書・誌／出版社／出版年	分類
ひとりごと	独白／1984	財部鳥子, 穆広菊／『億万のかがやく太陽：中国現代詩集』／書肆山田／1988	詩
世界	世界／1984	藤井省三／『現代詩手帖』33（10）／思潮社／1990	詩
「予感」「渇望」「独白」「証明」	〈予感〉〈渇望〉〈独白〉〈証明〉／1984	是永駿／『中国現代詩三十人集』／凱風社／1992	詩
十四首の素歌―母へ	十四首素歌―致母親／1997	栗山千香子／『中国現代文学』(10)／ひつじ書房／2012	詩
連作詩「女人」より	〈独白〉〈予感〉〈渇望〉〈荒屋〉／1984	但継紅, 粟屋信子／『松蔭大学紀要』第16, 17号／松蔭大学／2013, 2014	詩
「上書房、下書房(シャンシューファン、シアシューファン)」「仙台へ小野綾子へ」「行間の距離・ひとつの序詩」	〈上書房, 下書房〉〈給仙台給小野綾子〉〈行間距：一首序詩〉／2008～2012	栗山千香子／『中国現代文学』(14)／ひつじ書房／2015	詩
四川「小吃(シャオチー)」スケッチ	小吃小記(『川菜小記』より)／2016	吉田祥子／『小説導熱体』(2)／白帝社／2019	随筆
「静安荘(抄)」「ふるさと」	〈静安荘〉〈老家〉／1985ほか	徳弘康代／『現代詩手帖』63（4）／思潮社／2020	詩

思い出すままに	過去随談／1993	竹内良雄／『慶應義塾大学日吉紀要：中国研究』(2)／慶應義塾大学日吉紀要刊行委員会／2009	随筆
泥棒	小偸／1998	立松昇一／『中国現代文学』(4)／ひつじ書房／2009	小説
香草営	香草営／2010	藤井省三／『新潮』2010年6月／新潮社／2010	小説
キンモクセイ連鎖集団(チェーングループ)	桂花連鎖集団／2000	関口美幸／『中国現代文学』(7)／ひつじ書房／2011	小説
西瓜舟(スイカぶね)	西瓜船／2005	金子わこ／『中国現代文学』(8)／ひつじ書房／2011	小説
河・岸	河岸／2009	飯塚容／『河・岸』／白水社／2012	小説
クワイ	茨菰／2007	堀内利恵／『離婚指南：コレクション中国同時代小説4』／勉誠出版／2012	小説
垂楊柳にて	垂楊柳／2003	堀内利恵／『離婚指南：コレクション中国同時代小説4』／勉誠出版／2012	小説
刺青時代	刺青時代／1993	堀内利恵／『離婚指南：コレクション中国同時代小説4』／勉誠出版／2012	小説
女人行路	婦女生活／1990	堀内利恵／『離婚指南：コレクション中国同時代小説4』／勉誠出版／2012	小説
もう一つの女人行路	另一個婦女生活／1991	堀内利恵／『離婚指南：コレクション中国同時代小説4』／勉誠出版／2012	小説
紅おしろい	紅粉／1991	竹内良雄／『離婚指南：コレクション中国同時代小説4』／勉誠出版／2012	小説
離婚指南	離婚指南／1991	竹内良雄／『離婚指南：コレクション中国同時代小説4』／勉誠出版／2012	小説
海辺の羊たち	海灘上的一群羊／1997	齋藤晴彦／『中国現代文学』(18)／ひつじ書房／2017	小説
傘	傘／2001	吉田祥子／『小説導熱体』(1)／白帝社／2018	小説
莫医師の息子	小莫／1994	齋藤晴彦／『中国現代文学』(19)／ひつじ書房／2018	小説
十九間房	十九間房／1992	齋藤晴彦／『中国現代文学』(20)／ひつじ書房／2018	小説
赤ん坊を拾った話	拾嬰記／2006	齋藤晴彦／『言語社会』(13)／一橋大学大学院言語社会研究科／2019	小説
マドンナ商売	瑪多娜生意／2017	立松昇一／『小説導熱体』(2)／白帝社／2019	小説
紅馬を弔う	祭奠紅馬／1988	齋藤晴彦／『中国現代文学』(22)／ひつじ書房／2020	小説
櫻桃(インタオ)	櫻桃／1995	立松昇一／『小説導熱体』(3)／白帝社／2020	小説
カラー	馬蹄蓮／2003	立松昇一／『小説導熱体』(4)／白帝社／2021	小説

青銅とひまわり	青銅葵花／2005	中由美子／『青銅とひまわり(中国少年文学館)』／樹立社／2020	小説
疲弊した民	疲民／—	渡邊晴夫／『中国児童文学』(27)／中国児童文学研究会／2021	小説
山羊は天国草を食べない	山羊不吃天堂草／1991	中由美子／『山羊は天国草を食べない(中国少年文学館5)』／樹立社／2022	小説

蘇童 そどう／Su Tong

邦題	原題／原作出版年	訳者／翻訳書・誌／出版社／出版年	分類
ユイ(楡)、走る	狂奔／1991	井口晃／『季刊中国現代小説』1(17)[17]／蒼蒼社／1991	小説
妻妾成群—紅夢—	妻妾成群／1989	千野拓政／『季刊中国現代小説』1(20)[20]／蒼蒼社／1992	小説
西窓	西窗／1992	堀内利恵／『季刊中国現代小説』2(1)[37]／蒼蒼社／1996	小説
離婚指南：別れのてびき	離婚指南／1991	古川裕／『離婚指南：別れのてびき(中国現代小説系列)』／東方書店／1997	小説
ハートのクイーン	紅桃Q／1996	竹内良雄／『季刊中国現代小説』2(3)[39]／蒼蒼社／1997	小説
悲しみのステップ	傷心的舞蹈／1988	堀内利恵／『季刊中国現代小説』2(5)[41]／蒼蒼社／1997	小説
伝えてくれ、ツルに乗って行ったと	告訴他們，我乗白鶴去了／1997	竹内良雄／『季刊中国現代小説』2(9)[45]／蒼蒼社／1998	小説
土曜日	星期六／1997	岸川由紀子／『螺旋』(2)／螺旋社／1999	小説
罌栗の家	罌栗之家／1988	山本佳子／『螺旋』(2)／螺旋社／1999	小説
紙	紙／1993	山本佳子／『螺旋』(3)／螺旋社／1999	小説
櫻桃	櫻桃／1995	やぎともこ／『螺旋』(4)／螺旋社／2000	小説
貨車	棚車／1995	竹内良雄／『季刊中国現代小説』2(15)[51]／蒼蒼社／2000	小説
火傷(やけど)	焼傷／1993	飯塚容／『季刊中国現代小説』2(18)[54]／蒼蒼社／2001	小説
旦那は何をしているの	你丈夫是幹什麼的／1999	藤野陽／『螺旋』(7)／螺旋社／2003	小説
一九三四年の逃亡	一九三四年的逃亡／1987	山本佳子／『螺旋』(8)／螺旋社／2003	小説
人民の魚	人民的魚／2002	藤野陽／『螺旋』(10)／螺旋社／2004	小説
わたしたちの家のまわり	環繞我們的房子／1988	山本佳子／『螺旋』(11)／螺旋社／2004	小説
上龍寺	上龍寺／2004	和田知久／『火鍋子』(63)／翠書房／2004	小説
人民の魚	人民的魚／2002	趙暉／『季刊中国現代小説』2(30)[66]／蒼蒼社／2004	小説
飛べない龍	蛇為什麼会飛／2002	村上満里子／『飛べない龍』／文芸社／2007	小説
碧奴　涙の女	碧奴／2006	飯塚容／『碧奴：涙の女(The myths)』／角川書店／2008	小説

水のなかの美しい街	水下有座城／—	中由美子／『虹の図書室』2（12）／中国児童文学研究会／2002	小説
アマダイダイの木と子どもたち	甜橙樹／2002	中由美子／『虹の図書室』(21)／小峰書店／2004	小説
赤い帆	紅帆／—	渡邊晴夫／『虹の図書室』(21)／小峰書店／2004	小説
「美しいもの」があるから私たちは生きている	美是我們活着的理由／—	中由美子／『母の広場』(489)／童心社／2005	随筆
おとり	槍魅／—	中由美子／『ネバーランド』(5)／てらいんく／2005	小説
雲のなかの古城	雲霧中的古城／—	中由美子／『ネバーランド』(5)／てらいんく／2005	小説
青い花—インチャオばあちゃの物語	藍花／—	中由美子／『ネバーランド』(5)／てらいんく／2005	小説
緑の生垣	緑色的柵欄／—	渡邊晴夫／『中国児童文学』(15)／中国児童文学研究会／2005	小説
スペアタイヤ	第五隻輪子／2014	瀬田充子／『灯火』2015／外文出版社／2015	小説
はね	羽毛／—	濱野京子／『はね』／マイティブック／2015	絵本
うちの姉さん、花一輪—樹上の葉　樹上の花	我家姐姐花一朵／—	寺前君子／『虹の図書室』2（17）／日中児童文学研究センター／2018	小説
のぼせたメンドリ	痴鶏／—	渡邊晴夫／『虹の図書室』2（17）／日中児童文学研究センター／2018	小説
ふしぎなけむり	煙／—	中村邦子／『虹の図書室』2（17）／日中児童文学研究センター／2018	絵本
ヤニウ	唖牛／—	渡邊奈津子／『虹の図書室』2（17）／日中児童文学研究センター／2018	小説
少女心理小説についての対話：曹文軒と殷健霊	関於少女心理小説的対話・曹文軒、殷健霊／2005	高野素子／『虹の図書室』2（17）／日中児童文学研究センター／2018	対談録
避けようのない生存状況	恐惧時時侵襲着我／1994	高野素子／『虹の図書室』2（17）／日中児童文学研究センター／2018	その他
停まることのできないマオマオ	—／—	渡邊晴夫／『中国児童文学』(25)／中国児童文学研究会／2018	小説
とおくまで	—／—	いわやきくこ／『とおくまで（曹文軒絵本シリーズ1）』／樹立社／2018	絵本
風のぼうけん	—／—	いわやきくこ／『風のぼうけん（曹文軒絵本シリーズ2）』／樹立社／2018	絵本
黒い魂	—／—	渡邊晴夫／『中国児童文学』(26)／中国児童文学研究会／2019	小説
児童文学や絵本は、子どもと子どの心が通じ合える素晴らしいきっかけになるもの	—／—	まついきみこ／『ブックアンドブレッド：（一社）日本国際児童図書評議会（JBBY）会報』(138)／日本国際児童図書評議会／2019	取材録
樹上の葉　樹上の花	細米／2003	水野衛子／『樹上の葉　樹上の花（中国少年文学館）』／樹立社／2020	小説

うるわしい太平洋の星空の下	在美麗的太平洋星空下／1983	北影一／『台湾詩集　世界現代詩文庫12』／土曜美術社／1986	詩
腐乱	抗暴的打猫市／1987	三木直大『鹿港からきた男　新しい台湾の文学』／国書刊行会／2001	小説
傷	創痕／1979	天野健太郎『Pen+（ペン・プラス）』／CCCメディアハウス／2015	小説
傷痕	創痕／1980	天野健太郎／『PEN＋台湾カルチャー・クルーズ』／CCCメディアハウズ／2015, 津守陽／『華語文学の新しい風』／白水社／2022	小説

曹文軒　そう・ぶんけん／Cao Wenxuan

邦題	原題／原作出版年	訳者／翻訳書・誌／出版社／出版年	分類
カワウ	魚鷹／—	中野淳子／『野まくわ（中国農村児童文学選）』／中国児童文学翻訳出版会／1985	小説
弓	弓／1982	渡邊晴夫／『中国児童文学』(9)／中国児童文学研究会／1990	小説
十一本目の赤いひも	第十一根紅布条／1984	中野淳子・池田園子／『VERBA』(13)／—／— 中由美子／『ネバーランド』(5)／てらいんく／2005（表題「十一本目の赤い布きれ」）	小説
ふるめかしい門構え	古老的囲牆／1985	中野淳子／『VERBA』(16)／—／1991	小説
タニシ	田螺／1992	中由美子／『曹文軒の世界』／中由美子／1995 『虹の図書室』2（17）／日中児童文学研究センター／2018	小説
バラの咲く谷	薔薇谷／—	中由美子／『曹文軒の世界』／中由美子／1995	小説
少年アチュウ	亜雛／—	中由美子／『曹文軒の世界』／中由美子／1995	小説
赤いひょうたん	紅葫蘆／—	中由美子／『曹文軒の世界』／中由美子／1995 中由美子／『虹の図書室』(1)／小峰書店／1995 『「虹の図書室」代表作選：中国語圏児童文学の作家たち』／小峰書店／2022	小説
私と中国の少年小説	我和中国少年小説／1992	中由美子／『曹文軒の世界』／中由美子／1995	講演録
戦争の叙述	対戦争的叙述与重新叙述／1992	中由美子／『曹文軒の世界』／中由美子／1995	講演録
曹文軒は語る	—／1992	中由美子／『曹文軒の世界』／中由美子／1995	取材録
ばあのお通夜	守夜／—	中由美子／『虹の図書室』(11)／小峰書店／1999	小説
サンサン	草房子／1997	中由美子／『サンサン』／てらいんく／2002	小説
よあけまで	守夜／—	中由美子／『よあけまで（絵本・こどものひろば）』／童心社／2002	絵本

グスト城	古斯特城堡／2011	上原かおり／『新潮』108（6）／新潮社／2011 『灯火』2016特別版／外文出版社／2016	小説
もし大雪で門が閉ざされたら	如果大雪封門／2012	金子わこ／『中国現代文学』(19)／ひつじ書房／2018	小説
兄弟	兄弟／2018	韓応飛／『小説導熱体』(3)／白帝社／2020	小説

沈石溪　しん・せっけい／Shen Shixi

邦題	原題／原作出版年	訳者／翻訳書・誌／出版社／出版年	分類
ゴーラルの飛翔	斑羚飛渡／1997	舟山優士／『中国現代文学』(10)／ひつじ書房／2012	小説
狐狩り	猟狐／1991	舟山優士／『中国現代文学』(14)／ひつじ書房／2015	小説
紫嵐の祈り	狼王夢／1990	光吉さくら, ワン・チャイ／『紫嵐の祈り』／インターブックス／2017	小説

西川　せいせん／Xi Chuan

邦題	原題／原作出版年	訳者／翻訳書・誌／出版社／出版年	分類
挽歌―1987年7月22日	〈挽歌〉〈第二〉〈1987年7月22日〉／1987	佐々木久春／『現代中国詩集』／土曜美術社／1990	詩
哈爾蓋に仰ぎ見る星空	在哈爾蓋仰望星空／1985	是永駿／『中国現代詩三十人集』／思潮社／1992	詩
「南国の馬」「蝋燭のひかり」	南国的馬／1984, ―／1985	秋吉久紀夫／『精選中国現代詩集:変貌する黄色の大地(世界現代詩文庫　20)』／土曜美術社／1994	詩
「海子のために」「月」「必要」	〈為海子而作〉〈月亮〉〈需要〉／1997	竹内新／『中国新世代詩人アンソロジー』／詩学社／2004	詩
「書籍」「虚構の家系図」	〈書籍〉〈虚構的家譜〉／1997	栗山千香子／『中国現代文学』(12)／ひつじ書房／2013	詩
詩文録『深浅』, 詩集『個人好悪』より	―／2006, 2008	竹内新／『西川詩選(中国現代詩人シリーズ1)』／思潮社／2019	詩
内部	―／―	竹内新／『現代詩手帖』66（2）／思潮社／2023	詩

蘇偉貞　そ・いてい／Su Wei-chen

邦題	原題／原作出版年	訳者／翻訳書・誌／出版社／出版年	分類
沈黙の島	沈黙之島／1994	倉本知明／『沈黙の島』／あるむ／2016	小説

宋澤萊　そう・たくらい／Song Zelai

邦題	原題／原作出版年	訳者／翻訳書・誌／出版社／出版年	分類
笙仔と貴仔の物語―打牛湳村	打牛湳村―笙仔和貴仔的伝奇／1978	若林正丈／『終戦の賠償　台湾現代小説選II』／研文出版／1984	小説

鐘肇政　しょう・ちょうせい／ Chung Chao-cheng

邦題	原題／原作出版年	訳者／翻訳書・誌／出版社／出版年	分類
熊狩りに挑む男たち	猟熊的人／ 1982	呉薫, 山本真知子／『悲情の山地　台湾原住民小説選』／田畑書店／ 1992	小説
台湾精神とは何か	—／—	謝佳玲／『台湾青年』(493) ／台湾独立建国聯盟日本本部／ 2001	講演録
阿枝とその女房	阿枝和他的女人／ 1973	松浦恆雄／『客家の女たち』／国書刊行会／ 2002	小説
原郷人　作家・鍾理和の物語	原郷人　作家・鍾理和的故事／ 1980	燿輝／『アジア文化』(25) ／アジア文化総合研究所出版会／ 2002	小説
永遠のルピナス　魯冰花	魯冰花／ 1962	中島利郎／『永遠のルピナス　魯冰花』／研文出版／ 2014	小説
怒濤	怒濤／ 1993	澤井律之／『怒濤』／研文出版／ 2014	小説
客家人とは何か	—／—	鍾清漢／『客家与多元文化』(9) ／亜州文化総合研究所出版会／ 2014	講演録
ゲーテ激情の書	歌徳激情書／ 2003	永井江理子／『ゲーテ激情の書』／未知谷／ 2018	小説

徐坤　じょ・こん／ Xu Kun

邦題	原題／原作出版年	訳者／翻訳書・誌／出版社／出版年	分類
屁主(へなぬし)	屁主／ 1993	栗山千香子／『季刊中国現代小説』2 (9) [45] ／蒼蒼社／ 1998 『現代中国女性文学傑作選2』／鼎書房／ 2001	小説
外国人教師	一個老外在中国／ 2001	島由子／『火鍋子』(65) ／翠書房／ 2005	小説
郷土中国	郷土中国／ 1998	吉川龍生／『中国現代文学』(2) ／ひつじ書房／ 2008	小説
キッチン	厨房／ 1997	福井ゆり子／『中国女性作家作品集』／外文出版社／ 2018	小説

徐則臣　じょ・そくしん／ Xu Zechen

邦題	原題／原作出版年	訳者／翻訳書・誌／出版社／出版年	分類
アヒルが空を飛ぶなんて	鴨子是怎様飛上天的／ 2003	金子わこ／『中国現代文学』(6) ／ひつじ書房／ 2010	小説
屋上にて	在屋頂上／ 2010	和田知久／『現代中国青年作家秀作選』／鼎書房／ 2010	小説
養蜂場旅館	養蜂場旅館／ 2006	趙暉／『中国現代文学』(8) ／ひつじ書房／ 2011	小説
この数年僕はずっと旅している	這些年我一直在路上／ 2010	大橋義武／『9人の隣人たちの声:中国新鋭作家短編小説選』／勉誠出版／ 2012	小説
中関村を駆けぬけて	跑歩穿過中関村／ 2006	金子わこ／『中国現代文学』(12) ／ひつじ書房／ 2013	小説

世紀末の華やぎ	世紀末的華麗／1990	小針朋子／『世紀末の華やぎ』／紀伊国屋書店／1996	小説
昔日の夢	恍如昨日／1990	小針朋子／『世紀末の華やぎ』／紀伊国屋書店／1996	小説
赤いバラが呼んでいる	紅玫瑰呼叫你／1990	小針朋子／『世紀末の華やぎ』／紀伊国屋書店／1996	小説
エデンはもはや	伊甸不再／1982	池上貞子／『台北ストーリー』／国書刊行会／1999	小説
荒人手記	荒人手記／1994	池上貞子／『荒人手記』／国書刊行会／2006	小説
侯孝賢の詩学と時間のプリズム	—／寄稿	小坂史子ほか／『侯孝賢の詩学と時間のプリズム』／あるむ／2012	対談録
私の映画人生　私と侯孝賢映画	—／—	村島健司(訳), 西村正男(監修)／『侯孝賢の詩学と時間のプリズム』／あるむ／2012	対談録
台湾・日本・中国をめぐる地縁の情感と文化の想像力	—／寄稿	小笠原淳／『中国21』(36)／東方書店／2012	対談録
樹のウロからの創作　朱天文氏インタビュー	—／寄稿	濱田麻矢／『野草』(90)／中国文芸研究会／2012	取材録
侯孝賢と私の台湾ニューシネマ	—／—	樋口裕子, 小坂史子／『侯孝賢と私の台湾ニューシネマ』／竹書房／2021	その他

朱文　しゅ・ぶん／Zhu Wen

邦題	原題／原作出版年	訳者／翻訳書・誌／出版社／出版年	分類
食指—ひそやかな詩の旅	食指——秘密的詩歌旅行／1995	飯塚容／『季刊中国現代小説』2 (6)[42]／蒼蒼社／1998	小説
もういいかい	可以開始了嗎／1993	堀内利恵／『季刊中国現代小説』2 (9)[45]／蒼蒼社／1998	小説
やっぱり帰ろうよ	我們還是回家吧／1994	櫻庭ゆみ子／『季刊中国現代小説』2 (18)[54]／蒼蒼社／2001	小説
達馬のリズム	達馬的語気／1995	櫻庭ゆみ子／『季刊中国現代小説』2 (36)[72]／蒼蒼社／2005	小説

蒋韻　しょう・いん／Jiang Yun

邦題	原題／原作出版年	訳者／翻訳書・誌／出版社／出版年	分類
ねむの花	馬纓花／1998	栗山千香子／『季刊中国現代小説』2 (35)[71]／蒼蒼社／2005	随筆
心愛樹	心愛的樹／2006	栗山千香子／『中国現代文学』(15)／ひつじ書房／2015	小説
紅色娘子軍	紅色娘子軍／2007	福井ゆり子／『中国女性作家作品集』／外文出版社／2018	小説

ロウニンアジと二匹のサメ	浪人鰺与両条沙魚／1997	魚住悦子／『冷海深情　シャマン・ラポガンの海洋文学1』／草風館／2014	随筆
娘の誕生日	女児的生日／1997	魚住悦子／『冷海深情　シャマン・ラポガンの海洋文学1』／草風館／2014	随筆
マンタ	大缸魚／1997	魚住悦子／『冷海深情　シャマン・ラポガンの海洋文学1』／草風館／2014	随筆
台湾からの貨物船	台湾来的貨輪／1997	魚住悦子／『冷海深情　シャマン・ラポガンの海洋文学1』／草風館／2014	随筆
シャプン・ミトリッドの物語	夏本・米多利的故事／1997	魚住悦子／『冷海深情　シャマン・ラポガンの海洋文学1』／草風館／2014	随筆
怨みもせず悔いることもなく	無怨……也無悔／1997	魚住悦子／『冷海深情　シャマン・ラポガンの海洋文学1』／草風館／2014	随筆
ンガルミレンの視界	安洛米恩的視界／2009	魚住悦子／『冷海深情　シャマン・ラポガンの海洋文学1』／草風館／2014	小説
波の子タガアン	浪子達卡安／2009	魚住悦子／『冷海深情　シャマン・ラポガンの海洋文学1』／草風館／2014	小説
老海人ロマビッ	老海人洛馬比克／2009	下村作次郎／『空の目　シャマン・ラポガンの海洋文学2』／草風館／2014	小説
空の目	天空的眼睛／2012	下村作次郎／『空の目　シャマン・ラポガンの海洋文学2』／草風館／2014	小説
内なる植民という新しき／古き苦境	—／2016	明田川聡士／『植民地文化研究』(16)／植民地文化学会／2017	講演録
私の文学作品と海：非主流海洋文学	—／—	趙夢雲／『植民地文化研究』(16)／植民地文化学会／2017	論考
なつかしい東京のお姉さん	想你，我東京的大姐／2016	魚住悦子／『津島佑子　—土地の記憶、いのちの海—』／河出書房新社／2017	その他
大海に生きる夢	大海浮夢／2014	下村作次郎／『大海に生きる夢』／草風館／2017	小説

朱天文　しゅ・てんぶん／Zhu Tianwen

邦題	原題／原作出版年	訳者／翻訳書・誌／出版社／出版年	分類
おばあちゃんとこの夏	外婆家的暑假／1984	田村志津枝／『安安の夏休み』／筑摩書房／1992	小説
安安の夏休み	安安的假期／1983	田村志津枝／『安安の夏休み』／筑摩書房／1992	小説
炎夏の都	炎夏之都／1986	田村志津枝／『安安の夏休み』／筑摩書房／1992	小説
世紀末的華麗	世紀末的華麗／1990	田村志津枝／『安安の夏休み』／筑摩書房／1992	小説
世紀末の華やぎ	世紀末的華麗／1990	小針朋子／『世紀末の華やぎ』／紀伊国屋書店／1996	小説
柴師父	柴師父／1988	小針朋子／『世紀末の華やぎ』／紀伊国屋書店／1996	小説
ナイルの娘	尼羅河的女兒／1989	小針朋子／『世紀末の華やぎ』／紀伊国屋書店／1996	小説

ナゼニ　愛ハ…?	布瓜的世界／2002	有沢晶子／『ナゼニ　愛ハ…?』／小学館／2005	絵本
幸せの翼	幸運児／2003	木坂涼／『幸せの翼』／小学館／2004	絵本
ブルー・ストーン	藍石頭／2006	木坂涼／『ブルー・ストーン』／小学館／2006	絵本
恋の風景　―天使といた日々―	恋之風景／2007	土屋文子／『恋の風景―天使といた日々』／徳間書店／2005	絵本
なりたいものだらけ	我会做任何事!／2011	ふしみみさを／『なりたいものだらけ』／鈴木出版／2013	絵本
ねないこせかいチャンピオン	不睡覚世界冠軍／2011	木坂涼／『ねないこせかいチャンピオン』／鈴木出版／2012	絵本
幸せのきっぷ	忘記親一下／2015	岸田登美子／『幸せのきっぷ』／現代企画室／2015	絵本
The Starry Starry Night 星空	星空／2009	天野健太郎／『The Starry Starry Night　星空』／TWO VIRGINS／2017	絵本
同じ月をみて	同一個月亮／2017	天野健太郎／『同じ月をみて』／ブロンズ新社／2018	絵本

シャマン・ラポガン　夏曼・藍波安／Syaman Rapongan

邦題	原題／原作出版年	訳者／翻訳書・誌／出版社／出版年	分類
黒い胸びれ	黒色的翅膀／1999	魚住悦子／『台湾原住民文学選(2)故郷に生きる』／草風館／2003	小説
海人	海人／2009	魚住悦子／『台湾原住民文学選(7)海人・猟人』／草風館／2009	小説
漁夫の誕生	漁夫的誕生／2009	魚住悦子／『台湾原住民文学選(7)海人・猟人』／草風館／2009	小説
神様の若い天使	上帝的年軽天使／2002	魚住悦子／『天国の風　―アジア短篇ベスト・セレクション―』／新潮社／2011	小説
天使の父親	天使的父親／2002	魚住悦子／『天国の風　―アジア短篇ベスト・セレクション―』／新潮社／2011	小説
民族運動(反核廃棄物運動)と文学の創作	―／―	下村作次郎／『社会文学』(38)／日本社会文学会／2013	論考
冷海深情	冷海情深／1997	魚住悦子／『冷海深情　シャマン・ラポガンの海洋文学1』／草風館／2014	随筆
黒潮の親子舟	黒潮の親子舟／1997	魚住悦子／『冷海深情　シャマン・ラポガンの海洋文学1』／草風館／2014	随筆
トビウオの呼びかけ	飛魚的呼喚／1997	魚住悦子／『冷海深情　シャマン・ラポガンの海洋文学1』／草風館／2014	随筆
海の神霊を畏敬する	敬畏海的神霊／1997	魚住悦子／『冷海深情　シャマン・ラポガンの海洋文学1』／草風館／2014	随筆
海の巡礼	海洋朝聖者／1997	魚住悦子／『冷海深情　シャマン・ラポガンの海洋文学1』／草風館／2014	随筆
ロウニンアジ	浪人鯵／1997	魚住悦子／『冷海深情　シャマン・ラポガンの海洋文学1』／草風館／2014	随筆
トビウオの季節―シイラ	飛魚季―Arayo／1997	魚住悦子／『冷海深情　シャマン・ラポガンの海洋文学1』／草風館／2014	随筆

「人形(ひとがた)の空白」「反逆者」:『記憶と印象』より	〈一個人形空白〉〈叛逆者〉/ 2001	栗山千香子/『中国現代文学』(2) /ひつじ書房/ 2008	随筆
「ふる里」「廟の思い出」「九階建てビル」:『記憶と印象』より	〈老家〉〈廟的回憶〉〈九層大樓〉/ 2001	栗山千香子/『中国現代文学』(3) /ひつじ書房/ 2009	随筆
「重病のとき」「八子(バーズ)」「映画を見たころ」:『記憶と印象』より	〈重病之時〉〈八子〉〈看電影〉/ 2002	栗山千香子/『中国現代文学』(4) /ひつじ書房/ 2009	随筆
「珊珊(シャンシャン)」「小恒(シャオホン)」:『記憶と印象』より	〈珊珊〉〈小恒〉/ 2002	栗山千香子/『中国現代文学』(5) /ひつじ書房/ 2010	随筆
「海棠の老木」「孫姨(スンイー)と梅娘(メイニャン)」:『記憶と印象』より	〈老海棠樹〉〈孫姨和梅娘〉/ 2002	栗山千香子/『中国現代文学』(6) /ひつじ書房/ 2010	随筆
「Mの物語」「B先生」:『記憶と印象』より	〈M的故事〉〈B老師〉/ 2002	栗山千香子/『中国現代文学』(7) /ひつじ書房/ 2011	随筆
「荘子(ジュアンズ)」:『記憶と印象』より	荘子/ 2002	栗山千香子/『中国現代文学』(8) /ひつじ書房/ 2011	随筆
「たとえばロックと"書く"こと」「地壇を想う」:『記憶と印象』より	〈比如揺滾与写作〉〈想念地壇〉/ 2002	栗山千香子/『中国現代文学』(9) /ひつじ書房/ 2012	随筆
記憶と印象―胡同(フートン)の回想	記憶与印象/ 2004	栗山千香子/『記憶と印象:胡同の回想』/平凡社/ 2013	随筆
「最後の練習」「永(とこしえ)に在る」「わたしの在り処(か)」	〈最後的練習〉〈永在〉〈我在〉/ 2009, 2009, 2011	栗山千香子/『中国現代文学』(19) /ひつじ書房/ 2018	詩
「今晩は夜明けまで起きていよう」「トーニャとニーチェ」「グリゴラ」	〈今晩我想坐到明天〉〈冬妮婭和尼采〉〈葛里戈拉〉/ 2009, 2009, 2011	栗山千香子/『中国現代文学』(24) /ひつじ書房/ 2022	詩

ジミー　幾米/ Jimmy Liao / Ji Mi

邦題	原題/原作出版年	訳者/翻訳書・誌/出版社/出版年	分類
森の中の秘密	森林裡的秘密/ 1998	高梨いなさ/『森の中の秘密』/ PHP研究所/ 2002	絵本
ほほえむ魚	微笑的魚/ 1998	有沢晶子/『ほほえむ魚』/早川書房/ 2002	絵本
君のいる場所	向左走_向右走/ 1999	宝迫典子/『君のいる場所』/小学館/ 2001	絵本
君といたとき、いないとき	月亮忘記了/ 1999	有沢晶子/『君といたとき、いないとき』/小学館/ 2001	絵本
君をみつめてる	我的心中毎天開出一朵花/ 2000	木坂涼/『君をみつめてる』/日本文芸社/ 2002	絵本
地下鉄	地下鉄/ 2001	有沢晶子/『地下鉄』/小学館/ 2002	絵本
メモリーズ	照相本子/ 2001	木坂涼/『メモリーズ』/小学館/ 2003	絵本
ラヴ・レター	我只能為你画一張小卡片/ 2002	木坂涼/『ラブ・レター』/小学館/ 2003	絵本

我の舞	我之舞／1986	井口晃／『季刊中国現代小説』1（3）[3]／蒼蒼社／1987	小説
陝北の思い出:「農村下放物語」より(抄訳)	插隊的故事／1986	池上貞子／『ユリイカ』21（13）[286]／青土社／1989	小説
ある謎なぞのやさしい当て方	一個謎語的幾種簡単的猜法／1988	井口晃／『季刊中国現代小説』1（11）[11]／蒼蒼社／1989	小説
僕たちの夏	没有太陽的角落／1979	栗山千香子／『紙の上の月:中国の地下文学（発見と冒険の中国文学7）』／JICC出版局／1991	小説
老人	老人／1984	井口晃／『季刊中国現代小説』1（28）[28]／蒼蒼社／1994	小説
毒薬	毒薬／1986	千野拓政／『季刊中国現代小説』1（30）[30]／蒼蒼社／1994	小説
遙かなる大地	插隊的故事／1986	山口守／『遙かなる大地』／宝島社／1994	小説
車椅子の神様	車神／1987	山口守／『遙かなる大地』／宝島社／1994	小説
秋	秋天的懐念／1982	久米井敦子／『季刊中国現代小説』2（1）[37]／蒼蒼社／1996	随筆
わたしと地壇	我与地壇／1991	千野拓政／『季刊中国現代小説』2（1）[37]／蒼蒼社／1996	随筆
あの日あの時	老屋小記／1996	千野拓政／『季刊中国現代小説』2（4）[40]／蒼蒼社／1997	小説
ねむのき	合歓樹／1985	久米井敦子／『季刊中国現代小説』2（5）[41]／蒼蒼社／1997	随筆
境界─「一つの中編もしくは四つの短編」より	辺縁─中篇1或短篇4／1992	関根謙／『季刊中国現代小説』2（10）[46]／蒼蒼社／1999	小説
第一人称	第一人称／1993	久米井敦子／『季刊中国現代小説』2（12）[48]／蒼蒼社／1999	小説
法学教授とその夫人	法学教授及其夫人／1979	久米井敦子／『季刊中国現代小説』2（14）[50]／蒼蒼社／2000	小説
鐘声	鐘声／1990	栗山千香子／『季刊中国現代小説』2（15）[51]／蒼蒼社／2000	小説
二つの物語	両個故事／2000	飯塚容／『季刊中国現代小説』2（24）[60]／蒼蒼社／2002	小説
他者	別人／1994	栗山千香子／『季刊中国現代小説』2（25）[61]／蒼蒼社／2002	小説
往事	往事／2001	趙暉／『季刊中国現代小説』2（26）[62]／蒼蒼社／2003	小説
塀づたいの道	墻下短記／1996	栗山千香子／『季刊中国現代小説』2（36）[72]／蒼蒼社／2005	随筆
「書くこと」と越境	─／寄稿	藤井敦子／『アジア遊学』(94)／勉誠出版／2006	随筆
「“そっと去る”と“そっと来る”」「消えた鐘の音」「私の幼稚園」「二姥姥(アルラオラオ)」:『記憶と印象』より	〈軽軽地走与軽軽地来〉〈消逝的鐘声〉〈我的幼児園〉〈二姥姥〉／2001	栗山千香子／『中国現代文学』(1)／ひつじ書房／2008	随筆

直子へ	悼直子／寄稿	泉朝子／『残雪研究』(8) ／残雪研究会／2016	随筆
影族	影族／ 2010	菊池蓮／『中国SF作品集(21世紀中国現代文学書庫)』／外文出版社／ 2018	小説
病院の中のバラの花	医院里的玫瑰花／ 2007	鷲巣益美／『小説導熱体』(1) ／白帝社／2018	小説
インスピレーション	霊感／ 2017	鷲巣益美／『中国現代文学』(20) ／ひつじ書房／ 2018	小説
絶望のくらやみにいる中国人を光明へと導くのが文学者の使命	—／—	—／『われわれが習近平体制と命がけで闘う13の理由：中国の知識人による決死の「内部告発」』／ビジネス社／ 2020	取材録
憤怒	—／—	河村昌子／『文藝』61 (2) ／河出書房新社／ 2022	随筆
使者と彼について	関於信使和他／ 1997	泉朝子／『残雪研究』(9) ／残雪研究会／2022	小説
蚊と山歌	蚊子与山歌／ 1998	泉朝子／『残雪研究』(9) ／残雪研究会／2022	小説
立坑	礦井／ 2002	右島真理子／『残雪研究』(9) ／残雪研究会／ 2022	小説
生活の中の謎	生活中的謎／ 2001	鷲巣益美／『残雪研究』(9) ／残雪研究会／2022	小説
小さな町の逸事	小鎮逸事／ 2002	富岡優理子／『残雪研究』(9) ／残雪研究会／ 2022	小説
ざくろの夢	石榴之夢／ 2008	富岡優理子／『残雪研究』(9) ／残雪研究会／ 2022	小説
バラの水晶玉	玫瑰水晶球／ 2008	富岡優理子／『残雪研究』(9) ／残雪研究会／ 2022	小説

史鉄生 し・てつせい／ Shi Tiesheng

邦題	原題／原作出版年	訳者／翻訳書・誌／出版社／出版年	分類
秋の思い出	秋天的懐念／ 1981	—／『一分間小説選：扉越しの対話』／人民中国雑誌社／ 1984	随筆
昼休みのひととき	午餐半小時／ 1980	三木直大／『史鉄生：現代中国文学選集3』／徳間書店／ 1987	小説
わが遙かなる清平湾	我的遥遠的清平湾／ 1983	檜山久雄／『史鉄生：現代中国文学選集3』／徳間書店／ 1987	小説
詹牧師に関するルポルタージュ	関於詹牧師的報告文学／1984	近藤直子／『史鉄生：現代中国文学選集3』／徳間書店／ 1987	小説
お婆さんの星	奶奶的星星／ 1984	小谷一郎／『史鉄生：現代中国文学選集3』／徳間書店／ 1987	小説
サッカー	足球／ 1984	小谷一郎／『史鉄生：現代中国文学選集3』／徳間書店／ 1987	小説
命は琴の弦のように	命若琴弦／ 1985	三木直大／『史鉄生：現代中国文学選集3』／徳間書店／ 1987	小説

妹の手配	妹妹的安排／1998	泉朝子／『残雪研究』(5)／残雪研究会／2013	小説
激情の通り道	激情通道／1999	富岡優理子／『残雪研究』(5)／残雪研究会／2013	小説
道端の家	路辺人家／2000	右島真理子／『残雪研究』(5)／残雪研究会／2013	小説
最後の恋人	最後的情人／2005	近藤直子／『残雪研究』(5)(代序，1，2章)／残雪研究会／2013 『最後の恋人』／平凡社／2014	小説
旅途中の小遊び	旅途中的小遊戯／1992	深谷瑞穂／『残雪研究』(6)／残雪研究会／2014	小説
住血吸虫病を患った小人	患血吸虫病的小人／1994	近藤直子／『残雪研究』(6)／残雪研究会／2014	小説
自然区分の境界	自然区分的境界／1995	鷲巣益美／『残雪研究』(6)／残雪研究会／2014	小説
困惑	迷惘／1996	泉朝子／『残雪研究』(6)／残雪研究会／2014	小説
変遷	変遷／1997	富岡優理子／『残雪研究』(6)／残雪研究会／2014	小説
長発の出遭い	長髪的遭遇／2000	近藤直子／『残雪研究』(6)／残雪研究会／2014	小説
旧宅	旧居／2013	鷲巣益美／『中国現代文学』(13)／ひつじ書房／2014	小説
梅保の地盤	梅保的地盤／2013	近藤直子／『中国現代文学』(15)／ひつじ書房／2015	小説
書類鞄を抱えた人たち	夾着公文包的人們／1995	鷲巣益美／『残雪研究』(7)／残雪研究会／2015	小説
追求者	追求者／1999	右島真理子／『残雪研究』(7)／残雪研究会／2015	小説
最上階	頂層／1999	泉朝子／『残雪研究』(7)／残雪研究会／2015	小説
小さな怪物	小怪物／2000	富岡優理子／『残雪研究』(7)／残雪研究会／2015	小説
蛇島	蛇島／2001	近藤直子／『残雪研究』(7)／残雪研究会／2015	小説
畑に行く道	去菜地的路／1993	泉朝子／『残雪研究』(8)／残雪研究会／2016	小説
下山	下山／1998	鷲巣益美／『残雪研究』(8)／残雪研究会／2016	小説
緑毛亀	緑毛亀／1999	富岡優理子／『残雪研究』(8)／残雪研究会／2016	小説
天空の青い光	天空里的藍光／1999	右島真理子／『残雪研究』(8)／残雪研究会／2016	小説
対話	交談／2000	右島真理子／『残雪研究』(8)／残雪研究会／2016	小説

埋葬	掩埋／1996	近藤直子／『中国現代文学』(7)／ひつじ書房／2011	小説
芸術家たちと、ロマンチシズムを読んだ町長のじいさん	芸術家們和読過浪漫主義的県長老頭／1988	鷲巣益美／『残雪研究』(3)／残雪研究会／2011	小説
奇妙な大脳損傷	一種奇怪的大脳損傷／1990	富岡優理子／『残雪研究』(3)／残雪研究会／2011	小説
両足が魚網のような女	双脚像一団魚網的女人／1993	鷲巣益美／『残雪研究』(3)／残雪研究会／2011	小説
永遠の不安	永不寧静／1998	右島真理子／『残雪研究』(3)／残雪研究会／2011	小説
大伯母	太姑母／2001	近藤直子／『残雪研究』(3)／残雪研究会／2011	小説
湖の蓮	湖藕／2001	赤羽陽子／『残雪研究』(3)／残雪研究会／2011	小説
カルヴィーノ「見えない都市」精読(下)	看不見的城市／2008	赤羽陽子／『残雪研究』(3)／残雪研究会／2011	論考
アメジストローズ	紫晶月季花／2009	泉朝子／『残雪研究』(3)／残雪研究会／2011	小説
鹿二の心配	鹿二的心事／2011	近藤直子／『中国現代文学』(9)／ひつじ書房／2012	小説
根拠のない記録	一段没有根拠的記録／1993	右島真理子／『残雪研究』(4)／残雪研究会／2012	小説
絶えず修正される原則	不断修正的原則／1996	深谷瑞穂／『残雪研究』(4)／残雪研究会／2012	小説
夜の訪問	夜訪／1997	近藤直子／『残雪研究』(4)／残雪研究会／2012	小説
窒息	窒息／1997	富岡優理子／『残雪研究』(4)／残雪研究会／2012	小説
隣人	隣居／1997	泉朝子／『残雪研究』(4)／残雪研究会／2012	小説
ライオン	獅子／2001	鷲巣益美／『残雪研究』(4)／残雪研究会／2012	小説
紅葉	紅葉／2008	鷲巣益美／『中国現代文学』(10)／ひつじ書房／2012	小説
よそ者	外地人／2012	近藤直子／『中国現代文学』(11)／ひつじ書房／2013	小説
借金取り	索債者／1993	鷲巣益美／『残雪研究』(5)／残雪研究会／2013	小説
崩れた壁の中の風景	断垣残壁里的風景／1995	富岡優理子／『残雪研究』(5)／残雪研究会／2013	小説
罪悪	罪悪／1996	鷲巣益美／『残雪研究』(5)／残雪研究会／2013	小説
雨の風景	雨景／1997	近藤直子／『残雪研究』(5)／残雪研究会／2013	小説

精神の階層	精神的層次／2001	近藤直子／『日中女性文学シンポジウム報告集』／鼎書房／2002	その他
新たな潮流を生みだす力	―／寄稿	渡辺浩平／「本とコンピュータ」編集室編『東アジアに新しい「本の道」をつくる：東アジア共同出版』／大日本印刷株式会社ICC本部／2004	論考
魂の城　カフカ解読	霊魂的城堡：理解卡夫卡／1999	近藤直子／『魂の城　カフカ解読：Franz Kafka』／平凡社／2005	論考
不思議な木の家	奇異的木板房／1998	近藤直子／『暗夜／戦争の悲しみ』（世界文学全集I-06）／河出書房新社／2008	小説
世外の桃源	世外桃源／1999	近藤直子／『暗夜／戦争の悲しみ』（世界文学全集I-06）／河出書房新社／2008	小説
暗夜	暗夜／2006	近藤直子／『暗夜／戦争の悲しみ』（世界文学全集I-06）／河出書房新社／2008	小説
隕石山	隕石山／2002	近藤直子／『火鍋子』（72）／翠書房／2008	小説
阿娥	阿娥／2000	近藤直子／『中国現代文学』（1）／ひつじ書房／2008	小説
「趨光運動―幼年期の精神図像に溯る　序文」「第一章　障害と出路」	〈趨光運動―回溯童年的精神図像序〉〈第一章障害与出路〉／2008	近藤直子／『中国現代文学』（2）／ひつじ書房／2008	随筆
陰謀の網	陰謀的網／2000	近藤直子／『中国現代文学』（4）／ひつじ書房／2009	小説
瓦の継ぎ目の雨だれ	瓦縫裡的雨滴／1988	泉朝子／『残雪研究』（1）／残雪研究会／2009	小説
水浮蓮	水浮蓮／1992	鷲巣益美／『残雪研究』（1）／残雪研究会／2009	小説
生死の闘い	生死搏闘／2000	近藤直子／『残雪研究』（1）／残雪研究会／2009	小説
美しく哀しい記憶	凄美的記憶／2001	赤羽陽子／『残雪研究』（1）／残雪研究会／2009	小説
少年小正	男孩小正／2003	右島真理子／『残雪研究』（1）／残雪研究会／2009	小説
不吉な呼び声	不祥的呼喊声／1994	近藤直子／『季刊真夜中』（9）／リトルモア／2010 『かつて描かれたことのない境地：傑作短編集』／平凡社／2013	小説
そろばん	算盤／2000	鷲巣益美／『残雪研究』（2）／残雪研究会／2010	小説
伝説の中の宝	〈愚公挖山〉〈挖山〉／2000,〈伝説中的宝物〉／2002	近藤直子／『残雪研究』（2）／残雪研究会／2010	小説
綿あめ	棉花糖／2002	右島真理子／『残雪研究』（2）／残雪研究会／2010	小説
カルヴィーノ「見えない都市」精読（上）	看不見的城市／2008	赤羽陽子／『残雪研究』（2）／残雪研究会／2010	論考
現代主義文学における審美活動	現代主義文学中的審美活動／2009	泉朝子／『残雪研究』（2）／残雪研究会／2010	対談録

黄菊の花によせる遐かな想い	関於黄菊花的遐想／1988	近藤直子／『中央公論　文芸特集』1992年2月／中央公論社／1992 『廊下に植えた林檎の木』／河出書房新社／1995	小説
美しい南国の夏の日	美麗南方之夏日／1986	近藤直子／『中央公論　文芸特集』1992年12月／中央公論社／1992	随筆
帰り道	帰途／寄稿，1993	近藤直子／『文學界』46（3）／文藝春秋／1992 『颶風』(30）／1994 『廊下に植えた林檎の木』／河出書房新社／1995 『暗夜／戦争の悲しみ』(世界文学全集 I-06）／河出書房新社／2008	小説
汚水の上の石鹸の泡	汚水上的肥皂泡／1985	鷲巣益美／『夏天』(1）／夏天の会／1992（表題「汚水に浮かんだ石鹸の泡」） 『廊下に植えた林檎の木』／河出書房新社／1995	小説
逢引	約会／1987	近藤直子／『季刊中国現代小説』1(24)[24]／蒼蒼社／1993 『廊下に植えた林檎の木』／河出書房新社／1995	小説
有名人の死(残雪改作版)	名人之死／1992	近藤直子／『朝日新聞』1993年11月16日夕刊／朝日新聞社／1993	随筆
廊下に植えた林檎の木	種在走廊上的苹果樹／1987	近藤直子,鷲巣益美／『廊下に植えた林檎の木』／河出書房新社／1995	小説
痕	痕／1994	近藤直子／『季刊中国現代小説』2（3)[39]／蒼蒼社／1997 『文學界』52（3）／文藝春秋／1998 『暗夜／戦争の悲しみ』(世界文学全集 I-06）／河出書房新社／2008	小説
突囲表演	突囲表演／1988	近藤直子／『突囲表演』／文藝春秋／1997 『突囲表演』／河出書房新社／2020	小説
かつて描かれたことのない境地	従未描術過的夢境／1993	近藤直子／『夢のかけら(世界文学のフロンティア3)』／岩波書店／1997 『かつて描かれたことのない境地：傑作短編集』／平凡社／2013	小説
匿名者	匿名者／1994	鷲巣益美／『季刊中国現代小説』2（9)[45]／蒼蒼社／1998	小説
新生活	新生活／1996	近藤直子／『季刊中国現代小説』2(11)[47]／蒼蒼社／1999	小説
胸躍る、困惑に満ちた交流（特集　日中女性作家シンポジウムin北京）	激動人心的充満困惑的交流／寄稿	近藤直子／『すばる』23（12）／集英社／2001	論考
弟	弟弟／1997	近藤直子／『現代中国女性文学傑作選1』／鼎書房／2001	小説
水晶のような境地―『親指Pの修業時代』の啓示	水晶般的境界／2002	近藤直子／『すばる』24（7）／集英社／2002	論考

蒼老たる浮雲	蒼老的浮雲／ 1986	近藤直子／『季刊中国現代小説』1（7）[7]／蒼蒼社／ 1988（表題「枯れた浮雲」） 『蒼老たる浮雲』／河出書房新社／ 1989 『蒼老たる浮雲』／白水社／ 2019	小説
曠野の中	曠野裡／ 1986	近藤直子／『ユリイカ』21（13）[286]／青土社／ 1989（表題「曠野にて」） 『カッコウが鳴くあの一瞬』／河出書房新社／ 1991 『カッコウが鳴くあの一瞬』／白水社／ 2019	小説
カッコウが鳴くあの一瞬	布谷鳥叫的那一瞬間／ 1986	近藤直子／『季刊中国現代小説』1（9）[9]／蒼蒼社／ 1989 『文藝』29（3）／河出書房新社／ 1990 『カッコウが鳴くあの一瞬』／河出書房新社／ 1991 『カッコウが鳴くあの一瞬』／白水社／ 2019	小説
天国の対話	天堂裡的対話／ 1987 ～ 1988	近藤直子／『季刊中国現代小説』1（11）[11]／蒼蒼社／ 1989 『カッコウが鳴くあの一瞬』／河出書房新社／ 1991 『カッコウが鳴くあの一瞬』／白水社／ 2019	小説
山の上の小屋	山上的小屋／ 1985	近藤直子／『蒼老たる浮雲』／河出書房新社／ 1989 『中国語』1991年12月号～ 1992年3月号／内山書店／ 1991 ～ 1992 『蒼老たる浮雲』／白水社／ 2019	小説
中国の新鋭作家は語る　井戸の中の戯言：私の創作と文革後の中国文学について	井底裡的囈語／—	近藤直子／『ユリイカ』22（9）[298]／青土社／ 1990	論考
素性の知れないふたり	両個身世不明的人／ 1989	近藤直子／『季刊中国現代小説』1（15）[15]／蒼蒼社／ 1990 『カッコウが鳴くあの一瞬』／河出書房新社／ 1991 『カッコウが鳴くあの一瞬』／白水社／ 2019	小説
対談　残雪×日野啓三　創作における虚実	—／—	日野啓三／『文藝』29（3）／河出書房新社／ 1990	対談録
刺繍靴および袁四ばあさんの煩悩	繍花鞋及袁四老娘的煩悩／ 1986	近藤直子／『カッコウが鳴くあの一瞬』／河出書房新社／ 1991	小説
霧	霧／ 1986	近藤直子／『カッコウが鳴くあの一瞬』／河出書房新社／ 1991 『カッコウが鳴くあの一瞬』／白水社／ 2019	小説
黄泥街	黄泥街／ 1986（抄録），1988	近藤直子／『季刊中国現代小説』1（18）～（20）[18]～[20]／蒼蒼社／ 1991 ～ 1992 『黄泥街』／河出書房新社／ 1992 『カッコウが鳴くあの一瞬』／白水社／ 2019	小説
毒蛇を飼う者	飼養毒蛇的小孩／寄稿	近藤直子／『文藝』30（1）／河出書房新社／ 1991 『カッコウが鳴くあの一瞬』／河出書房新社／ 1991 『カッコウが鳴くあの一瞬』／白水社／ 2019	小説

太陽の血は黒い	太陽的血是黒的／ 2011	三須祐介／『太陽の血は黒い』／あるむ／ 2015	小説
届かなかった遺書	—／ 2017	橋本恭子／『植民地文化研究』(17) ／植民地文化学会／ 2018	講演録

蔡駿　さい・しゅん／ Cai Jun

邦題	原題／原作出版年	訳者／翻訳書・誌／出版社／出版年	分類
美食の夜の物語	舌尖上的一夜／ 2015	上原かおり／『灯火』2015 ／外文出版社／ 2015	小説
猫王ジョーダン	猫王喬丹／ 2017	舩山むつみ／『小説導熱体』(2) ／中国同時代小説翻訳会／ 2019	小説
恋猫記	恋猫記／—	舩山むつみ／『小説導熱体』(4) ／白帝社／ 2021	小説
アラジン	阿拉丁／—	荒井龍／『小説導熱体』(5)／白帝社／ 2022	小説
幽霊ホテルからの手紙	幽霊客桟／ 2004	舩山むつみ／『幽霊ホテルからの手紙』／文藝春秋／ 2023	小説
忘却の河	生死河／ 2013	高野優(監訳), 坂田雪子, 小野和香子, 吉野さやか／『忘却の河』(上・下) ／竹書房／ 2023	小説

残雪　ざんせつ／ Can Xue

邦題	原題／原作出版年	訳者／翻訳書・誌／出版社／出版年	分類
雄牛	公牛／ 1985	近藤直子／『季刊中国現代小説』1 (3)[3] ／蒼蒼社／ 1987 『カッコウが鳴くあの一瞬』／河出書房新社／ 1991 『カッコウが鳴くあの一瞬』／白水社／ 2019	小説
天窓	天窓／ 1986	近藤直子／『季刊中国現代小説』1 (4)[4] ／蒼蒼社／ 1988 『蒼老たる浮雲』／河出書房新社／ 1989 『蒼老たる浮雲』／白水社／ 2019	小説
阿梅、ある太陽の日の愁い	阿梅在一個太陽天裡的愁思／ 1986	近藤直子／『季刊中国現代小説』1 (5)[5] ／蒼蒼社／ 1988 『カッコウが鳴くあの一瞬』／河出書房新社／ 1991 『暗夜／戦争の悲しみ』(世界文学全集 I -06) ／河出書房新社／ 2008 『カッコウが鳴くあの一瞬』／白水社／ 2019	小説
わたしのあの世界でのこと—友へ	我在那個世界裡的事情—給友人／ 1986	近藤直子／『季刊中国現代小説』1 (5)[5] ／蒼蒼社／ 1988 (表題「私の、あの世界での事—友へ—」) 『蒼老たる浮雲』／河出書房新社／ 1989 『暗夜／戦争の悲しみ』(世界文学全集 I -06) ／河出書房新社／ 2008 『蒼老たる浮雲』／白水社／ 2019	小説

黄春明　こう・しゅんめい／ Huang Chunming

邦題	原題／原作出版年	訳者／翻訳書・誌／出版社／出版年	分類
海を見つめる日	看海的日子／ 1967	福田桂二／『さよなら・再見　アジアの現代文学1』／めこん／ 1979	小説
りんごの味	蘋果的滋味／ 1972	福田桂二／『さよなら・再見　アジアの現代文学1』／めこん／ 1979	小説
さよなら・再見	莎喲娜啦・再見／ 1973	田中宏／『さよなら・再見　アジアの現代文学1』／めこん／ 1979	小説
戦士、乾杯！	戦士，乾杯！／ 1988	下村作次郎／『バナナボート―台湾文学への招待　発見と冒険の中国文学6』JICC ／ 1991	小説
放生	放生／ 1987	中村ふじゑ／『鳥になった男―台湾現代小説選Ⅳ』研文出版／ 1998	小説
坊やの人形	児子的大玩偶／ 1968	山口守／『鹿港からきた男―新しい台湾の文学』／国書刊行会／ 2001	小説
鑼	銅鑼／ 1969	垂水千恵／『鹿港からきた男―新しい台湾の文学』／国書刊行会／ 2001	小説
黄春明　わが文学を語る：『さよなら、再見』から『戦士よ、乾杯！』へ	―／ 2012	西田勝／『植民地文化研究』(12) ／植民地文化学会／ 2013	対談録
溺死した老猫（他10編・インタビュー）	溺死一隻老猫（他10編）／ 1967，他	西田勝／『溺死した老猫：黄春明選集』／法政大学出版局／ 2021	その他
ある懐中時計	有一隻懐錶／ 2008	端彩／『黒い雪玉：日本との戦争を描く中国語圏作品集』／中国文庫／ 2022	小説

江南　こうなん／ Jiang Nan　邦訳作品なし

向陽　こうよう／ Xiang Yang

邦題	原題／原作出版年	訳者／翻訳書・誌／出版社／出版年	分類
我らはただの異なった流れではない	不只是相異的渓河／ 1982	北影一／『台湾詩集　世界現代詩文庫12』／土曜美術社／ 1986	詩
霜降（他2編）	霜降（ほか2編）／ 1985，ほか	陳千武・北原政吉／『続・台湾現代詩集』／もぐら書房／ 1989	詩
水の歌（他7編）	水歌（ほか7編）／ 1976，ほか	上田哲二／『台湾現代詩集』／国書刊行会／ 2002	詩
乱（他47編）	乱（ほか47編）／ 1993，ほか	三木直大／『乱　向陽詩集』／思潮社／ 2009	詩

胡淑雯　こ・しゅくぶん／ Hu Shu-Wen

邦題	原題／原作出版年	訳者／翻訳書・誌／出版社／出版年	分類
来来飯店（上）	来来飯店／ 2011	三須祐介／『植民地文化研究』(11) ／植民地文化学会／ 2012	小説
来来飯店（下）	来来飯店／ 2011	三須祐介／『植民地文化研究』(12) ／植民地文化学会／ 2013	小説

中国流亡文学の困難	―／1992	河村昌子／『藍・BLUE』2005（4）（通号20）／『藍・BLUE』文学会／2005	講演録
主義を持たない主義	―／1993	河村昌子／『藍・BLUE』2005（4）（通号20）／『藍・BLUE』文学会／2005	論考
高行健氏へのインタビュー―2005年7月28日、パリ高行健氏宅にて―	―／―	萩野脩二監訳，劉燕子訳／『藍・BLUE』2005（4）（通号20）／『藍・BLUE』文学会／2005	取材録
円恩寺	円恩寺／1983	飯塚容／『母』／集英社／2005	小説
花豆―結ばれなかった女へ	花豆／1984	飯塚容／『母』／集英社／2005	小説
痙攣	抽筋／1985	飯塚容／『母』／集英社／2005	小説
公園にて	公園裡／1985	飯塚容／『母』／集英社／2005	小説
交通事故	車禍／1985	飯塚容／『母』／集英社／2005	小説
おじいさんに買った釣り竿	給我老爺買魚竿／1986	飯塚容／『母』／集英社／2005	小説
瞬間	瞬間／1991	飯塚容／『母』／集英社／2005	小説
母	母親／1983	飯塚容／『母』／集英社／2005 『世界文学全集第3集　短編コレクションⅠ』／河出書房新社／2010	小説
ノーベル賞作家対談　政治を超える「人間の歴史」を書く	―／―	―／『中央公論』125（12）／中央公論社／2010	対談録
大江健三郎氏・高行健氏対談	―／―	―／『読売新聞』2010年10月／読売新聞社／2010	対談録
インタビュー　国家をこえて	―／―	白石明彦／『朝日新聞』2010年10月／朝日新聞社／2010	取材録
インタビュー　ノーベル賞作家が語る　日本、コトバ、中国のナショナリズム	―／―	飯塚容／『kotoba』（2）／集英社／2010	取材録
インタビュー　かつてないほど、脆弱な人類	―／―	小笠原淳／『すばる』33（7）／集英社／2011	取材録
国際ペン東京大会2010開会式基調講演　環境と文学―いま、何を書くか	―／―	飯塚容／『すばる』33（2）／集英社／2011	講演録
いまこそ文芸復興を！	呼喚文芸復興／2014	関根謙／『三田文学』（131）／三田文学会／2017	論考
越境する創作	―／2017	飯塚容／『アステイオン』（87）／CCCメディアハウス／2017	論考
ノーベル賞作家が語る、日本、コトバ、ナショナリズム	―／―	飯塚容／『作家たちの愚かしくも愛すべき中国：なぜ、彼らは世界に発信するのか？』／中央公論新社／2018	取材録
政治を超える「人間の歴史」を書く　大江健三郎，高行健	―／―	飯塚容／『作家たちの愚かしくも愛すべき中国：なぜ、彼らは世界に発信するのか？』／中央公論新社／2018	取材録
環境と文学	―／―	飯塚容／『作家たちの愚かしくも愛すべき中国：なぜ、彼らは世界に発信するのか？』／中央公論新社／2018	取材録

「新しい詩の世界を求めて：台湾現代詩と出会う」	—／2012	鴻鴻・陳育虹・許悔之・他／『現代詩手帖』55（2）／思潮社／2012	対談録
「美」の書き直しと文化干渉	—／2015	池上貞子／『現代詩手帖』58（10）／思潮社／2015	論考
鴻鴻×四方田犬彦「ゴダール、エドワード・ヤン、そして台湾現代詩」	—／2015	『現代詩手帖』58（10）／思潮社／2015	対談録
彼は真の意味で未来のために映画をつくる監督でした	—／2017	伊藤丈紘構成 馬君馳訳／『エドワード・ヤン＝Edward Yang：再考／再見』／フィルムアート社／2017	対談録

高行健　こう・こうけん／Gao Xingjian

邦題	原題／原作出版年	訳者／翻訳書・誌／出版社／出版年	分類
［対訳］戯曲『絶対信号』	絶対信号／1982	瀬戸宏／『中国語』(361）／内山書店／1990	戯曲
瞬間	瞬間／1991	宮尾正樹／『紙の上の月：中国の地下文学（発見と冒険の中国文学 7）』／JICC 出版局／1991	小説
逃亡	逃亡／1990	瀬戸宏／『中国現代戯曲集』第1集／晩成書房／1994 『現代中国短編集』／平凡社／1998	戯曲
バス停	車站／1983	飯塚容／『中国現代戯曲集』第2集／晩成書房／1995	戯曲
逃亡	逃亡／1990	瀬戸宏／『現代中国短編集』／平凡社／1998	戯曲
非常信号	絶対信号／1982	内山鶉, 瀬戸宏／『中国現代戯曲集』第3集／晩成書房／1998	戯曲
何のための創作か	—／1997	燕子, 劉幇／『藍・BLUE』2001（3・4）(通号4・5）／『藍・BLUE』文学会／2001	論考
二〇〇〇年ノーベル文学賞作家　高行健	—／—	瀬戸宏／『プレイボーイ』27（4）／講談社／2001	取材録
文学の理由—2000年12月7日スウェーデン王立アカデミーにおけるノーベル賞受賞講演	—／—	萩野脩二監訳, 劉燕訳／『藍・BLUE』2001（2）(通号3）／『藍・BLUE』文学会／2001	講演録
ある男の聖書	一個人的聖経／1999	飯塚容／『ある男の聖書』／集英社／2001	小説
文学と玄学—『霊山』について	—／—	飯塚容／『すばる』25（12）／集英社／2003	講演録
週末四重奏	周末四重奏／1996	飯塚容／『高行健戯曲集』／晩成書房／2003	戯曲
霊山	霊山／1990	飯塚容／『霊山』／集英社／2003	小説
野人	野人／1985	菱沼彬晁, 飯塚容／『高行健戯曲集』／晩成書房／2003	戯曲
彼岸	彼岸／1986	菱沼彬晁／『高行健戯曲集』／晩成書房／2003	戯曲

蛙	蛙／1999	森美千代／『台湾熱帯文学　夢と豚と黎明　黄錦樹作品集』／人文書院／2011	小説
中国行きのスローボート	開往中国的慢船／2000	森美千代／『台湾熱帯文学　夢と豚と黎明　黄錦樹作品集』／人文書院／2011	小説
雄鶏	公鶏／2000	濱田麻矢／『台湾熱帯文学　夢と豚と黎明　黄錦樹作品集』／人文書院／2011	小説
天国の裏門	天国的後門／2000	森美千代／『台湾熱帯文学　夢と豚と黎明　黄錦樹作品集』／人文書院／2011	小説
猿の尻、火、そして危険物	猴屁股、火与危険的事物／2000	濱田麻矢／『台湾熱帯文学　夢と豚と黎明　黄錦樹作品集』／人文書院／2011	小説
刻まれた背中	刻背／2001	濱田麻矢／『台湾熱帯文学　夢と豚と黎明　黄錦樹作品集』／人文書院／2011	小説
花ざかりの森	繁花盛開的森林／2002	森美千代／『台湾熱帯文学　夢と豚と黎明　黄錦樹作品集』／人文書院／2011	小説
我が友アブドラ	我的朋友鴨都拉／2002	森美千代／『台湾熱帯文学　夢と豚と黎明　黄錦樹作品集』／人文書院／2011	小説
第四人称	第四人称／2003	羽田朝子／『台湾熱帯文学　夢と豚と黎明　黄錦樹作品集』／人文書院／2011	小説
火と土	火与土／2004	大東和重／『台湾熱帯文学　夢と豚と黎明　黄錦樹作品集』／人文書院／2011	小説
マレーシア中国語文学と〈国家〉民族主義（上）　現代マレーシア中国語文学の傷痕について	馬華文学的国籍　論馬華文学与（国家）民族主義／2006	羽田朝子／『植民地文化研究』（8）／植民地文化学会／2009	論考
マレーシア中国語文学と〈国家〉民族主義（下）　現代マレーシア中国語文学の傷痕について	馬華文学的国籍　論馬華文学与（国家）民族主義／2006	羽田朝子／『植民地文化研究』（9）／植民地文化学会／2010	論考
シンガポール・マレーシアの事例から見る植民地期華文文学の末期形態	—／2011	大久保明男／『植民地文化研究』（11）／植民地文化学会／2012	講演録
胡蘭成の神話学	天鈿女命的猥褻之舞　論胡蘭成的神話学／2013	濱田麻矢／『海港都市研究』（8）／神戸大学／2013	論考
二つのとるに足りないもの　馬華文学と「私の馬華文学」	在馬華文学的隠没帯／2013	大東和重／『野草』（92）／中国文芸研究会／2013	論考

鴻鴻　こうこう／Hung Hung

邦題	原題／原作出版年	訳者／翻訳書・誌／出版社／出版年	分類
亡命（他２編）	流亡（他２編）／2006	三木直大／『現代詩手帖』54（3）／思潮社／2011	詩
木（他72編）	樹（他72編）／1990、他	三木直大／『新しい世界　鴻鴻詩集』／思潮社／2011	詩
「詩を書く人」？それとも「詩人」？	—／2012	三木直大／『現代詩手帖』55（2）／思潮社／2012	論考

李順大の家造り	李順大造屋／1979	天野節／『渡し舟:現代中国の農民文学』／図書出版／1994	小説
真珠	揀珍珠／1979	天野節／『渡し舟:現代中国の農民文学』／図書出版／1994	小説
陳奐生　潰れ百姓	“漏斗戸”主／1979	天野節／『渡し舟:現代中国の農民文学』／図書出版／1994	小説
陳奐生　油縄売り	陳奐生上城／1980	天野節／『渡し舟:現代中国の農民文学』／図書出版／1994	小説
陳奐生　転業	陳奐生:転業／1981	天野節／『渡し舟:現代中国の農民文学』／図書出版／1994	小説
陳奐生　独立	陳奐生:包産／1982	天野節／『渡し舟:現代中国の農民文学』／図書出版／1994	小説
瑣事	極其簡単的故事／1981	天野節／『渡し舟:現代中国の農民文学』／図書出版／1994	小説
水は東に流れる	水東流／1981	天野節／『渡し舟:現代中国の農民文学』／図書出版／1994	小説
大百姓	種田大戸／1978	天野節／『渡し舟:現代中国農民文学2』／図書出版／2000	小説
陳奐生　戦術	陳奐生戦術／1990	天野節／『渡し舟:現代中国農民文学2』／図書出版／2000	小説
押収品を持っていかなければいけない	総要抄様東西／1987	天野節／『火鍋子』(79)／翠書房／2012	小説
一日たった一箱	一天只一箱／1987	天野節／『火鍋子』(79)／翠書房／2012	小説
援助	帮助／1987	天野節／『火鍋子』(79)／翠書房／2012	小説
検討と抽選	研究／1987	天野節／『火鍋子』(79)／翠書房／2012	小説
酷刑	酷刑／1987	天野節／『火鍋子』(79)／翠書房／2012	小説

黄錦樹　こう・きんじゅ／Ng Kim Chew

邦題	原題／原作出版年	訳者／翻訳書・誌／出版社／出版年	分類
錯誤	錯誤／1992	大東和重／『台湾熱帯文学　夢と豚と黎明　黄錦樹作品集』／人文書院／2011	小説
南方に死す	死在南方／1992	大東和重／『台湾熱帯文学　夢と豚と黎明　黄錦樹作品集』／人文書院／2011	小説
雨の降る街	落雨的小鎮／1993	羽田朝子／『台湾熱帯文学　夢と豚と黎明　黄錦樹作品集』／人文書院／2011	小説
夢と豚と黎明	夢与猪与黎明／1993	大東和重／『台湾熱帯文学　夢と豚と黎明　黄錦樹作品集』／人文書院／2011	小説
魚の骨	魚骸／1995	羽田朝子／『植民地文化研究』(7)／植民地文化学会／2008 『台湾熱帯文学　夢と豚と黎明　黄錦樹作品集』／人文書院／2011	小説
アッラーの御意志	阿拉的旨意／1996	濱田麻矢／『台湾熱帯文学　夢と豚と黎明　黄錦樹作品集』／人文書院／2011	小説
旧家の火	旧家的火／1998	大東和重／『台湾熱帯文学　夢と豚と黎明　黄錦樹作品集』／人文書院／2011	小説

シュウシュウの季節	天浴／1996	阿部敦子／『シュウシュウの季節』／角川書店／1999	小説
白蛇	白蛇／1996	阿部敦子／『シュウシュウの季節』／角川書店／1999	小説
ラスベガスの謎	拉斯維加斯的謎語／1997	櫻庭ゆみ子／『季刊中国現代小説』2（17）[53]／蒼蒼社／2000	小説
ライム色の鳥	青檸檬色的鳥／1999	櫻庭ゆみ子／『季刊中国現代小説』2（15）[51]／蒼蒼社／2000	小説
アダムとイヴと（上・下）	也是亞当，也是夏娃／2000	櫻庭ゆみ子／『季刊中国現代小説』2（27）[63]，2（28）[64]／蒼蒼社／2003	小説
妻への家路	陸犯焉知識／2011	鄭重／『妻への家路』／角川書店／2015	小説
大陸妹	大陸妹／1992	白井重範／『華語文学の新しい風』／白水社／2022	小説

阮慶岳　げん・けいがく／Roan Ching-Yue

邦題	原題／原作出版年	訳者／翻訳書・誌／出版社／出版年	分類
曽満足	曽満足／1990	橋本恭子／『牛王：熊野大学文集』(3)／熊野JKプロジェクト／2005	小説
ハノイのハンサムボーイ	河内美麗男／2000	三木直大／『小説集・新郎新〈夫〉　台湾セクシュアル・マイノリティ文学3』／作品社／2009	小説

虹影　こうえい／Hong Ying

邦題	原題／原作出版年	訳者／翻訳書・誌／出版社／出版年	分類
裏切りの夏	背背之夏／1992	浅見淳子／『裏切りの夏』／青山出版社／1997	小説
欠落	残缺／1995	関根謙／『季刊中国現代小説』2（21）[57]／蒼蒼社／2001	小説
飢餓の娘	飢餓的女児／1997	関根謙／『飢餓の娘』／集英社／2004	小説

高暁声　こう・ぎょうせい／Gao Xiaosheng

邦題	原題／原作出版年	訳者／翻訳書・誌／出版社／出版年	分類
リー・シュンターの家づくり	李順大造屋／1979	石黒やすえ／『日中友好新聞』(1201)～(1213)／日本中国友好協会／1981	小説
陳奐生町へ出る	陳奐生上城／1980	岩佐真佐子／『日本と中国』1982年1月／日本中国友好協会(正統)／1982	小説
李順大の家	李順大造屋／1979	上野廣生／『現代中国短篇小説選』／亜紀書房／1983	小説
双喜臨門	揀珍珠／1979	韓美津／『弦上の夢：現代中国小説選2』／人民中国雑誌社／1986	小説
陳奐生町へ行く	陳奐生上城／1980	杉本達夫／『季刊中国現代小説』1（1）[1]／蒼蒼社／1987	小説
絆	系心帯／1979	天野節／『渡し舟：現代中国の農民文学』／図書出版／1994	小説

鯨向海　げいこうかい／ Jing Xiang-hai

邦題	原題／原作出版年	訳者／翻訳書・誌／出版社／出版年	分類
幸福よりさらに頑強な	比幸福更頑強／ 2006	佐藤普美子／『現代詩手帖』54（3）／思潮社／ 2011	詩
トレーニングジムで	在健身房／ 2012	佐藤普美子／『現代詩手帖』54（3）／思潮社／ 2011	詩
断頭詩	断頭詩／ 2006	佐藤普美子／『現代詩手帖』54（3）／思潮社／ 2011	詩
昔日の理想	旧日理想／ 2009	佐藤普美子／『現代詩手帖』54（3）／思潮社／ 2011	詩
Aな夢　鯨向海詩集	A夢／ 2015	及川茜／『Aな夢　鯨向海詩集』／思潮社／ 2018	詩
態度表明	表態／ 2018	及川茜／『PEDES』(2)／ PEDES ／ 2022	詩
絶叫する者—永遠に到達できない底流	嚎叫者：永不抵達的暗湧／ 2018	及川茜／『PEDES』(2)／ PEDES ／ 2022	詩
氷河の少女	冰河少女／ 2018	及川茜／『PEDES』(2)／ PEDES ／ 2022	詩
毎日膨張している	毎天都在膨脹／ 2018	及川茜／『PEDES』(2)／ PEDES ／ 2022	詩
病気	有疾／ 2018	及川茜／『PEDES』(2)／ PEDES ／ 2022	詩
泣いたのに（泣けない）	已哭（無涙）／ 2018	及川茜／『PEDES』(2)／ PEDES ／ 2022	詩

瓊瑤　けいよう／ Qiong Yao

邦題	原題／原作出版年	訳者／翻訳書・誌／出版社／出版年	分類
窓の外	窗外／ 1963	北川ふう／『窓の外』／現代出版／ 1984	小説
夢語り六章	六個夢／ 1964	田宮順／『夢語り六章』／現代出版／ 1984	小説
銀狐	白狐／ 1971	しばたまこと／『銀狐』／現代出版／ 1984	小説
恋恋神話：ふたたびの春	聚散両依依／ 1980	長谷川幸生／『恋恋神話　ふたたびの春』／早稲田出版／ 1996	小説
寒玉楼	雪珂／ 1990	近藤直子／『寒玉楼』／文藝春秋／ 1993	小説
我的故事（わたしの物語）	我的故事／ 1989	近藤直子／『我的故事（わたしの物語）』／文芸春秋／ 1993	小説
還珠姫	還珠格格／ 1997	阿部敦子／『還珠姫』／徳間書店／ 2005	小説

厳歌苓　げん・かれい／ Yan Geling

邦題	原題／原作出版年	訳者／翻訳書・誌／出版社／出版年	分類
リンゴ売りの盲目の少女	紅蘋果／ 1990	阿部敦子／『シュウシュウの季節』／角川書店／ 1999	小説
しょせん男と女しか	無非男女／ 1991	阿部敦子／『シュウシュウの季節』／角川書店／ 1999	小説
少尉の死	少尉之死／ 1992	阿部敦子／『シュウシュウの季節』／角川書店／ 1999	小説
少女小漁	少女小漁／ 1993	阿部敦子／『シュウシュウの季節』／角川書店／ 1999	小説

金仁順　きん・じんじゅん／ Jin Renshun

邦題	原題／原作出版年	訳者／翻訳書・誌／出版社／出版年	分類
高麗往事	高麗往事／ 1999	野原敏江／『季刊中国現代小説』2(31)[67]／蒼蒼社／ 2004	小説
渚のアデリーヌ	水辺的阿狄麗雅／ 2002	鷲巣益美／『季刊中国現代小説』2(30)[66]／蒼蒼社／ 2004	小説
海辺はきれいだと言うけれど	人説海辺好風光／—	大西紀／『火鍋子』(73)／翠書房／ 2009	小説
ある法会	神会／ 2011	鷲巣益美／『新潮』108(12)／新潮社／ 2011	小説
トラジ～桔梗謡～	桔梗謡／ 2007	水野衛子／『9人の隣人たちの声：中国新鋭作家短編小説選』／勉誠出版／ 2012	小説
パンソリ	盤瑟俚／ 2000	鷲巣益美／『灯火』2015／外文出版社／ 2015	小説
僧舞	僧舞／ 2013	鷲巣益美／『中国現代文学』(19)／ひつじ書房／ 2018	小説

金庸　きんよう／ Jin Yong

邦題	原題／原作出版年	訳者／翻訳書、誌／出版社／出版年	分類
書剣恩仇録	書剣恩仇録／ 1955	岡崎由美／『書剣恩仇録』／徳間書店／ 1996, 1997	小説
碧血剣	碧血剣／ 1956	小島早依／『碧血剣』／徳間書店／ 1997	小説
雪山飛狐	雪山飛狐／ 1957	林久之／『雪山飛狐』／徳間書店／ 1999	小説
射鵰英雄伝	射鵰英雄伝／ 1957	金南海／『射鵰英雄伝』／徳間書店／ 1999	小説
神鵰剣俠	神鵰俠侶／ 1959	松田京子／『神鵰俠侶』／徳間書店／ 2000	小説
飛狐外伝	飛狐外伝／ 1960	阿部敦子／『飛狐外伝』／徳間書店／ 2001	小説
倚天屠龍記	倚天屠龍記／ 1961	林久之, 阿部敦子／『倚天屠龍記』／徳間書店／ 2000, 2001	小説
鴛鴦刀	鴛鴦刀／ 1961	林久之, 伊藤未央／『越女剣』／徳間書店／ 2001	小説
白馬は西風にいななく	白馬嘯西風／ 1961	林久之, 伊藤未央／『越女剣』／徳間書店／ 2001	小説
連城訣	連城訣／ 1963	阿部敦子／『連城訣』／徳間書店／ 2000	小説
天龍八部	天龍八部／ 1963	土屋文子／『天龍八部』／徳間書店／ 2002	小説
俠客行	俠客行／ 1965	土屋文子／『俠客行』／徳間書店／ 1997	小説
秘曲　笑傲江湖	笑傲江湖／ 1967	小島瑞紀／『笑傲江湖』／徳間書店／ 1998	小説
鹿鼎記	鹿鼎記／ 1967	小島瑞紀／『鹿鼎記』／徳間書店／ 2003, 2004	小説
越女剣	越女剣／ 1970	林久之, 伊藤未央／『越女剣』／徳間書店／ 2001	小説

「いい天気だ」「この世での一日」「季節の讃歌」	〈天気真好〉〈在世的一天〉〈季節頌〉／2000～2014	栗山千香子／『中国現代文学』(17)／ひつじ書房／2017	詩

甘耀明　かん・ようめい／Kan YaoMing

邦題	原題／原作出版年	訳者／翻訳書・誌／出版社／出版年	分類
神秘列車	神秘列車／2003	白水紀子／『神秘列車』／白水社／2015	小説
鬼殺し	殺鬼／2009	白水紀子／『鬼殺し』(上・下)／白水社／2016	小説
冬将軍の来た夏	冬将軍来的夏天／2017	白水紀子／『冬将軍の来た夏』／白水社／2018	小説
「ほら話」の力	—／2017	—／『すばる』39(6)／集英社／2017	対談録

紀大偉　き・だいい／Chi Ta-Wei

邦題	原題／原作出版年	訳者／翻訳書・誌／出版社／出版年	分類
膜	膜／1995，1996	白水紀子／『台湾セクシュアル・マイノリティ文学(2)　中・短篇集　紀大偉作品集『膜』(ほか全四篇)』／作品社／2008	小説
赤い薔薇が咲くとき	他的眼底、你的掌心、即将綻放一朶玫瑰花／1994	白水紀子／『台湾セクシュアル・マイノリティ文学(2)　中・短篇集　紀大偉作品集『膜』(ほか全四篇)』／作品社／2008	小説
儀式	儀式／1993	白水紀子／『台湾セクシュアル・マイノリティ文学(2)　中・短篇集　紀大偉作品集『膜』(ほか全四篇)』／作品社／2008	小説
朝食	早餐／1999	白水紀子／『台湾セクシュアル・マイノリティ文学(2)　中・短篇集　紀大偉作品集『膜』(ほか全四篇)』／作品社／2008	小説
台湾小説中の男性同性愛の性と放逐	台湾小説中男同性恋的性与流放／1997	久下景子／『台湾セクシュアル・マイノリティ文学(4)　クィア／酷児評論集『父なる中国、母(クィア)なる台湾?』(ほか全七篇)』／作品社／2009	論考
特殊性の表れ　鄭清文の小説における歴史、身体、そして妻	—／—	横路啓子／『文学、社会、歴史の中の女性たち(1)学際的視点から』／丸善プラネット／2012	論考

許悔之　きょ・かいし／Hsu Hui-Chih

邦題	原題／原作出版年	訳者／翻訳書・誌／出版社／出版年	分類
蚤の讃仏	跳蚤聴法(ほか8編)／1994	是永駿／『台湾現代詩集』／国書刊行会／2002	詩
黒い時代(他47編)	黒色年代(ほか47編)／1990, ほか	島田順子／『シリーズ台湾現代詩 II　陳義芝・焦桐・許悔之』／国書刊行会／2004	詩
夢のノート、年月	夢的手記、年代／1984, 1988	三木直大／『現代詩手帖』49(8)／思潮社／2006	詩
壁(他67編)	牆(ほか67編)／1985, ほか	三木直大／『鹿の哀しみ　許悔之詩集』／思潮社／2007	詩

昨日の友よ	昨天再会／1993	井口晃／『季刊中国現代小説』1（32）[32]／蒼蒼社／1995	小説
爸爸爸（パーパーパー）	爸爸爸／1998	加藤三由紀／『現代中国短編集』／平凡社／1998	小説
ニイハオ、加藤	你好, 加藤／2001	古川典代／『藍・BLUE』2002（1）（通号6）／『藍・BLUE』文学会／2002	随筆
帰去来	帰去来／1985	山本佳子／『螺旋』（9）／螺旋社／2003	小説
月あかりに櫂の音	月下槳声／2004	加藤三由紀／『火鍋子』（67）／翠書房／2006	随筆
主なき庭に残りの月	空院残月／2004	加藤三由紀／『火鍋子』（67）／翠書房／2006	随筆
暗香	暗香／1995	加藤三由紀／『同時代の中国文学：ミステリー・イン・チャイナ』／東方書店／2006	小説
四十三ページ	第四十三頁／2008	塩旗伸一郎／『民主文学』（519）／日本民主主義文学会／2009	小説
[特別寄稿]張煒の新作長編小説《刺猬歌》	―／2009	千野拓政／『中国現代文学』（4）／ひつじ書房／2009	その他
四十三ページ	第四十三頁／2008	永倉百合子／『灯火』2017／外文出版社／2017	小説
最後の日	―／―	四谷寛／『中国SF作品集（21世紀中国現代文学書庫）』／外文出版社／2018	小説
咆えるモノ	咆哮体／2012	加藤三由紀／『黒い雪玉：日本との戦争を描く中国語圏作品集』／中国文庫／2022	随筆

韓東　かん・とう／Han Dong

邦題	原題／原作出版年	訳者／翻訳書・誌／出版社／出版年	分類
「病気の兄さんへ」「少年の消息」「やさしい部分」「山の民」	〈給病中哥哥〉〈一個孩子的消息〉〈温柔的部分〉〈山民〉／1985ほか	財部鳥子, 穆広菊／『億万のかがやく太陽：中国現代詩集』／書肆山田／1988	詩
コップを聞く	―／―	是永駿／『中国現代詩三十人集：モダニズム詩のルネッサンス』／凱風社／1992	詩
同級生―モーモとリン・ホン	同窗共読／1991	井口晃／『季刊中国現代小説』1（26）[26]／蒼蒼社／1993	小説
一メートルの穴を掘れ	掘地三尺／1993	飯塚容／『季刊中国現代小説』2（1）[37]／蒼蒼社／1996	小説
小東の絵本	小東的画書／1996	飯塚容／『季刊中国現代小説』2（4）[40]／蒼蒼社／1997	小説
部屋と風景	房間与風景／―	石井恵美子／『同時代の中国文学：ミステリー・イン・チャイナ』／東方書店／2006	小説
杖のはなし	双拐記／―	畑中優美／『火鍋子』（72）／翠書房／2008	小説
小陶一家の農村生活	扎根／2003	飯塚容／『小陶一家の農村生活：コレクション中国同時代小説3』／勉誠出版／2012	小説
「大雁塔について」「君は海を見たことがある」「温和で従順な部分」「山の民」「山」	〈有関大雁塔〉〈你見過大海〉〈温柔的部分〉〈山民〉〈山〉／1982～1989	岩佐昌暲／『中国現代史研究』第二部第一章, 第四部第四章／熊本学園大学付属海外事情研究所／2013	詩

老生(ろうせい)	老生／2014	吉田富夫／『老生』／中央公論新社／2016	小説
土を吹いて声(おと)となす―塤(けん)について	吹土為声―関於塤／2018	立松昇一／『小説導熱体』(2)／白帝社／2019	随筆
音(こえ)を造る	製造声音／1998	立松昇一／『小説導熱体』(2)／白帝社／2019	小説

韓松 かん・しょう／Han Song

邦題	原題／原作出版年	訳者／翻訳書・誌／出版社／出版年	分類
宇宙船アムネジア	没有答案的航程／1995	林久之／『中国SF資料之七・裂変的木偶』／中国SF研究会／1998	小説
水棲人―中国SF	水栖人／2001	清水あんな／『水棲人：中国SF』／清水あんな／2003	小説
水棲人	水栖人／2001	立原透耶，肖爽／『S-Fマガジン』2008年9月号／早川書房／2008	小説
天下之水	天下之水／2002	林久之／『中国SF資料之八・尋人啓事』／中国SF研究会／2008	小説
再生レンガ	再生磚／2010	上原かおり／『中国現代文学』(13)／ひつじ書房／2014	小説
セキュリティ・チェック	安検／2014	幹遙子／『S-Fマガジン』2017年2月号／早川書房／2017	
地下鉄の驚くべき変容	地鉄驚変／2003	上原かおり／『時のきざはし：現代中華SF傑作選』／新紀元社／2020	小説
潜水艇	潜艇／2014	中原尚哉／『月の光：現代中国SFアンソロジー（新☆ハヤカワ・SF・シリーズ）』／早川書房／2020 『金色昔日：現代中国SFアンソロジー（ハヤカワ文庫SF）』／早川文庫／2022	小説
サリンジャーと朝鮮人	塞林格与朝鮮人／2016	中原尚哉／『月の光：現代中国SFアンソロジー（新☆ハヤカワ・SF・シリーズ）』／早川書房／2020 『金色昔日：現代中国SFアンソロジー（ハヤカワ文庫SF）』／早川文庫／2022	小説
一九三八年上海の記憶	一九三八上海記憶／2017	林久之／『中国史SF短篇集　移動迷宮』／中央公論新社／2021	小説
我々は書き続けよう！	譲我們写下去／2022	上原かおり／『S-Fマガジン』2022年6月号／早川書房／2022	小説

韓少功 かん・しょうこう／Han Shaogong

邦題	原題／原作出版年	訳者／翻訳書・誌／出版社／出版年	分類
壊死する町	空城／1985	井口晃／『季刊中国現代小説』1（19）[19]／蒼蒼社／1991	小説
雷禍	雷禍／1985	井口晃／『季刊中国現代小説』1（21）[21]／蒼蒼社／1992	小説
靴	鞋癖／1991	井口晃／『季刊中国現代小説』1（24）[24]／蒼蒼社／1993	小説

心の薬	心薬／2012	菱沼彬晁／『会うための別れ―過士行短編小説集』／晩成書房／2016	小説
ご本人様ですか?	你是本人嗎?／2012	菱沼彬晁／『会うための別れ―過士行短編小説集』／晩成書房／2016	小説
スマート殺人	知識殺手／2011	菱沼彬晁／『会うための別れ―過士行短編小説集』／晩成書房／2016	小説

葛水平　かつ・すいへい／Ge Shuiping

邦題	原題／原作出版年	訳者／翻訳書・誌／出版社／出版年	分類
月明かりは誰の枕辺に	月色是誰枕辺的灯盞／2010	桑島道夫／『新潮』107（12）／新潮社／2010	小説
黒い雪玉	黒雪球／2005	加藤三由紀／『黒い雪玉：日本との戦争を描く中国語圏作品集』／中国文庫／2022	小説

賈平凹　か・へいわ／Jia Pingwa

邦題	原題／原作出版年	訳者／翻訳書・誌／出版社／出版年	分類
鉄ばあさん	鉄媽／1977	真山夏, 志木強／『日中友好新聞』(1042)～(1044)／日本中国友好協会／1977	小説
小さな町の小さな店	小城街口的小店／1982	井口晃／『賈平凹：現代中国文学選集4』／徳間書店／1987	小説
鬼城	鬼城／1983	井口晃／『賈平凹：現代中国文学選集4』／徳間書店／1987	小説
野山―鶏巣村の人びと	鶏窩窪的人家／1984	井口晃／『賈平凹：現代中国文学選集4』／徳間書店／1987	小説
王満堂―過ぎ去りし日の物語　その一	王満堂―流逝的故事之一／1989	岸陽子／『季刊中国現代小説』1（19）[19]／蒼蒼社／1991	小説
ある老女の物語	一個老女人的故事／1985	太田進／『グリオ』(3)／平凡社／1992	詩
廃都(抄訳)	廃都／1993	田村年起／『中国語』(427)／内山書店／1995	小説
廃都(はいと)	廃都／1993	吉田富夫／『廃都』(上・下)／中央公論社／1996	小説
土門(トゥーメン)	土門／1996	吉田富夫／『土門』／中央公論社／1997	小説
話す	説話／2001	徳澄雅彦／『現代中国散文選』／中国書店／2002	随筆
静虚村記	静虚村記／1994	大宅利美／『聴く中国語』(37)～(38)／日中通信社／2005	随筆
花売り娘	端陽／1978	百田弥栄子／『中国児童文学』(15)／中国児童文学研究会／2005	小説
ハンター	猟人／2002	塩旗伸一郎／『火鍋子』(66)／翠書房／2005	小説
太白山記(抄訳)	太白山記／1989	塩旗伸一郎／『同時代の中国文学：ミステリー・イン・チャイナ』／東方書店／2006	小説
生きる責任があるから	有着責任活着／寄稿	塩旗伸一郎／『現代詩手帖』51（8）／思潮社／2008	随筆

ある出会い	相遇／1993	関根謙／『季刊中国現代小説』2（2）[38]／蒼蒼社／1997	小説
時間を渡る鳥たち	褐色鳥群／1988	関根謙／『時間を渡る鳥たち』／新潮社／1997	小説
オルガン	風琴／1989	関根謙／『時間を渡る鳥たち』／新潮社／1997	小説
夜郎にて	夜郎之行／1989	関根謙／『時間を渡る鳥たち』／新潮社／1997	小説
愚か者の詩	傻瓜的詩篇／1992	関根謙／『時間を渡る鳥たち』／新潮社／1997	小説
失踪	失踪／寄稿	桑島道夫／『文學界』52（3）／文藝春秋／1998	小説
ブランコ乗り	打秋千／1998	藤野陽／『螺旋』(3)／螺旋社／1999	小説
ブランコ	打秋千／1998	関根謙／『季刊中国現代小説』2（15）[51]／蒼蒼社／2000	小説
ゆびわ花	戒指花／2002	徳間佳信／『火鍋子』(69)／翠書房／2007	小説
桃花源の幻	人面桃花／2004	関根謙／『桃花源の幻』／アストラハウス／2021	小説

過士行　か・しこう／Guo Shixing

邦題	原題／原作出版年	訳者／翻訳書・誌／出版社／出版年	分類
鳥人	鳥人／1992	菱沼彬晁／『中国現代戯曲集第1集』／晚成書房／1994	戯曲
棋人―天道無頼録	棋人／1994	菱沼彬晁／『中国現代戯曲集第3集』／晚成書房／1998	戯曲
魚人	魚人／1989	菱沼彬晁／『中国現代戯曲集第4集』／晚成書房／2001	戯曲
ニイハオ・トイレ	厠所／2004	菱沼彬晁／『中国現代戯曲集第6集　過士行作品集』／晚成書房／2007	戯曲
再見・火葬場	活着還是死去／2004	菱沼彬晁／『中国現代戯曲集第6集　過士行作品集』／晚成書房／2007	戯曲
カエル	青蛙／2005	菱沼彬晁／『中国現代戯曲集第6集　過士行作品集』／晚成書房／2007	戯曲
遺言	遺嘱／2005	菱沼彬晁／『中国現代戯曲集第6集　過士行作品集』／晚成書房／2007	戯曲
会うための別れ	為了聚会的告別／2012	菱沼彬晁／『会うための別れ―過士行短編小説集』／晚成書房／2016	小説
話せるものなら	説吧／2015	菱沼彬晁／『会うための別れ―過士行短編小説集』／晚成書房／2016	小説
真夜中のカウボーイ	午夜牛郎／2013	菱沼彬晁／『会うための別れ―過士行短編小説集』／晚成書房／2016	小説
熱いアイス・キャンディー	火熱的冰棍兒／2015	菱沼彬晁／『会うための別れ―過士行短編小説集』／晚成書房／2016	小説
傷心しゃぶしゃぶ	傷心涮肉館／2011	菱沼彬晁／『会うための別れ―過士行短編小説集』／晚成書房／2016	小説

北京　折りたたみの都市	北京折畳／2016	及川茜／『郝景芳短篇集』／白水社／2019	小説
弦の調べ	弦歌／2016	及川茜／『郝景芳短篇集』／白水社／2019	小説
繁華を慕って	繁華中央／2016	及川茜／『郝景芳短篇集』／白水社／2019	小説
生死のはざま	生死域／2016	及川茜／『郝景芳短篇集』／白水社／2019	小説
山奥の療養院	深山療養院／2016	及川茜／『郝景芳短篇集』／白水社／2019	小説
孤独な病室	孤単病房／2016	及川茜／『郝景芳短篇集』／白水社／2019	小説
先延ばし症候群	拖延症患者／2016	及川茜／『郝景芳短篇集』／白水社／2019	小説
正月列車	過年回家／2017	大谷真弓／『月の光：現代中国SFアンソロジー（新☆ハヤカワ・SF・シリーズ）』／早川書房／2020 『金色昔日：現代中国SFアンソロジー（ハヤカワ文庫SF）』／早川文庫／2022	小説
阿房宮	阿房宮／2016	及川茜／『中国・SF・革命』／河出書房新社／2020	小説
1984年に生まれて	生於一九八四／2016	櫻庭ゆみ子／『1984年に生まれて』／中央公論新社／2020	小説
遠くへ行くんだ	去遠方／2011	上原かおり／『中国現代文学』(22)／ひつじ書房／2020	小説
乾坤と亜力	乾坤和亞力／2017	立原透耶／『2010年代海外SF傑作選』／早川書房／2020 『人之彼岸(新☆ハヤカワ・SF・シリーズ)』／早川書房／2021	小説
スーパー人工知能まであとどのくらい	離超級人工智能到来還有多遠／2017	浅田雅美／『人之彼岸(新☆ハヤカワ・SF・シリーズ)』／早川書房／2021	随筆
人工知能の時代にいかに学ぶか	人工智能時代応如何学習／2017	浅田雅美／『人之彼岸(新☆ハヤカワ・SF・シリーズ)』／早川書房／2021	随筆
あなたはどこに	你在哪裡／2017	立原透耶／『人之彼岸(新☆ハヤカワ・SF・シリーズ)』／早川書房／2021	小説
不死医院	永生医院／2017	浅田雅美／『人之彼岸(新☆ハヤカワ・SF・シリーズ)』／早川書房／2021	小説
愛の問題	愛的問題／2017	浅田雅美／『人之彼岸(新☆ハヤカワ・SF・シリーズ)』／早川書房／2021	小説
人間の島	人之島／2017	浅田雅美／『人之彼岸(新☆ハヤカワ・SF・シリーズ)』／早川書房／2021	小説
流浪蒼穹	流浪蒼穹／2016	及川茜, 大久保洋子／『流浪蒼穹(新☆ハヤカワ・SF・シリーズ)』／早川書房／2022	小説
祖母の家の夏	祖母家的夏天／2006	櫻庭ゆみ子／『走る赤：中国女性SF作家アンソロジー』／中央公論新社／2022	小説
ポジティブレンガ	積極磚塊／2019	大久保洋子／『絶縁』／小学館／2022	小説

格非　かくひ／Ge Fei

邦題	原題／原作出版年	訳者／翻訳書・誌／出版社／出版年	分類
迷い舟	迷舟／1987	桑島道夫／『文學界』50（1）／文藝春秋／1996 『現代中国短編集』／平凡社／1998	小説

奇才譜	奇才譜／1989	中山文／『火鍋子』(33)／翠書房／1997	小説
馬小六	馬小六／1989	中山文／『火鍋子』(34)／翠書房／1997	小説
良縁	良縁／1990	中山文／『火鍋子』(35)／翠書房／1998	小説
無底先生	無底先生／1990	中山文／『火鍋子』(36)／翠書房／1998	小説
(邦題なし)	恋愛的季節／1992	辻田正雄／『中国語』(503)～(506)／内山書店／2001～2002	小説
安祥	安祥／1992	徳澄雅彦／『現代中国散文選』／中国書店／2002	随筆
玄思小説	玄思小説／2004	釜屋修／『同時代の中国文学：ミステリー・イン・チャイナ』／東方書店／2006	小説
訪日散記	訪日散記／―	飯塚容／『蜜月と軋み：1972- 日中の120年 文芸・評論作品選5』／岩波書店／2016	随筆
木箱にしまわれた紫シルクの服	木箱深処的紫綢花服／―	船越達志／『囚われて(Artes mundi叢書. 世界文学の小宇宙2)』名古屋外国語大学出版会／2021	小説
灰色の鳩	灰鴿／1983	野原敏江／『中国現代文学』(24)／ひつじ書房／2022	小説

夏宇 か・う／Xia Yu

邦題	原題／原作出版年	訳者／翻訳書・誌／出版社／出版年	分類
摩擦・語りえず	摩擦・無以名状／1995	四方田犬彦／『三蔵2』(2)／三蔵社／2003	詩
時間は水銀のごとく地に落ちる	時間如水銀落地／1991	池上貞子／『時間は水銀のごとく地に落ちる』／思潮社／2014	詩

郝景芳 かく・けいほう／Hao Jinfang

邦題	原題／原作出版年	訳者／翻訳書・誌／出版社／出版年	分類
折りたたみ北京	北京折畳／2016	大谷真弓／『S-Fマガジン』2017年6月号／早川書房／2017 『折りたたみ北京：現代中国SFアンソロジー(新☆ハヤカワ・SF・シリーズ)』／早川書房／2018 『折りたたみ北京：現代中国SFアンソロジー(ハヤカワ文庫SF)』／早川書房／2019	小説
見えない惑星	看不見的星球／2010	中原尚哉／『折りたたみ北京：現代中国SFアンソロジー(新☆ハヤカワ・SF・シリーズ)』／早川書房／2018 『折りたたみ北京：現代中国SFアンソロジー(ハヤカワ文庫SF)』／早川書房／2019	小説
最後の勇者	最後一個勇敢的人／2016	四谷寛／『中国SF作品集(21世紀中国現代文学書庫)』／外文出版社／2018	小説
戦車の中	戦車中的人／2017	立原透耶／『S-Fマガジン』2019年4月号／早川書房／2019 『人之彼岸(新☆ハヤカワ・SF・シリーズ)』／早川書房／2021	小説

ブドウの精霊	葡萄的精靈:〈在伊犁〉之五／1983	市川宏, 牧田英二／『王蒙:現代中国文学選集1』／徳間書店／1987	小説
戸締まりを忘れた農家	虚掩的土屋小院:〈在伊犁〉之四／1983	市川宏, 牧田英二／『王蒙:現代中国文学選集1』／徳間書店／1987	小説
淡い灰色の瞳	淡灰色的眼珠:〈在伊犁〉之二／1983	市川宏, 牧田英二／『王蒙:現代中国文学選集1』／徳間書店／1987	小説
アイミラ嬢の恋	愛彌拉姑娘的愛情:〈在伊犁〉之六／1984	市川宏, 牧田英二／『王蒙:現代中国文学選集1』／徳間書店／1987	小説
辺城アラベスク	邊城華彩:〈在伊犁〉之八／1984	市川宏, 牧田英二／『王蒙:現代中国文学選集1』／徳間書店／1987	小説
夢のなか	我又夢見了你／1990	井口晃／『季刊中国現代小説』1 (14)[14]／蒼蒼社／1990	小説
カナダの月	冬天的話題／1985	杉本達夫／『季刊中国現代小説』1(15)[15]／蒼蒼社／1990	小説
海の夢	海的夢／1980	杉本達夫／『季刊中国現代小説』1(16)[16]／蒼蒼社／1991	小説
硬いお粥	堅硬的稀粥／1989	菅谷音／『文學界』46 (3) ／文藝春秋／1992	小説
応報〔むくい〕	活動變人形／1985	林芳／『応報』／白帝社／1992	小説
逍遥遊(一)—イリにて　其の七	逍遥遊／1984	市川宏／『季刊中国現代小説』1 (24)[24]／蒼蒼社／1993	小説
逍遥遊(二)—イリにて　其の七	逍遥遊／1984	市川宏／『季刊中国現代小説』1 (25)[25]／蒼蒼社／1993	小説
刻舟求剣	刻舟求劍／1991	中山文／『火鍋子』(10) ／翠書房／1993	小説
朝三暮四	朝三暮四／1991	中山文／『火鍋子』(11) ／翠書房／1993	小説
系列小説〈イリにて〉その三—好漢イスマール	好漢子依斯麻爾／1983	市川宏／『季刊中国現代小説』1 (30)[30]／蒼蒼社／1994	小説
『イリにて—淡い灰色の瞳』後記	《在伊犁—淡灰色的眼珠》後記／1984	市川宏／『季刊中国現代小説』1 (30)[30]／蒼蒼社／1994	随筆
守株待兎	守株待兎／1991	中山文／『火鍋子』(12) ／翠書房／1994	小説
高山流水	高山流水／1991	中山文／『火鍋子』(13) ／翠書房／1994	小説
魚目混珠	魚目混珠／1991	中山文／『火鍋子』(14) ／翠書房／1994	小説
縁木求魚	縁木求魚／1991	中山文／『火鍋子』(15) ／翠書房／1994	小説
焦頭爛額	焦頭爛額／1992	中山文／『火鍋子』(17) ／翠書房／1994	小説
三人行、必有吾師	三人行, 必有吾師／1992	中山文／『火鍋子』(18) ／翠書房／1995	小説
十室之内、必有忠信	十室之内, 必有忠信／1992	中山文／『火鍋子』(19) ／翠書房／1995	小説
坐井観天	坐井観天／1992	中山文／『火鍋子』(20) ／翠書房／1995	小説
狐假虎威	狐假虎威／1992	中山文／『火鍋子』(21) ／翠書房／1995	小説
灰色の駄馬	雜色／1981	北浜現代中国文学読書会／『中国現代短編小説』(2) ／北浜現代中国文学読書会／1997	小説
霊気	霊気／1989	中山文／『火鍋子』(30) ／翠書房／1997	小説
孝子	孝子／1989	中山文／『火鍋子』(32) ／翠書房／1997	小説

王小波　おう・しょうは／ Wang Xiaobo

邦題	原題／原作出版年	訳者／翻訳書・誌／出版社／出版年	分類
一匹の独立独歩のブタ	一隻特立独行的猪／ 1995	燕子／『藍・BLUE』2001（2）(通号3）／『藍・BLUE』文学会／ 2001	随筆
沈黙の大多数	沈黙的大多数／ 1995	重澤倫子／『藍・BLUE』2001（2）(通号3)／『藍・BLUE』文学会／ 2001	随筆
ホアラツモの使者の問題	花喇子模信使問題／ 1995	神道美映子／『藍・BLUE』2001（2）(通号3）／『藍・BLUE』文学会／ 2001	随筆
黄金時代	黄金時代／ 1999	櫻庭ゆみ子／『黄金時代:コレクション中国同時代小説2』／勉誠出版／ 2012	小説
三十而立	三十而立／ 1999	櫻庭ゆみ子／『黄金時代:コレクション中国同時代小説2』／勉誠出版／ 2012	小説
流れゆく時の中で	似水流年／ 1999	櫻庭ゆみ子／『黄金時代:コレクション中国同時代小説2』／勉誠出版／ 2012	小説
白銀時代	白銀時代／ 1999	櫻庭ゆみ子／『黄金時代:コレクション中国同時代小説2』／勉誠出版／ 2012	小説

王聡威　おう・そうい／ Wang TsungWei

邦題	原題／原作出版年	訳者／翻訳書・誌／出版社／出版年	分類
浜線鉄路	浜線鉄路／ 2008	八木はるな／『植民地文化研究』(15）／植民地文化学会／ 2016	小説
ここにいる	生之静物／ 2016	倉本知明／『ここにいる』／白水社／ 2018	小説

王蒙　おう・もう／ Wang Meng

邦題	原題／原作出版年	訳者／翻訳書・誌／出版社／出版年	分類
胡蝶	胡蝶／ 1980	相浦杲／『胡蝶』／みすず書房／ 1981	小説
酸辣湯に如ず	不如酸辣湯／ 1981	青谷政明／『中国研究月報』(410）／中国研究所／ 1982	小説
小小小小小……	小小小小小……／ 1981	青谷政明／『中国研究月報』(410）／中国研究所／ 1982	小説
いかにもごもっとも	越説越対／ 1981	菱沼透／『中国研究月報』(410）／中国研究所／ 1982	小説
もちつもたれつ	互助／ 1981	菱沼透／『中国研究月報』(410）／中国研究所／ 1982	小説
寸草の憂い	悠悠寸草心／ 1979	上野廣生／『現代中国短篇小説選』／亜紀書房／ 1983	小説
冬の雨	冬雨／ 1957	柴内行司／『無名』(5）／一／ 1985	小説
「雪」の連想	〈雪〉的聯想／ 1979	柴内行司／『無名』(5）／一／ 1985	小説
夜の眼	夜的眼／ 1979	廣野行雄／『無名』(5）／一／ 1985	小説
海の夢	海的夢／ 1980	廣野行雄／『無名』(5）／一／ 1985	小説
おお、モハメッド・アマド	哦, 穆罕黙徳・阿麦徳:〈在伊犁〉之一／ 1983	市川宏, 牧田英二／『王蒙:現代中国文学選集1』／徳間書店／ 1987	小説

叔父さんの物語	叔叔的故事／1990	西山猛／『中国語』(435)～(437)／内山書店／1996	小説
叔父さんの物語	叔叔的故事／1990	田畑佐和子／『季刊中国現代小説』2(13)[49]／蒼蒼社／1999	小説
あの世の契り	天仙配／1998	飯塚容／『季刊中国現代小説』2(10)[46]／蒼蒼社／1999 『現代中国女性文学傑作選1』／鼎書房／2001	小説
悲しみと私のあいだ	憂傷的年代／1998	土屋肇枝／『季刊中国現代小説』2(27)[63]／蒼蒼社／2003	小説
長恨歌(抄訳)	長恨歌／1995	高野辺芳恵／『藍・BLUE』2004(2)[14]／『藍・BLUE』文学会／2004	小説
蜀の道は難し	蜀道難／—	北浜現代中国文学読書会／『中国現代短篇小説集』(4)／北浜現代中国文学読書会／2006	小説
酔客	酒徒／1999	飯塚容, 宮入いずみ／『富萍—上海に生きる:コレクション中国同時代文学6』／勉誠出版／2012	小説
富萍—上海に生きる	富萍／2000	飯塚容, 宮入いずみ／『富萍—上海に生きる:コレクション中国同時代文学6』／勉誠出版／2012	小説
姉妹行	姉妹行／2003	飯塚容, 宮入いずみ／『富萍—上海に生きる:コレクション中国同時代文学6』／勉誠出版／2012	小説
暗い路地	黒弄堂／2008	飯塚容, 宮入いずみ／『富萍—上海に生きる:コレクション中国同時代文学6』／勉誠出版／2012	小説
中国と日本の未来	—／—	飯塚容／『蜜月と軋み:1972-:日中の120年 文芸・評論作品選5』／岩波書店／2016	—
父の本	父親的書／—	松村志乃／『黒い雪玉:日本との戦争を描く中国語圏作品集』／中国文庫／2022	随筆
長恨歌	長恨歌／1995	飯塚容／『長恨歌』／アストラハウス／2023	小説

王安祈　おう・あんき／Wang Anqi

邦題	原題／原作出版年	訳者／翻訳書・誌／出版社／出版年	分類
台湾における五十年来の演劇研究	戯曲在台湾五十年来之研究成果／2004	—／『演劇研究センター紀要』(2)／早稲田大学／2004	論考

王朔　おう・さく／Wang Shuo

邦題	原題／原作出版年	訳者／翻訳書・誌／出版社／出版年	分類
北京無頼・純情篇	頑主／1987	石川郁／『北京無頼』／学習研究社／1995	小説
北京無頼・遊撃篇	一点正経没有／1989	石川郁／『北京無頼』／学習研究社／1995	小説

奴児	奴児／2004	谷川毅／『黒い豚の毛、白い豚の毛　自選短篇集』／河出書房新社／2019	小説
柳郷長	柳郷長／2004	谷川毅／『黒い豚の毛、白い豚の毛　自選短篇集』／河出書房新社／2019	小説
いっぺん兵役に行ってみなよ	去服一次兵役吧／1999	谷川毅／『黒い豚の毛、白い豚の毛　自選短篇集』／河出書房新社／2019	小説
思想政治工作	思想政治工作／2002	谷川毅／『黒い豚の毛、白い豚の毛　自選短篇集』／河出書房新社／2019	小説
道士	道長／2018	谷川毅／『黒い豚の毛、白い豚の毛　自選短篇集』／河出書房新社／2019	小説
信徒	信徒／2019	谷川毅／『黒い豚の毛、白い豚の毛　自選短篇集』／河出書房新社／2019	小説
村長が死んだ	村長死了／未発表	谷川毅／『文藝』59（1）／河出書房新社／2020 『中国・SF・革命』／河出書房新社／2020	小説
閻連科×平野啓一郎「海を越え爆発するリアリズム」	—／—	—／『文藝』59（1）／河出書房新社／2020	対談録
厄災に向き合って：文学の無力、頼りなさとやるせなさ	—／—	谷川 毅／『文藝』59（2）／河出書房新社／2020	論考
この厄災の経験を「記憶する人」であれ	—／—	泉京鹿／『Newsweek＝ニューズウィーク』35（10）[1684]／2020	論考
心経	心経／2020	飯塚容／『心経』／河出書房新社／2021	小説
太陽が死んだ日	日熄／2015	泉京鹿，谷川毅／河出書房新社／2022	小説
四書	四書／2011	桑島道夫／『四書』／岩波書店／2023	小説

王安憶　おう・あんおく／Wang Anyi

邦題	原題／原作出版年	訳者／翻訳書・誌／出版社／出版年	分類
雨のささやき	雨，沙沙沙／1980	佐伯慶子／『早稲田文学』[第8次]107号／早稲田文学会／1985	小説
終着駅	本次列車終点／1981	現代中国文学翻訳研究会／『終着駅（80年代中国女流文学選2）』／NGS出版／1987	小説
老康（らおかん）	老康回来／1985	井口晃／『季刊中国現代小説』1（4）[4]／蒼蒼社／1988	小説
代役	B角／1982	佐伯慶子／『小鮑庄：現代中国文学選集7』／徳間書店／1989	小説
阿蹺略伝	阿蹺伝略／1985	佐伯慶子／『小鮑庄：現代中国文学選集7』／徳間書店／1989	小説
小鮑荘	小鮑荘／1985	佐伯慶子／『小鮑庄：現代中国文学選集7』／徳間書店／1989	小説
妙妙（ミャオミャオ）	妙妙／1991	井口晃／『季刊中国現代小説』1（18）[18]／蒼蒼社／1991	小説
終着駅・上海	本次列車終点／1981	石黒やすえ他5名共訳／『中国現代短編小説選』／北浜現代中国文学読書会／1992	小説
雨、さあさあと降って	雨、沙沙沙／1980	間ふさ子／現代中国語講座「孩子王」クラス『還郷編』／藍天文芸出版社／1994	小説

人民に奉仕する	為人民服務／ 2005	谷川毅／『人民に奉仕する』／文藝春秋／ 2006	小説
丁庄の夢	丁庄夢／ 2006	谷川毅／『丁庄の夢』／河出書房新社／ 2007, 2020（新装版）	小説
連続インタビューベストセラー作家と語る中国（第6回）農民の魂を見つめる目	―／ 2010	本田善彦／『世界』(809) ／岩波書店／ 2010	取材録
春の黄変	春黄／ 2011	竹内新／『現代詩手帖』54（8）／思潮社／ 2011	随筆
天と生活に選ばれし暗黒を体験する人間：二〇一四年度フランツ・カフカ賞受賞記念講演	上天和生活選定那個感受黒暗的人／ 2014	泉京鹿／『早稲田文学』[第10次]（9）／早稲田文学会／ 2014	講演録
愉楽	受活／ 2004	谷川毅／『愉楽』／河出書房新社／ 2014	小説
閻連科氏　カフカ賞受賞記念講演　神と生活は、暗闇を感じる人間を選んだ	上天和生活選定那個感受黒暗的人／ 2015	舘野雅子／『アジア時報』(508) ／アジア調査会／ 2015	講演録
沈黙の喘ぎ―私が辿ってきた中国と文学	沈黙与喘息―我所経歴的中国和文学／ 2014	舘野雅子, 辻康吾／『アジア時報』(496) ～（507）／アジア調査会／ 2014 ～ 2016	講演録
愛するがゆえに愛する	因為愛所以愛／ 2016	舘野雅子／『蜜月と軋み：1972－：日中の120年　文芸・評論作品選5』／岩波書店／ 2016	論考
炸裂志	炸裂志／ 2013	泉京鹿／『炸裂志』／河出書房新社／ 2016	小説
年月日	年月日／ 1997	谷川毅／『年月日』／白水社／ 2016, 2022	小説
公開対話会「作家閻連科と語る：『愉楽』(《受活》)はどう読まれたか」報告	―／ 2016	徳間佳信, 天神裕子, 西端彩／『日本中国当代文学研究会会報』(30) ／日本中国当代文学研究会／ 2016	講演録
父を想う	我与父輩／ 2009	飯塚容／『父を想う』／河出書房新社／ 2016	小説
遠藤さん、ごきげんよう：遠藤周作への手紙	遠藤先生, 你好嗎?：給遠藤周作的一封信／ 2017	泉京鹿／『すばる』39（3）／集英社／ 2017	随筆
時代の混沌を映す物語：『炸裂志』刊行に寄せて　閻連科・中島京子対談	―／ 2017	泉京鹿／『早稲田文学』[第10次]（18）／早稲田文学会／ 2017	対談録
書苑周遊 BOOK REVIEW　著者に聞く　閻連科	―／ 2017	泉京鹿／『中央公論』(131) ／中央公論新社／ 2017	取材録
硬きこと水のごとし	堅硬如水／ 2001	谷川毅／『硬きこと水のごとし』／河出書房新社／ 2017	小説
講演採録　「異中国」の卑小さと文学	“異中国”的卑微与文学―在日本名古屋愛知大学的講演／ 2017	和田知久／『中国21』(45) ／東方書店／ 2017	講演録
忘れられた片腕	把一条胳膊忘記了／ 2013	飯塚容／『三田文学』97（133）／三田文学会／ 2018	小説
黒い豚の毛、白い豚の毛	黑猪毛白猪毛／ 2002	谷川毅／『黒い豚の毛、白い豚の毛　自選短篇集』／河出書房新社／ 2019	小説
きぬた三発	三棒槌／ 2002	谷川毅／『黒い豚の毛、白い豚の毛　自選短篇集』／河出書房新社／ 2019	小説

阿来　あらい／ A Lai

邦題	原題／原作出版年	訳者／翻訳書・誌／出版社／出版年	分類
松茸	蘑菇／ 1991	牧田英二／『季刊中国現代小説』1(21)[21]／蒼蒼社／ 1992	小説
魚	魚／ 2000	牧田英二／『季刊中国現代小説』2(20)[56]／蒼蒼社／ 2001	小説
アクトンパ	阿古頓巴／ 1990	牧田英二／『季刊中国現代小説』2(23)[59]／蒼蒼社／ 2002	小説
塵埃落定—土司制度の終焉	塵埃落定／ 1998	西海枝裕美, 西海枝美和／『塵埃落定—土司制度の終焉』／近代文芸社／ 2004	小説
空山—風と火のチベット	空山／ 2004	山口守／『空山—風と火のチベット：コレクション中国同時代小説 1』／勉誠出版／ 2012	小説

于堅　う・けん／ Yu Jian

邦題	原題／原作出版年	訳者／翻訳書・誌／出版社／出版年	分類
「河の流れ」「友あり遠方より来る」	〈河流〉〈有朋従遠方来〉／—	財部鳥子, 穆広菊／『億万のかがやく太陽：中国現代詩集』／書肆山田／ 1988	詩
夏の最後の嵐(11 篇)	〈夏天最後一場風暴〉ほか／ 1989 ほか	田原／『火鍋子』(63)／翠書房／ 2004	詩
「尚義街六番地」「紀念堂参観」「故宮参観」	〈尚義街六号〉〈参観紀念堂〉〈参観故宮〉／ 1984, 1986, 1994	栗山千香子／『中国現代文学』(13)／ひつじ書房／ 2014	詩
「蒼茫たる大海」「海上十三章」	—／—	渡辺新一／『灯火』2015 ／外文出版社／ 2015	詩
「深夜、雲南の遠い片隅で」「わたしはカラスが何をしているのか知らない」「速度」「今夜、暴風雨がやってくる」	—／—	浅見洋二／『現代詩手帖』63 (4)／思潮社／ 2020	詩
「三行或いは四行」	—／—	竹内新／『現代詩手帖』66 (2)／思潮社／ 2023	詩

伊格言　えごやん／ Egoyan Zheng

邦題	原題／原作出版年	訳者／翻訳書・誌／出版社／出版年	分類
美麗島の愛と死	島上愛与死／ 2005	明田川聡士／『植民地文化研究』(13)／植民地文化学会／ 2014	小説
グラウンド・ゼロ　台湾第四原発事故	零地点／ 2013	倉本知明／『グラウンド・ゼロ　台湾第四原発事故』／白水社／ 2017	小説

閻連科　えん・れんか／ Yan Lianke

邦題	原題／原作出版年	訳者／翻訳書・誌／出版社／出版年	分類
革命浪漫主義	革命浪漫主義／ 2004	谷川毅／『火鍋子』(63)／翠書房／ 2004 『黒い豚の毛、白い豚の毛　自選短篇集』／河出書房新社／ 2019	小説

邦訳作品リスト

本邦訳作品リストは本書の作家ファイルで取りあげた作家の作品を対象としている。作家ファイル執筆者が 2022 年 11 月までに可能な範囲で収集した邦訳データに基づき、中国の作家については大久保洋子が、台湾・香港ほかの作家については明田川聡士が整理を行なった。

凡例

◉作家ファイルで取りあげた作家の作品について、邦訳のある作品を作家ごとにまとめた。

◉配列は作家ファイルと同じとした。

◉書誌情報で不明な箇所に関しては、棒線を入れた。

◉「翻訳書・誌」項目において、逐次刊行物の巻、号、通巻号の表記は、『逐次刊行物名』巻（号）[通巻号] とした。

◉「分類」項目に記載した分類名は、小説（童話を含む）、詩、戯曲、絵本、ルポ（ルポルタージュ、ノンフィクションはルポに統一）、随筆（エッセイ、雑文、散文は随筆に統一）、論考（評論、論文を含む）、講演録、取材録、対談録、その他とした。

や

ら

わ

た

な

は

あ

か

さ

人名索引

凡例

◉本書の「中国文学・台湾文学概観」「作家ファイル」「コラム」で取りあげた人名を採録した。

◉配列は、人名の漢字表記（日本語常用漢字を基本とし、執筆者の判断で旧字体も使用）の音読みを基本としたが、(a)日本で通常カタカナで表記される作家名は「カタカナ（漢字）」とし、(b)日本で漢字でもカタカナでも表記される作家は漢字を主とし、カタカナの見出しから矢印で漢字に参照をつけた。

三須《み す》祐介《ゆうすけ》　立命館大学文学部教授
陳思宏『亡霊の地』(早川書房、2023)

水野《みずの》衛子《えいこ》　翻訳業
孫立軍『中国アニメーション史』(樹立社、2022)

吉川《よしかわ》龍生《たつお》　慶應義塾大学経済学部教授
「映像から見た『武訓伝』―孫瑜監督の創作スタイルを手がかりとして」(『東方学』139、2020)

好並《よしなみ》 晶《あきら》　近畿大学総合社会学部教授
「性はなにを物語るか―婁燁《ロウイエ》作品に見る性愛と愛情」(『近畿大学日本文化研究所紀要』3、2020)

和田《わ だ》知久《ともひさ》　中部大学国際関係学部准教授
「中国の物語をよく語れ―習近平「新時代」における文聯・作協全国代表大会の講話からみる文芸への要請」(『研究中国』15、2022)

小林《こばやし》さつき　早稲田大学高等学院教諭
「李碧華「50年」へのまなざし—『胭脂扣』『覇王別姫』及び香港反政府運動における「不変」へのアプローチをめぐって」（『文学の力、語りの挑戦—中国近現代文学論集』東方書店、2021）

齋藤《さいとう》晴彦《はるひこ》　中央大学法学部兼任講師
『時間の河（シリーズ現代中国文学 短編小説～中国のいまは広東から）』（みらいパブリッシング、2020）

櫻《さくら》 庭《ば》ゆみ子《こ》　慶應義塾大学商学部教授
郝 景芳『1984年に生まれて』（中央公論新社、2020）

佐藤《さとう》普《ふ》美《み》子《こ》　駒澤大学総合教育研究部教授
『美感と倫理—中国新詩研究』（汲古書院、2024）

塩旗《しおはた》伸一郎《しんいちろう》　駒澤大学総合教育研究部教授
房偉「中国の雪男」（加藤三由紀編『黒い雪玉—日本との戦争を描く中国語圏作品集』中国文庫、2022）

関口《せきぐち》美幸《みゆき》　拓殖大学外国語学部教授
日中対訳『中国会社法法令集』（アイ・ピーエム、2004）

関根《せきね》 謙《けん》　慶應義塾大学名誉教授
格非『桃花源の幻』（アストラハウス、2021）

谷川《たにかわ》 毅《つよし》　名古屋経済大学経営学部教授
閻連科『愉楽』（河出書房新社、2014）

張《ちょう》 文菁《ぶんせい》　愛知県立大学准教授
『通俗小説からみる文学史——九五〇年代台湾の反共と恋愛』（法政大学出版局、2022）

土屋《つちや》肇枝《としえ》　慶應義塾大学ほか非常勤講師
遅子建『アルグン川の右岸』（白水社、2014）

舟山《ふなやま》優士《ゆうじ》　翻訳家
尹斌庸『尹先生の中国ことわざ教室〈4〉歇后語100』（泉書房、2012）

松浦《まつうら》恆雄《つねお》　中国文芸研究会会員
『濱文庫戯単図録—中国芝居番付コレクション』（中里見敬・松浦恆雄編、花書房、2021）

松村《まつむら》志乃《しの》　近畿大学国際学部准教授
『王安憶論—ある上海女性作家の精神史』（中国書店、2016）

三木《みき》直大《なおたけ》　広島大学元教授
林亨泰『越えられない歴史—林亨泰詩集（台湾現代詩人シリーズ）』（思潮社、2006）

執筆者紹介

（五十音順。＊編者）

赤松美和子《あかまつみわこ》　大妻女子大学比較文化学部教授
『台湾文学と文学キャンプ―読者と作家のインタラクティブな創造空間』（東方書店、2012）

明田川聡士《あけたがわさとし》　獨協大学国際教養学部准教授
『戦後台湾の文学と歴史・社会―客家人作家・李喬の挑戦と21世紀台湾文学』（関西学院大学出版会、2022）

池上貞子《いけがみさだこ》　跡見学園女子大学名誉教授
『張愛玲―愛と生と文学』（東方書店、2011）

池田智恵《いけだともえ》　関西大学文学部教授
「あなたへの言葉―『伉儷月刊』と林淑華『生死恋』、及びその読者を例として」（『東アジア文化交渉研究』16、2023）

上原《うえはら》かおり＊　フェリス女学院大学国際交流学部准教授
韓松「再生レンガ」（『中国現代文学』13、2014）

魚住悦子《うおずみえつこ》　台湾原住民文学研究者・翻訳家
楊翠『少数者は語る―台湾原住民女性文学の多元的視野』（草風館、2020）

及川《おいかわ》　茜《あかね》　中国語圏諸文学研究者
賀淑芳『アミナ』（白水社、2023）

大久保洋子《おおくぼひろこ》　中国近現代文学研究者、翻訳者
陳春成『夜の潜水艦』（アストラハウス、2023）

加藤三由紀《かとうみゆき》　和光大学表現学部教授
『黒い雪玉―日本との戦争を描く中国語圏作品集』（中国文庫、2022）

河本美紀《かわもとみき》　九州大学、福岡大学非常勤講師
『張愛玲の映画史―上海・香港から米国・台湾・シンガポール・日本まで』（関西学院大学出版会、2023）

倉本知明《くらもとともあき》　文藻外語大学日本語学科准教授
呉明益『眠りの航路』（白水社、2021）

栗山千香子《くりやまちかこ》＊　中央大学法学部教授
史鉄生『記憶と印象―胡同《フートン》の回想』（平凡社、2013）

中国語現代文学案内―中国、台湾、香港ほか

The Guide to Contemporary Chinese Literature: China, Taiwan, Hong Kong, etc.

Edited by Kuriyama Chikako and Uehara Kaori

発行　2024年3月29日　初版1刷
定価　3200円＋税

発行者　松本功
ブックデザイン　奥定泰之
印刷・製本所　株式会社 シナノ
発行所　株式会社 ひつじ書房
〒112-0011 東京都文京区千石 2-1-2　大和ビル 2F
Tel.03-5319-4916　Fax.03-5319-4917
郵便振替 00120-8-142852
toiawase@hituzi.co.jp　https://www.hituzi.co.jp/

ISBN978-4-89476-960-1　C0598